COLECȚIE COORDONATĂ DE
MAGDALENA MĂRCULESCU



# Cei care pleacă și cei ce rămân

ELENA

FERRANTE

# *Cei care pleacă și cei ce rămân*

ROMAN

Traducere din italiană de Cerasela Barbone

*literary* FICTION

PANDORA M

EDITORI:
Magdalena Mărculescu
Vasile Dem. Zamfirescu
Silviu Dragomir

FONDATOR:
Ion Mărculescu, 1994

REDACTOR:
Oana Duşmănescu

COPERTA:
Andrei Gamarţ

DIRECTOR PRODUCŢIE:
Cristian Claudiu Coban

DTP:
Florin Paraschiv

CORECTURĂ:
Ana-Maria Tamaş
Cătălina Chiricheş

---

**Descrierea CIP a Bibliotecii Naţionale a României**
**FERRANTE, ELENA**
**Tetralogia napolitană** / Elena Ferrante; trad.: Cerasela Barbone. – Bucureşti: Pandora Publishing, 2015 – 4 vol.
ISBN 978-973-1989-69-3

Vol. 3: **Cei care pleacă şi cei ce rămân** – 2016. –
ISBN 978-606-8780-92-4

I. Barbone, Cerasela (trad.)

821.131.1-31=135.1

---

Titlul original: Storia di chi fugge e di chi resta
Autor: Elena Ferrante



O.P. 16, Ghişeul 1, C.P. 0490, Bucureşti
Tel.: +4 021 300 60 90 ; Fax: +4 0372 25 20 20
W: pandoram.ro

ISBN: 978-606-8780-92-4

**Pandora M face parte din Grupul Editorial TREI**

# INDICELE PERSONAJELOR ȘI PREZENTĂRI SUMARE ALE ÎNTÂMPLĂRILOR DIN VOLUMELE PRECEDENTE

**Familia Cerullo (familia cârpaciului):**

*Fernando Cerullo*, cizmar, tatăl Lilei. După clasele primare, nu și-a mai dat fiica la școală.

*Nunzia Cerullo*, mama Lilei. Alături de fiica ei, nu are suficientă autoritate s-o susţină împotriva tatălui.

*Raffaella Cerullo*, zisă Lina sau Lila. S-a născut în august 1944. Are șaizeci și șase de ani când dispare din Napoli și i se pierde urma. Elevă strălucită, scrie la zece ani o poveste intitulată *La fata blu*[1]. Abandonează școala după absolvirea claselor primare și învaţă meseria de cârpaci. Se căsătorește foarte tânără cu Stefano Carracci și administrează cu succes mai întâi mezelăria din noul cartier, apoi magazinul de pantofi din Piaţa Martirilor. În timpul unei vacanţe petrecute la Ischia se îndrăgostește de Nino Sarratore, pentru care își părăsește soțul. După eșecul total al convieţuirii cu Nino și nașterea fiului ei, Gennaro, Lila îl părăsește definitiv pe Stefano când află că acesta așteaptă un copil de la Ada Cappuccio. Se mută cu Enzo Scanno la San Giovanni a Teduccio și începe să muncească în fabrica de *mortadelle* a lui Bruno Soccavo.

*Rino Cerullo*, fratele mai mare al Lilei, cârpaci și el. Împreună cu tatăl lui, Fernando, și datorită Lilei și banilor lui Stefano Carracci, pune pe picioare fabrica de încălţăminte Cerullo. Se căsătorește cu sora lui Stefano, Pinuccia Carracci, de la care are un fiu, Ferdinando, zis Dino. Îi poartă numele primul fiu al Lilei.

*Alţi copii.*

---

1 În italiană, în original: *Zâna albastră*. (*N.t.*)

**Familia Greco (familia portarului):**

*Elena Greco*, zisă Lenuccia sau Lenù. Născută în august 1944, e autoarea poveștii pe care o citim. Elena începe s-o scrie în momentul în care află că prietena ei din copilărie, Lina Cerullo, căreia numai ea îi spune Lila, a dispărut. După clasele primare, Elena își continuă studiile cu succes; la liceu, curajul ei și faptul că beneficiază de protecția profesoarei Galiani îi permit să scape cu capul sus dintr-o confruntare cu profesorul de religie în privința rolului Sfântului Duh. La invitația lui Nino Sarratore, de care e îndrăgostită în secret încă din fragedă copilărie, și cu ajutorul prețios al Lilei, va scrie despre această polemică într-un articol, care, însă, până la urmă, nu va fi publicat de revista cu care colaborează Nino. Studiile strălucite ale Elenei sunt încununate atât de licența obținută la Școala Normală din Pisa, unde îl cunoaște pe Pietro Airota cu care, de altfel, se logodește, cât și de publicarea unui roman în care expune viața din cartier și experiențele adolescentine trăite la Ischia.

*Peppe, Gianni și Elisa*, frații mai mici ai Elenei.

*Tatăl*, portar la primărie.

*Mama*, casnică. Mersul ei șchiopătat o obsedează pe Elena.

**Familia Carracci (familia lui don Achille):**

*Don Achille Carracci*, căpcăunul din povești, activ pe bursa neagră, cămătar. A fost ucis.

*Maria Carracci*, soția lui don Achille, mama lui Stefano, a Pinucciei și a lui Alfonso. Lucrează la mezeläria familiei.

*Stefano Carracci*, fiul defunctului don Achille, soțul Lilei. Administrează averea strânsă de tatăl lui și, în timp, devine un negustor de succes, grație celor două mezelării foarte prospere și magazinului de pantofi din Piața Martirilor, deschis alături de frații Solara. Nemulțumit de căsnicia tumultuoasă cu Lila, începe o relație cu Ada Cappuccio, împreună cu care va locui după ce aceasta din urmă rămâne însărcinată și Lila se mută la San Giovanni a Teduccio.

*Pinuccia*, fiica lui don Achille. Lucrează mai întâi în mezelăria familiei și pe urmă în magazinul de pantofi. Se căsătorește cu fratele Lilei, Rino, şi are cu el un fiu, Ferdinando, zis Dino.

*Alfonso*, fiul lui don Achille. E coleg de bancă cu Elena. E logodit cu Marisa Sarratore și devine responsabil de magazinul de pantofi din Piaţa Martirilor.

**Familia Peluso (familia tâmplarului):**

*Alfredo Peluso*, tâmplar. Comunist. Acuzat că l-a omorât pe don Achille, a fost condamnat și trimis la închisoare, unde a murit.

*Giuseppina Peluso*, soţia lui Alfredo. Muncitoare în fabrica de tutun, e devotată copiilor și soţului deţinut. La moartea acestuia, se sinucide.

*Pasquale Peluso*, fiul cel mare al lui Alfredo și al Giuseppinei, zidar, militant comunist. A fost primul care și-a dat seama de frumuseţea Lilei și care i-a declarat iubirea. Îi detestă pe frații Solara. A fost logodit cu Ada Cappuccio.

*Carmela Peluso*, vrea să i se spună și Carmen. Sora lui Pasquale, e vânzătoare la mercerie, dar este repede angajată de Lila la mezelăria nouă a lui Stefano. A fost mult timp logodită cu Enzo Scanno, dar acesta o părăsește fără explicaţii după ce termină serviciul militar. Se logodește ulterior cu benzinarul de la șosea.

*Alţi copii.*

**Familia Cappuccio (familia văduvei nebune):**

*Melina*, o rudă a Nunziei Cerullo, văduvă. Spală scările blocurilor din vechiul cartier. A fost amanta lui Donato Sarratore, tatăl lui Nino. Familia Sarratore a părăsit cartierul din cauza acelei relaţii, iar Melina aproape că și-a pierdut minţile.

*Soțul Melinei*, descărca lăzi în piața de fructe și legume și a murit în împrejurări neclare.

*Ada Cappuccio*, fiica Melinei. Când era mică o ajuta pe mama ei să spele scările. Grație Lilei, este angajată vânzătoare în mezelăria din vechiul cartier. Logodită de mult timp cu Pasquale Peluso, devine amanta lui Stefano Carracci: după ce rămâne însărcinată, va locui împreună cu el. Din relația lor se naște o fetiță, Maria.

*Antonio Cappuccio*, fratele ei, mecanic. A fost logodit cu Elena și e foarte gelos pe Nino Sarratore. Eventualitatea de a pleca militar îl îngrijorează la culme, dar când Elena vorbește cu frații Solara pentru a-l scuti de plecarea în armată, este profund umilit, într-atât încât pune punct relației lor. În timpul serviciului militar este afectat de o gravă cădere nervoasă și este liberat anticipat; odată întors în cartier, îmboldit de sărăcie, intră în serviciul lui Michele Solara, care, la un moment dat, îl trimite în Germania pentru o lungă și misterioasă misiune.

*Alți copii.*

**Familia Sarratore (familia feroviarului-poet):**

*Donato Sarratore*, feroviar, poet, jurnalist. Mare crai, a fost amantul Melinei Cappuccio. Când Elena merge în vacanță la Ischia și e oaspete în aceeași casă în care locuiește temporar familia Sarratore, e obligată să părăsească în grabă insula ca să scape de avansurile sexuale ale lui Donato. În vara următoare, însă, Elena îi cedează pe plajă, îmboldită de suferința pricinuită de relația dintre Nino și Lila. Ca să se elibereze de această experiență degradantă, Elena scrie o carte care îi va fi apoi publicată.

*Lidia Sarratore*, soția lui Donato.

*Nino Sarratore*, cel mai mare dintre cei cinci fii ai lui Donato și ai Lidiei. Își detestă tatăl. E un student foarte strălucit și are o lungă relație secretă cu Lila, al cărei deznodământ este o foarte scurtă conviețuire după ce ea rămâne însărcinată.

*Marisa Sarratore*, sora lui Nino. E logodită cu Alfonso Carracci.

*Pino, Clelia și Ciro Sarratore*, fiii mai mici ai lui Donato și ai Lidiei.

**Familia Scanno (familia vânzătorului de fructe):**

*Nicola Scanno*, vânzător de fructe, mort de pneumonie.

*Assunta Scanno*, soția lui Nicola, moartă de cancer.

*Enzo Scanno*, fiul lui Nicola și al Assuntei, și el vânzător de fructe. Lila îl simpatizează încă din copilărie. Enzo a fost mult timp logodit cu Carmen Peluso, pe care însă o părăsește fără explicații la întoarcerea din armată, unde începe din nou să studieze și obține diploma de expert industrial ca elev particular. Când Lila se hotărăște să-l părăsească definitiv pe Stefano, îi ia în grija lui pe ea și pe fiul ei, Gennaro, și îi duce să locuiască la San Giovanni a Teduccio.

*Alți copii.*

**Familia Solara (familia proprietarului de cafenea cu același nume):**

*Silvio Solara*, patronul cafenelei, monarhisto-fascist, camorist implicat în negoțul ilegal din cartier. A fost împotriva înființării fabricii de încălțăminte Cerullo.

*Manuela Solara*, soția lui Silvio, cămătăreasă: în cartier, registrul ei roșu e foarte temut.

*Marcello și Michele Solara*, fiii lui Silvio și ai Manuelei. Fanfaroni și aroganți, sunt totuși iubiți de fetele din cartier, cu excepția, evident, a Lilei. Marcello se îndrăgostește de Lila, dar ea îl respinge. Michele, puțin mai tânăr decât Marcello, e mai rece, mai inteligent, mai violent. E logodit cu Gigliola, fata cofetarului, dar, de-a lungul anilor, dezvoltă o obsesie bolnăvicioasă pentru Lila.

**Familia Spagnuolo (familia cofetarului):**

*Domnul Spagnuolo*, cofetarul cafenelei Solara.

*Rosa Spagnuolo*, soţia cofetarului.

*Gigliola Spagnuolo*, fata cofetarului, logodnica lui Michele Solara.

*Alţi copii.*

**Familia Airota:**

*Airota*, profesor de literatură greacă.

*Adele*, soţia lui. Colaborează cu editura milaneză care publică romanul Elenei.

*Mariarosa Airota*, fiica cea mare, profesoară de istoria artei la Milano.

*Pietro Airota*, coleg de facultate cu Elena și logodnicul ei, destinat unei strălucite cariere universitare.

**Profesorii:**

*Ferraro*, învăţător și bibliotecar. Învăţătorul le-a premiat, când erau mici, atât pe Lila, cât și pe Elena pentru sârguinţa lor de cititoare.

*Oliviero*, învăţătoare. A fost prima care și-a dat seama de potenţialul Lilei și al Elenei. Lila a scris la zece ani o povestioară intitulată *La fata blu*. Povestea i-a plăcut mult Elenei, care i-a dat-o lui Oliviero s-o citească. Dar învăţătoarea, enervată pentru că părinţii Lilei au decis să nu-și mai lase fiica să-și continue studiile, nu s-a pronunţat niciodată în legătură cu povestea aceea. Dimpotrivă, a încetat să se ocupe de Lila și s-a concentrat numai pe reușita Elenei. Moare după o lungă boală, după ce Elena își dă licenţa.

*Gerace*, profesor de gimnaziu.

*Galiani*, profesoară de liceu. E o îndrumătoare foarte cultă, comunistă. Inteligența Elenei o farmecă imediat. Îi împrumută cărți, o protejează în confruntarea cu profesorul de religie, o invită acasă la o petrecere dată de fiii ei. Relațiile lor se răcesc când Nino o părăsește pe Nadia, covârșit de pasiunea pentru Lila.

**Alte personaje:**

*Gino*, fiul farmacistului. A fost primul logodnic al Elenei.

*Nella Incardo*, verișoara învățătoarei Oliviero. Locuiește într-o casă la Barano, Ischia, unde vara închiriază familiei Sarratore câteva camere. A găzduit-o pe Elena într-o vacanță petrecută la mare.

*Armando*, student la Medicină, fiul profesoarei Galiani.

*Nadia*, studentă, fiica profesoarei Galiani și logodnica lui Nino, care o părăsește printr-o scrisoare trimisă de la Ischia atunci când se îndrăgostește de Lila.

*Bruno Soccavo*, prietenul lui Nino Sarratore și fiul unui industriaș bogat din San Giovanni a Teduccio. O angajează pe Lila în fabrica de *mortadelle* a familiei.

*Franco Mari*, student și logodnic al Elenei în primii ani de facultate.

# *Maturitatea*

# 1.

Ultima oară am văzut-o pe Lila acum cinci ani, în iarna lui 2005. Ne plimbam, dis-de-dimineață, în lungul șoselei și, cum se întâmpla deja de ani buni, nu reușeam să ne simțim în largul nostru. Vorbeam doar eu, îmi amintesc: ea fredona, saluta lume care nici măcar nu-i răspundea. În rarele ocazii în care mă întrerupea rostea numai fraze exclamative, fără nicio legătură clară cu ce spuneam eu. Se întâmplaseră, în toți anii aceia, prea multe chestii urâte, unele oribile, și, ca să regăsim calea familiarității, ar fi trebuit să ne destăinuim gânduri secrete. Dar eu nu aveam puterea de a găsi cuvintele, iar ea, care poate că avea putere, nu avea chef, nu vedea rostul.

Oricum, țineam foarte mult la ea și, când veneam la Napoli, încercam mereu să mă văd cu ea, chiar dacă, trebuie să spun, mi-era puțin teamă. Se schimbase mult. Bătrânețea, de-acum, ne biruise pe amândouă, dar în vreme ce eu mă luptam cu tendința de a mă îngrășa, ea era, în mod constant, numai piele și os. Părul scurt, pe care și-l tundea singură, era foarte alb, nu pentru că așa voia ea, ci din pură neglijență. Chipul, foarte obosit, amintea tot mai mult de cel al tatălui ei. Râdea nervos, aproape ca un șuierat, și vorbea cu un ton prea ridicat. Gesticula încontinuu, atât de violent și de precis, încât ziceai că vrea să despice în două blocurile, strada, trecătorii, pe mine.

Ne aflam în dreptul școlii când un bărbat tânăr pe care nu-l cunoșteam ne-a depășit gâfâind și i-a spus urlând că într-un răzor de lângă biserică fusese găsit cadavrul unei femei. Ne-am grăbit spre părculeț. Lila m-a târât după ea în grupul de curioși făcându-și loc într-un mod nepoliticos. Femeia zăcea pe o parte, era extraordinar de grasă și purta un impermeabil demodat de culoare verde închis. Lila a recunoscut-o imediat, eu nu însă: era prietena noastră din copilărie, Gigliola Spagnuolo, fosta soție a lui Michele Solara.

N-o mai văzusem de câţiva zeci de ani. Chipul odinioară frumos era distrus, gleznele îi deveniseră enorme. Părul, altădată şaten, era acum roşcat-aprins, lung, aşa cum îl purta când era mică, dar rar şi întins pe pământul de flori proaspăt arat. Doar un picior era încălţat cu un pantof scâlciat, cu toc jos; în celălalt avea o şosetă gri de lână, cu o gaură prin care îi ieşea degetul mare, iar pantoful se găsea un metru mai încolo, ca şi cum ar fi zvârlit cu el într-un moment de suferinţă sau de mare spaimă. Am izbucnit în plâns, iar Lila m-a privit în silă.

Ne-am aşezat pe o bancă în apropiere, am aşteptat în tăcere ca Gigliola să fie luată de acolo. Deocamdată nu se ştia ce i se întâmplase, cum murise. Ne-am retras acasă la Lila, în apartamentul vechi şi mic al părinţilor ei, în care locuia acum cu fiul ei, Rino. Am vorbit despre prietena noastră, ea a blamat-o, viaţa pe care o dusese, pretenţiile, ascunzişurile. Dar acum eu eram cea care nu reuşeam să ascult, mă gândeam la chipul acela din profil căzut pe pământul de flori, la părul lung şi rar, la petele albicioase de pe cap. Câte persoane care crescuseră împreună cu noi nu mai erau în viaţă, dispărute de pe faţa pământului fie din cauza bolii, fie pentru că-şi măcinaseră nervii, fie pentru că sângele lor fusese vărsat. O vreme am rămas în bucătărie apatice, fără ca niciuna din noi două să strângă masa, apoi am ieşit din nou.

În acea frumoasă zi de iarnă, soarele făcea ca lucrurile să aibă o înfăţişare liniştită. Cartierul vechi, spre deosebire de noi, rămăsese la fel. Rezistau casele joase şi gri, curtea în care ne jucam, şoseaua, gurile negre ale tunelului şi violenţa. Dar se schimbase peisajul din jur. Întinderea verzuie a lacurilor nu mai exista, vechea fabrică de conserve se degradase. În locul lor apăruseră scânteierile zgârie-norilor de sticlă, odinioară semnele unui viitor strălucitor în care nimeni nu crezuse niciodată. De-a lungul anilor, consemnasem toate schimbările, uneori curioasă, adeseori neatent. Când eram mică îmi imaginam că, dincolo de cartier, Napoli oferea numai minunăţii. Blocul zgârie-nori al gării centrale, de exemplu, mă impresionase mult, cu decenii în urmă, prin ridicarea lui, etaj după etaj — un schelet de clădire care atunci ni se părea foarte înalt —, într-o parte a gării originale. Ce mă mai miram când treceam prin Piaţa Garibaldi: uite cât e de înalt, le spuneam Lilei, lui Carmen, lui Pasquale, Adei, lui Antonio, tuturor colegilor de atunci cu care mergeam spre mare, pe lângă cartierele bogate. Acolo sus, mă gândeam, locuiesc îngerii și în mod sigur se bucură de tot orașul. Cât mi-ar fi plăcut să mă caţăr, să urc până-n vârf. Era blocul zgârie-nori *al nostru*, chiar dacă se afla în afara cartierului, un lucru pe care-l vedeam crescând zi după zi. Dar lucrările se opriseră. Când mă întorceam acasă de la Pisa, blocul zgârie-nori al gării, mai mult decât simbolul unei comunităţi care se reînnoia, mi se părea un loc în care se cuibărea ineficienţa.

În perioada aceea mi-am dat seama că nu era mare diferenţă între cartier și Napoli, răul aluneca dintr-o parte în alta neîntrerupt. De fiecare dată când reveneam, găseam un oraș făcut parcă tot mai mult din cocă, care nu rezista la schimbările de anotimp, la căldură, la frig și, mai ales, la furtuni. Iată, gara din Piaţa Garibaldi se inundase, iată, galeria din faţa muzeului se dărâmase, iată, avusese loc o alunecare de teren, curentul rămânea picat. Aveam în memorie străzi întunecate pline de pericole, trafic tot mai haotic, pavaj găurit, băltoace imense. Canalele supraîncărcate dădeau pe dinafară. Apa, mizeria, gunoaiele și bacteriile se revărsau ca lava în mare de pe colinele pline de construcţii foarte noi și fragile sau erodau lumea de dedesubt. Oamenii mureau din cauza neglijenţei, a corupţiei, a asupririi și totuși, la toate alegerile, îi aprobau cu entuziasm pe politicienii care le făceau viaţa insuportabilă. Cum coboram din tren, mă mișcam prudent prin locurile în care crescusem, având grijă să vorbesc mereu în dialect. Parcă voiam să spun *sunt de-a voastră, nu-mi faceţi rău.*

Când am absolvit facultatea, când am scris dintr-un foc o poveste, care, în mod cu totul neașteptat, în doar câteva luni, s-a transformat într-o carte, mi s-a părut că lumea din care proveneam eu, cu tot ce conținea, se înrăutățise și mai mult. În timp ce la Pisa, la Milano mă simțeam bine, uneori chiar fericită, în orașul meu mă temeam, de fiecare dată când reveneam, că ceva neprevăzut o să mă împiedice să scap de acolo, că lucrurile pe care le dobândisem îmi vor fi luate. N-aș mai fi putut să mă duc la Pietro, cu care trebuia să mă căsătoresc în curând; aș fi fost împiedicată să intru în spațiul elegant al editurii; nu m-aș mai fi putut bucura de favorurile lui Adele, viitoarea mea soacră, o mamă cum a mea nu fusese niciodată. Deja în trecut orașul mi se păruse aglomerat, era tot o înghesuială, de la Piața Garibaldi până în Forcella, Duchesca, Lavinaio, pe Rettifilo. La sfârșitul anilor șaizeci aveam impresia că mulțimea de oameni crescuse și că intoleranța și agresivitatea se revărsau în toate direcțiile în mod necontrolat. Într-o dimineață mă dusesem până pe strada Mezzocannone, acolo unde, cu câțiva ani în urmă lucrasem ca vânzătoare într-o librărie. Mă dusesem din curiozitate, ca să revăd locul în care trudisem, mai ales să arunc o privire asupra universității, în care nu intrasem niciodată. Voiam s-o compar cu cea din Pisa, cu Școala Normală, speram chiar să dau de fiii profesoarei Galiani — Armando și Nadia — și să mă laud cu ce realizasem. Dar strada, spațiile universitare îmi dăduseră o stare de neliniște. Erau înțesate de studenți napolitani, atât din provincie, cât și din tot Sudul, tineri bine îmbrăcați, gălăgioși, siguri de sine și necioplIți, dar și dintre cei umili. Se călcau în picioare la intrări, în săli, în fața secretariatelor unde erau cozi interminabile la care adesea se iscau certuri. Trei sau patru se luaseră la bătaie din senin la câțiva pași de mine, de parcă le-ar fi fost de-ajuns să se vadă ca să ajungă la o explozie de jigniri și lovituri, o masă furioasă de bărbați care-și urla dorința nestăvilită de sânge într-un dialect pe care eu însămi făceam eforturi să-l înţeleg. Plecasem de acolo în grabă, de parcă ceva amenințător m-ar fi atins în treacăt într-un loc pe care mi-l imaginam sigur, locuit doar de cauze bune.

În fiecare an mi se părea din ce în ce mai rău. În acel sezon ploios, orașul plesnise încă o dată, o întreagă clădire se înclinase pe o parte ca o persoană ce se sprijină de brațul ros de carii al unui vechi fotoliu și brațul cedează. Morţi, răniţi. Şi ţipete, ciomăgeli, explozive. Părea că orașul clocea în viscere o furie care nu putea ieși la suprafață și de aceea îl eroda sau erupea în pustule pline de venin împotriva tuturor: copii, adulţi, bătrâni, oameni din alte orașe, americani de la NATO, turiști de toate naționalitățile, chiar napolitani. Cum putea cineva să reziste în acel loc haotic și periculos, la periferie, în centru, pe coline, la poalele muntelui Vezuviu? Ce impresie urâtă îmi făcuse San Giovanni a Teduccio, călătoria până acolo. Ce impresie urâtă îmi făcuseră fabrica în care muncea Lila și Lila însăși, Lila cu fiul mic, Lila care, într-o clădire mizerabilă, locuia cu Enzo, chiar dacă nu dormea împreună cu el. Spusese că el voia să studieze funcționarea calculatoarelor electronice și că ea încerca să l ajute. Îmi rămăsese întipărită vocea ei care încerca să șteargă San Giovanni, salamurile, mirosul fabricii, starea ei, vorbind cu prefăcută competență despre sigle de genul: Centrul de Informatică al Universității din Milano, Centrul Sovietic de Aplicație a Calculatoarelor în Științele Sociale. Voia să mă facă să cred că urma să apară în curând un astfel de centru și la Napoli. Mă gândisem: la Milano poate că da, cu siguranță în Uniunea Sovietică, dar aici nu, aici sunt nesăbuințele minții tale incontrolabile în care îl târăști și pe bietul, devotatul Enzo. Să pleci. S-o ștergi definitiv, departe de viața pe care o cunoști încă de la naștere. Să te instalezi în teritorii bine organizate unde, într-adevăr, totul era posibil. Eu mă cărasem, de fapt. Dar numai ca să descopăr, în deceniile următoare, că mă înșelasem, că era vorba de un lanț cu inele tot mai mari: cartierul amintea de oraș, orașul de Italia, Italia de

Europa, Europa de întreaga planetă. Și astăzi mai cred așa: nu cartierul e cel bolnav, nici Napoli, ci globul terestru, universul nostru sau toate universurile. Și abilitatea constă în a te ascunde și în a-ți tăinui starea reală a lucrurilor.

Am vorbit cu Lila în după-amiaza aceea, în iarna lui 2005, emfatic și voind parcă să-mi recunosc păcatele. Voiam să-i mărturisesc că înțelesese totul de mică, fără să plece niciodată din Napoli. Dar mi s-a făcut rușine aproape imediat, am simțit în cuvintele mele pesimismul țâfnos al cuiva care îmbătrânește, tonul pe care, știam asta, ea îl detesta. Într-adevăr, a zâmbit arătându-și dinții îngălbeniți într-o grimasă nervoasă și a spus:

— Faci pe deșteapta, dai sfaturi? Ce ai de gând? Vrei să scrii despre noi? Vrei să scrii despre mine?

— Nu.

— Zi adevărul.

— Ar fi prea complicat.

— Te-ai gândit la asta, însă, încă te gândești.

— Da, puțin.

— Trebuie să mă lași în pace, Lenù. Trebuie să ne lași pe toți în pace. Noi trebuie să dispărem, nu merităm nimic, nici Gigliola, nici eu, nimeni.

— Asta nu-i adevărat.

M-a scrutat cu o privire urâtă de nemulțumire. Pupilele abia i se vedeau, buzele îi erau întredeschise.

— Bine, a spus, scrie, dacă chiar vrei, scrie despre Gigliola, spune ce ai chef. Dar despre mine nu, să nu îndrăznești, promite-mi.

— N-o să scriu despre nimeni, nici despre tine.

— Vezi că sunt cu ochii pe tine.

— Da?

— Vin să-ți cotrobăi în computer, îți citesc documentele, ți le șterg.

— Ei, hai.

— Crezi că nu sunt în stare?

— Știu că ești în stare. Dar știu să mă feresc.

A râs în vechiul ei fel răutăcios.

— De mine nu.

## 2.

N-am uitat niciodată acele trei cuvinte, a fost ultimul lucru pe care mi l-a spus: *de mine nu*. Scriu cu energie de câteva săptămâni, fără a mai pierde vremea să recitesc. Dacă Lila mai este în viață — fantazez în timp ce sorb din cafea și privesc fluviul Pad care se izbește de stâlpii podului Principessa Isabella — nu va putea rezista, va veni să-și bage nasul în computerul meu, va citi și, ca o bătrână lunatică ce e, se va enerva din cauza nesupunerii mele, va dori să intervină, va corecta, va adăuga, își va uita dorința nerăbdătoare de a dispărea. Apoi clătesc ceașca, mă duc la birou, încep să scriu din nou pornind de la acea primăvară rece din Milano, într-o seară din urmă cu mai mult de patruzeci de ani, în librărie, când bărbatul cu ochelari cu lentile groase a vorbit sarcastic despre mine și despre cartea mea în fața tuturor și eu am răspuns în mod confuz, șovăitor. Până când, brusc, s-a ridicat Nino Sarratore, aproape de nerecunoscut din cauza bărbii neîngrijite, foarte neagră, și l-a atacat cu duritate pe cel care mă criticase. Din acel moment toată ființa mea a început să-i strige numele în tăcere — de cât timp nu l-am văzut: patru-cinci ani — și chiar dacă încordarea mă transformase în stană de gheață, am simțit că iau foc.

Imediat după ce Nino își încheiase intervenția, bărbatul a cerut cu un gest reținut dreptul la replică. Era clar că se simțea jignit, dar emoțiile violente mă zăpăciseră prea tare ca să înțeleg imediat de ce. Îmi dădusem seama, bineînțeles, că intervenția lui Nino mutase discuția dinspre literatură spre politică, și chiar într-o manieră agresivă, aproape nepoliticoasă. Oricum, atunci n-am acordat prea multă importanţă chestiunii, nu puteam să-mi iert faptul că nu ştiusem să fac faţă confruntării, că fusesem incoerentă în faţa unui public foarte cult. Şi totuşi, eram bine pregătită. La liceu reacţionasem la o situaţie în care mă aflam în dezavantaj încercând să mă transform în profesoara Galiani, îmi însuşisem tonalităţile şi limbajul ei. La Pisa, modelul acela feminin nu ajunsese, fusesem nevoită să înfrunt oameni foarte instruiţi. Franco, Pietro, toţi studenţii care excelau şi, bineînţeles, profesorii prestigioşi de la Şcoala Normală se exprimau complicat, scriau cu o foarte studiată preţiozitate, aveau abilitatea de a diviza în categorii, o claritate logică, toate calităţi care lui Galiani îi lipseau. Dar eu exersasem ca să fiu ca ei. Şi adesea reuşeam, mi se părea că stăpânesc cuvintele suficient încât să alung pentru totdeauna contradicţiile existenţiale, emoţiile şi discursurile agitate. În fine, ştiam să recurg, de-acum, la un mod de a vorbi şi de a scrie care, prin intermediul unui vocabular foarte ales, al unui ritm amplu şi gândit, al dispunerii enervante a subiectelor şi al unei dichisiri formale care nu trebuia să lipsească niciodată, avea ca ţintă anihilarea interlocutorului până când îi pierea cheful de a obiecta. Dar în seara aceea lucrurile nu se aranjaseră cum trebuia. Mai întâi, Adele şi prietenii ei, pe care mi-i închipuiam cu lecturi foarte rafinate, apoi bărbatul care purta ochelari cu lentile groase, mă intimidaseră. Redevenisem fetiţa inimoasă care venea din cartier, fiica portarului cu un accent dialectal din Sud, uimită că ajunsese în locul acela ca să interpreteze rolul scriitoarei tinere şi culte. Astfel îmi pierdusem încrederea şi mă exprimasem neconvingător, dezordonat. Fără să-l iau în calcul pe Nino. Apariţia lui mă făcuse să-mi pierd stăpânirea de sine şi calitatea intervenţiei lui în favoarea mea îmi confirmase faptul că îmi pierdusem brusc abilităţile. Proveneam din acelaşi mediu, făcuserăm eforturi amândoi să dobândim limbajul acela. Şi totuşi, el nu doar că-l folosea cu naturaleţe, îndreptându-l cu ușurință către interlocutorul său. Dar uneori, când i se părea necesar, își îngăduia să facă o dezordine programată în acea italiană elegantă cu o atitudine de dispreț nerușinată care făcuse ca tonalitatea de profesor a bărbatului cu ochelari cu lentile groase să pară desuetă și poate și un pic ridicolă. În consecință, când am văzut că acesta din urmă voia să ia din nou cuvântul, m-am gândit: s-a enervat tare și dacă înainte a vorbit rău despre cartea mea, acum va vorbi și mai rău ca să-l umilească pe Nino care i-a luat apărarea.

Dar bărbatul părea preocupat de altceva: nu s-a întors la romanul meu, nu m-a mai adus în discuție. S-a concentrat, în schimb, pe unele expresii folosite marginal de Nino, dar pe care, totuși, le repetase de mai multe ori: chestii de genul *aroganță provocatoare de baron*, *literatură antiautoritară*. Am înțeles abia atunci că îl enervase, de fapt, întorsătura politică pe care o luase discuția. Nu-i plăcuse vocabularul acela și a subliniat asta întrerupându-și vocea profundă cu un neașteptat discurs sarcastic (*așadar mândria cunoașterii astăzi este definită drept aroganță provocatoare, așadar și literatura a devenit antiautoritară?*). Pe urmă a început să se joace, rafinat, cu cuvântul *autoritate*, mulțumesc lui Dumnezeu — a spus —, o stavilă împotriva tinereilor cu o cultură prost însușită care-și dau cu părerea la nimereală în legătură cu orice, recurgând la prostiile cine știe cărui curs alternativ al Universității. Și a vorbit mult timp pe tema aceea, adresându-se publicului, niciodată în mod direct lui Nino sau mie. Spre final, în schimb, și-a concentrat atenția mai întâi asupra criticului bătrân care stătea lângă mine și apoi direct asupra lui Adele, probabil adevărata lui țintă polemică încă de la început. Eu n-am nimic cu tinerii — a spus pe scurt —, ci cu adulții docți care sunt tot timpul gata, din interes, să încalece pe ultima modă a stupidității. Moment în care, în sfârșit, a tăcut și a dat să plece cu niște umile, dar energice *mă scuzați, dați-mi voie, mulțumesc.*

Cei prezenţi s-au ridicat ca să-l lase să treacă, ostili, dar, în același timp, respectuoși. Mi-a fost, în mod decisiv, limpede, în acel moment, că era un om de prestigiu, un asemenea prestigiu că până și Adele a răspuns la semnul lui sumbru de salut cu un cordial: *mulţumesc, la revedere.* De aceea, poate, Nino i-a surprins puţin pe toţi când, în mod imperativ și totodată arogant, arătând că știe cu cine avea de-a face, l-a strigat cu titlul de profesor — *domnule profesor, unde plecaţi, nu fugiţi.* Apoi, graţie picioarelor lui lungi și agile, i-a tăiat calea, s-a postat în faţa lui și i-a spus fraze în limba aia nouă a lui pe care, de unde eram, în parte n-am auzit-o, în parte n-am înţeles-o, dar care păreau, probabil, ca niște cabluri de oţel sub soarele puternic. Bărbatul a ascultat nemișcat, cu răbdare, apoi a făcut un gest cu mâna care însemna *dă-te la o parte* și a pornit spre ieșire.

## 3.

Am părăsit masa zăpăcită. Făceam eforturi să conștientizez că Nino era într-adevăr acolo, la Milano, în săliţa aceea. Și totuși, iată-l acolo, deja venea spre mine zâmbind, cu pași controlaţi, fără nicio grabă. Ne-am strâns mâinile, a lui era foarte caldă, a mea rece ca gheaţa, și ne-am spus cât eram de bucuroși să ne revedem după atâta timp. Indispoziţia mea, dar nu și agitaţia, s-a atenuat știind că în sfârșit ce fusese mai rău în seara aceea trecuse și că acum el era în faţa mea, în carne și oase. I l-am prezentat criticului care-mi lăudase, cu generozitate, cartea, i-am spus că era un prieten din Napoli, că făcuserăm liceul împreună. Profesorul, deși fusese și el ironizat de Nino, a fost amabil, l-a lăudat pentru felul în care îl tratase pe individul acela, a vorbit despre Napoli cu simpatie, i s-a adresat ca unui student strălucit care trebuia încurajat. Nino a explicat că locuia la Milano de mulţi ani, se ocupa de geografie economică, aparţinea — și a zâmbit — celei mai mizerabile categorii a piramidei academice, adică asistenţii. A făcut-o într-un mod captivant, fără intonaţiile uşor îmbufnate pe care le avea când era adolescent, şi mi s-a părut că poartă o armură mai uşoară decât cea care mă fascinase în liceu, ca şi cum s-ar fi debarasat de greutăţi excesive ca să se poată întrece în luptă mai rapid şi cu eleganţă. Am observat uşurată că nu purta verighetă.

Între timp, câteva dintre prietenele lui Adele se apropiaseră ca să le dau autografe pe carte, chestie care m-a emoţionat, mi se întâmpla pentru prima oară. Am ezitat: nu voiam să-l pierd din vedere pe Nino nici măcar o clipă, dar îmi doream şi să şterg impresia de fetişcană şovăielnică pe care probabil i-o făcusem. L-am lăsat, aşadar, cu bătrânul profesor — se numea Tarratano — şi le-am întâmpinat politicos pe cititoarele mele. Îmi propuneam să termin repejor, dar exemplarele erau noi, miroseau a tipar, fără nicio legătură cu cărţile uzate şi împuţite pe care Lila şi cu mine le luam cu împrumut de la biblioteca din cartier, şi n-am vrut să le stric în viteză cu pixul. Mi-am etalat cea mai frumoasă grafie din vremurile învăţătoarei Oliviero, am inventat dedicaţii elaborate care au provocat ceva nerăbdare doamnelor care aşteptau. Am făcut-o în timp ce inima-mi bătea puternic, urmărindu-l pe Nino. Tremuram la gândul că o să plece.

N-a plecat. Acum de el şi de Tarratano se apropiase Adele, iar Nino i se adresa cu respect şi totodată cu dezinvoltură. Mi-am amintit de vremea în care vorbea pe coridoarele liceului cu profesoara Galiani şi mi-a luat ceva timp să-l suprapun, în mintea mea, pe liceanul strălucit de atunci cu tânărul bărbat de acum. Am renunţat impulsiv însă, ca la o deviere inutilă care ne făcuse pe toţi să suferim, la studentul din Ischia, la amantul prietenei mele căsătorite, la băiatul rătăcit care se ascundea în toaleta magazinului din Piaţa Martirilor şi care era tatăl lui Gennaro, un copil pe care nu-l văzuse niciodată. Cu siguranţă apariţia Lilei îl dezorientase, dar — cu acea ocazie mi s-a părut evident — fusese vorba doar de o paranteză. Oricât de intensă fusese acea experiență, oricât de profunde erau semnele pe care i le lăsase, acum era încheiată. Nino se regăsise pe sine și m-am bucurat de asta. M-am gândit: trebuie să-i spun Lilei că l-am întâlnit, că e bine. Apoi m-am răzgândit: nu, n-o să-i spun.

Când am terminat cu dedicațiile, sălița era deja goală. Adele m-a luat de mână cu delicatețe, m-a lăudat mult pentru felul în care vorbisem despre cartea mea și pentru felul în care răspunsesem celei mai proaste intervenții — așa a definit-o — a bărbatului cu ochelari cu lentile groase. Pentru că negam faptul că fusesem bună (știam bine că nu era adevărat), i-a rugat pe Nino și pe Tarratano să-și dea cu părerea și amândoi, bineînțeles, nu mai isprăveau cu complimentele. Nino a ajuns să spună, fixându-mă cu privirea serios: *nu știți cum era fata asta deja la gimnaziu, foarte inteligentă, foarte cultă, foarte curajoasă, foarte frumoasă*. Și în timp ce eu simțeam că îmi ia fața foc, a început să povestească tuturor, cu o politețe ironică, despre conflictul meu, din urmă cu mulți ani, cu profesorul de religie. Adele a ascultat, a râs des. În familia noastră, a spus, ne-am dat seama imediat de calitățile Elenei. Apoi a anunțat că făcuse rezervare pentru cină într-un loc aflat la câțiva pași. M-am alarmat, am șoptit stânjenită că eram obosită și că nu-mi era foame, am lăsat să se înțeleagă că, din moment ce nu ne văzuserăm de mult timp, aș fi făcut bucuroasă câțiva pași împreună cu Nino înainte să merg la culcare. Știam că era o impolitețe, rolul cinei era să mă sărbătorească pe mine și să-i mulțumească lui Tarratano pentru implicarea lui și pentru vorbele frumoase în favoarea cărții, dar nu m-am putut abține. Adele m-a fixat o clipă cu o expresie ironică, a replicat că, bineînțeles, era invitat și prietenul meu. Apoi a adăugat pe un ton misterios, voind parcă să mă răsplătească pentru sacrificiul pe care îl făceam: am o surpriză plăcută pentru tine. M-am uitat la Nino neliniștită: o să accepte invitația? El a spus că nu voia să deranjeze, dar s-a uitat la ceas și a acceptat.

## 4.

Am părăsit librăria. Adele, discret, a mers în față împreună cu Tarratano, iar eu și Nino i-am urmat. Dar am descoperit repede că nu știam ce să-i spun, mă temeam că orice cuvânt va fi greșit interpretat. A avut el grijă să evite tăcerea. Mi-a lăudat din nou cartea, a început să vorbească cu mare stimă despre familia Airota (i-a definit „cea mai civilizată dintre familiile care au vreo importanță în Italia"), a spus că o cunoștea pe Mariarosa („e mereu în prima linie: acum două săptămâni ne-am certat rău"), m-a felicitat pentru că tocmai aflase de la Adele că eram logodită cu Pietro, despre a cărui carte legată de riturile bahice, spre uimirea mea, s-a dovedit că știe; dar, în special, a vorbit cu amabilitate despre capul familiei, profesorul Guido Airota, „un om cu adevărat excepțional". M-a enervat puțin că știa despre logodna mea și m-a stânjenit faptul că lauda cărții mele era ca o introducere a laudei mult mai stăruitoare la adresa întregii familii a lui Pietro, a cărții lui Pietro. L-am întrerupt, l-am întrebat de el, dar a fost vag, a făcut doar câteva referiri la un volumaș care urma să fie publicat, pe care l-a definit plictisitor, dar obligatoriu. Am insistat, l-am întrebat dacă-i fusese greu la Milano la început. Mi-a răspuns în câteva cuvinte despre problemele pe care le ai când vii din Sud fără o centimă în buzunar. Pe urmă, brusc, m-a întrebat:

— Te-ai întors să locuiești la Napoli?

— Pentru moment, da.

— În cartier?

— Da.

— Eu am rupt definitiv relația cu tata și nu mă mai văd cu nimeni din familia mea.

— Păcat.

— E bine așa. Îmi pare rău doar că nu am vești despre Lina.

Am crezut pentru o clipă că mă înșelasem, că Lila nu ieșise niciodată din gândurile lui, că nu venise la librărie pentru mine, ci doar ca să afle despre ea. Apoi mi-am zis: dacă ar fi dorit într-adevăr să afle de Lila, ar fi găsit, în atâția ani, modalitatea de a se informa. Așa că am reacționat impulsiv, cu tonul clar al cuiva care vrea să încheie subiectul rapid.

— Și-a părăsit soțul și locuiește cu altul.

— A avut un băiat sau o fată?

— Un băiat.

A făcut o grimasă nemulțumită și a spus:

— Lina e curajoasă, chiar prea mult. Dar nu știe să se supună realității, este incapabilă să-i accepte pe ceilalți și pe ea însăși. A fost o experiență dificilă să țin la ea.

— În ce sens?

— Nu știe ce e dăruirea.

— Poate că exagerezi.

— Nu, chiar e primitivă: în gândire și în tot, chiar și în sex.

Acele ultime cuvinte — *chiar și în sex* — m-au tulburat mai mult decât celelalte. Așadar, Nino dădea un verdict negativ în privința relației cu Lila? Așadar, tocmai îmi spusese, tulburându-mă, că verdictul acela acoperea și sfera sexuală? Am fixat cu privirea pentru câteva secunde siluetele întunecate ale lui Adele și prietenului ei care mergeau în fața noastră. Tulburarea s-a transformat în anxietate, am înțeles că acel *chiar și în sex* era un preambul, că el își dorea să devină și mai explicit. Cu ani în urmă se întâmplase ca Stefano, după nuntă, să mi se confeseze, să-mi povestească despre problemele cu Lila, dar o făcuse fără să se refere vreodată la sex. Nimeni în cartier n-ar fi făcut asta vorbind despre femeia la care ținea. Era de neconceput, de exemplu, ca Pasquale să-mi povestească despre sexualitatea lui Adele sau, mai rău, ca Antonio să discute cu Carmen sau cu Gigliola despre sexualitatea mea. Se făcea asta între bărbați — la modul vulgar, când nu țineau la noi, fetele, sau nu mai țineau —, dar între bărbaţi şi femei nu. Am intuit, în schimb, că Nino, noul Nino, considera absolut firesc să abordeze cu mine tema relaţiilor sexuale avute cu prietena mea. M-am ruşinat, am lăsat-o baltă. Nici despre asta, m-am gândit, nu va trebui să-i vorbesc niciodată Lilei, timp în care am spus cu o falsă dezinvoltură: e deja istorie, să nu ne întristăm, să revenim la tine, la ce lucrezi, ce perspective ai la universitate, unde locuieşti, stai singur? Cu siguranţă, însă, elanul meu a fost exagerat, a simţit probabil că mă fofilasem de la discuţie. A zâmbit ironic, a dat să-mi răspundă, dar exact atunci am ajuns la restaurant şi am intrat.

## 5.

Adele a distribuit locurile: eu lângă Nino şi în faţa lui Tarratano, ea lângă Tarratano şi în faţa lui Nino. Am comandat şi, între timp, conversaţia se mutase deja asupra bărbatului cu ochelari cu lentile groase, un profesor de literatură italiană — din câte am înţeles —, colaborator zelos al ziarului *Corriere della Sera*, creştin-democrat. Nici Adele, nici prietenul ei nu s-au înfrânat de data asta. Lăsând la o parte discursul de la librărie, au vorbit cât se putea de urât de insul acela şi l-au lăudat pe Nino pentru felul în care îl înfruntase şi-l gonise. S-au distrat mai ales evocând iarăşi cuvintele cu care îl atacase în timp ce părăsea sala, fraze pe care ei le auziseră şi eu nu. L-au întrebat care fusese formularea exactă, Nino a încercat să se sustragă, a spus că nu-şi amintea. Dar pe urmă cuvintele au ieşit, poate reinventate pentru acea împrejurare, ceva de genul: *dumneavoastră, pentru a apăra Autoritatea în fiecare expresie a ei, aţi fi gata să suspendaţi democraţia*. Şi din acel moment au vorbit numai ei trei, extinzând tot mai mult discuţia, despre servicii secrete, despre Grecia, despre torturile din închisorile din ţara aceea, despre Vietnam, despre nesperata apariţie a mişcării studenţeşti nu doar în Italia, ci în

Europa și în lume, despre o intervenție în revista *Ponte* semnată de profesorul Airota —, cu care Nino a zis că a fost de acord cuvânt cu cuvânt — apropo de starea cercetării și a învățământului în universități.

— O să-i spun fiicei mele că v-a plăcut, a spus Adele, Mariarosa a considerat-o proastă.

— Pe Mariarosa o pasionează doar ce lumea nu poate oferi.

— Bravo, chiar așa e.

Eu nu știam nimic despre acea intervenție a viitorului meu socru. Treaba asta m-a stânjenit, am stat să ascult în tăcere. Mai întâi examenele, apoi teza de diplomă, apoi cartea și publicarea ei în grabă îmi absorbiseră mare parte din timp. Eram doar superficial informată în legătură cu evenimentele lumești și nu auzisem mai nimic despre studenți, manifestări, conflicte, răniți, arestări, sânge. Fiindcă nu mai eram în universitate, tot ce știam cu adevărat despre marasmul acela erau bombănelile lui Pietro, care se lamenta în privința a ceea ce el definea literal „prostănacul pisan". În consecință, de jur împrejur simțeam că se desfășoară o scenografie tulbure, pe care, în schimb, comesenii mei păreau că o pot descifra cu extremă precizie, Nino mai mult decât ceilalți. Stăteam lâgă el, ascultam, îi atingeam ușor brațul cu brațul meu, un contact doar al hainelor care totuși mă emoționa. Își păstrase predilecția pentru cifre: înșira numere despre înscrișii la universitate, foarte mulți deja, și despre capacitatea reală a clădirilor, despre orele de muncă efectivă ale baronilor, despre câți oameni stăteau în parlament sau în consilii de administrație sau se dedicau unor foarte bine remunerate consultanțe și profesiei private mai degrabă decât să predea sau să muncească în domeniul cercetării. Adele consimțea, prietenul ei la fel, uneori interveneau vorbind despre persoane al căror nume nu-l auzisem niciodată. M-am simțit exclusă. Sărbătorirea cărții mele nu mai era o prioritate pentru ei, soacra mea părea să fi uitat și de surpriza pe care mi-o anunţase. Am şoptit că lipsesc puţin, Adele a făcut un semn distrat, Nino a continuat să vorbească cu pasiune. Tarratano s-a gândit, probabil, că mă plictiseam şi a spus prompt, aproape susurând:

— Să vă întoarceţi repede, ţin mult la părerea dumneavoastră.

— N-am păreri, am răspuns zâmbind cu jumătate de gură.

Mi-a zâmbit la rândul lui:

— O scriitoare inventează întotdeauna una.

— Poate că nu sunt o scriitoare.

— Bineînţeles că sunteţi.

M-am dus la toaletă. Nino fusese mereu capabil să-mi demonstreze, imediat ce deschidea gura, cât eram de înapoiată. Trebuie să mă pun pe învăţat, m-am gândit, cum am putut să mă las luată de val în felul ăsta? Desigur, dacă vreau, ştiu să disimulez, cu ajutorul cuvintelor, un pic de competenţă şi un pic de pasiune. Nu pot continua aşa însă, am învăţat prea multe lucruri care nu contează şi foarte puţine cu adevărat importante. După sfârşitul relaţiei cu Franco, am pierdut acel strop de curiozitate faţă de lume pe care el mi-o transmisese. Iar logodna cu Pietro nu m-a ajutat, ce nu-l interesa pe el a încetat să mă mai intereseze pe mine. Cât de diferit e Pietro de tatăl, sora şi mama lui. Dar, mai ales, cât de diferit e de Nino. Dacă ar fi fost după el, n-aş fi scris nici cartea. A acceptat-o aproape cu lehamite, ca pe o încălcare a codului bunelor maniere academice. Sau poate că exagerez, este numai vina mea. Sunt o fată mărginită, reuşesc să mă concentrez doar asupra unui singur lucru o dată şi exclud tot restul. Dar acum o să mă schimb. Imediat după cina asta plicticoasă o să-l târăsc pe Nino cu mine, o să-l oblig să ne plimbăm toată noaptea, o să-l întreb ce cărţi trebuie să citesc, ce filme trebuie să văd, ce muzică trebuie să ascult. Şi o să-l iau de braţ, o să spun: mi-e frig. Scopuri confuze, propoziţii incomplete. Mi-am ascuns neliniştea pe care o simţeam şi mi-am spus doar atât: ar putea fi singura ocazie pe care o avem, mâine o să plec, n-o să-l mai văd.

În timpul ăsta mă priveam în oglindă cu mânie. Aveam un chip obosit. Micile coşuri pe bărbie şi cearcănele violet anunţau menstruaţia. Sunt urâtă, scundă, cu pieptul prea mare. Ar fi trebuit să fi înţeles de mult că nu i-am plăcut niciodată, nu întâmplător a preferat-o pe Lila mie. Dar cu ce rezultat? *E primitivă chiar şi în sex*, a spus. Am greşit că am ocolit subiectul. Ar fi trebuit să mă arăt curioasă, să-l las să continue. Dacă vorbeşte din nou despre asta, o să fiu mai lipsită de prejudecăţi, o să-i spun: ce-nseamnă că o fată e primitivă în sex? Te întreb, o să-i explic râzând, ca să mă corectez şi eu, dacă o să mi se pară necesar. Dacă presupunem că te poţi corecta, cine ştie. Mi-am amintit cu scârbă de ce se întâmplase cu tatăl lui pe plaja Maronti. M-am gândit la amorul făcut cu Franco în patul din cămăruţa lui de la Pisa. În acele împrejurări făcusem ceva greşit, care fusese observat, dar despre care, din delicateţe, nu mi se vorbise? Şi dacă chiar în seara aceea, eventual, m-aş culca cu Nino, aş fi greşit din nou, astfel că el ar fi gândit: *e primitivă ca Lila* şi ar fi vorbit pe la spatele meu cu prietenele lui de la Universitate, poate chiar cu Mariarosa?

Mi-am dat seama cât de dezagreabile erau acele cuvinte, ar fi trebuit să-l dojenesc. Din acea experienţă sexuală nereuşită, despre care acum formulezi o părere negativă, ar fi trebuit să-i spun, a rezultat un fiu, micul Gennaro, care e foarte inteligent: nu e frumos să vorbeşti aşa, nu poţi împărţi femeile în primitive şi delicate, Lila şi-a distrus viaţa pentru tine. Şi am decis: când o să scap de Adele şi de prietenul ei, când o să mă conducă la hotel, o să reiau discuţia şi o să-i spun.

Am ieşit de la toaletă. M-am întors în sală şi am văzut că situaţia se schimbase cât timp lipsisem. Cum m-a văzut soacra mea, a fluturat o mână şi a spus veselă, cu obrajii aprinşi: a venit, în sfârşit, surpriza. Surpriza era Pietro, stătea chiar lângă ea.

## 6.

Logodnicul meu a sărit de pe scaun, m-a îmbrățișat. Nu-i povestisem niciodată nimic despre Nino. Făcusem referiri la Antonio, câteva cuvinte, și îi spusesem ceva despre relația mea cu Franco, care, de altfel, era foarte cunoscută în mediul studențesc din Pisa. Pe Nino, în schimb, nu-l pomenisem niciodată. Era o poveste care-mi făcea rău, avea momente dureroase de care mi-era rușine. S-o istorisesc însemna să mărturisesc că iubeam dintotdeauna pe cineva cum pe el nu l-aș fi iubit niciodată. Și, ca totul să aibă o logică, ar fi trebuit să vorbesc despre Lila, despre Ischia. Poate să recunosc că episodul de sex cu un bărbat matur, așa cum figura în cartea mea, se inspira dintr-o experiență reală de la Maronti, dintr-o alegere de-a mea de fetiță disperată care acum, după atâta timp, mi se părea o chestie dezgustătoare. Treaba mea, deci, îmi păstrasem secretele. Dacă Pietro ar fi știut, ar fi înțeles ușor nemulțumirea cu care-l întâmpinam.

A luat loc din nou în capul mesei, între mama lui și Nino. A devorat un biftec, a băut vin, dar mă privea alarmat, resimțea proasta mea dispoziție. Cu siguranță se simțea vinovat pentru că nu ajunsese la timp și ratase un eveniment important din viața mea, pentru că nepăsarea lui putea fi interpretată ca un semn că nu mă iubea, pentru că mă lăsase cu niște străini, fără confortul afecțiunii lui. Era greu să-i spun că fața mea posomorâtă și muțenia mea se explicau *tocmai* prin faptul că nu rămăsese absent până la sfârșit, că se băgase între mine și Nino.

Acesta, de altfel, mă făcea și mai nefericită. Stătea lângă mine, dar nu-mi adresa niciun cuvânt. Părea bucuros de sosirea lui Pietro. Îi turna vin, îi oferea din țigările lui, îi aprindea una și acum suflau fum amândoi printre buzele strânse, vorbind despre călătoria obositoare cu mașina de la Pisa la Milano, despre plăcerea de a conduce. M-a tulburat diferența mare dintre ei:

Nino uscățiv, cu un mers șleampăt, cu o voce ridicată și amabilă; Pietro durduliu, cu părul încâlcit caraghios peste fruntea foarte lată, cu obrajii rotunzi jupuiți de lama de ras și vocea tot timpul coborâtă. Păreau fericiți că s-au cunoscut, chestie destul de nefirească pentru Pietro, care prefera mereu să-și vadă de treaba lui. Nino îl bătea la cap, arăta un interes real pentru studiile lui (*am citit undeva un articol în care pui în opoziție laptele și mierea cu vinul și orice formă de beție*), îl îndemna să vorbească despre ele, iar logodnicul meu, care despre subiectele acelea avea tendința, în general, să nu spună nimic, ceda, îl corecta bonom, își deschidea sufletul. Dar exact când Pietro începea să capete încredere, a intervenit Adele.

— Gata cu pălăvrăgitul, i-a spus fiului ei. Și surpriza pentru Elena?

Am privit-o nesigură. Erau și alte surprize? Nu era de-ajuns că Pietro condusese ore în șir fără să se oprească deloc ca să ajungă la timp cel puțin pentru cina organizată în onoarea mea? M-am gândit la logodnicul meu cu curiozitate, pe chip îi apărea o expresie încruntată pe care i-o știam și pe care o căpăta atunci când împrejurările îl constrângeau să vorbească de bine despre el însuși în public. M-a anunțat, aproape din vârful buzelor, că devenise profesor titular, un foarte tânăr profesor titular la Florența. Așa, ca prin farmec, după cum îi era obiceiul. Nu se lăuda niciodată cu profesionalismul lui, nu știam mai nimic despre cât era de apreciat ca cercetător, nu-mi vorbea despre probele foarte dure la care se supunea. Iar acum, iată, menționa în treacăt vestea aceea cu dezinvoltură, ca și cum ar fi fost constrâns de mama lui, ca și cum pentru el n-ar fi însemnat mare lucru. În schimb, însemna un prestigiu important pentru un tânăr, însemna siguranță financiară, însemna să plece din Pisa, însemna să scape de un climat politic și cultural care de luni întregi, nu știu de ce, îl exaspera. Dar mai ales însemna că, în toamnă, sau cel mult la începutul anului următor, ne vom căsători și eu voi pleca din

Napoli. Nimeni nu s-a referit la ultimul lucru, în schimb toţi l-au felicitat pe Pietro, dar şi pe mine. Şi Nino, care imediat s-a uitat la ceas, a spus câteva fraze ostile despre carierele universitare, a exclamat că îi părea rău, dar că trebuia să plece.

Ne-am ridicat toţi. Nu ştiam ce să fac, i-am căutat în zadar privirea, am simţit în piept o mare durere. Sfârşitul serii, ocazie pierdută, dorinţe neîmplinite. Odată ieşiţi în stradă am sperat să-mi dea un număr de telefon, o adresă. S-a limitat la a-mi strânge mâna şi la a-mi ura tot binele posibil. Din momentul acela am avut senzaţia că mă exclude intenţionat cu fiecare mişcare de-a lui. În semn de rămas bun i-am zâmbit cu jumătate de gură, fluturând mâna prin aer ca şi cum aş fi ţinut în palmă o pană. Era o rugăminte, însemna: ştii unde locuiesc, scrie-mi, te implor. Dar îmi întorsese deja spatele.

## 7.

Le-am mulţumit lui Adele şi prietenului ei pentru toată osteneala pe care şi-o dăduseră pentru mine şi cartea mea. Amândoi l-au lăudat pe Nino mult timp, cu sinceritate, vorbindu-mi de parcă aş fi contribuit cu ceva la faptul că era atât de simpatic, atât de inteligent. Pietro n-a spus nimic, a făcut doar un semn un pic nervos când mama lui l-a rugat să se întoarcă repede, erau amândoi oaspeţii Mariarosei. Eu am spus imediat: *nu e nevoie să mă conduci, du-te cu mama ta.* Nimănui nu i-a trecut prin minte că vorbeam serios, că eram nefericită şi preferam să rămân singură.

Tot drumul am fost recalcitrantă. Am exclamat că Florenţa nu-mi plăcea, şi nu era adevărat. Am zis că nu mai voiam să scriu, voiam să predau, şi nu era adevărat. Am spus că eram obosită, că-mi era foarte somn, şi nu era adevărat. În plus: când, fără niciun preambul, Pietro m-a anunţat că voia să vină să-i cunoască pe părinţii mei, am urlat la el: *ești nebun, pe-ai mei trebuie să-i lași în pace, nu vă potriviți*. Atunci m-a întrebat speriat:

— Nu mai vrei să te căsătorești cu mine?

Am fost pe punctul de a răspunde: *nu, nu vreau*, dar m-am abţinut la timp, ştiam că nici măcar lucrul ăla nu era adevărat. Am spus cu glas stins: *scuze, sunt deprimată, sigur că vreau să mă căsătoresc cu tine*. Și i-am luat o mână, mi-am împletit degetele cu ale lui. Era un bărbat inteligent, extraordinar de cult și bun. Ţineam la el, nu aveam de gând să-l fac să sufere. Și totuși, chiar când îl ţineam de mână, chiar când îi confirmam că voiam să mă căsătoresc cu el, îmi era clar că dacă n-ar fi apărut în seara aceea la restaurant, aş fi încercat să-l am pe Nino.

Nu mi-a fost uşor să-mi mărturisesc asta. În mod sigur era o faptă urâtă pe care Pietro nu o merita, și totuși aş fi comis-o cu plăcere și, probabil, fără remuşcări. Aş fi găsit modalitatea să-l atrag pe Nino în ciuda tuturor anilor care trecuseră, de la şcoala primară la liceu, până în perioada de la Ischia și din Piaţa Martirilor. L-aş fi avut, chiar dacă fraza aceea despre Lila nu-mi plăcuse și îmi transmitea o stare de nelinişte. L-aş fi avut, iar lui Pietro nu i-aş fi zis niciodată. Poate i-aş fi zis Lilei, dar cine ştie când, eventual la bătrâneţe, când îmi imaginam că nici pe ea, nici pe mine nu ne-ar mai fi interesat nimic. Timpul, ca în toate lucrurile, era decisiv. Cu Nino ar fi durat doar o noapte, m-ar fi părăsit dimineaţa. Deși îl cunoșteam de-o veșnicie, era alcătuit din himere, ar fi fost imposibil să-l păstrez pentru totdeauna, venea din copilărie, era construit cu dorinţe imature, nu avea concreteţe, nu dădea spre viitor. Pietro, în schimb, era actual, solid, o piatră de hotar. Delimita un teritoriu foarte nou pentru mine, un teritoriu al cauzelor bune, guvernat de reguli care proveneau de la familia lui și care atribuiau sens fiecărui lucru. Dăinuiau mari idealuri, cultul bunului renume, chestiuni de principiu. Nimic, în interiorul familiei Airota, nu era o banalitate. A te căsători, de exemplu, era unul și același lucru cu a-ți aduce contribuția la o bătălie laică. Părinții lui Pietro erau căsătoriți doar civil și Pietro, deși avea, din câte știam eu, o vastă cultură religioasă, ba poate chiar de aceea, nu s-ar fi căsătorit niciodată în biserică. Mai degrabă ar fi renunțat la mine. Același lucru era valabil pentru botez. Pietro nu fusese botezat, nici Mariarosa, deci presupușii noștri copii ar fi urmat să nu fie nici ei botezați. Totul la el se desfășura în felul acela, părea ghidat mereu de o ordine superioară care, deși nu avea o origine divină, ci familială, îi dădea oricum certitudinea că se află de partea adevărului și a dreptății. În privința sexului, nu știu, era prudent. Știa destule despre povestea mea cu Franco Mari ca să deducă din asta că nu eram virgină și totuși nu vorbise niciodată despre asta, nici măcar o jumătate de frază acuzatoare, o replică necioplită, un râs ironic. Nu-mi era clar dacă avusese alte logodnice, mi-era greu să mi-l imaginez cu o târfă, era exclus să fi petrecut chiar și numai un minut din viața lui bârfind despre femei cu alți bărbați. Detesta replicile obscene. Detesta pălăvrăgeala, vocile ridicate, petrecerile, orice formă de irosire. Deși era de condiție foarte înstărită, tindea — de data asta contrazicându-se cu părinții și sora lui — spre un fel de ascetism în mijlocul abundenței. Și avea un pronunțat simț al datoriei, n-ar fi renunțat niciodată la angajamentele lui față de mine, nu m-ar fi trădat niciodată.

Deci, nu, nu voiam să-l pierd. Ce să-i faci, natura mea, neșlefuită în ciuda studiilor pe care le făcusem, era departe de rigoarea lui. Nu știam, în mod sincer, cât aș fi rezistat în fața acelei geometrii. El îmi insufla încrederea de a fugi de oportunismul maleabil al tatălui meu și de vulgaritatea mamei mele. Așa încât am respins cu putere gândul la Nino, l-am luat de braț pe Pietro și am șoptit: *da, să ne căsătorim cât mai repede, vreau să plec de acasă, vreau să-mi iau permisul de conducere, vreau să călătoresc, vreau să am telefon, televizor, n-am avut niciodată nimic.* Și el, atunci, s-a înveselit, a râs, a spus *da* la tot ceea ce, în mod confuz, pretindeam eu. La câţiva paşi de hotel s-a oprit, a şoptit răguşit: *pot dormi cu tine?* Aia a fost ultima surpriză a serii. L-am privit perplexă: eu fusesem dispusă de multe ori să facem dragoste, el se fofilase mereu; dar n-aveam chef să petrec noaptea cu el în patul din camera de hotel acolo, la Milano, după discuţia traumatizantă din librărie, după Nino. Am răspuns: *am aşteptat mult, mai putem aştepta.* L-am sărutat într-un ungher întunecos, l-am privit din pragul hotelului în timp ce se îndepărta pe bulevardul Garibaldi şi, din când în când, se răsucea, salutând cu un gest timid. Mersul lui dezordonat, picioarele plate, învălmăşeala înaltă a părului m-au înduioşat.

## 8.

Din acel moment, viaţa a început să mă chinuiască neîncetat, lunile s-au bulucit rapid una în alta, nu era zi în care să nu se întâmple ceva frumos sau urât. M-am întors la Napoli tot gândindu-mă la Nino, la întâlnirea noastră fără urmări. Uneori simţeam dorinţa de a da fuga la Lila, de a o aştepta să se întoarcă de la muncă şi a-i povesti ce se putea povesti fără s-o rănesc. Apoi am fost sigură că dacă aş fi făcut o simplă aluzie la Nino aş fi rănit-o şi am renunţat. Lila alunecase pe panta ei, Nino pe a lui, eu aveam lucruri urgente de înfruntat. De exemplu, în aceeaşi seară în care m-am întors de la Milano le-am spus părinţilor mei că în curând va veni Pietro să-i cunoască, că probabil ne vom căsători până la sfârşitul anului, că mă voi duce să locuiesc la Florenţa.

Nu şi-au manifestat nici bucuria, nici măcar mulţumirea. M-am gândit că s-au obişnuit pentru totdeauna cu du-te-vino-ul meu după cum aveam chef, tot mai străină de familie, indiferentă la problemele lor de supravieţuire. Şi mi s-a părut, ca de obicei, că numai tata se agită un pic, mereu nervos în faţa situaţiilor pentru care nu se simţea pregătit.

— Trebuie neapărat să vină la noi în casă profesorul universitar? a întrebat enervat.

— Păi unde? s-a supărat mama. Cum face să-ţi ceară mâna Lenucciei dacă nu vine aici?

Cum se întâmpla de regulă, mi s-a părut mai spontană decât el, concretă, hotărâtă, de-a dreptul insensibilă. Dar după ce i-a închis gura, după ce soţul ei s-a dus la culcare, iar Elisa și Peppe și Gianni și-au pregătit paturile în sufragerie, mi-am schimbat imediat părerea. M-a insultat cu o voce foarte coborâtă, care totuși urla, șuierând cu niște ochi roșii: *noi nu însemnăm nimic pentru tine, ne spui cum stau lucrurile doar în ultimul moment, domnișoara crede că e cine știe cine pentru că a studiat, pentru că scrie cărţi, pentru că se căsătorește cu un profesor, dar, draga mea, din pântecele ăsta ai ieșit și din aluatul ăsta ești făcută, așa că să nu ai aerul ăsta superior și să nu uiţi niciodată că dacă tu ești inteligentă, eu, care te-am ţinut aici înăuntru, sunt la fel, dacă nu cumva și mai inteligentă decât tine, deci dacă aș fi avut posibilitatea, aș fi făcut aceleași lucruri ca tine, ai înţeles?* Apoi, pe valul acelei furii, mai întâi mi-a reproșat că din cauza mea, pentru că plecasem și nu mă gândisem decât la mine, fraţii mei nu realizaseră nimic bun la școală; apoi mi-a cerut bani, a spus că-i trebuiau ca să cumpere o rochie decentă pentru Elisa și ca să pună puţin casa la punct, având în vedere că o obligam să-l primească pe logodnicul meu.

Am trecut peste eșecurile școlare ale fraţilor mei. Banii, în schimb, i-am dat imediat, chiar dacă nu era adevărat că trebuiau pentru casă. Îmi cerea încontinuu, orice scuză era suficient de bună. Nu reușea încă să accepte, chiar dacă n-o spusese niciodată direct, că ţin banii la Poștă, că nu i-i dădusem ei așa cum făcusem întotdeauna, încă de când le duceam la plajă pe fiicele papetăresei sau munceam în librăria de pe Mezzocannone. Poate că, m-am gândit, comportându-se ca și cum banii mei i-ar fi aparţinut, vrea să mă convingă că eu însămi îi aparţin și că, deși mă căsătoresc, o să-i aparţin mereu.

Am rămas calmă, i-am comunicat, ca un fel de gratificaţie, că voi instala telefon în casă, că voi cumpăra un televizor. Ea m-a privit nesigură, cu o admiraţie neașteptată care contrasta cu tot ce-mi spusese până cu puţin timp în urmă.

— Televizor și telefon în casa asta?

— Desigur.

— Le plătești tu?

— Da.

— Mereu, și după ce te căsătorești?

— Da.

— Știe profesorul că nu avem nicio centimă pentru a-ţi face zestre și nici măcar pentru petrecere?

— Știe, și nu va da nicio petrecere.

Și-a schimbat din nou dispoziţia, avea din nou ochii roșii.

— Cum adică nicio petrecere? Pune-l pe el să plătească.

— Nu, ne descurcăm fără.

Mama s-a înfuriat din nou, m-a provocat în fel și chip, voia să-i răspund ca să se enerveze și mai mult.

— Îţi amintești de nunta Linei, îţi amintești de petrecerea pe care a făcut-o?

— Da.

— Și tu, care ești mult mai bună decât ea, nu vrei să faci nimic?

— Nu.

Am continuat așa până când am hotărât că, decât să-i înghit, puţin câte puţin, hachiţele, era mai convenabil s-o fac să se înfurie și mai tare:

— Păi, am spus, nu doar că n-o să facem petrecere, dar nici n-o să mă căsătoresc în biserică, o să mă căsătoresc doar la primărie.

Ce a urmat a semănat cu momentul în care un vânt puternic izbește de toți pereții ușile și ferestrele. Deși foarte puțin religioasă, mama și-a pierdut controlul și a început să zbiere, roșie la față, insulte îngrozitoare, cu bustul aplecat în față. A urlat că nicio căsătorie nu valora nimic dacă nu spunea preotul că era validă. A urlat că dacă nu mă căsătoream în fața lui Dumnezeu, nu voi fi niciodată soția, ci doar târfa cuiva. Apoi aproape că a zburat, în ciuda piciorului bolnav, să-i trezească pe tata și pe frații mei ca să-i pună la curent cu lucrul de care se temuse întotdeauna, adică faptul că de la prea mult învățat mi se distrusese creierul, că aveam parte numai de noroc, dar mă lăsam tratată ca o curvă, că ea nu va mai putea ieși din casă de rușinea de a avea o fiică fără Dumnezeu.

Tata, uluit, în chiloți, și frații mei au încercat să înțeleagă cu ce alt necaz trebuiau să se confrunte din cauza mea și între timp au încercat să o calmeze, dar inutil. Urla că voia să mă dea afară din casă imediat, înainte s-o expun rușinii de a avea și ea, *și ea*, o fată care trăiește în concubinaj ca Lila și Ada. Între timp, chiar dacă nu mă pălmuia cu adevărat, își flutura mâinile prin aer ca și cum aș fi fost o umbră și ea înșfăcase pe cineva real și identic mie, căreia îi trăgea lovituri feroce. A durat ceva timp până să se liniștească, lucru care s-a întâmplat grație Elisei. Sora mea a întrebat prudent:

— Dar tu vrei să te căsătorești la primărie sau logodnicul tău?

Le-am explicat tuturor că, deși Biserica de mult nu mai conta deloc pentru mine, mi-era egal dacă mă căsătoream la primărie sau în fața altarului; în timp ce pentru logodnicul meu era foarte important să se căsătorească doar civil, el știind totul despre problemele religioase și crezând că religia, ceva foarte demn, se altera exact atunci când se amesteca, uneori, cu treburile statului. În fine, dacă nu ne căsătorim la primărie, am conchis eu, el nu se căsătorește cu mine.

Atunci tata, care se aliase imediat cu mama, a încetat brusc să fie ecoul insultelor și văicărelilor ei.

— Nu se căsătorește cu tine?

— Nu.

— Și ce face, te părăsește?

— Mergem să locuim împreună la Florența fără să ne căsătorim.

Mama a considerat că asta e cea mai insuportabilă veste. Și-a ieșit complet din minți, a jurat că în cazul acela va lua cuțitul și îmi va tăia beregata. Tata, în schimb, și-a ciufulit nervos părul și i-a spus:

— Taci un pic, nu mă face să mă înfurii și să hai să discutăm. Știm foarte bine că te poți căsători în fața preotului, poți face o petrecere somptuoasă și poți sfârși, oricum, foarte rău.

În mod limpede făcea și el aluzie la Lila, care era scandalul nestins din cartier, și mama, în sfârșit, a înțeles. Preotul nu era o garanție, nimic nu era o garanție în lumea asta urâtă în care trăiam. Așa că s-a oprit din răcnit și i-a lăsat tatălui meu sarcina de a analiza situația și, eventual, de a mă lăsa pe mine să câștig. Ea, însă, n-a încetat să se plimbe în sus și-n jos șchiopătând, clătinând din cap și mormăind insulte împotriva viitorului meu soț. Ce era cu profesorul ăsta? Era comunist? Comunist și profesor? Profesor de rahat, a urlat. Ce fel de profesor e unul care gândește așa? Așa gândește un nenorocit. Nu, a replicat tata, care nenorocit, ăla e unul care a studiat și știe mai bine decât toți câte scârboșenii fac preoții. De aceea vrea să meargă să spună da numai la primărie. Bine, tu ai dreptate, mulți comuniști fac așa. Bine, tu ai dreptate, în felul acesta pare că fiica noastră nu e căsătorită. Dar eu aș avea încredere în profesorul acesta de la universitate: ține la ea, nu pot crede că o pune pe Lenuccia în situația de a părea o curvă. Și, în orice caz, dacă nu vrea să avem încredere în el — eu însă am încredere, chiar dacă nu-l cunosc încă: e o persoană importantă, aici fetele visează să prindă la o astfel de partidă —, să avem măcar încredere în primărie. Lucrez la primărie, iar căsătoria care are loc acolo, pot să te asigur, valorează cât cea din biserică și poate chiar mai mult.

S-a continuat așa ore în șir. Frații mei, la un moment dat, au cedat, s-au dus la culcare. Eu am rămas să-i liniștesc pe părinții mei și să-i conving să accepte un lucru care pentru mine, în momentul acela, era un semn clar al intrării mele în lumea lui Pietro. În plus, în felul acela, mă simțeam măcar o dată mai curajoasă decât Lila. Și, mai ales, dacă l-aș mai fi întâlnit pe Nino, mi-ar fi plăcut să-i pot spune, aluziv: vezi unde m-a condus cearta aceea cu profesorul de religie? Fiecare alegere are povestea ei, multe momente ale existenței noastre stau îndesate într-un colț așteptând o răbufnire și, în cele din urmă, răbufnirea apare. Dar aș fi exagerat, în realitate totul era mai simplu. De cel puțin zece ani Dumnezeul copilăriei, deja destul de firav, se retrăsese într-un colțișor ca un bătrân bolnav și nu simțeam deloc nevoia sanctității căsătoriei. Important era să plec din Napoli.

## 9.

Oroarea pe care familia mea o simțea la gândul unei simple uniuni civile n-a dispărut cu siguranță în noaptea aceea, dar s-a atenuat. A doua zi, mama m-a tratat ca și cum toate lucrurile pe care le atingea — mașina de cafea, cana cu lapte, zaharnița, pâinea proaspătă — erau acolo doar ca s-o ispitească să mi le arunce în față. Totuși, n-a mai început să urle. În ce mă privește, am ignorat-o, am ieșit devreme, m-am dus să demarez procedurile de instalare a telefonului. Odată rezolvată treaba aceea, am trecut pe sub Port'Alba, am dat o raită prin librării. Eram hotărâtă ca, în scurt timp, să pot lăsa deoparte timiditatea de fiecare dată când se iveau situații ca aceea din Milano. Am ales reviste și cărți cam după instinct, am cheltuit destui bani. După multe ezitări, instigată de fraza aceea a lui Nino care-mi revenea adesea în minte, am cumpărat *Trei eseuri privind teoria sexualității* — nu știam aproape nimic despre Freud și puținul pe care-l știam mă plictisea —, și câteva volumașe dedicate sexului. Îmi propuneam să fac la fel cum făcusem în trecut pentru materiile școlare, pentru examene, pentru diplomă, cum făcusem cu ziarele pe care mi le dădea Galiani sau cu textele marxiste pe care, cu câțiva ani în urmă, mi le dăduse Franco. Voiam *să studiez* lumea contemporană. Era greu de spus ce acumulasem deja la vremea aceea. Existaseră discuțiile cu Pasquale, și cele cu Nino. Existase puținul interes pentru Cuba și America Latină. Existase sărăcia incurabilă a cartierului, lupta pierdută de Lila. Existase școala care îi respinsese pe frații mei numai pentru că fuseseră mai puțin încăpățânați, mai puțin dispuși să se sacrifice decât mine. Existaseră conversațiile lungi cu Franco și cele ocazionale cu Mariarosa, acum amestecate într-un singur fir de abur deșirat (*lumea este profund nedreaptă și trebuie schimbată, dar atât conviețuirea pașnică dintre imperialismul american și birocrațiile staliniste, cât și politicile reformiste ale partidelor de muncitori europene și în special italiene, au ca scop să mențină proletariatul într-o politică de amânare umilă care aruncă apă peste focul revoluției, cu consecința că dacă învinge impasul mondial, dacă învinge social-democrația, capitalul va fi cel care va triumfa de-a lungul secolelor și clasa muncitoare va deveni pradă constrângerii la consum*). Acești stimuli acționaseră, cu siguranță mă frământau pe dinăuntru de mult timp, uneori mă emoționau. Dar ceea ce m-a împins, cred, spre aducerea aceea la zi în forță a fost, cel puțin inițial, vechea nevoie de a izbândi imediat. Eram convinsă de ceva timp că totul se putea educa, inclusiv pasiunea politică.

În timp ce plăteam, am zărit romanul meu pe un raft și am privit imediat în altă parte. De fiecare dată când vedeam volumul în vreo vitrină, printre alte romane recent apărute, simțeam un amestec de mândrie și de teamă, o plăcută tresărire care se transforma în angoasă. Desigur, povestea apăruse din întâmplare, în douăzeci de zile, fără implicare, ca un sedativ împotriva depresiei. În plus, știam bine ce era literatura importantă, îi studiasem mult pe clasici și nu-mi trecuse prin minte, în timp ce scriam, că fac ceva de mare valoare. Dar efortul de a da o formă scrierii mele mă făcuse să particip. Și participarea devenise cartea *aceea*, un obiect care mă conținea. Acum *eu* eram acolo, *expusă*, și simțeam izbituri violente în piept când mă vedeam. Simțeam că nu doar în cartea mea, dar în general în romane, exista ceva ce într-adevăr mă neliniștea, o inimă neprotejată, care bătea, aceeași care îmi țâșnise din piept în clipa îndepărtată în care Lila îmi propusese să scriem împreună o poveste. Eu fusesem menită s-o fac de-adevăratelea. Dar asta îmi doream? Să scriu, să scriu nu la întâmplare, să scriu mai bine decât o făcusem deja? Și să studiez poveștile trecutului și ale prezentului ca să înțeleg cum funcționau, și să învăț, să învăț totul despre lume cu singurul scop de a construi personaje pline de viață, pe care nimeni nu le-ar fi conturat niciodată mai bine decât mine, nici măcar Lila, dacă ar fi avut șansa?

Am ieșit din librărie, m-am oprit în Piața Cavour. Ziua era frumoasă, strada Foria părea nefiresc de curată și stabilă în ciuda grinzilor de susținere ale Galeriei. Mi-am impus obișnuita disciplină. Am scos un caiețel pe care-l cumpărasem de curând, voiam să încep să procedez ca scriitorii adevărați, să notez gânduri, observații, informații utile. Am citit de la cap la coadă *Unità*, mi-am notat lucrurile pe care nu le știam. Am găsit în *Ponte* articolul tatălui lui Pietro, l-am parcurs cu interes, dar nu mi s-a părut atât de important cum susținuse Nino, dimpotrivă, m-a impresionat în mod neplăcut din cel puțin două motive: primul, Guido Airota folosea într-un mod și mai rigid aceeași limbă de profesor a bărbatului cu ochelari cu lentile groase; al doilea, într-un fragment în care vorbea despre studente („reprezintă o mulțime nouă“, scria, „și, cât se poate de evident, nu de o condiţie înstărită, domnişorici în rochii modeste și cu o educaţie modestă, care, în mod just, pretind de la efortul enorm pe care îl fac studiind un viitor diferit de simpla rutină casnică"), mi s-a părut că găsesc o aluzie la mine, voită sau complet neintenţionată. Am notat și asta în caietul meu (*ce sunt eu pentru familia Airota, motivul de mândrie al orizontului ei larg?*) și, nu tocmai bine dispusă, dimpotrivă, un pic plictisită, am început să răsfoiesc *Corriere della Sera*.

Îmi amintesc că aerul era călduţ, mi-a rămas — imaginară sau reală — o amintire olfactivă, un amestec de hârtie tipărită și de *pizza fritta*. Pagină după pagină am privit titlurile, până când mi s-a tăiat respiraţia. Era o fotografie de-a mea încadrată de patru coloane groase de cerneală. Pe fundal se vedea o imagine în perspectivă din cartier — tunelul. Titlul spunea: *Memorie piccanti di una ragazza ambiziosa. Il romanzo d'esordio di Elena Greco*[2]. Semnătura aparţinea bărbatului cu ochelari cu lentile groase.

## 10.

În timp ce citeam, o sudoare rece mi-a acoperit corpul, aveam impresia că mai am puţin și leșin. Cartea mea era considerată un prilej de a sublinia că, în ultimul deceniu, în toate sectoarele vieţii productive, sociale și culturale, de la fabrici la birouri, la universitate, la edituri, la cinema, o lume întreagă se prăbușise sub presiunea unei tinereţi viciate și lipsite de valori. Din când în când erau citau unele fraze de-ale mele pentru a demonstra că eram un reprezentant de frunte al generaţiei mele ratate. Spre sfârșit eram descrisă drept „o fetiţă preocupată să-și ascundă lipsa de talent în păginuţe erotice pline de trivialităţi mediocre".

2 Amintirile picante ale unei fete ambiţioase. Romanul de debut al Elenei Greco. (*N.t.*)

Am izbucnit în plâns. Era comentariul cel mai dur pe care-l citisem de când apăruse cartea și nu într-un cotidian cu tiraj mic, ci în ziarul cel mai răspândit din Italia. Mi s-a părut insuportabilă mai ales imaginea feței mele zâmbitoare în mijlocul unui text atât de jignitor. M-am întors acasă pe jos, nu înainte să arunc ziarul. Mă temeam că mama o să citească recenzia și o s-o folosească împotriva mea. Mi-am imaginat că o să-și dorească s-o pună și pe aia în albumul ei ca să aibă ce să-mi reproșeze când o necăjeam.

Am găsit masa pusă doar pentru mine. Tata era la serviciu, mama se dusese să ceară nu știu ce unei vecine și frații mei mâncaseră deja. Am înghițit paste și cartofi recitind ici și colo câteva rânduri din cartea mea. Mă gândeam disperată: poate că într-adevăr nu valorează nimic, poate că a fost publicată doar ca să i se facă o favoare lui Adele. Cum de am putut concepe fraze atât de lipsite de vlagă, opinii atât de banale? Și ce neglijență, câte virgule inutile, n-o să mai scriu. Stăteam deprimată, dezgustată atât de mâncare, cât și de carte, când a venit Elisa cu o foaie de hârtie. I-o dăduse doamna Spagnuolo, la al cărei număr de telefon, prin amabila ei permisiune, putea apela cine avea nevoie de mine pentru a-mi comunica ceva urgent. Pe foaie scria că fusesem sunată de trei ori, o dată de Gina Medotti, care conducea biroul de presă al editurii, a doua oară de Adele și a treia oară de Pietro.

Cele trei nume, cu scrisul chinuit al doamnei Spagnuolo, au avut efectul de a concretiza un gând care, până cu o clipă în urmă, rămăsese ascuns. Răutatea din cuvintele bărbatului cu ochelari cu lentile groase se răspândea rapid, în cursul zilei putea ajunge peste tot. Pietro le citise deja, familia lui, conducerea editurii. Poate că ajunseseră la Nino. Poate că erau sub privirile profesorilor mei de la Pisa. Cu siguranță îi atrăseseră atenția lui Galiani și copiilor ei. Și, cine știe, poate că le-a citit și Lila. Am izbucnit din nou în plâns, speriind-o pe Elisa.

— Ce ai, Lenù?

— Nu mă simt bine.

— Îți fac un ceai calmant?

— Da.

Dar n-a fost timp. Cineva a bătut la ușă, era Rosa Spagnuolo. Veselă, gâfâind puțin pentru că urcase scările în fugă, a spus că mă căuta iarăși logodnicul meu, era la telefon, ce voce frumoasă, ce accent frumos din Nord. Am alergat să răspund, scuzându-mă de-o mie de ori pentru deranj. Pietro a încercat să mă consoleze, a spus că mama lui mă sfătuia să nu mă supăr, important era că se vorbea despre carte. Dar eu, uimind-o pe doamna Spagnuolo, care mă cunoștea drept o fată blândă, aproape că am urlat: *ce-mi pasă că se vorbește despre ea dacă se vorbește foarte rău.* El m-a sfătuit din nou să fiu calmă și a adăugat: mâine va apărea un articol în *Unità*. Am închis telefonul rece, am spus: *ar fi mai bine ca nimeni să nu mă mai bage în seamă.*

În noaptea aceea n-am închis ochii. Dimineața nu m-am putut abține și am dat fuga să cumpăr *Unità*. L-am răsfoit în grabă, chiar în fața chioșcului de ziare, la un pas de școala elementară. M-am trezit din nou cu poza mea în față, aceeași din *Corriere*, de data asta nu în centrul articolului, ci sus, lângă titlu: *Giovani ribelli e vecchi reazionari. A proposito del libro di Elena Greco*[3]. Nu auzisem niciodată numele celui care semna articolul, dar sigur era cineva care scria bine, cuvintele lui au acționat ca un balsam. Lăuda fără jumătăți de măsură romanul meu și-l insulta pe profesorul prestigios cu ochelari cu lentile groase. M-am întors acasă încurajată, chiar binedispusă. Am răsfoit cartea mea și de data asta mi s-a părut că e bine coordonată, scrisă cu pricepere. Mama a spus încruntată: *ai câștigat la loto?* Am lăsat ziarul pe masa din bucătărie fără să-i spun nimic.

3 Tineri rebeli și bătrâni reacționari. Apropo de cartea Elenei Greco. (*N.t.*)

După-amiaza târziu a apărut din nou doamna Spagnuolo, eram chemată din nou la telefon. În fața stânjenelii mele, a scuzelor mele, s-a declarat foarte fericită că poate fi utilă unei fete ca mine, mi-a făcut multe complimente. Gigliola e o ghinionistă, a oftat pe scări, tatăl ei a luat-o să muncească la cofetăria familiei Solara când avea treisprezece ani. Bine cel puțin că s-a logodit cu Michele, altfel ar fi trudit toată viața. A deschis ușa casei, a mers înaintea mea pe hol până la telefonul fixat pe perete. Am observat că pusese un scaun special să pot sta comodă: cât respect exista pentru cineva care studiase, studiul era considerat un truc al tinerilor mai isteți ca să scape de muncă. Cum fac să-i explic acestei femei — m-am gândit — că de la vârsta de șase ani sunt sclava literelor și a numerelor, că dispoziția mea depinde de buna reușită a combinațiilor dintre ele, că această bucurie că reușisem e rară, instabilă, că durează o oră, o după-amiază, o noapte?

— Ai citit? m-a întrebat Adele.

— Da.

— Ești bucuroasă?

— Da.

— Atunci îți dau o altă veste bună: cartea începe să se vândă. Dac-o s-o ținem așa, scoatem un alt tiraj.

— Ce înseamnă asta?

— Înseamnă că prietenul nostru de la *Corriere* a crezut că ne distruge și, în schimb, ne-a făcut o favoare. Pa, Elena, bucură-te de succes.

## 11.

Cartea se vindea pe bune, mi-am dat seama de asta chiar din zilele următoare. Indiciul cel mai clar a fost înmulțirea apelurilor Ginei care ba îmi semnala o notă în cutare ziar, ba mă invita la diverse librării și cercuri culturale, fără să uite niciodată să mă salute cu fraza afectuoasă: *cartea e la modă, doamna Greco, felicitări. Mulțumesc*, spuneam, *dar nu eram fericită.* Intervențiile din ziare mi se păreau superficiale, se limitau fie la aplicarea schemei entuziasmate din *Unità*, fie a celei distrugătoare din *Corriere*. Și chiar dacă Gina îmi repeta cu fiecare ocazie că și părerile negative ajutau la reputația cărții, acele păreri oricum îmi făceau rău și așteptam neliniștită câteva propoziții aprobatoare ca să le contrabalanseze pe cele dezaprobatoare și ca să mă simt mai bine. Am încetat, în orice caz, să-i ascund mamei mele recenziile perfide, i le-am dat pe toate, bune și rele. Ea încerca să le citească silabisind încruntată, dar nu reușea niciodată să treacă de primele patru, cinci rânduri și fie găsea imediat motiv de ceartă, fie, de plictiseală, se refugia în obsesia colecționării. Scopul ei era să umple tot albumul și se lamenta când nu aveam ce să-i dau, se temea că-i rămân pagini goale.

Recenzia care în perioada aceea mi-a făcut cel mai rău a apărut în *Roma*. O reproducea, pasaj după pasaj, pe cea din *Corriere*, dar într-un stil împodobit care, spre final, elabora maniacal următorul concept: femeile nu mai au nicio opreliște, e de-ajuns să citești romanul obscen al Elenei Greco ca să-ți dai seama de asta. Un produs de mâna a doua, după *Bonjour tristesse*, un alt roman vulgar. Nu conținutul m-a rănit, ci semnătura. Articolul era al lui Donato Sarratore, tatăl lui Nino. M-am gândit la cât de mult mă impresionase, când eram mică, faptul că omul acela era autorul unei cărți de poezii; m-am gândit la aura glorioasă cu care-l înconjurasem când descoperisem că scria în ziare. De ce recenzia aceea? Se răzbuna pentru că se recunoscuse în scabrosul tată de familie care încerca s-o seducă pe protagonistă? Am fost tentată să-i telefonez și să urlu la el în dialect, jignindu-l în cel mai inadmisibil mod. Am renunțat numai pentru că m-am gândit la Nino și mi s-a părut că fac o descoperire importantă: aveam amândoi experiențe asemănătoare. Refuzaserăm să ne modelăm după familiile noastre: pe mine mă preocupase întotdeauna să iau distanță de mama mea, el rupsese definitiv relaţiile cu tatăl lui. Această afinitate m-a consolat, iar furia, încet, încet, a trecut.

Dar nu luasem în considerare faptul că *Roma*, în cartier, era cel mai citit ziar dintre toate. Mi-am dat seama de asta deja pe seară. Gino, fiul farmacistului, care se transformase într-un tânăr cu muşchi de oţel de la greutăţile ridicate, a apărut în pragul prăvăliei tatălui său tocmai când treceam pe acolo, într-un halat alb de doctor, chiar dacă nu-şi luase încă diploma. M-a strigat fluturând ziarul şi a spus, de altfel pe un ton destul de sever, datorat scurtei şi recentei lui cariere în cadrul secţiei Mişcării Sociale Italiene: *ai văzut ce se scrie despre tine?* Eu, ca să nu-i dau satisfacţie, am răspuns: *se scriu multe*, şi am trecut mai departe, făcând un semn de salut. El s-a zăpăcit, a mormăit ceva, apoi a scandat cu o maliţiozitate explicită: *trebuie să citesc cartea asta a ta, am înţeles că este* foarte *interesantă*.

Acela a fost doar începutul. A doua zi s-a apropiat de mine pe stradă Michele Solara, care a insistat să-mi ofere o cafea. Am mers în barul lui şi, în timp ce Gigliola ne servea fără să scoată un cuvânt, dimpotrivă, evident iritată de prezenţa mea şi poate şi de cea a logodnicului ei, el a început: *Lenù, Gino mi-a dat să citesc un articol unde se spune că ai scris o carte interzisă minorilor. Cine s-ar fi aşteptat vreodată?* Asta *ai învăţat la Pisa?* Asta *ţi-au predat la universitate? Nu-mi vine să cred. După mine, tu şi Lina aveţi o înţelegere secretă: ea face chestiile naşpa şi tu scrii despre ele. Aşa e? Spune-mi adevărul.* M-am înroşit, n-am aşteptat cafeaua, am salutat-o pe Gigliola şi am plecat. El a strigat după mine amuzat: *ce e, te-ai supărat, vino-ncoace, glumeam.*

La scurtă vreme a urmat o întâlnire cu Carmen Peluso. Mama mă obligase să mă duc la mezelăria nouă a familiei Carracci pentru că acolo uleiul era mai ieftin. Era după-amiază, nu erau clienţi, iar Carmen mi-a făcut multe complimente. Ce bine arăţi, a murmurat, este o onoare să fiu prietena ta, singurul noroc pe care l-am avut în toată viaţa mea. Apoi mi-a spus că citise articolul lui Sarratore, dar numai pentru că un furnizor își uitase ziarul în magazin. L-a numit o ticăloșie și indignarea ei mi s-a părut autentică. În schimb, fratele ei, Pasquale, îi dăduse articolul din *Unità*, foarte, foarte bun, fotografia era frumoasă. Tu ești frumoasă, a spus, în tot ce faci. Aflase de la mama că urma să mă căsătoresc în curând cu un profesor universitar și să merg să locuiesc la Florenţa ca o doamnă. Și ea urma să se căsătorească, cu benzinarul de la șosea, dar cine știe când, nu aveau bani. Apoi, fără să facă vreo pauză, a început să se plângă de Ada. De când îi luase locul Lilei lângă Stefano, totul mersese din ce în ce mai rău. Făcea pe șefa și la mezelării și era supărată pe ea, o acuza că fură, o dirija, o supraveghea. Așa că nu mai suporta, voia să-și dea demisia și să se ducă la staţia de benzină a viitorului soţ.

Am ascultat cu atenţie, mi-am amintit de momentul în care Antonio și cu mine voiam să ne căsătorim și să ne facem și noi benzinari. I-am povestit asta ca s-o distrez, dar ea a mormăit posomorându-se: *da, cum să nu, tu la o staţie de benzină, nici vorbă, ferice de tine că ai scăpat din mizeria asta.* Apoi a murmurat fraze neclare: *e prea multă nedreptate, Lenù, prea multă, trebuie să terminăm cu ea, așa nu se mai poate.* Și, continuând să vorbească, a scos dintr-un sertar cartea mea, cu coperta îndoită și murdară. Era primul exemplar pe care-l vedeam în mâna cuiva din cartier, m-a impresionat felul în care primele pagini erau înfoiate și înnegrite, iar celelalte lipite și curate. *Citesc câte puţin seara,* mi-a spus ea, *sau când nu am clienţi. Sunt abia la pagina 32 însă nu prea am timp, eu trebuie să fac totul, familia Carracci mă ţine captivă aici înăuntru de la șase dimineaţa la nouă seara.* Apoi m-a întrebat brusc, cu subînţeles: *mai e mult până ajungi la paginile îndrăzneţe? Cât mai trebuie să citesc*?

*Paginile îndrăzneţe.*

A trecut puţin timp și am dat nas în nas cu Ada, era în braţe cu Maria, fiica ei și a lui Stefano. N-a fost ușor să fiu amabilă, după cele spuse de Carmen. Am lăudat fetița, i-am spus că avea o rochiță frumoasă și cerceluși delicați. Dar Ada a fost antipatică. Mi-a vorbit de Antonio, a spus că-și scriau, a spus că nu era adevărat că se căsătorise și că avea copii, a spus că-i făcusem scrum creierul și capacitatea de a ține la cineva. Apoi s-a apucat să vorbească despre cartea mea. N-o citise, mi-a explicat, dar auzise că nu era o carte pe care s-o ții în casă. Și aproape că s-a enervat: *gândește-te că fetița mea crește și o găsește, ce fac atunci? Îmi pare rău, nu o s-o cumpăr. Dar,* a adăugat, *sunt fericită că faci bani, felicitări.*

## 12.

Aceste episoade, unul după altul, m-au făcut să am îndoieli că romanul se vinde, pentru că atât ziarele ostile, cât și cele favorabile semnalaseră prezența unor pagini scandaloase. Am ajuns chiar să cred că Nino se referise la sexualitatea Lilei numai pentru că își închipuise că puteai avea astfel de discuții fără probleme cu una care scria ce scriam eu. Și uite-așa mi-am dorit din nou să-mi revăd prietena. Cine știe, mi-am zis, dacă Lila nu cumva și-a procurat cartea, așa cum a făcut Carmen. Mi-am imaginat-o seara, după ce venea de la fabrică — Enzo singur într-o cameră, ea cu copilul alături în alta —, stoarsă și totuși voind să mă citească, ținând gura întredeschisă și stând încruntată ca atunci când se concentra. Ce părere ar fi avut despre carte? Ar fi redus și ea romanul la *paginile îndrăznețe*? Dar poate că nu-l citea deloc, mă îndoiam că are bani să cumpere un exemplar, ar fi trebuit să-i duc eu una cadou. O vreme mi s-a părut o idee bună, apoi am lăsat-o baltă. Țineam la Lila în continuare mai mult decât la oricine altcineva, dar n-am putut decide dacă s-o caut sau nu. Nu aveam timp, erau prea multe lucrurile de studiat și de învățat în grabă. Și, în fond, finalul ultimei noastre întâlniri — ea cu șorțul acela peste palton, în curtea fabricii, în fața focului unde ardeau foile din *La fata blu* — fusese un adio definitiv de la rămășițele copilăriei, confirmarea faptului că drumurile noastre de-acum se despărțeau. Poate că mi-ar fi spus: *nu am timp să te citesc, nu vezi ce viață duc?* Am mers mai departe pe drumul meu.

Între timp, oricare ar fi fost motivul, cartea, într-adevăr, se vindea tot mai bine. O dată mi-a telefonat Adele și, cu obișnuitul ei amestec de ironie și afecțiune, mi-a spus: *dacă lucrurile continuă așa, te îmbogățești și n-o să mai știi ce să te faci cu bietul Pietro.* Apoi mi l-a dat chiar pe soțul ei. *Guido*, a spus, *vrea să-ți vorbească.* Eu m-am panicat, interacțiunile cu profesorul Airota fuseseră foarte puține și mă stânjeneau. Tatăl lui Pietro a fost însă foarte cordial, m-a felicitat pentru succesul meu, a fost ironic în privința sentimentului de pudoare al detractorilor mei, a vorbit despre foarte lungul ev mediu italian, m-a lăudat pentru contribuția pe care o aduceam la modernizarea țării și așa mai departe, cu formule de felul acela. N-a zis nimic specific despre roman, cu siguranță nu-l citise, era un om foarte ocupat. Dar a fost frumos că își dorise să-și manifeste, oricum, consensul și stima.

Nici Mariarosa nu s-a arătat mai puțin afectuoasă, și ea m-a lăudat mult. La început a părut gata-gata să-mi vorbească detaliat despre carte, apoi a schimbat subiectul într-un mod surescitat, a spus că voia să mă invite la Universitate: i se părea important să particip la ceea ce numea *curgerea imposibil de stăvilit a evenimentelor. Pleci chiar mâine*, m-a îndemnat, *ai văzut ce se întâmplă în Franța?* Eu știam tot, trăiam lipită de un mic radio vechi și albastru, cu cruste de grăsime pe el, ținut de mama în bucătărie, și am spus *da, e minunat, Nanterre, baricadele din Cartierul Latin.* Ea mi s-a părut însă mult mai informată, mult mai implicată. Plănuia să ajungă la Paris împreună cu alți colegi de-ai ei, m-a invitat să merg cu ea cu mașina. Eram foarte tentată. Am spus *bine, mă gândesc.* Să merg la Milano, să trec granița în Franța, să ajung în Parisul în revoltă, să înfrunt brutalitatea poliției, să plonjez cu toată istoria mea personală în cele mai incandescente evenimente ale acelor luni, să continui călătoria în afara Italiei pe care o făcusem cu ani în urmă împreună cu Franco. Ce frumos ar fi fost să plec cu Mariarosa, singura fată pe care o știam atât de lipsită de prejudecăți, atât de modernă, în întregime adepta evenimentelor lumii, stăpâna vocabularului politic aproape în aceeași măsură ca bărbații. O admiram, nu erau multe fete care să iasă în evidență în acea atmosferă în care totul părea că sare în aer. Eroii tineri care înfruntau pe riscul lor violența reacției se numeau Rudi Dutschke, Daniel Cohn-Bendit și, la fel ca în filmele de război, unde se găseau numai bărbați, era greu să te contopești cu ei, puteai doar să-i iubești, să adaptezi în mintea ta ideile lor, să suferi pentru soarta lor. M-am gândit că printre colegii lui Mariarosa putea fi și Nino. Se cunoșteau, era posibil. Ah, să-l întâlnesc, să fiu copleșită de aventura aceea, să mă expun pericolelor alături de el. Așa a trecut ziua. În bucătărie era liniște acum, părinții mei dormeau, frații mei hoinăreau încă pe străzi, Elisa se spăla închisă în baie. Să plec, mâine-dimineață.

## 13.

Am plecat, dar nu la Paris. După alegerile din anul acela tumultuos, Gina m-a trimis într-un turneu de promovare a cărții. Am început cu Florența. Fusesem invitată la Școala Superioară de o profesoară care era prietenă cu un prieten al familiei Airota. Am nimerit la unul dintre acele cursuri alternative, răspândite în universitățile unde aveau loc proteste, pentru a vorbi în fața a vreo 30 de studente și studenți. M-a impresionat imediat faptul că multe dintre fete erau chiar mai rău decât cele descrise de socrul meu în revista *Ponte*: prost îmbrăcate, prost machiate, haotice în expunerile lor prea emoţionate, supărate pe examene, pe profesori. Îmboldită de profesoară, m-am pronunţat în privinţa manifestaţiilor studenţeşti cu vădit entuziasm, mai ales a celor care tocmai se desfăşurau în Franţa. Mi-am etalat toate cunoştinţele, am fost încântată de mine însămi. Am avut senzaţia că mă exprimam cu convingere şi claritate, că fetele în special mă admirau pentru felul în care vorbeam, pentru lucrurile pe care le ştiam, pentru modul în care abordam problemele complicate ale lumii, organizându-le într-o imagine coerentă. Dar mi-am dat seama repede că aveam tendinţa să evit orice referire la carte. Nu mă simţeam în largul meu să vorbesc despre ea, mă temeam să nu am parte de aceleaşi reacţii ca în cartier, preferam să sintetizez cu propriile cuvinte idei din *Quaderni piacentini* sau din *Monthly Review*. Pe de altă parte, de aceea fusesem invitată, cineva voia deja să pună întrebări. Primele întrebări au fost toate despre efortul personajului feminin de a părăsi mediul în care se născuse. Abia spre final o fată, pe care mi-o amintesc foarte înaltă şi foarte slabă, mi-a cerut să explic, întrerupându-şi discursul cu râsete nervoase, de ce considerasem necesar să scriu, într-o poveste foarte şlefuită, un *fragment scabros*.

Mi-a fost jenă, cred că m-am înroşit, înşiram de-a valma motivaţii sociologice. Abia la sfârşit am vorbit despre nevoia de a povesti cu francheţe despre orice experienţă umană şi despre ce — am subliniat — pare imposibil de rostit şi, de aceea, nu ni-l spunem nici nouă însene. Ultimele cuvinte au plăcut, am fost din nou la înălţime. Profesoara care mă invitase le-a lăudat, a zis că va reflecta la ele şi că-mi va scrie.

Aprobarea ei a consolidat în mintea mea acele câteva concepte, care au devenit repede un refren. Le-am folosit adesea în public, când în mod amuzat, când cu un ton dramatic, când concis, când dezvoltându-le cu nişte ornamente verbale elaborate. M-am simţit foarte dezinvoltă într-o seară la o librărie din Torino, în faţa unui public destul de numeros, pe care l-am înfruntat tot mai natural. Mi se părea firesc să mă chestioneze cineva, cu simpatie sau în mod provocator, cu privire la episodul de sex de pe plajă, astfel că răspunsul meu prompt, finisat într-un mod tot mai plăcut, avea un anume succes.

La Torino mă însoţise, mandatat de editură, Tarratano, bătrânul prieten al lui Adele. S-a declarat mândru că fusese primul care intuise potenţialul romanului meu și m-a prezentat publicului cu aceleași formulări entuziaste pe care le folosise în urmă cu ceva timp la Milano. La sfârșitul serii, m-a felicitat pentru progresele importante pe care le făcusem în scurtă vreme. Apoi m-a întrebat cu obișnuita lui bonomie: *de ce acceptaţi cu atâta bunăvoinţă ca paginile dumneavoastră erotice să fie considerate scabroase, de ce dumneavoastră înșivă le definiţi astfel în public?* Și mi-a explicat că nu trebuia: întâi de toate, romanul meu nu se consuma în episodul cu plaja, existau altele mai interesante și mai frumoase; și apoi, dacă ici și colo suna îndrăzneţ, asta se întâmpla în special pentru că fusese scris de o fată; obscenitatea, a conchis, nu e străină de literatura bună, iar arta adevărată a povestirii, chiar dacă depășește limita decenţei, nu e niciodată scabroasă.

M-am simţit confuză. Omul acela foarte cult mă lămurea, cu tact, că păcatele cărţii mele erau geniale și că era o greșeală să vorbesc tot timpul despre ele ca și cum ar fi fost mortale. Exageram, așadar. Mă supuneam miopiei publicului, superficialităţii lui. Mi-am spus: *gata, trebuie să fiu mai puţin supusă, trebuie să învăţ să am păreri diferite de cititorii mei, nu trebuie să cobor la nivelul lor.* Și am hotărât așa: cu prima ocazie, voi fi mai dură cu oricine aducea în discuţie acele pagini.

La cină, în restaurantul hotelului pe care biroul de presă ni-l rezervase, pe jumătate stânjenită, pe jumătate amuzată, l-am ascultat pe Tarratano care-l cita, ca dovadă a faptului că eram o scriitoare esenţialmente inocentă, pe Henry Miller sau îmi explica, spunându-mi *dragă copilă*, că nu puţine foarte înzestrate scriitoare din anii '20 și '30 știau și scriau despre sex într-un mod în care, deocamdată, eu nici măcar nu-mi imaginam. Mi-am notat numele în carnețelul meu, dar între timp am început să gândesc așa: acest om, în ciuda complimentelor sale, nu crede că sunt un mare talent; în ochii lui sunt o fetiță care a avut un succes nemeritat; nu consideră relevante nici paginile care îi atrag cel mai mult pe cititori. Ele pot scandaliza, cine știe pe cine puțin sau deloc, dar nu pe cineva ca el.

Am spus că eram puțin obosită și l-am ajutat pe comeseanul meu, care băuse prea mult, să se ridice. Era un bărbat mic, dar cu o burtă vizibilă de gurmand. Smocuri de păr alb i se încâlceau pe deasupra urechilor mari, avea un chip foarte roșu, cu o gură mică, un nas mare și ochi foarte vii. Fuma mult, avea degetele îngălbenite. În lift a încercat să mă îmbrățișeze și să mă sărute. Deși m-am zbătut, am făcut eforturi să-l resping, nu se dădea bătut. Mi-au rămas întipărite contactul cu burta lui, respirația care mirosea a vin. Pe vremea aceea nu mi-ar fi dat niciodată prin minte că un bărbat bătrân, atât de cumsecade, atât de cult, bărbatul acela atât de bun prieten cu viitoarea mea soacră, ar putea să se comporte necuviincios. Când am ieșit pe hol, s-a grăbit să-și ceară scuze, a dat vina pe băutură și s-a închis rapid în camera lui.

## 14.

A doua zi, la micul dejun și pe toată durata călătoriei cu mașina care ne-a dus la Milano, a vorbit foarte însuflețit de perioada cea mai incitantă din viața lui, între 1945 și 1948. I-am simțit în voce o melancolie autentică, care însă a dispărut când a început să descrie, cu un entuziasm la fel de autentic, noua atmosferă revoluționară, energia — a spus — care-i cuprindea pe tineri și pe bătrâni deopotrivă. Eu am dat tot timpul din cap, impresionată de cât de mult ţinea să mă convingă că prezentul meu era, de fapt, trecutul lui plin de entuziasm care revenea în forţă. Am simţit un pic de milă. O referire întâmplătoare la biografia lui m-a îmboldit, la un moment dat, să fac niște calcule rapide: persoana care stătea în faţa mea avea cincizeci și opt de ani.

Odată ajunși la Milano, am cerut să fiu lăsată la câţiva pași de editură și mi-am luat rămas-bun de la însoţitorul meu. Eram puţin ameţită, dormisem prost. Pe drum am încercat să șterg definitiv neplăcerea contactului fizic cu Tarratano, dar mă simţeam în continuare ultragiată și mintea mea asocia acel episod cu grosolăniile din cartier. La editură am fost primită cu mare bucurie. Nu era politeţea din urmă cu câteva luni, ci un fel de consens generalizat care însemna: ce buni am fost să intuim că erai bună. Până și centralista, singura din mediul acela care mă tratase cu îngâmfare, a ieșit din cabina ei și m-a îmbrăţișat. Și redactorul, care mai de mult îmi editase cartea la sânge, pentru prima oară m-a invitat la prânz.

Imediat ce ne-am așezat într-un mic restaurant, pe jumătate gol, aflat la câţiva pași distanţă, a subliniat din nou faptul că scriitura mea proteja un secret captivant și, între două feluri de mâncare, mi-a sugerat că, relaxat, dar fără să mă culc prea mult pe lauri, aș face bine să pun la cale un nou roman. După care mi-a amintit că aveam un angajament la Universitate la ora 15:00. N-avea legătură cu Mariarosa, editura fusese cea care, pe căile ei, organizase să vorbesc unui grup de studenţi. Odată ajunsă acolo, am întrebat, cu cine trebuie să vorbesc? Comeseanul meu respectabil mi-a spus cu mândrie: vă va aștepta fiul meu la intrare.

După ce mi-am luat bagajul de la editură m-am dus la hotel. Am rămas acolo câteva minute și am ieșit din nou ca să ajung la universitate. Era o căldură insuportabilă. M-am trezit în faţa unei panorame cu manifeste scrise dens, steaguri roșii și mulţimi belicoase, pancarte care anunţau iniţiative. Se auzea mai ales un zgomot puternic de voci, râsete şi o alarmă difuză. M-am învârtit un pic căutând indicii care să mă ajute. Îmi amintesc de un tânăr brunet care m-a lovit rău alergând, şi-a pierdut echilibrul, şi-a revenit, a fugit pe stradă ca şi cum ar fi fost urmărit, chiar dacă nu era nimeni în spatele lui. Îmi amintesc sunetul solitar al unei goarne, foarte limpede, care înţepa aerul sufocant. Îmi amintesc de o fată blondă, minionă, care trăgea după ea un lanţ în mod zgomotos, cu un zăvor imens la capăt şi urla nu ştiu la cine, plină de zel: *sosesc*. Îmi amintesc de asta pentru că, aşteptând să fiu recunoscută şi să se apropie cineva de mine, ca să-mi dau importanţă, am scos carneţelul şi am notat una-alta. Dar a trecut o jumătate de oră şi n-a venit nimeni. Atunci am studiat foile şi pancartele cu mai multă atenţie, sperând că-mi găsesc numele, titlul romanului. A fost inutil. Puţin nervoasă, am renunţat să opresc pe câte unul dintre studenţi. Îmi era ruşine să menţionez cartea mea ca obiect de discuţie într-o atmosferă unde foile lipite pe ziduri anunţau teme mult mai importante. M-am trezit enervant de şovăitoare între sentimente opuse. Pe de o parte era o simpatie puternică pentru toţi acei băieţi şi acele fete care etalau acolo acţiuni şi glasuri de o indisciplină absolută. Pe de altă parte era teama că dezordinea de care fugeam încă de mică ar putea să mă înşface din nou acum, chiar aici, şi să mă împingă în mijlocul vacarmului, unde curând o putere căreia nu i te puteai opune — un Om de Serviciu, un Profesor, Rectorul, Poliţia — m-ar fi găsit vinovată — pe mine, pe mine care fusesem întotdeauna cuminte — şi m-ar fi pedepsit.

M-am gândit să-mi iau tălpăşiţa de acolo, ce-mi păsa de o mână de tineri, puţin mai mici decât mine, cărora le-aş fi spus aceleaşi tâmpenii obişnuite? Voiam să mă întorc la hotel, să mă bucur de condiţia mea de autoare cu un oarecare succes, care călătorea mult, mânca la restaurant şi dormea la hoteluri. Au trecut însă cinci sau şase fete cu un aer aferat, încărcate cu sacoşe și, aproape fără să vreau, am mers în spatele lor, al vocilor, al țipetelor, chiar și al sunetului de goarnă. Astfel, tot mergând, am ajuns în fața unei săli aglomerate din care, chiar în acel moment, se ridica o rumoare furioasă. Și pentru că fetele după coada cărora mă ținusem au intrat acolo, am intrat, cu mare băgare de seamă, și eu.

Era în desfășurare un conflict foarte dur între facțiuni diferite, atât în sala înțesată, cât și în jurul catedrei asediate de o mică mulțime ațâțată. Am rămas lângă ușă, pregătită să plec, respinsă de o pâclă incandescentă de fum și răsuflări și de un miros greu, de surescitare.

Am încercat să mă orientez. Se discuta, cred, de chestiuni procedurale, însă într-o atmosferă în care nimeni — unii urlau, alții tăceau, alții făceau mișto, alții râdeau, alții se mișcau în viteză ca un curier pe un câmp de luptă, alții erau complet nepăsători, alții învățau — nu părea să considere că ar fi posibil un acord. Am sperat ca pe undeva pe aici să fie Mariarosa. Între timp mă obișnuiam cu zarva, cu mirosurile. Câtă lume: predominau bărbații, frumoși, urâți, eleganți, neglijenți, violenți, speriați, distrați. M-am uitat curioasă la fete, am avut impresia că numai eu eram singură acolo. Unele — de exemplu cele pe care le urmasem până acolo — stăteau într-un grup compact chiar și acum, când împărțeau fluturași prin sala aglomerată: strigau împreună, râdeau împreună și dacă se îndepărtau câțiva metri, se țineau reciproc sub observație ca să nu se piardă. Prietene de mult sau poate cunoștințe ocazionale păreau să aibă din partea grupului permisiunea de a se afla în locul acela haotic, seduse, desigur, de atmosfera dezordonată, dar dispuse să trăiască experiența aceea numai cu condiția de a nu se despărți, ca și cum ar fi stabilit preventiv, într-un spațiu mult mai sigur, că dacă va pleca una, vor pleca toate. Altele, în schimb, singure sau cel mult câte două, se infiltraseră în grupurile de bărbați. Afișau o intimitate provocatoare, o disoluție veselă a distanţelor de siguranţă, şi mi s-au părut cele mai fericite, cele mai agresive, cele mai mândre.

M-am simţit diferită, prezentă în mod abuziv. Nu aveam pentru ce să urlu, pentru ce să rămân în aburii aceia, în mirosurile acelea care îmi aminteau, acum, de mirosurile şi aburii emanaţi de corpul lui Antonio, de răsuflarea lui, când ne îmbrăţişam la lacuri. Fusesem prea mizerabilă, prea presată de obligaţia de a excela la învăţătură. La cinema nu mă dusesem mai deloc. Nu cumpărasem niciodată discuri, cum mi-ar fi plăcut. Nu devenisem o fană a cântăreţilor, nu dădusem fuga la concerte, nu colecţionasem autografe, nu mă îmbătasem niciodată, făcusem sex, puţin şi fără să mă simt în largul meu, apelând la stratageme, înspăimântată. Fetele acelea, în schimb, unele mai puţin, altele mai mult, crescuseră probabil mai relaxate şi mai pregătite decât mine. Poate că-şi percepeau prezenţa în locul acela, în atmosfera aceea, nu ca pe o deraiere, ci ca pe o alegere corectă şi urgentă. Acum când am ceva bani, m-am gândit, acum când cine ştie câţi voi câştiga, pot recupera câteva chestii pe care le-am ratat. Sau poate că nu, eram deja prea cultă, prea ignorantă, prea controlată, prea obişnuită să duc o viaţă rece acumulând idei şi date, prea aproape de căsătorie şi de aşezarea definitivă la casa mea. În fine, în mod limitat, prea încadrată într-o ordine care, acolo, părea demult apusă. Gândul acesta din urmă m-a speriat. Să plec imediat din locul ăsta, mi-am spus, fiecare gest sau cuvânt e un afront adus efortului pe care l-am făcut. În schimb am alunecat şi mai adânc înăuntrul sălii aglomerate.

M-a impresionat imediat o fată atât de frumoasă, cu trăsături delicate, păr foarte negru şi lung pe umeri, sigur mai tânără decât mine. Am văzut-o şi n-am reuşit să-mi iau ochii de la ea. Stătea în picioare în mijlocul unor tineri foarte combativi şi în spatele ei, ca o gardă de corp, stătea lipit un bărbat brunet de vreo treizeci de ani, care fuma un trabuc. Ceea ce o distingea în mediul acela, pe lângă frumuseţe, era că avea în braţe un copil de câteva luni. Îl alăpta și în timpul ăsta urmărea atent ostilitățile în desfășurare, uneori mai urla ceva și ea. Când copilul, o pată albastră cu piciorușele goale de culoare roșiatică, își desprindea gura de sfârc, ea nu-și băga sânul în cupa sutienului, ci rămânea așa, expusă, cu cămașa albă descheiată, cu pieptul umflat, încruntată și cu gura întredeschisă până când își dădea seama că fiul ei nu mai sugea și, mecanic, încerca să-l pună din nou la sân.

Fata aceea m-a tulburat. În sala gălăgioasă și plină de un fum dens se dovedea a fi o icoană a maternității ieșită din tipare. Avea mai puțini ani decât mine, un aspect delicat, responsabilitatea unui fiu. Dar refuza trăsăturile tinerei doamne în mod placid absorbită de grija copilului ei. Urla, gesticula, pretindea să aibă cuvântul, râdea furios, arăta spre cineva cu dispreț. Și totuși, fiul era parte din ea, îi căuta sânul, îl pierdea. Împreună alcătuiau o imagine tremurătoare, în pericol, aproape să se spargă, ca și cum ar fi fost pictată pe o sticlă: copilul i-ar fi căzut din brațe sau ceva ar fi lovit-o la cap, un cot, un gest necontrolat. Am fost bucuroasă când, pe neașteptate, lângă ea a apărut Mariarosa. Iat-o, în sfârșit. Cât era de vie, cât era de colorată, cât era de amabilă: mi s-a părut foarte familiară cu tânăra mamă. Am fluturat o mână, nu m-a văzut. I-a zis ceva fetei la ureche, a dispărut, a reapărut printre cei care se încăierau în jurul catedrei. Între timp, pe o ușă laterală a năvălit un mic grup care, prin apariția lui, a calmat puțin spiritele. Mariarosa a făcut un semn, a așteptat un răspuns, a apucat megafonul și a rostit câteva cuvinte care au potolit complet sala plină ochi. Atunci, pentru câteva secunde, am avut impresia că Milano, tensiunile din acea perioadă, propria mea surescitare aveau puterea de a îngădui umbrelor din mintea mea să iasă de acolo. De câte ori mă gândisem în acele zile la prima mea educație politică? Mariarosa a cedat megafonul unui tânăr care i se alăturase și pe care l-am recunoscut imediat. Era Franco Mari, logodnicul meu din primii ani petrecuți la Pisa.

## 15.

Era neschimbat: același ton cald și convingător, aceeași capacitate de a organiza discursul pornind de la idei generale care treptat se apropiau, în mod coerent, de experiențe cotidiene, aflate sub privirile tuturor, dezvăluindu-le sensul. În timp ce scriu îmi dau seama că-mi amintesc foarte puțin despre aspectul lui fizic, doar chipul palid și smead, părul scurt. Și totuși, trupul lui era singurul care, până în momentul acela, mă ținuse strâns în brațe ca și cum am fi fost căsătoriți.

M-am dus la Franco după intervenția lui. Ochii i s-au aprins de uimire, m-a îmbrățișat. Dar era greu să comunicăm, un tip îl trăgea de un braț, un altul deja începuse să vorbească pe un ton dur arătându-l insistent cu degetul, ca și cum l-ar fi tras la răspundere pentru niște vini oribile. Am rămas între cei de lângă catedră, stingheră. În înghesuială o pierdusem pe Mariarosa. Dar de data asta m-a reperat ea, m-a tras de braț.

— Ce faci aici? a spus bucuroasă.

Nu voiam să-i spun că lipsesc de la o întâlnire, că ajunsesem acolo din întâmplare. Am zis arătându-l pe Franco:

— Îl cunosc pe el.

— Pe Mari?

— Da.

Mi-a vorbit despre el cu entuziasm, apoi a șoptit: *o să plătesc, eu l-am invitat, uite ce cuib de viespi.* Și pentru că el urma să doarmă acasă la ea și să plece la Torino a doua zi, a insistat imediat să mă duc și eu să stau la ea. Am acceptat, păcat de hotel.

Adunarea a continuat multă vreme, au fost momente de mare tensiune, o stare permanentă de alarmă. Am părăsit universitatea când se întuneca. În afară de Franco, cu Mariarosa au venit tânăra mamă, care se numea Silvia, și bărbatul de vreo treizeci de ani pe care-l observasem în sală, cel care fuma trabuc, un anume Juan, pictor venezuelean. Am mers cu toţii la cină într-un birt pe care-l ştia cumnata mea. Am pălăvrăgit cu Franco suficient cât să înţeleg că mă înşelasem, se schimbase. I se întipărise pe faţă, sau poate şi-o pusese singur, o mască. Deşi aceasta se suprapunea perfect peste trăsăturile de odinioară, îi ştersese generozitatea. Acum era încruntat, reţinut, îşi cântărea cuvintele. În decursul unui scurt schimb de replici aparent confidenţial, nu s-a referit niciodată la vechea noastră relaţie. Când am deschis eu subiectul, văicărindu-mă că nu-mi mai scrisese, mi-a retezat-o scurt, în şoaptă: aşa trebuiau să meargă lucrurile. Şi în privinţa universităţii a fost vag, am înţeles că nu absolvise.

— Sunt altele de făcut, a spus.

— Ce?

I s-a adresat Mariarosei, aproape enervat de tonalitatea prea intimă a schimbului nostru de replici:

— Elena întreabă ce e de făcut.

Mariarosa a răspuns veselă:

— Revoluţie.

Atunci, pe un ton ironic, am spus în treacăt:

— Şi în timpul liber?

Juan a intervenit serios, scuturând cu blândeţe pumnul strâns al copilului Silviei, care stătea lângă el:

— În timpul liber se pregăteşte revoluţia.

După cină, ne-am strecurat toţi în maşina Mariarosei, locuia la Sant'Ambrogio, într-un vechi apartament foarte mare. Am descoperit că acolo venezueleanul avea un fel de atelier, o cameră extrem de dezordonată, unde ne-a dus pe Franco şi pe mine ca să-i vedem operele: pânze mari cu scene urbane foarte aglomerate, realizate cu o îndemânare aproape fotografică, pe care însă fixase, stricându-le, mici tuburi de culoare sau pensule sau palete de culoare sau castroane pentru terebentină şi zdrenţe. Mariarosa l-a lăudat mult, dar adresându-i-se mai ales lui Franco, la a cărui părere a arătat că ţine în mod special.

I-am urmărit, nu înțelegeam. În mod sigur Juan locuia acolo. În mod sigur locuia acolo și Silvia, care se mișca nonșalantă prin casă cu Mirko, copilul. Dacă, însă, într-un prim moment, am crezut că pictorul și foarte tânăra mamă formează un cuplu și locuiesc, subînchiriind, în vreuna dintre acele camere, m-am răzgândit repede. Venezueleanul, de fapt, toată seara a arătat față de Silvia doar o politețe relaxată, în vreme ce și-a pus adesea un braț în jurul umerilor lui Mariarosa, ba, mai mult, o dată a sărutat-o pe gât.

La început s-a vorbit mult despre operele lui Juan. Franco avea dintotdeauna o competență de invidiat în artele vizuale și o sensibilitate critică foarte accentuată. Am stat toți să-l ascultăm cu plăcere, mai puțin Silvia, al cărei copil, până atunci foarte cuminte, dintr-odată a început să plângă fără să se poată liniști. Eu am sperat o vreme ca Franco să vorbească și despre cartea mea, eram sigură că ar fi zis lucruri inteligente ca acelea pe care, cu o anume asprime, le spunea despre tablourile lui Juan. În schimb, nimeni nu s-a referit la romanul meu și, după o izbucnire furioasă a venezueleanului care nu apreciase o vorbă de spirit a lui Franco despre artă și societate, a început discuția despre înapoierea culturală italiană, despre tabloul politic ieșit din alegeri, despre supunerile înlănțuite ale social-democrației, despre studenți și represiunea poliției, despre ceea ce a fost numită *lecția Franței*. Schimbul de replici dintre cei doi bărbați s-a transformat imediat în polemică. Silvia, care nu pricepea ce-i lipsește lui Mirko și care se tot foia și urla la el cu asprime, ca și cum ar fi fost deja un copil mare, a emis adesea fraze schematice de dezacord de pe holul lung unde-și plimba în sus și în jos fiul sau din camera unde se dusese să-l schimbe. Mariarosa, după ce a povestit despre grădinițe organizate la Sorbona pentru copiii studenților în grevă, a evocat un Paris de la începutul lui iunie, ploios și friguros, încă blocat de greva generală, nu la prima mână (s-a întristat, nu reușise să plece), ci așa cum i-l descrisese într-o scrisoare o prietenă de-a ei. Franco și Juan le-au ascultat distrat pe amândouă și totuși n-au pierdut niciodată șirul discuției, dimpotrivă, s-au confruntat cu o tot mai mare animozitate.

Consecința a fost că ne-am trezit, noi trei femeile, în situația unor juninci somnoroase, așteptând ca taurii să-și forțeze reciproc, până la capăt, puterile. Asta m-a enervat. Am așteptat ca Mariarosa să intervină din nou în conversație, contam pe faptul că o voi face și eu. Franco și Juan însă nu ne-au dat ocazia, copilul între timp făcea gălăgie și Silvia se purta din ce în ce mai agresiv cu el. Lila — m-am gândit — era și mai tânără decât ea când l-a avut pe Gennaro. Și mi-am dat seama că mă îmboldea ceva, deja din timpul adunării, să stabilesc o asemănare între ele. Poate că fusese singurătatea ei de mamă pe care Lila o experimentase după dispariția lui Nino și despărțirea de Stefano. Sau frumusețea ei: dacă s-ar fi aflat în adunarea aceea cu Gennaro, Lila ar fi fost o mamă și mai seducătoare, și mai hotărâtă decât Silvia. Lila însă de-acum era exclusă. Vibrația pe care o simțisem în sală va ajunge până la San Giovanni a Teduccio, dar ea, în locul acela unde ajunsese degradându-se, nici măcar n-ar fi băgat-o de seamă. Păcat, m-am simțit vinovată. Ar fi trebuit s-o iau de acolo, s-o răpesc, s-o oblig să călătorească împreună cu mine. Sau măcar să-i consolidez prezența în corpul meu, să ne amestecăm vocile. Ca în acel moment. Am auzit-o că spunea: *dacă tot taci, dacă îi lași numai pe ăștia doi să vorbească, dacă te comporți ca o plantă de apartament, ajut-o măcar pe fata asta, gândește-te ce înseamnă să ai un copil mic.* Confuzie, deci, de spații și intervale temporale, de stări diferite. Am sărit în picioare, i-am luat Silviei copilul din brațe cu delicatețe și cu grijă, iar ea mi l-a lăsat binevoitoare.

## 16.

Ce copil voinic, a fost un moment memorabil. Mirko m-a sedus imediat, avea pliuri de carne rozalie în jurul încheieturilor de la mâini, de la picioare. Ce frumos era, ce căutătură frumoasă a ochilor, cât păr, ce picioare lungi și delicate, ce aromă îmbietoare. I-am șoptit toate acele complimente, încet, în timp ce-l plimbam prin casă. Vocile bărbaților s-au îndepărtat, la fel și ideile pe care le susțineau, animozitatea lor, și s-a întâmplat ceva nou pentru mine. Am simțit plăcere. Am simțit, ca o văpaie necontrolată, căldura copilului, mișcările lui, și mi s-a părut că toate simțurile îmi devin mai ascuțite. Ca și cum percepția acelui fragment perfect de viață pe care-l aveam în brațe se ascuțise până la spasm și îi simțeam blândețea și responsabilitatea. M-am pregătit să-l apăr de toate umbrele periculoase care stăteau la pândă în ungherele întunecoase ale casei. Mirko și-a dat seama probabil și s-a liniștit, alt lucru care mi-a oferit plăcere. M-am simțit mândră că l-am putut potoli.

Când m-am întors în cameră, Silvia se așezase pe genunchii Mariarosei și asculta discuția dintre cei doi bărbați, participând cu exclamații nervoase. S-a întors să mă privească și mi-a văzut probabil pe chip plăcerea cu care îl strângeam la piept pe copil. S-a ridicat brusc, mi l-a luat cu un *mulțumesc* aspru și s-a dus să-l pună în pat. Am avut o senzație neplăcută, ca și cum aș fi pierdut pe cineva. Am simțit căldura lui Mirko care mă părăsea, am luat din nou loc prost dispusă. Aveam gânduri confuze. Voiam din nou copilul, am sperat să înceapă din nou să plângă, ca Silvia să-mi ceară ajutorul. Ce mă apucă? Îmi doresc copii? Vreau să fiu mamă, vreau să alăptez și să legăn un copil? Căsătorie plus sarcină? Și dacă mama mea îmi va țâșni din pântece tocmai acum, când cred că mă aflu deja în siguranță?

## 17.

Am întârziat să mă concentrez asupra lecției pe care ne-o dădea Franța, asupra confruntării încordate dintre cei doi bărbați.

N-aveam chef, însă, să păstrez tăcerea. Voiam să spun ceva despre ce citisem și gândisem în legătură cu evenimentele de la Paris. Discursul mi se răsucea în fraze care rămâneau incomplete în minte. Și mă uimea că Mariarosa, atât de bine pregătită, atât de liberă, continua să tacă, că se limita să aprobe numai ce spunea Franco zâmbind frumos, lucru care-l enerva și-l făcea pe Juan, uneori, să se simtă nesigur. Dacă nu vorbește ea, mi-am zis, o să vorbesc eu. Altfel de ce am acceptat să vin aici, de ce nu m-am dus la hotel? Întrebări la care aveam un răspuns. Îmi doream să-i arăt ce devenisem omului care mă cunoscuse în trecut. Voiam ca Franco să-și dea seama că nu putea să mă trateze ca pe fetița de altădată, voiam să-și dea seama că devenisem cu totul altă persoană, voiam să recunoască în prezența Mariarosei că *această altă persoană* avea respectul lui. De aceea, având în vedere că bebelușul tăcea, că Silvia dispăruse cu el, că niciunul dintre ei doi nu mai avea nevoie de mine, am mai așteptat puțin și, în cele din urmă, am găsit modalitatea de a-l dezaproba pe fostul meu logodnic. Un dezacord improvizat: nu eram animată de convingeri solide, scopul era să mă exprim *împotriva lui Franco* și am făcut-o. Aveam în minte diverse formulări, le-am amestecat cu o falsă siguranță. Am zis, aproximativ, că mă uluia gradul de acutizare a luptei de clasă în Franța, că găseam destul de abstractă, deocamdată, uniunea dintre studenți și muncitori. Am vorbit cu hotărâre, deși mă temeam că unul dintre bărbați o să mă întrerupă ca să spună ceva și să reia discuția între ei doi. În schimb, m-au ascultat cu atenție, toți, inclusiv Silvia, care se întorsese aproape în vârful picioarelor, fără copil. Și nici Franco, nici Juan nu au dat semne de nerăbdare în timp ce vorbeam. Dimpotrivă, venezueleanul a consimțit când am pronunțat de două sau de trei ori cuvântul *popor*. Chestie care l-a enervat pe Mari. *Spui că situația nu este* în mod obiectiv *revoluționară*, a subliniat ironic, și eu cunoșteam tonul acela, însemna că se apăra făcând mișto de mine. Atunci ne-am suprapus, fraze de-ale mele peste fraze de-ale lui și invers: nu știu ce înseamnă *în mod obiectiv*; înseamnă că a acționa este inevitabil; deci, dacă nu e inevitabil, stai cu mâinile în sân; nu, datoria revoluționarului este să facă întotdeauna tot ce e posibil; în Franța studenții au făcut imposibilul, mașina educației s-a stricat și nu se va mai repara niciodată; admiți că lucrurile s-au schimbat și se vor mai schimba; da, dar n-a eliberat nimeni un certificat legalizat ca să-ți garanteze, ție sau altcuiva, că situația este *în mod obiectiv* revoluționară. Studenții au acționat și atât; nu e adevărat; ba e adevărat. Și așa mai departe. Până când am tăcut în același timp.

Fusese un schimb de replici neobișnuit, nu în conținut, ci în tonul cald, neatent la bună-cuviință. În privirea Mariarosei am observat o zvâcnire amuzată. Înțelesese că dacă eu și Franco ne vorbeam așa, între noi fusese ceva mai mult decât o familiaritate între colegi de facultate. *Veniți să mă ajutați,* le-a spus Silviei și lui Juan. Trebuia să ia o scară, să caute lenjerie pentru mine, pentru Franco. Cei doi au urmat-o, Juan i-a spus ceva la ureche.

Franco a țintuit cu privirea podeaua o clipă, și-a strâns buzele vrând parcă să-și reprime un zâmbet și a spus cu o nuanță afectuoasă:

— Ai rămas mica burgheză dintotdeauna.

Cu ani în urmă, așa făcuse mișto de mine când mi-era frică să nu fiu surprinsă în camera lui. Neobservată de ceilalți, am spus impulsiv:

— Micul burghez ești tu, prin origine, prin cultură, prin atitudine.

— Nu voiam să te supăr.

— Nu m-am supărat.

— Te-ai schimbat, ai devenit agresivă.

— Sunt aceeași.

— Toate bune la tine acasă?

— Da.

— Și prietena aceea a ta la care țineai mult?

Întrebarea a venit cu un salt logic care m-a dezorientat. Îi vorbisem despre Lila în trecut? În ce termeni? Și de ce îi revenea în minte acum? Unde era legătura pe care el o văzuse pe undeva și eu nu?

— E bine, am spus.

— Ce face?

— Muncește într-o fabrică de *mortadelle* la periferia orașului Napoli.

— Nu se căsătorise cu un negustor?

— Căsnicia n-a mers.

— Când vin la Napoli, trebuie să-mi faci cunoștință cu ea.

— Sigur.

— Lasă-mi un număr, o adresă.

— Bine.

M-a privit ca să-și dea seama ce cuvinte mi-ar provoca mai puţin rău și a întrebat:

— Ea a citit cartea ta?

— Nu știu, tu ai citit-o?

— Bineînţeles.

— Cum ţi s-a părut?

— Bună.

— În ce sens?

— Erau pagini frumoase.

— Care?

— Cele în care îi acorzi protagonistei capacitatea de a pune, în modul ei, lucrurile cap la cap.

— Atât?

— Nu e de-ajuns?

— Nu: e clar că nu ţi-a plăcut.

— Ţi-am spus că e bună.

Îl cunoșteam, încerca să nu mă umilească. Asta m-a scos din sărite, am spus:

— Cartea asta a provocat discuţii, se vinde bine.

— Deci e bine, nu?

— Da, dar nu pentru tine. Ce nu-ţi convine?

A strâns din nou buzele, s-a hotărât:

— Nu conţine mare lucru, Elena. Sub amoruri superficiale şi dorinţe arzătoare de ascensiune socială ascunzi tocmai ce ar merita să povesteşti.

— Adică?

— Las-o baltă, e târziu, trebuie să ne odihnim.

A-ncercat să ia un aer de ironie afabilă, dar în realitate a păstrat tonul acela nou al cuiva care are o sarcină importantă şi în rest se întrebuinţează cu măsură:

— Ai făcut tot posibilul, nu? Acesta însă, în mod obiectiv, nu este momentul să scrii romane.

## 18.

Mariarosa a intrat chiar atunci împreună cu Juan şi Silvia, aducând prosoape curate şi pijamale. Ea sigur a auzit ultima frază, sigur a înţeles că se vorbea despre cartea mea, dar n-a scos niciun cuvânt. Putea să menţioneze în treacăt că îi plăcuse cartea, că romanele pot fi scrise în orice moment, dar n-a făcut-o. Am dedus că, dincolo de declaraţiile de simpatie şi de afecţiune, în acele medii atât de culte şi absorbite de pasiunea politică, cartea mea era considerată o chestiuţă nesemnificativă. Paginile care îi asigurau reputaţia fie erau judecate drept rămăşiţe ale unor texte mult mai explozive pe care, de altfel, nu le citisem niciodată, fie meritau eticheta aceea depreciativă a lui Franco: *o poveste de amoruri superficiale*.

Cumnata mea mi-a arătat unde sunt baia şi camera mea cu o politeţe echivocă. L-am salutat pe Franco, care pleca foarte devreme. I-am strâns mâna doar şi nici el, pe de altă parte, n-a dat semne că vrea să mă îmbrăţişeze. L-am văzut dispărând într-o cameră cu Mariarosa și, după expresia posomorâtă a lui Juan, după privirea nefericită a Silviei, am înţeles că oaspetele și stăpâna casei vor dormi împreună.

M-am retras în camera care-mi fusese repartizată. Am dat peste un miros puternic de fum stătut, un pat mic nefăcut; nicio noptieră, nicio lampă în afara celei cu lumină slabă din mijlocul tavanului, ziare îngrămădite pe podea, câteva numere din *Menabò*, din *Nuovo impegno*, din *Marcatré*, cărţi de artă scumpe, unele uzate, altele în mod evident niciodată răsfoite. Sub pat am găsit o scrumieră plină de mucuri de ţigară. Am deschis fereastra și am lăsat-o pe pervaz. M-am dezbrăcat. Cămașa de noapte pe care mi-o dăduse Mariarosa era prea lungă și prea strâmtă. M-am dus la baie desculţă, pe holul aflat în penumbră. Lipsa periuţei de dinţi nu m-a deranjat: nimeni nu mă educase să mă spăl pe dinţi, era un obicei recent căpătat la Pisa.

După ce m-am băgat în pat, am încercat să-l înlocuiesc pe Franco pe care-l întâlnisem în seara aceea cu acel Franco din urmă cu câţiva ani, băiatul bogat și generos care mă iubise, care mă ajutase, care-mi cumpărase de toate, care mă formase, care mă dusese la Paris pentru anumite întâlniri politice de-ale lui și în vacanţă la Versilia, în casa familiei sale. Dar n-am putut. Prezentul, cu turbulenţele lui, urletele din sala înţesată, limbajul politic care-mi zumzăia în cap și se rostogolea peste cartea mea umilind-o, era predominant. Îmi făceam iluzii în privinţa viitorului meu literar? Avea dreptate Franco, era ceva mai bun de făcut pe lume decât să scrii romane? Ce impresie îi făcusem? Ce amintire păstra despre iubirea noastră, dacă mai păstra vreuna? Se plângea de mine în faţa Mariarosei așa cum mi se plânsese mie Nino de Lila? Eram îndurerată, lipsită de încredere. Cu siguranţă ceea ce crezusem că va fi o seară plăcută și poate un pic melancolică mi s-a părut tristă. Abia așteptam să treacă noaptea și să mă întorc la Napoli. A trebuit să mă ridic ca să sting lumina. M-am întors în pat pe întuneric.

M-am chinuit să adorm. M-am tot răsucit, patul și camera păstrau mirosurile altor trupuri, o intimitate asemănătoare cu cea din casa mea, dar aici alcătuită din urme lăsate de necunoscuţi, unii poate respingători. Apoi am aţipit, dar m-am trezit brusc. Cineva intrase în cameră. Am murmurat: *cine e*. Mi-a răspuns Juan, a spus direct, cu o voce rugătoare, ca și cum mi-ar fi cerut o favoare importantă:

— Pot dormi cu tine?

Rugămintea mi s-a părut atât de absurdă, încât, ca să mă trezesc de tot, ca să înţeleg, am întrebat:

— Să dormi?

— Da, mă așez lângă tine, nu te deranjez, vreau doar să nu fiu singur.

— Categoric nu.

— De ce?

N-am știut ce să răspund, am murmurat:

— Sunt logodită.

— Și? Dormim, atât.

— Pleacă, te rog, nici măcar nu te cunosc.

— Sunt Juan, ţi-am arătat operele mele, ce mai vrei?

Am simţit că se așază pe pat, i-am văzut silueta neagră, i-am perceput respiraţia care mirosea a trabuc.

— Te rog, mi-e somn, am șoptit.

— Ești o scriitoare, scrii despre iubire. Tot ce ni se întâmplă ne hrănește imaginaţia și ne ajută să creăm. Ţine-mă lângă tine, este un lucru pe care vei putea să-l povestești.

Mi-a atins ușor un picior cu vârful degetelor. N-am suportat asta, am sărit în picioare și m-am dus spre întrerupător, am aprins lumina. Stătea încă pe pat, în chiloţi și maiou.

— Afară, i-am șuierat și am făcut-o într-un mod atât de categoric, era atât de evident că mai aveam puţin și urlam, eram atât de hotărâtă să-l lovesc eu mai întâi și să mă lupt cu toată energia mea, încât s-a ridicat încet, a spus dezgustat:

— Ești o bigotă.

A ieșit. Am închis ușa în urma lui, cheia lipsea din broască. Eram năucită, eram furibundă, eram speriată, în cap mi se învârtea un dialect sângeros. Am așteptat un pic înainte să mă bag din nou în pat, dar n-am stins lumina. Ce lăsam să se înțeleagă despre mine, ce persoană păream a fi, ce implica rugămintea lui Juan? Era reputația de femeie liberă pe care mi-o dădea cartea mea? Era discursul politic pe care-l rostisem, care evident că nu era doar un turnir dialectic, un joc prin care să arăt că eram la fel de abilă ca bărbații, ci-mi definea întreaga persoană, inclusiv disponibilitatea sexuală? Era un fel de apartenență la același grup care-l făcuse pe bărbatul acela să intre fără rețineri în camera mea, sau pe Mariarosa, și ea fără rezerve, să-l ducă în camera ei pe Franco? Sau fusesem contaminată eu însămi de excitația aceea erotică difuză pe care o percepusem în aula de la universitate și o emanam fără să-mi dau seama? Tot la Milano eram pregătită să fac dragoste cu Nino, înșelându-l pe Pietro. Dar pasiunea aceea era veche, justifica dorința sexuală și trădarea, în vreme ce sexul în sine, cererea nemijlocită de orgasm, nu, nu reușea să mă facă să particip, eram nepregătită, mă dezgusta. De ce să mă las atinsă de prietenul lui Adele la Torino, de ce să mă las atinsă în casa asta de Juan, ce trebuia să demonstrez, ce voiau *ei* să demonstreze? Mi-a revenit în minte dintr-odată întâmplarea cu Donato Sarratore. Nu atât seara pe plajă la Ischia, cea pe care o transformasem într-un episod romanesc, ci momentul în care apăruse în bucătăria Nellei și eu tocmai mă băgasem în pat și el mă sărutase, mă atinsese, provocându-mi un val de plăcere împotriva voinței mele. Între fetița de atunci, uluită, înspăimântată, și femeia agresată în lift, femeia care suportase invazia aceea, acum, exista vreo legătură? Foarte cultul Tarratano, prieten cu Adele, artistul venezuelean Juan erau din același aluat cu tatăl lui Nino, controlor feroviar, poetastru, gazetar vândut?

## 19.

N-am putut să adorm. Nervilor încordaţi şi gândurilor contradictorii li s-a adăugat Mirko, care a început din nou să plângă. Mi-am reamintit emoţia puternică pe care o simţisem când îl ţinusem în braţe pe copil şi, pentru că nu se liniştea, nu m-am putut abţine. M-am ridicat, am urmărit plânsetul, am ajuns la o uşă pe sub care intra lumină. Am bătut, Silvia a răspuns aspră. Camera era mai primitoare decât a mea, avea un dulap vechi, o noptieră, un pat matrimonial pe care stătea ea, îmbrăcată într-un babydoll roz, cu picioarele încrucişate şi cu o expresie plină de răutătate. Cu braţele abandonate, cu dosul ambelor mâini pe cearşaf, îl ţinea pe coapsele goale, ca pe o ofrandă, pe Mirko, la fel de gol, violaceu, cu gura larg deschisă, cu ochişorii închişi, cu membrele agitate. La început m-a primit cu ostilitate, apoi s-a îmblânzit. A zis că se simţea o mamă incapabilă, că nu ştia ce să facă, că era disperată. A murmurat, în fine: *dacă nu mănâncă, numai aşa face, poate că nu se simte bine, o să-mi moară aici pe pat*, şi în timp ce vorbea mi s-a părut foarte diferită de Lila, urâtă, desfigurată de grimasele nervoase ale gurii, de ochii ieşiţi din orbite. Apoi a izbucnit în plâns.

Plânsul mamei şi al fiului m-a înduioşat, voiam să-i îmbrăţişez pe amândoi, să-i strâng, să-i legăn. Am şoptit: *pot să-l iau puţin?* Ea a făcut semn că da printre hohote. Atunci i-am luat copilul de pe genunchi, l-am dus la piept şi am simţit din nou şuvoiul de mirosuri, sunete, căldură, ca şi cum energiile lui vitale se grăbeau să se întoarcă la mine cu bucurie după despărţire. M-am plimbat în sus şi în jos prin cameră murmurând un fel de litanie care nu respecta nicio sintaxă, pe care am inventat-o pe loc, o declaraţie de iubire lungă şi lipsită de sens. Mirko, în mod miraculos, s-a liniştit, a adormit. L-am pus încet lângă mama lui, dar fără să vreau deloc să mă despart de el. Mi-era teamă să mă întorc la mine în cameră unde eram oarecum sigură că-l găsesc pe Juan, așa că voiam să rămân acolo.

Silvia mi-a mulțumit fără recunoștință autentică, mulțumiri la care a adăugat o listă insensibilă a meritelor mele: *ești inteligentă, știi totul, știi să te faci respectată, ești o mamă adevărată, ferice de copiii pe care o să-i ai.* Am respins laudele, am zis că plec. Ea însă a reacționat anxioasă, m-a luat de mână, m-a rugat să rămân: *te simte,* a spus, *fă-o pentru el, va dormi liniștit.* Am acceptat imediat. Ne-am băgat în pat, cu copilul la mijloc, am stins lumina. Nu ne-am culcat însă, am început să povestim despre noi.

Silvia, pe întuneric, a devenit mai puțin ostilă. Mi-a vorbit despre oroarea pe care o simțise când aflase că este însărcinată. Ascunsese sarcina de bărbatul pe care-l iubea și, de asemenea, de ea însăși. S-a convins că o să-i treacă precum o boală care trebuie să-și urmeze cursul. Între timp, însă, corpul reacționa, se deforma. Silvia fusese nevoită să le spună părinților, niște industriași foarte bogați din Monza. Fusese scandal, plecase de acasă. Dar în loc să recunoască faptul că lăsase să treacă lunile în așteptarea unui miracol, în loc să recunoască față de ea însăși că nu luase niciodată în considerare avortul doar pentru că îi era fizic teamă, începuse să susțină că-și dorea copilul din dragoste pentru bărbatul care o lăsase însărcinată. El îi spusese: *dacă tu îl dorești, de dragul tău îl doresc și eu.* Iubirea ei, iubirea lui: atunci vorbeau serios amândoi. După câteva luni însă, înainte ca sarcina să ajungă la termen, iubirea îi părăsise pe amândoi. Silvia, cu durere în suflet, a insistat de mai multe ori asupra acelui detaliu. Nu rămăsese nimic, doar ranchiună. Astfel, ea se trezise singură și, dacă până atunci reușise să se descurce, era meritul Mariarosei, pe care a lăudat-o mult, a vorbit cu mare emoție despre ea, era o profesoară foarte bine pregătită și cu adevărat de partea studenților, tovărășia ei era neprețuită.

I-am spus că întreaga familie Airota era admirabilă, că eram logodită cu Pietro, că urma să ne căsătorim la toamnă. Ea a spus impulsiv: *căsătoria îmi repugnă, ca și ideea de a avea o familie, astea-a chestii învechite.* Apoi, brusc, a trecut la o tonalitate melancolică.

— Și tatăl lui Mirko lucrează la universitate.

— Da?

— Totul a început pentru că am urmat cursul lui. Era atât de sigur pe sine, foarte pregătit, foarte inteligent, foarte frumos. Avea toate calitățile. Și deja înainte să înceapă luptele spunea: *reeducați-vă profesorii, nu vă lăsați tratați ca niște animale.*

— De copil se ocupă vreun pic?

A râs în întuneric, a murmurat aspră:

— Un bărbat, cu excepția momentelor de nebunie în care îl iubești și te pătrunde, rămâne mereu în afară. De aceea, după, când nu-l mai iubești, te enervează simplul gând că odată l-ai dorit. Eu l-am plăcut pe el, el m-a plăcut pe mine, sfârșitul poveștii. Mie mi se întâmplă de multe ori pe zi ca cineva să-mi placă. Ție nu? Durează puțin, apoi trece. Numai copilul rămâne, e o parte din tine; tatăl, în schimb, era un străin și redevine un străin. Nici măcar numele nu mai răsună ca altădată. Nino, spuneam, și nu făceam decât să mi-l repet în minte imediat cum mă trezeam, era un cuvânt magic. Acum, în schimb, mă întristează să-l aud.

N-am zis nimic o vreme, în cele din urmă am șoptit:

— Pe tatăl lui Mirko îl cheamă Nino?

— Da, toți îl știu, e foarte cunoscut la universitate.

— Nino și mai cum?

— Nino Sarratore.

## 20.

Am plecat dis-de-dimineață. Am lăsat-o pe Silvia dormind cu copilul la sân. N-am mai găsit urmă de pictor. Am reușit s-o salut doar pe Mariarosa care se trezise foarte devreme ca să-l însoţească pe Franco la gară şi care tocmai se întorsese. Avea un aer somnoros, mi s-a părut stingherită. A întrebat:

— Ai dormit bine?

— Am vorbit mult cu Silvia.

— Ţi-a povestit de Sarratore?

— Da.

— Ştiu că sunteţi prieteni.

— Ţi-a zis el?

— Da. Te-am bârfit puţin.

— E adevărat că Mirko e copilul lui?

— Da.

Şi-a reţinut un căscat, a zâmbit:

— Nino e fermecător, fetele şi-l dispută, trag de el în toate părţile. Şi acestea, cel puţin, sunt vremuri fericite, poţi avea pe cine vrei, mai ales că el emană o energie plină de bucurie şi dorinţă de acţiune.

A spus că mişcarea avea mare nevoie de persoane ca el. A spus că însă trebuia să ai grijă de el, să-l ajuţi să crească, să-l îndrumi. Persoanele foarte capabile, a spus, trebuie ghidate, în ele stă mereu la pândă democratul burghez, specialistul de firmă, inovatorul. Ne-am întristat amândouă pentru că nu avuseserăm mai mult timp la dispoziţie şi ne-am jurat că ne vom strădui mai mult cu următoarea ocazie. Mi-am luat bagajul de la hotel şi am plecat.

Abia în tren, în timpul călătoriei lungi spre Napoli, mi-am dat seama de a doua paternitate a lui Nino. Dezolarea s-a întins de la Silvia la Lila, de la Mirko la Gennaro. Mi s-a părut că pasiunea de la Ischia, noaptea de dragoste de la Forio, relaţia secretă din Piaţa Martirilor şi sarcina îşi pierduseră culoarea, se reduceau la un mecanism pe care, după ce părăsise Napoli, Nino îl activase cu Silvia şi cine ştie cu câte altele. Chestia asta m-a supărat, de Lila s-ar fi cuibărit într-un colţ al minţii mele şi aş fi simţit la fel ca ea. M-am întristat așa cum s-ar fi întristat și ea dacă ar fi aflat, m-am înfuriat ca și cum aș fi suferit chinul ei. Nino ne trădase pe Lila și pe mine. Ne aflam, ea și eu, în aceeași umilință, îl iubeam fără ca el să ne fi iubit vreodată. Era, deci, în ciuda calităţilor lui, un bărbat frivol, supeficial, un organism animalic din care șiroiau sudori și fluide și lăsa în urma lui un soi de reminiscență a unei plăceri neatente, materie vie concepută, hrănită, formată în pântece de femeie. Mi-am amintit de momentul în care venise să mă viziteze în cartier, cu ani în urmă, și stătuserăm de vorbă în curte, iar Melina îl văzuse de la fereastră și-l confundase cu tatăl său. Fosta amantă a lui Donato percepuse asemănări care mie mi se păruseră mereu inexistente. Acum însă era clar, ea avea dreptate și eu greșeam. Nino nu fugea deloc de tatăl lui de frică să nu devină ca el. Nino *era deja* tatăl lui și nu voia s-o recunoască.

Totuși nu puteam să-l urăsc. În trenul încins de căldură nu doar că m-am gândit din nou la momentul în care îl revăzusem în librărie, dar l-am asociat cu evenimente, cuvinte și fraze din acele zile. Sexul se ţinuse după mine, mă înșfăcase, respingător și atrăgător, în mod obsesiv prezent în gesturi, în discuţii, în cărţi. Pereţii despărţitori se prăvăleau, lanţurile codurilor de bune maniere se fărâmau. Și Nino trăia intens perioada aceea. Era parte din adunarea arţăgoasă de la Universitate cu mirosul ei pătrunzător, se potrivea în dezordinea din casa Mariarosei, al cărei amant fusese cu siguranţă. Cu inteligenţa lui, cu dorinţele lui, cu capacitatea lui de seducţie, se mișca sigur, plin de curiozitate în vremurile acelea. Poate că greșisem să-i atribui râvnele obscene ale tatălui, comportamentul lui aparţinea altei culturi, iar Silvia și Mariarosa subliniaseră asta: fetele îl doreau, el le avea, nu exista jignire, nu exista vină, doar drepturile dorinţei. Cine știe, poate când Nino îmi spusese că Lila era primitivă și în sex, voia să-mi comunice că timpul pretenţiilor se încheiase, că a amesteca plăcerea cu responsabilitate era o absurditate. Dacă moștenise natura tatălui, cu siguranță pasiunea lui pentru femei spunea o cu totul altă poveste.

Uimită și contrariată, am ajuns la Napoli în momentul în care o parte din mine, gândindu-mă la cât era de iubit și iubea Nino, cedase și ajunsese să admită: ce-i rău în asta, se bucură de viață cu cine știe să se bucure de ea. Și în timp ce mă întorceam în cartier, mi-am dat seama că tocmai pentru că toate îl doreau și el le avea pe toate, eu care îl dorisem dintotdeauna îl doream și mai mult acum. Așa că am hotărât să fac tot posibilul să nu-l mai întâlnesc. În ce-o privea pe Lila, nu știam cum să mă comport. Să tăinuiesc, să-i spun totul? În caz că aș fi revăzut-o, m-aș fi decis pe moment.

## 21.

Acasă n-am avut sau n-am dorit să am timpul necesar de a reveni asupra acelei probleme. Pietro a sunat și a anunțat că urma să sosească să-i cunoască pe părinții mei săptămâna următoare. Am acceptat asta ca pe o nenorocire inevitabilă, m-am agitat să-i găsesc un hotel, să fac curățenie lună în casă, să–mi calmez familia neliniștită. Ultimul efort fusese inutil, iar situația se înrăutățise. În cartier, se întețiseră clevetirile răuvoitoare despre cartea mea, despre mine, despre călătoriile mele continue de una singură. Mama sc apărase lăudându-se că nunta se apropia, dar, pentru ca situația să nu se complice din cauza alegerilor mele îndreptate împotriva lui Dumnezeu, scornise că n-o făceam la Napoli, ci la Genova. Ca urmare, clevetirile se întețiseră, chestie care o scosese din sărite.

Într-o seară s-a luat de mine extrem de dur, a spus că lumea îmi citea cartea, se scandaliza și o vorbea pe la spate. Frații mei — a strigat la mine — fuseseră nevoiți să-i pocnească pe copiii măcelarului care mă făcuseră curvă și nu doar atât: îi spărseseră fața unui coleg de școală al Elisei care îi ceruse să facă lucruri naspa, cum făcea sora ei mai mare.

— Ce ai scris? a urlat la mine.

— Nimic, mama.

— Ai scris scârboșeniile pe care le faci pe unde umbli?

— Ce scârboșenii, citește-o.

— N-am timp de pierdut cu tâmpeniile tale.

— Atunci lasă-mă în pace.

— Dacă tatăl tău află ce se spune despre tine, te dă afară din casă.

— Nu-i nevoie, plec eu.

Era seară, am ieșit să fac o plimbare ca să nu-i reproșez lucruri pe care apoi le-aș fi regretat. Pe drum, în părculeț și de-a lungul șoselei am avut impresia că oamenii mă privesc insistent, umbre țâfnoase ale unei lumi în care nu mai locuiam. La un moment dat, am dat nas în nas cu Gigliola care se întorcea de la muncă. Locuiam în același bloc, am parcurs drumul împreună, dar m-am temut că, mai devreme sau mai târziu, va găsi modalitatea de a-mi spune ceva care să mă enerveze. În schimb, în mod surprinzător, a vorbit cu timiditate, ea care era întotdeauna agresivă, dacă nu perfidă:

— Ți-am citit cartea, e frumoasă, ce curaj ai avut să scrii lucrurile alea.

M-am tensionat:

— Ce lucruri?

— Cele pe care le faci pe plajă.

— Nu le fac eu, le face personajul.

— Da, dar le-ai scris foarte bine, Lenù, exact cum se întâmplă, cu aceeași obscenitate. Sunt secrete pe care numai dacă ești femeie le știi.

Apoi m-a tras de un braț, m-a obligat să mă opresc și a murmurat:

— Zi-i Linei, dacă o vezi, că avea dreptate, recunosc. Bine a făcut că nu i-a mai păsat de soț, mamă, tată, frate, Marcello, Michele, de tot rahatul. Și eu ar fi trebuit să mă car de aici, luând exemplu de la voi două care sunteţi inteligente. Dar m-am născut proastă şi n-am ce să fac.

Nu ne-am spus nimic relevant, eu m-am oprit la etajul meu, ea s-a dus la ea acasă. Dar frazele acelea mi-au rămas în minte. M-a impresionat faptul că pusese, în mod arbitrar, laolaltă declinul Lilei şi ascensiunea mea, ca şi cum, în comparaţie cu condiţia ei, ar fi avut acelaşi grad de pozitivitate. Mi-a rămas întipărit în minte însă mai ales modul în care recunoscuse în *obscenitatea* povestirii mele experienţa propriei ei *obscenităţi*. Era o chestie nouă, n-am ştiut cum s-o apreciez. Cu atât mai mult cu cât a sosit Pietro şi, pentru o vreme, am uitat de asta.

## 22.

M-am dus să-l iau de la gară, l-am însoţit pe strada Firenze unde era un hotel pe care mi-l recomandase tata şi pe care, în cele din urmă, îl alesesem. Pietro mi s-a părut şi mai agitat decât familia mea. A coborât din tren neîngrijit, ca de obicei, cu chipul obosit şi roşu de căldură, trăgând după el o valiză mare. Voia să cumpere un buchet de flori pentru mama şi, contrar obiceiurilor lui, a fost mulţumit doar când i s-a părut suficient de mare, suficient de scump. Odată ajunşi la hotel, m-a lăsat în hol cu florile, a jurat că se va întoarce imediat, a reapărut după o jumătate de oră într-un costum albastru, cu cămaşă albă, cravată bleu şi pantofi bine lustruiţi. Am izbucnit în râs, m-a întrebat: *nu arăt bine?* L-am liniştit, arăta foarte bine. Pe stradă însă am simţit asupra mea privirile bărbaţilor, râsetele batjocoritoare, ca şi cum aş fi fost singură, dimpotrivă, poate chiar într-un mod mai insistent, de parcă ar fi vrut să sublinieze faptul că însoţitorul meu nu merita nicio urmă de respect. Pietro, cu buchetul acela mare de flori pe care nu mă lăsa să-l duc, atât de cumsecade în fiecare detaliu, nu se potrivea cu oraşul meu. Deşi îşi ţinea braţul în jurul umerilor mei, aveam impresia că eu trebuie să-l protejez pe el.

Ne-a deschis Elisa, apoi a venit tata, apoi fraţii mei, toţi îmbrăcaţi ca de sărbătoare, toţi prea cordiali. Ultima şi-a făcut apariţia mama, zgomotul mersului ei strâmb s-a auzit imediat după cel făcut de apa trasă la toaletă. Îşi ondulase părul, îşi dăduse cu puţină culoare pe buze şi în obraji, m-am gândit că odată fusese o fată frumoasă. A acceptat florile cu înfumurare. Ne-am aşezat în sufragerie care, cu acea ocazie nu păstra nicio urmă a paturilor pe care le făceam seara şi le desfăceam dimineaţa. Toate lucrurile erau dichisite, masa fusese aranjată cu grijă. Mama şi Elisa gătiseră zile în şir, lucru care a făcut ca cina să pară interminabilă. Pietro m-a uluit, a devenit foarte expansiv. L-a întrebat pe tata despre munca lui la primărie şi pentru că l-a încurajat, acesta a renunţat la italiana lui chinuită şi a început să povestească în dialect întâmplări haioase despre angajaţii de la primărie pe care logodnicul meu, deşi nu prea le înţelegea, a arătat că le apreciază foarte mult. În special, a mâncat cât nu-l văzusem niciodată mâncând şi nu doar că le-a complimentat pe mama şi pe sora mea la fiecare fel de mâncare, dar el, care nu era în stare să-şi gătească nici măcar un ou, a cerut informaţii despre ingrediente ca şi cum urma să se apuce în curând de gătit. La un moment dat, a arătat un asemenea interes pentru o budincă de cartofi, că mama până la urmă l-a servit cu o a doua porţie din abundenţă şi i-a promis, chiar dacă pe tonul ei apatic, că o va mai găti o dată, înainte de plecarea lui Pietro. În scurt timp, atmosfera a devenit plăcută. Nici Peppe, nici Gianni n-au mai plecat să se vadă cu prietenii lor.

După cină s-a ajuns la punctul esenţial. Pietro a devenit foarte serios şi i-a cerut tatei mâna mea. A folosit chiar acea expresie cu voce emoţionată, lucru care i-a umezit ochii surorii mele şi i-a distrat pe fraţii mei. Tata s-a simţit stingherit, a bolborosit fraze de simpatie pentru un profesor atât de bine pregătit și serios care-l onora cu întrebarea aceea. Și seara părea, în sfârșit, să se încheie, când a intervenit mama. A spus neagră de supărare:

— Aici nu suntem de acord că nu vă căsătoriți în biserică: o nuntă fără preot nu e nuntă.

Tăcere. Părinţii mei ajunseseră probabil la o înţelegere secretă pe care mama își luase sarcina s-o facă publică. Dar tata n-a putut rezista și i-a zâmbit cu jumătate de gură lui Pietro ca să-i semnaleze că el, deși făcând parte din acel *noi* evocat de soţia lui, era gata să se arate rezonabil și să accepte un compromis. Pietro i-a zâmbit la rândul lui, dar de data asta nu l-a considerat un interlocutor valid, i s-a adresat doar mamei mele. Îi povestisem despre ostilitatea din casa mea, era pregătit. A început cu un discurs simplu, afectuos, dar, după obiceiul lui, foarte limpede. A spus că înţelegea, dar că-și dorea să fie la rândul lui înţeles. A spus că avea un foarte mare respect pentru toţi cei care se încredinţau cu sinceritate unui Dumnezeu, dar că el nu se simţise în stare să facă asta. A spus că a nu fi credincios nu însemna să nu crezi în nimic, el avea convingerile lui și o credinţă totală în iubirea pentru mine. A spus că iubirea aceea va fi cea care va consolida căsnicia noastră, nu un altar, un preot sau un funcţionar de la primărie. A spus că pentru el refuzul ritualului religios era o chestiune de principiu și că în mod sigur aș fi încetat să-l iubesc, sau în mod cert l-aș fi iubit mai puţin, dacă ar fi demonstrat că e un om fără principii. A spus, în cele din urmă, că mama mea însăși ar fi refuzat să-și încredinţeze fiica unei persoane gata să doboare unul dintre stâlpii pe care-și fondase propria existenţă.

La auzul acelor cuvinte, tata a făcut semne ample de consens, fraţii mei au rămas cu gura căscată, Elisa s-a emoţionat din nou. Dar mama a rămas impasibilă. Câteva clipe și-a făcut de lucru cu verigheta ei, apoi l-a privit pe Pietro drept în faţă. În loc să revină asupra subiectului, a început să mă laude cu o hotărâre plină de răceală. Eu fusesem încă de mică o fetiţă ieșită din comun. Făcusem niște lucruri pe care nicio fată din cartier nu fusese în stare să le facă vreodată. Eu fusesem și eram în continuare mândria ei, mândria întregii famili. Eu n-o dezamăgisem niciodată. Îmi câștigasem dreptul de a fi fericită și dacă m-ar fi făcut cineva să sufăr, ea l-ar fi făcut pe respectivul să sufere înmiit.

Am ascultat-o stânjenită. Cât a vorbit am încercat să înțeleg dacă vorbea serios sau, după obiceiul ei, scopul ei era să-i explice lui Pietro că nu se sinchisea de faptul că era profesor și de toate pălăvrăgelile lui. Nu el le făcea o favoare familiei Greco, ci familia Greco îi făcea una lui. N-am reușit. Logodnicul meu în schimb a crezut-o în mod absolut și tot timpul cât a vorbit n-a făcut decât s-o aprobe. Când ea, în sfârșit, a tăcut, el a spus că știa bine cât eram de prețioasă și că îi era recunoscător pentru că mă crescuse așa. Apoi a băgat mâna într-un buzunar al sacoului și a scos o cutiuță albastră pe care mi-a întins-o cu un gest timid. Ce-i asta, m-am gândit, mi-a dat deja un inel, îmi mai dă unul? Între timp am deschis cutiuța. Era chiar un inel, dar foarte frumos, din aur roșu și cu un ametist înconjurat de diamante. Pietro a murmurat: *era al bunicii mele, mama mamei mele, și toți cei de-acasă și-au dorit să-l primești tu.*

Darul acela a fost indiciul că ritualul se încheiase. Au început să bea din nou, tata a început din nou să povestească întâmplări amuzante despre viața lui de acasă și de la muncă, Gianni l-a întrebat pe Pietro cu ce echipă ținea, Peppe l-a provocat la skanderbeg. Eu, în timpul ăsta, am ajutat-o pe sora mea să strângă masa. În bucătărie am făcut greșeala s-o întreb pe mama:

— Cum ți se pare?

— Inelul?

— Pietro.

— E urât, are picioarele strâmbe.

— Nici tata nu era vreo frumusețe.

— Ce ai de spus împotriva tatălui tău?

— Nimic.

— Atunci ține-ți gura, știi să fii arogantă numai cu noi.

— Nu-i adevărat.

— Nu? Atunci de ce te lași comandată? Dacă el are principii, tu nu le ai pe ale tale? Fă-te respectată.

A intervenit Elisa:

— Mama, Pietro e un domn și tu nu știi ce înseamnă un domn adevărat.

— Știi tu? Fii atentă că ești mică și dacă nu stai la locul tău, îți trag o palmă. Ai văzut ce păr are? Un domn are părul așa?

— Un domn nu are frumusețea normală, mamă, un domn iese în evidență, e un tip de bărbat.

Mama s-a prefăcut că vrea s-o înțeleagă și sora mea râzând m-a tras afară din bucătărie, a spus veselă:

— Ferice de tine, Lenù. Cât de fin e Pietro, cât ține la tine. Ți-a dat chiar inelul vechi al bunicii lui, mi-l arăți?

Ne-am întors în sufragerie. Toți bărbații din casă voiau acum să facă skanderbeg cu logodnicul meu, să se arate superiori profesorului cel puțin în probele de forță. El n-a renunțat. Și-a scos sacoul, și-a suflecat mânecile și s-a așezat la masă. A pierdut cu Peppe, a pierdut cu Gianni, a pierdut și cu tata. Dar m-a impresionat cum a luat în serios concursul. S-a făcut vinețiu, i s-a umflat o venă pe frunte, a întrebat de ce adversarii lui încălcau fără rușine regulile confruntării. Mai ales, a rezistat cu încăpățânare împotriva lui Peppe și Gianni care erau obișnuiți să ridice greutăți, dar și împotriva tatei, care era capabil să deșurubuze piulițe doar cu forța degetelor. M-am temut tot timpul că, tocmai ca să nu cedeze, o să-și rupă brațul.

## 23.

Pietro a rămas trei zile. Tata și frații mei l-au îndrăgit imediat. Mai ales Peppe și Gianni erau bucuroși că nu-și dă aere și că se arăta interesat de ei chiar dacă la școală fuseseră etichetați drept incapabili. Mama, în schimb, a continuat să-l trateze neprietenoasă și abia în ziua dinaintea plecării lui s-a îmblânzit. Era duminică, tata a zis că voia să-i arate ginerelui cât era de frumos Napoli. Ginerele a fost de acord, ne-a propus să mâncăm în oraș.

— La restaurant? a întrebat mama, încruntându-se.

— Da, doamnă, trebuie să sărbătorim.

— Mai bine gătesc eu, am zis că-ți fac budinca de cartofi.

— Nu, mulțumesc, ați muncit deja prea mult.

În timp ce ne pregăteam, mama m-a tras deoparte și m-a întrebat:

— Plătește el?

— Da.

— Sigur?

— Sigur, mamă, el ne-a invitat.

Ne-am dus în centru dis-de-dimineață, îmbrăcați ca de sărbătoare. Și s-a întâmplat ceva care m-a uimit în primul rând pe mine. Tata și-a asumat rolul de ghid. I-a arătat oaspetelui Maschio Angioino, Palatul Regal, statuile regilor, Castel dell'Ovo, strada Caracciolo și marea. Pietro a stat să asculte foarte atent. De la un moment dat încolo însă el, care venea în orașul nostru pentru prima dată, a început, cu tact, să ne istorisească despre el, să ne facă să-l descoperim. A fost frumos. Nu arătasem niciodată vreun interes special față de fundalul copilăriei și adolescenței mele și m-a surprins faptul că Pietro vorbea cu atâta erudiție admirativă. A dovedit că știe istoria orașului Napoli, literatura lui, poveștile, legendele, multe anecdote, monumentele vizibile și pe cele ascunse. Mi-am închipuit că, pe de o parte, cunoaște orașul pentru că era un om care știa totul, pe de alta, îl studiase profund, cu obișnuita rigoare, pentru că era al meu, pentru că vocea mea, gesturile mele, tot corpul meu se supuseseră influenței lui. Bineînțeles că tata s-a simțit imediat detronat, fraţii mei s-au plictisit. Mi-am dat seama de asta, i-am făcut semn lui Pietro să înceteze. El s-a înroşit şi a tăcut imediat. Mama însă, cu una dintre neprevăzutele ei răsuciri, s-a sprijinit de braţul lui şi i-a spus:

— Continuă, îmi place, nimeni nu mi-a spus niciodată lucrurile astea.

Ne-am dus să mâncăm într-un restaurant din cartierul Santa Lucia, care, după tata (nu fusese niciodată acolo, dar auzise despre el), era cel mai bun.

— Pot să comand ce vreau? m-a întrebat Elisa la ureche.

— Da.

Timpul a zburat în mod plăcut. Mama a băut prea mult şi a fost cam necioplită, tata şi fraţii mei au început din nou să glumească între ei şi cu Pietro. Eu nu l-am pierdut din vedere pe viitorul meu soţ, am avut certitudinea că ţineam la el, era o persoană care-şi ştia valoarea şi care totuşi, dacă era necesar, uita de sine cu naturaleţe. Am observat pentru prima dată înclinaţia de a asculta, tonul vocii înţelegător, ca al unui confesor laic, şi mi au plăcut toate astea. Poate că ar fi trebuit să-l conving să mai rămână o zi şi să-l duc la Lila, să-i spun: *mă căsătoresc cu bărbatul acesta, sunt pe cale să plec din Napoli cu el, ce zici, fac bine?* Mă gândeam la asta în vreme ce, la o masă din apropiere, cinci sau şase studenţi, care sărbătoreau cine ştie ce cu o pizza, au început să privească insistent înspre noi şi să râdă. Am înţeles imediat că-l găseau caraghios pe Pietro din cauza sprâncenelor foarte dese şi al ciufului de păr înalt pe frunte. Peste câteva minute fraţii mei s-au ridicat în acelaşi timp şi s-au dus la masa studenţilor, căutând ceartă şi bătaie. A ieşit o încăierare, urlete, câţiva pumni. Mama a strigat insulte în sprijinul fiilor, tata şi Pietro au dat fuga să-i ia de acolo. Pietro era aproape distrat, părea că n-a înţeles deloc motivul controversei. După ce am ieşit în stradă, a spus ironic: *e un obicei local, vă ridicaţi brusc şi vă duceţi să-i loviţi pe cei de la masa alăturată?* Şi uite-aşa, el şi fraţii mei au devenit mai veseli şi mai apropiaţi decât înainte. Dar cum a avut ocazia, tata i-a tras deoparte pe Peppe şi Gianni şi i-a dojenit pentru faza de prost crescuţi pe care o făcuseră faţă de profesor. Am auzit că Peppe se justifica aproape şoptind: *făceau mişto de Pietro, tată, ce naiba era să facem?* Mi-a plăcut că zicea Pietro şi nu profesorul: însemna că era deja considerat parte din familie, unul de-al casei, un prieten cu foarte mari calităţi şi că, deşi ca înfăţişare era puţin neobişnuit, nimeni nu putea să-şi bată joc de el în prezenţa lor. Dar incidentul m-a convins că era mai bine să nu-l duc pe Pietro la Lila: o cunoşteam, era rea, l-ar fi găsit ridicol şi ar fi râs de el la fel ca băieţii de la restaurant.

Pe seară, istoviţi de ziua petrecută în aer liber, am mâncat ceva acasă şi apoi am ieşit cu toţii din nou, l-am condus pe logodnicul meu până la hotel. În momentul despărţirii, mama, în al nouălea cer, l-a sărutat, nesperat, pe obraji. Dar când ne-am întors în cartier vorbind despre Pietro numai de bine, ea tot drumul şi-a văzut de-ale ei fără să răsufle. Doar înainte de a se retrage în dormitor mi-a zis cu ranchiună:

— Tu eşti prea norocoasă, nu-l meriţi pe amărâtul ăla.

## 24.

Cartea s-a vândut toată vara, eu am continuat să vorbesc despre ea pe ici şi colo prin Italia. Acum aveam grijă s-o apăr pe un ton detaşat, uneori făcând publicul mai invaziv să se simtă stingherit. Din când în când îmi reveneau în minte cuvintele Gigliolei şi le amestecam cu ale mele, încercând să le dau o logică.

Pietro, între timp, la începutul lui septembrie s-a mutat la Florenţa, într-un mic hotel aflat aproape de gară, şi a început să caute casă. A găsit un mic apartament cu chirie în apropiere de Santa Maria del Carmine şi m-am dus imediat să-l văd. Era o casă cu două camere întunecoase, într-o stare jalnică. Bucătăria era mică, baia fără fereastră. Când, în trecut, mă duceam să învăţ în apartamentul nou-nouţ al Lilei, ea mă lăsa adesea să mă întind în cada de baie elegantă, bucurându-mă de apa caldă şi de spuma abundentă. Cada din casa de la Florenţa era ciobită, îngălbenită, din cele în care stai în capul oaselor. Dar mi-am înăbuşit nemulţumirea, am zis că era bine: Pietro începea cursurile, avea de lucru, nu putea pierde timp. Şi, oricum, era un palat în comparaţie cu casa părinţilor mei.

Dar întâmplarea a făcut ca, exact când Pietro se pregătea să semneze contractul de închiriere, să-şi facă apariţia Adele, care nu era deloc timidă ca mine. A spus că apartamentul ăsta e o cocioabă complet nepotrivită pentru două persoane care trebuiau să petreacă mare parte din timpul lor acasă să lucreze. Aşa că a făcut ceea ce nu făcuse fiul ei.

A ridicat receptorul şi a mobilizat, fără să-i pese de împotrivirea ostentativă a lui Pietro, câteva cunoştinţe din Florenţa, toţi oameni cu influenţă. În scurt timp a găsit la San Niccolò, pentru o chirie derizorie, cinci camere luminoase, o bucătărie mare, o baie acceptabilă. Nu s-a mulţumit: a făcut îmbunătăţiri pe cheltuiala ei, m-a ajutat să mobilez casa. Înşira sugestii, dădea sfaturi, mă îndruma. Dar am constatat adesea că nu avea încredere nici în docilitatea mea, nici în bunul meu gust. Dacă ziceam da, voia să înţeleagă bine dacă eram într-adevăr de acord, dacă ziceam nu, mă bătea la cap până îmi schimbam părerea. În general, făceam întotdeauna cum spunea ea. Rareori mă opuneam, îi dădeam dreptate fără tensiuni, dimpotrivă, făceam eforturi să învăţ. Mă fascinau ritmul frazelor ei, comportamentul, coafurile, hainele, pantofii, broşele, colierele, cerceii întotdeauna superbi. Şi ei îi plăcea atitudinea aceea a mea de elevă atentă. M-a convins să mă tund scurt, m-a îmboldit să cumpăr haine pe gustul ei într-un magazin foarte scump care-i făcea mari reduceri, mi-a dăruit o pereche de pantofi care-i plăceau şi pe care i-ar fi cumpărat cu plăcere pentru ea, dar nu-i considera potriviți vârstei ei, m-a dus chiar și la un prieten de-al ei dentist.

Între timp, nunta, din cauza apartamentului care, după Adele, avea tot timpul nevoie de noi reparații, și din cauza lui Pietro care era copleșit de muncă, a fost împinsă din toamnă până în primăvară. Acest lucru i-a permis mamei să-și prelungească războiul ei ca să scoată bani de la mine. Am încercat să evit conflicte prea dure, demonstrându-i că nu uitam de familia mea de origine. Odată cu instalarea telefonului, i-am ajutat să zugrăvească holul și bucătăria, să pună un nou tapet cu flori lila în sufragerie, am cumpărat un palton pentru Elisa, am cumpărat un televizor în rate. Și, la un moment dat, mi-am făcut și mie un cadou: m-am înscris la școala de șoferi, am trecut ușor examenul, mi-am luat permisul. Mama s-a înfuriat:

— Îți place să arunci banii? La ce-ți folosește permisul dacă n-ai mașină?

— O să vedem.

— Vrei să-ți cumperi mașină, ai? Cât ai, de fapt, pus deoparte?

— Nu e treaba ta.

Mașină avea Pietro. După căsătorie speram s-o folosesc pe aia. Când el s-a întors la Napoli, cu mașina, ca să-i aducă pe părinții lui să-i cunoască pe ai mei, m-a lăsat să conduc un pic prin cartierul vechi și prin cel nou. Am parcurs șoseaua la volan, am trecut prin fața școlii primare, a bibliotecii, am urcat pe străzile unde avusese Lila casă când era căsătorită, m-am întors, am înconjurat părculețul și experiența aceea la volan este singurul lucru amuzant pe care mi-l amintesc. În rest, a fost o după-amiază îngrozitoare, căreia i-a urmat o cină interminabilă. Eu și Pietro ne-am străduit mult ca familiile noastre să nu se simtă prea stânjenite. Erau lumi atât de diferite, încât tăcerile au fost foarte lungi. Când mama a insistat ca familia Airota să plece cu o cantitate enormă de mâncare rămasă, brusc mi s-a părut că fac totul greșit. Eu proveneam din familia aceea, Pietro din cealaltă, fiecare îi purta înlăuntru pe strămoșii lui. Cum o să meargă căsnicia noastră? Ce mă aștepta? Asemănările ar fi luat fața diferențelor? Aș fi fost în stare să mai scriu o carte? Când, despre ce? Și Pietro m-ar fi sprijinit? Și Adele? Și Mariarosa?

Într-o seară, când mă gândeam la toate astea, m-am auzit strigată din stradă. Am alergat la fereastră, recunoscusem imediat vocea lui Pasquale Peluso. Am văzut că nu era singur, era cu Enzo. M-am alarmat. La ora aceea Enzo nu trebuia să fie la San Giovanni a Teduccio, acasă, cu Lila și Gennaro?

— Poți să cobori? mi-a strigat Pasquale.

— Ce se întâmplă?

— Lina nu se simte bine și vrea să te vadă.

*Vin imediat*, am spus, și m-am repezit pe scări, deși mama striga în urma mea: *unde te duci la ora asta, întoarce-te.*

## 25.

Nu mă mai văzusem nici cu Pasquale, nici cu Enzo de ceva timp, dar, fără niciun preambul, mi-au vorbit imediat de Lila, pentru ea veniseră. Pasquale își lăsase barbă ca Che Guevara și mi s-a părut că îi stătea mai bine. Ochii păreau mai mari și mai intenși, mustața deasă îi acoperea dinții stricați chiar și când râdea. Dar Enzo nu se schimbase, era tot tăcut, tot cu un aer preocupat. Abia după ce ne-am suit în mașina veche a lui Pasquale mi-am dat seama cât de uimitor era să-i văd împreună. Eram convinsă că nimeni din cartier nu mai vrea să aibă de-a face cu Lila și cu Enzo. În schimb, iată, lucrurile nu stăteau așa: Pasquale îi vizita acasă, îl însoțise pe Enzo să mă caute, Lila îi trimisese la mine împreună.

Enzo a fost cel care mi-a povestit, în felul lui arid și ordonat, ce se-ntâmplase: Pasquale, după munca pe un șantier din împrejurimile lui San Giovanni a Teduccio, ar fi trebuit să se oprească la cină la ei. Lila însă, care de obicei se întorcea la patru și jumătate de la fabrică, la ora șapte, când sosiseră Enzo și Pasquale, încă nu se arătase. Apartamentul era gol, Gennaro era la vecină. Cei doi începuseră să gătească, Enzo îi dăduse copilului să mănânce. Lila apăruse abia pe la nouă, foarte palidă și nervoasă. Nu răspunsese la întrebările lui Enzo și Pasquale. Singura frază pe care o rostise, dar pe un ton înspăimântat, era: *mi se desprind unghiile*. Lucru fals, Enzo îi luase mâinile și verificase, unghiile erau în regulă. Atunci ea se enervase și se închisese în camera ei împreună cu Gennaro. După puţin timp urlase ca ei să vină să vadă dacă eram în cartier, voia să vorbească urgent cu mine.

L-am întrebat pe Enzo:

— V-aţi certat?

— Nu.

— S-a simţit rău, s-a rănit la muncă?

— Nu cred, nu știu.

Pasquale mi-a spus:

— Acum să nu ne impacientăm. Punem pariu că Lina, imediat cum te vede, se liniștește? Sunt atât de bucuros că te-am găsit. Acum ești o persoană importantă, probabil ai multe de făcut.

Pentru că am respins laudele, a citat ca dovadă vechiul articol din *Unità* și Enzo a aprobat, îl citise și el.

— L-a văzut și Lila, a spus.

— Și ce a zis?

— Era foarte încântată de fotografie.

— Dar, a bombănit Pasquale, lăsau impresia că erai încă studentă. Ar trebui să scrii o scrisoare ziarului în care explici că ești absolventă.

S-a plâns și de tot spaţiul pe care *Unità* îl acorda studenţilor. Enzo i-a dat dreptate, discursurile lor n-au fost foarte diferite de cele pe care le auzisem la Milano, doar limbajul era mai neșlefuit. Era limpede că mai ales Pasquale voia să întreţină discuţia cu mine abordând subiecte demne de o tipă care, deși era prietena lor, apărea în *Unità* cu fotografie. Dar poate că au făcut-o și ca să alunge neliniștea, pe a lor și pe a mea deopotrivă.

Am stat să ascult. Am înţeles repede că relaţia lor se consolidase graţie pasiunii politice. Se vedeau adesea după muncă, în reuniuni de partid sau ale nu știu cărui comitet. I-am ascultat, am intervenit din politeţe, au răspuns, dar între timp m-am gândit întruna la Lila care era măcinată de cine știe ce angoasă, ea, care era mereu atât de rezistentă. Când am ajuns la San Giovanni mi s-au părut mândri de mine. Pasquale în special nu ratase niciun cuvânt de-al meu și mă privise adesea în oglinda retrovizoare. Deși avea obișnuitul lui ton pedant — era secretarul secţiei de cartier a partidului comunist —, în realitate atribuia sprijinului meu politic puterea de a stabili că avea dreptate. Când s-a simţit în mod clar susţinut, mi-a explicat, cu o anume suferinţă, că era implicat împreună cu Enzo și cu alţii într-o confruntare dură *înăuntrul* partidului, care — a spus încruntat, izbind cu mâinile în volan — prefera, mai degrabă, să aștepte semnalul lui Aldo Moro, așa cum faci cu un câine ascultător, decât să iasă la luptă.

— Ce zici? a întrebat.

— Așa e, am spus.

— Te pricepi, m-a lăudat atunci cu solemnitate în timp ce urcam scările murdare, întotdeauna te-ai pricepur. Nu-i așa, Enzo?

Enzo a făcut semn că da. Am înţeles că îngrijorarea pentru Lila îi era tot mai mare cu fiecare treaptă, la fel ca a mea, și se simţea vinovat că se lăsase distras de pălăvrăgelile alea. A deschis ușa, a spus cu voce tare am venit și mi-a arătat o ușă cu un ochi de geam translucid de unde venea o lumină slabă. Am ciocănit ușor și am intrat.

## 26.

Lila era întinsă pe un pat pliant, îmbrăcată. Gennaro dormea lângă ea. *Intră, mi-a zis, știam că o să vii, sărută-mă.* Am sărutat-o pe obraji, m-am așezat pe micul pat gol care era probabil al fiului ei. Cât timp trecuse de când o văzusem ultima oară? Mi s-a părut și mai slabă, și mai palidă, avea ochii roșii, nările scorojite, mâinile lungi pline de tăieturi. A continuat aproape fără pauze, cu voce joasă ca să nu trezească copilul: *te-am văzut în ziare, ce bine arăți, ce păr frumos, știu totul despre tine, știu că te căsătorești, el e profesor, bravo, te duci să locuiești la Florența, scuze că te-am făcut să vii la ora asta, capul meu nu mă ajută, se dezlipește ca hârtia de tapet, bine că ești aici.*

— Ce se întâmplă? am întrebat-o și am dat să-i mângâi o mână.

Au fost de-ajuns întrebarea aceea, gestul acela. A holbat ochii, a-nceput să gâfâie, și-a tras mâna brusc.

— Nu mi-e bine, a spus, dar așteaptă, nu te speria, mă liniștesc îndată.

S-a liniștit. A spus încet, aproape scandând cuvintele:

— Te-am deranjat, Lenù, pentru că trebuie să-mi faci o promisiune, eu am încredere numai în tine: dacă mi se întâmplă ceva, dacă ajung la spital, dacă sunt dusă la balamuc, dacă nu mai sunt găsită, tu trebuie să-l iei pe Gennaro, trebuie să-l ții cu tine, trebuie să crească în casa ta. Enzo e bun, e priceput, am încredere în el, dar nu-i poate da copilului lucrurile pe care i le poți da tu.

— De ce zici așa? Ce ai? Dacă nu-mi explici, nu înțeleg.

— Mai întâi promite.

— Bine.

S-a agitat din nou, speriindu-mă.

— Nu, nu trebuie să-mi spui bine; trebuie să-mi spui aici, acum, că iei tu copilul. Și dacă ai nevoie de bani, găsește-l pe Nino, spune-i că trebuie să te ajute. Promite însă: *cresc eu copilul.*

Am privit-o nesigură, am promis. Am promis și am stat s-o ascult toată noaptea.

## 27.

Poate că aceasta este ultima oară când povestesc despre Lila cu lux de amănunte. După aceea a devenit tot mai ambiguă și detaliile s-au împuţinat. Vina vieţilor noastre despărţite, vina depărtării. Și totuși, chiar și când eu am locuit în alte orașe și nu ne întâlneam aproape niciodată și, ca de obicei, nu aveam vești de la ea și eu mă străduiam să nu i le cer, umbra ei mă împungea, mă deprima, mă umplea de mândrie, apoi mă dezumfla, fără să-mi îngăduie să mă liniștesc.

Acum când scriu, mi-e și mai necesară imboldirea aceea. Vreau ca ea să fie, de aceea scriu. Vreau să șteargă, să adauge, să colaboreze la povestea noastră revărsând în noi, după cheful ei, lucrurile pe care le știe, pe care le-a spus sau le-a gândit: momentul în care s-a trezit în faţă cu Gino, fascistul; momentul în care a întâlnit-o pe Nadia, fiica profesoarei Galiani; momentul în care s-a întors în casa de pe bulevardul Vittorio Emanuele unde, cu timp în urmă, se simţise inoportună; momentul în care a analizat cu cruzime experienţa ei sexuală. La stânjenelile mele în timp ce o ascultam, la suferinţele, la puţinele lucruri pe care le-am spus în timpul lungii ei povestiri, mă voi gândi mai încolo.

## 28.

Imediat ce *La fata blu* a devenit scrum în focul din curtea fabricii, Lila s-a întors la lucru. Nu știu ce influenţă a avut asupra ei întâlnirea noastră, cert e că zile în șir s-a simţit nefericită, dar a reușit să nu se întrebe de ce. Învăţase că îi făcea rău să caute motive și a așteptat ca nefericirea să devină mai întâi o proastă dispoziție generală, apoi melancolie și, în sfârșit, neliniștea obișnuită din fiecare zi: să aibă grijă de Gennaro, să facă paturile, să păstreze casa curată, să spele și să calce hainele copilului, pe ale lui Enzo și pe ale ei, să pregătească prânzul pentru toți trei, să-l încredințeze pe Rino vecinei dându-i o mie de sfaturi, să alerge la fabrică unde să suporte oboseala și abuzurile, să se întoarcă și să se dedice fiului ei și, de asemenea, puțin și copiilor cu care se juca Gennaro, să se ocupe de cină, să mănânce din nou în trei, să-l culce pe Gennaro în timp ce Enzo strângea masa și spăla vasele, să revină în bucătărie ca să-l ajute să învețe, un lucru la care el ținea mult și pe care ea, deși obosită, nu voia să i-l refuze.

Ce vedea la Enzo? În general, cred, același lucru pe care își dorise să-l vadă la Stefano și la Nino: un mod de a pune din nou lucrurile pe picioare, de data aceasta corect. În timp ce, însă, Stefano, fără paravanul banilor, se dovedise o persoană lipsită de substanță și periculoasă; în timp ce Nino, fără paravanul inteligenței, se transformase într-un fum negru de suferință, Enzo, deocamdată, i se părea incapabil de surprize neplăcute. Fusese băiețelul din școala primară pe care ea, din motive neclare, îl respectase întotdeauna, iar acum era un bărbat cu gesturi atât de profunde, atât de hotărât în raport cu lumea și atât de răbdător cu ea, încât Lila nu vedea cum ar fi putut, brusc, să se deformeze.

Desigur, nu dormeau împreună, Lila nu putea. Se închideau fiecare în câte o cameră și ea stătea să asculte până când nu se mai auzea nicio mișcare de dincolo de perete și toate zgomotele rămase proveneau din casă, din bloc, de pe stradă. În ciuda oboselii, făcea eforturi să adoarmă. În întuneric, toate motivele nefericirii, pe care, din prudență, nu le conturase, se amestecau și se concentrau asupra lui Gennaro. Se gândea: ce va deveni copilul ăsta? Se gândea: nu trebuie să-i spun Rinuccio, în felul ăsta îl împing înapoi la dialect. Se gândea: trebuie să-i ajut și pe copiii cu care se joacă dacă nu vreau ca aceștia, stând cu ei, să-l strice. Se gândea: nu am timp, eu însămi nu mai sunt cea de altădată, nu mai pun mâna pe un stilou, nu mai citesc o carte.

Uneori, simţea o greutate în piept. Se alarma, aprindea lumina în plină noapte, își privea fiul care dormea. Nu-l recunoștea mai deloc pe Nino în el, Gennaro îi amintea mai ales de fratele ei. Când era mai mic, copilul se ţinea tot timpul după ea, acum, în schimb, se plictisea, zbiera, voia să alerge la joacă, îi spunea cuvinte urâte. Ţin foarte mult la el — reflecta Lila —, dar ţin la el așa cum e? O întrebare urâtă. Cu cât își analiza fiul, cu atât percepea că, deși vecina îl considera foarte inteligent, nu era deloc cum voia ea să fie. Simţea că anii în care i se dedicase numai lui nu folosiseră la nimic, acum i se părea fals că de calitatea copilăriei depindeau calităţile unei persoane. Trebuia să fii constant, iar Gennaro constanţă nu avea, cum, de altfel, nu avea nici ea. *Mintea îmi deviază încontinuu*, își spunea, *sunt primitivă eu și la fel e și el.* Apoi îi era rușine că gândește așa, îi șoptea copilului adormit: *ești cuminte, știi deja să citești, știi deja să scrii, știi să faci adunări și scăderi, mama ta e proastă, nu e niciodată mulţumită.* Îl săruta pe cel mic pe frunte, stingea lumina.

Dar somnul tot nu venea, mai ales când Enzo se întorcea târziu și se ducea la culcare fără s-o invite la învăţat. În cazul acela, Lila își imagina că se întâlnise cu vreo curvă sau că avea o amantă, o muncitoare de la fabrica unde muncea, o militantă a celulei comuniste în care se înscrisese imediat. Bărbaţii sunt făcuţi așa, se gândea, cel puţin cei pe care i-am cunoscut eu: trebuie să fută încontinuu, altfel sunt nefericiţi. Enzo nu cred că e diferit, de ce ar fi. Și, de altfel, eu l-am respins, l-am lăsat singur în pat, nu pot pretinde nimic. Se temea doar că el se îndrăgostește și o alungă. Nu o îngrijora să se trezească fără un acoperiș deasupra capului, avea un loc de muncă la fabrica de *mortadelle* și se simţea puternică, mult mai puternică faţă de atunci când era căsătorită cu Stefano și avea mulţi bani, dar era sclava lui. Mai degrabă o speria că pierde gentileţea lui Enzo, atenţia pe care o acorda tuturor anxietăţilor ei, forţa calmă pe care o degaja şi cu care o salvase mai întâi de absenţa lui Nino, apoi de prezenţa lui Stefano. Cu atât mai mult cu cât, în situaţia ei actuală de viaţă, el era singurul care o răsplătea continuând să-i atribuie capacităţi extraordinare.

— Ştii ce înseamnă asta?

— Nu.

— Uită-te bine.

— E germană, Enzo, nu ştiu germană.

— Dacă te concentrezi, însă, după puţin timp ştii, îi spunea el, mai în glumă, mai în serios.

Enzo, care făcuse eforturi mari să obţină o diplomă, o considera pe ea, care totuşi se oprise la clasa a cincea, de o inteligenţă mult mai spontană decât a lui şi îi atribuia virtutea miraculoasă de a deveni stăpână imediat pe orice materie. În realitate, când se convinsese de faptul că nu doar limbajele de programare a calculatoarelor electronice reprezentau viitorul umanităţii, dar şi că prima elită care le stăpânea ar fi avut un rol extraordinar în istoria lumii, i se adresase imediat ei.

— Ajută-mă.

— Sunt obosită.

— Ducem o viaţă dezgustătoare, Lina, trebuie s-o schimbăm.

— Mie îmi convine aşa.

— Copilul stă toată ziua printre străini.

— E mare, nu poate trăi sub un clopot de sticlă.

— Uite cum au ajuns mâinile tale.

— Sunt mâinile mele şi fac cu ele ce am chef.

— Vreau să câştig mai mult, pentru tine şi pentru Gennaro.

— Tu vezi-ţi de treburile tale, că eu îmi văd de ale mele.

Reacţii dure, ca de obicei. Enzo se înscrisese la un curs în fascicule lunare — chestie costisitoare pentru buzunarele lor, care prevedea teste periodice de trimis la un centru internaţional de procesare a datelor cu sediul la Zürich, care le trimitea înapoi corectate. Încet, încet, o implicase pe Lila și ea se străduise să-l supravegheze. Se comportase însă diferit față de cum se comportase cu Nino, pe care-l sâcâise cu obsesia de a-i demonstra că era în stare să-l ajute în tot. Când învăța cu Enzo era liniștită, nu încerca să-l copleșească. Seara, orele dedicate cursului pentru el erau un efort, pentru ea un sedativ. Poate de aceea, în rarele dăți când el se întorcea târziu și părea că se descurcă și fără ea, Lila rămânea trează, anxioasă, să audă apa care curgea la baie și cu care își imagina că Enzo își spală de pe corp orice atingere a amantelor lui.

## 29.

La fabrică — înțelesese asta imediat —, oboseala îi îndemna pe oameni să-și dorească să se fută nu cu soția sau cu soțul acasă la ei, unde te întorceai stors și fără chef, ci acolo, la locul de muncă, dimineața sau după-amiaza. Bărbații nu ratau nicio ocazie să-și întindă mâinile, făceau propuneri dacă doar treceau pe lângă tine; și femeile, în special cele mai puțin tinere, râdeau, își frecau de ei sânii mari, se îndrăgosteau și iubirea devenea o distracție care diminua oboseala și plictiseala, dându-le oamenilor impresia unei vieți adevărate.

Încă din primele zile de muncă bărbații au încercat să se apropie de ea, voind parcă s-o adulmece. Lila îi respingea, ăia râdeau sau se îndepărtau fredonând cântecele pline de aluzii obscene. Într-o dimineață, ca să limpezească definitiv lucrurile, aproape că i-a smuls o ureche unuia care, trecând pe lângă ea, îi spusese ceva vulgar și îi ștampilase un sărut pe gât. Era un tip frumușel, în jur de patruzeci de ani, pe nume Edo, care le vorbea tuturor insinuant și spunea cu talent bancurile deocheate. Lila i-a apucat urechea cu o mână și i-a răsucit-o trăgând cu toată puterea, cu unghiile înfipte în timpan, fără să-i dea drumul chiar dacă omul urla încercând între timp să pareze șuturile pe care ea i le trăgea. După care, furioasă, s-a dus la Bruno Soccavo să facă scandal.

De când o angajase, Lila îl văzuse de puţine ori, în grabă, fără să-i acorde atenţie. Cu acea ocazie, în schimb, l-a observat bine, stătea în picioare în spatele biroului, se ridicase, așa cum fac domnii când intră o doamnă în cameră. Lila a fost uimită: Soccavo avea faţa umflată, pieptul greu și, mai ales, avea o culoare aprinsă care contrasta cu părul foarte negru și cu albul dinţilor de lup. S-a întrebat: ce legătură are ăsta cu băiatul care era prieten cu Nino și care studia dreptul? Și a simţit că nu exista continuitate între perioada de la Ischia și fabrica de salamuri: la mijloc se întindea vidul. Bruno — poate fiindcă tatăl lui se îmbolnăvise de curând și toată greutatea companiei (inclusiv datoriile, spunea cineva) îi căzuse, dintr-odată, pe umeri — se distrusese.

I-a spus motivele ei, iar el a început să râdă.

— Lina, a dojenit-o, eu ţi-am întins o mână de ajutor, însă nu trebuie să-mi faci necazuri. Aici trudim cu toţii, nu pot sta tot timpul cu pușca la ţintă: oamenii, din când în când, trebuie să se relaxeze, altfel îmi fac neplăceri.

— Relaxaţi-vă între voi.

El i-a aruncat o privire amuzată:

— Eu știam că-ţi plăcea să glumești.

— Îmi place când am eu chef.

Tonul răutăcios al Lilei l-a făcut și pe el să și-l schimbe. A devenit serios, i-a spus fără să se uite la ea: *ai rămas tot aceeași, ce frumoasă erai la Ischia.* Apoi i-a arătat ușa: *du-te să muncești, du-te.*

De atunci însă, când se intersecta cu ea prin fabrică, îi vorbea întotdeauna în faţa tuturor și îi făcea complimente binevoitoare. Familiaritatea aceea a ajuns să determine statutul

Lilei în fabrică: era în grațiile tânărului Soccavo și de aceea era mai bine s-o lași în pace. Ceea ce a părut să se confirme când, într-o după-amiază, imediat după pauza de prânz, o matahală de femeie pe nume Teresa a oprit-o și i-a spus arogant: *ești dorită la maturare*. Lila s-a dus în camera imensă unde se lăsau salamurile la uscat, un spațiu dreptunghiular plin ochi de mațe umplute cu carne care atârnau din tavan sub o lumină gălbuie. L-a găsit pe Bruno care, aparent, făcea un control, dar care, în realitate, avea chef să stea la palavre.

În timp ce se învârtea prin cameră pipăind și mirosind cu aerul unui expert, i-a cerut vești despre Pinuccia, cumnata ei, și — chestie care a scârbit-o pe Lila — a spus, fără ca nici măcar s-o privească, ci examinând un cârnat de porc: *n-a fost niciodată mulțumită de fratele tău, în vara aceea s-a îndrăgostit de mine la fel ca tine de Nino*. Apoi a trecut mai departe și, cu spatele la ea, a adăugat: *ea m-a învățat că femeilor însărcinate le place mult să facă dragoste*. Pe urmă, fără să-i dea timp să comenteze sau să fie ironică sau să se enerveze, s-a oprit în mijlocul camerei și a spus că dacă stabilimentul, în ansamblul lui, îi provocase greață încă de mic, acolo, în camera de uscare, se simțise mereu bine. Era ceva satisfăcător, plin, produsul care ajungea la final, care se perfecționa, care-și împrăștia mirosul, care se pregătea să iasă pe piață. *Privește, atinge*, i-a spus, *e marfă compactă, dură, simte-i parfumul pe care-l emană: seamănă cu mirosul din momentul în care un bărbat și o femeie se îmbrățișează și se ating — îți place? —, dacă ai ști câte am adus cu mine aici înăuntru încă de când eram flăcău*. Și în momentul acela a cuprins-o de talie, și-a trecut buzele de-a lungul gâtului ei și, între timp, deja o strângea de cur. Părea să aibă o sută de mâini, a pipăit-o peste șorț, pe sub el, cu o viteză frenetică și gâfâitoare, o explorare lipsită de orice urmă de plăcere, o pură dorință de nestăpânit.

Fiecare lucru, începând cu mirosul salamurilor, i-a reamintit Lilei de violențele lui Stefano și timp de câteva secunde s-a simţit anihilată, i-a fost frică c-o s-o omoare. Apoi l-a înşfăcat cu furie, l-a lovit pe Bruno în faţă şi între picioare, a urlat la el *eşti un om de rahat, nu ai nimic acolo jos, vino încoace, scoate-o că ţi-o smulg, nenorocitule.*

Bruno a lăsat-o, a dat înapoi. Şi-a atins buza care sângera, a rânjit stingherit, a bombănit: *scuze, mă gândeam că măcar un pic de recunoştinţă putea să fie la mijloc.* Lila a ţipat la el: *vrei să spui că trebuie să plătesc gaj, altfel mă concediezi, nu-i aşa?* El a râs din nou, a clătinat din cap: *nu, dacă nu vrei, nu vrei, gata, ţi-am cerut scuze, ce altceva să mai fac?* Dar îşi ieşise din minţi, abia acum începea să simtă apăsarea mâinilor lui şi ştia că o să dureze, nu era ceva de care să scapi spălându-te cu săpun. A mers înapoi cu spatele la uşă: *acum ai scăpat uşor, dar fie că mă dai afară sau nu, jur că o să te fac să blestemi momentul în care m-ai atins.* A ieşit în timp ce el murmura: *ce ţi-am făcut, nu ţi-am făcut nimic, vino-ncoace, ce, astea sunt probleme? hai să facem pace.*

Ea s-a întors la locul ei. Atunci muncea printre vaporii bazinelor, era un fel de îngrijitor care, printre altele, trebuia să menţină uscată podeaua, un efort fără rezultat. Edo, cel căruia aproape că-i smulsese urechea, a privit-o curios. Toţi, muncitoare şi muncitori, au fost cu ochii pe ea în timp ce se întorcea furioasă din camera de uscare. Lila n-a privit pe nimeni. A apucat o cârpă, a izbit-o de pavele, a început să frece cu ea podeaua care era o mocirlă, scandând cu voce tare, ameninţătoare: *să vedem dacă mai vrea vreun nenorocit să se dea la mine.* Colegii ei s-au întors la muncile lor.

Zile în şir a aşteptat concedierea, dar aceasta n-a venit. Când i se întâmpla să se intersecteze cu Bruno, el zâmbea amabil, ea răspundea făcând un semn rece. Nicio consecinţă, aşadar, în afara scârbei faţă de acele mâini scurte şi a zvâcnirilor de ură. Şefuleţii însă, având în vedere că Lila continua să-i trateze pe toţi cu înfumurarea dintotdeauna, brusc au început din nou s-o chinuie schimbându-i încontinuu sarcinile, făcând-o să muncească până la epuizare, spunându-i diverse obscenităţi. Semn că li se dăduse voie.

Lui Enzo nu i-a povestit nimic despre urechea aproape smulsă, despre agresiunea lui Bruno, despre necazurile și eforturile ei zilnice. Dacă el întreba cum mergea la fabrică, îi răspundea sarcastic: *de ce nu-mi spui cum merge la locul tău de muncă?* Și pentru că el tăcea, Lila râdea puţin de el și apoi se dedicau împreună exercițiilor din cursul lui Enzo. Se refugiau în ele din mai multe motive, dar mai ales ca să evite întrebările legate de viitor: ce erau unul pentru celălalt, de ce el se ocupa de ea și de Gennaro, de ce ea accepta asta? De ce trăiau în aceeași casă de mult timp, dar Enzo aștepta inutil în fiecare noapte ca ea să se ducă la el și se răsucea în pat de pe o parte pe alta, se ducea în bucătărie cu scuza de a bea o gură de apă, arunca o privire spre ușa cu un ochi de geam ca să verifice dacă ea nu stinsese încă lumina și să-i pândească umbra. Tensiuni mute — bat la ușă, îl las să intre —, îndoielile lui și ale ei. În cele din urmă preferau să-și distragă atenția făcând concursuri cu exercițiile ca și cum ar fi fost aparate de gimnastică.

— Să facem schema ușii care se deschide, spunea Lila.

— Să facem schema nodului de la cravată, spunea Enzo.

— Să facem schema momentului în care îi leg șireturile la pantofi lui Gennaro, spunea Lila.

— Să facem schema momentului în care se prepară cafeaua în ibricul napolitan, spunea Enzo.

De la lucrurile cele mai simple la cele mai complicate, își storceau creierii să schematizeze activitățile cotidiene, chiar dacă testele de la Zürich nu prevedeau asta. Și nu pentru că voia Enzo, ci pentru că Lila care, ca de obicei, începuse în surdină, cu fiecare seară se înflăcărase tot mai mult. Acum, în ciuda faptului că noaptea în casă înghețai de frig, o apucase frenezia de a reduce întreaga lume mizerabilă în care trăiau la adevărul lui 0 și al lui 1. Părea să tindă spre o liniaritate abstractă — abstracțiunea care dădea naștere tuturor abstracțiunilor.

— Să schematizăm fabrica, i-a propus într-o noapte.

— Tot ce se face acolo? a întrebat el perplex.

— Da.

S-a uitat la ea și i-a spus:

— Bine, să începem cu ce faci tu.

S-a strâmbat enervată, a murmurat noapte bună și s-a dus în camera ei.

## 30.

Echilibrul acela, deja destul de precar, s-a modificat când a reapărut Pasquale. Muncea pe un șantier din zonă și venise la San Giovanni a Teduccio pentru o reuniune în sediul local al partidului comunist. El și Enzo s-au întâlnit pe stradă, întâmplător, și au regăsit imediat vechea familiaritate, au ajuns să vorbească despre politică și și-au manifestat aceeași nemulțumire. La început, Enzo a vorbit precaut, dar Pasquale, în mod neașteptat, deși avea o funcție importantă în cartier — secretar de secție —, numai precaut nu s-a arătat și a atacat partidul, care era revizionist, și sindicatul, care închidea prea des ochii. Cei doi au fraternizat într-atât încât Lila s-a trezit cu Pasquale acasă la ora cinei și a trebuit să pregătească și pentru el ceva de mâncare.

Seara a început rău. Ea s-a simțit privită, a trebuit să facă eforturi mari ca să nu se enerveze. Ce voia Pasquale, s-o spioneze, să le spună celor din cartier cum trăia? Cu ce drept era acolo s-o judece? Nu-i adresa un singur cuvânt prietenesc, nu-i dădea informații despre familia ei, despre Nunzia, despre fratele ei, Rino, despre Fernando. În schimb, îi arunca aceleași priviri ca bărbații de la fabrică, evaluatoare, și, dacă ea îl surprindea, întorcea privirea. O găsea cu siguranță urâțită, de bună seamă se gândea: *cum am putut, tânăr fiind, să mă îndrăgostesc de asta, am fost un cretin.* Și fără îndoială o considera o mamă jalnică, având în vedere că ar fi putut să-și crească fiul în bunăstarea mezelăriilor Carracci și, în schimb, îl târâse în mizeria aia. La un moment dat, Lila a izbucnit, i-a spus lui Enzo: *strânge tu masa, eu mă duc la culcare.* Pasquale însă, pe neașteptate, a luat un ton solemn și, puțin emoționat, a spus: *Lina, înainte să pleci, trebuie să-ți spun ceva: nu există femei ca tine, tu te arunci în viață cu o forță pe care, dacă am avea-o toți, lumea s-ar fi schimbat cine știe de când.* Apoi, odată spartă gheața în felul acela, i-a povestit că Fernando începuse din nou să pingelească pantofi, că Rino devenise instrumentul de tortură al lui Stefano și cerșea bani încontinuu, că pe Nunzia o vedeai rar, nu ieșea din casă. *Tu ai făcut bine însă: nimeni din cartier n-a tras atâtea șuturi în fața familiei Carracci și familiei Solara câte le-ai tras tu și eu sunt de partea ta.*

După seara aceea, a apărut adesea, chestie care a afectat studierea fasciculelor de curs. Ajungea la ora cinei cu patru pizze calde, juca rolul obișnuit al cuiva care știe totul despre cum funcționează lumea capitalistă și anticapitalistă și vechea prietenie s-a reaprins. Era evident că trăia fără afecțiune, sora lui, Carmen, era logodită și avea puțin timp să se ocupe de el. În fața singurătății reacționa însă cu un activism furios care Lilei îi plăcea, o făcea curioasă. Deși frânt de truda pe șantiere, se ocupa de sindicat, mergea să arunce cu vopsea roșie ca sângele în consulatul american. Dacă era cazul să se bată cu fasciștii, îl găseai mereu în primul rând, făcea parte dintr-un comitet de muncitori și studenți, certându-se permanent cu aceștia din urmă. Și să nu vorbim despre partidul comunist: pentru pozițiile lui foarte critice se aștepta dintr-un moment în altul să piardă funcția de secretar de secție. Cu Enzo și cu Lila vorbea fără rețineri, amestecând resentimente personale și rațiuni politice. *Îmi spun* mie *că sunt dușman al partidului, se plângea, îmi spun* mie *că fac prea multă gălăgie, că trebuie să fiu calm. În schimb ei sunt cei care distrug partidul, ei sunt cei care îl transformă într-o rotiță a sistemului, ei sunt cei care au redus antifascismul la vigilența democratică. Voi știți însă pe cine au pus la șefia secției Mișcării Sociale, în cartier? Pe fiul farmacistului, Gino, un slugarnic nărod al lui Michele Solara. Iar eu trebuie să-i suport pe fasciști să umble din nou cu nasul pe sus în cartierul meu? Tata* — spunea emoționându-se — *s-a dedicat cu totul partidului și pentru ce, pentru antifascismul blajin, pentru rahatul ăsta de astăzi? Când amărâtul ăla a ajuns în închisoare nevinovat, foarte nevinovat,* se enerva el — *nu-l omorâse el pe don Achille —, partidul l-a părăsit, deși fusese un tovarăș nemaipomenit, deși participase la Cele patru zile ale orașului Napoli și luptase la Ponte della Sanità, deși, după război, se expusese mai mult decât oricine altcineva în cartier.* Și Giuseppina, mama lui? O sprijinise careva? Pasquale, imediat cum vorbea despre mama lui, îl lua pe Gennaro pe genunchi și-l întreba: *vezi ce frumoasă e mama ta, ții la ea?*

Lila asculta. Uneori își spunea că ar fi trebuit să-i spună da acelui băiat, primul căruia îi atrăsese atenția, fără să râvnească la Stefano și la banii lui, fără să intre în necazuri pentru Nino: să rămână la locul ei, să nu aibă păcatul trufiei, să-și liniștească mintea. Alteori însă, din cauza invectivelor lui Pasquale, simțea că se întoarce din nou brutal în copilărie. Se simțea asaltată de cruzimea cartierului, de don Achille, de uciderea lui pe care ea, când era mică, o povestise atât de des și cu atât de multe detalii inventate, încât acum i se părea că fusese acolo. Îi revenea în minte arestarea tatălui lui Pasquale și urletele tâmplarului, ale soției lui, ale lui Carmen și nu-i plăcea, amintirile reale se amestecau cu cele false, vedea violența, sângele. Atunci se scutura, deloc în largul ei, se retrăgea în fața valului de ranchiună al lui Pasquale, ca să se liniștească îl îmboldea să-și aducă aminte de Crăciunul și Paștele petrecute în familie, de bucătăria mamei lui, Giuseppina. El și-a dat seama repede de asta și s-a gândit probabil că Lilei îi lipsește afecțiunea familiei așa cum îi lipsea lui. Cert e că o dată a venit neanunțat și i-a spus foarte vesel: *uite pe cine ți-am adus*. I-o adusese pe Nunzia.

Mama și fiica s-au îmbrățișat, Nunzia a plâns mult, i-a dăruit lui Gennaro o păpușă Pinocchio din material textil. Dar imediat cum a început să-și critice fiica pentru alegerile ei, Lila, care la început se arătase bucuroasă s-o vadă, i-a spus: *mamă, fie ne purtăm ca și cum nu s-a fi întâmplat nimic, fie e mai bine să pleci.* Nunzia s-a supărat, a început să se joace cu copilul, a spus adesea, ca și cum ar fi vorbit într-adevăr cu cel mic: *dacă mama ta se duce să trudească, pe tine, biată creatură, cui te lasă?* În momentul acela Pasquale a înțeles că făcuse o greșeală, a spus că era târziu și că trebuia să plece. Nunzia s-a ridicat în picioare și i s-a adresat fiicei pe jumătate amenințând-o, pe jumătate implorând-o. *Tu, s-a văicărit, mai întâi ne-ai făcut să trăim ca niște domni și apoi ne-ai distrus: fratele tău s-a simțit părăsit și nu mai vrea să te vadă, tatăl tău te-a tăiat de pe listă; Lina, te rog, nu-ți spun să te împaci cu soțul tău, că nu mai e posibil, dar clarifică măcar lucrurile cu familia Solara. Ăia, din cauza ta, au pus mâna pe tot, iar Rino, tatăl tău, noi, familia Cerullo, acum suntem din nou niște neica-nimeni.*

Lila a stat să asculte și apoi aproape că a împins-o afară, i-a spus: *mamă, e mai bine să nu mai vii pe aici niciodată.* I-a urlat același lucru și lui Pasquale.

## 31.

Prea multe probleme deodată: sentimentele de vinovăție față de Gennaro, față de Enzo; munca dură în schimburi, orele suplimentare, porcăriile lui Bruno; familia care voia să-i devină din nou o povară; și prezența aceea a lui Pasquale cu care era inutil să fie distantă. El nu se supăra niciodată, dădea buzna vesel și când îi ducea pe Lila, Gennaro și Enzo la pizzerie, când la Agerola ca să ia copilul aer. A încercat însă mai ales s-o implice în activitățile lui. A îmboldit-o să se înscrie în sindicat, chiar dacă ea nu-și dorea și a făcut-o doar ca să-i aducă un afront lui Soccavo, care nu vedea chestiunea cu ochi buni. I-a dat tot felul de broșuri, foarte explicite, foarte importante, despre teme de genul salariul sau negocierea, știind bine că dacă el nici măcar nu le răsfoise, Lila, mai devreme sau mai târziu, le va citi. A târât-o după el, împreună cu Enzo și cu copilul, la Riviera di Chiaia, la o manifestație pentru pace în Vietnam care s-a transformat într-o învălmășeală generală: pietre care zburau, fasciști care provocau, polițiști care săltau oameni în dubă, Pasquale care împărțea pumni în stânga și-n dreapta, Lila care urla insulte și Enzo care blestema momentul în care decideseră să-l ducă pe Gennaro în mijlocul acelei harababuri.

Dar au fost mai ales două episoade, în perioada aceea, care au contat pentru Lila. O dată Pasquale a insistat mult ca ea să vină să asculte discursul unei tovarășe importante. Lila a acceptat invitația, devenise curioasă. N-a auzit însă mai nimic din relatare — un discurs, mai mult sau mai puțin, despre partid și clasa muncitoare — pentru că tovarășa importantă a întârziat și, când reuniunea a început, Gennaro era agitat. Ea a fost nevoită să se ocupe de el și ba ieșea în stradă să se joace, ba îl aducea din nou înăuntru, ba ieșea din nou. În orice caz, puținul pe care l-a auzit i-a fost de-ajuns ca să-și dea seama de măreția acelei femei și de felul în care se deosebea în totul de publicul muncitor și mic burghez pe care îl avea în față. De aceea, când și-a dat seama că Pasquale, Enzo și alți câțiva nu erau mulțumiți de ceea ce spunea oratoarea, s-a gândit că erau nedrepți, că ar fi trebuit să-i fie recunoscători acelei doamne culte că venise să-și piardă timpul cu ei. Și atunci când Pasquale a avut o intervenție atât de polemică, încât tovarășa deputat s-a înfuriat și, cu o voce schimbată, a replicat țâfnoasă: *ajunge, acum mă ridic și plec,* reacția aceea i-a plăcut, s-a simțit de partea ei. Dar, bineînțeles că avea, ca de obicei, sentimente confuze. Când Enzo a strigat, în sprijinul lui Pasquale: *tovarășă,* fără noi *tu nici măcar nu exiști, așa că rămâi acolo cât timp vrem* noi *și pleci doar când vom fi* noi *cei care-ți vom cere asta,* s-a răzgândit, a împărtășit brusc violența acelui *noi*, i s-a părut că femeia și-o meritase. S-a întors acasă furioasă, cu copilul care-i stricase seara.

Mult mai animată a fost o reuniune a comitetului în care se-nscrisese Pasquale, în dorința lui nestăpânită de a se implica. Lila s-a dus nu doar fiindcă el ținea mult, ci pentru că avea impresia că neliniștea care-l îmboldea să caute și să înțeleagă era ceva de bun augur. Comitetul se reunea la Napoli, într-o veche casă de pe strada Tribunalelor. Au ajuns seara cu mașina lui Pasquale, au urcat pe scara uriașă, dar aflată într-o stare jalnică. Spațiul era mare, participanții puțini. Lila a realizat cât era de ușor să deosebească fețele studenților de ale muncitorilor, dezinvoltura șefilor de bâlbâiala membrilor de rând. Și ceva a indispus-o repede. Discursurile studenților i s-au părut ipocrite, aerul lor umil care contrasta cu frazele lor înțelepte. Mai mult încă, refrenul era mereu același: *suntem aici ca să învățăm de la voi,* adică de la muncitori; în realitate însă etalau idei prea clare despre capital, despre exploatare, despre trădarea democrațiilor sociale, despre modalitățile luptei de clasă. În plus — a observat ea —, puținele fete, în general fără păreri, nu făceau decât să trăncănească sclifosit cu Enzo și cu Pasquale. Pasquale în special, care era cel mai sociabil, era tratat cu multă simpatie. Era considerat un muncitor care, deși avea în buzunar legitimația partidului comunist, deși conducea o secție, venise cu experiența lui de proletar într-un sediu revoluționar. Când atât el, cât și Enzo au luat cuvântul, studenții s-au arătat tot timpul de acord cu aceștia, deși între ei nu făceau decât să se încaiere. Enzo a vorbit, ca de obicei, puțin și concentrat. Pasquale, în schimb, a povestit, cu o inepuizabilă elocvență, pe jumătate în italiană, pe jumătate în dialect, despre progresele pe care le avea activitatea politică pe șantierele din provincie și a trimis mici săgeți dojenitoare împotriva studenților, care nu prea erau implicați. În cele din urmă, din senin, a adus-o în discuţie pe ea, pe Lila. A prezentat-o cu nume şi prenume, a descris-o drept o tovarăşă muncitoare care lucra într-o mică fabrică alimentară, a lăudat-o mult.

Lila s-a încruntat, a mijit ochii, nu i-a plăcut că toţi o priveau ca pe un animal rar. Şi când, după Pasquale, a intervenit o fată — prima femeie care a luat cuvântul —, s-a indispus şi mai rău. Întâi de toate pentru că respectiva vorbea ca din cărţi, în al doilea pentru că a menţionat-o de mai multe ori spunându-i tovarăşa Cerullo, în al treilea pentru că o cunoştea deja: era Nadia, fiica profesoarei Galiani, iubiţica lui Nino care-i scria la Ischia scrisori de dragoste.

Pentru scurt timp s-a temut că şi Nadia o recunoscuse, însă chiar dacă fata vorbea adresându-i-se direct aproape mereu, n-a dat niciun semn că şi-o aminteşte. De altfel, de ce ar fi făcut-o? Cine ştie la câte petreceri de bogătaşi luase parte şi ce mulţime de umbre îi rămăsese în memorie. Lila, în schimb, avusese acea unică ocazie din urmă cu mulţi ani şi îi rămăsese bine întipărită în minte. Îşi amintea cu precizie de casa de pe bulevardul Vittorio Emanuele, de Nino, de toţi acei tineri de familie bună, de cărţi, tablouri şi experienţa urâtă pe care o avusese, proasta dispoziţie care o cuprinsese acolo. N-a suportat, s-a ridicat în timp ce Nadia încă vorbea şi s-a dus să se plimbe cu Gennaro, având înlăuntru o energie negativă pe care, neştiind cum s-o elimine, o tot simţea răsucindu-i-se în stomac.

La scurt timp însă s-a întors sus, hotărâtă să-şi spună părerea ca să nu se simtă mai prejos. Acum un tânăr creţ vorbea cu mare competenţă despre Italsider şi despre sistemul de remunerare în raport cu rezultatele obţinute. Lila a aşteptat ca băiatul să termine şi, ignorând privirea perplexă a lui Enzo, a cerut cuvântul. A vorbit mult, în italiană, în timp ce Gennaro i se agita în braţe. A început încet, apoi i-a dat înainte în liniştea generală cu o voce poate prea ridicată. A afirmat cu aroganţă că nu ştia nimic despre clasa muncitoare. A spus că le ştia doar pe muncitoarele și pe muncitorii din fabrica unde lucra, persoane de la care, în afară de mizerie, nu aveai absolut nimic de învățat. *Vă imaginați,* a întrebat, *ce înseamnă să petreci opt ore pe zi cufundat până la brâu în apa de coacere a salamurilor? Vă imaginați ce înseamnă să ai degetele pline de răni de la dezosarea animalelor? Vă imaginați ce înseamnă să intri și să ieși din camerele frigorifice cu temperaturi de minus douăzeci de grade și să iei zece lire în plus pe oră — zece lire — ca indemnizație de frig? Dacă vă imaginați asta, ce credeți că puteți învăța de la oameni care n-au încotro și trebuie să trăiască așa? Muncitoarele trebuie să se lase atinse pe cur de șefuleți și de colegi fără să protesteze. Dacă patronașul are nevoie, una trebuie să se ducă după el în camera de maturare, lucru pretins deja de tatăl lui, poate și de bunicul lui, și acolo, înainte să sară pe tine, același patronaș îți ține un discurs despre felul în care îl excită mirosul salamurilor. Bărbați și femei se supun percheziților corporale, pentru că la ieșire este o chestie care se numește „parțial" și, dacă se aprinde roșu în loc de verde, înseamnă că iei cu tine salamuri. „Parțialul" e supravegheat de paznic, un spion al patronului, care aprinde roșul nu doar pentru eventualii hoți, ci mai ales pentru fetele frumoase, dar recalcitrante și pentru cei agasanți. Asta este situația în fabrica unde mă aflu eu. Sindicatul n-a intrat niciodată acolo și muncitorii nu sunt altceva decât niște amărâți șantajați, supuși legii patronului. Adică eu te plătesc și deci sunt stăpân pe tine și pe viața ta, familia ta și pe tot ce te înconjoară și dacă nu faci cum îți spun, te distrug.*

La început nimeni n-a suflat. Apoi au urmat alte intervenții care au menționat-o pe Lila cu devotament. În cele din urmă, Nadia s-a dus s-o îmbrățișeze. I-a făcut multe complimente: *ce frumoasă ești, ce bună ești, vorbești atât de bine.* I-a mulțumit, i-a spus serioasă: *ne-ai făcut să înțelegem cât mai avem încă de muncit.* Dar în ciuda tonului încă ridicat, aproape solemn, Lilei i s-a părut mai fetiță față de cum și-o amintea când, în seara aceea din urmă cu mulți ani, o văzuse cu Nino. Ce făceau ea și fiul lui Sarratore, dansau, pălăvrăgeau, se frecau unul de altul, se sărutau? Nu mai știa. Desigur, fata era de o grație care nu se uită. Iar acum, văzând-o în fața ei, i s-a părut și mai elegantă decât atunci, elegantă și fragilă și atât de autentic expusă suferințelor altcuiva, încât părea să-i simtă chinul în propriul ei corpul până devenea insuportabil.

— O să te întorci?

— Am copilul.

— Trebuie să te întorci, avem nevoie de tine.

Dar Lila a clătinat din cap stingherită, i-a repetat Nadiei: *am copilul* și i l-a arătat cu un gest al mâinii, i-a spus lui Gennaro: *salut-o pe domnișoara, spune-i că știi să citești și să scrii, las-o să audă ce bine vorbești.* Și pentru că Gennaro și-a ascuns fața lipindu-se de gâtul ei și, pe de altă parte, Nadia a schițat un zâmbet, dar n-a părut să-i dea atenție, i-a spus: *am copilul, trudesc opt ore pe zi fără să pun la socoteală orele suplimentare, oamenii aflați în situația mea seara nu vor decât să doarmă.* Apoi a plecat amețită, cu impresia că se expusese prea mult unor persoane, da, cu suflet bun, dar care, chiar dacă înțelegeau totul la modul abstract, în mod concret n-o puteau înțelege. *Eu știu* — i-a rămas în cap nerostit —, *eu știu ce înseamnă viața înstărită plină de bune intenții, tu nici măcar nu-ți imaginezi ce înseamnă sărăcia adevărată.*

Când a ajuns în stradă, disconfortul ei a crescut. În timp ce mergeau spre automobil, a simțit că Pasquale și Enzo erau posomorâți și a intuit că intervenția ei îi rănise. Pasquale a luat-o cu delicatețe de un braț, umplând o distanță fizică, pe care, înaintea acelui moment, nu încercase niciodată s-o umple și a întrebat-o:

— Tu chiar muncești în acele condiții?

Ea, indispusă de acel contact, și-a tras brațul, a izbucnit:

— Și tu cum muncești, voi doi cum munciți?

Nu i-au răspuns. Munceau în condiții dure, asta se știa. Și cel puțin Enzo avea în mod sigur sub ochii lui, în fabrică, nişte muncitoare epuizate de trudă, de umilinţe şi de obligaţiile casnice, la fel ca Lila. Totuşi, acum, amândoi se posomorau din cauza condiţiilor în care muncea *ea*, nu puteau tolera asta. Trebuia să ascunzi totul bărbaţilor. Preferau să nu ştie, preferau să se prefacă toţi că, în mod miraculos, ce se întâmpla la patron nu i se întâmplă femeii la care ţineau şi pe care — asta era ideea cu care crescuseră — trebuiau s-o protejeze cu riscul de a fi omorâţi. În faţa acelei tăceri, Lila s-a enervat şi mai tare.

— Duceţi-vă dracului, voi şi clasa muncitoare, a spus.

Au urcat în maşină şi tot drumul până la San Giovanni a Teduccio au schimbat doar fraze de complezenţă. Când însă Pasquale i-a lăsat acasă, i-a spus serios: *nu e nimic de făcut, eşti tot cea mai bună,* apoi a pornit din nou spre cartier. Enzo, în schimb, cu copilul adormit în braţe, a bombănit posomorât:

— De ce nu mi-ai zis niciodată nimic? Cineva din fabrică a pus mâinile pe tine?

Erau obosiţi, aşa că a decis să-l liniştească. I-a spus:

— Cu mine nu-şi permit.

## 32.

După câteva zile au început necazurile. Lila a ajuns la muncă dis-de-dimineaţă, cu răsuflarea tăiată de miile de obligaţii şi complet nepregătită pentru ceea ce urma să se întâmple. Era foarte frig, tuşea puţin de câteva zile, simţea că răceşte. La intrare a găsit câţiva băieţi, probabil că deciseseră să tragă chiulul. Unul dintre ei a salutat-o cu o anume familiaritate şi i-a dat un fluturaş, cum se întâmpla adesea. De data asta un text şapirografiat pe mai multe pagini. Ea a răspuns la salut cu o privire perplexă, îl văzuse pe băiat la comitetul din strada Tribunalelor. Apoi a băgat fasciculul în buzunarul paltonului. A trecut prin faţa lui Filippo, paznicul, fără să catadicsească să se uite la el, iar acesta a strigat după ea: *vă rog, hei, nu spunem niciodată nici măcar un bună ziua.*

A muncit ca de obicei cu îndârjire — în perioada aceea era la dezosare — și a uitat de băiat. La prânz, și-a luat gamela și s-a dus în curte să caute un colţ la soare ca să mănânce, dar Filippo, imediat cum a văzut-o, a părăsit ghereta și s-a dus lângă ea. Era un bărbat la vreo cincizeci de ani, scund, solid, înclinat spre obscenitățile cele mai dezgustătoare, dar și spre un sentimentalism agasant. De curând i se născuse cel de-al șaselea fiu și se emoţiona ușor, scotea portofelul și îi obliga pe toţi să se uite la poza copilului. Lila s-a gândit că se hotărâse să i-o arate și ei, dar n-a fost așa. Bărbatul a scos din buzunarul tunicii textul șapirografiat și i-a zis pe un ton foarte agresiv:

— Cerù, ascultă bine ce-ţi spun: dacă lucrurile scrise aici le-ai spus ăstora trei-patru nenorociţi, te-ai băgat într-un mare necaz, știi asta?

Ea i-a răspuns foarte rece:

— Nu știu despre ce dracului vorbești, lasă-mă să mănânc.

Filippo i-a aruncat în faţă textul șapirografiat cu furie și a izbucnit:

— Nu știi, hai? Citește, atunci. Aici înăuntru ne-am înţeles întotdeauna de minune cu toţii și numai o curvă ca tine putea să împrăștie lucrurile astea. Eu fac controlul parţial cum am chef? Eu pun mâinile pe femei? Eu, tată de familie? Uite, ori te face don Bruno să plătești, și încă scump de tot, ori, Dumnezeu mi-e martor, îţi sparg faţa chiar eu.

I-a întors spatele și s-a înapoiat la gheretă.

Lila a terminat de mâncat cu calm, apoi a luat de pe jos textul șapirografiat. Titlul era pretenţios: *Anchetă despre condiţia muncitorilor la Napoli și în provincie.* A parcurs paginile și a găsit una întreagă dedicată fabricii de salamuri Soccavo. A citit cuvânt cu cuvânt tot ce-i ieșise pe gură la reuniunea din strada Tribunalelor.

S-a făcut că plouă. A lăsat pe jos fasciculul, a intrat în fabrică fără să privească deloc spre ghereta paznicului și și-a reluat munca. Dar era mânioasă la culme pe cine o băgase în încurcătura aceea fără măcar s-o avertizeze: Nadia mai ales, sfințișoara; cu siguranță ea scrisese chestia aia, era foarte bine organizată și plină de emoții fandosite. În timp ce muncea cu cuțitul pe carnea rece și mirosul o îngrețoșa și furia îi creștea, a simțit în jurul ei ostilitatea colegilor de muncă, bărbați și femei. Se cunoșteau toți de mult timp, știau că sunt victime complice și nu aveau nici cea mai mică îndoială în privința spionului: ea, singura care reacționase imediat de parcă necesitatea de a trudi n-ar fi coincis cu necesitatea de a te umili.

După-amiaza a apărut Bruno și imediat a trimis pe cineva s-o cheme. Era mai roșu la față ca de obicei, ținea în mână textul șapirografiat.

— Tu ai fost?

— Nu.

— Spune-mi adevărul, Lina: afară sunt deja prea mulți oameni care creează dezordine, li te-ai alăturat și tu?

— Ți-am zis că nu.

— Nu, zici? Dar aici nimeni nu are capacitatea și tupeul să inventeze toate minciunile astea.

— O fi fost cineva dintre funcționari.

— Funcționarii cu atât mai puțin.

— Atunci ce vrei de la mine, păsărelele cântă, supără-te pe ele.

El a pufnit, părea într-adevăr supus unei încercări dure. A spus:

— Ți-am dat un loc de muncă. Am tăcut când te-ai înscris în CGIL[4], tata te-ar fi dat afară în șuturi. Bine, am făcut o tâmpenie acolo, la camera de maturare, dar ți-am cerut scuze, nu

4 Confederația Generală Italiană a Muncii. (*N.t.*)

poţi spune că te-am persecutat. Şi tu ce faci, te răzbuni aruncând o lumină proastă asupra stabilimentului meu și scriind negru pe alb că eu duc muncitoarele în camera de uscare? Dar când vreodată, eu cu muncitoarele, ești nebună? Mă faci să regret binele pe care ţi l-am făcut.

— Binele? Eu trudesc mult și tu mă plătești cu doi bani. E mai mult binele pe care ţi-l fac eu ţie decât cel pe care mi-l faci tu mie.

— Vezi? Vorbești la fel ca ticăloșii ăia. Ai curajul de a recunoaște că tu ai scris chestia asta.

— Eu n-am scris nimic.

Bruno a strâmbat din nas, a privit paginile pe care le avea în faţă și ea a înţeles că șovăia, nu se putea decide: să treacă la un ton mai dur, s-o amenințe, s-o concedieze, să dea înapoi și să încerce să înţeleagă dacă se pregăteau și alte iniţiative de genul acela? S-a decis ea în schimb și a zis cu voce scăzută — împotriva voinţei ei, dar cu o mică grimasă fermecătoare, în ciuda amintirii agresiunii pe care o simţea încă vie în corpul ei — o frază conciliantă:

— Ai încredere, am un copil mic, chiar n-am făcut eu chestia asta.

El a făcut semn că da, dar, nemulţumit, a mormăit și:

— Știi ce mă obligi să fac acum?

— Nu și nici nu vreau să știu.

— Îţi spun oricum. Dacă ăia sunt prietenii tăi, avertizează-i: imediat cum se întorc să facă scandal aici, în faţă, o să capete o mamă de bătaie de-o să le treacă cheful. În ce te privește pe tine, fii atentă: mai întinde tu mult sfoara și o să vezi că se rupe.

Dar ziua nu s-a terminat acolo. La ieșire, când a trecut Lila, s-a aprins becul roșu al parţialului. Era ritualul obișnuit: în fiecare zi paznicul își alegea, vesel, trei sau patru victime, fetele timide se lăsau pipăite cu ochii în pământ, femeile dezgheţate râdeau, spunând: *Filì, dacă trebuie să mă atingi, atinge-mă, dar repede, că trebuie să merg acasă să fac de mâncare.* De data aceea Filippo a oprit-o doar pe Lila. Era frig, bătea un vânt puternic. Paznicul a ieșit din gheretă. Pe Lila au trecut-o fiorii și a spus:

— Dacă numai te apropii de mine, martor mi-e Dumnezeu, ori te omor eu ori pun pe cineva să te omoare.

Filippo, posomorât, i-a arătat o măsuță care se afla dintotdeauna lângă gheretă.

— Golește buzunarele pe rând, pune tot aici sus.

Lila a găsit în palton un cârnat proaspăt, simțind cu dezgust carnea moale în maț. L-a scos, a izbucnit în râs și a spus:

— Ce oameni de rahat sunteți, toți.

## 33.

Amenințări de denunț pentru furt. Tăieri de leafă, amenzi. Filippo care a insultat-o pe ea, ea care l-a insultat pe Filippo. Bruno nu și-a făcut apariția și totuși, în mod sigur se afla încă în fabrică, mașina lui era în curte. Lila a intuit că din momentul acela pentru ea lucrurile se vor înrăutăți din ce în ce mai mult.

S-a întors acasă mai obosită ca de obicei, s-a enervat pe Gennaro care voia să rămână la vecină, apoi a pregătit cina. Lui Enzo i-a spus că trebuie să se descurce singur cu învățatul și s-a băgat în pat devreme. Pentru că nu reușea să se încălzească sub pătură, s-a ridicat și și-a pus un pulover de lână peste cămașa de noapte. Se băga din nou în pat când, pe neașteptate, fără vreun motiv evident, și-a simțit inima în gât. A început să-i bată atât de puternic, încât părea inima altcuiva.

Cunoștea deja simptomele acelea, însoțeau ceea ce pe urmă — unsprezece ani mai târziu, în 1980 — a fost botezat tăierea marginilor. Nu se întâmplase însă niciodată să se manifeste într-un mod atât de violent și, mai ales, era pentru prima dată când avea loc fiind singură, fără oameni în jur care, dintr-un motiv sau altul, să-i provoace starea aceea. Apoi și-a dat seama, cu groază, că nu era singură deloc. Din capul desprins de gât ieșeau siluete și voci din ziua aceea, pluteau prin cameră: cei doi băieți de la comitet, paznicul, colegii de muncă, Bruno în camera imensă de maturare, Nadia, toți foarte rapizi, ca într-un film mut. De asemenea, lumina roșie a controlului parțialul pâlpâia la intervale foarte scurte, Filippo-i smulgea din mâini cârnatul moale și o amenința urlând. Totul era un truc al minții: în cameră, în afară de Gennaro, în pătuțul alăturat, cu respirația lui regulată, nu erau alte persoane și sunete reale. Asta n-a calmat-o însă, dimpotrivă, i-a sporit teama. Inima îi bătea acum atât de puternic, încât părea gata să-i sară din piept. Pereții camerei parcă slăbeau, izbiturile acelea violente în gât îi zgâlțâiau patul, deschideau crăpături în tencuială, îi dezlipeau calota craniană, poate or să-i rupă copilul, da, l-ar fi rupt ca pe o păpușă de celuloid, spărgându-i pieptul, burta și capul ca să-i dea la iveală ce-avea pe dinăuntru. *Trebuie să-l duc departe*, s-a gândit, *dacă îl țin aproape, se va face bucăți.* Și-a amintit însă de un alt copil pe care-l îndepărtase, copilul care nu reușise niciodată să se formeze în pântecele ei, fiul lui Stefano. *L-am alungat, sau cel puțin așa mă vorbeau pe la spate Pinuccia și Gigliola. Și poate că asta am și făcut, l-am scos din mine intenționat. De ce, până acum, nimic nu mi-a ieșit cu adevărat bine? Și de ce ar trebui să păstrez ce n-a reușit?* Inima nu dădea semne să se calmeze, siluetele din fum o asaltau cu murmurul vocilor lor. S-a dat jos din pat din nou, s-a așezat pe marginea lui. Era jilavă de o transpirație lipicioasă, de parcă era ulei înghețat. Și-a așezat picioarele goale pe pătuțul lui Gennaro, l-a împins ușor, ca să-l îndepărteze, dar nu foarte mult: dacă-l ținea aproape se temea că-l rupe, dacă-l îndepărta se temea că-l pierde. S-a dus în bucătărie cu pași mici, sprijinindu-se de mobilă, de pereți, dar uitându-se mereu peste umăr de teamă că în podea o să se deschidă un hău în care va pica Gennaro. A băut direct de la robinet, și-a clătit fața, iar inima s-a oprit dintr-odată, împingând-o brutal în față ca din cauza unei frâne bruște.

Gata. Lucrurile au revenit la îmbinarea lor obișnuită, corpul, încet-încet, s-a stabilizat din nou, s-a uscat de transpirație. Lila acum tremura și era atât de obosită, încât pereții se învârteau în jurul ei și se temea că leșină. *Trebuie să mă duc la Enzo*, s-a gândit, *și să mă încălzesc din nou: să mă bag în patul lui acum, să mă lipesc strâns de spatele lui în timp ce doarme, să adorm și eu.* A renunțat însă. Și-a simțit pe față mica grimasă grațioasă pe care o făcuse când îi zisese lui Bruno: *ai încredere, am un copil mic, n-am făcut eu asta*, un comportament fascinant, poate seducător, trupul de femeie care acționa autonom în ciuda scârbei. I s-a făcut rușine: cum putuse să se comporte în felul acela știind bine ce îi făcuse Soccavo în camera de uscare? Și totuși. Ah, să-i încolțești pe bărbați și să-i împingi ca pe niște animăluțe ascultătoare spre scopuri care nu erau deloc ale lor. Nu, nu, gata, în trecut o făcuse din motive diferite, aproape fără să-și dea seama, cu Stefano, cu Nino, cu frații Solara, poate și cu Enzo; acum nu mai voia, o să se descurce singură: cu paznicul, cu colegii ei de muncă, cu studenții, cu Soccavo, cu mintea ei plină de pretenții care nu se putea resemna și, istovită de ciocnirea continuă cu diverse persoane și lucruri, era pe cale să cedeze.

## 34.

Când s-a trezit, a constatat că are febră, a luat o aspirină și s-a dus totuși la muncă. Pe cerul încă negru era o lumină slabă, albăstrie, care atingea ușor clădiri joase, buruieni pline de noroi și fiare vechi. Deja la capătul porțiunii nepavate care ducea la fabrică, în timp ce ocolea bălțile, a băgat de seamă că studenții erau acum patru, cei doi din ziua precedentă, un al treilea de aceeași vârstă cu ei și unul gras, în mod clar obez, în jur de vreo douăzeci de ani. Lipeau pe zidul din incintă manifeste care invitau la luptă și tocmai începuseră să împartă un fluturaș cu același mesaj. Dacă în ziua precedentă, însă, muncitorii și muncitoarele, din curiozitate, din politețe, acceptaseră textul șapirografiat, majoritatea, acum, ori mergeau înainte cu capul în jos, ori luau foaia și o făceau ghemotoc imediat pentru ca apoi s-o arunce.

Cum a văzut că băieții erau deja acolo, mai punctuali decât ea, Lila a simțit că se indispune. Indispoziția i s-a transformat în ostilitate când tinerelul din ziua precedentă a recunoscut-o și i-a venit în întâmpinare în fugă, cu un aer cordial și un teanc frumușel de fluturași în mână.

— Totul în regulă, tovarășă?

Lila nu l-a băgat în seamă, avea gâtul inflamat, iar tâmplele îi zvâcneau. Băiatul a alergat după ea și a spus nesigur:

— Sunt Dario, poate că nu-ți amintești, ne-am văzut pe strada Tribunalelor.

— Știu cine dracului ești, a izbucnit ea atunci, dar nu vreau să am de-a face nici cu tine, nici cu prietenii tăi.

Lui Dario i-a pierit graiul, a încetinit pasul și a spus ca pentru sine:

— Nu vrei fluturașul?

Lila n-a răspuns, ca nu cumva să nu-i urle niște chestii nasoale de tot. I-a rămas însă în minte fața dezorientată a băiatului, expresia aceea pe care o fac persoanele când simt că au dreptate și nu înțeleg cum de ceilalți nu sunt de aceeași părere cu ei. S-a gândit că ar fi trebuit să-i explice de ce spusese comitetului lucrurile pe care le spusese și de ce i se părea inacceptabil că acele lucruri ajunseseră în textul șapirografiat și de ce era inutil și stupid că ei patru, în loc să fie încă în pat sau gata să intre într-o sală de curs, stăteau acolo în frig ca să distribuie o foaie scrisă dens unor persoane care de-abia știau să citească. Și care, în plus, nu aveau motiv să se supună acelui efort, având în vedere că știau deja acele lucruri, le trăiau zilnic și puteau să povestească unele și mai rele. Povești de nepovestit pe care nimeni niciodată nu le-ar fi rostit, scris, citit și care, totuși, conservau potențial motivele reale ale subordonării lor. Avea însă febră, era sătulă de tot, ar fi fost un efort prea mare. Și, oricum, ajunsese la poartă, iar acolo situația se complica.

Paznicul țipa la tânărul cel obez, urla la el în dialect: *treci tu de linia aia, numai trece-o, nenorocitule, intră tu fără permisiune pe o proprietate privată și eu o să te împușc.* Studentul, la rândul lui agitat, răspundea râzând, un surâs larg, agresiv, însoțit de jigniri: îl numea servitor, îi striga în italiană *trage, hai să văd cum tragi, asta nu e proprietate privată, tot ce e aici înăuntru aparține poporului.* Lila a trecut pe lângă amândoi — de câte ori nu asistase la fanfaronade ca acelea: Rino, Antonio, Pasquale, până și Enzo erau maeștri la asemenea lucruri — și i-a spus lui Filippo, serioasă: *fă-i pe plac, nu pierde timpul cu vorbe-n vânt, unul care ar putea să doarmă sau să învețe și, în schimb, stă aici să enerveze merită să fie împușcat.* Paznicul a văzut-o, a auzit-o, a rămas cu gura căscată încercând să decidă dacă, într-adevăr, îl încuraja să facă o nebunie sau își bătea joc de el. Studentul, în schimb, n-a avut îndoieli: a privit-o furios, a strigat la ea: *du-te, intră, du-te să-l pupi în cur pe patron,* și s-a dat înapoi cu câțiva pași clătinând din cap, apoi a continuat să împartă fluturași la câțiva metri de poartă.

Lila a traversat curtea. Era deja obosită la ora șapte dimineața, a simțit ochii care-i ardeau, opt ore de muncă i s-au părut o veșnicie. Între timp, în spatele ei s-a auzit un scârțâit de frâne și urlete masculine și s-a răsucit. Ajunseseră, simultan, două mașini, una gri și una albastră. Cineva deja coborâse din prima și începuse să smulgă manifestele lipite de curând pe zidul incintei. *Situația devine periculoasă,* s-a gândit Lila, și instinctiv s-a întors, chiar dacă știa că trebuie să facă la fel ca ceilalți, să se grăbească, să intre și să se apuce de muncă.

A făcut câţiva paşi şi l-a distins cu claritate pe tânărul care stătea la volanul maşinii gri: era Gino. L-a văzut cum a deschis portiera şi, înalt şi musculos cum devenise, a coborât din maşină ţinând în mână o bâtă. Ceilalţi, cei care smulgeau manifestele, care, într-un ritm mai lent, încă se strecurau afară din maşini, şapte sau opt în total, aveau în mâini lanţuri şi răngi. Fascişti, aproape toţi din cartier, Lila îi ştia pe unii dintre ei. Fascişti cum fusese tatăl lui Stefano, don Achille, cum se dovedise repede Stefano însuşi, cum era familia Solara, bunic, tată, nepoţi, chiar dacă uneori erau monarhişti, alteori creştin-democraţi, în funcţie de interes. Îi detesta încă de când, mică fiind, îşi imaginase fiecare detaliu al porcăriilor pe care le făceau, încă de când i se păruse că descoperă că nu exista niciun mod de a scăpa de ei. Legătura dintre trecut şi prezent nu cedase niciodată cu adevărat, cartierul îi iubea cu o largă majoritate, îi răsfăţa. Apăreau cu nemernicia lor şi nu ratau nicio ocazie de ciomăgeală.

Dario, băiatul de pe strada Tribunalelor, a fost primul care a acţionat, a alergat să protesteze pentru manifestele smulse. Avea în mână teancul de fluturaşi, Lila s-a gândit*: aruncă-i, cretinule,* dar el n-a făcut-o. L-a auzit spunând în italiană chestii inutile, de genul *încetaţi, nu aveţi dreptul* şi între timp a văzut că se întorcea spre ai lui, căutând ajutor. Habar n-are să se bată: niciodată să nu-ţi iei ochii de la adversar, în cartier nu se stătea la palavre, cel mult urlai cu ochii holbaţi ca să inspiri teamă şi, între timp, loveai primul, făcând cât mai multe pagube, fără să te opreşti. Era treaba adversarilor să te oprească dacă erau în stare. Unul dintre cei care smulgeau manifestele s-a comportat exact aşa: l-a lovit pe Dario în faţă din senin, cu pumnul, doborându-l la pământ printre fluturaşii care-i căzuseră din mână. Apoi s-a aşezat peste el şi a continuat să-l lovească, în vreme ce foile zburătăceau în jur. În momentul acela studentul obez şi-a dat seama că băiatul era la pământ şi a alergat în ajutorul lui cu mâinile goale, dar a fost oprit la jumătatea drumului de unul înarmat cu lanț care l-a lovit peste braț. Atunci tânărul a apucat furios lanțul, a început să tragă ca să i-l smulgă agresorului și amândoi l-au întins câteva secunde, insultându-se reciproc. Până când Gino a ajuns în spatele studentului gras și l-a doborât cu o lovitură de bâtă.

Lila a uitat de febră și de oboseală, a alergat la poartă, dar fără un scop precis. Nu știa dacă voia să vadă mai clar, dacă voia să-i ajute pe studenți, dacă pur și simplu era însuflețită de un instinct pe care-l avusese mereu, în virtutea căruia loviturile n-o speriau, ci dimpotrivă, îi intensificau furia. N-a avut timp să ajungă în stradă, a trebuit să se dea la o parte ca să nu fie luată pe sus de un mic grup de muncitori care ieșeau pe poartă alergând. Cineva încercase să-i oprească pe bătăuși, cu siguranță Edo împreună cu alții, dar nu reușiseră și acum fugeau. Fugeau bărbați și femei, urmăriți de doi tineri cu drugi de fier. Una pe care o chema Isa, o funcționară, i-a urlat lui Filippo din fugă: *intervino, fă ceva, cheamă poliția*, și Edo, căruia îi sângera o mână, a spus cu voce tare, ca pentru sine: *mă duc să iau securea și pe urmă o să mai vedem.* În consecință, când Lila a ajuns pe strada nepavată, mașina albastră deja plecase, iar în cea gri se urca Gino, care însă a recunoscut-o, s-a oprit stupefiat, a spus: *Lila, tu aici ai ajuns?* Apoi, tras înăuntru de fasciști, a pornit motorul și a plecat, dar urlând pe fereastră: *erai o doamnă, toanto, și uite în ce hal ai ajuns.*

## 35.

Ziua de muncă a trecut într-o stare de neliniște pe care, ca de obicei, Lila a mascat-o în spatele unei atitudini ba disprețuitoare, ba amenințătoare. Toți i-au dat de înțeles că vina pentru atmosfera aceea tensionată, izbucnită dintr-odată într-un stabiliment mereu liniștit, era a ei. În curând însă s-au conturat două grupuri: unul, mai puţin numeros, voia să se reunească undeva în timpul pauzei de prânz și să profite de felul în care se aranjaseră lucrurile pentru a o trimite pe Lila la patron cu câteva revendicări financiare rezervate; un altul, majoritar, nu-i adresa Lilei niciun cuvânt și se opunea oricărei iniţiative care să complice o situaţie deja complicată. Între cele două grupuri n-a fost chip să se ajungă la vreun acord. Edo, dimpotrivă, care făcea parte din prima facţiune și era destul de nervos din cauza mâinii care-l durea, a ajuns să-i spună unui tip care făcea parte din cealaltă: *dacă mi se infectează mâna, dacă mi-o taie, vin la tine acasă, torn o canistră de benzină și vă dau foc ţie și familiei tale.* Lila a ignorat ambele grupuri. S-a închis în sinea ei și a muncit cu capul plecat la fel de eficient, respingând discuţiile, jignirile și răceala. Dar a reflectat mult în legătură cu ce o aștepta. Prin mintea febrilă i a trecut un vârtej de gânduri: ce se întâmplase cu studenţii bătuţi, unde fugiseră, în ce necaz o băgaseră; Gino o va bârfi prin tot cartierul, îi va povesti totul lui Michele Solara; era umilitor să-i ceară favoruri lui Bruno, și totuși nu exista altă posibilitate, se temea să nu fie concediată. Se temea de pierderea unui salariu care, deși mizerabil, îi permitea să ţină la Enzo fără să-l considere esenţial pentru supravieţuirea ei și a lui Gennaro.

Apoi și-a amintit de noaptea ei urâtă. Ce i se întâmplase, trebuia să se ducă la medic? Și dacă medicul îi găsea vreo boală, cum se descurca ea cu munca și cu copilul? Atenţie, nu trebuia să se agite, avea nevoie să pună din nou lucrurile în ordine. De aceea, în timpul pauzei de prânz, copleșită de îngrijorare, s-a resemnat și s-a dus la Bruno. Voia să-i vorbească despre gluma proastă cu cârnatul, despre fasciștii lui Gino și să sublinieze că nu era vinovată. Mai întâi însă, dispreţuindu-se, s-a închis în toaletă ca să-și aranjeze părul și să-și dea cu puţin ruj. Secretara i-a spus însă ostilă că Bruno nu era și aproape sigur nu va veni toată săptămâna. A cuprins-o din nou neliniștea. Tot mai nervoasă, s-a gândit să-l roage pe Pasquale să le interzică studenţilor să se întoarcă la poarta fabricii. După ce vor dispărea băieţii care făceau parte din comitet, vor dispărea şi fasciştii, iar fabrica îşi va regăsi liniştea obişnuită. Dar cum să dea de Peluso? Nu ştia unde era şantierul pe care lucra, nu avea chef să-l caute în cartier, se temea să nu dea nas în nas cu mama ei, cu tatăl ei, cu fratele ei mai ales, cu care nu voia să se confrunte. Astfel, sleită, a adunat toate nemulţumirile pe care le avea şi a hotărât să i se adreseze direct Nadiei. La sfârşitul programului a alergat acasă, a lăsat pentru Enzo un bilet în care îi spunea să pregătească cina, l-a îmbrăcat bine pe Gennaro cu palton şi şapcă şi a mers, cu mai multe autobuze unul după altul, până pe bulevardul Vittorio Emanuele.

Cerul avea o culoare pastel, nu era nici măcar un norişor, dar lumina după-amiezii târzii ceda şi vântul era puternic, sufla cu un aer vioriu. Şi-a amintit cu precizie casa, uşa de la intrare, fiecare lucru, iar umilinţa din urmă cu câţiva ani i-a aprins şi mai mult ranchiuna de acum. Ce fărâmicios era trecutul, se surpa încontinuu, venea peste ea. Din casa aceea unde urcase pe scări împreună cu mine pentru o petrecere care o făcuse să sufere, acum apăruse Nadia, fosta logodnică a lui Nino, ca s-o facă să sufere şi mai mult. Dar ea nu era genul împăciuitor. A urcat panta cu greu, trăgându-l după ea pe Gennaro. Voia să-i zică acelei fetiţe: *tu şi ceilalţi îmi băgaţi în necazuri fiul; pentru tine e doar o distracţie, nu ţi se va întâmpla niciodată nimic grav; pentru mine, pentru el, nu, e o chestie serioasă, aşa că ori faci ceva ca să dregi totul, ori îţi sparg faţa.* Chiar aşa intenţiona să spună şi tuşea şi furia îi creştea, abia aştepta să se descarce.

A găsit uşa blocului deschisă. A urcat scările, şi-a amintit de mine şi de ea, de Stefano care ne însoţise la petrecere, de rochii, de pantofi, de fiecare cuvânt pe care ni-l spuseserăm la dus şi la întors. A sunat, i-a deschis profesoara Galiani în persoană, la fel cum şi-o amintea, amabilă, pusă la punct din cap până-n picioare, deşi stătea în casă. În comparaţie, Lila s-a simţit murdară din cauza mirosului de carne crudă pe care-l căra după ea, din cauza răcelii care-i apăsa pieptul, din cauza febrei care-i răvășea sentimentele, din cauza copilului care se tânguia în dialect, indispunând-o. A întrebat severă:

— Nadia e?

— Nu, a ieșit puţin.

— Când se întoarce?

— Îmi pare rău, nu știu, în zece minute, într-o oră, face ce vrea ea.

— Îi puteţi spune că a căutat-o Lina?

— E ceva urgent?

— Da.

— Vreţi să-mi spuneţi mie?

Să-i spun ei ce? Lila s-a simţit dezorientată, s-a uitat derutată pe deasupra lui Galiani. Se întrezăreau mobilierul vechi, lămpile cu aerul lor aristocrat, biblioteca plină ochi care o fermecase, tablourile preţioase pe pereţi. S-a gândit: *iată lumea la care râvnea Nino înainte să se împotmolească la mine.* S-a gândit: *ce știu despre acest Napoli, nimic; eu n-o să trăiesc niciodată în el, și nici Gennaro; n-are decât să fie distrus, atunci, să vină focul și cenușa, lava să ajungă până în vârful colinelor.* Apoi, în sfârșit, a răspuns: *nu, mulţumesc, trebuie să vorbesc cu Nadia.* Și era gata să-și ia la revedere, fusese o călătorie inutilă. Îi plăcuse însă ostilitatea cu care profesoara vorbise despre fiica ei și a exclamat pe un ton, brusc, frivol:

— Știţi că în urmă cu câţiva ani am fost în casa asta la o petrecere? Mă așteptam la cine știe ce și, când colo, m-am plictisit, abia așteptam să plec.

## 36.

Probabil că și Galiani a simţit ceva ce i-a plăcut, poate o franchețe la limita proastei educaţii. Apoi, când Lila a vorbit despre prietenia noastră, profesoara a părut bucuroasă, a exclamat: *ah, da, Greco, n-a mai dat semne de viață, succesul i s-a urcat la cap.* Pe urmă i-a invitat pe mamă și pe copil în salon, unde-și lăsase nepoțelul să se joace, un copil blond căruia aproape că i-a poruncit: *Marco, salută-l pe noul nostru prieten.* Lila, la rândul ei, l-a împins în față pe fiul ei, a spus: *du-te, Gennaro, joacă-te cu Marco,* și s-a așezat pe un fotoliu verde, vechi și comod, vorbind tot despre petrecerea din urmă cu mulți ani. Profesoara s-a întristat că nu are nicio amintire, Lila ținea minte totul. A spus că a fost una dintre cele mai urâte seri din viața ei. A povestit cum se simțise neadecvată, a fost extrem de ironică în privința discuțiilor pe care le ascultase fără să înțeleagă nimic. *Eram foarte ignorantă,* a exclamat cu o veselie excesivă, *iar astăzi sunt și mai rău decât atunci.*

Galiani a ascultat-o și au impresionat-o sinceritatea ei, tonul ei surprinzător, frazele într-o italiană foarte intensă, ironia abil controlată. A simțit probabil în Lila, îmi imaginez, acel ceva care-ți scapă printre degete, seducător și totodată alarmant, ca puterea unei sirene: i se întâmpla oricui, i s-a întâmplat și ei, iar discuția s-a întrerupt numai când Gennaro i-a dat o palmă lui Marco, urlând la el o jignire în dialect și smulgându-i o mașinuță verde. Lila s-a ridicat în grabă, și-a înșfăcat fiul de un braț, l-a plesnit de mai mult ori cu putere peste mîna care-l lovise pe celălalt copil și, chiar dacă Galiani spunea cu voce firavă: *lasă, sunt copii,* l-a certat dur, obligându-l să dea înapoi jucăria. Marco plângea, Gennaro n-a vărsat o lacrimă, dimpotrivă, a aruncat spre el jucăria cu dispreț. Lila l-a lovit din nou, foarte tare, peste cap.

— Noi mergem, a spus apoi nervoasă.

— Dar nu, mai rămâi puțin.

Lila s-a așezat la loc.

— Nu e mereu așa.

— E un copil foarte frumos. Nu-i așa, Gennaro, că ești frumos și cuminte?

— Nu e cuminte, nu e cuminte deloc. E deștept însă. Chiar dacă e mic, știe să scrie și știe să citească toate literele, majuscule și minuscule. Ce zici, Gennà, vrei să-i arăţi doamnei profesoare cum citești?

A luat de pe o măsuţă frumoasă de cristal o revistă, i-a arătat un cuvânt la întâmplare pe copertă, a spus: *citește, hai.* Gennaro a refuzat, Lila l-a lovit ușor peste umăr, a repetat amenințătoare: *citește, Gennà.* Copilul a descifrat împotriva voinţei lui: *d-e-s-t*, apoi s-a întrerupt privind mânios mașinuţa lui Marco. Marco a strâns-o la pieptul lui, a zâmbit ironic și a citit cu dezinvoltură: *destinazione.*

Lila s-a necăjit, s-a posomorât, l-a privit pe nepotul lui Galiani enervată.

— Citește bine.

— Pentru că îi dedic eu mult timp. Părinţii lui sunt mereu plecaţi.

— Câţi ani are?

— Trei ani și jumătate.

— Pare mai mare.

— Da, e bine făcut. Fiul dumneavostră cât are?

— Trebuie să împlinească cinci ani, a recunoscut Lila apatică.

Profesoara l-a mângâiat pe Gennaro, i-a spus:

— Mama te-a pus să citești un cuvânt greu, dar te pricepi, se vede foarte bine că știi să citești.

În momentul acela s-a auzit zarvă, s-a deschis și s-a închis la loc ușa de la intrare. Casa a fost invadată de zgomot de pași, voci bărbătești, voci feminine. *Iată-i pe copiii mei,* a spus Galiani și a strigat: *Nadia.* Dar nu Nadia și-a făcut apariţia în cameră, ci a dat buzna gălăgios o fată subţire, foarte palidă, foarte blondă și cu ochi de un albastru atât de intens, că părea fals. Fata a deschis braţele și i-a strigat lui Marco: *cine-i dă un pupic mamei lui?* Copilul i-a alergat în întâmpinare și ea l-a îmbrăţișat, l-a giugiulit. A apărut și Armando, fiul cel mare al lui Galiani. Lila și-a amintit imediat și de el și l-a privit în timp ce aproape îl smulgea pe Marco din brațele mamei strigând: *imediat cel puțin treizeci de pupături și tatei.* Marco a început să-și sărute tatăl pe un obraz numărând: *unu, doi, trei, patru.*

— Nadia, a strigat din nou Galiani pe un ton brusc iritat, ești surdă? Vino, ai o vizită.

Nadia a intrat, în sfârșit, în cameră, iar în spatele ei s-a ivit Pasquale.

## 37.

Ranchiuna Lilei a izbucnit iarăși. Pasquale, așadar, la sfârșitul programului de lucru dădea fuga acasă la oamenii aceia, printre mame și tați și bunici și mătuși și copii fericiți, toți afectuoși, toți bine instruiți, toți cu vederi așa de largi, încât îl primeau ca pe unul de-al lor, deși era zidar și purta cu el urmele dezgustătoare ale muncii sale?

Nadia a îmbrățișat-o în felul ei emoționat. *Ce bine că ești aici,* i-a spus, *lasă-l pe copil cu mama, trebuie să vorbim.* Lila a replicat agresivă că da, trebuia să vorbească imediat, de aceea se afla și ea acolo. Și pentru că a subliniat că avea doar un minut la dispoziție, Pasquale s-a oferit s-o însoțească acasă cu mașina. Așa că au părăsit salonul, pe copii, pe bunică și s-au reunit toți — și Armando, și fata blondă, pe care o chema Isabella — în camera Nadiei, o încăpere mare cu un pat mic, un birou, rafturi pline de cărți, afișe cu cântăreți, filme și cauze revoluționare despre care Lila nu știa mai nimic. Acolo se aflau alți trei tineri, doi pe care ea nu-i văzuse niciodată, și Dario, într-o stare destul de jalnică din cauza loviturilor încasate, tolănit pe patul Nadiei, cu pantofii în picioare peste plapuma roșie. Toți trei fumau, camera era plină de fum. Lila n-a mai așteptat, nici măcar nu i-a răspuns lui Dario la salut. Le-a spus că o băgaseră în necazuri, că din cauza imprudenţei lor risca să fie concediată, că textul şapirografiat provocase o mare vâlvă, că nu trebuiau să mai vină niciodată la poarta fabricii, că din vina lor veniseră fasciştii şi acum toţi erau supăraţi atât pe roşii, cât şi pe negri. I-a şuierat lui Dario: *cât despre tine, dacă nu ştii să te baţi, stai acasă, ştii că te puteau omorî?* Pasquale a încercat de câteva ori s-o întrerupă, dar ea i-a retezat-o dispreţuitoare, ca şi cum simpla lui prezenţă în casa aceea ar fi fost o trădare. Ceilalţi, în schimb, au ascultat în linişte. Numai după ce Lila a terminat, a intervenit Armando. Avea trăsăturile delicate ale mamei, sprâncenele negre foarte dese, conturul bărbii bine rase care-i urca până la pomeţi, şi vorbea cu o voce caldă, groasă. S-a prezentat, a spus că era foarte bucuros s-o cunoască, că regreta că nu fusese de faţă când intervenise la comitet, că despre ce povestise ea discutaseră însă mult între ei şi, pentru că o consideraseră o contribuţie importantă, deciseseră să pună fiecare cuvânt în scris. *Nu-ţi face griji,* a conchis liniştit, *te vom susţine pe tine şi pe colegii tăi în toate modurile.*

Lila a tuşit, fumul din cameră îi irita şi mai rău gâtul.

— Trebuia să vă informaţi.

— E adevărat, dar n-a fost timp.

— Timp, dacă vrei, găseşti.

— Suntem puţini şi iniţiativele sunt tot mai multe.

— Cu ce te ocupi?

— În ce sens?

— Cu ce te ocupi ca să trăieşti.

— Sunt medic.

— Ca tatăl tău.

— Da.

— Şi în momentul ăsta îţi rişti locul de muncă? Poţi ajunge pe străzi dintr-un moment în altul împreună cu fiul tău?

Armando a clătinat din cap şi a spus:

— Nu e corect să facem concurs între cine riscă mai mult, Lina.

Și Pasquale:

— El a fost arestat de două ori și eu am pe cap opt denunțuri. Aici nu despre cine riscă mai puțin și cine riscă mai mult e vorba.

— A, nu?

— Nu, a spus Nadia, suntem toți în prima linie și gata să ne asumăm responsabilitățile.

Lila, atunci, uitând că e în casa altcuiva, a urlat:

— Și dacă se întâmplă să pierd slujba, vin să locuiesc aici, îmi dați voi să mănânc, responsabilitatea vieții mele vi-o asumați voi?

Nadia a răspuns liniștit:

— Dacă vrei, da.

Doar trei cuvinte. Lila a înțeles că nu se juca cu ele, că Nadia vorbea serios, că și dacă Bruno Soccavo ar fi concediat tot personalul ea, cu vocea aceea a ei licoroasă, ar fi dat același răspuns lipsit de sens. Susținea că este în serviciul muncitorilor și, între timp, din camera ei dintr-o casă plină cu cărți și cu vedere spre mare, voia să-ți comande, voia să-ți ordone ce trebuia să faci cu locul tău de muncă, decidea în locul tău, avea soluția pregătită chiar dacă ajungeai în stradă. *Eu,* i-a venit pe vârful limbii, *dacă vreau, distrug totul mult mai bine decât tine, prefăcuto: n-am nevoie să-mi spui tu, cu vocea aia de sfințișoară, cum trebuie să gândesc, ce trebuie să fac.* Dar s-a abținut și i-a spus brusc lui Pasquale:

— Mă grăbesc, ce faci, vii cu mine sau rămâi aici?

Tăcere. Pasquale i-a aruncat o privire Nadiei, a mormăit: *vin cu tine*, și Lila a dat să iasă din cameră fără să salute. Fata a dat fuga s-o conducă, timp în care i-a spus cât era de inacceptabil să muncească în condițiile pe care Lila însăși le descrisese bine, cât era de urgent să aprindă scânteia luptei și alte fraze de genul acela. *Nu renunța,* a îndemnat-o stăruitor, în fine, înainte să intre în sufragerie. Dar n-a primit niciun răspuns.

Galiani, așezată în fotoliu, citea încruntată. Când a ridicat privirea, i s-a adresat Lilei ignorându-și fiica și pe Pasquale care ajunsese și el tocmai atunci, stingherit.

— Plecați?

— Da, e târziu. Mișcă-te, Gennaro, lasă-i mașinuța lui Marco și pune-ți haina.

Galiani i-a zâmbit nepotului, care era bosumflat:

— Marco i-a dăruit-o.

Lila a mijit ochii:

— Sunteți toți generoși în casa asta, mulțumesc.

Profesoara a privit-o în timp ce se lupta cu fiul ei să-și pună haina pe el.

— Pot să vă întreb ceva?

— Spuneți.

— Ce studii ați făcut?

Întrebarea a părut s-o indispună pe Nadia, care a intervenit:

— Mamă, Lina trebuie să plece.

Pentru prima oară Lila a perceput nervozitate în vocea ei de fetiță și chestia asta i-a făcut plăcere.

— Mă lași să spun două cuvinte? a izbucnit Galiani pe un ton foarte nervos.

Apoi i-a repetat Lilei, dar cu amabilitate:

— Ce studii ați făcut?

— N-am făcut.

— Auzindu-vă vorbind — și urlând — nu pare să fie așa.

— Așa e, am terminat-o cu școala după clasa a cincea.

— De ce?

— Nu eram în stare.

— Cum ați ajuns la concluzia asta?

— Greco era, eu nu.

Galiani a clătinat din cap în semn de dezacord și a spus:

— Dacă aţi fi studiat, aţi fi reuşit la fel de bine ca Greco.

— De ce spuneţi asta?

— E meseria mea.

— Voi, profesorii, insistaţi mult asupra învăţatului pentru că aşa vă câştigaţi pâinea, dar nu foloseşte la nimic să înveţi, şi nici nu te face mai bun, dimpotrivă, te face şi mai rău.

— Elena a devenit mai rea?

— Nu, ea nu.

— Cum aşa?

Lila i-a îndesat fiului pe cap căciuliţa de lână:

— Am făcut un pact când eram mici: cea rea sunt eu.

## 38.

În maşină s-a înfuriat pe Pasquale (*ai devenit sclavul ălora?*) şi el a lăsat-o să se descarce. Abia când i s-a părut că epuizase toate învinuirile, a început cu manifestul lui politic: condiţia muncitorilor în Sud, starea de servitute în care se găseau, şantajul permanent, slăbiciunea, dacă nu chiar absenţa sindicatelor, necesitatea de a forţa situaţiile şi de a ajunge la luptă. *Lina*, i-a spus în dialect pe un ton îndurerat, *ţie îţi e teamă că pierzi ăia doi bani pe care ţi-i dau şi ai dreptate, Gennaro trebuie să crească. Eu ştiu însă că eşti o tovarăşă adevărată, ştiu că înţelegi: aici noi, muncitorii, n-am fost niciodată nici măcar în zonele normale de salarizare, suntem în afara tuturor regulilor, suntem pe minus. Aşa că e o jignire să spui: lăsaţi-mă în pace, am problemele mele şi vreau să-mi văd de treburile mele. Fiecare, în locul lui, trebuie să facă ce poate.*

Lina era sfârşită, bine cel puţin că Gennaro dormea pe bancheta din spate cu maşinuţa strânsă în mâna dreaptă. A auzit micul discurs al lui Pasquale în valuri. Din când în când îi venea în minte casa frumoasă de pe bulevardul Vittorio şi profesoara şi Armando şi Isabella şi Nino, care îşi luase tălpăşiţa ca să-şi găsească pe undeva o soție din aceeași specie ca Nadia, și Marco, care avea trei ani și știa să citească mult mai bine decât fiul ei. Ce efort inutil, să-l facă deștept pe Gennaro. Copilul deja se pierdea, era tras înapoi și ea nu reușea să se lupte pentru el. Când au ajuns în dreptul blocului și s-a văzut nevoită să-l invite pe Pasquale să urce, i-a spus: *nu știu ce a gătit Enzo, gătește foarte prost, poate nu-ți convine*, și a sperat că o să plece. El însă a răspuns: *stau zece minute și plec*, așa încât ea i-a atins ușor brațul cu vârful degetelor și a murmurat:

— Nu-i spune nimic prietenului tău.

— Nimic despre ce?

— Despre fasciști. Dacă află, se duce chiar în seara asta să-i spargă fața lui Gino.

— Ții la el?

— Nu vreau să-i fac rău.

— Aa.

— Așa stau lucrurile.

— Vezi că Enzo știe mai bine decât mine și decât tine ce trebuie să facă.

— Da, dar tu oricum nu-i spune nimic.

Pasquale a consimțit cu o expresie încruntată. L-a luat în brațe pe Gennaro care nu voia să se trezească și l-a cărat pe scări, urmat de Lila care bombănea nemulțumită: *ce hal de zi, sunt obosită moartă, tu și prietenii tăi m-ați băgat într-un necaz enorm.* Lui Enzo i-au povestit că fuseseră acasă la Nadia pentru o reuniune și Pasquale nu i-a dat posibilitatea să pună întrebări, a trăncănit fără oprire până la miezul nopții. A spus că Napoli, ca lumea întreagă, de altfel, era o clocotire de viață nouă, l-a lăudat mult pe Armando care, ca medic bun ce era, în loc să se gândească la carieră, îi îngrijea gratis pe cei care nu aveau bani, se ocupa de copiii din Quartieri și, împreună cu Nadia și Isabella, era implicat în sute de proiecte în serviciul poporului, o grădiniță, o clinică ambulatorie. A spus că nimeni nu mai era singur, tovarășii se ajutau între ei, orașul trăia momente foarte frumoase. *Voi*, a spus, *nu trebuie să rămâneți închiși aici în casă, trebuie să ieșiți, trebuie să stăm mai mult împreună.* Și a anunțat, în fine, că pentru el încheiaseră socotelile cu partidul comunist: prea multe chestii nasoale, prea multe compromisuri naționale și internaționale, nu mai rezista în mediocritatea aia. Pe Enzo l-a tulburat mult alegerea aceea, discuția dintre ei s-a aprins și a continuat îndelung, partidul e partid, nu, da, nu, gata cu politicile de stabilizare, trebuie atacat sistemul în structurile sale. Lila s-a plictisit repede, s-a dus să-l culce pe Gennaro, care între timp cinase plângând de somn, și nu s-a mai întors.

A rămas însă trează și după ce Pasquale a plecat, iar prezența lui Enzo prin casă nu s-a mai simțit. Și-a luat temperatura, avea treizeci și opt. I-a revenit în minte momentul în care Gennaro se căznise să citească. Ce cuvânt îi pusese sub ochi: „destinazione". Gennaro cu siguranță nu-l auzise niciodată. Nu e suficient să cunoști alfabetul, s-a gândit, e mai dificil de-atât. Dacă Nino l-ar fi făcut cu Nadia, copilul acela ar fi avut o cu totul altă soartă. S-a simțit o mamă nereușită. *Și totuși, eu l-am dorit*, s-a gândit, *nu-mi doream copii de la Stefano, de la Nino da.* La Nino ținuse cu adevărat. Îl dorise foarte mult, își dorise să-i placă și de dragul lui făcuse de bunăvoie tot ceea ce pentru soțul ei făcuse obligată, învingându-și scârba, doar ca să nu se omoare. Dar ce se spunea că ar fi trebuit să simtă când era pătrunsă, nu simțise niciodată, asta era sigur, și nu doar cu Stefano, nici cu Nino. Bărbații țineau atât de mult la pulă, erau mândri de ea și erau convinși că tu trebuia să ții la ea mai mult decât ei. Nici Gennaro nu făcea altceva decât să se joace cu puțica lui, uneori era stânjenitor cât și-o tot învârtea în mâini, cât trăgea de ea. Lila se temea că-și face rău și chiar și când îl spăla sau când îl ajuta să facă pipi, fusese nevoită să treacă peste lucrul acesta, să se obișnuiască cu el. Enzo era atât de discret, nu stătea niciodată în chiloți prin casă, nu spunea niciodată vreun cuvânt vulgar. Acesta era motivul pentru care simţea o afecţiune intensă pentru el şi îi era recunoscătoare pentru aşteptarea lui devotată în camera cealaltă, care nu se transformase niciodată într-o mişcare greşită. Controlul pe care îl exercita asupra lucrurilor şi asupra lui însuşi i s-a părut singura consolare. Dar pe urmă a apărut sentimentul de vinovăţie: ce o consola pe ea cu siguranţă pe el îl făcea să sufere. Şi gândul că Enzo suferă din cauza ei s-a adăugat, colac peste pupăză, la toate chestiile nasoale din ziua aceea. Faptele şi discuţiile i s-au învârtit mult timp dezordonat prin cap. Tonuri de voce, cuvinte diferite. Cum trebuia să se poarte a doua zi, la fabrică? Exista într-adevăr toată acea fervoare la Napoli şi în lume, sau Pasquale şi Nadia şi Armando erau cei care şi-o imaginau ca să-şi sedeze anxietăţile lor, din plictiseală, doar ca să-şi facă mai mult curaj? Trebuia să fie încrezătoare, cu riscul de a cădea pradă fanteziilor? Sau era mai bine să-l caute din nou pe Bruno ca să scape de necazuri? Dar merita oare să încerce să-l îmbuneze, cu riscul ca el să sară din nou pe ea? Folosea la ceva să se supună abuzurilor lui Filippo şi ale şefuleţilor? N-a făcut multe progrese. În cele din urmă, în stare de veghe, a ajuns la un vechi principiu pe care noi două îl asimilaserăm încă de mici. I s-a părut că, pentru a se salva pe ea, pentru a-l salva pe Gennaro, trebuie să impună respect cui voia s-o ţină la respect, trebuie să inspire teamă cui voia să-i inspire teamă. A adormit cu gândul de a-i face rău Nadiei, demonstrându-i că era doar o fetiţă de familie bună, toată numai vorbe goale, şi lui Soccavo, stricându-i plăcerea de a adulmeca salamuri şi femei în camera de maturare.

## 39.

S-a trezit la cinci dimineaţa, transpirată toată, nu mai avea febră. La poarta fabricii nu i-a găsit pe studenţi, ci pe fascişti. Aceleaşi maşini, aceleaşi feţe din ziua precedentă: urlau sloganuri, împărţeau fluturaşe. Lila a simţit că se pregătea alt act de violenţă şi a mers înainte cu capul plecat şi cu mâinile în buzunare, sperând să intre în clădire înainte să înceapă ciomăgelile. Dar Gino s-a postat în faţa ei.

— Mai ştii să citeşti? a întrebat-o în dialect, întinzându-i un fluturaş.

Ea a rămas cu mâinile adâncite în palton şi a replicat:

— Eu da, dar tu când ai învăţat?

Apoi a încercat să treacă mai departe, inutil însă. Gino a împiedicat-o, i-a îndesat cu forţa fluturaşul în buzunar, cu un gest atât de violent, încât i-a zgâriat mâna cu unghia. Lila l-a făcut cocoloş cu calm.

— Nu e bun nici măcar să te ştergi la cur cu el, a spus şi l-a aruncat.

— Ia-l de pe jos, i-a ordonat fiul farmacistului apucând-o de braţ, ia-l imediat şi fii atentă: ieri după-amiază i-am cerut soţului tău încornorat acordul să-ţi sparg faţa şi el a aprobat.

Lila l-a ţintuit cu privirea:

— Şi tu ca să-mi spargi faţa te-ai dus să-i ceri acordul soţului meu? Dă-mi drumul la mână imediat, nenorocitule.

În momentul acela a ajuns Edo, care în loc să se prefacă că plouă, cum era de aşteptat, s-a oprit.

— Te necăjeşte, Cerù?

N-a durat decât o clipă. Gino i-a tras un pumn în faţă, Edo a căzut la pământ. Lila şi-a simţit inima în gât, totul a început să capete viteză. A luat o piatră şi, strângând-o zdravăn, l-a lovit în piept pe fiul farmacistului. A trecut o clipă lungă. În timp ce Gino o împingea spre un stâlp de lumină, în timp ce Edo încerca să se ridice, a sosit pe strada nepavată, stârnind praf în urma ei, o altă maşină. Lila a recunoscut-o, era hârbul lui Pasquale. *Iată*, s-a gândit, *Armando mi-a dat dreptate, poate şi Nadia, sunt oameni educaţi, dar Pasquale n-a rezistat, vine să se bată.* Într-adevăr, portierele s-au deschis şi au coborât cinci oameni, cu el cu tot.

Erau oameni de pe șantiere, aveau ciomege noduroase cu care au început să-i lovească pe fasciști cu o ferocitate metodică, fără să devină cruzi, o singură lovitură, dar precisă și făcută să-i doboare la pământ. Lila și-a dat imediat seama că ținta lui Pasquale era Gino și, pentru că Gino încă era la câțiva pași de ea, l-a prins de braț cu ambele mâini și i-a spus râzând: *poate că e mai bine să pleci, altfel te omoară.* Dar el n-a plecat, dimpotrivă, a împins-o iarăși la o parte și a pornit spre Pasquale. Lila atunci l-a ajutat pe Edo să se ridice, a încercat să-l tragă în curte, lucru dificil, era greu și se zbătea, urla înjurături, sângera. S-a calmat un pic doar când l-a văzut pe Pasquale lovindu-l pe Gino cu ciomagul și punându-l jos. Haosul acum era mare: zburau, pe post de proiectile, resturi de obiecte vechi adunate de pe marginile străzii și scuipături și insulte. Pasquale îl lăsase pe Gino leșinat și, împreună cu un altul, un bărbat doar cu un tricou de corp peste pantaloni largi, albaștri murdari de var, năvălise în curte. Izbeau acum cu măciuca în ghereta lui Filippo, care se închisese înăuntru terorizat. Spărgeau geamurile și urlau obscenități, în timp ce se auzea apropiindu-se sirena poliției. Lila a simțit încă o dată plăcerea anxioasă a violenței. *Da*, s-a gândit, *cui vrea să te facă să-ți fie frică trebuie să-i inspiri frică, nu există altă cale, lovituri contra lovituri, ce iei de la mine îmi iau înapoi, ce îmi faci îți fac și eu ție.* Dar în timp ce Pasquale și ai lui deja urcau în mașină, în timp ce fasciștii făceau la fel cărându-l pe Gino, în timp ce sirena poliției se apropia tot mai mult, ea a simțit cu spaimă că inima îi devenea ca arcul prea întins al unei jucării și a înțeles că trebuia să găsească un loc unde să se așeze și asta cât mai repede. Odată intrată în clădire, s-a lăsat moale pe jos, sprijinită de un perete, și a încercat să se liniștească. Teresa, matahala de femeie în jur de patruzeci de ani care muncea la dezosare, s-a ocupat de Edo, i-a curățat fața de sânge și a făcut mișto de Lila:

— Mai întâi îi smulgi o ureche ăstuia și apoi îi acorzi ajutor? Trebuia să-l lași acolo, afară.

— El m-a ajutat pe mine și eu pe el.

Teresa i s-a adresat lui Edo uimită:

— *Tu* ai ajutat-o?

El a bombănit:

— N-aveam chef să-i spargă fața un străin, voiam să i-o sparg eu.

Femeia a spus:

— Ați văzut cum s-a căcat pe el Filippo?

— Așa îi trebuie, a bombănit Edo, păcat că i-au spart doar ghereta.

Teresa i s-a adresat Lilei, cu puțină răutate:

— Tu i-ai chemat pe comuniști? Zi adevăru'.

*Doar glumește*, s-a întrebat Lila, *sau e un spion și în scurt timp va da fuga la patron?*

— Nu, a răspuns, știu în schimb cine i-a chemat pe fasciști.

— Cine?

— Soccavo.

## 40.

Pasquale a apărut pe seară, după cină, cu o față posomorâtă, și l-a invitat pe Enzo la o reuniune în secția din San Giovanni a Teduccio. Lila a rămas singură cu el zece minute și i-a spus:

— Ce situație de căcat a fost în dimineața asta.

— Fac și eu ce trebuie să fac.

— Prietenii tăi erau de acord?

— Cine sunt prietenii mei?

— Nadia și fratele ei.

— Sigur că erau de acord.

— În schimb au rămas acasă.

Pasquale a bombănit:

— Cine zice că au rămas acasă?

Nu era bine dispus, dimpotrivă, părea lipsit de energie, ca şi cum violenţa de mai devreme îi supsese dorinţa nestăvilită de a acţiona. În plus, nu-i ceruse să meargă la reuniune, i se adresase numai lui Enzo, lucru care nu se întâmpla niciodată, nici când era seara târziu, era frig şi puţin probabil ca ea să-l mai scoată din casă pe Gennaro. Poate că aveau alte războaie de bărbaţi de purtat. Poate că era supărat pe ea fiindcă, prin rezistenţa ei, îl făcea să dea prost faţă de Nadia şi Armando. În mod sigur îl deranjase tonul critic cu care ea vorbise despre expediţia de dimineaţă. *E convins,* s-a gândit Lila, *că n-am înţeles de ce l-a lovit în felul ăla pe Gino, de ce voia să-i spargă capul gardianului. Buni sau răi, bărbaţii cred toţi că, la fiecare acţiune de-a lor, trebuie să-i pui pe un altar ca pe Sfântul Gheorghe care îl omoară pe balaur. Mă consideră o ingrată, a făcut-o ca să mă răzbune, vrea să-i spun măcar mulţumesc.*

Când cei doi au ieşit, s-a băgat în pat şi a citit până târziu în noapte broşurile pe care i le dăduse Pasquale mai de mult. I-au folosit ca să rămână ancorată în banalitatea lucrurilor de zi cu zi. Se temea de liniştea din casă, de somn, de nesupunerea bătăilor inimii, de formele care ameninţau în orice moment să se destrame. A citit mult în ciuda oboselii şi, conform obiceiului ei, a început s-o pasioneze, a învăţat repede foarte multe lucruri. Ca să se simtă în siguranţă, s-a străduit să-l aştepte pe Enzo. Dar el nu s-a întors, iar când sunetul respiraţiei regulate a lui Gennaro a ajuns să devină hipnotic, a adormit.

A doua zi dimineaţă, Edo şi femeia de la dezosare, Teresa, au început să-i dea târcoale cu cuvinte şi gesturi timid prieteneşti. Iar Lila nu doar că nu i-a respins, dar i-a tratat cu amabilitate şi pe ceilalţi colegi. S-a arătat disponibilă cu cine răbufnea, înţelegătoare cu cine se înfuria, solidară cu cine înjura din cauza abuzurilor. A împins lipsurile oamenilor unele spre altele, unind totul laolaltă cu vorbe bune. Mai ales, în zilele următoare, i-a încurajat tot mai mult pe Edo, pe Teresa şi grupul lor minuscul, transformând pauza de prânz într-o consfătuire conspirativă. Pentru că, atunci când voia, știa să dea impresia că nu era ea cea care propune și dispune, ci ceilalți, s-a trezit în jurul ei cu tot mai mulți oameni bucuroși să audă că văicărelile lor vagi nu erau nimic altceva decât necesități juste și urgente. A adunat revendicările de la dezosare cu cele de la camerele frigorifice, cu cele de la bazine și a descoperit, cu o anumită uimire, că necazurile dintr-un sector depindeau de necazurile din altul și că toate împreună reprezentau inelele aceluiași lanț de exploatare. A făcut o listă detaliată cu nenorocirile provocate de condițiile de muncă: răni la mâini, boli de oase, respiratorii. A strâns suficiente informații ca să demonstreze că întreaga clădire era într-o stare jalnică, că igiena era deplorabilă, că se muncea cu materiale uneori deteriorate, alteori de proveniență incertă. Când a putut să vorbească cu Pasquale față-n față și i-a explicat ce realizase în foarte puțin timp, el, capricios cum era, a rămas cu gura căscată de uimire și a spus vesel: *aș fi jurat că așa vei face*, și i-a fixat o întâlnire cu unul Capone, secretar la Camera de Muncă.

Lila a transcris cu frumoasa ei grafie tot ce pusese negru pe alb și i-a dus copia lui Capone. Secretarul a analizat foile, s-a entuziasmat și el. I-a spus lucruri de genul: *de unde ai apărut, tovarășă, ai făcut o treabă extraordinară, bravo.* Și apoi: *noi n-am reușit niciodată să intrăm la Soccavo, acolo sunt toți fasciști, dar acum că ești tu, lucrurile se schimbă.*

— Cum trebuie să acționăm? a întrebat ea.

— Faceți o comisie.

— Suntem deja o comisie.

— Foarte bine: atunci, în primul rând puneți ordine în chestia asta.

— În ce sens *să punem ordine*?

Capone l-a privit pe Pasquale, Pasquale n-a zis nimic.

— Cereți prea multe lucruri deodată, chiar și lucruri care nu s-au cerut niciodată nicăieri. Trebuie stabilite niște priorități.

— Acolo totul e o prioritate.

— Știu, dar e o chestiune de tactică: dacă vreți totul imediat, riscați înfrângerea.

Lila a mijit ochii, au avut o mică altercație. S-a dovedit că, printre altele, comisia nu putea merge să negocieze direct cu patronul, era nevoie de medierea sindicatului.

— Și eu nu reprezint sindicatul? s-a înfuriat ea.

— Desigur, dar există niște etape și proceduri.

S-au încăierat din nou. Capone a zis: *vedeți voi cum faceți, deschideți discuția, ce știu eu, despre programul de lucru, despre concedii, despre orele suplimentare și apoi se va continua. Oricum* — a conchis —, *nu știi ce bucuros sunt de o tovarășă ca tine, e un lucru rar, să ne coordonăm, vom face pași importanți în sectorul alimentar, femeile care se implică sunt puține.* În acel punct a dus mâna la portofelul ținut în buzunarul din spate al pantalonilor și a întrebat-o:

— Vrei niște bani pentru cheltuieli?

— Ce cheltuieli?

— Textul șapirografiat, hârtia, timpul pe care-l pierzi, chestii din astea.

— Nu.

Capone și-a băgat portofelul la loc în buzunar.

— Dar nu cumva să-ți pierzi curajul și să dispari, Lina, trebuie să păstrăm legătura. Uite, îmi notez aici, nume și prenume, vreau să le vorbesc de tine celor de la sindicat, trebuie să te folosim.

Lila a plecat nemulțumită, i-a spus lui Pasquale: *la cine m-ai dus?* Dar el a liniștit-o, i-a confirmat faptul că tipul era o persoană de toată isprava, a spus că avea dreptate, că trebuia să înțeleagă, era nevoie de strategie și de tactică. Apoi l-a cuprins entuziasmul, aproape că s-a emoționat, a dat s-o îmbrățișeze, s-a răzgândit, a spus: *continuă așa, Lina, să nu ne sinchisim de birocrație, eu între timp anunț comitetul.*

Lila n-a făcut nicio selecţie a obiectivelor. S-a limitat să reducă prima versiune, care era foarte amplă, la o foaie foarte densă pe care i-a înmânat-o lui Edo: o listă cu cereri care acopereau organizarea muncii, intervalele de lucru, starea generală a clădirii, calitatea produselor, riscul permanent de a se răni sau de a se îmbolnăvi, indemnizaţiile mizerabile, creşterile salariale. Atunci s-a ridicat problema persoanei care să meargă cu lista aceea la Bruno.

— Te duci tu, i-a spus Lila lui Edo.

— Mie îmi sare ţandăra uşor.

— Mai bine.

— Nu sunt potrivit.

— Eşti foarte potrivit.

— Nu, du-te tu, că eşti înscrisă în sindicat. Şi apoi, vorbeşti bine, spui exact ceea ce trebuie.

## 41.

Lila ştia încă de la început că ei îi va reveni sarcina aceea. Şi-a făcut timp, l-a lăsat pe Gennaro la vecină, s-a dus cu Pasquale la o reuniune a comitetului din strada Tribunalelor convocată *şi* pentru a discuta despre situaţia de la Soccavo. Erau doisprezece de data asta, inclusiv Nadia, Armando, Isabella şi Pasquale. Lila a făcut să circule copia pe care o pregătise pentru Capone. În acea primă versiune fiecare cerere era mai bine argumentată. Nadia a citit cu atenţie. La final a zis: *Pasquale avea dreptate, eşti dintre cele care nu renunţă, ai făcut în foarte puţin timp o treabă excelentă.* Şi a lăudat pe un ton sincer uimit nu doar substanţa politică şi sindicală a documentului, ci şi scrierea lui: *ce pricepută eşti,* a spus, *cine a mai scris vreodată despre subiectul ăsta?* Totuşi, după acel preambul, a sfătuit-o să nu se ducă imediat la o confruntare directă cu Soccavo. Şi Armando a fost de aceeaşi părere.

— Să așteptăm să ne întărim forțele și să ne maturizăm, a spus, fabricuța lui Soccavo este o realitate asupra căreia trebuie să meditam îndelung. Am pus piciorul înăuntru și este deja un rezultat important, nu putem risca să fim măturați din calea lor din pură nechibzuință.

Dario a întrebat:

— Ce propuneți?

A răspuns Nadia, dar adresându-i-se Lilei:

— Să organizăm o reuniune lărgită. Ne revedem cât mai curând cu colegii tăi, consolidăm structura voastră și, eventual, cu materialul tău pregătim un alt text șapirografiat.

Lila, în fața acelor precauții neprevăzute, a simțit o mare și arțăgoasă satisfacție. A zis disprețuitor:

— După voi, eu am făcut efortul ăsta și-mi risc locul de muncă ca să vă las *pe voi* să faceți o reuniune lărgită și un alt text șapirografiat?

Dar n-a putut să se bucure de acea revanșă. Brusc, Nadia, pe care o avea chiar în față, a început să vibreze ca un geam prost fixat, s-a prăbușit în bucăți. Fără niciun motiv evident, Lila a simțit că apăsarea din gât și gesturile cele mai mici ale celor prezenți, chiar și o clipire, și-au accelerat ritmul. A închis ochii, s-a sprijinit cu spatele de speteaza scaunului șubred pe care stătea, simțind că se sufocă.

— E ceva în neregulă? a întrebat Armando.

Pasquale s-a agitat.

— Se obosește prea mult, a spus. Lina, ce e, vrei un pahar cu apă?

Dario a alergat să ia apă, în timp ce Armando îi și lua pulsul și Pasquale, nervos, o pisa la cap:

— Ce simți, întinde picioarele, respiră.

Lila a șoptit că se simțea bine, și-a retras brusc încheietura din mâinile lui Armando, spunând că voia doar să fie lăsată un minut în pace. Dar pentru că Dario se întorsese cu apa, a luat o înghițitură mică și a murmurat că nu era nimic, doar o răceală mică.

— Ai febră? a întrebat Armando cu calm.

— Azi nu.

— Tuse, dificultate la respirație?

— Puțin, îmi simt inima că-mi bate în gât.

— E un pic mai bine acum?

— Da.

— Hai în cealaltă cameră.

Lila nu voia și totuși simțea o stare de mare neliniște. A ascultat, s-a ridicat cu greu și l-a urmat pe Armando care între timp luase o geantă de piele neagră cu catarame aurii. S-au dus într-o cameră pe care Lila n-o mai văzuse, mare, rece, cu trei paturi pliante pe care erau vechi saltele în aparență murdare, un dulap cu o oglindă corodată și un scrin. S-a așezat epuizată pe unul dintre paturi, nu mai făcuse un control medical din perioada sarcinii. Când a întrebat-o despre simptome, i-a ascuns totul, s-a referit numai la greutatea din piept, dar a adăugat: *e o prostie.*

Armando a examinat-o în tăcere și ea a detestat imediat acea liniște, i s-a părut o tăcere perfidă. Omul acela detașat, curat, deși punea întrebări, părea să nu aibă încredere în răspunsuri. O asculta, o pipăia, o scruta și între timp îi impunea așteptarea unor cuvinte definitive despre ce se întâmpla în pieptul ei, în burtă, în gât, locuri pe care, aparent, le cunoștea bine, dar pe care acum și le simțea complet necunoscute. În cele din urmă, Armando a întrebat-o:

— Dormi bine?

— Foarte bine.

— Cât?

— Depinde.

— De ce anume?

— De gânduri.

— Mănânci destul?

— Când am chef.

— Uneori ai dificultăţi de respiraţie?
— Nu.
— Dureri la nivelul toracelui?
— O greutate, dar uşoară.
— Transpiraţii reci?
— Nu.
— S-a întâmplat să leşini sau să simţi că leşini?
— Nu.
— E regulată?
— Ce?
— Menstruaţia.
— Nu.
— Când ţi-a venit ultima dată?
— Nu ştiu.
— Nu-ţi notezi?
— Trebuie să-ţi notezi?
— E mai bine. Foloseşti anticoncepţionale?
— Ce vrei să spui?
— Prezervative, sterilet, pilula.
— Ce pilulă?
— Un medicament nou: o iei şi nu poţi rămâne însărcinată.
— E adevărat?
— Categoric. Soţul tău n-a folosit niciodată un prezervativ?
— Nu mai am un soţ.
— Te-a părăsit?
— L-am părăsit.
— Când eraţi împreună, îl folosea?
— Habar n-am cum arată un prezervativ.
— Ai o viaţă sexuală regulată?
— De ce trebuie să vorbim despre lucrurile astea?
— Dacă nu vrei, nu vorbim.
— Nu vreau.

Armando şi-a pus la loc instrumentele în geantă, s-a aşezat pe un scaun pe jumătate rupt şi a oftat.

— Trebuie s-o iei mai ușor, Lina: ți-ai împins corpul mult peste limită.

— Ce înseamnă asta?

— Ești nehrănită, zdruncinată, te-ai neglijat mult.

— Și pe urmă?

— Ai o ușoară inflamație a căilor respiratorii, îți dau un sirop.

— Și pe urmă?

— Ar trebui să faci o serie de analize, ficatul e puțin mărit.

— N-am timp de analize, dă-mi un medicament.

Armando a clătinat din cap nemulțumit.

— Ascultă, a spus, cu tine am înțeles că e mai bine să n-o dai cotită: ai un suflu.

— Ce-i asta?

— O problemă la inimă și e posibil să nu fie ceva benign.

Lila a făcut o grimasă de neliniște.

— Ce vrei să spui, că mor?

El a zâmbit și a spus:

— Nu, trebuie doar să mergi să te vadă un cardiolog. Mâine treci pe la mine, la spital, și te trimit la unul bun.

Lila s-a încruntat, s-a ridicat, a spus cu răceală:

— Mâine am treabă, mă duc la Soccavo.

## 42.

A exasperat-o tonul îngrijorat al lui Pasquale. În timp ce conducea spre casă, a întrebat-o:

— Ce a zis Armando, cum te simți?

— Bine, trebuie să mănânc mai mult.

— Ai văzut, te neglijezi.

Lila a izbucnit:

— Pasquà, nu ești tatăl meu, nu ești fratele meu, nu ești nimeni. Lasă-mă în pace, ai înțeles?

— Nu pot să-mi fac griji pentru tine?

— Nu, și fii atent la ce faci și ce zici, mai ales față de Enzo: dacă îi povestești că m-am simțit rău — și nu e adevărat, am avut doar o amețeală —, riscăm să rupem prietenia.

— Ia-ți două zile de odihnă și nu te duce la Soccavo: așa te-a sfătuit și Capone, așa te sfătuiește și comitetul, este o chestiune de oportunitate politică.

— Cui dracului îi pasă de oportunitatea politică: voi ați fost cei care m-ați băgat în necazuri și acum fac ce am chef.

Nu l-a invitat să urce și el a plecat furios. Odată ajunsă acasă, Lila l-a alintat mult pe Gennaro, a pregătit cina, l-a așteptat pe Enzo. Acum i se părea că are în permanență respirația tăiată. Pentru că Enzo întârzia, i-a dat lui Gennaro să mănânce, s-a temut că e una din serile alea în care se întâlnea cu femei și se întorcea noaptea târziu. Când copilul a vărsat un pahar plin cu apă, a încetat cu duioșia, a urlat la el în dialect, ca și cum ar fi fost un adult: *vrei să stai puțin locului, trebuie să te iau la palme, de ce vrei să-mi distrugi viața așa?*

Enzo s-a întors exact atunci, iar ea a încercat să fie amabilă. Au mâncat, dar Lila a avut impresia că dumicatul face eforturi să coboare în stomac, că o zgârie pe gât. Imediat cum a adormit Gennaro, s-au dedicat cursului de la Zürich, dar Enzo a obosit repede și a încercat de mai multe ori, politicos, să se ducă la culcare. Au fost încercări zadarnice, Lila voia să rămână trează până târziu, îi era frică să se închidă în camera ei. Se temea că simptomele trecute sub tăcere față de Armando vor apărea imediat cum o să se găsească singură în întuneric, toate laolaltă, omorând-o. El a întrebat-o încet:

— Îmi spui ce ai?

— Nimic.

— Te duci și vii cu Pasquale: de ce, ce secrete aveți?

— Sunt chestiuni care țin de sindicat, m-a pus să mă înscriu și acum trebuie să mă ocup de asta.

Enzo a avut o expresie descurajată. Ea l-a întrebat:

— Ce e?

— Pasquale mi-a zis ce faci la fabrică. I-ai spus lui și celor din comitet. De ce sunt singurul care nu merită să știe nimic?

Lila s-a enervat, s-a ridicat și s-a dus la toaletă. Pasquale nu rezistase. Ce povestise? Doar despre necazurile sindicale pe care voia să i le facă lui Soccavo sau și despre Gino, despre faptul că i se făcuse rău pe strada Tribunalelor? Nu putuse să tacă, prietenia dintre bărbaţi are înţelegerile ei nescrise, dar solide, nu e ca cea dintre femei. A tras apa, s-a întors la Enzo și a spus:

— Pasquale e un spion.

— Pasquale e un prieten. Tu, în schimb, ce ești?

Tonul i-a făcut rău, a cedat în mod neașteptat, brusc. I s-au umplut ochii de lacrimi și a încercat inutil să și le reţină, umilită de propria-i slăbiciune.

— Nu vreau să-ţi fac și mai multe neplăceri decât ţi-am făcut deja, a hohotit, mi-e frică că mă gonești.

Apoi și-a suflat nasul și a adăugat în șoaptă:

— Pot dormi cu tine?

Enzo a privit-o uluit.

— Să dormi cum?

— Cum vrei tu.

— Dar tu vrei asta?

Lila a murmurat, privind fix la carafa de apă din centrul mesei, care era caraghioasă, îi plăcea mult lui Gennaro, avea un cap de găină:

— Important e să mă ţii aproape de tine.

Enzo a clătinat din cap nemulţumit.

— Tu nu mă vrei.

— Te vreau, dar nu simt nimic.

— Nu simţi nimic *pentru mine*?

— Ce tot spui, la tine ţin foarte mult și îmi doresc în fiecare seară să mă chemi și să mă ţii îmbrăţișată. *Dar în afară de asta nu-mi doresc altceva.*

Enzo s-a făcut palid, chipul lui frumos s-a schimonosit ca din cauza unei dureri insuportabile. A constatat:

— Te dezgust.

— Nu, nu, nu: facem ce vrei tu, imediat, sunt gata.

El a zâmbit dezolat și a rămas un pic tăcut. Apoi n-a suportat neliniștea ei și a bombănit:

— Să mergem la culcare.

— Fiecare în camera lui?

— Nu, la mine.

Lila, ușurată, s-a dus să se dezbrace. Și-a pus cămașa de noapte, s-a dus la el tremurând de frig. El era deja în pat.

— Mă așez aici?

— Bine.

S-a strecurat sub pătură, și-a așezat capul pe umărul lui, i-a trecut un braţ peste piept. Enzo a rămas nemișcat, iar ea a simţit imediat că elibera o căldură nemaipomenită.

— Am picioarele îngheţate, a șoptit, pot să le pun lângă ale tale?

— Da.

— Te mângâi puţin?

— Lasă-mă în pace.

Încet, încet, s-a încălzit. Durerea din piept a dispărut, a uitat de apăsarea din gât, s-a abandonat căldurii binefăcătoare.

— Pot să dorm? l-a întrebat ameţită de oboseală.

— Dormi.

## 43.

În zori a tresărit, corpul i-a amintit că trebuia să se trezească. Într-o clipă au apărut gândurile negative, toate foarte clare: inima bolnavă, regresele lui Gennaro, fasciștii din cartier, îngâmfarea Nadiei, faptul că nu putea avea încredere în Pasquale, lista de revendicări. Abia apoi și-a dat seama că dormise cu Enzo, dar că el nu mai era în pat. S-a ridicat în grabă, exact la timp ca să audă ușa care se închidea. Se sculase imediat ce adormise ea? Stătuse treaz toată noaptea? Dormise în cealaltă cameră cu copilul? Sau adormise cu ea uitând de orice dorință? Cu siguranță a luat micul dejun singur după ce pusese masa pentru ea și pentru Gennaro. Plecase la muncă, fără cuvinte, cu gândurile bine păstrate în mintea lui.

La fel și Lila, după ce și-a lăsat fiul la vecină, a alergat la fabrică.

— Te-ai decis, așadar? a întrebat Edo puțin bosumflat.

— Mă decid când am chef, a răspuns Lila, revenind la vechiul ton.

— Suntem o comisie, trebuie să ne informezi.

— Ați făcut lista să circule?

— Da.

— Și ceilalți ce spun?

— Cine tace consimte.

— Nu, a spus ea, cine tace se cacă pe el.

Capone avea dreptate, Nadia și Armando la fel. Era o inițiativă neconvingătoare, o exagerare. Lila a muncit cu îndârjire la tăierea cărnii, avea chef să facă rău în general și să-și facă rău ei înseși. Să-și înfigă cuțitul în mână, să-l facă să alunece, acum, de la carnea moartă la cea vie a ei. Să urle, să se năpustească asupra celorlalți, să-i facă pe toți să plătească incapacitatea ei de a găsi un echilibru. *Ah, Lina Cerullo, ești incorigibilă. De ce ai făcut lista aia? Nu vrei să fii exploatată? Vrei să-ți îmbunătățești situația ta și pe cea a acestor oameni? Ești sigură că tu și ei veți începe de aici, de la ce sunteți acum și apoi vă veți alătura unui marș victorios al proletariatului din toată lumea? Pe naiba! Marș ca să deveniți ce? Tot muncitori? Muncitori care trudesc de dimineața până seara, dar la putere? Tâmpenii. Vorbe goale ca să alungi oboseala. Știi bine că e o condiție îngrozitoare, nu trebuie îmbunătățită, ci eliminată, o știi de când erai mică. Ce anume să îmbunătățești, cum să te îmbunătățești? Tu, de exemplu, ai devenit un om mai bun, ai devenit ca Nadia sau Isabella? Fratele tău a devenit ca Armando? Fiul tău e ca Marco? Nu, noi rămânem noi și ei — ei. Atunci de ce nu te resemnezi? Vina minții care nu se poate liniști, caută încontinuu un mod de a funcționa. Să desenezi pantofi. Să pui pe picioare o fabrică de pantofi. Să rescrii articolele lui Nino, să-l persecuți până când face cum zici tu. Să folosești cum ai tu chef fasciculele de la Zürich, cu Enzo. Și acum să-i demonstrezi Nadiei că dacă ea face revoluție, tu faci una și mai și. Mintea, ah, da, răul e acolo, și din cauza nemulțumirii minții corpul se îmbolnăvește. Sunt sătulă de mine, de tot. Sunt sătulă și de Gennaro: destinul lui, dacă îi merge bine, e să ajungă într-un loc ca ăsta și să se târască pentru cinci lire în plus în fața vreunui patron. Atunci? Atunci, Cerullo, asumă-ți responsabilitățile și fă ce ai avut întotdeauna în minte: să-l sperii pe Soccavo, să-l dezveți de viciul de a le-o trage muncitoarelor în camera de uscare. Arată-i și lui ce i-ai arătat studentului cu fața de lup. În vara aceea la Ischia. Băuturile, casa din Forio, patul luxos în care am fost cu Nino. Banii proveneau din locul acesta, din această miasmă, din aceste zile petrecute în silă, de la această oboseală plătită cu câteva lire. Ce am tăiat aici? Țâșnește o pastă gălbuie, ce scârbă. Lumea se învârte, dar, măcar atât, dacă se prăbușește, se distruge.*

În preajma pauzei de prânz s-a hotărât, i-a spus lui Enzo: *mă duc.* Dar nici măcar n-a apucat să-și scoată șorțul, căci secretara patronului a apărut la dezosare ca să-i spună:

— Domnul Soccavo te vrea de urgență la el în birou.

Lila a crezut că vreun spion îi zisese deja lui Bruno ce se punea la cale. A lăsat munca, a luat din dulăpior foaia cu revendicările și a urcat. A ciocănit la ușa biroului și a intrat. În cameră nu era doar Bruno. Așezat pe fotoliu, cu țigara în gură, l-a găsit acolo pe Michele Solara.

# 44.

Știa dintotdeauna că Michele, mai devreme sau mai târziu, o să reapară în viața ei, dar să-l găsească în biroul lui Bruno a speriat-o la fel cum, în copilărie, o speriau spiritele din ungherele întunecoase ale casei. *Ce caută aici,* s-a gândit, *trebuie să plec.* Dar Solara, când a văzut-o, s-a ridicat în picioare, a deschis brațele, a părut într-adevăr emoționat. A zis în italiană: *Lina, ce plăcere, ce mă bucur.* Voia s-o îmbrățișeze și ar fi făcut-o dacă ea nu l-ar fi oprit cu un gest spontan de repulsie. Michele a rămas câteva clipe cu brațele deschise, apoi, haotic, cu o mână și-a mângâiat un obraz, ceafa, iar cu cealaltă i-a arătat-o pe Lila lui Soccavo, spunând de data asta cu glas prefăcut:

— Ia te uită, nu-mi vine să cred: tu chiar o țineai ascunsă pe doamna Carracci printre salamuri?

Lila i s-a adresat lui Bruno în mod sever:

— Mă întorc mai târziu.

— Stai jos, a zis el posomorât.

— Prefer să stau în picioare.

— Stai jos că obosești.

Ea a clătinat din cap, a rămas în picioare și Michele i-a zâmbit lui Soccavo complice:

— Așa e ea, resemnează-te, nu ascultă de nimeni niciodată.

Lilei i s-a părut că vocea lui Solara are mai multă forță decât în trecut, vorbea ca și cum în ultimii ani ar fi făcut exerciții de pronunție. Poate ca să-și păstreze energia, poate doar ca să-l enerveze, s-a răzgândit și a luat loc. Michele s-a așezat și el la loc pe fotoliu, dar întors cu totul spre ea, ca și când din momentul acela Bruno n-ar mai fi fost în cameră. A măsurat-o bine din priviri, cu simpatie, și a zis arătând mâhnit: *ai mâinile distruse, ce păcat, când erai mică aveai niște mâini atât de frumoase.* Apoi a început să pălăvrăgească despre magazinul din Piața Martirilor la modul informativ, ca și cum Lila ar fi fost încă o angajată de-a lui și ar fi avut o întâlnire de lucru. A vorbit despre noile rafturi, despre noile becuri și despre cum a pus să fie zidită încă o dată ușa băii care dădea spre curte. Lila și-a amintit de ușa aceea și a spus încet, în dialect:

— Nu-mi pasă de magazinul tău.

— Vrei să spui al *nostru*: l-am creat împreună.

— Împreună cu tine n-am creat niciodată nimic.

Michele a zâmbit din nou, clătinând din cap în semn de ușoară dezaprobare. *Cine pune banii*, a spus, *face și desface exact ca cine muncește cu mâinile și cu mintea. Banii creează imaginile de ansamblu, situațiile, viața oamenilor. Tu nu știi pe câți oameni îi pot face fericiți sau distruge doar semnând un* scèk. Și apoi a început din nou să pălăvrăgească liniștit, părea bucuros să-i povestească ultimele noutăți, așa cum se întâmplă între prieteni. A început cu Alfonso, care în Piața Martirilor își făcuse bine treaba și acum câștiga suficient ca să-și poată întemeia o familie. Dar nu voia să se căsătorească, prefera s-o țină pe biata Marisa în condiția de logodnică pe viață și el să continue să facă după propriul chef. El atunci, ca angajator, îl încurajase. O viață legitimă face bine angajaților, se oferise să-i plătească petrecerea de nuntă, astfel că, în sfârșit, în iunie se vor căsători. *Vezi,* i-a spus, *dacă tu ai fi continuat să lucrezi pentru mine, Alfonso e o nimica toată, ți-aș fi dat tot ce-mi cereai, ai fi fost o regină.* Apoi, fără să-i lase timp să răspundă, a scuturat scrumul țigării într-o veche scrumieră de bronz și a anunțat-o că și el se căsătorea, tot în iunie, cu Gigliola, bineînțeles, marea iubire a vieții lui. *Păcat că nu te pot invita,* s-a plâns el, *mi-ar fi plăcut, dar nu vreau să-l pun într-o situație stânjenitoare pe soțul tău.* Și a început să povestească de Stefano, de Ada și de fetița lor, când vorbind frumos despre ei, când subliniind că mezelăriile nu mai mergeau ca altădată. *Carracci,* i-a explicat, *cât timp au fost banii tatălui său s-a ținut la suprafață, însă comerțul este de-acum ca o mare agitată. De o vreme Stefano ia apă la bord, nu mai rezistă. Concurența* — a spus — *crescuse, se deschideau încontinuu magazine noi.* Marcello însuși, de exemplu, își pusese în cap să mărească vechea prăvălie a lui don Carlo răposatul și s-o transforme într-unul din acele locuri unde se vindeau de toate, de la săpunuri la becuri, *mortadelle* și prăjituri. Și reușise, afacerea mergea excelent, o denumise *Tutto per tutti*[5].

— Spui că tu și fratele tău ați reușit să-l ruinați și pe Stefano?

— Ce ruină, Lina, noi ne facem munca noastră și atât, dimpotrivă, când putem să-i ajutăm pe prieteni, îi ajutăm bucuroși. Ghici pe cine a pus Marcello să lucreze în noul magazin?

— Nu știu.

— Pe fratele tău.

— Pe Rino l-ați redus la statutul de a vânzător în magazinele voastre?

— Păi, tu l-ai părăsit și băiatul ăla îi duce în spate pe tatăl tău, pe mama ta, un fiu, pe Pinuccia, care e din nou însărcinată. Ce putea să facă? I-a cerut ajutor lui Marcello și Marcello l-a ajutat. Nu-ți face plăcere?

Lila a răspuns rece:

— Nu, nu-mi face plăcere, nu-mi place nimic din tot ce faceți.

Michele a făcut o mutră nemulțumită și și-a amintit de prezența lui Bruno:

— O vezi, e cum îți spuneam, problema ei e că are un caracter urât.

Bruno a zâmbit stânjenit, voind să pară complice.

— E adevărat.

— Ți-a făcut rău și ție?

— Puțin.

---

5 Traducere aproximativă: *De toate pentru toți.* (*N.t.*)

— Știi că era încă o copilă când i-a pus cuțitul de cizmărie la gât fratelui meu, care era de două ori cât ea? Și nu în glumă, se vedea că era gata să-l folosească.

— Serios?

— Da. Asta are curaj, e hotărâtă.

Lila a strâns pumnii cu putere, detesta slăbiciunea pe care o resimțea în corp. Camera se vălurea, corpurile lucrurilor neînsuflețite și ale persoanelor vii se dilatau. L-a privit pe Michele care stingea mucul de țigară în scrumieră. Se întrebuința extrem, de parcă și el, în ciuda tonului liniștit, încerca să se elibereze de o mare suferință. Lila i-a fixat cu privirea degetele care nu încetau să storcească mucul de țigară, unghiile îi deveniseră albe. *Odată*, s-a gândit, *mi-a cerut să devin amanta lui. Dar nu asta își dorește cu adevărat. E ceva în plus, ceva ce nu are de-a face cu fututul, ceva ce nici el nu știe să explice. E obsedat, e ca o superstiție. O crede că am vreo putere și că puterea aceea îi este absolut necesară. Și-ar dori-o, dar nu reușește s-o aibă și suferă, este un lucru pe care nu mi-l poate lua cu forța. Da, poate că așa stau lucrurile. Dacă n-ar sta așa, m-ar fi stâlcit deja. Dar de ce tocmai eu? Ce a văzut în mine? Nu trebuie să rămân aici, sub ochii lui, nu trebuie să-l ascult, mă înspăimântă ce vede și ceea ce-și dorește.* Lila i-a spus lui Soccavo:

— Îți las ceva și plec.

S-a ridicat în picioare, gata să-i dea lista cu revendicări, un gest care i s-a părut tot mai lipsit de sens și totuși necesar. Voia să pună foaia pe masă, lângă scrumieră, și să iasă din încăpere. Dar vocea lui Michele a oprit-o. Acum era categoric afectuoasă, aproape mângâietoare, ca și cum ar fi înțeles că ea încerca să-i scape și voia să facă tot posibilul să o farmece și să o oprească. A continuat să-i vorbească lui Soccavo:

— Vezi, chiar are un caracter urât. Eu vorbesc și ei nu-i pasă, scoate o foaie, zice că vrea să plece. Dar o ierți, pentru că acest caracter urât e compensat de foarte multe calități. Tu crezi că ai angajat o muncitoare? Nu e adevărat. Această doamnă e mult mai mult. Dacă îi îngădui, îţi transformă rahatul în aur, e în stare să-ţi reorganizeze toată şandramaua asta ducând-o la un nivel pe care nu ţi l-ai imaginat niciodată. De ce? Pentru că are o minte pe care, în mod normal, nu doar că n-o are nicio femeie, dar n-o avem nici măcar noi, bărbaţii. Sunt cu ochii pe ea de când era aproape o fetiţă şi e chiar aşa. Asta mi-a desenat pantofi pe care şi în ziua de azi îi vând la Napoli şi în alte părţi şi fac o grămadă de bani cu ei. Şi mi-a reorganizat un magazin în Piaţa Martirilor cu o asemenea imaginaţie, că a devenit, datorită ei, un adevărat salon pentru domnii de pe strada Chiaia, din Posillipo, din Vomero. Şi multe, foarte multe alte lucruri ar putea face. Dar e nebună, crede că poate face mereu cum are ea chef. Se duce, vine, repară, distruge. Tu crezi că am concediat-o? Nu, într-o bună zi, ca şi cum nu s-ar fi întâmplat nimic, n-a mai venit la muncă. Aşa, dispărută. Şi dacă o prinzi din nou, scapă iarăşi, e ca un ţipar. În asta constă problema ei: deşi e atât de inteligentă, nu înţelege ce poate face şi ce nu. Asta pentru că n-a găsit încă bărbatul adevărat. Bărbatul adevărat care s-o ţină-n frâu. Nu ştie să gătească? Învaţă. Ţine casa murdară? Face curăţenie. Un bărbat adevărat poate s-o facă pe o femeie să fie capabilă de orice. Aşa, de dragul conversaţiei, cu puţin timp în urmă am cunoscut o tipă care nu ştia să fluiere. Ei bine, am stat împreună numai două ore — ore de foc — şi apoi i-am spus: *acu' fluieră*. Ea — n-o să crezi — a fluierat. Dacă ştii s-o educi pe femeie, bine. Dacă nu ştii s-o educi, las-o baltă, că-ţi faci rău.

A rostit acele ultime cuvinte pe un ton foarte serios, ca şi cum ar fi sintetizat o poruncă de care nu poţi face abstracţie. Dar în timp ce vorbea, şi-a dat seama probabil că el nu fusese şi încă nu era în stare să-şi respecte propria lege. Atunci şi-a schimbat expresia feţei şi tonul, a simţit nevoia urgentă de a o umili. S-a întors spre Lila cu o izbucnire de mânie şi a subliniat, într-un crescendo de vulgarităţi dialectale:

— Cu asta însă e greu, nu scapi așa de ușor de ea. Și totuși, o vezi cum e, are ochi mici, țâțe mici, curul mic, arată ca o coadă de mătură. Ce poți să faci cu una ca asta, nici măcar nu ți se scoală. E de-ajuns însă o clipă, o singură clipă: te uiți la ea și vrei s-o futi.

În acel moment, Lila a simțit o izbitură foarte puternică în cap, ca și cum inima, în loc să-i bată în gât, i-ar fi explodat în craniu. L-a insultat, urlând cuvinte la fel de vulgare ca acelea pe care el tocmai le pronunțase, a apucat de pe birou scrumiera de bronz răsturnând în jur mucurile de țigară și scrumul, a încercat să-l lovească. Dar gestul, în ciuda furiei, a fost lent, fără putere. Până și vocea lui Bruno — *Lina, te rog, ce faci* — a trecut prin ea lipsită de voință. De aceea, poate, Solara a blocat-o cu ușurință și i-a luat scrumiera, spunându-i furios:

— Tu crezi că depinzi de domnul Soccavo? Tu crezi că aici sunt un nimeni? Te înșeli. De ceva vreme numele domnului Soccavo se găsește în registrul roșu al mamei mele, care e un document mult mai important decât cartea roșie a lui Mao. Așa că nu depinzi de el, depinzi de mine, depinzi numai de mine. Și eu, până acum, nu te-am îngrădit, voiam să văd unde pula mea voiați să ajungeți, tu și dobitocul ăla cu care te futi. Dar de acum să ții minte că sunt cu ochii pe tine și dacă am nevoie de tine, trebuie să vii fuguța, e clar?

Abia atunci Bruno a sărit în picioare foarte nervos și a exclamat:

— Las-o, Michè, acum exagerezi!

Solara i-a dat încet drumul Lilei la mână, apoi a bombănit adresându-i-se lui Soccavo, din nou în italiană:

— Ai dreptate, scuze. Doamna Carracci însă are această capacitate: într-un fel sau altul te face mereu să exagerezi.

Lina și-a reprimat furia, și-a frecat cu grijă încheietura și a îndepărtat cu vârful degetelor un pic de scrum care căzuse pe ea. Apoi a despăturit foaia cu revendicările, a așezat-o în fața lui Bruno și, în drum spre ușă, s-a răsucit spre Solara și a spus:

— Știu să fluier de când aveam cinci ani.

## 45.

Când s-a întors jos, foarte palidă, Edo a întrebat-o cum merseseră lucrurile, dar Lila nu i-a răspuns. L-a împins într-o parte și s-a dus să se închidă în baie. Se temea să nu fie imediat convocată din nou de Bruno, se temea să nu fie obligată la o confruntare în prezența lui Michele, se temea de fragilitatea ciudată a corpului său, nu se putea obișnui cu ea. De la fereastră a privit curtea și a respirat ușurată când l-a văzut pe Michele, înalt, cu mersul nervos, fruntea cheală, fața frumoasă bărbierită cu grijă, o jachetă de piele neagră și pantaloni închiși la culoare, ajungând la mașina lui și apoi plecând. Atunci s-a întors la dezosare și Edo a întrebat-o din nou:

— Dcci?

— A mers bine. De aici încolo însă vă descurcați voi.

— În ce sens?

N-a apucat să-i răspundă, pentru că a apărut gâfâind secretara lui Bruno. Patronul voia imediat să se ducă la el. S-a dus ca sfânta aceea care, deși capul i se sprijinea încă pe gât, îl duce și în mână ca și cum deja i-ar fi fost tăiat. Bruno, cum a văzut-o în fața lui, aproape a urlat:

— Nu vreți ca dimineața să vă servesc și cafeaua la pat? Ce mai e și reforma asta, Lina? Dar îți dai seama? Stai jos și explică-mi. Nu-mi vine să cred.

Lila i-a explicat cerere după cerere pe tonul folosit cu Gennaro când copilul nu voia să priceapă. A subliniat că era mai bine să ia în serios hârtia aia și să abordeze diversele puncte cu spirit constructiv, fiindcă dacă el se comporta în mod irațional, în curând o să-i pice pe cap inspecţia muncii. L-a întrebat apoi în ce fel de necazuri se vârâse de ajunsese pe mâinile unor oameni periculoși ca familia Solara. În acel punct, Bruno și-a pierdut complet calmul. Coloritul lui roșu a devenit violet, ochii i s-au injectat de sânge, a urlat că o va distruge, că ar fi fost de ajuns să dea câteva lire pe lângă salariu celor patru cretini pe care-i asmuţise împotriva lui ca s-o rezolve definitiv. A urlat că erau ani de zile de când tatăl lui se ducea cu plocoane la inspecţia muncii, doar nu-și închipuia că o să se teamă de vreo inspecţie. A zbierat că fraţii Solara or s-o facă să-i treacă dorinţa de a fi sindicalistă și a spus cu voce gâtuită: *afară, afară imediat, afară.*

Lila s-a dus la ușă. Abia din prag i-a spus:

— E ultima dată când mă vezi: din acest moment nu mai muncesc aici.

La acele cuvinte Soccavo și-a revenit brusc. A avut o grimasă alarmată, îi promisese probabil lui Michele că n-o concedia. I-a spus:

— Acum te superi? Acum ești capricioasă? Ce zici, vino-ncoace, să discutăm, decid eu dacă trebuie să te concediez sau nu. Proasto, am spus vino-ncoace.

Ea, pentru o fracţiune de secundă, și-a amintit din nou de Ischia, de dimineţile în care așteptam să vină Nino și prietenul lui bogat care avea casă la Forio, băiatul foarte amabil și întotdeauna răbdător. A ieșit și a închis ușa în urma ei. Imediat a fost cuprinsă de un tremurat foarte puternic, sudoarea i-a acoperit corpul. Nu s-a dus la dezosare, nu i-a salutat pe Edo și pe Teresa, a trecut prin faţa lui Filippo care a privit-o uluit, a strigat la ea: *Cerù, unde te duci, întoarce-te.* Ea a parcurs strada nepavată în fugă, a luat primul autobuz spre Marina și a ajuns la mare. A hoinărit mult. Era un vânt rece. A urcat în cartierul Vomero cu funicularul, s-a plimbat prin Piaţa Vanvitelli, pe strada Scarlatti, pe strada Cimarosa, a luat din nou funicularul și a coborât. Târziu și-a dat seama că uitase de Gennaro. S-a întors acasă la ora nouă și i-a rugat pe Enzo și pe Pasquale, care-i puneau întrebări neliniștite ca să înțeleagă ce i se întâmplase, să vină să mă caute în cartier.

Și acum iată-ne aici, în plină noapte, în această cameră complet goală din San Giovanni a Teduccio. Gennaro doarme, Lila vorbește încontinuu cu voce joasă, Enzo și Pasquale așteaptă în bucătărie. Eu mă simt precum cavalerul dintr-un roman medieval care, în armura lui strălucitoare, după ce a făcut mii de lucruri uluitoare prin lume, dă peste un cioban zdrențăros, mort de foame, care fără să se miște de pe pășune stăpânește și conduce cu mâinile goale niște bestii oribile cu un curaj extraordinar.

## 46.

Am fost o ascultătoare calmă, am lăsat-o să vorbească. Unele momente ale povestirii, mai ales când expresia de pe fața Lilei și evoluția frazelor sufereau o neașteptată și dureroasă schimonosire, m-au tulburat mult. Am perceput un puternic sentiment de vinovăție, m-am gândit: *asta e viața de care puteam avea parte și, dacă nu s-a întâmplat, e și meritul ei.* Uneori am fost pe punctul de a o îmbrățișa, mai des mi-a venit să-i pun întrebări, să comentez. În general, însă, m-am abținut, am întrerupt-o de cel mult două sau trei ori.

Cu siguranță, de exemplu, m-am băgat când ea a vorbit despre Galiani și copiii ei. Voiam să-mi explice mai bine ce spusese profesoara mea, ce cuvinte folosise mai exact, dacă apăruse vreodată numele meu în discuțiile cu Nadia și Armando. Dar am înțeles la timp meschinăria cerințelor mele și m-am abținut: deși o parte din mine considera că e o curiozitate legitimă, era vorba, totuși, despre cunoștințe de-ale mele la care țineam. M-am limitat să spun doar atât:

— Înainte să plec definitiv la Florența, va trebui să trec pe la Galiani s-o salut. Eventual vii cu mine, ai chef?

Și am adăugat:

— Relațiile s-au răcit puțin după Ischia, ea m-a învinovățit pe mine că Nino a părăsit-o pe Nadia.

Pentru că Lila a privit prin mine, am mai spus:

— Membrii familiei Galiani sunt niște persoane de treabă, un pic încrezute. Iar povestea cu suflul trebuie verificată.

De data asta ea a reacționat:

— Suflul există.

— Bine, am răspuns, dar și Armando a spus că e nevoie de un cardiolog.

A replicat:

— El, oricum, l-a auzit.

Dar la întâmplările despre sex mi-a venit să reacționez. Când a povestit despre camera de uscare, am fost pe punctul de a-i spune: *la Torino, a sărit pe mine un intelectual bătrân; și la Milano un pictor venezuelean, pe care-l cunoșteam doar de câteva ore, a venit în camera mea ca să se strecoare în patul meu de parcă ar fi fost o favoare pe care i-o datoram.* Totuși, și atunci m-am abținut. Ce sens avea să vorbesc despre problemele mele în momentul acela? Și, în fond, ce i-aș fi povestit eu semăna, într-adevăr, cu ce povestea ea?

Această ultimă îndoială mi s-a lămurit cu claritate atunci când, de la enunțarea faptelor — numai despre fapte foarte brutale vorbiserăm cu ani în urmă, când îmi povestise despre noaptea nunții ei —, Lila a început să-mi vorbească, în general, despre sexualitatea ei. Abordarea acelui subiect era ceva cu totul nou. Trivialitatea mediului din care proveneam îți folosea să ataci sau să te aperi, dar, tocmai pentru că era o limbă a violenței, nu facilita deloc confidențele intime, ba dimpotrivă, le îngreuna. Așa că m-am simțit stânjenită, m-am uitat fix la podea când a spus, cu vocabularul ei crud de cartier, că să se fută nu-i oferise niciodată plăcerea la care se așteptase când era mică, dimpotrivă, că nu simțise mai nimic niciodată. Că după Stefano, după Nino, chiar o enerva s-o facă, oricum nu-l putuse accepta în ea nici măcar pe un bărbat de treabă ca Enzo. Mai mult, a adăugat, cu un vocabular și mai brutal, că făcuse ba obligată, ba din curiozitate, ba din pasiune tot ce putea să vrea un bărbat de la o femeie. Dar că și atunci când își dorise să conceapă un copil cu Nino și rămăsese însărcinată, plăcerea despre care se spune că trebuie să însoțească acea mare iubire nu existase.

În fața unui adevăr atât de limpede am înțeles că nu puteam să mai tac, că trebuia s-o fac să mă simtă aproape, că trebuia să reacționez la confidențele ei cu o confidență egală. Dar la gândul că trebuia să vorbesc despre mine — dialectul mă dezgusta și, chiar dacă treceam drept o autoare care scrie pagini îndrăznețe, italiana pe care o dobândisem mi se părea prea sofisticată pentru subiectul neplăcut al experiențelor sexuale — disconfortul a crescut. Am uitat că mărturisirea ei era una dificilă, că fiecare cuvânt, chiar și vulgar, era fixat în spatele epuizării de pe fața ei, în spatele tremurului mâinilor și i-am retezat-o scurt.

— Pentru mine nu e așa, am spus.

N-am mințit și totuși nu spusesem nici adevărul. Adevărul era mai complicat și, ca să-i dau formă, aș fi avut nevoie de cuvinte verificate. Ar fi trebuit să-i spun că pe vremea lui Antonio era o mare plăcere să mă frec de el, să mă las atinsă și că îmi doream încă acea senzație. Ar fi trebuit să recunosc că și eu mă simțisem dezamăgită când fusesem penetrată, fusese o experiență stricată de sentimentul de vinovăție, de disconfortul condițiilor actului sexual, de teama de a fi prinși, de graba cu care s-a desfășurat, de groaza de a rămâne însărcinată. Dar ar fi trebuit să adaug că Franco — puținele lucruri pe care le știam despre sex aveau în mare parte legătură cu el —, înainte să intre în mine și după, mă lăsa să mă frec de piciorul lui, de pântecele lui, iar asta îmi plăcea și uneori făcea frumoasă și penetrarea.

Prin urmare — ar fi trebuit să-i spun în concluzie —, acum așteptam nunta, Pietro era un bărbat foarte drăguț, speram ca în liniștea și în legitimitatea patului conjugal să fi avut timpul și confortul de a descoperi plăcerea copulației. Iată, dacă m-aș fi exprimat în felul acela, aș fi fost sinceră. Dar noi, la douăzeci și cinci de ani, nu aveam tradiția unor confidențe atât de articulate. Existaseră doar scurte referiri vagi în timpul logodnei ei cu Stefano și a mea cu Antonio, dar nu fuseseră decât niște fraze întortocheate, niște aluzii. Cât despre Donato Sarratore și despre Franco, nu vorbisem niciodată nici de primul, nici de al doilea. Așa că am rămas la acele câteva cuvinte — *pentru mine nu e așa* —, care probabil pentru ea au sunat ca și cum i-aș fi zis: *poate că nu ești normală*. Și, într-adevăr, m-a privit perplexă, a spus voind parcă să se apere:

— În carte ai scris altceva.

O citise deci. Am murmurat în defensivă:

— Deja nu mai știu nici eu ce conține.

— Conține chestii obscene, a spus, chestii pe care bărbații nu vor să le audă și pe care femeile le știu, dar le e teamă să le spună. Acum însă ce faci, te ascunzi?

A folosit aproximativ acele cuvinte, cu siguranță a zis *obscene*. Și ea, așadar, îmi cita paginile scabroase și o făcea ca Gigliola, care folosise cuvântul *obscenitate*. Am așteptat să facă o evaluare de ansamblu a cărții, dar nu s-a întâmplat. S-a folosit de ea doar ca de o punte pe care a revenit ca să accentueze ceea ce a numit de mai multe ori, cu insistență, *disconfortul fututului. Ăla apare în romanul tău*, a exclamat, *și dacă l-ai povestit, îl cunoști, e inutil să spui: pentru mine nu e așa*. Și eu am bolborosit *da, poate că e adevărat, dar nu știu*. Și în timp ce ea cu nerușinare chinuită începea din nou să-mi mărturisească chestii personale — multă excitare, satisfacție puțină, senzație de dezgust —, mi-au revenit în minte Nino și întrebările la care mă tot gândisem. Noaptea aceea lungă plină de povești era un moment bun să-i spun că-l revăzusem? Trebuia s-o anunţ că pentru Gennaro nu se putea baza pe Nino, că el avea un alt copil, că își lăsa copiii în urmă cu nepăsare? Trebuia să profit de momentul acela, de mărturisirile ei, ca să-i spun că la Milano el îmi spusese ceva neplăcut despre ea, *Lila e primitivă și în sex*? Trebuia să ajung să-i spun că în confidenţele ei agitate, dar și în modul ei de a citi paginile *obscene* din cartea mea, acum, în timp ce vorbea, mi se părea că găsesc confirmarea faptului că Nino, în fond, avea dreptate? Ce voise să spună, de fapt, fiul lui Sarratore dacă nu ceea ce ea însăși recunoștea? Își dăduse seama că pentru Lila să se lase penetrată era doar o datorie, că nu reușea să se bucure de raportul sexual? El, mi-am zis, e expert. A cunoscut multe femei, știe ce e o bună conduită sexuală feminină și, în consecinţă, știe să recunoască una rea. *A fi primitivă și în sex* înseamnă, evident, a nu reuși să simţi plăcere sub atingerile bărbatului, înseamnă a te contorsiona de dorinţă frecându-te ca să obţii plăcerea. Înseamnă a-i apuca mâinile, a le duce spre sexul tău, cum am făcut eu uneori cu Franco nebăgându-i în seamă enervarea, și, de asemenea, dezinteresul cuiva care a ajuns deja la orgasm și acum ar vrea să aţipească. A crescut disconfortul, m-am gândit: *am scris* asta *în romanul meu,* asta *au recunoscut Gigliola și Lila,* asta *probabil a recunoscut Nino și despre* asta, *așadar, voia să vorbească?* Le-am respins pe toate cu putere, am murmurat cam la nimereală:

— Regret.

— Ce?

— Că ai rămas însărcinată fără să simţi plăcere.

Ea a răspuns cu o neașteptată tresărire de sarcasm:

— Îţi dai seama mie.

Ultima dată am întrerupt-o când deja se arătau zorile, tocmai terminase de povestit confruntarea cu Michele. I-am spus: *gata, liniștește-te, ia-ţi temperatura.* S-a dovedit că avea treizeci și opt și jumătate. Am îmbrăţișat-o strâns, i-am șoptit: *acum o să mă ocup eu de tine și, până când o să-ţi revii, o să stăm tot timpul împreună și, dacă va trebui să merg la Florența, tu și copilul veți veni cu mine.* A refuzat cu fermitate și mi-a făcut ultima confesiune din noaptea aceea. A spus că greșise că-l urmase pe Enzo la San Giovanni a Teduccio. Voia să se întoarcă în cartier.

— În cartier?

— Da.

— Ești nebună.

— Imediat cum mă simt mai bine, asta fac.

Am certat-o, i-am zis că era un gând indus de febră, că ar fi istovit-o cartierul, că era o prostie să pună din nou piciorul în locul acela.

— Eu abia aștept să plec de acolo, am exclamat.

— Tu ești puternică, mi-a răspuns uimindu-mă, eu n-am fost niciodată. Tu cu cât te simți mai adevărată, mai bine în pielea ta, cu atât te îndepărtezi mai tare. Eu, dacă doar trec prin tunelul de pe șosea, mă sperii. Îți amintești momentul în care am încercat să ajungem la mare, dar a început să plouă? Care din noi două voia să meargă înainte și care, în schimb, a renunțat, eu sau tu?

— Nu-mi amintesc. Și, oricum, în cartier nu te întorci.

Am încercat inutil să o fac să se răzgândească, am discutat mult.

— Du-te, a zis în cele din urmă, vorbește cu ăia doi, așteaptă de ore în șir. Nu au închis ochii și trebuie să se ducă la muncă.

— Ce să le spun?

— Ce vrei.

Am învelit-o bine, l-am acoperit și pe Gennaro, care se agitase în somn toată noaptea. Mi-am dat seama că Lila ațipea deja. Am murmurat:

— Mă întorc repede.

A spus:

— Ține minte ce ai promis.

— Ce?

— Ai uitat deja? Dacă mi se întâmplă ceva, trebuie să-l iei pe Gennaro.

— N-o să ți se întâmple nimic.

În timp ce ieșeam din cameră, Lila a tresărit în starea ei de veghe și a murmurat:

— Stai cu mine și privește-mă până când adorm. Veghează-mă mereu, chiar și când o să pleci din Napoli. Așa o să știu că mă vezi și o să stau liniștită.

## 47.

În perioada care a trecut din noaptea aceea până în ziua nunții mele — m-am căsătorit pe 17 mai 1969 la Florența și, după un voiaj de nuntă de numai trei zile la Veneția, mi-am început cu entuziasm viața de soție —, am încercat să fac tot ce puteam pentru Lila. La început, de fapt, m-am gândit pur și simplu s-o ajut până îi trece răceala. Eram ocupată cu casa din Florența, aveam destule angajamente pentru carte — telefonul suna încontinuu și mama bombănea, dăduse telefonul la jumătate din cartier, dar nimeni n-o căuta. *Să ții chestia asta în casă*, spunea, *e mai mult o sâcâială decât altceva*. Apelurile erau aproape mereu pentru mine — scriam notițe pentru ipotetice noi romane, încercam să umplu până la refuz lacunele culturii mele literare și politice. Dar starea de slăbiciune generală în care ajunsese prietena mea m-a făcut în curând să-mi neglijez treburile și să mă ocup din ce în ce mai mult de ea. Mama și-a dat seama imediat că reînnodasem legătura: a considerat chestia asta dezonorantă, s-a făcut foc și pară, ne-a acoperit de jigniri pe amândouă. Credea că-mi poate spune în continuare ce trebuia să fac și ce nu, șchiopăta în urma mea criticându-mă. Uneori părea decisă să se furișeze chiar în trupul meu doar ca să nu mă lase să fiu stăpână pe mine. *Ce mai ai de împărțit cu aia,* mă bătea la cap, *gândește-te la ce ești tu și la ce este ea, nu ți-a ajuns cartea scârboasă pe care ai scris-o, vrei să continui prietenia cu o curvă?* Dar eu m-am comportat de parcă eram surdă. Am văzut-o pe Lila în fiecare zi și m-am dedicat reorganizării vieții ei încă din momentul în care am lăsat-o adormită în cameră și am dat cu ochii de cei doi bărbați care așteptaseră toată noaptea în bucătărie.

Le-am spus lui Enzo și Pasquale că Lila se simțea rău, nu mai putea să muncească la fabrica Soccavo și își dăduse demisia. Cu Enzo n-a trebuit să irosesc cuvinte. Înțelesese de mult că ea nu mai putea continua cu fabrica, că se pusese într-o situație dificilă, că ceva înăuntrul ei se prăbușea. Pasquale, în schimb, conducând spre cartier pe străzile încă fără trafic ale dimineții, a opus rezistență. *Să nu exagerăm*, a spus, *e adevărat că Lila n-are o viață ușoară, dar asta se întâmplă cu toți exploatații lumii.* Apoi, într-o manieră care-i era proprie încă de mic, a început să-mi vorbească despre țăranii din sud, despre muncitorii din nord, despre populațiile din America Latină, din nord-estul Braziliei, din Africa, despre afro-americani, despre vietnamezi, despre imperialismul Statelor Unite. Curând l-am oprit, am spus: *Pasquale, dacă Lina continuă așa, moare.* Nu s-a lăsat, a obiectat mai departe nu pentru că nu ținea la Lila, ci pentru că lupta împotriva fabricii Soccavo i se părea importantă, considera fundamental rolul prietenei noastre și, în sinea lui, era convins că toate poveștile alea din cauza unei mici răceli nu proveneau neapărat de la ea, ci de la mine, o intelectuală mic-bugheză mai preocupată de nițică febră decât de consecințele politice nasoale ale unei înfrângeri proletare. Pentru că nu avea tupeul să-mi spună aceste lucruri în mod explicit, ci doar cu jumătăți de frază, i le-am rezumat eu cu claritate domoală, ca să-i arăt că înțelesesem. Chestia asta l-a enervat și mai mult și, lăsându-mă la poartă, mi-a zis: *acum trebuie să mă duc să muncesc, Lenù, dar o să mai vorbim despre asta.* Imediat cum m-am întors în casa din San Giovanni a Teduccio, l-am tras deoparte pe Enzo și i-am zis: *ține-l pe Pasquale departe de Lina dacă ți-e dragă, nu trebuie să mai audă vorbindu-se despre fabrică.*

În perioada aceea purtam după mine tot timpul în geantă o carte și un carnețel pentru notițe: citeam în autobuz sau când Lila era ațipită. Uneori, o surprindeam că mă fixa cu privirea, poate că trăgea cu ochiul ca să vadă ce citeam, dar nu m-a întrebat niciodată nici măcar titlul cărții, iar când am încercat să-i citesc câteva pagini — din scenele hanului din Upton, îmi amintesc —, a închis ochii ca și cum aș fi plictisit-o. Febra i-a trecut după câteva zile, dar tusea nu, așa că am obligat-o să mai stea în pat. M-am ocupat eu de casă, am gătit, m-am dedicat lui Gennaro. Poate fiindcă era deja măricel, un pic agresiv, capricios, l-am găsit lipsit de seducția dezarmantă pe care o răspândea Mirko, celălalt fiu al lui Nino. Uneori însă trecea de la jocuri violente la tristeți neașteptate, adormea pe podea, iar asta m-a înduioșat, l-am îndrăgit, lucru care, atunci când a înțeles-o, l-a determinat să stea mereu lipit de mine, împiedicându-mă să fac treabă sau să citesc.

Între timp am încercat să înțeleg mai bine situația Lilei. Avea bani? Nu. I-am împrumutat și i-a acceptat după ce a jurat de o mie de ori că mi-i va da înapoi. Cât îi datora Bruno? Salariul pe două luni. Și indemnizația de vechime? Nu știa. Enzo ce muncea, cât câștiga? Hm! Și cursul acela de la Zürich ce oportunități concrete oferea? Păi. Tușea încontinuu, o durea pieptul, transpira, ceva parcă o strângea de gât, inima i-o lua razna pe neașteptate. Mi-am notat detaliat toate simptomele și am încercat s-o conving că era necesar un nou control medical, mult mai serios decât cel făcut de Armando. Nu mi-a zis da, însă nici nu s-a opus. Într-o seară când Enzo nu se întorsese încă, și-a făcut apariția Pasquale. A spus, politicos, că el, colegii din comitet și câțiva muncitori de la fabrica Soccavo voiau să știe cum se simțea Lila. Am subliniat că nu se simțea bine, că avea nevoie de odihnă, dar el a cerut oricum s-o vadă, doar ca s-o salute. L-am lăsat în bucătărie, m-am dus la Lila, am sfătuit-o să nu se întâlnească cu el. A făcut o grimasă care însemna: *fac cum vrei tu.* M-a emoţionat faptul că mi se abandona — ea care dintotdeauna comandase, făcuse şi desfăcuse — fără să comenteze.

## 48.

În aceeaşi seară l-am sunat din casa părinţilor mei pe Pietro şi am vorbit mult, spunându-i de-a fir a păr toate necazurile Lilei şi cât ţineam s-o ajut. A stat să mă asculte cu răbdare. La un moment dat, chiar mi-a arătat că poate fi de ajutor. Şi-a amintit de un tânăr specialist în greacă din Pisa care era obsedat cu calculatoarele şi îşi închipuia că vor revoluţiona filologia. M-a înduioşat faptul că, deşi era mereu cu mintea la munca lui, în acele împrejurări, de dragul meu, făcea eforturi să fie util.

— Dă de urma lui, l-am rugat, vorbeşte-i despre Enzo, nu se ştie niciodată, ar putea apărea ceva de lucru în perspectivă.

A promis că o va face şi a adăugat că, din ce-şi amintea, Mariarosa avusese o scurtă relaţie cu un avocat napolitan: poate că ar fi putut să dea de urma lui şi să-l întrebe dacă ar avea cum să mă ajute.

— Cu ce anume?

— Să recupereze banii prietenei tale.

M-am entuziasmat.

— Sun-o pe Mariarosa.

— Bine.

Am insistat:

— Te rog nu doar să promiţi, ci chiar s-o suni.

A tăcut pentru o clipă, apoi a spus:

— În momentul ăsta ai avut tonul mamei mele.

— În ce sens?

— Semănai cu ea când ceva îi stă la inimă.

— Sunt chiar foarte diferită, din păcate.

A tăcut din nou.

— Foarte bine că ești diferită. Oricum, pe ea în chestiile astea n-o poate egala nimeni. Povestește-i de fata asta și ai să vezi că o să te ajute.

Am sunat-o pe Adele. Am făcut-o cu o oarecare stânjeneală, pe care însă mi-am învins-o amintindu-mi de toate momentele în care o văzusem în acțiune fie pentru cartea mea, fie pentru găsirea casei de la Florența. Era o femeie căreia îi plăcea să fie ocupată. Dacă avea nevoie de ceva, ridica receptorul și, pas cu pas, ajungea la țintă. Știa cum să ceară astfel încât să fie imposibil să o refuzi. Și, cu dezinvoltură, trecea peste granițe ideologice, nu respecta ierarhii, găsea femei de serviciu, mici funcționari, industriași, intelectuali, miniștri și tuturor li se adresa cu detașare cordială, ca și cum favoarea pe care o cerea, în realitate, le-ar fi făcut-o ea deja lor. Și lui Adele, cu miile de scuze stânjenite pentru deranjul pricinuit, i-am povestit amănunțit despre prietena mea și ea a devenit curioasă, chiar interesată, ba chiar s-a indignat. În cele din urmă mi-a zis:

— Lasă-mă să mă gândesc.

— Desigur.

— Între timp, pot să-ți dau un sfat?

— Desigur.

— Nu fi timidă. Ești scriitoare, folosește-ți rolul, experimentează-l, fă-l să conteze. Acestea sunt vremuri decisive, sare totul în aer. Participă, fii prezentă. Și începe cu adunătura asta de oameni de prin părțile tale, pune-i la zid.

— Cum?

— Scriind. Sperie-l de moarte pe Soccavo și pe cei ca el. Promiți că o vei face?

— Încerc.

Mi-a dat numele unui redactor de la ziarul *Unità*.

## 49.

După ce am vorbit la telefon cu Pietro, dar mai ales cu soacra mea, am dat frâu liber unui sentiment până atunci ţinut sub control, de-a dreptul reprimat, dar care acum era viu și gata să câștige teren. Avea de-a face cu schimbarea statutului meu. Probabil că familia Airota, în special Guido, dar și Adele însăși, mă considerau o fată care, deși foarte plină de bunăvoinţă, era foarte departe de persoana pe care și-o doreau pentru fiul lor. Era la fel de probabil ca originea mea, cadenţa mea dialectală și lipsa de eleganţă în toate cele să pună la grea încercare orizontul lor larg de vederi. Cu o oarecare exagerare, aș fi putut presupune că și publicarea cărţii mele era parte dintr-un plan de urgenţă care avea scopul de a mă face prezentabilă în lumea lor. Rămânea însă, incontestabil, faptul că ei mă acceptaseră, că urma să mă căsătoresc cu Pietro cu consimţământul lor, că eram pe punctul de a intra într-o familie protectoare, un fel de castel bine fortificat de unde puteam ieși fără teamă sau unde m-aș fi putut retrage dacă m-aș fi simţit în pericol. Era urgent, deci, să mă obișnuiesc cu faptul că făceam parte din acea nouă familie, dar, mai ales, trebuia să fiu conștientă de asta. Nu mai eram o fetiţă cu chibrituri aproape mai tot timpul să-l folosească pe ultimul, îmi procurasem o rezervă îmbelșugată. Așa că — am înţeles brusc — puteam face pentru Lila mult mai mult decât făcusem până atunci.

I-am cerut prietenei mele documentaţia pe care o strânsese împotriva lui Soccavo și ea mi-a încredinţat-o pasiv, fără măcar să întrebe cum urma s-o folosesc. Am început să citesc cu o tot mai mare implicare. Câte lucruri îngrozitoare reușise să spună cu precizie și eficacitate. Câte experienţe inadmisibile puteai descifra în spatele descrierii fabricuţei. Am răsucit paginile în mâini mult timp, apoi, dintr-odată, aproape fără să mă gândesc, am căutat în cartea de telefon și am sunat la fabrica Soccavo. I-am impus vocii mele tonul potrivit, am spus cu orgoliul potrivit: *alo, sunt Elena Greco,* am cerut cu Bruno. El a fost amabil — *ce plăcere să te aud* —, eu rece. A spus: *câte lucruri frumoase ai făcut, Elena, am văzut o poză de-a ta în* Roma, *bravo, ce vremuri frumoase la Ischia.* I-am răspuns că și mie îmi făcea plăcere să-l aud, dar că Ischia era foarte departe, că toţi ne schimbaserăm în bine și în rău, că despre el, de exemplu, auzisem zvonuri urâte care îmi doream să nu fie adevărate. A prins aluzia și s-a revoltat imediat. A vorbit foarte rău de Lila, despre nerecunoștinţa ei, despre necazurile pe care i le provocase. Eu am schimbat tonul, i-am răspuns că o credeam mai mult pe Lila decât pe el. *Ia hârtie și stilou,* i-am spus, *notează-ţi numărul meu, bine? Acum dă dispoziţie să i se plătească până la ultima liră ce îi datorezi și anunţă-mă când pot trece să retrag banii: n-aș vrea să apară și poza ta în ziare.*

Am închis înainte să obiecteze și m-am simţit mândră de mine. Nu arătasem nici cea mai mică emoţie, fusesem tăioasă, câteva fraze în italiană, mai întâi amabile, apoi distante. Am sperat ca Pietro să aibă dreptate: chiar dobândeam tonul lui Adele, învăţam, fără să-mi dau seama, modul ei de a se purta în lume? M-am decis să aflu dacă eram în stare de asta, dorindu-mi să dau curs ameninţării cu care închisesem telefonul. Agitată cum nu fusesem când îl sunasem pe Bruno — era tot băiatul enervant care încercase să mă sărute pe plaja de la Citara — am format numărul redacţiei ziarului *Unità*. În timp ce telefonul suna, am sperat să nu se audă pe fundal vocea mamei mele care ţipa la Elisa ceva în dialect. *Mă numesc Elena Greco,* i-am spus centralistei, și nici n-am avut timp să-i explic ce voiam că doamna a exclamat: *Elena Greco scriitoarea?* Îmi citise cartea, mi-a făcut multe complimente. Am mulţumit, m-am simţit veselă, puternică, i-am explicat fără să fie nevoie că aveam în minte un articol despre o făbricuţă de la periferie, am rostit numele redactorului recomandat de Adele. Centralista m-a complimentat din nou, apoi a căpătat un ton profesional. *Rămâneţi pe fir,* mi-a zis. După un minut, o voce masculină foarte răgușită m-a întrebat pe un ton arogant de când erau dispuși pasionaţii de literatură să-și pângărească stilul cu sistemul de remunerare în raport cu rezultatele obţinute, programul de muncă și orele suplimentare, treabă foarte plicticoasă de care se ţineau departe în special tinerele romanciere de succes.

— Despre ce e vorba? m-a întrebat. Muncitori în construcţii, docheri, mineri?

— E o făbricuţă de salamuri, am murmurat, nu cine știe ce.

Bărbatul a continuat să facă mișto de mine:

— Nu trebuie să vă scuzaţi, e foarte bine. Dacă Elena Greco, căreia acest ziar i-a dedicat doar o jumătate de pagină de laude exagerate, decide să scrie despre cârnaţi, putem oare noi, bieţii redactori, spune că nu ne interesează? Treizeci de rânduri vă convin? Sunt puţine? Să facem mai multe, șaizeci. Când aţi terminat, ce faceţi, mi-l aduceţi personal sau mi-l dictaţi?

Am început imediat să scriu articolul. Trebuia să storc din paginile Lilei cele șaizeci de rânduri ale mele și, de dragul ei, voiam să fac o treabă bună. Dar nu aveam niciun fel de experienţă a sintezelor jurnalistice, în afară de momentul când, la cincisprezece ani, cu rezultate foarte proaste, încercasem să scriu despre conflictul cu profesorul de religie pentru revista lui Nino. Nu știu, poate că amintirea aceea a fost cea care a complicat lucrurile. Sau poate că a fost sarcasmul redactorului care îmi rămăsese în urechi, mai ales că, la finalul convorbirii, mă rugase să o salut din partea lui pe soacra mea. Cert e că mi-a luat mult timp, am scris și rescris cu încăpăţânare. Dar când mi s-a părut că terminasem, nu m-am simţit mulţumită și nu l-am dus la ziar. *Trebuie să vorbesc mai întâi cu*

*Lila,* mi-am spus, *e un lucru care trebuie hotărât împreună cu ea, îl voi preda mâine.*

A doua zi m-am dus la Lila, mi s-a părut că se simţea foarte rău. A bombănit că atunci când nu eram eu, unele prezenţe profitau și ieșeau din lucruri ca să-i tulbure pe ea și pe Gennaro. Apoi și-a dat seama că mă alarmam și a luat un aer distrat, a murmurat că erau prostii, voia doar să stau cu ea mai mult timp. Am vorbit mult, am liniștit-o, dar nu i-am dat să citească articolul. M-a făcut să renunţ gândul că dacă ziarul *Unità* mi l-ar fi refuzat, ar fi trebuit să-i spun că nu-l consideraseră bun de publicat și m-aș fi simţit umilită. A fost nevoie, seara, de telefonul lui Adele să-mi injecteze o serioasă doză de optimism și să mă facă să decid. Se consultase cu soţul ei și, de asemenea, cu Mariarosa. Mobilizase, în câteva ore, jumătate de lume: învăţaţi ai medicinei, profesori socialiști care știau de sindicat, un creștin-democrat pe care l-a numit un pic prostănac, dar de treabă și expert în drepturile muncitorilor. Rezultatul era că a doua zi aveam o întâlnire cu cel mai bun cardiolog din Napoli — un prieten de familie, nu trebuia să plătesc nimic —, că inspecţia muncii urma să facă imediat o vizită la fabrica Soccavo, că pentru a recupera banii Lilei puteam să mă adresez acelui prieten al Mariarosei de care pomenise Pietro, un tânăr avocat socialist care avea cabinetul în Piaţa Nicola Amore și fusese deja informat.

— Mulţumită?

— Da.

— Ai scris articolul?

— Da.

— Vezi? Eram sigură că n-ai s-o faci.

— E gata, în schimb, îl duc mâine la ziarul *Unità*.

— Bravo. Risc să te subestimez.

— E un risc?

— Așa e întotdeauna cu subestimarea. Cum merge cu bietul animăluţ de fiul meu?

# 50.

Din momentul acela totul a început să devină fluid, aproape ca și cum aș fi stăpânit arta de a face evenimentele să curgă ca apa de izvor. Și Pietro muncise pentru Lila. Colegul lui specialist în greacă se dovedise un literat guraliv, dar în aceeași măsură foarte util: îl cunoștea pe un tip din Bologna într-adevăr expert în calculatoare — sursa de încredere a fanteziilor lui de filolog — care îi dăduse numărul unui cunoscut din Napoli, considerat tot de încredere. Mi-a dictat nume, prenume, adresă, numărul de telefon al acelui domn napolitan și eu m-am arătat foarte bucuroasă, l-am ironizat cu afecţiune pentru strădania aceea a lui de a fi întreprinzător, i-am trimis chiar și o bezea prin telefon.

M-am dus imediat la Lila. Avea o tuse cavernoasă, faţa încordată și palidă, privirea excesiv de vigilentă. Eu însă aduceam vești foarte bune și eram bucuroasă. Am zgâlţâit-o, am îmbrăţișat-o, i-am ţinut strâns ambele mâini și între timp i-am spus de telefonul pe care i-l dădusem lui Bruno. I-am citit articolul pe care-l pregătisem, i-am înșirat rezultatele eforturilor lui Pietro, ale soacrei mele, ale cumnatei mele. M-a ascultat ca și cum aș fi vorbit de foarte departe — dintr-o altă lume — și ar fi auzit cu claritate doar jumătate din lucrurile pe care le spuneam. În plus, Gennaro o bătea la cap încontinuu să se joace împreună și ea, în timp ce vorbeam, îi dădea atenţie fără căldură. M-am simţit oricum bucuroasă. Lila, în trecut, deschisese sertarul miraculos al mezelăriei și îmi cumpărase de toate, în special cărţi. Acum eu deschideam sertarele mele și-i întorceam gestul, sperând să se simtă pusă la adăpost, așa cum deja mă simţeam eu.

— Așadar, mâine-dimineaţă vii la cardiolog? am întrebat-o la sfârșit.

A reacţionat la întrebare în mod incoerent, a spus hlizindu-se:

— Nadiei nu-i va plăcea acest mod de a aborda lucrurile. Şi nici fratelui ei.

— Ce mod? Nu înţeleg.

— Nimic.

— Lila, am spus, te rog, ce legătură are Nadia? Nu-i da mai multă importanţă decât îşi dă ea deja. Şi pe Armando lasă-l baltă, a fost întotdeauna un băiat superficial.

Am fost surprinsă eu însămi de acele judecăţi, în fond, ştiam puţine lucruri despre copiii lui Galiani. Şi, pentru câteva secunde, am avut impresia că Lila nu mă recunoaşte, ci că vede în faţa ei un duh care profită de slăbiciunea ei. În realitate, nu voiam să-i vorbesc rău de Nadia şi de Armando. Voiam doar s-o fac să înţeleagă că ierarhiile puterii erau altele, că în comparaţie cu familia Airota, familia Galiani nu conta deloc, că încă şi mai puţin contau oamenii ca Bruno Soccavo sau coruptul ăla de Michele, că, în fine, trebuia să facă aşa cum îi spuneam şi să nu se îngrijoreze. Dar în timp ce vorbeam mi-am dat seama că riscam să par lăudăroasă. Aşa că am mângâiat-o pe obraz şi m-am declarat oricum foarte uimită de implicarea politică a celor doi fraţi, spunând atât: *dar ai încredere în mine.* Ea a bombănit:

— Bine, să mergem la cardiolog.

Am insistat:

— Şi pentru Enzo ce întâlnire fixez, la ce oră, în ce zile?

— Când vrei, dar după ora cinci.

Imediat cum m-am întors acasă, m-am lipit din nou de telefon. L-am sunat pe avocat, i-am explicat amănunţit situaţia Lilei. L-am sunat pe cardiolog, am confirmat programarea. L-am sunat pe expertul în calculatoare, lucra la Ente Sviluppo: mi-a zis că acel curs de la Zürich nu folosea la nimic, dar că, oricum, îl puteam trimite pe Enzo în ziua cutare, la ora cutare, la adresa cutare. Am sunat la ziarul *Unità*, redactorul a spus: *sunteţi comodă văd, îmi aduceţi articolul ăsta sau aşteptăm Crăciunul?* Am sunat la secretara lui Soccavo, am rugat-o să-i spună patronului că, fiindcă nu avusesem vești de la el, urma să apară în curând un articol de-al meu în ziarul *Unità*.

Acest ultim telefon a avut o reacție promptă și violentă. Soccavo m-a sunat după două minute și de data asta n-a fost prietenos, ba chiar m-a amenințat. I-am răspuns că în orice clipă se puteau duce pe capul lui inspecția muncii și un avocat care va avea grijă de interesele Lilei. Apoi, entuziasmată — eram mândră că lupt, de drag și din convingere, împotriva nedreptății, făcându-le în ciudă lui Pasquale și lui Franco, care mai credeau că îmi pot da lecții —, pe seară am dat fuga la ziarul *Unità* să-mi predau articolul.

Bărbatul cu care vorbisem era de vârstă mijlocie, scund, grăsan, cu niște ochișori vii permanent aprinși de o ironie binevoitoare. M-a invitat să mă așez pe un scaun șubred și a citit articolul cu atenție. În cele din urmă, a așezat foile pe birou și a spus:

— Și astea sunt șaizeci de rânduri? Mie mi se par o sută cincizeci.

Am simțit că roșesc și am murmurat:

— Le-am numărat de mai multe ori, sunt șaizeci.

— Da, însă de mână și cu un scris pe care nu reușești să-l descifrezi nici măcar cu lupa. Articolul însă este cu adevărat excelent, colega. Găsește pe undeva o mașină de scris și taie ce poți tăia.

— Acum?

— Păi când? Am și eu o dată ceva care iese în evidență în pagină, vrei să mă faci să aștept până la calendele grecești?

## 51.

Cât de energică m-am simțit în acele zile! Ne-am dus la cardiolog, un profesor care avea casa și cabinetul pe strada Crispi. Ocazie cu care m-am dichisit. Doctorul, deși era din Napoli, avea de-a face cu lumea lui Adele și nu voiam să producă impresie proastă. Mi-am periat părul, mi-am pus o rochie pe care mi-o dăruise ea, am folosit un parfum delicat care semăna cu al ei, m-am machiat discret. Voiam ca profesorul, dacă ar fi discutat la telefon sau s-ar fi întâlnit întâmplător cu soacra mea, să vorbească bine de mine. Lila, în schimb, a apărut așa cum o vedeam în fiecare zi prin casă, complet neîngrijită. Ne-am așezat într-o antecameră mare, cu tablouri de secol XIX pe pereți: o nobilă stând pe un fotoliu cu o servitoare neagră pe fundal, portretul unei bătrâne doamne și o scenă mare și aerisită de vânătoare. Mai așteptau încă două persoane, un bărbat și o femeie, amândoi în vârstă, amândoi având aerul rafinat și elegant al oamenilor înstăriți. Am așteptat în tăcere. Numai o dată Lila, care pe drum mă lăudase mult pentru aspectul meu, a spus cu voce joasă: *parcă ai ieșit dintr-un tablou ca astea, tu ești dama și eu servitoarea.*

Am așteptat câteva minute. O asistentă ne-a strigat, fără motive evidente, am sărit peste rândul pacienților care așteptau. Abia atunci Lila s-a agitat, a vrut să fiu prezentă la controlul medical, a jurat că singură nu va intra niciodată, în fine, m-a împins în față ca și cum eu ar fi trebuit să fiu consultată. Medicul era un bărbat osos în jur de vreo șaizeci de ani, cu păr grizonant, foarte des. M-a primit politicos, știa totul despre mine, a pălăvrăgit zece minute ca și cum Lila n-ar fi fost acolo. A zis că și fiul lui absolvise Școala Normală, dar cu șase ani înaintea mea. A subliniat faptul că fratele lui era scriitor și avea o anume notorietate, dar numai la Napoli. A lăudat mult familia Airota, îl cunoștea bine pe un văr de-al lui Adele care era un fizician renumit. M-a întrebat:

— Când e nunta?

— Pe 17 mai.

— Șaptesprezece? Aduce ghinion. Vă rog, schimbați data.

— Nu se mai poate.

Lila, în tot timpul acela, a tăcut. Nu i-a acordat nicio atenție profesorului, am simțit-o curioasă în privința mea, părea uimită de fiecare gest sau cuvânt de-al meu. Când doctorul s-a concentrat, în sfârșit, asupra ei interogând-o îndelung, i-a răspuns apatică, în dialect sau într-o italiană urâtă care calchia expresii dialectale. Adesea a trebuit să intervin ca să-i amintesc simptome despre care îmi vorbise sau ca să le subliniez pe cele pe care le minimaliza. În fine, s-a supus unui control foarte atent și amănunțit cu o expresie încruntată, ca și cum eu și cardiologul i-am fi făcut o nedreptate. I-am privit corpul subțire într-un maiou de un albastru decolorat, prea mare pentru ea, foarte uzat. Gâtul lung părea să facă eforturi ca să susțină capul, pielea era întinsă pe oase ca o hârtie velină gata să se rupă. Mi-am dat seama că degetul mare de la mâna stângă avea din când în când o mică zvâcnire involuntară. A trecut o bună jumătate de oră înainte ca profesorul să-i spună să se îmbrace la loc. A făcut-o urmărindu-l cu privirea, acum mi s-a părut înspăimântată. Cardiologul s-a dus la birou, s-a așezat și, în sfârșit, a anunțat că era totul în regulă, nu găsise niciun suflu. *Doamnă,* i-a spus, *aveți o inimă perfectă.* Dar efectul răspunsului asupra Lilei a fost, aparent, inconsistent, nu s-a arătat bucuroasă, dimpotrivă, a părut enervată. Eu am fost cea care m-am simțit ușurată, ca și cum inima aceea ar fi fost a mea, dar am dat semne de îngrijorare când profesorul, adresându-mi-se din nou mie și nu Lilei, de parcă lipsa ei aproape totală de reacție l-ar fi jignit, a adăugat încruntat că asupra stării generale a prietenei mele trebuia însă intervenit urgent. *Problema,* a spus, *nu este tusea: doamna e răcită, a fost puțin răcită, o să-i dau un sirop.* Problema, după el, era epuizarea din cauza gravei deteriorări a organismului: Lila trebuia să fie mult mai atentă cu ea însăși, să mănânce regulat, să treacă printr-o cură de refacere, să-și acorde cel puțin opt ore de somn în fiecare zi. *Mare parte din simptomele prietenei dumneavoastră,* mi-a spus, *vor trece când își va recăpăta forțele. În orice caz* — a conchis —, *recomand un control neurologic.*

Ultimul cuvânt a trezit-o pe Lila. S-a încruntat, s-a aplecat în față și a vorbit în italiană:

— Spuneți că sunt bolnavă de nervi?

Medicul a privit-o surprins, de parcă pacienta pe care tocmai o consultase ar fi fost înlocuită, ca prin farmec, de o altă persoană.

— Nicidecum: doar vă recomand un control.

— Am spus sau făcut ceva ce nu trebuia?

— Nu, nu vă faceți griji, consultația e utilă doar pentru a avea o imagine clară a situației dumneavoastră.

— O rudă de-a mea, a spus Lila, verișoară a mamei mele, a fost nefericită, a fost nefericită toată viața ei. Vara, când eram mică, o auzeam pe fereastra deschisă, țipa, râdea. Sau o vedeam pe stradă făcând lucruri puțin demente. Era doar nefericire și de aceea nu s-a dus niciodată la neurolog, dimpotrivă, nu s-a dus niciodată la niciun medic.

— Ar fi făcut bine să se ducă.

— Bolile de nervi sunt pentru doamne.

— Verișoara mamei dumneavoastră nu e o doamnă?

— Nu.

— Și dumneavoastră?

— Cu atât mai puțin.

— Vă simțiți nefericită?

— Mă simt foarte bine.

Medicul mi s-a adresat din nou mie, încruntat:

— Odihnă totală. Puneți-o să facă această cură, fără abatere. Dacă aveți cum s-o duceți puțin la țară, e și mai bine.

Lila a izbucnit în râs și a reînceput să vorbească în dialect:

— Ultima dată când am fost la un medic, m-a trimis la mare și am trecut printr-o groază de necazuri.

Profesorul s-a prefăcut că nu aude, ci mi-a zâmbit, iar eu i-am surâs complice. Apoi mi-a propus numele unui prieten de-al lui neurolog, pe care l-a sunat el însuși ca să ne primească cât mai repede. N-a fost ușor s-o târăsc pe Lila în celălalt cabinet medical. A spus că nu avea timp de pierdut, se plictisise deja suficient cu cardiologul, trebuia să se ocupe de Gennaro și, mai ales, nu avea bani de aruncat pe fereastră și nici nu voia să-i arunc eu. Am asigurat-o că era gratis consultația și, în cele din urmă, fără niciun chef, a cedat.

Neurologul era un omuleţ vioi, complet chel, care avea cabinetul într-un vechi bloc de pe strada Toledo și expunea în sala de așteptare, frumos ordonate, numai texte de filosofie. Îi plăcea să se audă vorbind și a vorbit atât de mult, încât mi s-a părut că acordă mai multă atenţie discursului său decât pacientei. O consulta și mi se adresa mie, îi punea întrebări și-mi propunea o reflecţie profundă de-a lui fără să acorde o prea mare atenţie răspunsurilor pe care i le dădea ea. În orice caz, a conchis distrat că sistemul nervos al Lilei era la fel de în regulă ca mușchiul ei cardiac. *Dar* — a zis tot spre mine — *colegul meu are dreptate, dragă doamnă Greco, organismul e slăbit și, în consecinţă, atât thymos-ul, cât și eros-ul profită ca să triumfe asupra logos-ului: să redăm corpului starea bună și o vom reda și minţii.* Apoi a umplut o reţetă de semne indescifrabile, dar scandând cu voce ridicată denumirile medicamentelor, dozele. Pe urmă a trecut la recomandări. A recomandat, pentru relaxare, lungi plimbări, dar să evite marea: mai bine, a spus, pădurea de la Capodimonte sau parcul Camaldoli. I-a recomandat să citească mult, dar în timpul zilei, niciodată seara. I-a recomandat să-și ţină mâinile ocupate, chiar dacă i-ar fi fost de ajuns să se uite cu adevărat la Lila ca să înţeleagă că ea le avusese ocupate chiar prea mult. Când a început să insiste asupra beneficiilor neurologice pe care le avea croșetatul, Lila a-nceput să se agite pe scaun. N-a mai așteptat ca medicul să termine de vorbit și l-a întrebat, pe firul gândurilor ei secrete:

— Dacă tot suntem aici, mi-aţi putea da pilulele care te ajută să nu faci copii?

Medicul s-a încruntat, la fel și eu, cred. Mi s-a părut o rugăminte deplasată.

— Sunteţi căsătorită?

— Mai de mult, acum nu.

— În ce sens acum nu?

— M-am despărţit.

— Tot căsătorită sunteţi.

— Hm!

— Aveţi copii deja?

— Am unul.

— Unul singur e puţin.

— Mie îmi ajunge.

— În starea dumneavoastră o sarcină ar ajuta, nu există medicament mai bun pentru o femeie.

— Cunosc femei distruse de sarcini. Mai bine pilulele.

— Pentru această problemă a dumneavoastră, trebuie să consultaţi un ginecolog.

— Dumneavoastră vă pricepeţi doar la nervi, pilulele nu le cunoașteţi?

Medicul s-a indispus. A mai discutat puţin și apoi, în prag, mi-a dat adresa și telefonul unei doctoriţe care lucra într-un laborator de analize la Ponte di Tappia. *Adresaţi-vă ei,* mi-a spus ca și cum eu i-aș fi cerut anticoncepţionale și ne-a salutat. La ieșire, secretara a pretins să plătim. Neurologul — am înţeles — era străin de lanţul de favoruri iniţiat de Adele. Am plătit.

Odată ajunse în stradă, Lila aproape că a urlat, furioasă: *n-o să iau nici măcar unul dintre medicamentele pe care mi le-a dat dobitocul ăla, oricum mintea îmi devine incoerentă, știu deja.* Am răspuns: *nu sunt de acord, dar fă cum vrei.* Atunci ea s-a tulburat și a murmurat: *nu sunt supărată pe tine, sunt supărată pe medici* și ne-am îndreptat într-o plimbare spre Ponte di Tappia, dar fără s-o spunem, ca și cum am fi dat o raită la întâmplare, ca să ne dezmorţim picioarele. Ba tăcea, ba imita tonurile și palavrele neurologului. Mi s-a părut că intoleranţa aceea a ei dovedeşte o revenire la viaţă. Am întrebat-o:

— Merge puţin mai bine cu Enzo?

— Tot la fel.

— Atunci ce faci cu pilulele?

— Tu le ştii?

— Da.

— Şi le iei?

— Nu, dar imediat cum mă căsătoresc, am s-o fac.

— Nu vrei copii?

— Vreau, dar mai întâi trebuie să mai scriu o carte.

— Soţul tău ştie că nu vrei imediat?

— O să-i spun.

— Hai să mergem la tipa asta şi să cerem pilule pentru amândouă.

— Lila, nu sunt bomboane pe care să le iei cum te taie capul. Dacă nu faci nimic cu Enzo, las-o baltă.

Ea m-a privit cu ochii mijiţi, crăpături în interiorul cărora abia se vedeau pupilele:

— Nu fac nimic acum, dar în timp cine ştie.

— Serios?

— N-ar trebui, după tine?

— Ba da.

La Ponte di Tappia am căutat o cabină de telefon şi am sunat la doctoriţă, care s-a declarat disponibilă să ne primească imediat. Pe drumul spre laborator m-am arătat tot mai bucuroasă de apropierea ei de Enzo şi ea a părut încurajată de aprobarea mea. Am redevenit fetiţele de odinioară, am început să glumim, puţin serios, puţin în joacă, n-am făcut decât să ne spunem: *vorbeşti tu că eşti mai tupeistă, nu tu care eşti îmbrăcată ca o doamnă, eu n-am nicio urgenţă, nici eu, atunci de ce ne ducem.*

Doctoriţa ne aştepta la poartă, în halat alb. Era o femeie sociabilă, cu o voce răsunătoare. Ne-a invitat la bar şi ne-a tratat ca și cum am fi fost prietenele ei de mult. A subliniat de mai multe ori că nu era ginecolog, dar a fost atât de generoasă cu explicațiile și recomandările că, în timp ce eu mă plictiseam puțin, Lila a pus întrebări tot mai explicite și a avut obiecții și iar a pus întrebări și a făcut observații ironice. S-au simpatizat mult. În cele din urmă, împreună cu multe recomandări, am primit fiecare câte o rețetă. Doctorița a refuzat să fie recompensată, fiindcă — a spus — asta era misiunea ei. Când și-a luat rămas-bun — trebuia să se întoarcă la muncă — în loc să ne dea mâna, ne-a îmbrățișat. Lila, odată ieșită în stradă, a spus serioasă: *în sfârșit o persoană cumsecade*. Acum era veselă, n-o mai văzusem așa de mult timp.

## 52.

În ciuda aprobării entuziaste a redactorului, ziarul *Unità* întârzia să-mi publice articolul. Eram neliniștită, mă temeam că nu va mai apărea. Dar chiar a doua zi după controlul neurologic m-am dus la chioșc dis-de-dimineață, am parcurs ziarul sărind în grabă de la o pagină la alta și, în sfârșit, l-am găsit. Mă așteptam să-l pună ciopârțit printre fleacurile locale și, în schimb, iată-l în paginile naționale, întreg, cu semnătura mea. Când l-am tipărit, m-am simțit ca străpunsă cu un ac lung. Pietro m-a sunat bucuros, și Adele a fost entuziastă, a spus că articolul îi plăcuse mult soțului ei și chiar și Mariarosei. Chestia surprinzătoare însă a fost că m-au sunat să mă felicite directorul editurii mele, două personalități foarte cunoscute care colaborau de ani de zile cu editura, și Franco, Franco Mari, care ceruse numărul meu de la Mariarosa. Mi-a vorbit cu respect, a spus că era încântat de mine, că oferisem un exemplu de anchetă completă despre condiția muncitorilor, că spera să ne întâlnim în curând ca să discutăm. În acel punct, am așteptat ca, pe vreun canal nebănuit să vină și felicitările lui Nino. Inutil însă, am fost dezamăgită. Și n-a dat niciun semn de viață nici măcar Pasquale, care însă, din cauza scârbei de politică, nu mai citea de mult timp ziarul partidului. M-a consolat, oricum, redactorul de la *Unità*, care m-a căutat să-mi spună cât de mult le plăcuse articolul colegilor de redacție și m-a invitat, în felul lui arogant, să-mi cumpăr o mașină de scris și să pun pe hârtie și alte lucruri bune.

Trebuie să spun însă că telefonul care m-a surprins cel mai mult a fost cel de la Bruno Soccavo. A pus-o pe secretara lui să mă sune și apoi a intrat el pe fir. A vorbit pe un ton melancolic, ca și cum articolul — pe care însă inițial nu l-a menționat deloc — l-ar fi izbit atât de dur, încât l-ar fi lăsat fără niciun pic de vitalitate. A zis că în zilele petrecute la Ischia, în timpul plimbărilor noastre frumoase pe plajă, mă iubise cum nu i se întâmplase niciodată să iubească. Mi-a declarat toată admirația lui pentru evoluția pe care, încă de foarte tânără, reușisem s-o ofer vieții mele. A jurat că tatăl lui îi încredințase o firmă cu mari dificultăți, plină de obiceiuri urâte și că el era doar moștenitorul nevinovat al unei situații în propriii lui ochi condamnabilă. A spus că articolul meu — în sfârșit l-a menționat — pe el îl luminase și că voia să corecteze cât mai repede multe greșeli moștenite din trecut. I-a părut rău pentru neînțelegerile cu Lila și m-a anunțat că administrația deja aranja totul cu avocatul *meu*. A conchis încet: *tu îi cunoști pe frații Solara, ei în această situație gravă mă ajută să dau o nouă față fabricii Soccavo.* Și a adăugat: *Michele te salută călduros.* I-am transmis la rândul meu salutări, am luat act de bunele lui intenții și am închis. Dar l-am sunat imediat pe prietenul avocat al Mariarosei ca să-l anunț de telefonul acela. El mi-a confirmat că problema banilor era rezolvată și l-am întâlnit după câteva zile, în cabinetul pentru care lucra. Avea câțiva ani în plus față de mine, era simpatic, cu excepția unor buze subțiri și enervante, și era îmbrăcat foarte îngrijit. A vrut să mă invite la bar pentru o cafea. Îl admira foarte mult pe

Guido Airota, și-l amintea bine pe Pietro. Mi-a dat suma pe care Soccavo o plătise pentru Lila, m-a sfătuit să nu mă las furată. A descris haosul de studenți și de sindicaliști și de poliție pe care îl găsise la poartă și a spus că la fabrică își făcuse apariția și inspectorul muncii. Și totuși, nu mi s-a părut mulțumit. Abia înainte să ne luăm la revedere, m-a întrebat în prag:

— Tu cunoști familia Solara?

— Sunt oameni din cartierul în care am crescut.

— Știi că ei sunt în spatele lui Soccavo?

— Da.

— Și nu ești îngrijorată?

— Nu înțeleg.

— Vreau să spun: faptul că îi cunoști dintotdeauna și că ai studiat în afara orașului Napoli poate că nu-ți permite să vezi cu claritate situația.

— Îmi e foarte clară.

— În ultimii ani, familia Solara s-a extins, în orașul acesta este foarte importantă.

— Și?

A strâns buzele, mi-a întins mâna.

— Și nimic: noi am obținut banii, e totul în regulă. Transmite-le salutări Mariarosei și lui Pietro. Pe când nunta? Îți place Florența?

## 53.

I-am dat banii Lilei, care i-a numărat de două ori cu satisfacție și a dorit să-mi înapoieze imediat suma pe care i-o împrumutasem. După scurt timp a venit Enzo, tocmai se întâlnise cu persoana care se pricepea la calculatoare. Părea bucuros, bineînțeles în limitele impasibilității lui care îi sugruma emoțiile și cuvintele. Lila și cu mine am făcut eforturi să scoatem de la el informațiile, dar în cele din urmă am priceput destul de clar. Expertul fusese foarte amabil. Inițial subliniase că fasciculele de la Zürich erau bani irosiți, dar pe urmă își dăduse seama că Enzo, în ciuda inutilității cursului, era priceput. Îi spusese că IBM urma să producă în Italia, în stabilimentul din Vimercate, un calculator foarte nou și că filiala din Napoli avea urgent nevoie de perforatori-verificatori, de operatori, de programatori-analiști. Îl asigurase că, imediat cum compania începea cursurile de formare profesională, o să-l anunțe. Își notase toate datele lui.

— Ți s-a părut un tip serios? a întrebat Lila.

Enzo, ca să dovedească seriozitatea interlocutorului său, m-a băgat în discuție, spunând:

— Știa totul despre logodnicul Lenucciei.

— Adică?

— Mi-a zis că e fiul unei persoane importante.

Lila a avut o expresie de lehamite. Știa, bineînțeles, că întâlnirea fusese obținută de Pietro și că numele Airota cântărea asupra reușitei acelei întâlniri, dar mi s-a părut contrariată de faptul că Enzo trebuia să fie conștient de asta. M-am gândit că o deranjează ideea că și el îmi datorează ceva, ca și cum datoria aceea, care între mine și ea nu putea avea nicio consecință, lui Enzo, în schimb, îi putea dăuna. M-am grăbit să spun că prestigiul socrului meu conta prea puțin, că expertul în calculatoare îmi explicase și mie că l-ar fi ajutat numai dacă se dovedea priceput. Și Lila a făcut un gest puțin exagerat de aprobare și a subliniat:

— El e foarte priceput.

— N-am văzut niciodată un calculator, a spus Enzo.

— Și? Tipul ăla probabil că a înțeles oricum că ești bun.

El s-a gândit un pic și i s-a adresat Lilei cu o admirație care, pentru o clipă, m-a făcut să fiu invidioasă:

— A fost impresionat de exercițiile pe care m-ai pus să le fac.

— Da?

— Da. Mai ales schema de lucruri de genul a călca, de a bate un cui.

Din acel moment au început să glumească între ei într-un limbaj pe care nu-l înţelegeam şi care m-a exclus. Şi, brusc, mi s-au părut un cuplu de îndrăgostiţi, foarte fericit, cu un secret al lor atât de mare încât nici ei nu-l aflaseră. Am revăzut curtea de când eram mici. I-am revăzut pe ea şi pe Enzo în timp ce se întreceau pentru locul întâi la aritmetică sub privirea directorului şi a lui Olivieri. I-am revăzut în timp ce el, care nu plângea niciodată, era cuprins de disperare că o rănise cu o piatră. M-am gândit: modul lor de a fi împreună provine din cele mai bune vremuri ale cartierului. Poate că Lila are dreptate când spune că vrea să se întoarcă acolo.

## 54.

Am început să fiu atentă la anunţurile *de închiriat* de la intrările în clădiri. Între timp a venit, nu pentru familia mea, ci pentru mine, invitaţia la nunta Gigliolei Spagnuolo cu Michele Solara. Şi, după câteva ore, am mai primit o invitaţie: se căsătoreau Marisa Sarratore şi Alfonso Carracci, şi atât familia Solara, cât şi familia Carracci mi se adresau cu deferenţă: *stimată doamnă Greco Elena.* Cele două invitaţii mi s-au părut un prilej bun ca să înţeleg dacă era bine sau nu să sprijin întoarcerea Lilei în cartier. Am plănuit să mă duc să-i vizitez pe Michele, Alfonso, Gigliola, Marisa, aparent ca să le fac urări şi să explic că nunţile urmau să aibă loc când eu aş fi fost deja departe de Napoli. În realitate, doar ca să aflu dacă familia Solara şi familia Carracci aveau încă poftă s-o chinuie pe Lila. Alfonso mi se părea singura persoană capabilă să-mi spună în mod obiectiv cât mai era de vie ranchiuna lui Stefano faţă de soţia lui. Şi lui Michele, deşi îl detestam — poate mai ales pentru că îl detestam — voiam să-i vorbesc despre problemele de sănătate ale Lilei, făcându-l între timp să înțeleagă că, deși el se credea cine știe cine și făcea mișto de mine ca și cum aș fi fost tot fetița de altădată, aveam de-acum suficientă forță ca să-i complic viața și afacerile dacă mi-ar fi persecutat în continuare prietena. Am pus ambele invitații în geantă, nu voiam să le vadă mama și să se supere că mie mi se acorda importanță, iar ei și tatei nu. Mi-am luat o zi pe care s-o dedic acelor întâlniri.

Vremea nu era promițătoare, am luat umbrela, dar eram bine dispusă, voiam să mă plimb, să reflectez, să-mi iau, cumva, rămas-bun de la cartier și oraș. Dintr-un obicei de studentă sârguincioasă, am început cu întâlnirea cea mai dificilă, cea cu Solara. M-am dus la cafenea, dar nu i-am găsit acolo nici pe el, nici pe Gigliola și nici măcar pe Marcello. Mi s-a spus că poate erau la magazinul nou de la șosea. Am trecut pe acolo, mergând ca și când aș fi avut timp de pierdut, privind în jurul meu fără nicio grabă. Fusese definitiv ștearsă amintirea grotei întunecoase și adânci a lui don Carlo de unde, când eram mică, mă duceam să cumpăr săpun lichid și alte lucruri pentru casă. De la ferestrele etajului al doilea, pe verticală, până în dreptul intrării ample se întindea o firmă enormă, *Tutto per tutti*. În magazin erau multe lumini aprinse, deși era ziuă, și mărfurile oferite erau de toate tipurile, un triumf al abundenței. L-am găsit înăuntru pe fratele Lilei, Rino, foarte gras. M-a tratat cu răceală, a spus că acolo el era patronul, nu știa nimic despre frații Solara. *Dacă îl cauți pe Michele, du-te acasă la el*, a spus ostil, și mi-a întors spatele ca și cum ar fi avut ceva urgent de făcut.

Am pornit iarăși la drum, am ajuns în cartierul nou, unde știam că întreaga familie Solara cumpărase, cu ani în urmă, o casă imensă. Mi-a deschis mama lor, Manuela, cămătăreasa, pe care n-o mai văzusem de la nunta Lilei. Am simțit că mă urmărea prin vizor. A făcut asta îndelung, apoi a tras zăvorul și a apărut în cadrul ușii, parțial rămasă în întunericul apartamentului, parțial roasă de lumina care venea de la fereastra mare de pe scară. Parcă se uscase. Avea pielea întinsă pe oasele mari, o pupilă foarte luminoasă și cealaltă aproape stinsă. La urechi, la gât, peste rochia închisă la culoare care atârna pe ea, sclipeau bijuterii din aur ca și cum s-ar fi pregătit pentru o petrecere. Mi-a vorbit politicos, voia să intru, să beau o cafea. Michele nu era, am aflat că avea o altă casă, în cartierul Posillipo, unde urma să locuiască definitiv după nuntă. O amenaja împreună cu Gigliola.

— Or să plece din cartier? am întrebat.

— Bineînţeles.

— În Posillipo?

— Șase camere, Lenù, trei cu marea în faţă. Eu aş fi preferat Vomero, dar Michele a făcut după capul lui. Oricum, e un aer dimineaţa, e o lumină, că nu-ţi poţi închipui.

Am fost surprinsă. N-aş fi crezut niciodată că fraţii Solara se vor îndepărta de piaţa afacerilor lor ilegale, de vizuina unde-și ascundeau prada. În schimb, iată că tocmai Michele, cel mai isteţ, cel mai avid din familie, se ducea să locuiască în altă parte, sus, pe colina Posillipo, având în faţă marea și Vezuviul. Mania grandorii celor doi fraţi sporise într-adevăr, avocatul avea dreptate. Dar chestia asta, pe moment, m-a înveselit, m-am bucurat că Michele părăsește cartierul. Am considerat că asta ar fi ajutat în cazul întoarcerii Lilei.

## 55.

I-am cerut adresa doamnei Manuela, am salutat-o și am traversat orașul, mai întâi cu metroul până la Mergellina, apoi puţin pe jos, puţin cu autobuzul în sus pe Posillipo. Devenisem curioasă. Mă simţeam deja parte a unei puteri legitime, în mod universal admirată, încununată de cultură de înalt nivel. Voiam să văd ce haine ţipătoare îmbrăca puterea pe care o avusesem sub ochi încă din copilărie, plăcerea vulgară a asupririi, practica nepedepsită a crimei, legile nerespectate cu un surâs pe buze, risipa de bani, așa cum erau întrupate toate de frații Solara. Dar Michele mi-a scăpat din nou. La ultimul etaj al unei clădiri foarte recent construite am găsit-o numai pe Gigliola, care m-a primit cu uimire și cu o ranchiună la fel de evidentă. Mi-am dat seama că, atât timp cât folosisem telefonul mamei ei la orice oră fusesem amabilă, dar, de când instalasem aparatul în casa alor mei, întreaga familie Spagnuolo ieșise din viața mea fără să bag de seamă. Și acum, în miezul zilei, fără să anunț înainte, într-o zi mohorâtă care amenința cu ploaie, am apărut acolo la Posillipo, dând buzna într-o casă de mireasă încă neorânduită? Mi-a fost rușine și am fost în mod artificial veselă ca să mă fac iertată. Gigliola a rămas o vreme încruntată, poate chiar neliniștită, apoi a început cu lăudăroșenia. Își dorea s-o invidiez, voia să simtă, în mod palpabil, că o consideram cea mai norocoasă dintre noi toate. Așa că, observându-mi entuziasmul, mi-a arătat camerele una câte una, mobilierul foarte scump, lampadarele luxoase, cele două băi mari, cada enormă, răcitorul, mașina de spălat, nu mai puțin de trei telefoane din nefericire încă nefuncționale, televizorul cu nu știu ce diagonală și terasa, în fine, care nu era o terasă, ci o grădină suspendată plină de flori în toate culorile, pe care numai ziua aceea urâtă te împiedica să le apreciezi.

— Privește, ai văzut vreodată marea așa? Și Napoli? Și Vezuviul? Și cerul? A existat vreodată în cartier tot cerul ăsta?

Niciodată. Marea era plumburie și golful o strângea ca marginea unui creuzet. Masa densă a norilor foarte negri se rostogolea zbârlită până la noi. Dar în zare, între mare și nori, era o despicătură lungă care se izbea de umbra violetă a Vezuviului, o rană din care șiroia o nuanță plumburie orbitoare. Am rămas mult timp să privim, cu rochiile lipite de trup din cauza vântului. Eram ca hipnotizată de frumusețea orașului Napoli, nici măcar de pe terasa lui Galiani, cu ani în urmă, nu-l văzusem așa. Grava distrugere a orașului oferea, la preț mare, locuri de unde puteai admira un peisaj extraordinar, iar Michele cumpărase unul memorabil.

— Nu-ți place?

— Minunat.

— Nu se compară cu casa Linei din cartier, nu?

— Nu, nu se compară.

— Am spus Lina, dar acum stă Ada acolo.

— Da.

— Aici e mult mai de domni.

— Da.

— Dar ai făcut o moacă!

— Nu, sunt fericită pentru tine.

— Fiecare cu ce-i al lui. Tu ai studiat, scrii cărți și eu am asta.

— Da.

— Nu ești convinsă.

— Sunt foarte convinsă.

— În clădirea asta, dacă te uiți la plăcuțe, locuiesc numai ingineri, avocați și mari profesori. Peisajul și confortul se plătesc. Dacă tu și soțul tău economisiți, după mine, puteți să vă cumpărați și voi o casă ca asta.

— Nu cred.

— El nu vrea să vină să stea la Napoli?

— E exclus.

— Nu se știe niciodată, ești norocoasă: am auzit de multe ori vocea lui Pietro la telefon, l-am văzut de la fereastră, e clar că e un tânăr de treabă. Nu e ca Michele, o să facă tot ce vrei tu.

Atunci m-a tras după ea în casă, voia să mâncăm ceva. A despachetat prosciutto și brânză picantă, a tăiat câteva felii de pâine. *Arată ca o cocină încă,* s-a scuzat ea, *dar o dată, când o să treci prin Napoli cu soțul tău, vino să-mi faci o vizită, să vezi cum am aranjat.* A făcut niște ochi foarte mari și strălucitori, o incita efortul pe care-l făcea ca să elimine orice îndoială în privința bunăstării ei materiale. Dar viitorul acela improbabil — eu și Pietro care veneam la Napoli și le făceam o vizită ei și lui Michele — se pare că i-a intrat bine de tot în cap. Pentru o clipă și-a pierdut concentrarea, s-a deprimat și, când a luat-o de la capăt cu lăudăroșenia, își pierduse încrederea în ce spunea, a început să se schimbe. *Și eu am fost norocoasă,* a întărit, dar a vorbit fără mulțumire, dimpotrivă, cu un fel de sarcasm îndreptat către ea însăși. *Carmen,* a început să înșire, *a ajuns cu benzinarul de la șosea, Pinuccia își distruge viața după mamelucul de Rino, Ada e târfa lui Stefano. Eu, în schimb, îl am pe Michele, ferice de mine, care e frumos, inteligent, îi comandă pe toți, se hotărăște în sfârșit să se căsătorească cu mine și ai văzut unde m-a adus. N-ai idee ce banchet a pregătit, facem o nuntă pe care nici măcar șahul Iranului când s-a căsătorit cu Soraya n-a făcut-o. Da, bine măcar că a fost al meu de când eram mică, am fost cea mai șireată.* Și a continuat, dar luând-o pe-o pantă autoironică. Și-a elogiat viclenia, alunecând, încet, încet, de la bunăstarea pe care o obținuse punând gheara pe Solara la singurătatea condiției ei de mireasă. Michele, a spus, nu e niciodată prin preajmă, e ca și cum m-aș căsători singură. Și m-a întrebat dintr-odată, de parcă într-adevăr mi-ar fi dorit părerea: *tu crezi că exist? Privește-mă, după tine, exist?* A lovit cu mâna deschisă peste pieptul ei planturos, dar a făcut-o voind parcă să-mi demonstreze, de fapt, că mâna trecea prin ea, că trupul ei, din cauza lui Michele, nu mai exista. El îi răpise totul, imediat, de când era aproape o fetiță. O consumase, o mototolise și acum, când ea avea douăzeci și cinci de ani, se obișnuise, nici nu se mai uita la ea. *Fute pe ici, pe colo, cum are chef. Scârba pe care mi-o provoacă când cineva întreabă câți copii vreți și el zice cu îngâmfare: întrebați-o pe Gigliola, eu am copii deja și nici măcar nu știu câți sunt. Soțul tău zice de-astea? Soțul tău zice: cu Lenuccia vreau trei, cu celelalte nu știu? Mă tratează în fața tuturor ca pe o zdreanță. Și eu știu de ce. N-a ținut niciodată la mine. Se căsătorește cu mine ca să aibă o servitoare de încredere, toţi bărbaţii se căsătoresc de asta. Și îmi zice încontinuu: ce pula mea fac cu tine, nu știi nimic, nu ai inteligenţă, nu ai gust, casa asta frumoasă e irosită, cu tine totul se transformă într-o porcărie.* A început să plângă, a zis printre hohote:

— Scuze, vorbesc așa pentru că ai scris cartea aia care mi-a plăcut și știu că înţelegi suferinţele.

— De ce îl lași să-ţi spună lucrurile astea?

— Fiindcă altfel nu se căsătorește cu mine.

— Dar după nuntă fă-l să plătească.

— Cum? Nu se sinchisește de mine: deja nu-l văd deloc, închipuie-ţi după.

— Atunci nu te înţeleg.

— Nu mă înţelegi pentru că nu ești în locul meu. Tu ai sta cu unul despre care știi foarte bine că e îndrăgostit de alta?

Am privit-o uimită:

— Michele are o amantă?

— O mulţime, e bărbat, și-o bagă unde se nimerește. Dar nu asta e ideea.

— Care e?

— Lenù, dacă îţi spun, nu trebuie să mai spui nimănui, altfel Michele mă omoară.

Am promis și mi-am ţinut promisiunea: o scriu aici, acum, numai pentru că ea a murit. A zis:

— El ţine la Lina. Și ţine la ea cum n-a ţinut niciodată la mine, cum n-o să ţină niciodată la nimeni.

— Prostii.

— Dacă spui asta, Lenù, e mai bine să pleci. E un adevăr. El ţine la Lina din ziua aia nenorocită în care i-a pus cuţitul de cizmărie la gât lui Marcello. Nu inventez, mi-a zis chiar el.

Și mi-a povestit lucruri care m-au tulburat profund. Mi-a povestit că nu cu mult timp în urmă, chiar în casa aceea, într-o seară, Michele se îmbătase și îi zisese cu câte femei fusese, numărul lor exact: o sută douăzeci și două, cu bani și pe gratis. *Tu apari pe lista asta,* subliniase el, *și cu siguranță nu ești dintre cele care m-au făcut să mă simt cel mai bine, dimpotrivă. Știi de ce? Pentru că ești cretină și chiar și ca să te fuți bine e nevoie de puțină inteligență. De exemplu, nu știi s-o iei la muie, ești inaptă, și e inutil să-ți explic, nu poți, se simte prea mult că ți-e scârbă.* Și continuase așa o vreme, vorbind tot mai dezgustător, cu el vulgaritatea era regulă. Apoi își dorise să-i explice cu claritate cum stăteau lucrurile: se căsătorea cu ea din respect pentru tatăl ei, cofetar priceput de care era foarte legat; se căsătorea cu ea pentru că o nevastă trebuia să ai, chiar și copii, chiar și o casă care să te reprezinte; dar nu voia să existe echivocuri: ea pentru el nu însemna nimic, n-o pusese pe un piedestal, nu la ea ținea cel mai mult, așa că nu trebuia să îndrăznească să-l calce pe nervi crezând că are vreun drept. Cuvinte urâte. La un moment dat, Michele însuși probabil că-și dăduse seama de asta și-l apucase un fel de melancolie. Murmurase că pentru el femeile erau niște păpușele cu câteva găuri bune ca să te joci cu ele. Toate. Toate în afară de una. Lina era singura femeie de pe lume pe care o iubea — iubea, da, ca în filme — și o respecta. *Mi-a zis* — a hohotit Gigliola — *că ea sigur s-ar fi priceput să amenajeze casa. Mi-a zis că ar fi fost o adevărată plăcere să-i dea bani pe mână, să cheltuiască. Mi-a zis că alături cu ea ar fi putut deveni cu adevărat un tip important la Napoli. Mi-a zis: îți amintești ce a fost în stare să facă din fotografia aceea în rochie de mireasă, îți amintești cum a aranjat magazinul? Și tu, și Pinuccia, și toate celelalte, ce pula mea sunteți, ce pula mea știți să faceți?* Îi zisese lucrurile alea și nu doar atât. Îi spusese că se gândea la Lila zi și noapte, dar nu cu dorința obișnuită. Felul în care o dorea nu semăna cu cel pe care îl cunoștea el. *De fapt n-o dorea.* Adică n-o dorea cum, în general, dorea el femeile, să le simtă sub el, să le întoarcă pe toate părțile, să le deschidă, să le termine, să se urce cu picioarele pe ele și să le zdrobească. N-o dorea ca s-o posede și s-o uite. O dorea pentru delicatețea minții ei pline de idei. O dorea în imaginație. Și o dorea fără s-o distrugă, ca s-o facă să dăinuiască. O dorea nu ca s-o fută, cuvântul acela folosit în cazul Lilei îl deranja. O dorea ca s-o sărute și s-o mângâie. O dorea ca să fie mângâiat, ajutat, ghidat, comandat. O dorea ca să vadă cum se schimba cu trecerea timpului, cum îmbătrânea. O dorea ca să discute cu ea și ca să-l ajute să gândească. *Înțelegi? A vorbit despre ea așa cum mie, mie cu care urmează să se căsătorească, nu mi-a vorbit niciodată. Îți jur, așa e. Murmura: fratele meu, Marcello, și dobitocul ăla de Stefano, și Enzo cu fața lui de cur ce au înțeles din Lina? Și-au dat seama de ce au pierdut, de ce pot pierde? Nu, le lipsește inteligența. Numai eu știu ce înseamnă ea, cine e.* Am recunoscut-o. *Și sufăr gândindu-mă la cum se irosește. A bătut câmpii așa, ca să se descarce. Și eu am stat să-l ascult fără să spun nimic, până când a adormit. Îl priveam și spuneam: cum se poate că Michele e capabil de acest sentiment. Nu e el cel care vorbește, e un altul. Și pe acel altul l-am urât, m-am gândit: acum înfig cuțitul în el în somn și mi-l iau înapoi pe Michele al meu. Pe Lila, în schimb, nu, nu sunt supărată pe ea. Voiam s-o omor cu ani în urmă, când Michele mi-a luat magazinul din Piața Martirilor ca să mă trimită din nou în spatele tejghelei de la cafenea. Atunci m-am simțit ca un rahat. Dar acum n-o mai urăsc, ea n-are nicio legătură. Întotdeauna și-a dorit să scape de aici. Nu e cretină ca mine care mă căsătoresc cu el, n-o să-l aibă niciodată. Dimpotrivă, pentru că Michele o să înșface tot ce e de înșfăcat, dar cu ea n-o să reușească. În ultima vreme chiar țin la ea: e cea care o să-l facă să pătimească.*

Am stat și-am ascultat, uneori am încercat s-o consolez. Am spus: *dacă se căsătorește cu tine, înseamnă că, orice ar spune, la tine ține, nu fi atât de disperată.* Gigliola a clătinat vehement din cap și și-a șters obrajii cu degetele. *Nu-l cunoști,* a zis, *nimeni nu-l cunoaște ca mine.* Am întrebat:

— După tine, poate să-și piardă mințile și să-i facă rău Linei?

A avut un fel de exclamare, între râset și țipăt.

— El? Linei? N-ai văzut cum s-a comportat în toţi aceşti ani? El poate face rău mie, ţie, oricui, chiar şi tatălui lui, mamei lui, fratelui lui. Poate face rău tuturor persoanelor la care Lina ţine, fiului ei, lui Enzo. Şi o poate face fără niciun scrupul, nemilos. Dar ei, ei în persoană, nu-i va face niciodată nici cel mai mic rău.

## 56.

Am decis să-mi închei excursia de explorare. Am coborât pe jos până la Mergellina şi am ajuns în Piaţa Martirilor exact când cerul negru era atât de jos, încât părea că se sprijină pe clădiri. Am intrat precipitat în elegantul magazin de pantofi Solara, convinsă că furtuna va izbucni din moment în moment. L-am găsit pe Alfonso şi mai frumos decât mi-l aminteam, cu ochi mari cu gene lungi, cu buzele bine conturate, cu trupul lui subţire şi totodată puternic, cu italiana devenită puţin artificială din cauza studiului limbilor latină şi greacă. S-a bucurat sincer să mă vadă. Fiindcă parcurseserăm împreună anii grei ai gimnaziului şi ai liceului, se crease între noi o legătură afectuoasă care, deşi nu ne văzuserăm de ceva timp, s-a reluat imediat. Am început să glumim. Am vorbit fără oprelişti, unul peste altul, despre trecutul nostru şcolăresc, despre profesori, despre cartea pe care o publicasem, despre nunta lui, despre a mea. Eu, bineînţeles, am adus-o pe Lila în discuţie şi el s-a tulburat, nu voia să vorbească rău despre ea, nici despre fratele lui, nici măcar despre Ada. A spus doar atât:

— Era previzibil să se încheie aşa.

— De ce?

— Îţi aminteşti când îţi spuneam că mi-era teamă de Lina?

— Da.

— Nu era teamă, am înţeles după mult timp.

— Dar ce era?

— Indiferență și acceptare, un efect de depărtare și apropiere în același timp.

— Adică?

— E greu de spus: eu și cu tine ne-am împrietenit imediat, la tine țin. Cu ea asta mi s-a părut întotdeauna imposibil. Avea ceva îngrozitor care mă făcea să-mi doresc să mă așez în genunchi și să-i mărturisesc gândurile mele cele mai secrete.

Am fost ironică:

— Frumos, o experiență aproape religioasă.

El a rămas serios:

— Nu, doar o recunoaștere a subordonării mele. Frumos a fost, în schimb, când m-a ajutat să învăț, aia da. Citea manualul, înțelegea imediat, îmi rezuma totul la modul simplu. Au existat, și mai există, momente în care mă gândesc: dacă m-aș fi născut femeie, mi-ar fi plăcut să fiu ca ea. Într-adevăr, în interiorul familiei Carracci eram ca niște corpi străini, nici pentru mine, nici pentru ea situația nu putea rămâne la fel. De aceea nu mi-a păsat niciodată că e vinovată, eu m-am simțit întotdeauna de partea ei.

— Stefano mai e supărat pe ea?

— Nu știu. Chiar și dacă o urăște, are prea multe necazuri ca să-și dea seama de asta. Lina, în momentul ăsta, e ultima lui problemă.

Afirmația mi s-a părut sinceră și mai ales fondată, așa că am lăsat-o deoparte pe Lila. În schimb, l-am întrebat din nou de Marisa, de familia Sarratore, și în cele din urmă de Nino. A fost vag în legătură cu toți, mai ales cu Nino, pe care nimeni — din voința lui Donato, mi-a zis — nu se hazardase să-l invite la insuportabilele nunți la care el era obligat să meargă.

— Nu ești bucuros că te căsătorești? am avut curajul să întreb.

A privit dincolo de vitrină: fulgera, tuna, dar încă nu ploua. A zis:

— Mi-era bine cum eram.

— Și Marisa?

— Ei nu, nu-i era bine.

— Voiai să fie logodnică pe viață?

— Nu știu.

— Deci, în cele din urmă, i-ai făcut pe plac.

— A vorbit cu Michele.

L-am privit nesigură.

— În ce sens?

A râs, un râset nervos.

— S-a dus la el, l-a întors împotriva mea.

Stăteam pe o pernă imensă, el era în picioare, în *contre-jour*. Avea figura încordată, compactă, ca a toreadorilor din filmele despre coride.

— N-am înțeles: tu te căsătorești cu Marisa pentru că ea i-a cerut lui Solara să-ți spună că așa trebuie să faci?

— Mă căsătoresc cu Marisa ca să nu-l supăr pe Michele. Datorită lui sunt aici, a avut încredere în capacitățile mele, mi-e drag.

— Ești nebun.

— Zici asta pentru că aveți toți o idee greșită despre Michele, nu știți cum e.

S-a încruntat, a încercat inutil să-și rețină lacrimile. A adăugat:

— Marisa e însărcinată.

— Ah.

Așadar, motivul real era acela. L-am luat de mână, simțindu-mă foarte stânjenită am încercat să-l liniștesc. S-a calmat foarte greu, mi-a zis:

— Viața e o chestie foarte urâtă, Lenù.

— Nu e adevărat: Marisa o să fie o soție bună și o mamă nemaipomenită.

— Nu-mi pasă de Marisa.

— Acum nu exagera.

Și-a fixat ochii asupra mea, am simțit că mă examina voind parcă să înțeleagă ceva despre mine care îl lăsa interzis. A întrebat:

— Nici ție nu ți-a zis Lina niciodată nimic?

— Ce trebuia să-mi spună?

A clătinat din cap, dintr-odată amuzat.

— Vezi că am dreptate? Nu e o persoană obișnuită. Odată i-am mărturisit un secret. Eram speriat și aveam nevoie să spun cuiva motivul spaimei. I l-am spus ei, iar ea m-a ascultat cu atenție, așa că m-am liniștit. A fost important pentru mine să-i vorbesc, mi se părea că nu aude cu urechile, ci cu un organ pe care-l avea doar ea și care făcea cuvintele mai ușor de rostit. La sfârșit nu i-am cerut, cum se face de obicei: *jură, te rog, nu mă trăda.* Acum însă e limpede că dacă nu ți-a zis ție, n-a zis-o nimănui, nici măcar din ciudă, nici măcar în perioada cea mai dură pentru ea, cea a urii și a bătăilor primite de la fratele meu.

Nu l-am întrerupt. Am simțit doar regretul că îi mărturisise cine știe ce Lilei și nu mie, care totuși eram prietena lui dintotdeauna. El și-a dat seama probabil și a decis să remedieze greșeala. M-a strâns în brațe cu putere și mi-a șoptit la ureche:

— Lenù, sunt poponar, nu-mi plac femeile.

Când mă pregăteam să plec, a murmurat stânjenit: *eram sigur că știai deja.* Asta mi-a accentuat regretul, în realitate nu-mi trecuse niciodată așa ceva prin minte.

## 57.

Așa a trecut ziua aceea lungă, fără ploaie, dar înnorată. De atunci a început să se inverseze rapid tendința unei etape de aparent progres a relației dintre Lila și mine, transformându-se în dorința de a scurta conversațiile și a avea din nou grijă de viața mea.

Sau poate că începuse dinainte, în detalii minuscule pe care le observam de-abia atunci când mă izbeau, și acum, în schimb, începeau să se adune. Plimbarea fusese utilă și totuși m-am întors acasă nemulțumită. Ce prietenie era aceea dintre mine și Lila dacă ea nu-mi spusese ani de zile despre Alfonso, cu care știa că am o legătură importantă? Posibil să nu-și fi dat seama de dependența totală a lui Michele de ea sau, din motivele ei, decisese să nu-mi spună mie? Pe de altă parte, eu, eu câte lucruri îi ascunsesem?

Am rămas tot restul zilei într-un haos de locuri, momente, persoane diferite: posedata doamnă Manuela, Rino cu un vid interior, Gigliola în clasele primare, Gigliola la gimnaziu, Gigliola sedusă de frumusețea băieților Solara, Gigliola fascinată de Fiatul 1100, și Michele care atrăgea femeile la fel ca Nino, dar care, spre deosebire de acesta, era capabil de o pasiune absolută. Și Lila, Lila care știuse să-i stârnească acea pasiune, o emoție care nu era doar mania unui patron, născută din fanfaronade de periferie, din răzbunare, din dorință abjectă, cum tindea ea să spună, ci era o formă obsesivă de valorizare a femeii, nu devoțiune, nu subordonare, ci mai degrabă iubirea unui bărbat dintre cele mai căutate, un sentiment complicat care știa să facă dintr-o femeie, cu hotărâre, într-un fel cu violență, aleasa printre femei. M-am simțit alături de Gigliola, i-am înțeles umilința.

Pe seară m-am întâlnit cu Lila și Enzo. N-am zis nimic despre descoperirile pe care le făcusem de dragul ei și, de asemenea, ca să-l protejez pe bărbatul cu care trăia. Am profitat, în schimb, de un moment în care Lila era în bucătărie să-i dea copilului să mănânce ca să-i spun lui Enzo că ea voia să se întoarcă în cartier. Nu i-am ascuns poziția mea. Am spus că nu mi se părea o idee bună, dar credeam că tot ce ar putea s-o ajute să se restabilească — era sănătoasă, avea doar nevoie să-și regăsească un echilibru — sau ce-și imagina ea că o va ajuta trebuia încurajat. Cu atât mai mult cu cât timpul trecuse și, din ce știam eu, în cartier n-avea de ce să se simtă mai rău decât la San Giovanni a Teduccio. Enzo a ridicat din umeri.

— N-am nimic împotrivă. O să mă scol mai devreme dimineaţa, o să mă întorc mai târziu seara.

— Am văzut că e de închiriat vechea casă a lui don Carlo. Fiii lui au plecat la Caserta şi acum vrea şi văduva să se ducă după ei.

— Cât vrea chirie?

I-am spus: în cartier chiriile erau mai mici decât la San Giovanni a Teduccio.

— Bine, a fost de acord Enzo.

— Ştii că veţi avea oricum probleme.

— Şi aici sunt.

— Neplăcerile or să se înmulţească, la fel şi pretenţiile.

— O să vedem.

— Îi vei rămâne aproape?

— Cât timp vrea ea, da.

Ne-am dus la Lila în bucătărie, i-am vorbit despre casa lui don Carlo. Ea tocmai se certase cu Gennaro. Acum, când copilul stătea mai mult cu mama şi mai puţin cu vecina, era dezorientat, avea mai puţină libertate, trebuia să renunţe la o serie de obiceiuri şi se revolta, pretinzând, la cinci ani, să fie hrănit cu linguriţa. Lila începuse să urle, el aruncase farfuria făcând-o ţăndări pe podea. Când am intrat în bucătărie, ea tocmai îi dăduse o palmă. Mi-a zis agresiv:

— Tu l-ai pus să mănânce jucându-te de-a avionul cu lingura?

— O singură dată.

— Nu trebuia.

Am spus:

— Nu se va mai întâmpla.

— Da, niciodată, fiindcă pe urmă tu pleci să fii scriitoare şi eu trebuie să-mi pierd vremea aşa.

Încet, încet s-a liniştit, iar eu am curăţat podeaua. Enzo i-a zis că pentru el era în regulă să caute casă în cartier, eu i-am spus de apartamentul lui don Carlo înăbuşindu-mi resentimentul. A stat să ne asculte fără chef în timp ce-l consola pe copil, apoi a reacţionat ca şi cum Enzo voia să se mute, ca şi cum eu aş fi încurajat spre alegerea aceea. Ne-a spus: *bine, fac cum vreţi voi.*

A doua zi ne-am dus toţi să vedem casa. Era într-o stare jalnică, dar Lila s-a entuziasmat: îi plăcea că era la marginea cartierului, în apropiere de tunel, şi că de la ferestre se vedea pompa de benzină a logodnicului lui Carmen. Enzo a observat că noaptea ar fi fost deranjaţi de camioanele care treceau pe şosea şi de trenurile de la triaj. Dar pentru că ea a considerat frumoase şi zgomotele care ne însoţiseră copilăria, au căzut la o înţelegere cu văduva pentru un preţ convenabil. Din acel moment, Enzo, în fiecare seară, în loc să se întoarcă la San Giovanni a Teduccio, s-a dus în cartier ca să renoveze apartamentul, pe care să-l preschimbe astfel într-o locuinţă decentă.

Se apropia luna mai deja, la fel şi data nunţii mele, mă tot duceam şi veneam de la Florenţa. Dar Lila, ca şi cum n-ar fi luat deloc în considerare data nunţii mele, m-a implicat în cheltuieli ca să finalizeze aranjarea casei. Am cumpărat un pat matrimonial, un pat pliant pentru Gennaro, am fost să facem împreună cererea pentru instalarea telefonului. Lumea ne observa pe stradă, unii mă salutau doar pe mine, alţii pe amândouă, alţii se prefăceau că nu ne vedeau nici pe una, nici pe cealaltă. Lila părea, în orice caz, în largul ei. O dată ne-am întâlnit cu Ada, era singură, a făcut semne cordiale, a trecut mai departe grăbită. O dată ne-am intersectat cu Maria, mama lui Stefano, eu şi Lila am salutat, ea a întors capul. O dată Stefano în persoană a trecut cu maşina şi s-a oprit din proprie iniţiativă; a coborât din maşină, a vorbit doar cu mine, vesel, m-a întrebat de nuntă, a lăudat Florenţa unde fusese de curând cu Ada şi fetiţa; la sfârşit, l-a atins uşor pe Gennaro peste obraz, a salutat-o pe Lila dând din cap și a pornit din nou. O dată l-am văzut pe Fernando, tatăl Lilei: cocoșat, foarte îmbătrânit, stătea în fața școlii și Lila s-a agitat, i-a zis lui Gennaro că voia să i-l prezinte pe bunicul lui și eu am încercat s-o opresc, dar ea a vrut să se ducă oricum. Fernando s-a comportat ca și cum fiica lui n-ar fi fost acolo, și-a privit nepotul câteva secunde și a mormăit: *dacă o vezi pe maică-ta, zi-i că e o curvă,* și a plecat.

Dar întâlnirea cea mai tulburătoare, chiar dacă pe moment a părut cea mai puțin importantă, a avut loc cu câteva zile înainte ca ea să se mute definitiv în noul apartament. Exact când ieșeam din casă, am dat nas în nas cu Melina care o ținea de mână pe Maria, fiica lui Stefano și a Adei. Avea, ca de obicei, aerul ei rătăcit, dar era bine îmbrăcată, își oxigenase părul, era foarte machiată. M-a recunoscut pe mine, dar pe Lila nu, sau poate că la început a preferat să vorbească doar cu mine. Mi s-a adresat ca și cum aș fi fost încă prietena fiului ei, Antonio: a zis că el urma să se întoarcă în curând din Germania și că întreba mereu de mine în scrisori. I-am făcut multe complimente pentru rochie și pentru păr, mi s-a părut bucuroasă. Dar mai bucuroasă s-a arătat când am lăudat-o pe nepoată care, timidă, s-a lipit de fusta bunicii. În clipa aceea s-a simțit probabil datoare să vorbească foarte frumos de Gennaro, a întrebat-o pe Lila: *e fiul tău?* Abia atunci a părut să-și amintească de ea, care până în acel moment o privise fix fără să scoată un cuvânt, și s-a gândit probabil că era femeia căreia fiica ei, Ada, îi luase soțul. Ochii i s-au cufundat în cearcănele mari și a zis, foarte serioasă: *Lina, te-ai făcut urâtă și uscată, Stefano n-a avut încotro, te-a părăsit, bărbații vor să ai pe tine carne, altfel nu știu unde să pună mâinile și pleacă.* Apoi, cu o mișcare bruscă a capului, i s-a adresat lui Gennaro, aproape a urlat, arătând către fetiță: *știi că asta e sora ta? Pupați-vă, hai, Sfântă Fecioară, ce frumoși sunteți.* Gennaro a pupat-o imediat pe fetiță, care s-a lăsat pupată fără să protesteze, și Melina, văzând cele două fețișoare una lângă cealaltă, a exclamat: *au luat amândoi de la tată, sunt identici.* După acea constatare, ca și cum ar fi avut lucruri urgente de făcut, s-a smucit și a plecat fără să salute.

Lila tăcuse tot timpul. Am înţeles însă că i se întâmplase ceva foarte șocant, ca atunci când, mică fiind, o văzuse pe Melina care trecea pe șosea mâncând săpun. Imediat cum femeia și fetiţa s-au îndepărtat, a avut o ieșire, s-a ciufulit frenetic cu mâna, a clipit și a zis: *așa o să ajung și eu.* Apoi a încercat să-și aranjeze părul la loc și a murmurat:

— Ai auzit ce-a spus?

— Nu e adevărat că ești urâtă și uscată.

— Cui îi pasă dacă sunt urâtă și uscată, vorbesc despre asemănare.

— Ce asemănare?

— Dintre cei doi copii: Melina are dreptate, sunt amândoi identici cu Stefano.

— Da' de unde, cea mică da, dar Gennaro e diferit.

Ea a izbucnit în râs, după mult timp i-a revenit râsetul maliţios dintotdeauna. A subliniat:

— Sunt ca două picături de apă.

## 58.

Trebuia să plec neapărat. Ce puteam face pentru ea făcusem deja, acum riscam numai să mă încurc eu însămi în reflecţii inutile despre cine era adevăratul tată al lui Gennaro, despre cât de departe văzuse Melina, despre mișcările secrete ale minţii Lilei, despre ce știa sau nu știa sau presupunea și nu zicea, sau îi era comod să creadă și așa mai departe, într-o spirală care mă distrugea. Am discutat despre întâlnirea aceea, profitând de faptul că Enzo era la muncă. Am folosit clișee precum: o femeie știe întotdeauna cine e tatăl copiilor ei. Am zis: *tu ai simţit mereu că fiul tău era al lui Nino, dimpotrivă, tocmai de asta l-ai dorit, iar acum ești sigură că e al lui Stefano numai pentru că așa a zis nebuna de Melina?* Ea însă rânjea, spunea: *ce proastă, cum am putut să nu pricep*, și — lucru pentru mine de neînțeles — părea bucuroasă. Astfel, în cele din urmă, am tăcut. Dacă acea nouă convingere o ajuta să se vindece, foarte bine. Iar dacă era un alt semn al instabilității ei, ce puteam face? Gata. Cartea mea fusese cumpărată în Franța, în Spania și în Germania, urma să fie tradusă. Publicasem alte două articole despre munca femeilor în fabricile din Campania și cei de la ziarul *Unità* fuseseră mulțumiți. De la editură primeam solicitări pentru un nou roman. În fine, trebuia să mă dedic treburilor mele nenumărate, pentru Lila mă sacrificasem destul și nu puteam continua să mă pierd în spatele încurcăturilor din viața ei. Am cumpărat la Milano, încurajată de Adele, un taior crem pentru nuntă, îmi venea bine, sacoul era foarte elegant, iar fusta scurtă. În timp ce-l probam, m-am gândit la Lila, la rochia ei de mireasă somptuoasă, la fotografia pe care croitoreasa o expusese în vitrina de pe Rettifilo și comparația m-a făcut să mă simt categoric diferită. Nunta ei, a mea: lumi de-acum diferite. Îi spusesem cu ceva timp în urmă că n-o să mă căsătoresc în biserică, că n-o să port o rochie de mireasă tradițională, că Pietro cu greu acceptase prezența rudelor apropiate.

— De ce? mă întrebase ea, dar fără vreun interes special.

— De ce ce?

— De ce nu vă căsătoriți în biserică?

— Nu suntem credincioși.

— Și degetul lui Dumnezeu, Sfântul Duh? citase ea, amintindu-mi de articolașul pe care îl scriseserăm împreună când eram mici.

— Am crescut.

— Fă măcar o petrecere, invită-ți prietenii.

— Pietro nu vrea.

— Nu mă inviți nici pe mine?

— Ai veni?

Râsese clătinând din cap.

— Nu.

Atâta tot. La începutul lui mai însă, când m-am hotărât să am o ultimă inițiativă înainte să părăsesc definitiv orașul, lucrurile, în acea privință și în multe altele, au luat o întorsătură neplăcută. Întâmplarea a făcut că m-am decis să mă duc la Galiani. Am căutat numărul și am sunat-o. I-am zis că urma să mă căsătoresc, să merg să locuiesc la Florența și voiam să trec s-o salut. Ea, fără să se mire, fără pic de bucurie, dar cu amabilitate, m-a invitat a doua zi pe la ora cinci. Înainte să închidă a spus: *adu-o și pe prietena aceea a ta, Lina, dacă are chef.*

Lila, atunci, nu s-a lăsat rugată, iar Gennaro a rămas în grija lui Enzo. M-am machiat, m-am pieptănat, m-am îmbrăcat conform gustului deprins de la Adele și am ajutat-o pe Lila să aibă o înfățișare măcar demnă, având în vedere că era greu s-o convingi să se facă frumoasă. Voia să ducă prăjituri, i-am zis că nu era cazul. În schimb, am cumpărat un exemplar al cărții mele, chiar dacă eram sigură că Galiani o citise: am făcut-o doar ca să pot să-i ofer un autograf.

Am ajuns punctuale, am sunat, liniște. Am sunat din nou, ne-a deschis Nadia, gâfâind, neîngrijită, fără obișnuita-i politețe, ca și cum i-am fi deranjat nu doar înfățișarea, ci și educația ei bună. Eu i-am explicat că aveam o întâlnire cu mama ei. *Nu e*, a spus, dar ne-a invitat să ne așezăm în salon. Apoi a dispărut.

Am amuțit amândouă, dar ne-am zâmbit stânjenite în casa cufundată în tăcere. Au trecut poate cinci minute și s-au auzit în sfârșit niște pași pe hol. A apărut Pasquale, puțin ciufulit. Lila nu s-a arătat deloc surprinsă, dar eu am întrebat de-a dreptul uimită: *ce faci aici?* El a răspuns serios, lipsit de cordialitate: *ce faceți* voi *aici*. Și propoziția a răsturnat situația, a trebuit să-i explic eu lui, ca și cum ar fi fost casa lui, că aveam o întâlnire cu profesoara mea.

— Ah, a zis, și a întrebat-o pe Lila, arogant: Tu ți-ai revenit?

— Destul.

— Mă bucur.

M-am enervat, am răspuns eu pentru ea, am zis că Lila de-abia acum începea să se simtă mai bine și că oricum Soccavo primise o lecție frumoasă, îl vizitaseră inspectorii, compania fusese nevoită să-i plătească Lilei tot ce îi datora.

— Da? a zis el tocmai când Nadia își făcea din nou apariția, acum aranjată ca și cum ar fi fost gata să iasă în oraș. Ai înțeles, Nadia? Doamna Greco zice că i-a dat o lecție frumoasă lui Soccavo.

Am exclamat:

— Nu eu.

— Nu ea, lui Soccavo i-a dat o lecție Dumnezeu.

Nadia a surâs, a traversat camera și, deși era canapeaua liberă, s-a așezat cu o mișcare grațioasă pe genunchii lui Pasquale. M-am simțit stingherită.

— Am încercat doar s-o ajut pe Lina.

Pasquale a înconjurat talia Nadiei cu un braț, s-a întins spre mine și a exclamat:

— Foarte bine. Înseamnă că în toate fabricile, pe toate șantierele, în fiecare colț al Italiei și al lumii, imediat ce patronul face tămbălău și muncitorii își asumă riscuri, o chemăm pe Elena Greco: ea îi sună pe prietenii ei, la inspecția muncii, la sfinții pe care îi are în Paradis și rezolvă.

Nu-mi vorbise niciodată în felul acela, nici când eram fetiță și el mi se părea deja mare, își dădea aere de politician expert. M-am simțit jignită, am dat să-i răspund, dar Nadia a intervenit, excluzându-mă din discuție. I s-a adresat Lilei cu vocișoara ei lentă, ca și cum n-ar fi meritat să-mi vorbească mie:

— Inspectorii muncii nu contează deloc, Lina. S-au dus la Soccavo, au scris ceva în hârtiile lor, dar apoi? În stabiliment continuă totul ca înainte. Și între timp cine s-a expus are necazuri, cine a tăcut a primit câteva lire pe sub mână, poliţiştii ne-au săltat și fasciștii au ajuns până aici, în fața casei, și l-au bătut pe Armando.

Nici n-a terminat de vorbit, că deja Pasquale mi se adresa și mai dur decât înainte, de data asta ridicând vocea:

— Explică-ne ce pula mea ai crezut că rezolvi, a zis sincer îndurerat și dezamăgit. Știi ce se întâmplă în Italia? Ai idee ce e lupta de clasă?

— Nu țipa, te rog, l-a îndemnat Nadia, apoi i s-a adresat din nou Lilei, aproape că a șoptit: Nu se abandonează camarazii.

Ea a răspuns:

— Ar fi mers rău oricum.

— Adică?

— Acolo înăuntru nu răzbești nici cu fluturași și nici bătându-te cu fasciștii.

— Dar cum răzbești?

Lila a rămas tăcută, Pasquale a șuierat, de data asta către ea:

— Răzbești mobilizându-i pe prietenii buni ai patronilor? Răzbești câștigând câțiva bani și nepăsându-ți de ceilalți?

Eu atunci am izbucnit:

— Pasquale, încetează, am zis și, fără să vreau, am ridicat și eu vocea. Ce înseamnă tonul ăsta? Nu a decurs așa.

Voiam să mă explic, să-l fac să tacă, chiar dacă îmi simțeam mintea goală. Nu știam ce argumente să aduc și singura idee care îmi stătea pe vârful limbii era perfidă și politic inutilizabilă: *mă tratezi așa pentru că acum, când poți să pui mâinile pe domnișoara asta de familie bună, te simți cine știe cine?* Dar Lila, iată, m-a împiedicat cu un gest enervat, complet neașteptat, care m-a tulburat. A zis:

— Gata, Lenù, au dreptate ei.

Am fost foarte dezamăgită. Ei aveau dreptate? Voiam să dau replica, să mă supăr și pe ea, ce voise să zică? Dar în acel moment a sosit Galiani, i s-au auzit pașii pe hol.

## 59.

Am sperat ca profesoara să nu mă fi auzit țipând. Și între timp am așteptat ca Nadia să țâșnească de pe genunchii lui Pasquale și să alerge să se așeze pe canapea, îmi doream să-i văd pe amândoi umiliți de efortul de a disimula absența intimității. Am observat că și Lila îi privea ironică. Dar cei doi au rămas cum stăteau, ba, mai mult, Nadia și-a trecut un braț în jurul gâtului lui Pasquale, ca și cum s-ar fi temut să nu cadă și în timpul ăsta i-a zis mamei sale, care tocmai se ivise în prag: *data viitoare anunță-mă dacă ai vizite.* Profesoara nu i-a răspuns, ni s-a adresat nouă rece: *scuzați-mă, am întârziat, să mergem la mine-n birou.* Am urmat-o, în timp ce Pasquale o îndepărta de lângă el pe Nadia, murmurând pe un ton care mi s-a părut brusc deprimat: *hai, să mergem dincolo.*

Galiani ne-a condus mergând în fața noastră pe hol și bombănind înfuriată: *ce mă enervează cu adevărat e bădărănia.* Apoi ne-a invitat să intrăm într-o cameră luminoasă, cu un birou vechi, multe cărți și scaune austere capitonate. A luat un ton amabil, dar era limpede că se lupta cu proasta dispoziție. A zis că era bucuroasă să ne revadă pe Lila și pe mine; totuși, la fiecare cuvânt, ba chiar și când tăcea, am simțit-o tot mai iritată. Îmi doream să plec cât mai repede de acolo. M-am scuzat că nu mai dădusem semne de viață, am vorbit destul de mâhnit de efortul studiilor, de carte, de miile de lucruri care mă copleșiseră, de logodnă, de nunta care de-acum se apropia.

— Te căsătorești în biserică sau doar civil?

— Doar civil.

— Bravo.

I s-a adresat Lilei, voia s-o implice în conversație:

— V-ați căsătorit în biserică?

— Da.

— Sunteţi credincioasă?
— Nu.
— Atunci de ce v-aţi căsătorit în biserică?
— Așa se făcea.
— Lucrurile n-ar trebui făcute doar pentru că se fac.
— Facem multe din astea.
— Veţi merge la nunta Elenei?
— Nu m-a invitat.

Am tresărit, am zis imediat:

— Nu e adevărat.

Lila s-a hlizit:

— E adevărat, îi e rușine cu mine.

Tonul era ironic, dar tot m-am simţit rănită. Ce se întâmpla cu ea? De ce mai devreme nu-mi dăduse dreptate în faţa Nadiei și a lui Pasquale și acum zicea chestia aia antipatică în faţa profesoarei?

— Prostii, am zis, și, ca să mă liniștesc, am scos din geantă cartea mea, i-am întins-o lui Galiani, spunând: voiam să vă ofer asta.

Ea a privit-o o clipă fără s-o vadă, urmându-și poate un gând de-al ei, apoi mi-a mulţumit, a zis că o avea deja și mi-a înapoiat-o, întrebându-mă:

— Soţul tău cu ce se ocupă?
— E profesor de literatură latină la Florenţa.
— E mult mai bătrân decât tine?
— Are douăzeci și șapte de ani.
— Așa tânăr și deja profesor?
— E competent.
— Cum îl cheamă?
— Pietro Airota.

Galiani m-a privit atent, ca la școală când eram ascultată și dădeam un răspuns pe care-l considera incomplet.

— Rudă cu Guido Airota?

— E fiul lui.

A zâmbit vădit malițios.

— Bună partidă.

— Ținem unul la altul.

— Ai început deja să scrii o altă carte?

— Încerc.

— Am văzut că ești colaboratoare la ziarul *Unità*.

— Ici și colo, nu mare lucru.

— Eu nu mai scriu la el, e un ziar de birocrați.

S-a întors din nou la Lila, lăsând impresia că vrea să-i arate în toate chipurile simpatia ei. I-a zis:

— E important ce ați făcut în fabrică.

Lila s-a strâmbat scârbită.

— N-am făcut nimic.

— Asta nu e adevărat.

Galiani s-a ridicat, a scotocit printre hârtiile de pe birou și i-a arătat niște foi, ca și cum asta ar fi fost o dovadă imposibil de combătut.

— Nadia a lăsat textul acesta al dumneavoastră prin casă și eu mi-am permis să-l citesc. E o lucrare curajoasă, nouă, foarte bine scrisă. Îmi doream să vă revăd ca să vă pot spune asta.

Ținea în mâini paginile Lilei din care extrăsesem primul meu articol pentru *Unità*.

## 60.

Ah, da, era momentul potrivit să mă detașez. Am plecat din casa familiei Galiani amărâtă, cu gura uscată, fără să fi găsit curajul de a-i spune profesoarei că nu avea dreptul să mă trateze în felul acela. Nu se pronunțase în legătură cu cartea mea, chiar dacă o avea de mult și cu siguranță o citise sau măcar o frunzărise. Nu-mi ceruse dedicație pe exemplarul adus de mine intenționat și când eu, înainte să plecăm — din slăbiciune, dintr-o nevoie de a încheia acea relație în mod afectuos — mă oferisem oricum să i-o dau, nu răspunsese nici da, nici nu, doar zâmbise și își continuase discuția cu Lila. Și, mai ales, nu spusese nimic despre articolele mele. Dimpotrivă, mai întâi le menționase doar ca să le includă în părerea ei negativă în privința ziarului *Unità*. Apoi scosese foile Lilei și începuse să discute cu ea ca și cum opinia mea în legătură cu subiectul acela n-ar fi contat deloc, ca și cum n-aș mai fi fost în cameră. Voiam să urlu la ea: *da, e adevărat, Lila este foarte intelgentă, are o inteligență pe care i-am recunoscut-o mereu, pe care o iubesc, care a influențat tot ce am făcut; dar eu mi-am cultivat-o pe a mea cu mare efort și cu succes, sunt apreciată pretutindeni, nu sunt o nulitate pretențioasă ca fiica ta.* În schimb, am rămas tăcută să ascult în timp ce discutau despre muncă și despre fabrică și despre revendicări. Pe palier continuaseră să vorbească între ele, până când Galiani mă salutase nepăsătoare și îi spusese, în schimb, Lilei, tutuind-o de-acum: *dă un semn* și o îmbrățișă. Mă simțisem umilită. În plus, Pasquale și Nadia n-au mai apărut, nu avusesem ocazia să le resping acuzațiile și îmi rămăsese înăuntru și furia legată de ei: ce vină aveam că-mi ajutasem o prietenă, mă expusesem ca să fac asta, cum își permiteau să-mi critice faptele. Acum, pe scări, în hol, pe trotuarul bulevardului Vittorio Emanuele eram numai eu și Lila. Eram pe punctul să urlu la ea: *chiar crezi că mi-e rușine cu tine, ce ți-a trecut prin minte, de ce le-ai dat dreptate ălora doi, ești o ingrată, am făcut tot posibilul să-ți fiu aproape, să-ți fiu de ajutor și tu mă tratezi așa, într-adevăr ai o minte bolnavă.* Dar cum am ieșit, înainte să pot deschide gura (și, de altfel, ce diferență ar fi fost dacă aș fi făcut-o?), ea m-a luat de braț și a început să vorbească în apărarea mea împotriva lui Galiani.

N-am găsit nicio portiță ca să-i reproșez nici faptul că trecuse de partea lui Pasquale și a Nadiei, nici acuzația nesocotită că n-o voiam la nunta mea. S-a comportat ca și cum ar fi fost o altă Lila care spunea lucrurile alea, o Lila despre care nu știa nimic ea însăși și căreia era inutil să-i ceri explicații. *Ce oameni oribili* — a început să spună fără să se mai oprească până la stația de metrou din Piața Amedeo — *ai văzut-o pe bătrână cum te-a tratat, nu voia decât să se răzbune, nu poate suporta faptul că scrii cărți și articole, nu poate suporta faptul că ești pe cale să te căsătorești bine, dar mai ales nu poate suporta faptul că Nadia, educată pentru a fi cea mai bună, Nadia care trebuia să-i ofere atâtea satisfacții, nu face nimic bun, e împreună cu zidarul și face pe curva sub ochii ei: da, nu poate suporta asta, dar tu faci rău că te superi, pe tine să te doară în cot, nu trebuia să-i lași cartea ta, nu trebuia să întrebi dacă voia dedicație, mai ales nu trebuia să i-o dai, ăștia sunt oameni care trebuie tratați cu șuturi în cur, ești prea bună, ăsta e defectul tău, te lași păcălită de tot ce zic cei care au studiat mult ca și cum numai ei ar avea minte și nu e deloc așa, relaxează-te, du-te, mărită-te, pleacă în voiajul de nuntă, te-ai preocupat prea mult pentru mine, scrie un alt roman, știi că aștept lucruri foarte frumoase de la tine, țin la tine.*

Am ascultat-o tot timpul, copleșită. Nu aveai cum să fii liniștită în preajma ei. Fiecare punct stabil al relației noastre mai devreme sau mai târziu se dovedea o formulă provizorie, imediat i se zdruncina ceva în cap care o dezechilibra și mă dezechilibra și pe mine. N-am înțeles dacă acele cuvinte serveau de fapt la a-și cere scuze, dacă vorbea prefăcut acoperind niște sentimente pe care nu avea intenția să mi le mărturisească, dacă avea ca scop o despărțire definitivă. Cu siguranță era falsă și era ingrată, iar eu, în ciuda tuturor schimbărilor prin care trecusem, continuam să-i fiu subordonată. Am simțit că n-o să scap niciodată de supunerea aceea și asta mi s-a părut insuportabil. Mi-am dorit — și n-am reușit să-mi controlez dorința — să se fi înșelat cardiologul, ca Armando să aibă dreptate, să fie într-adevăr bolnavă și să moară.

De atunci, mulți ani de zile, nu ne-am mai văzut, ne-am auzit doar la telefon. Am devenit una pentru cealaltă fragmente de voce, fără să existe niciodată o confirmare din priviri. Dar dorința morții ei a rămas într-un colțișor, o alungam și ea nu se dădea deloc dusă.

## 61.

În noaptea dinaintea plecării mele la Florența n-am putut dormi. Dintre toate gândurile dureroase cel mai insistent avea de-a face cu Pasquale. Criticile lui mă dezamăgeau. Într-o primă fază le respinsesem total, acum oscilam între convingerea că nu le meritam și ideea că dacă Lila îi dăduse dreptate poate că eu fusesem cea care greșise, de fapt. În cele din urmă, am făcut ceva ce nu făcusem niciodată: m-am dat jos din pat la patru dimineața și am ieșit din casă singură, înainte de ivirea zorilor. Eram foarte nefericită, îmi doream să mi se întâmple ceva rău, un eveniment care, pedepsindu-mă pentru acțiunile mele greșite și gândurile mele urâte, s-o pedepsească prin ricoșeu și pe Lila. În schimb, nu mi s-a întâmplat nimic. M-am plimbat mult pe străzile pustii, mult mai sigure acum decât atunci când erau aglomerate. Cerul a devenit vioriu. Am ajuns la mare, o foaie cenușie sub cerul neluminat, cu nori rari conturați cu roz. Castel dell'Ovo se vedea clar tăiat în două de lumină, o siluetă de argilă colorată strălucitoare într-o parte a Vezuviului, o pată cafenie pe latura cu Mergellina și Posillipo. Drumul de-a lungul stâncilor era pustiu, marea nu se auzea, dar emana un miros intens. Cine știe ce sentiment aș fi avut despre Napoli, despre mine însămi, dacă m-aș fi trezit în fiecare dimineață nu în cartier, ci într-una dintre clădirile de pe litoral? Ce încercam să fac? Să-mi schimb nașterea? Să-i schimb, odată cu mine însămi, și pe ceilalți? Să repopulez orașul ăsta acum pustiu cu cetățeni lipsiți de obsesia sărăciei sau a lăcomiei, fără invidie și furii, capabili să se bucure de splendoarea peisajului precum divinitățile care l-au locuit odinioară? Să-mi mulţumesc demonul, să-i ofer o viaţă bună şi să mă simt fericită? Folosisem puterea familiei Airota, oameni care de generaţii întregi se luptau pentru cauza socialismului, oameni care erau de partea celor ca Pasquale şi ca Lila, nu pentru că m-am gândit să repar toate stricăciunile lumii, ci pentru că eram în situaţia de a ajuta o persoană pe care o iubeam şi mi se păruse culpabil să n-o fac. Acţionasem greşit? Trebuia s-o las pe Lila cu necazurile ei? Niciodată, absolut niciodată nu voi mai mişca un deget pentru cineva. Am plecat, m-am dus să mă căsătoresc.

## 62.

Nu-mi amintesc nimic despre nunta mea. Puţinele fotografii venite în ajutor, în loc să-mi mobilizeze memoria, au făcut-o să păstreze doar câteva imagini: Pietro cu expresia distrată, eu care par nervoasă, mama mea care a ieşit neclară, dar reuşeşte oricum să se arate nemulţumită. Sau nu. Nu-mi amintesc nimic despre ritualul în sine, dar am în minte lunga discuţie pe care am avut-o cu Pietro cu câteva zile înainte să ne căsătorim. I-am zis că intenţionam să iau anticoncepţionale ca să nu facem copii, că mi se părea urgent să încerc, înainte de toate, să scriu o altă carte. Eram sigură că va fi de acord. În schimb, în mod surprinzător, s-a arătat potrivnic. A făcut din asta mai întâi o chestiune de legalitate, pilula nu se găsea încă oficial pe piaţă; apoi a spus că se zvonea că ar dăuna sănătăţii; pe urmă mi-a ţinut un discurs complicat despre sex, iubire şi fecundaţie; în fine, a bombănit că dacă cineva are într-adevăr de scris, scrie oricum, chiar şi dacă aşteaptă un copil. M-am supărat, m-am enervat, reacţia aia nu mi s-a părut potrivită pentru tânărul cultivat care îşi dorise numai căsătoria civilă şi i-am zis asta. Ne-am certat. Am ajuns în ziua nunţii fără să ne fi împăcat, el mut, eu indiferentă.

Există și o altă amintire care n-a pălit: petrecerea surpriză. Hotărâserăm să ne căsătorim, să ne luăm rămas-bun de la rude și să plecăm acasă fără niciun fel de petrecere. Ajunseserăm la ideea aceea unind vocația ascetică a lui Pietro cu încercarea mea de a demonstra că nu mai aparțineam lumii mamei mele. Dar modul nostru de a acționa a fost, pe ascuns, dat peste cap de Adele. Ne-a târât acasă la o prietenă de-a ei, și a zis să ciocnim un pahar; și acolo Pietro și cu mine, în schimb, ne-am trezit în mijlocul unei mari petreceri într-o foarte elegantă reședință florentină, printre numeroase rude ale familiei Airota și persoane cunoscute și foarte cunoscute care au rămas până seara. Soțul meu s-a posomorât, eu m-am întrebat dezorientată de ce, având în vedere că era vorba despre petrecerea pentru nunta *mea*, a trebuit să-i invit doar pe părinții și pe frații mei. I-am zis lui Pietro:

— Știai că lucrurile stăteau așa?

— Nu.

O vreme am făcut amândoi față situației. Dar în curând el a scăpat de încercările mamei și surorii lui de a-l prezenta când unuia, când altuia. S-a retras într-un colț împreună cu rudele mele, a discutat cu ele tot timpul. Inițial m-am resemnat, un pic stingherită, și am rămas în capcana în care picasem. Apoi mi s-a părut incitant faptul că politicieni de renume, intelectuali prestigioși, tineri revoluționari, chiar și un poet și un romancier foarte cunoscuți se arată interesați de mine, de cartea mea și mă laudă pentru articolele din *Unità*. Timpul a zburat, m-am simțit tot mai acceptată în lumea familiei Airota. Până și socrul meu voia să mă țină lângă el punându-mi întrebări cu amabilitate despre chestiunile referitoare la dreptul muncii. În curând s-a format un grup, numai persoane care scriau în ziare și reviste despre numeroasele revendicări al căror număr creștea în toată țara. Și eu, iată-mă, eram acolo cu ei și aceea era petrecerea mea și mă aflam în centrul conversației.

Socrul meu a lăudat mult, la un moment dat, un eseu apărut în *Mondo Operaio* care, după el, punea problema democrației în Italia cu o inteligență clară. Textul avea foarte multe date și, în esență, arăta că atâta timp cât televiziunea națională, ziarele importante, școala, universitatea, magistratura vor consolida zilnic ideologia dominantă, competiția electorală o să fie de fapt trucată și partidele muncitorești nu vor avea niciodată voturi suficiente ca să guverneze. Semne de consens, citate de susținere, trimiteri la o contribuție sau alta. În cele din urmă, profesorul Airota, cu toată autoritatea lui, a rostit numele autorului articolului, și eu am știut înainte să-l pronunțe — Giovanni Sarratore — că era vorba despre Nino. Am fost atât de bucuroasă, încât n-am reușit să mă controlez, am zis că-l cunoșteam și am chemat-o pe Adele ca să-i confirme soțului ei și celor prezenți cât era de strălucitor prietenul meu napolitan.

Nino a participat la nunta mea chiar dacă nu era de față și, vorbind despre el, m-am simțit autorizată să vorbesc și despre mine. Am vorbit despre motivele pentru care începusem să mă ocup de luptele muncitorilor, elementele care trebuiau furnizate pentru ca partidele și reprezentanții parlamentari ai stângii să recupereze întârzierile acumulate în privința înțelegerii aprofundate a momentului politic și economic actual. Și așa mai departe, cu alte expresii pe care le învățasem de curând, dar pe care le-am folosit cu dezinvoltură. M-am simțit competentă. M-am binedispus tot mai mult, mi-a plăcut să stau lângă socrii mei și să mă simt apreciată de prietenii lor. La final, când rudele mele m-au salutat timide și au plecat în grabă să-și găsească un adăpost în așteptarea primului tren care să le ducă înapoi la Napoli, nu mai eram bosumflată. Pietro și-a dat seama probabil, pentru că la rândul lui s-a îmblânzit și a renunțat la toată încordarea.

Imediat cum am ajuns în apartamentul nostru și am închis ușa după noi, am început să facem dragoste. Inițial mi-a plăcut mult, dar ziua îmi rezerva alt fapt surprinzător. Antonio, primul meu logodnic, când se freca de mine era rapid și intens; Franco făcea eforturi mari să se controleze, dar, la un moment dat, se retrăgea gemând sau, când își punea prezervativ, brusc se oprea și devenea greoi, mă zdrobea sub trupul lui, râzându-mi în ureche. Pietro, în schimb, s-a căznit un timp care mi s-a părut o eternitate. Mișcările lui erau chibzuite, violente, în așa fel încât plăcerea inițială, încet, încet, s-a atenuat, învinsă de insistența monotonă și de durerea pe care o simțeam în burtă. S-a umplut de sudoare din cauza efortului prelungit, poate și din cauza suferinței, și cheful mi-a dispărut complet văzându-i chipul și gâtul umede, atingându-i spinarea transpirată. Dar el nu și-a dat seama, a continuat să iasă și apoi să intre în mine cu putere, ritmic, fără să se oprească deloc. Nu știam cum să mă comport. Îl mângâiam, îi șopteam cuvinte de iubire și, între timp, speram să înceteze. Când a izbucnit într-un răcnet și s-a prăbușit, în sfârșit epuizat, m-am simțit bucuroasă, deși aveam dureri și eram nesatisfăcută.

A rămas în pat foarte puțin timp, s-a ridicat și s-a dus la baie. L-am așteptat câteva minute, dar eram obosită, m-a cuprins somnul. M-am trezit brusc după o oră și mi-am dat seama că nu se întorsese în pat. L-am găsit în biroul lui, la masa de lucru.

— Ce faci?

Mi-a zâmbit.

— Lucrez.

— Vino la culcare.

— Du-te tu, vin și eu mai târziu.

Sunt convinsă că am rămas însărcinată chiar în noaptea aceea.

## 63.

Când am aflat că așteptam un copil, m-a cuprins neliniștea și i-am telefonat mamei mele. Oricât de conflictuală fusese dintotdeauna relaţia noastră, în acea împrejurare am simţit nevoia s-o aud. A fost o greşeală, a devenit imediat cicălitoare. Voia să plece, să vină să stea la mine, să mă asiste, îndrume sau, invers, să mă ducă din nou în cartier, să mă aibă din nou în casa ei, să mă încredinţeze bătrânei moaşe cu care-şi născuse ea toţi copiii. M-am străduit s-o calmez, i-am zis că urmărea evoluţia sarcinii un ginecolog, prieten de-al soacrei mele, un mare profesor, şi că urma să nasc în clinica lui. S-a supărat. Mi-a spus şuierat: *o preferi pe soacra ta mie* şi n-a mai sunat.

În schimb, peste câteva zile Lila a dat un semn. După plecarea mea vorbiserăm deja la telefon de câteva ori, dar numai câte două, trei minute, nu voiam să cheltuim prea mult, ea veselă, eu detaşată, ea, ironică îmi punea întrebări despre viaţa mea de soţie, eu, serioasă mă informam despre starea sănătăţii ei. De data asta mi-am dat seama că nu mergea ceva.

— Eşti supărată pe mine? m-a întrebat.

— Nu, de ce aş fi?

— Nu mi-ai spus nimic. Vestea a ajuns la mine numai pentru că mama ta se laudă la toţi cu sarcina ta.

— Mi s-a confirmat de puţin timp.

— Credeam că iei pilule.

M-am simţit stânjenită.

— Da, dar pe urmă am hotărât să nu iau.

— De ce?

— Anii trec.

— Şi cartea pe care trebuie s-o scrii?

— O să văd pe urmă.

— Te rog.

— O să fac tot posibilul.

— Trebuie să faci mai mult de atât.

— O să încerc.

— Eu iau pilule.

— Deci cu Enzo lucrurile merg bine?

— Destul de bine, dar nu vreau să mai rămân niciodată însărcinată.

A tăcut, n-am zis nici eu nimic. Când a început să vorbească din nou, mi-a povestit atât de prima oară când își dăduse seama că așteaptă un copil, cât și de a doua oară. Pe ambele le-a numit drept o experiență urâtă: *a doua oară,* a zis, *eram sigură că e copilul lui Nino și chiar dacă mă simțeam rău, eram fericită. Dar fericită sau nu, o să vezi, corpul suferă, n-are chef să se deformeze, e prea multă durere la mijloc.* Din momentul acela a continuat într-un crescendo pesimist. Erau lucruri de-ale ei pe care mi le spusese, dar niciodată atât de obsedată să mă facă părtașă la suferința ei ca s-o simt și eu. Parcă voia să mă pregătească pentru ce mă aștepta, era foarte preocupată pentru mine și viitorul meu. *Viața altuia,* a zis, *mai întâi ți se lipește de pântece și când, în sfârșit, iese, te face prizonieră, te ține în lesă, nu mai ești stăpână pe tine.* A caracterizat însuflețit fiecare etapă a maternității mele, suprapunând-o peste a ei, s-a exprimat ca de obicei în același mod expresiv. *E ca și cum ți-ai fabrica propriul tău chin,* a exclamat, și mi-am dat seama că nu reușea să creadă că ea era ea și eu eram eu, i se părea de neconceput că pot avea o sarcină diferită de a ei, un sentiment diferit față de copii. Era atât de sigură că voi întâlni aceleași obstacole, încât mi s-a părut că se va considera trădată dacă, eventual, m-aș fi bucurat cumva de perioada sarcinii.

Nu voiam s-o mai aud, am îndepărtat receptorul de ureche, mă speria. Ne-am luat rămas-bun fără căldură.

— Dacă ai nevoie de mine, a zis, dă-mi de știre.

— Bine.

— Tu m-ai ajutat, acum vreau să te ajut eu.

— Bine.

Dar telefonul acela nu m-a ajutat deloc, dimpotrivă, m-a lăsat cu un sentiment de neliniște. Locuiam într-un oraș despre care nu știam nimic, chiar dacă, grație lui Pietro, îl cunoșteam acum până în ultimul colţişor, ceea ce nu puteam spune despre Napoli. Îmi plăcea mult să mă plimb de-a lungul râului Arno, dar nu-mi plăcea culoarea caselor, îmi crea o dispoziţie proastă. Tonul arogant al locuitorilor lui — portarul blocului, măcelarul, brutarul, poştaşul — mă făcea să devin la fel de arogantă, crea în mine o ostilitate nejustificată. Şi apoi numeroşii prieteni ai socrilor mei, atât de disponibili în ziua nunţii, nu s-au mai arătat niciodată la faţă, şi nici Pietro nu avea intenţia să se vadă cu ei. Mă simţeam singură şi fragilă. Am cumpărat câteva cărţi despre cum să devii mama perfectă şi m-am pregătit cu sârguinţa obişnuită.

Au trecut zilele, săptămânile, dar, în mod surprinzător, n-am resimţit deloc sarcina ca pe o povară, dimpotrivă, m-a făcut să mă simt mai uşoară. Greţurile au fost nesemnificative, organismul meu n-a avut nicio cădere, nici de dispoziţie, nici în activitate. Eram în luna a patra când cartea mea a primit un premiu important care mi-a adus şi mai multă faimă, plus o altă sumă de bani. M-am dus să-l ridic în ciuda climatului politic ostil acelui tip de recunoaşteri şi m-am simţit într-o stare de graţie, mândră de mine, cu un sentiment de împlinire fizică şi intelectuală care m-a ajutat să nu mai fiu timidă, ci foarte expansivă. În discursul de mulţumire am vorbit prea mult, am zis că mă simţeam fericită ca astronauţii pe întinderea albă a lunii. După câteva zile, pentru că mă simţeam puternică, am sunat-o pe Lila să-i povestesc despre premiu. Voiam să afle de la mine că lucrurile nu mergeau aşa cum prevestise ea, că, dimpotrivă, totul decurgea lin, că eram mulţumită. Mă simţeam atât de plină de mine, că îmi doream să trec peste supărarea pricinuită. Dar Lila citise în *Mattino* — numai ziarele napolitane dedicaseră câteva rânduri premiului — fraza mea despre astronauţi şi, fără să-mi acorde timpul să povestesc, a criticat-o dur. *Întinderea albă a lunii*, a spus ironică, *câteodată e mai bine să taci decât să zici tâmpenii.* Şi a adăugat că Luna era o rocă printre miliarde de alte roci și că lucrul cel mai bun de făcut era să stai cu picioarele bine înfipte în necazurile de pe pământ.

Am simțit că mi se strânge stomacul. De ce continua să mă rănească? Nu-și dorea să fiu fericită? Sau nu-și revenise și boala ei era cea care-i accentua laturile negative? Mi-au venit la gură cuvinte urâte, dar n-am reușit să le rostesc. Ea, de parcă nici măcar nu și-ar fi dat seama că-mi făcuse rău sau de parcă ar fi crezut că are acest drept, începuse deja să-mi povestească de-ale ei pe un ton foarte prietenos. Se împăcase cu fratele ei, cu mama ei, chiar și cu tatăl ei; se încăierase cu Michele Solara în privința vechii chestiuni a mărcii pantofilor și a banilor pe care i-i datora lui Rino; luase legătura cu Stefano cu pretenția ca, din punct de vedere financiar, să fie tată și pentru Gennaro, nu numai pentru Maria. A folosit fraze arțăgoase, uneori vulgare, atât împotriva lui Rino, cât și a fraților Solara și a lui Stefano. Și la sfârșit m-a întrebat, ca și cum avea nevoie urgentă de părerea mea: *am făcut bine?* Nu i-am răspuns. Câștigasem un premiu important și ea dăduse atenție numai frazei despre astronauți. Am întrebat-o, poate ca s-o indispun, dacă mai avea acele simptome care o făceau să simtă că i se desprindea capul de corp. A zis că nu, a repetat de câteva ori că se simțea foarte bine, a spus în treacăt râzând autoironic: *uneori mai văd cu coada ochiului oameni care ies din mobile.* Apoi m-a întrebat: *toate bune cu sarcina? Bine, foarte bine,* am zis, *nu m-am simțit niciodată mai bine.*

Am călătorit mult în lunile acelea. Eram invitată ici și colo nu doar pentru cartea mea, ci și pentru articolele pe care le scriam, care, la rândul lor, mă obligau să mă deplasez ca să văd de aproape noile forme de grevă și reacțiile patronilor. Nu m-am gândit niciodată să muncesc mai mult ca să devin jurnalistă adevărată. O făceam pentru că în modul acela eram fericită. Mă simțeam nesupusă, revoltată și plină de o asemenea putere, încât blândețea mea părea un fel de mască. Grație căreia, într-adevăr, mă strecuram în mijlocul pichetelor din fața fabricilor, vorbeam cu muncitori și muncitoare și sindicaliști, scăpam printre polițiști. Nu mă speria nimic. Când a sărit în aer Banca Agricolă mă aflam la Milano, la editură, dar nu m-am alarmat, n-am avut presimțiri sumbre. Mă consideram parte dintr-o forță de neoprit, invulnerabilă. Nimeni nu ne putea face rău mie și copilului meu. Noi doi eram singura realitate durabilă, eu vizibilă și el (sau ea, dar Pietro își dorea un băiat) deocamdată invizibil. Restul era un flux de aer, o undă imaterială de imagini și de sunete care, oricum ar fi fost, dezastruoasă sau benefică, era doar material pentru munca mea. Trecea de mine sau mă făcea s-o transpun în cuvinte magice dintr-o povestire, un articol, un discurs public, având grijă ca nimic să nu iasă din schemă și fiecare concept să placă familiei Airota, editurii, lui Nino, care cu siguranță mă citea pe undeva. Și lui Pasquale, de ce nu, și Nadiei, și Lilei, care trebuiau, în sfârșit, să se gândească: *iată, am fost nedrepți cu Lena, e de partea noastră, uitați-vă puțin cum scrie.*

Perioada sarcinii a fost una foarte intensă. M-a surprins faptul că am devenit mai dornică să fac dragoste fiind însărcinată. Eu îi ceream stăruitor lui Pietro, îl îmbrățișam, îl sărutam, chiar dacă nu era interesat de săruturi și trecea aproape imediat la a mă poseda în felul lui lung și dureros. Apoi se dădea jos din pat, muncea până târziu. Eu dormeam o oră sau două, apoi mă trezeam, nu-l găseam în pat, aprindeam lumina, citeam până când simțeam că mă cuprinde oboseala. Atunci mă duceam în camera lui și îl obligam să vină la culcare. El mă asculta, dar se scula foarte devreme, părea că somnul îl sperie. Eu, în schimb, dormeam până la miezul zilei.

A fost un singur eveniment care m-a neliniștit. Eram în luna a șaptea, burta deja mi-era grea. Mă aflam la porțile de la Nuovo Pignone, au izbucnit îmbrânceli, am fugit. Poate că am făcut o mișcare greșită, nu știu, cert e că am simțit o zvâcnitură foarte dureroasă în centrul fesei drepte care a coborât pe picior ca un fier încins. M-am întors acasă șchiopătând, m-am băgat în pat și mi-a trecut. Dar, din când în când, durerea apărea din nou, iradia pe coapsă și spre zona inghinală. M-am obișnuit să-mi caut poziții în care durerea să se atenueze, dar când mi-am dat seama că aveam tendința permanent să șchiopătez, m-am îngrozit și m-am dus la profesorul care îmi urmărea sarcina. M-a liniștit, a zis că era totul în regulă, greutatea pe care o duceam în pântece mă obosea, provocându-mi puțină sciatică. *De ce v-ați îngrijorat atât de mult?* m-a întrebat pe un ton afectuos, *sunteți o persoană atât de liniștită.* Am mințit, am zis că nu știam. În realitate, știam foarte bine, mă temusem că mersul mamei mele mă ajunsese din urmă, că se strecurase în corpul meu, că voi șchiopăta ca ea pe veci.

După asigurările ginecologului m-am liniștit, durerea a mai ținut încă puțin și apoi a dispărut. Pietro mi-a interzis să fac alte imprudențe, gata cu alergatul ăla în toate părțile. I-am dat dreptate, în ultima perioadă a sarcinii mi-am petrecut timpul citind, n-am mai scris aproape nimic. Fiica noastră s-a născut pe 12 februarie 1970, la ora cinci și douăzeci dimineața. I-am pus numele Adele, chiar dacă soacra mea nu făcea altceva decât să spună încontinuu: *biata fetiță, Adele e un nume oribil, spuneți-i oricum altcumva, dar nu așa.* Am născut după niște dureri atroce care însă au durat puțin. Când copila a venit pe lume și am văzut-o, cu părul foarte negru, un corp vinețiu care se zvârcolea și scâncea plin de energie, am simțit o plăcere fizică atât de copleșitoare, încât nici până în ziua de azi nu reușesc să găsesc o altă senzație asemănătoare. N-am botezat-o, mama mi-a urlat niște lucruri foarte urâte la telefon, a jurat că nu va veni niciodată s-o vadă. *O să se calmeze,* m-am gândit întristându-mă, *și, oricum, dacă nu vine, cu atât mai rău pentru ea.*

Cum m-am pus pe picioare am sunat-o pe Lila. Nu voiam să se supere că nu-i dădusem nicio veste.

— A fost o experiență minunată, i-am zis.

— Ce?

— Sarcina, naşterea. Adele e foarte frumoasă şi foarte cuminte.

Mi-a răspuns:

— Fiecare îşi povesteşte viaţa aşa cum îi convine.

## 64.

Ce ghem încurcat de fire cu capete imposibil de găsit am descoperit înlăuntrul meu în acea perioadă! Unele erau ponosite, altele foarte noi, uneori de culori foarte vii, alteori fără culoare, foarte subţiri, aproape invizibile. Acea stare de bine s-a sfârşit dintr-odată exact când mi se părea că am scăpat de profeţiile Lilei. Fetiţa s-a schimbat în rău şi detaliile mai vechi ale acelei încâlceli au ieşit la suprafaţă ca prin minune. Iniţial, când ne aflam încă la clinică, primise sânul cu uşurinţă, dar, odată ajunse acasă, ceva n-a mai mers cum trebuie şi nu m-a mai dorit. Sugea câteva secunde, apoi urla ca un animăluţ furios. M-am trezit dintr-odată slabă, expusă unor vechi superstiţii. Ce i se întâmpla? Sfârcurile mele erau prea mici, nu le putea prinde? Laptele meu nu-i plăcea? Sau o aversiune faţă de mine, mama ei, îi fusese inoculată de la distanţă cu vreun blestem?

A început un calvar din medic în medic, numai noi două, Pietro era în permanenţă ocupat cu universitatea. Pieptul, în mod inutil umflat, a început să mă doară, aveam în sâni nişte pietre de foc şi îmi imaginam numai infecţii şi amputări. Ca să mă golesc, să am lapte suficient ca s-o hrănesc pe fetiţă cu biberonul şi să-mi alin durerea, mă torturam mulgându-mă cu pompa. Îi şopteam convingătoare: *suge, hai, eşti aşa de cuminte, eşti aşa de dulce, ce guriţă frumoasă, ce ochişori frumoşi, ce nu merge.* Inutil. Mai întâi m-am decis, cu suferinţă-n suflet, pentru alăptarea mixtă, apoi am renunţat şi la aia. Am trecut la laptele artificial, care m-a obligat la o îndelungă preparare zi şi noapte, un enervant sistem de sterilizare de suzete şi biberon, un control obsesiv al greutăţii înainte şi după hrănire, sentimente de vinovăţie la fiecare diaree. Uneori îmi revenea în minte Silvia care, în atmosfera turbulentă a adunării studenţeşti din Milano, îl alăpta pe copilul lui Nino, Mirko, cu atâta uşurinţă şi naturaleţe. De ce eu nu puteam? Plângeam mult şi pe ascuns.

Câteva zile fetiţa s-a stabilizat şi m-am simţit uşurată. Am sperat că sosise momentul ca să-mi reorganizez viaţa. Dar răgazul a durat mai puţin de o săptămână. În primul ei an de viaţă, micuţa n-a dormit deloc, corpul ei atât de mititel se zvârcolea şi orăcăia ore în şir cu o energie şi o rezistenţă nebănuite. Se liniştea numai dacă o plimbam prin casă, strânsă în braţe, vorbindu-i: *acum fiinţa asta splendidă a mamei e cuminte, acum tace, acum se odihneşte, acum doarme.* Dar fiinţa splendidă nu voia să doarmă, părea să se teamă de somn ca tatăl ei. Ce avea: o durea burta, îi era foame, frică de abandon pentru că n-o alăptasem, era deochiată, posedată de un demon care intrase în trupul ei? Şi eu ce aveam? Ce otravă intrase în laptele meu? Şi piciorul? Era o impresie sau chiar începea să mă doară iarăşi? Era vina mamei mele? Voia să mă pedepsească pentru că încercasem toată viaţa să nu-i semăn? Sau era altceva?

Într-o noapte, mi s-a ivit din nou în minte vocea stinsă a Gigliolei de când spunea prin cartier că Lila avea o putere îngrozitoare, că era capabilă de vrăji cu focul, că îşi sufocase progenitura în pântece. Mi-a fost ruşine de mine, am încercat să mă calmez, trebuia să mă odihnesc. Am încercat atunci s-o las pe micuţă cu Pietro care, datorită obiceiului său de a studia noaptea, simţea mai puţin oboseala. Am zis: *sunt sfârşită, cheamă-mă peste câteva ore*, şi m-am băgat în pat, adormind ca şi cum aş fi leşinat. Dar o dată m-a trezit plânsul disperat al fetiţei, am aşteptat puţin, dar nu înceta. M-am ridicat. Am văzut că Pietro trăsese pătuţul în biroul lui şi, fără să acorde deloc atenţie ţipetelor fiicei sale, stătea cocoşat peste cărţile lui şi completa fişe ca și cum ar fi fost surd. Am renunțat la orice urmă de bună-cuviință, am regresat și mai mult, l-am insultat în dialectul meu. *Te doare în cot de tot, chestia aia e mai importantă decât fiica ta?* Soțul meu, distant, rece, m-a invitat să ies din cameră și să iau cu mine pătuțul. Avea un articol important de terminat pentru o revistă englezească, termenul de predare era foarte apropiat. De atunci nu i-am mai cerut ajutorul și dacă el se oferea, spuneam: *du-te, mulțumesc, știu că ai treabă.* După cină se învârtea în jurul meu nesigur, jenat, apoi se închidea în biroul lui și lucra până noaptea târziu.

## 65.

M-am simțit abandonată, dar cu impresia că mi-o meritam: nu eram în stare să-mi liniștesc fiica. Totuși, am mers mai departe strângând din dinți, chiar dacă eram din ce în ce mai speriată. Organismul meu refuza rolul de mamă. Și chiar dacă respingeam durerea de la picior făcând orice ca s-o ignor, ea revenise și sporea. Dar eu insistam, mă epuizam ocupându-mă de tot. Pentru că blocul nu avea lift, căram sus-jos căruciorul cu cea mică în el, mergeam la cumpărături, mă întorceam încărcată cu sacoșe, făceam curat în casă, găteam, mă gândeam: *devin urâtă și bătrână înainte de vreme, ca femeile din cartier.* Și, bineînțeles, exact când eram în culmea disperării, suna Lila.

Imediat cum îi auzeam vocea îmi venea să urlu la ea: *ce mi-ai făcut, mergea totul lin și acum, dintr-odată, se întâmplă ce spuneai tu, micuța se simte rău, eu șchiopătez, cum e posibil, nu mai rezist.* Dar reușeam să mă înfrânez la timp, murmuram: *e totul bine, fetița creează mici probleme și deocamdată crește lent, dar e minunată, sunt fericită.* Apoi schimbam subiectul și o întrebam cu un interes prefăcut de Enzo, de Gennaro, de relația cu Stefano, de fratele ei, de cartier, dacă mai avusese probleme cu

Bruno Soccavo și cu Michele. Răspundea într-un dialect urât, sordid și agresiv, dar în general fără furie. *Soccavo*, zicea, *trebuie să facă sacrificii. Și pe Michele, dacă-l întâlnesc, îl scuip în față.* Pe Gennaro îl numea acum în mod explicit fiul lui Stefano și zicea: *e pătrat ca taică-su*, și râdea. Dacă eu ziceam *e un copil atât de drăguț*, îmi arunca în treacăt: *ești o mămică atât de bună, ia-l la tine.* În frazele alea citeam sarcasmul cuiva care știa, grație vreunei puteri secrete, ce mi se întâmpla cu adevărat și simțeam o aversiune profundă, dar cu atât mai mult insistam să joc teatru — *ascultă ce glăscior frumos are Dede, aici la Florența mă simt foarte bine, citesc o carte interesantă de Baran* — și tot așa până când ea mă făcea să închei ca să-mi vorbească despre cursul IBM pe care îl începuse Enzo.

Numai despre el vorbea cu respect, îndelung, și imediat mă întreba de Pietro.

— Te înțelegi bine cu soțul tău?

— Foarte bine.

— Și eu cu Enzo.

Când închidea, vocea ei lăsa o dâră de imagini și de sunete ale trecutului care persista în mintea mea ore în șir: curtea, jocurile periculoase, păpușa pe care mi-o aruncase în pivniță, scările întunecoase atunci când am mers s-o luăm înapoi de la don Achille, nunta ei, generozitatea și răutatea ei, cum pusese stăpânire pe Nino. *Nu suportă norocul meu,* mă gândeam înspăimântată, *mă vrea din nou cu ea, inferioară ei, s-o susțin în conflictele ei, în războaiele ei mizerabile de cartier.* Apoi îmi spuneam: *cât sunt de proastă, la ce mi-a folosit să învăț și să-mi închipui că totul e sub control.* Surorii mele Elisa, care mă suna frecvent, îi spuneam că era minunat să fii mamă. Lui Carmen Peluso, care îmi povestea de nunta ei cu benzinarul de la șosea, îi răspundeam: *a, ce veste frumoasă, îți urez multă fericire, salută-l pe Pasquale din partea mea, ce mai face.* Cu mama, în rarele ocazii în care suna, mă prefăceam veselă. O singură dată am cedat și am întrebat-o: *ce ţi s-a întâmplat la picior, de ce șchiopătezi,* dar ea mi-a răspuns: *ce-ţi pasă, vezi-ţi de-ale tale.*

Am luptat luni în șir, am încercat să-mi controlez părţile mai întunecate din mine. Uneori mă suprindeam rugându-mă la Fecioara Maria, deși mă consideram atee, și mă rușinam. Adesea, când eram singură în casă cu fetiţa, scoteam urlete îngrozitoare, nu cuvinte, numai răsuflare dezlănţuită care ieșea odată cu disperarea. Dar perioada aceea urâtă nu voia să treacă, a fost un interval lent și chinuitor. Noaptea, șchiopătând, o plimbam pe micuţă în sus și în jos pe coridor și nu-i mai șopteam cuvinţele fără sens. O ignoram și încercam să mă gândesc la mine, aveam tot timpul în mână o carte, o revistă, chiar dacă nu reușeam să citesc mai deloc. Ziua, când Adele dormea liniștită — iniţial îi spusesem Ade, fără să-mi dau seama de infernul rezumat în acele două silabe[6], așa încât, atunci când Pietro mi-a atras atenţia, m-am simţit stânjenită și am trecut la Dede —, încercam să scriu pentru ziar. Dar nu mai aveam timp — și cu siguranţă nici chef — să merg încolo și încoace în numele ziarului *Unità*. Astfel, lucrurile pe care le scriam și-au pierdut din vigoare. Încercam doar să-mi demonstrez talentul obișnuit și sfârșeam în mâzgăleli lipsite de substanţă. O dată am pus pe hârtie un articol și i l-am dat lui Pietro să-l citească înainte să-l propun redacţiei. A zis:

— E lipsit de conţinut.

— În ce sens?

— Sunt doar cuvinte și atât.

M-am simţit jignită, l-am trimis oricum. Nu mi l-au publicat. Și, din acel moment, cu o oarecare jenă, atât redacţia locală, cât și cea naţională au început să-mi refuze textele, invocând probleme de spaţiu. Am suferit, mi-am dat seama că, prin aceste zgâlţâituri violente care proveneau din profunzimi inaccesibile,

6 Ade, în limba italiană, este numele lui Hades, zeul morţii și al tărâmului subpământean. (*N.t.*)

se prăbușea cu viteză în jurul meu tot ce până cu puțin timp în urmă dădusem pentru niște condiții de viață și de muncă de-acum câștigate. Citeam doar ca să-mi țin ochii asupra unei cărți sau a unei reviste, dar era ca și cum mă opream la semne și nu mai aveam acces la semnificații. De două sau de trei ori am dat din întâmplare peste articolele lui Nino, dar citirea lor nu mi-a oferit plăcerea obișnuită de a mi-l imagina, de a-i auzi vocea, de a mă bucura de gândurile lui. M-am bucurat pentru el, bineînțeles: dacă scria, însemna că era bine, își trăia viața cine știe unde, cine știe cu cine. Dar țintuiam cu privirea semnătura, citeam câteva rânduri, renunțam mereu ca și cum fiecare frază de-a lui negru pe alb ar fi făcut situația mea și mai insuportabilă. Îmi pierise curiozitatea, ajunsesem să arăt neîngrijit. Și, de altfel, pentru cine să mă îngrijesc? Nu vedeam pe nimeni, doar pe Pietro, care mă trata cu o politețe stereotipă, dar îmi dădeam seama că pentru el eram o umbră. Uneori mi se întâmpla să gândesc cu mintea lui și aveam impresia că-i simt nemulțumirea. Faptul că se căsătorise cu mine nu făcuse decât să-i complice viața de cercetător și asta tocmai când faima lui era tot mai mare, mai ales în Anglia și în Statele Unite. Îl admiram și totuși mă enerva. Îi vorbeam mereu cu un amestec de resentiment și supunere.

Ajunge, mi-am impus într-o zi, să lăsăm baltă ziarul *Unità*. E suficient dacă găsesc calea cea bună pentru o nouă carte, imediat cum va fi gata, totul va reveni la normal. Dar ce fel de carte? Susțineam față de soacra mea, față de editură că mă aflam într-un punct bun, însă mințeam, mințeam cu fiecare ocazie pe un ton foarte cordial. În realitate, aveam doar caiete pline ochi de notițe neinteresante, nimic altceva. Și când le deschideam, ziua sau noaptea, în funcție de ritmul impus de Dede, adormeam peste ele fără să-mi dau seama. Într-o după-amiază târzie, Pietro s-a întors de la universitate și m-a găsit într-o stare mai proastă decât cea în care îl surprinsesem eu mai de mult: eram în bucătărie, dormind profund, cu capul sprijinit pe masă; fetiţa nu mâncase şi urla departe, în dormitor. Tatăl ei a găsit-o în pătuţ, pe jumătate dezbrăcată, abandonată. Când Dede s-a liniştit, sugând lacomă din biberon, Pietro a zis dezolat:

— E posibil să n-ai pe nimeni care să te poată ajuta?

— În oraşul ăsta nu şi tu ştii asta foarte bine.

— Adu-o aici pe mama ta, pe sora ta.

— Nu vreau.

— Atunci roag-o pe prietena aia a ta din Napoli: tu ai ajutat-o mult, ea va face la fel pentru tine.

Am tresărit. Am simţit clar, pentru o fracţiune de secundă, că într-un fel eram convinsă că Lila era deja prezentă în casă: dacă odinioară stătea pitulată în mine, acum alunecase în interiorul lui Dede, cu ochii mijiţi, cu fruntea încruntată. Am clătinat din cap energic. Să piară imediat imaginea aceea, ideea aceea, la ce mă expuneam?

Pietro i-a telefonat resemnat mamei lui. A întrebat-o fără niciun pic de chef dacă putea să vină să stea puţin la noi.

## 66.

M-am încredinţat soacrei mele cu o senzaţie imediată de uşurare şi ea s-a dovedit a fi, şi în cazul acela, femeia cu care aş fi vrut să semăn. A reuşit să găsească, în câteva zile, o fătucă trecută puţin de douăzeci de ani, Clelia, originară din Maremma, pe care a instruit-o detaliat cum să se ocupe cât mai bine de casă, de cumpărături, de bucătărie. Când Pietro s-a trezit cu Clelia prin casă fără să fi fost nici măcar consultat a izbucnit furios:

— Nu vreau sclave în casa mea, a zis.

Adele i-a răspuns calmă:

— Nu e o sclavă, e o salariată.

Şi eu, puternică datorită prezenţei soacrei mele, am izbucnit:

— Trebuie să fiu eu sclava, după tine?

— Tu ești mama, nu sclava.

— Eu îți spăl și îți calc rufele, îți curăț casa, îți gătesc, ți-am făcut o fiică, o cresc printre mii de dificultăți, sunt epuizată.

— Și cine te obligă, ți-am cerut vreodată ceva?

N-am făcut față confruntării, dar Adele da, și-a nimicit fiul cu un sarcasm uneori de-a dreptul violent și Clelia a rămas. Apoi mi-a luat fetița, a dus pătuțul în camera pe care i-o repartizasem, a avut grijă cu mare precizie de pregătirea biberoanelor atât noaptea, cât și ziua. Când a băgat de seamă că șchiopătam, m-a însoțit la un prieten de-al ei medic care mi-a prescris diverse injecții. Ea însăși s-a prezentat în fiecare dimineață și în fiecare seară cu seringa și fiolele ca să-mi înfigă, bine dispusă, acul în fese. M-am simțit imediat mai bine, durerea de la picior a dispărut, dispoziția mi s-a îmbunătățit, m-am liniștit. Dar Adele n-a încetat să se ocupe de mine. M-a obligat, delicat, să mă îngrijesc, m-a trimis la coafor, m-a obligat să mă duc la dentist. Și, mai ales, mi-a vorbit asiduu de teatru, de cinema, de o carte pe care o traducea, de o alta pe care o edita, despre ce scriseseră într-o revistă sau alta soțul ei sau alți oameni renumiți cărora le spunea familiar pe nume. De la ea am auzit vorbindu-se pentru prima oară de broșuri feministe foarte combative. Mariarosa le cunoștea pe fetele care lucrau la ele, devenise fanatică, avea o mare stimă pentru ele. Ea însă nu. Cu obișnuitul ei ton ironic, a zis că băteau câmpii despre problema feminină ca și cum așa ceva s-ar putea aborda făcând abstracție de lupta de clasă. *Citește-le oricum,* m-a sfătuit în cele din urmă, și mi-a lăsat câteva volumașe cu o ultimă frază enigmatică: *nu rata nimic dacă vrei să fii scriitoare.* Le-am pus deoparte, n-aveam chef să pierd vremea cu niște texte pe care Adele însăși le subestima. Dar mai ales, tocmai cu acea ocazie, am simțit că niciun discurs de-al soacrei mele nu apărea dintr-o nevoie reală de a schimba idei cu mine. Adele țintea programatic să mă scoată din condiția disperată a mamei nepricepute, ca și cum între cuvintele ei s-ar fi produs o frecare din care ieșeau scântei menite să-mi reînsuflețească mintea și privirea încremenite. Dar, în realitate, îi plăcea mai mult să mă salveze decât să mă asculte.

Și apoi. Apoi Dede, în ciuda tuturor schimbărilor, continua să plângă noaptea, o auzeam, mă agitam, îmi transmitea un sentiment de nefericire care neutraliza acțiunea benefică a soacrei mele; și, chiar dacă aveam mai mult timp la dispoziție, nu reușeam oricum să scriu; și Pietro, de obicei reținut, în prezența mamei lui devenea dezinhibat până la impolitețe. Întoarcerea lui acasă era aproape întotdeauna urmată de o ciocnire între ei doi cu replici sarcastice, iar asta amplifica senzația de dezastru pe care o simțeam în jurul meu. Soțul meu — mi-am dat seama repede — găsea firesc s-o considere pe Adele responsabilă, în definitiv, de toate problemele lui. Se supăra pe ea din orice, inclusiv pentru ce i se întâmpla la locul de muncă. Eu nu știam mai nimic despre anumite tensiuni prin care trecea la universitate, în general la întrebarea mea *cum merge* răspundea *bine*, încerca să mă menajeze. Dar față de mama lui se dezlănțuia, căpătând tonul acuzator al copilului care se simte neglijat. Revărsa asupra lui Adele tot ce îmi ascundea mie și dacă asta se întâmpla în prezența mea, se comporta ca și cum n-aș fi fost acolo, de parcă eu, soția lui, trebuia să fiu doar un martor mut.

În felul acesta am înțeles multe lucruri. Colegii, toți mai în vârstă decât el, atribuiau cariera lui fulminantă și, de asemenea, dramul acela de faimă internațională cu care începea să se înconjoare ușor, numelui de familie pe care-l purta. În consecință, îl izolaseră. Studenții îl considerau inutil de riguros, un burghez încrezut care-și cultiva mica lui grădină fără să ofere nimic prezentului haotic, în fine, un dușman de clasă. Și el, ca de obicei, nici nu se apăra, nici nu ataca, ci înainta pe drumul lui ținând — de asta eram sigură — lecții de o inteligență lucidă și clară, evaluând competențe cu tot atâta claritate, picându-și studenții. *Dar e dificil,* aproape că a urlat într-o seară, adresându-i-se lui Adele pe un ton plângăcios. Apoi imediat a coborât vocea, a murmurat că avea nevoie de liniște, că munca lui era obositoare, că nu puțini colegi de-ai lui îi asmuțeau pe studenți împotriva sa, că grupuri de tineri dădeau buzna adesea în sala unde preda și îl forțau să întrerupă cursurile, că apăruseră inscripții ticăloase pe ziduri. Atunci, înainte ca Adele să se pronunțe, am izbucnit fără să mă mai controlez. *Dacă ai fi mai puțin reacționar,* am zis, *aceste lucruri nu ți s-ar întâmpla.* Și el, pentru prima oară de când îl cunoșteam, mi-a răspuns urât, a șuierat: *taci din gură, vorbești tot timpul în clișee.*

M-am dus să mă închid în baie și mi-am dat seama brusc că îl cunoșteam foarte puțin. Ce știam despre el? Era un om pașnic, dar hotărât până la încăpățânare. Era de partea clasei muncitoare și a studenților, dar preda și dădea examene în cel mai tradițional mod. Era ateu, nu își dorise să se căsătorească în biserică, îmi impusese să n-o botezăm pe Dede, dar admira comunitățile creștine din cartierul Oltrarno și vorbea despre chestiuni religioase cu multă competență. Era un Airota, dar nu suporta privilegiile și bunăstarea care decurgeau din asta. M-am liniștit, am încercat să-i fiu mai aproape, să-l fac să-mi simtă afecțiunea. *E soțul meu,* mi-am zis, *trebuie să vorbim mai mult.* Dar prezența lui Adele s-a dovedit tot mai mult o problemă. Era ceva nerostit între ei care îl făcea pe Pietro să pună deoparte bunele maniere și pe Adele să-i vorbească ca unui inept care nu mai putea fi scos la suprafață.

Trăiam de-acum așa, în mijlocul unor confruntări continue: el se certa cu mama lui, sfârșea prin a spune o frază care mă înfuria, eu îl atacam. Până când s-a ajuns la momentul în care soacra mea, la cină, în prezența mea, l-a întrebat de ce dormea pe canapea. El i-a răspuns: *mâine e mai bine să pleci.* N-am intervenit, și totuși știam de ce dormea pe canapea: o făcea pentru mine, ca să evite să-mi deranjeze somnul când, spre ora trei dimineaţa, se oprea din studiat şi îşi îngăduia puţină odihnă. A doua zi, Adele s-a întors la Genova. M-am simţit pierdută.

## 67.

În schimb au trecut lunile şi atât eu, cât şi fetiţa am scos-o la capăt. Dede a început să meargă singură în ziua când a împlinit un an: tatăl ei s-a lăsat pe vine în faţa ei, a lăudat-o mult, ea a zâmbit, s-a desprins de mine şi s-a dus spre el şovăitoare, cu braţele încordate, cu gura întredeschisă, ca şi cum asta ar fi fost ţinta fericită a primului an de plânsete. Începând din acel moment, nopţile ei au devenit liniştite, la fel şi ale mele. Fetiţa a petrecut tot mai mult timp cu Clelia, anxietăţile s-au domolit, mi-am decupat puţin spaţiu pentru mine. Dar am descoperit că nu aveam chef de activităţi solicitante. Ca după o boală lungă, abia aşteptam să stau în aer liber, să mă bucur de soare şi de culori, să mă plimb pe străzi aglomerate, să privesc vitrinele. Şi pentru că aveam destui bani personali, în acea fază am cumpărat haine pentru mine, pentru fetiţă şi pentru Pietro, am încărcat casa cu mobilier şi bibelouri, am cheltuit bani aşa cum nu făcusem niciodată. Simţeam nevoia să fiu frumoasă, să întâlnesc persoane interesante, să conversez, dar n-am reuşit să stabilesc nicio legătură cu nimeni şi, pe de altă parte, Pietro aducea rareori oaspeţi acasă.

Am încercat, încet, încet, să reîncep viaţa plină de satisfacţii pe care o avusesem până cu un an în urmă şi abia atunci mi-am dat seama că telefonul suna acum tot mai puţin, că apelurile pentru mine erau rare. Amintirea romanului meu începea să pălească şi, odată cu ea, se diminua curiozitatea din jurul numelui meu. Acelei perioade de euforie i-a urmat o fază în care, îngrijorată, uneori deprimată, m-am întrebat ce era de făcut. Am început din nou să citesc literatură contemporană, mi-a fost adesea rușine de romanul meu care, în comparație, părea frivol și foarte tradițional, am lăsat deoparte notițele pentru cartea nouă care tindeau s-o imite pe cea veche, m-am străduit să mă gândesc la povești cu un mai mare angajament social și politic, care să conțină tumultul prezentului.

De asemenea, am început să sun din nou timid la ziarul *Unità* și am încercat din nou să scriu articole, dar nu mi-a luat mult timp să înțeleg că textele mele nu mai plăceau în redacție. Pierdusem teren, eram prost informată, nu aveam timp să merg să mă documentez la fața locului și să povestesc. Scriam cu eleganță fraze de o rigoare abstractă ca să semnalez nu știu bine cui, și tocmai în ziarul acela, adeziunea mea la criticile mai dure în ce privește partidul comunist și sindicatele. Astăzi îmi este greu să explic de ce am insistat să scriu chestiile alea sau, mai bine zis, de ce, deși participând foarte puțin la viața politică a orașului și în ciuda blândeții mele, mă simțeam din ce în ce mai atrasă de poziții extreme. Poate că o făceam din nesiguranță. Sau poate din neîncredere față de orice formă de mediere, talent pe care, încă din copilărie, îl asociam robotelii tatălui meu când se mișca abil în primăria ineficientă. Pentru că deja cunoscusem pe viu sărăcia mă simțeam obligată să nu uit, voiam să fiu alături de cei care rămăseseră într-o situație inferioară și care luptau ca să arunce totul în aer. Sau pentru că nu mă interesa cine știe ce politica neînsemnată, revendicările despre care, totuși, scrisesem cu sârguință. Îmi doream să apară *ceva măreț* — folosisem adesea și expresia aceea — și eu să trăiesc acel ceva și să-l povestesc. Sau pentru că — și făceam eforturi s-o recunosc — modelul meu rămânea Lila cu iraționalitatea ei încăpățânată care nu accepta căi de mijloc. Drept urmare, deși eram de-acum departe de ea în toate sensurile, voiam să spun și să fac ce îmi imaginam că ar fi spus și făcut ea dacă ar fi avut posibilitățile mele, dacă nu s-ar fi autoizolat în miezul cartierului.

N-am mai cumpărat ziarul *Unità*, am început să citesc *Lotta continua* și *Il manifesto*. În acesta din urmă — descoperisem — apărea uneori semnătura lui Nino. Cât erau, ca de obicei, de bine documentate textele lui, cu câtă logică convingătoare erau formulate! Am simțit, la fel ca atunci când eram mică și vorbeam cu el, nevoia de a mă închide și eu într-o rețea de propoziții generale formulate perfect, care să mă împiedice să mă risipesc. Am constatat, într-un final, că nu mă mai gândeam la el cu dorință, nici măcar cu iubire. Devenise, am avut impresia, o metaforă a regretului, sinteza a ceea ce riscam să nu devin niciodată, chiar dacă avusesem șansa. Ne născuserăm în același mediu, amândoi ieșiserăm din el în mod strălucitor. Atunci de ce eu alunecam în mediocritate? Din cauza căsniciei? Din cauza maternității și a lui Dede? Pentru că eram femeie, pentru că trebuia să am grijă de casă și de familie; să curăț rahat și să schimb scutece? De fiecare dată când găseam un articol al lui Nino și articolul mi se părea bun, mă indispuneam. Cel care plătea pentru asta era Pietro, singurul interlocutor pe care îl aveam, de fapt. Mă supăram pe el, îl acuzam că mă lăsase singură în cea mai groaznică perioadă a vieții mele, că are grijă numai de cariera lui uitând de mine. Relația noastră — făceam eforturi s-o recunosc pentru că mă înspăimânta, dar aceea era realitatea — era din ce în ce mai proastă. Înțelegeam că nu se simțea bine din cauza problemelor de la locul de muncă și totuși nu reușeam să-i găsesc scuze, dimpotrivă, îl criticam, adesea pornind de la poziții politice similare cu ale studenților care îi dădeau de furcă. El mă asculta jenat, răspunzând mai nimic. Suspectam, în acele momente, că vorbele pe care cu puțin timp în urmă mi le strigase (*taci din gură, vorbești în clișee*) nu fuseseră doar o lipsă momentană de cumpătare, ci indicau că, în general, nu considera că pot face față unei discuții serioase. Asta mă exaspera, mă deprima, ranchiuna sporea. Mai ales pentru că știam că oscilez între sentimente contradictorii care, reduse la esență, puteau fi sintetizate astfel: inegalitatea făcea studiile foarte obositoare pentru unii (pentru mine, de exemplu), aproape o distracţie pentru alţii (pentru Pietro, de exemplu); şi, pe de altă parte, inegalitate sau nu, trebuia să înveţi, şi încă bine, adică foarte bine: eram mândră de traseul meu, de competenţa mea şi refuzam să cred că efortul meu fusese inutil, neclar în anumite privinţe. Şi totuşi, cu Pietro, din motive necunoscute, îmi venea să dau formă doar nedreptăţii inegalităţii. Îi spuneam: *te comporţi ca şi cum ai avea în faţă numai studenţi egali între ei, dar nu e aşa, e o formă de sadism să pretinzi aceleaşi rezultate de la tineri care nu au avut aceleaşi oportunităţi.* Şi am ajuns să-l critic şi când mi-a spus că avusese o discuţie foarte violentă cu un coleg de-al lui care crezuse că găseşte în el un aliat împotriva părţii mai conservatoare a corpului academic. Individul acela îl sfătuise amical să fie mai puţin dur cu studenţii. Pietro replicase, în felul lui educat, dar nenuanţat, că nu i se părea că e dur, ci doar exigent. *Ei bine,* îi zisese celălalt, *fii mai puţin exigent, în special cu cei care îşi dedică mare parte din timp să transforme şandramaua asta din temelii.* Atunci lucrurile se învolburaseră, chiar dacă nu ştiu exact în ce fel şi cu ce argumente. Pietro, care povestea mereu minimalizând, mai întâi susţinea că zisese doar, ca să se apere, că era obiceiul lui să-i trateze întotdeauna pe toţi tinerii cu respectul pe care îl meritau; apoi recunoştea că îşi acuzase colegul că foloseşte un dublu standard: docil cu studenţii mai agresivi şi nemilos până la umilire cu studenţii mai înfricoşaţi. Celălalt se supărase, îi urlase că doar pentru că o cunoştea bine pe sora lui se abţinea să-i spună — dar între timp i-o spusese — că era un cretin nedemn de catedra pe care o ocupa.

— N-ai putea să fii mai prudent?

— Sunt prudent.

— Nu mi se pare.

— Păi, trebuie totuşi să spun ce gândesc.

— Poate că ar trebui să înveţi să înţelegi cine-ţi sunt prietenii şi cine duşmanii.

— Nu am duşmani.

— Nici prieteni.

Dintr-o vorbă-n alta, am exagerat. *Consecința modului tău personal de a acționa* — am șuierat eu — *e că în acest oraș nimeni, cu atât mai puțin prietenii părinților tăi, nu ne invită la cină sau la un concert sau într-o excursie la țară.*

## 68.

Îmi era clar deja că Pietro, în mediul lui de muncă, era considerat un om plictisitor, foarte departe de activismul entuziast al familiei lui, un Airota nereușit. Și eu împărtășeam părerea aceea, lucru care nu slujea deloc conviețuirii noastre și relațiilor noastre intime. Când Dede, în sfârșit, s-a liniștit și a început să doarmă cu regularitate, el s-a întors în patul nostru. Dar cum se apropia de mine, aveam o senzație de repulsie, mi-era teamă să nu rămân din nou însărcinată, voiam să mă lase să dorm. Așa că îl respingeam pe tăcute, îmi era de-ajuns să-i întorc spatele și, dacă el insista și își apăsa sexul de cămașa mea de noapte, îl loveam ușor cu călcâiul în picior, ca să-l fac să înțeleagă: *nu vreau, mi-e somn.* Pietro se retrăgea nemulțumit, se ridica și se ducea să studieze.

Într-o seară ne-am certat pentru a nu știu câta oară în privința Cleliei. Exista întotdeauna o oarecare tensiune în aer când trebuia s-o plătim, dar atunci s-a dovedit clar că Clelia era doar o scuză. El a murmurat posomorât: *Elena, trebuie să analizăm relația noastră și să facem un bilanț.* Am fost de acord imediat. I-am zis că adoram inteligența și buna lui educație, că Dede era minunată, dar am adăugat că nu voiam să fac alți copii, că mi se părea insuportabilă izolarea în care sfârșisem, că îmi doream să revin la o viață activă, că nu mă spetisem încă din copilărie doar ca să sfârșesc prizonieră în rolul de soție și de mamă. Am discutat, eu cu duritate, el cu delicatețe. N-a mai protestat în privința Cleliei, în cele din urmă a capitulat. S-a hotărât să cumpere prezervative, a început să invite la cină prieteni sau mai bine zis cunoscuți — căci prieteni nu avea —, a acceptat cu resemnare să mă duc uneori cu Dede la adunări și manifestări în ciuda violențelor tot mai frecvente de pe străzi.

Dar acea nouă ordine a lucrurilor, în loc să-mi îmbunătățească viața, a complicat-o. Dede s-a atașat tot mai mult de Clelia și, când o scoteam afară, se plictisea, se enerva, mă trăgea de urechi, de păr, de nas, întreba de ea plângând. Eram convinsă că îi plăcea mai mult să stea cu fata din Maremma decât cu mine, ceea ce mă făcea să bănuiesc că, deoarece n-o alăptasem și primul ei an de viață fusese dur, în ochii ei eram acum o figură posomorâtă, femeia infamă care o certa cu fiecare ocazie și, între timp, din gelozie, se purta urât cu bona ei solară, tovarășa de joacă, cea care îi spunea povești. Mă respingea chiar și când cu un gest mecanic îi curățam cu batista nasul de muci sau gura de resturi de mâncare. Plângea, zicea că-i făceam rău.

Din cauza prezervativelor, acuitatea simțurilor lui Pietro era și mai scăzută. Ca să ajungă la orgasm avea nevoie de și mai mult timp decât îi era necesar în general. Suferea și el, mă făcea și pe mine să sufăr. Uneori mă lăsam luată pe la spate, aveam impresia că simt mai puțină durere și, în timp ce se izbea de mine în felul acela violent, îl apucam de mână, i-o duceam la sexul meu sperând să înțeleagă că voiam să mă mângâie. Dar părea incapabil să facă ambele chestii și, pentru că o prefera pe prima, uita imediat de a doua, iar odată satisfăcut, nu părea nici măcar să intuiască faptul că-mi doream orice parte a trupului său ca să-mi potolesc, la rândul meu, cheful. După ce își lua parte de plăcere, mă mângâia pe păr și murmura: *lucrez un pic.* Când pleca, singurătatea mi se părea un premiu de consolare.

Uneori, la demonstrații, îi observam curioasă pe tinerii bărbați care se expuneau neînfricați oricărui pericol, plini de o energie veselă chiar și când se simțeau amenințați și deveneau, la rândul lor, amenințători. Mă fermecau, mă simțeam atrasă de acea energie pasională. Dar consideram că n-am nicio legătură cu fetele colorate care stăteau în jurul lor, eram prea cultă, ochelaristă, căsătorită, mereu cu puțin timp la dispoziție. Așa că mă întorceam acasă nemulțumită, mă purtam rece cu soțul meu, mă simțeam deja bătrână. Doar în câteva ocazii am visat cu ochii deschiși că unul dintre acei tineri, foarte cunoscut la Florența, foarte iubit, o să mă remarce și o să mă târască după el, la fel ca atunci când, mică fiind, mă simțeam împiedicată și nu voiam să dansez, dar Antonio sau Pasquale mă trăgeau de un braț obligându-mă. Bineînțeles că nu s-a întâmplat niciodată. În schimb, cunoștințele pe care Pietro a început să le aducă acasă au creat complicații. Mă speteam să pregătesc cina, eram soția care știe să întrețină conversația și nu mă lamentam, eu îi cerusem soțului meu să invite câțiva oameni. Dar mi-am dat seama curând, cu dezgust, că mă atrăgea orice bărbat care îmi dădea puțină atenție. Înalt, scund, slab, gras, urât, frumos, bătrân, căsătorit sau burlac, dacă oaspetele lăuda vreo observație de-a mea, dacă-și amintea de cartea mea în cuvinte frumoase, dacă ajungea să-l entuziasmeze inteligența mea, eu îl priveam cu simpatie și după câteva fraze și priviri i se transmitea buna mea dispoziție. Atunci, din plictisit cum era la început, bărbatul devenea vioi, ajungea să-l ignore complet pe Pietro, era mult mai atent cu mine. Cu fiecare cuvânt devenea tot mai aluziv și gesturile sale, comportamentul erau mai intime în timpul conversației. Îmi atingea cu vârful degetelor un umăr, o mână, mă privea în ochi rostind fraze însoțite de suspine, își apropia genunchii de ai mei, vârful pantofilor de pantofii mei.

În acele momente mă simțeam bine, uitam de existența lui Pietro și a lui Dede, de toate obligațiile foarte enervante pe care le cărau după ei ca pe o dâră. Mă temeam doar de momentul în care oaspetele o să plece și eu o să pic din nou în monotonia casei: zile inutile, lene, furii camuflate în blândețe. Așa că exageram: surescitarea mă făcea să vorbesc prea mult și cu voce tare. Stăteam picior peste picior având grijă să se vadă cât mai mult posibil, îmi desfăceam cu un gest spontan un nasture de la cămașă. Eu însămi scurtam distanțele, convinsă oarecum că, susținându-l cumva pe străinul acela, un pic din starea de bine pe care o aveam în acel moment o să-mi rămână în corp și, când el o să părăsească apartamentul, singur sau cu soția lui sau cu prietena lui, eu o să simt mai puțin depresia, vidul din spatele sentimentelor și ideilor, neliniștea arzătoare a eșecului.

În realitate, după aceea, singură în pat în timp ce Pietro studia, mă simțeam pur și simplu proastă și mă disprețuiam. Dar, deși rezistam, nu reușeam să mă transform. Cu atât mai mult cu cât bărbații aceia erau siguri că dăduseră lovitura și, de obicei, sunau a doua zi și inventau scuze ca să mă revadă. Acceptam. Dar imediat cum ajungeam la întâlnire mă speriam. Simplul fapt că se entuziasmaseră având totuși, să zicem, treizeci de ani în plus față de mine sau fiind căsătoriți, le anula autoritatea, anula rolul de salvatori pe care li-l atribuisem, și plăcerea însăși pe care o simțisem în timpul jocului de seducție se dovedea o greșeală degradantă. Mă întrebam pierdută: *de ce m-am comportat așa, ce mi se întâmplă?* Le acordam mai multă atenție lui Dede și lui Pietro.

Dar cu prima ocazie o luam de la capăt. Mă abandonam fanteziilor, ascultam tare muzica pe care o ignorasem când eram mică, nu mai citeam, nu mai scriam. Mai ales mă întristam tot mai mult pentru că, din vina autodisciplinării mele, pierdusem bucuria descătușării de care, în schimb, femeile de vârsta mea, din mediul în care trăiam acum, arătau că se bucură din plin. De exemplu, Mariarosa apărea la Florența, ba din motive de studiu, ba pentru reuniuni politice, și venea să doarmă la noi cu bărbați mereu diferiți, uneori cu prietene. Lua droguri pe care le oferea însoțitorilor ei și nouă, iar dacă Pietro se posomora și se ducea să se închidă în camera lui, eu, în schimb, eram fascinată.

Refuzam șovăitoare să încerc iarbă sau acid — mă temeam să nu mă simt rău —, dar rămâneam să discut cu ea și prietenii ei până noaptea târziu.

Se vorbea despre orice, schimburile de replici erau adesea violente, aveam impresia că limba corectă pe care făcusem eforturi să mi-o însușesc devenise inadecvată. Prea îngrijită, prea curată. *Uite cum s-a schimbat limbajul Mariarosei*, mă gândeam, *a tăiat legăturile cu educația ei, e trivială.* Sora lui Pietro se exprima, acum, mai rău decât ne exprimam eu și Lila când eram mici. Nu rostea un verb care să nu fie precedat de „pula mea". *Unde pula mea am pus bricheta aia, unde pula mea sunt țigările.* Lila nu încetase niciodată să vorbească așa; și eu ce trebuia să fac, să devin iarăși ca ea, să mă întorc la punctul de pornire? Atunci de ce trudisem atât?

O observam pe cumnata mea. Îmi plăcea modul ostentativ în care își manifesta solidaritatea față de mine și cum, în schimb, îl făcea să se simtă prost pe fratele ei, pe bărbații pe care îi aducea la noi în casă. Într-o seară a întrerupt brusc conversația ca să-i spună tânărului care o însoțea: *gata, hai să ne futem. A fute.* Pietro inventase un jargon de copii de familie bună pentru tot ce avea legătură cu sexul, eu mi-l însușisem și îl foloseam în locul obscenului lexic dialectal pe care-l cunoșteam din fragedă copilărie. Dar acum, ca să te simți cu adevărat parte din lumea în schimbare, trebuia să repui în circulație cuvintele obscene, să spui: *vreau să mă fut, trage-mi-o așa și așa?* De neimaginat cu soțul meu. În schimb, puținii bărbații cu care veneam în contact, toți foarte culți, se travesteau cu plăcere în oamenii de rând. Îi distrau femeile care se prefăceau că sunt menajere, le facea plăcere să se comporte cu o doamnă de parcă ar fi fost o curvă. La început erau foarte formali, se controlau. Dar abia așteptau să inițieze o polemică în care de la cele nerostite să se treacă la cuvinte clare, tot mai mult, într-un joc al libertății în care sfiala feminină era considerată un semn de naivitate ipocrită.

Franchețe, în schimb, spontaneitate: acestea erau calitățile femeii emancipate și eu făceam eforturi să mă adaptez. Dar cu cât mă adaptam mai mult, cu atât mă simțeam mai atrasă de interlocutorul meu. De câteva ori mi s-a părut că mă îndrăgostesc.

## 69.

Prima dată s-a întâmplat cu un asistent de literatură greacă, de aceeași vârstă cu mine, originar din Asti. În orașul lui natal avea o logodnică de care se declara nemulțumit. Apoi cu soțul unei profesoare suplinitoare de papirologie, un cuplu cu doi copii mici, ea din Catania, el din Florența, inginer care preda mecanica. Îl chema Mario, avea o vastă cultură politică, destulă autoritate publică, păr lung, printre picături cânta la baterie într-o formație rock și era mai mare decât mine cu șase ani. Cu amândoi a decurs la fel: Pietro i-a invitat la cină, eu am început să flirtez. Telefoane, participare entuziastă la manifestații, multe plimbări, uneori cu Dede, alteori singură și câteva filme la cinematograf. Cu asistentul am dat înapoi imediat ce el și-a manifestat explicit intențiile. Mario, în schimb, m-a prins într-o pânză tot mai îngustă și într-o seară, în mașina lui, m-a sărutat, m-a sărutat îndelung, și mi-a mângâiat sânii prin sutien. L-am respins cu greu, am zis că nu mai voiam să-l văd. Dar el a sunat, a sunat iarăși, îmi lipsea, am cedat. Pentru că mă sărutase și mă pipăise, era sigur că are drepturi și am reluat povestea din punctul în care ne opriserăm. Insista, propunea, pretindea. Când eu, pe de o parte, îl provocam și, pe de alta, mă sustrăgeam râzând, făcea pe supăratul, mă jignea.

Într-o dimineață eram la plimbare cu el și cu Dede, care avea, dacă-mi amintesc bine, puțin peste doi ani și era toată absorbită de o păpușă de-a ei din pluș foarte îndrăgită, cu numele Tes, inventat de ea. Îi dedicam foarte puțină atenție în acele împrejurări, eram copleșită de schimbul de replici, uneori uitam cu totul de ea. Lui Mario nu-i păsa deloc de prezența fetiței, avea grijă doar să mă asalteze cu discursuri fără tabuuri, iar lui Dede i se adresa doar ca să-i șoptească în ureche, jucăuș, chestii de genul: *te rog, poți să-i spui mamei tale că trebuie să fie bună cu mine?* Timpul a zburat, ne-am despărțit, Dede și cu mine am pornit spre casă. Dar după câțiva pași fetița a spus aspră: *Tes mi-a zis că-i va spune un secret tatei.* Inima mi s-a oprit în piept. *Tes? Da. Și ce o să-i spună tatei? Știe Tes. Ceva frumos sau urât? Urât.* Am amenințat-o: *tu explică-i lui Tes că dacă-i spune chestia aia tatei, o s-o închizi cu cheia în debara, pe întuneric.* A izbucnit în plâns, a trebuit s-o duc acasă în brațe, ea care mergea prefăcându-se că nu obosește niciodată ca să mă facă pe mine fericită. Dede înțelegea, deci, sau cel puțin percepea, că între mine și bărbatul acela era ceva ce tatăl ei n-ar fi suportat.

Am întrerupt din nou întâlnirile cu Mario. În fond, ce era? Un burghez care vorbea obscen în timpul actului sexual. Dar nu m-am liniștit, creștea în mine o dorință nerăbdătoare de a încălca regulile, voiam să nu mă mai înfrânez, pentru că lumea întreagă nu se mai înfrâna. Îmi doream să evadez măcar o singură dată din căsnicie, să fug, de ce nu, de toate lucrurile din viața mea, de tot ce învățasem, ce scrisesem, de ce încercam să scriu, de fetița pe care o adusesem pe lume. A, da, căsnicia era o închisoare: Lila, care avea curaj, fugise cu riscul propriei sale vieți. Eu, în schimb, ce riscam cu Pietro, atât de distrat, atât de absent? Nimic. Atunci? L-am sunat pe Mario. Am lăsat-o pe Dede cu Clelia, m-am dus la biroul lui. Ne-am sărutat, mi-a supt sfârcurile, m-a atins între picioare cum făcea Antonio la lacuri cu mulți ani în urmă. Dar când și-a lăsat pantalonii în jos și, cu chiloții în vine, m-a prins de ceafă încercând să mă împingă înspre sexul lui, m-am zbătut, am zis nu, m-am aranjat și am fugit.

M-am întors acasă foarte agitată, plină de sentimente de vinovăție. Am făcut dragoste cu Pietro cu pasiune, nu mă simțisem niciodată atât de implicată, eu am fost cea care n-am dorit să-și pună prezervativul. *De ce mă îngrijorez*, mi-am zis, *mai e puțin și-mi vine ciclul, nu se va întâmpla nimic*. S-a întâmplat, în schimb. Peste câteva săptămâni am realizat că eram din nou însărcinată.

## 70.

Nici măcar n-am încercat să deschid cu Pietro discuția despre avort — era foarte fericit că-i dau un alt fiu — și mie însămi, de altfel, mi-era teamă să încerc calea aceea, cuvântul îmi făcea rău la stomac. Despre avort a vorbit însă Adele, la telefon, dar am dat-o cotită imediat cu fraze vagi de tipul: *Dede are nevoie de companie, e urât să crești de unul singur, e mai bine să aibă un frățior sau o surioară.*

— Cartea?

— Stau bine, am mințit.

— O să-mi dai să citesc?

— Desigur.

— Toți așteptăm.

— Știu.

Eram îngrozită și, aproape fără să mă gândesc, am avut un impuls care l-a uimit mult pe Pietro, poate că și pe mine. Am sunat-o pe mama, i-am zis că așteptam un alt copil și am întrebat-o dacă voia să vină să stea un pic la Florența. A mormăit că nu putea, trebuia să se ocupe de tata, de frații mei. Am urlat la ea: *asta înseamnă că din cauza ta eu n-o să mai scriu. Cui îi pasă*, mi-a răspuns, *nu-ți ajunge să duci o viață de doamnă?* Și a închis. Dar după cinci minute a sunat Elisa. *Mă ocup eu de casă*, a zis, *mama pleacă mâine.*

Pietro s-a dus s-o ia pe mama de la gară cu mașina, chestie care a făcut-o să fie mândră, să se simtă iubită. Cum a pus piciorul în casă i-am înșirat o serie de reguli: *nu schimba ordinea din camera mea și din cea a lui Pietro; n-o răsfăța pe Dede; să nu te bagi niciodată între mine și soțul meu; veghează asupra Cleliei fără să intri în conflict cu ea; consideră-mă o străină pe care n-o deranjezi pentru niciun motiv; stai în bucătărie sau în camera ta dacă am oaspeți.* Eram resemnată cu gândul că n-o să respecte niciuna dintre acele reguli, dar ca și cum teama că o să fie alungată i-ar fi schimbat natura, în câteva zile s-a transformat într-o slujnică devotată care avea grijă de toate nevoile casei și rezolva orice problemă cu hotărâre și eficiență fără să ne deranjeze niciodată pe mine sau pe Pietro.

Din când în când se ducea la Napoli și imediat absența ei mă înspăimânta, mi-era teamă că n-o să se mai întoarcă. Dar s-a întors întotdeauna. Îmi povestea noutățile din cartier (Carmen era însărcinată, Marisa născuse un băiat, Gigliola îi aducea pe lume lui Michele al doilea copil, despre Lila nu vorbea ca să evite conflicte). Apoi devenea un fel de spirit al casei care, invizibil, ne asigura tuturor lenjerie curată și călcată, mâncăruri cu gustul copilăriei, un apartament mereu dichisit, o ordine care imediat ce se strica se refăcea cu o punctualitate maniacală. Pietro s-a gândit să încerce din nou să scape de Clelia și mama s-a arătat de acord. M-am enervat, dar în loc să mă supăr pe soțul meu, am făcut o criză de furie față de ea, care s-a retras în camera ei fără să riposteze. Pietro m-a dojenit și a făcut eforturi să mă împac din nou cu mama, lucru care s-a întâmplat repede și cu plăcere. O adora, zicea că era o femeie foarte inteligentă și rămânea adesea în bucătărie cu ea, după cină, vorbind vrute și nevrute. Dede îi spunea bunica și s-a legat într-atât de ea, încât se necăjea când apărea Clelia. *Iată,* mi-am zis, *e totul în regulă, acum nu mai ai scuze.* Și m-am constrâns să mă concentrez asupra cărții.

Am analizat iarăși notițele. M-am convins în mod categoric că trebuia s-o iau pe alt drum. Voiam să las în urma mea ceea ce Franco definise *amoruri superficiale* și să scriu ceva potrivit cu vremurile manifestațiilor din piață, morți violente, represiunea poliţiei, temeri de lovitură de stat. N-am găsit nimic care să depăşească acele zece păginuţe apatice. Ce-mi lipsea, aşadar? Era greu de spus. Poate Napoli, cartierul. Sau o imagine ca aceea din *La fata blu*. Sau o pasiune. Sau o voce căreia să-i atribui autoritate şi care să mă îndrume. Stăteam la birou inutil ore în şir, frunzăream romane, nu ieşeam niciodată din cameră de teamă să nu devin prizoniera lui Dede. Cât de nefericită eram. Auzeam vocea fetiţei pe coridor, pe cea a Cleliei, mersul şchiopătat al mamei mele. Îmi ridicam fusta, îmi priveam burta care deja începea să crească, răspândind în tot corpul o stare de bine nedorită. Eram pentru a doua oară gravidă şi totuşi goală pe dinăuntru.

## 71.

Acela a fost momentul în care am început s-o sun pe Lila nu sporadic, cum făcusem până atunci, ci aproape în fiecare zi. Plăteam convorbiri interurbane costisitoare cu unicul scop de a mă cuibări în umbra ei, de a lăsa să treacă timpul sarcinii, de a spera, conform unei vechi obişnuinţe, că o să-mi pună în mişcare imaginaţia. Bineînţeles că eram atentă să nu spun chestii greşite şi speram să nu le zică nici ea. Ştiam clar, deja, că era posibil să cultivăm prietenia noastră doar cu condiţia să ne punem frâu limbii. De exemplu, eu nu-i puteam mărturisi că partea întunecată din mine se temuse că îmi face farmece de la distanţă, că partea aceea încă spera să fie într-adevăr bolnavă şi să moară. De exemplu, ea nu-mi putea spune motivele reale de sub tonalitatea grosolană, adesea, jignitoare, cu care mă trata. Aşa că ne limitam să vorbim despre Gennaro, care la şcoală era printre cei mai buni, despre Dede, care ştia deja să citească, şi făceam asta ca două mame cu lăudăroşeniile lor fireşti. Sau îi menţionam tentativele de a scrie, dar fără să dramatizez, ziceam numai: *lucrez, nu e uşor, faptul că sunt însărcinată mă istoveşte un pic.* Sau încercam să înțeleg dacă Michele îi mai dădea târcoale, ca să devină cumva prizoniera lui și s-o păstreze pentru el. Sau, uneori, încercam s-o întreb dacă îi plăceau anumiți actori din filme sau de la televizor și s-o fac să-mi spună dacă o atrăgeau bărbați diferiți de Enzo și, eventual, să-i destăinui că și mie mi se întâmpla să doresc și alți bărbați, nu doar pe Pietro. Dar părea că această ultimă temă nu o interesează. Despre actori zicea aproape mereu: *cine e, nu l-am văzut niciodată nici la cinematograf, nici la televizor.* Și dacă doar rosteam numele lui Enzo, începea să-mi vorbească iar despre calculatoare, uluindu-mă cu un jargon pentru mine incomprehensibil.

Erau povești pline de entuziasm și, uneori, presupunând că mi-ar putea folosi în viitor, luam notițe în timp ce vorbea. Enzo reușise, acum muncea într-o mică fabrică de lenjerie, la cincizeci de kilometri de Napoli. Compania închiriase o mașină de calcul IBM și el era expertul sistemului de operare. *Știi ce muncă e? Schematizează procesele manuale transformându-le în diagrame de flux. Unitatea centrală a mașinii e mare cât un dulap cu trei uși și memoria e de 8 Kbytes. Ce căldură e acolo, Lenù, nu-ți poți închipui: calculatorul e mai rău decât o sobă. Abstracție maximă împreună cu sudoare și multă duhoare.* Îmi vorbea de nuclee de ferită, inele traversate de un cablu electric a cărui tensiune îi determina rotația, 0 sau 1, și un inel era un bit și opt inele laolaltă puteau reprezenta un byte. Enzo era protagonistul principal al polilogiilor Lilei. El stăpânea ca un zeu toată disciplina aceea, îi manipula vocabularul și esența dintr-o ditamai încăperea cu aparate imense de aer condiționat. Era un erou care putea determina mașina să facă tot ce făceau oamenii. *E clar?* — mă întreba din când în când. Răspundeam firav *da,* dar habar nu aveamn despre ce vorbește. Înțelegeam doar că își dădea seama că nu-mi este clar nimic și că mi-era rușine din cauza asta.

Entuziasmul ei creștea de la o convorbire interurbană la alta. Enzo câștiga acum o sută patruzeci și opt de mii de lire pe lună, exact, *o sută patruzeci și opt*. Pentru că era foarte bun, omul cel mai inteligent pe care-l întâlnise vreodată. Atât de bun, atât de deștept, încât devenise repede absolut necesar și găsise modalitatea de a o angaja și pe ea, ca ajutor. Iată, asta era noutatea: Lila muncea din nou și de data asta îi plăcea ce făcea. *El e șeful, Lenù, și eu adjunctul. Îl las pe Gennaro cu mama — uneori chiar și cu Stefano — și mă duc la fabrică în fiecare dimineață. Eu și Enzo analizăm punct cu punct compania. Facem ce fac angajații ca să înțelegem mai bine ce trebuie să băgăm în calculator. Bifăm, ce știu eu, activitățile contabile, atașăm mărcile pe facturi, verificăm legitimațiile ucenicilor, cartelele de prezență și apoi transformăm totul în diagrame și găuri pe cartele. Da, da, eu sunt și perforatoare: stau acolo împreună cu alte trei femei și îmi dau în total optzeci de mii de lire. O sută patruzeci și opt plus optzeci fac două sute douăzeci și opt, Lenù. Eu și Enzo suntem bogați și va fi și mai bine peste câteva luni, fiindcă patronul și-a dat seama că mă pricep și vrea să mă trimită la un curs. Vezi ce viață am, te bucuri?*

## 72.

Într-o seară a sunat ea, a zis că tocmai primise o veste proastă: fusese omorât în bătaie, chiar la ieșirea de la școală, în Piața del Gesù, Dario, studentul despre care îmi povestise mai de mult, băiatul din comitet care împărțea fluturașe în fața fabricii Soccavo.

Mi s-a părut îngrijorată. A început să-mi vorbească despre atmosfera apăsătoare și sumbră care plana asupra cartierului și a întregului oraș, agresiuni peste agresiuni. *În spatele multora dintre acele încăierări*, a zis, *se aflau fasciștii lui Gino și în spatele lui Gino se afla Michele Solara*, nume pe care, când le-a rostit, le-a încărcat de un vechi dispreț, de o furie nouă. Ca și cum în spatele numelor celor pe care le rostea erau multe altele pe care le tăinuia. M-am gândit: *cum de e atât de sigură că ei sunt cei responsabili?* Poate că a păstrat legătura cu studenţii de pe strada Tribunalelor, poate că nu-şi dedică toată viaţa doar calculatoarelor lui Enzo. Am ascultat-o fără s-o întrerup, în timp ce povestea în modul ei captivant. Mi-a oferit multe detalii despre un anumit număr de incursiuni ale fasciştilor care porneau de la secţia Mişcării Sociale Italiene din faţa şcolii, se răspândeau pe strada Rettifilo, prin Piaţa Municipiului, în sus spre Vomero şi îi atacau pe comunişti cu lovituri de rângi şi de cuţite. Şi Pasquale fusese bătut de câteva ori, îi spărseseră dinţii din faţă. Şi Enzo, într-o seară, se bătuse cu Gino în persoană chiar în faţa casei.

Apoi s-a blocat, a schimbat tonul. *Îţi aminteşti*, m-a întrebat, *de atmosfera din cartier când eram mici? E mai rău, adică nu, e la fel.* Şi l-a menţionat pe socrul ei, don Achille Carracci, cămătarul, fascistul, şi pe Peluso, tâmplarul, comunistul şi conflictul care avusese loc chiar sub ochii noştri. Din acel moment am alunecat încet în acele vremuri. Eu îmi aminteam un detaliu, ea un altul. Până când Lila şi-a dublat frazele cu fantezie şi a început să-mi povestească uciderea lui don Achille, cum făcea când era mică, cu fragmente de realitate şi multe născociri. Cuţitul înfipt în gât, sângele care ţâşnise şi murdărise o oală de cupru. Excludea şi acum, cum deja o făcuse şi la vremea aceea, că tâmplarul era ucigaşul. A zis, cu convingere de adult: *justiţia de atunci, ca de altfel cea de astăzi, s-a mulţumit imediat cu pista cea mai evidentă, cea care ducea la comunist.* Apoi a exclamat: *dar cine spune că a fost într-adevăr tatăl lui Carmen şi al lui Pasquale? Şi cine spune că a fost un bărbat şi nu o femeie?* Eu, ca într-un joc al copilăriei, când ni se părea că suntem perfect complementare, am urmat-o treptat suprapunându-mi vocea incitată peste a ei şi am avut impresia că împreună — fetiţele de odinioară şi adultele de acum — descoperim un adevăr rămas pentru câteva decenii imposibil de rostit. *Gândeşte-te puţin*, mi-a zis, *cine a câştigat cu adevărat din crima aceea, la cine a ajuns piaţa cămătăriei peste care comanda don Achille?* Exact, la cine? Am găsit răspunsul la unison: *a câștigat femeia cu registrul roșu, Manuela Solara, mama lui Marcello și a lui Michele. Ea l-a omorât pe don Achille,* am zis amândouă surescitate, și apoi am murmurat, mai întâi eu, apoi ea, întristându-ne: *dar ce tot spunem, ajunge, încă suntem două fetițe, nu vom crește niciodată.*

## 73.

Momentul acela mi s-a părut în sfârșit frumos. Trecuse ceva timp și eu regăsisem armonia de altădată. Numai că de data asta armonia se limita într-adevăr la o împletire de răsuflări vibrante de-a lungul firelor de telefon. Nu ne văzuserăm de multă vreme. Ea nu mai știa cum arăt după două sarcini, eu nu știam dacă era tot palidă și foarte slabă ori dacă se schimbase. Vorbeam de câțiva ani unei imagini din mintea mea pe care vocea o readucea la lumină în tihnă. Poate de aceea, brusc, uciderea lui don Achille mi s-a părut mai ales o găselniță, nucleul unei posibile povestiri. Și odată pus receptorul în furcă, am încercat să pun ordine în conversația noastră. Am reconstruit pasajele cu ajutorul cărora Lila mă împinsese, amestecând trecutul și prezentul, de la omorârea bietului Dario la cea a cămătarului, până la Manuela Solara. M-am chinuit să adorm, am meditat îndelung la toate astea. Am simțit tot mai limpede că acele fraze puteau însemna începutul unei povești. În zilele care au urmat am amestecat Florența cu Napoli, revoltele din prezent cu vocile din depărtare, bunăstarea de acum și efortul pe care-l făcusem ca să-mi depășesc condiția, angoasa că pierd totul și fascinația regresului. M-am tot gândit și m-am convins că puteam scoate din asta o carte. Cu trudă, printre continue și dureroase răzgândiri, am umplut un caiet de matematică construind o intrigă violentă, care cuprindea ultimii douăzeci de ani. Lila uneori suna, întreba:

— Cum de nu mai dai niciun semn, nu te simţi bine?

— Mă simt foarte bine, scriu.

— Şi când scrii eu nu mai exist?

— Exiști, dar mă gândesc la altceva.

— Dacă mi-e rău, dacă am nevoie de ceva?

— Mă suni.

— Şi dacă nu sun, stai băgată în romanul tău?

— Da.

— Te invidiez, ferice de tine.

Am lucrat cu neliniștea tot mai mare că nu reușesc să ajung la finalul poveștii înainte să nasc. Mi-era teamă că mor în timpul travaliului, lăsând cartea neterminată. A fost greu, n-a avut deloc de-a face cu inconștienţa fericită cu care pusesem pe hârtie primul roman. Odată schiţată povestea, m-am străduit să dau textului o desfășurare mai gândită. Îmi doream un tip de scriitură însufleţită, nouă, în mod studiat haotică și nu m-am cruţat. Apoi am lucrat subtil la cea de-a doua redactare. Am făcut și refăcut fiecare rând și graţie unei mașini de scris Lettera 32 pe care mi-o cumpărasem în perioada în care o așteptam pe Dede și hârtiei indigo, am transformat caietele într-un text dactilografiat voluminos în trei copii, aproape două sute de pagini, fără o greșeală de scriere.

Era vară, era foarte cald, aveam o burtă enormă. De câtva timp îmi reapăruse durerea la mușchiul fesei, dispărea și reapărea și mă scotea din sărite mersul mamei mele pe coridor. Am luat foile, mi-am dat seama că mi-era frică de ce scrisesem în ele. Zile în șir n-am putut să mă hotărăsc, deveneam agitată la gândul că îi dădeam cartea lui Pietro s-o citească. *Poate*, mi-am zis, *ar trebui să i-o trimit direct lui Adele, el nu e potrivit pentru genul ăsta de poveste.* În plus, cu încăpăţânarea lui caracteristică, își făcea foarte dificilă viaţa la facultate, se întorcea acasă foarte nervos, mie îmi ţinea discursuri abstracte despre valoarea legalităţii. Una peste alta, nu se afla în starea sufletească propice ca să citească un roman în care găseai muncitori, patroni, lupte, sânge, camorişti, cămătari. Romanul *meu*, pe deasupra. Mă ţine departe de furtuna din el, nu l-a interesat niciodată ce eram și ce devenisem, ce sens are să-i dau cartea? Se va limita să discute alegerea aceea lexicală sau cealaltă, la fel și punctuaţia. Dacă voi insista să-i cer o părere, îmi va spune fraze vagi. I-am trimis lui Adele o copie a textului dactilografiat, apoi am sunat-o.

— Am terminat.

— Ce fericită sunt. Mi-o trimiţi?

— Ţi-am trimis-o azi-dimineaţă.

— Bravo, abia aștept s-o citesc.

## 74.

M-am pus pe așteptat. O așteptare care a devenit mai grea decât așteptarea copilului care îmi trăgea șuturi în burtă. Am numărat una după alta cinci zile, Adele n-a dat niciun semn. În a șasea zi, la cină, în timp ce Dede se chinuia să mănânce singură ca să nu mă supere și bunica ei murea de dorinţă s-o ajute și n-o făcea, Pietro m-a întrebat:

— Ai terminat cartea?

— Da.

— Și cum de i-ai dat-o mamei mele s-o citească și mie nu?

— Ești ocupat, nu voiam să te deranjez. Dar dacă vrei s-o citești, e o copie pe biroul meu.

N-a răspuns. Am așteptat, apoi am întrebat:

— Ţi-a zis Adele că i-am trimis-o?

— Cine altcineva?

— A terminat-o?

— Da.

— Ce părere are?

— O să-ţi spună ea, sunt discuţiile voastre.

Se supărase rău. După cină am mutat textul dactilografiat de pe biroul meu pe al lui, am adormit-o pe Dede, m-am uitat la televizor fără să văd și nici să aud mare lucru, apoi, în cele din urmă, m-am băgat în pat. N-am reușit să închid ochii: *de ce vorbise Adele despre carte cu Pietro și pe mine nu mă sunase încă?* A doua zi — 30 iulie 1973 — m-am dus să verific dacă soțul meu începuse să citească: textul dactilografiat ajunsese sub cărțile asupra cărora lucrase mare parte din noapte, era evident că nici nu-l răsfoise. M-am enervat, am urlat la Clelia să aibă grijă de Dede, să nu stea cu mâinile în sân lăsând tot greul pe mama. Am fost foarte dură și mama, evident, a luat chestia asta ca pe un semn de afecțiune. Mi-a atins burta vrând parcă să mă liniștească, a întrebat:

— Dacă e tot fetiță, ce nume îi pui?

Mintea mi-era în altă parte, piciorul mă durea, am răspuns fără să mă gândesc:

— Elsa.

S-a posomorât, mi-am dat seama târziu că se aștepta să răspund: *i-am dat lui Dede numele mamei lui Pietro și, dacă și de data asta se naște o fetiță, o să-i punem numele tău.* Am încercat să mă justific, dar fără chef. Am zis: *mamă, încearcă să înțelegi, pe tine te cheamă Immacolata, nu-i pot da fiicei mele un astfel de nume, nu-mi place.* Ea a bombănit: *de ce, e mai frumos Elsa?* Am replicat: *Elsa seamănă cu Elisa, dacă îi pun numele surorii mele, trebuie să fii bucuroasă.* N-a mai vorbit cu mine. Ah, ce sătulă eram de toate. Era tot mai cald, transpirația curgea în șiroaie pe mine, nu-mi suportam burta grea, nu suportam să șchiopătez, nu mai suportam nimic nimic nimic.

În sfârșit, cu puțin înainte de ora prânzului, a sunat Adele. Vocea ei era lipsită de obișnuita intonație ironică. Mi-a vorbit lent și grav, am simțit că făcea un efort la fiecare cuvânt rostit, a zis pe ocolite în multe fraze și cu multe argumente pedante că nu era bună cartea. Dar când am încercat să-mi apăr textul, a încetat să caute formulări care să nu mă rănească și a vorbit direct. Protagonista era antipatică. Alea nu erau personaje, ci caricaturi. Situațiile și dialogurile erau manieriste. Scriitura voia să fie modernă și era doar dezordonată. Toată ura aia se dovedea neplăcută. Finalul era neșlefuit, de western în stil italian inadecvat pentru inteligența mea, cultura mea, talentul meu. Am tăcut resemnată, am ascultat până la capăt criticile. A conchis spunând: *romanul precedent era viu, foarte nou, acesta, în schimb, e vechi în conținut și scris într-un mod atât de pretențios, încât cuvintele par găunoase.* Am zis încet: *poate cei de la editură vor fi mai binevoitori.* A devenit severă, a replicat: *dacă vrei, trimite-le-o, n-ai decât, dar sunt sigură că o vor considera de nepublicat.* N-am știut ce să spun, am murmurat: *bine, o să mă gândesc, pa.* Dar ea m-a oprit, a schimbat rapid subiectul, a început să vorbească pe un ton afectuos despre Dede, despre mama mea, despre sarcina mea, despre Mariarosa care o enerva rău. Apoi m-a întrebat:

— De ce nu i-ai dat romanul lui Pietro?

— Nu știu.

— Te-ar fi putut sfătui.

— Mă îndoiesc.

— N-ai încredere deloc în el?

— Nu.

Pe urmă, închisă în camera mea, m-am lăsat pradă disperării. Fusese umilitor, nu puteam suporta. N-am mâncat mai nimic, am adormit cu fereastra închisă în ciuda căldurii. La ora patru după-amiaza am avut primele dureri. I-am ascuns mamei mele, am luat geanta pe care o pregătisem de mult, m-am așezat la volanul mașinii și am condus spre clinică sperând să mor pe drum, eu și al doilea copil al meu. În schimb, a decurs totul foarte bine. Durerile m-au sfâșiat, am născut altă fată în câteva ore. Pietro s-a luptat deja în dimineața următoare ca să-i dea celei de-a doua fetițe a noastră numele mamei mele, i se părea un omagiu necesar. Eu, într-o dispoziție mizerabilă, am răspuns că eram sătulă să urmez tradiția și că trebuia să o cheme Elsa. Când m-am întors acasă de la clinică, primul lucru pe care l-am făcut a fost s-o sun pe Lila. Nu i-am spus că tocmai născusem, am întrebat-o dacă-i puteam trimite romanul.

I-am auzit respirația ușoară timp de câteva secunde, apoi a murmurat:

— Îl citesc când apare.

— Am nevoie de părerea ta imediat.

— N-am mai deschis o carte de o grămadă de vreme, Lenù, nu mai știu să citesc, nu mai sunt în stare.

— Îți cer asta ca pe o favoare.

— Pe cealaltă ai publicat-o și gata. Pe asta de ce nu?

— Cealaltă nici măcar nu mi se părea o carte.

— Îți pot spune doar dacă-mi place sau nu.

— Bine, e de-ajuns.

## 75.

În timp ce așteptam ca Lila să citească, s-a aflat că la Napoli apăruse holera. Mama s-a agitat exagerat, apoi a devenit neatentă. A spart din greșeală o supieră la care țineam și a anunțat că trebuia să se întoarcă acasă. Am intuit imediat că dacă holera, în hotărârea ei, avea o oarecare importanță, faptul că refuzasem să-i dau fetiței mele numele ei nu era cu nimic mai prejos. Am încercat s-o opresc, dar m-a părăsit oricum, când încă nu-mi revenisem după naștere și piciorul mă durea. Nu mai suporta să sacrifice luni după luni pentru mine, copilul ei obraznic și nerecunoscător. Prefera să dea fuga să moară de vibrion împreună cu soțul ei și copiii ei cei buni. Oricum, până în pragul casei, a păstrat aerul impasibil pe care i-l impusesem: nu s-a văitat, n-a bombănit, nu mi-a reproșat nimic. A acceptat cu plăcere s-o conducă Pietro cu mașina la gară. Simțea că ginerele ei o îndrăgea și probabil că — m-am gândit — se abținuse tot timpul nu ca să-mi facă mie vreun favor, ci ca să nu-l dezamăgească pe el. S-a emoționat numai când a trebuit să se despartă de Dede. Pe palier a întrebat-o pe fetiță în italiana ei forțată: *îți pare rău că bunica pleacă?* Dede, care resimțea plecarea aceea ca pe o trădare, a răspuns cu răutate: *nu*.

M-am înfuriat mai mult pe mine decât pe ea. Apoi am fost curprinsă de o obsesie autodistructivă și după câteva ore am concediat-o pe Clelia. Pietro a fost uimit, s-a alarmat. I-am zis ranchiunoasă că eram sătulă să lupt când cu dialectul din Maremma al lui Dede, când cu cel napolitan al mamei: îmi doream să redevin stăpâna casei mele și a copiilor mei. În realitate, mă simțeam vinovată și aveam o mare nevoie să mă pedepsesc. M-am abandonat cu o plăcere disperată ideii că cele două fetițe, obligațiile casnice și piciorul dureros mă vor răpune.

Era nu sigură că Elsa o să-mi impună un prim an la fel de îngrozitor ca acela trăit cu Dede. În schimb, poate fiindcă eram mai familiarizată cu nou-născuții, poate fiindcă mă resemnasem cu gândul că nu sunt o mamă bună și îmi lipsea cheful de a fi perfectă, fetița a acceptat sânul fără probleme, sugând mult și dormind mult. În consecință, și eu am dormit suficient în acele prime zile petrecute acasă, iar Pietro, în mod surprinzător, a avut grijă să țină apartamentul curat, să facă cumpărături, să gătească, să-i facă baie Elsei, s-o răsfețe pe Dede care părea un pic uluită de apariția surioarei și de plecarea bunicii. Durerea de la picior m-a lăsat brusc. Și eram, ținând cont de toate, liniștită când, târziu într-o după-amiază, în timp ce moțăiam, soțul meu a venit să mă trezească: *e prietena ta din Napoli la telefon*, a zis. Am dat fuga să răspund.

Lila vorbise mult cu Pietro, a zis că de-abia aștepta să-l cunoască personal. Am ascultat-o fără chef — Pietro era întotdeauna amabil cu cine nu făcea parte din lumea părinților lui — și, pentru că o lungea cu intonații care mi se păreau de o veselie nervoasă, am fost pe punctul de a urla la ea: *ți-am dat șansa să-mi faci tot răul posibil, grăbește-te, vorbește, ai ținut cartea treisprezece zile, spune-mi ce crezi despre ea.* În schimb, m-am mulţumit s-o întrerup brusc:

— Ai citit sau nu?

A devenit serioasă.

— Am citit.

— Și?

— E bună.

— Bună cum? Te-a interesat, te-a amuzat, te-a plictisit?

— M-a interesat.

— Cât? Puţin, mult?

— Mult.

— Și de ce?

— Datorită poveștii: îţi vine cheful să citești.

— Și apoi?

— Apoi ce?

Am devenit severă, am zis:

— Lila, trebuie neapărat să știu cum e chestia asta pe care am scris-o și nu am pe nimeni altcineva care îmi poate spune, numai pe tine.

— Asta fac acum.

— Nu, nu e adevărat, mă tragi pe sfoară: tu n-ai vorbit niciodată despre nimic într-un mod atât de superficial.

A urmat o tăcere lungă. Mi-am imaginat-o stând picior peste picior la o măsuţă urâtă pe care era așezat telefonul. Poate că ea și Enzo abia se întorseseră de la muncă, poate că Gennaro se juca puţin mai încolo. A zis:

— Îţi spusesem că nu mai știu să citesc.

— Nu asta e ideea: ci că am nevoie de tine și pe tine te doare în cot.

Altă tăcere. Apoi a mormăit ceva ce n-am înţeles, poate o jignire. A zis dur, arţăgos: *eu lucrez ceva, tu altceva, ce pretenţii ai de la mine, tu ești cea care a studiat, tu ești cea care știe cum trebuie să fie cărțile.* Apoi i s-a frânt vocea, aproape a urlat: *nu trebuie să scrii chestiile astea, Lenù, tu nu ești asta, nimic din ce am citit nu-ți seamănă, e o carte proastă, proastă, proastă și la fel era și cea dinainte.*

Așa. Fraze rapide și totuși gâtuite, ca și cum respirația ei, ușoară ca o boare, brusc ar fi devenit solidă și n-ar mai fi reușit să-i intre și să-i iasă din gât. Mi s-a făcut rău la stomac, o durere puternică în burtă, care a crescut, dar nu din cauza celor spuse de ea, ci a modului *cum* fuseseră spuse. Plângea în hohote? Am exclamat neliniștită: *Lila, ce e, liniștește-te, hai, respiră!* Nu s-a liniștit. Erau chiar hohote, le-am auzit în ureche încărcate de o asemenea suferință, încât n-am mai simțit rana cuvintelor *proastă, Lenù, proastă, proastă.* Nu m-a supărat nici că transforma și prima carte — cartea care se vânduse bine, cartea succesului meu, în privința căreia ea nu se pronunțase niciodată cu adevărat — într-un eșec. Mi-a făcut rău plânsul ei. Nu eram pregătită, nu mă așteptam la el. Aș fi preferat-o pe Lila cea rea, aș fi preferat tonul ei perfid. În schimb nu, plângea în hohote și nu reușea să se oprească.

M-am simțit pierdută. *Bine*, m-am gândit, *am scris două cărți proaste, dar ce contează, e cu atât mai gravă această părere de rău.* Și am șoptit: *Lila, ce e de plâns, vrei să plâng eu, încetează.* Dar ea a urlat: *de ce m-ai pus s-o citesc, de ce m-ai obligat să-ți spun ce cred, trebuia să țin asta pentru mine.* Și eu: *nu, sunt bucuroasă că mi-ai spus, îți jur.* Voiam să se liniștească, dar ea nu reușea, revărsa peste mine fraze dezordonate: *să nu mă mai pui să citesc nimic, nu mă pricep, aștept de la tine tot ce e mai bun, sunt prea sigură că poți mai bine de-atât, vreau ca tu să faci mai bine, e lucrul pe care mi-l doresc cel mai mult, pentru că cine sunt eu dacă tu nu ești bună, cine sunt eu?* I-am murmurat: *nu-ți face griji, spune-mi întotdeauna ce gândești, numai așa mă ajuți, m-ai ajutat de când eram mici, eu fără tine nu sunt în stare de nimic.* Și ea, în sfârșit, și-a înăbușit hohotele și a murmurat trăgându-și nasul: *de ce am început să plâng, sunt o cretină.* A râs: *nu voiam să te supăr, îmi pregătisem un discurs pozitiv, îl scrisesem, închipuie-ți, voiam să fac o figură frumoasă.* Am îndemnat-o stăruitor să mi-l trimită, am zis: *e posibil să știi mai bine decât mine ce trebuie să scriu.* Și în acel punct am lăsat baltă cartea, am anunțat-o că se născuse Elsa, am vorbit despre Florența, despre Napoli, despre holeră. *Ce holeră,* a spus ea ironică, *nu e nicio holeră, doar confuzia obișnuită și teama de a muri în rahat, mai mult teamă decât fapte, nu e nimic concret, mâncăm o groază de lămâi și nimeni nu se mai cacă.*

Acum vorbea neîntrerupt, aproape veselă, scăpase de o povară. În consecință, am început din nou să simt blocajul în care mă găseam — două fete mici, un soț în general absent, dezastrul cu scrisul — și totuși, n-am simțit anxietate, dimpotrivă, m-am simțit ușoară. Eu însămi am readus în discuție propriul meu eșec. Aveam în minte fraze de genul: *s-a rupt firul, s-a terminat fluidul acela al tău care mă influența în mod pozitiv, acum sunt cu adevărat singură.* Dar nu i-am zis asta. În schimb, am mărturisit autoironic că în spatele efortului acelei cărți exista dorința de a încheia socotelile cu cartierul, că mi se păruse că reprezint marile transformări pe care le aveam în jur, că îmi sugerase, cumva, s-o scriu, mă încurajase povestea lui don Achille și a mamei fraților Solara. A izbucnit în râs. A zis că fața scârboasă a lucrurilor nu e suficientă ca să scrii o carte: fără imaginație nu pare o față autentică, ci doar o mască.

## 76.

Nu știu bine ce mi s-a întâmplat după. Încă și astăzi, când mă gândesc la convorbirea aceea a noastră, îmi e greu să povestesc efectele hohotelor de plâns ale Lilei. Dacă mă uit mai atent, am impresia că văd mai ales un fel de recompensă incoerentă, ca și cum plânsul acela, confirmându-mi iubirea ei și încrederea pe care o avea în abilităţile mele, ar fi fost de-ajuns ca să șteargă părerea negativă despre ambele cărţi. Abia mult mai târziu mi-am dat seama că hohotele de plâns distruseseră fără drept de apel munca mea, o scăpaseră de resentimentul meu, îmi impuseseră un ţel atât de înalt — *n-o dezamăgi* — și-mi paralizaseră orice încercare de a mai scrie. Dar repet: deși mă străduiesc să analizez cu atenţie convorbirea aceea, nu reușesc să spun: a stat la originea acestui lucru sau al celuilalt, a fost un moment înalt al prietenei noastre sau, dimpotrivă, a fost unul dintre momentele cele mai meschine. Cu siguranţă, Lila și-a întărit rolul de oglindă a nepriceperilor mele. Cu siguranţă, m-am simţit mai dispusă să accept eșecul, ca și cum părerea Lilei ar fi fost mult mai autorizată — dar și mai convingătoare și mai afectuoasă — decât cea a soacrei mele.

Într-adevăr, după câteva zile am sunat-o pe Adele și i-am zis: *mulţumesc că ai fost atât de sinceră, mi-am dat seama că ai dreptate și am impresia, acum, că și prima mea carte avea multe defecte; poate că trebuie să reflectez, poate că nu mă pricep să scriu sau pur și simplu am nevoie de mai mult timp.* Soacra mea, prompt, m-a copleșit cu complimente. Mi-a lăudat capacitatea autocritică, mi-a amintit că aveam un public și că publicul acela aștepta. Am murmurat: *da, sigur.* Și imediat am încuiat ultima copie a romanului într-un sertar, am pus deoparte și caietele pline de însemnări și m-am lăsat absorbită de cotidian. Disconfortul creat de efortul acela inutil s-a întins și la prima mea carte, poate chiar la întreaga utilizare literară a scrisului. Dacă îmi venea în minte o simplă imagine, o frază sugestivă, mă cuprindea o senzaţie de rău, mă gândeam imediat la altceva.

M-am dedicat casei, fetelor, lui Pietro. Nu m-am gândit nici măcar o dată s-o chem înapoi pe Clelia sau s-o înlocuiesc cu altă fată. Am luat pe umerii mei din nou totul și cu siguranţă am făcut asta ca să uit de îndoielile mele. Dar s-a întâmplat fără efort, fără regret, ca și cum dintr-odată aș fi descoperit că acela era modul corect de a trăi și o parte din mine ar fi șoptit: *gata cu gărgăunii din cap*. Am pus treburile casnice în ordine și m-am ocupat de Elsa și de Dede cu o bucurie neașteptată, ca și cum în plus față de povara pântecelui, față de povara textului dactilografiat, aș fi scăpat de o altă povară mai bine ascunsă, pe care nici măcar eu însămi nu eram capabilă s-o identific. Elsa s-a dovedit un copilaș foarte cuminte — făcea lungi băi liniștite, sugea, dormea, râdea chiar și în somn. Dar trebuia să fiu foarte atentă la Dede, care-și detesta sora, se trezea dimineața cu un aer răvășit, povestea că o salvase când din foc, când din apă, când de lup, în special se prefăcea că e și ea nou-născută și îmi cerea să sugă de la sfârcuri, imita scâncetele. De fapt nu semăna deloc cu ceea ce deja era, o fetiță de aproape patru ani cu un limbaj foarte dezvoltat, perfect autonomă în activitățile ei de bază. Am avut grijă să-i ofer multă afecțiune, să-i laud inteligența și eficiența, să o conving că am nevoie de ajutorul ei în toate, să fac cumpărături, să gătesc, să o împiedic pe sora ei să facă stricăciuni.

Între timp, pentru că eram terorizată de posibilitatea de a rămâne din nou însărcinată, am început să iau anticoncepționale. M-am îngrășat, mă simțeam umflată, totuși n-am îndrăznit să le opresc: o altă sarcină mă speria mai mult decât orice altceva. Și apoi de corpul meu nu-mi mai păsa ca altădată. Mi se părea că cele două fetițe confirmau faptul că nu mai eram tânără, că semnele efortului — să le spăl, să le îmbrac, să le dezbrac, căruciorul, cumpărăturile, gătitul, una în brațe și cealaltă de mână, amândouă în brațe, să-i șterg mucii uneia, s-o curăț la gură pe cealaltă, în fine, problemele zilnice — erau martorele maturității mele ca femeie, că a deveni una dintre mamele din cartier nu era o amenințare, ci o ordine firească a lucrurilor. *E bine așa,* îmi spuneam.

Pietro, care cedase în privinţa pilulei anticoncepţionale după o lungă rezistenţă, mă observa preocupat. *Te rotunjeşti. Ce sunt petele astea pe piele?* Se temea că fetiţele, eu, el o să ne îmbolnăvim, dar detesta doctorii. Încercam să-l liniştesc. Slăbise mult în ultima vreme: avea ochii mereu încercănaţi şi deja fire albe de păr; acuza dureri când la un genunchi, când la şoldul drept, când la umăr, şi totuşi nu voia să meargă la o consultaţie. L-am obligat, l-am însoţit eu însămi împreună cu fetiţele şi, în afară de necesitatea de a lua câteva tranchilizante, s-a dovedit că e foarte sănătos. Lucru care l-a făcut euforic preţ de câteva ore, i-a trecut orice simptom. Dar în scurt timp, în ciuda calmantelor, s-a simţit din nou rău. Odată, când Dede nu-l lăsa să se uite la telejurnal — se întâmpla imediat după lovitura de stat din Chile —, i-a tras câteva palme la popou cu o duritate excesivă. Şi cum am început să iau anticoncepţionale, l-a apucat o manie de a face dragoste mai des ca înainte, dar numai dimineaţa sau după-amiaza, pentru că — spunea — orgasmul de seară îl făcea să-i treacă somnul şi să studieze o bună parte din noapte, chestie care-i dădea o oboseală cronică şi, de aici, stările lui de rău.

Vorbe fără noimă, pentru el fusese dintotdeauna o obişnuinţă şi o necesitate să studieze în timpul nopţii. Oricum, ziceam: *nu mai facem seara,* îmi convenea. Desigur, uneori eram exasperată. Era greu să obţin de la el chiar şi mici chestii utile: să facă cumpărături când avea puţin timp liber, să spele vasele după cină. Într-o seară mi-am pierdut calmul: nu i-am zis nimic îngrozitor, pur şi simplu am ridicat vocea. Şi am făcut o descoperire importantă: era de-ajuns să ţip pentru ca încăpăţânarea lui să dispară brusc şi să mă asculte. Înfruntându-l cu o oarecare duritate, îl făceam să-i treacă chiar şi durerile instabile, până şi dorinţa nevrotică de a mă poseda încontinuu. Dar nu-mi plăcea să fac asta. Când mă comportam în felul acela, sufeream, mi se părea că-i provoc un tremur dureros în interior. Şi, oricum, rezultatele nu persistau. Ceda, îşi asuma sarcini cu o anume solemnitate, dar pe urmă era cu adevărat foarte obosit, uita de înţelegeri, începea din nou să se ocupe numai de el. Până la urmă renunţam, încercam să-l fac să râdă, îl sărutam. Ce câştigam de la nişte farfurii prost spălate? Numai mutre şi o purtare indiferentă din partea lui, care însemnau: *stau aici să pierd timp în loc să lucrez.* Mai bine îl lăsam liniştit, eram bucuroasă când reuşeam să evit situaţii încordate.

Ca să nu-l enervez, am învăţat să nu-mi mai spun părerea. De altfel, nu părea să ţină la ea. Dacă discuta, ce ştiu eu, despre măsurile guvernului cauzate de criza petrolieră, dacă lăuda apropierea partidului comunist de democraţia creştină, prefera să fiu doar o ascultătoare care consimte. Când îl dezaprobam, lua un aer amuzat sau zicea cu tonul pe care în mod evident îl folosea faţă de studenţi: *ai crescut rău, nu cunoşti valoarea democraţiei, a statului, a legilor, a medierii între interese constituite, a echilibrelor dintre naţiuni: îţi place apocalipsa.* Eram soţia lui, o soţie cultă, şi se aştepta să-i acord multă atenţie când îmi vorbea de politică, de studiile lui, de noua carte la care lucra plin de nelinişte, epuizându-se; dar atenţia trebuia să fie doar afectuoasă, nu voia păreri, mai ales dacă îi provocau îndoieli. Era ca şi cum ar fi gândit cu voce tare, doar ca să clarifice situaţia în sinea lui. Şi totuşi, mama lui era cu totul alt tip de femeie. Sora sa la fel. Dar, evident, nu voia să fiu ca ele. În acea perioadă a lui de slăbiciune fizică, am înţeles din anumite jumătăţi de frază că probabil i-a displăcut nu doar succesul primei mele cărţi, dar şi publicarea ei. Despre cea de-a doua nu m-a întrebat niciodată ce se întâmplase până la urmă cu textul dactilografiat şi ce proiecte de viitor aveam. Mi s-a părut că s-a simţit uşurat dacă n-am mai făcut nicio aluzie la scris.

Faptul că Pietro se purta din zi în zi mai rău nu m-a împins, totuşi, din nou spre alţi bărbaţi. Mi se întâmpla uneori să dau nas în nas cu Mario, inginerul, dar am realizat repede că dorinţa de a seduce şi de a fi sedusă dispăruse. Chiar dimpotrivă, agitaţia aceea de altădată mi s-a părut o etapă un pic ridicolă a vieţii mele, bine că trecuse. S-a atenuat și obsesia de a ieși din casă, de a participa la viața publică a orașului. Dacă mă hotăram să merg la vreo dezbatere sau la vreo manifestație, le luam mereu pe fete cu mine și mă simțeam mândră de gențile mele pline cu cele necesare pentru îngrijirea lor, de precauta dezaprobare a celor care spuneau: *sunt atât de mici, poate fi periculos.*

Ieșeam, în schimb, în fiecare zi, pe orice vreme, pentru ca fetele mele să stea în aer liber și la soare. N-o făceam niciodată fără să iau o carte cu mine. Dintr-un obicei care nu dispărea, am continuat să citesc în orice împrejurare, chiar dacă parcă se risipise ambiția de a-mi crea propria mea lume. În general, dădeam câteva ture și apoi mă așezam pe o bancă nu departe de casă. Răsfoiam eseuri complicate, citeam ziarul, strigam: *Dede, nu te îndepărta, stai lângă mama.* Așa eram eu și trebuia să accept. Lila, orice întorsătură ar fi luat viața ei, era cu totul altcineva.

## 77.

Întâmplarea a făcut ca în acea perioadă Mariarosa să vină la Florența ca să prezinte cartea unei colege de-ale ei de facultate despre *Fecioara Maria însărcinată.* Pietro a jurat că nu va lipsi, dar în ultimul moment a invocat o scuză și s-a pitit pe undeva. Cumnata mea a venit cu mașina, singură de data asta, puțin obosită, dar afectuoasă ca întotdeauna și încărcată cu daruri pentru Dede și Elsa. N-a făcut nicio aluzie la romanul meu eșuat, chiar dacă în mod sigur Adele îi spusese totul. Mi-a povestit fără rețineri despre călătoriile pe care le făcuse, despre cărți, cu entuziasmul ei caracteristic. Urmărea plină de energie numeroasele noutăți ale planetei. Începea o poveste, se plictisea de ea, trecea la alta pe care puțin mai devreme, din neatenție, din nepăsare, o negase. Când a vorbit despre cartea colegei ei, a câștigat imediat admirația istoricilor de artă din public. Și seara ar fi decurs în obișnuita atmosferă academică dacă la un moment dat, cu un derapaj brusc, n-ar fi pronunțat fraze de genul acesta, uneori impudice: *nu trebuie să dai fii niciunui tată, cu atât mai puțin Dumnezeului Tată, fiii trebuie dați lor înșiși; a sosit momentul să studiem ca femei, și nu ca bărbați; în spatele oricărei ordini se află o pulă, și când pula se simte impotentă, recurge la ranga de fier, la poliție, la închisori, la armată, la lagărele de concentrare; și dacă nu te supui, dacă, dimpotrivă, continui să dai totul peste cap, se dezlănțuie măcelul.* Șușoteli nemulțumite, câteva semne de consens. La final a fost înconjurată de un grup compact de femei. M-a chemat lângă ea cu gesturi vesele, le-a arătat mândră pe Dede și Elsa prietenelor ei florentine, a vorbit foarte frumos despre mine. Una și-a amintit de cartea mea, dar am trecut cu vederea imediat, ca și cum n-aș fi scris-o eu. A fost o seară frumoasă, iar una dintre fetele din grupul pestriț ne-a invitat să mergem acasă la ea, o dată pe săptămână, să vorbim — mi-au zis — despre noi.

Frazele provocatoare ale Mariarosei și invitația prietenelor ei m-au îndemnat să pescuiesc de sub un teanc de cărți cele câteva broșuri pe care mi le oferise cu timp în urmă Adele. Le-am cărat după mine în geantă, le-am citit în aer liber, sub un cer gri de sfârșit de iarnă. Am citit mai întâi *Să scuipăm pe Hegel*, titlul mă făcuse curioasă. L-am citit în timp ce Elsa dormea în cărucior și Dede, cu paltonaș, fular și căciulă de lână, vorbea cu voce scăzută cu păpușa ei. Am fost impresionată de fiecare frază, de fiecare cuvânt și, mai ales, de nerușinata libertate a gândului. Am subliniat foarte multe fraze cu îndârjire, am marcat cu semne de exclamare, cu linii verticale. Să scuipi pe Hegel. Să scuipi pe cultura bărbaților, să scuipi pe Marx, pe Engels, pe Lenin. Și pe materialismul istoric. Și pe Freud. Și pe psihanaliză și pe invidia față de penis. Și pe căsnicie, pe familie. Și pe nazism, pe stalinism, pe terorism. Și pe război. Și pe lupta de clasă. Și pe dictatura proletariatului. Și pe socialism. Și pe comunism. Și pe capcana egalității. Și pe *toate* manifestările culturii patriarhale. Și pe *toate* formele de organizare. Să te opui irosirii inteligenţelor feminine. Să te deculturalizezi. Începând cu maternitatea, să nu *dai* fii nimănui. Să te descotoroseşti de dialectica servitor-stăpân. Să-ţi smulgi din creier complexul de inferioritate. Să te redai ţie înseţi. Să nu ai antiteză. Să te mişti pe alt plan în numele propriei diferenţe. Universitatea nu le eliberează pe femei, ci le perfecţionează represiunea. Împotriva înţelepciunii. În timp ce bărbaţii se consacră activităţilor spaţiale, pentru femei viaţa încă n-a început nici măcar pe această planetă. Femeia este cealaltă faţă a pământului. Femeia este Subiectul Neprevăzut. Să te eliberezi de supunere, aici, acum, în acest prezent. Pe autoarea acelor pagini o chema Carla Lonzi. *Cum e posibil,* mi-am zis, *ca o femeie să poată gândi așa?* Am trudit mult asupra cărţilor, dar m-am supus lor, nu le-am folosit niciodată cu adevărat, nu le-am răsturnat niciodată împotriva lor. Iată cum se gândește. Iată cum se gândește *împotrivă.* Eu — după atâta efort — nu știu să gândesc. Nici Mariarosa nu știe: a citit pagini după pagini și le recombină după propriile ei toane, de dragul spectacolului. Atâta tot. Lila, în schimb, știe. E natura ei. Dacă ar fi studiat, ar fi știut să gândească în felul acesta.

Ideea aceea a devenit din ce în ce mai stăruitoare. Toate lecturile din acea perioadă au ajuns, într-un fel sau altul, s-o implice pe Lila. Dădusem peste un model feminin de gândire care, cu diferenţele necesare, îmi provoca aceeași admiraţie, aceeași subordonare pe care le simţeam în raport cu ea. Mai mult: citeam gândindu-mă la ea, la fragmente ale vieţii ei, la frazele pe care le-ar fi împărtășit, la cele pe care le-ar fi refuzat. Ca urmare, îmboldită de acea lectură, m-am alăturat adesea grupului de prietene al Mariarosei și nu mi-era ușor. Dede mă întreba încontinuu: *când plecăm,* Elsa scotea, pe neașteptate, ţipete fericite. Dar nu doar fiicele mele mi-au făcut greutăţi. În realitate, acolo am găsit numai femei care, deși îmi semănau, nu-mi puteau fi de niciun ajutor. Mă plictiseam când discuţia era un fel de rezumat prost formulat al unor lucruri pe care le cunoșteam deja. Și mi se părea că știu destul de bine ce însemna să te naști fată, nu mă pasionau chinurile conștiinței de sine. Și nu aveam nicio intenție să vorbesc în public despre relația mea cu Pietro, cu bărbații în general, ca să ofer mărturie despre ceea ce sunt bărbații din orice categorie socială și de orice vârstă. Și nimeni mai bine decât mine nu știa ce însemna să-ți masculinizezi propria minte ca să fie bine primită de cultura bărbaților, o făcusem, o făceam în continuare. Și, în plus, rămâneam complet în afara tensiunilor, izbucnirilor de gelozie, tonurilor autoritare, glăscioarelor subordonate, ierarhiilor intelectuale, luptelor pentru întâietate în grup care sfârșeau în plânsete disperate.

Dar s-a ivit un eveniment nou, care bineînțeles că m-a condus din nou la Lila. M-a fascinat modul, explicit până la limita dezagreabilului, cu care se vorbea, cu care se aborda un subiect. Nu mi-a plăcut mult condescendența trăncănelii, despre asta știam suficient încă din copilărie. M-a sedus, în schimb, o nevoie imperioasă de autenticitate pe care n-o simțisem niciodată și care, probabil, nu-mi stătea în fire. N-am zis niciodată niciun cuvânt, în mediul acela, care să se conformeze acelei nevoi. Dar am simțit că ar fi trebuit să fac ce făcea Lila, să ne analizăm în întrepătrunderea noastră cu aceeași inflexibilitate, să ne spunem până la capăt ce nu ne spuneam, pornind eventual de la lacrimile nefirești pentru cartea mea nereușită.

A fost atât de puternică acea nevoie, încât mi-am dorit să merg pentru o vreme la Napoli cu fetele sau să-i cer ei să vină la mine cu Gennaro sau măcar să ne scriem. I-am vorbit o dată despre asta la telefon, dar a fost un fiasco. I-am povestit despre cărțile pe care le citeam, scrise de femei, despre grupul pe care îl frecventam. A stat să mă asculte, dar apoi a râs de titluri ca *Femeia clitoridiană și femeia vaginală* și a făcut tot posibilul ca să fie vulgară: *ce pula mea zici, Lenù, plăcerea, crăpătura, aici problemele sunt deja destule, ești nebună.* Voia să-mi demonstreze că nu era capabilă să-și spună părerea despre lucrurile care mă interesau. Și la final a devenit arogantă, a zis: *muncește, fă lucrurile frumoase pe care trebuie să le faci, nu pierde vremea.* Se enervase. *În mod evident, nu e momentul potrivit,* m-am gândit, *o să încerc din nou mai încolo.* Dar n-am găsit niciodată timpul sau curajul să încerc din nou. Am conchis că, întâi de toate, trebuia să înțeleg mai bine cine eram eu. Să-mi cercetez minuțios natura feminină. Exagerasem, mă silisem să-mi asum capacități masculine. Credeam că trebuie să știu totul, să mă ocup de tot. Ce-mi păsa de politică, de lupte. Voiam să fac impresie bună față de bărbați, să fiu la înălțime. La care înălțime? A rațiunii lor, cea mai irațională dintre toate. Atâta îndârjire ca să țin minte exprimarea la modă, efort inutil. Mă condiționase studiul, care îmi modelase mintea, vocea. Câte pacte secrete cu mine însămi încuviințasem, doar ca să mă remarc. Și acum, după efortul dur de a învăța, trebuia să trec prin procesul de dezvățare. În plus, apropierea puternică de Lila mă făcuse să cred că eram așa cum, de fapt, nu eram. Mă lipisem de ea și mă simțeam mutilată imediată ce mă dezlipeam. Nicio idee, fără Lila. Niciun gând în care să am încredere, fără susținerea gândurilor ei. Nicio imagine. Trebuia să mă accept în afara ei. Aceea era cheia. Să accept că eram o persoană mediocră. Ce trebuia să fac. Să încerc din nou să scriu. Poate că îmi lipsea pasiunea, mă limitam la a-mi face temele. Deci să nu mai scriu. Să-mi găsesc o muncă oarecare. Sau să fac pe doamna, cum spunea mama mea. Să mă închid în familie. Sau să arunc totul în aer. Casa. Fetele. Soțul.

## 78.

Am reînnodat legătura cu Mariarosa. O sunam adesea, dar când Pietro și-a dat seama de asta, a început să-mi vorbească într-un mod tot mai disprețuitor despre sora lui. Era frivolă, era goală pe dinăuntru, era periculoasă pentru sine și pentru ceilalți. Îl chinuise cu cruzime în copilărie și în adolescență, era cea mai mare preocupare a părinților. Într-o seară a ieșit din camera lui ciufulit, cu chipul obosit, în timp ce eu vorbeam la telefon cu cumnata mea. A dat o tură prin bucătărie, a ciugulit ceva, a glumit cu Dede și între timp a tras cu urechea la discuția noastră. Apoi, pe neașteptate, a zbierat: *înțelege cretina aia că e ora cinei?* Eu m-am scuzat față de Mariarosa și am închis. *E totul pregătit*, am spus, *mâncăm imediat, nu e nevoie să zbieri.* El a bombănit că a cheltui bani pe convorbiri interurbane ca să asculți tâmpeniile surorii lui i se părea stupid. Nu i-am răspuns, am pus masa. Și-a dat seama că eram furioasă, a zis îngrijorat: *nu eram supărat pe tine, ci pe Mariarosa.* Dar din seara aceea a început să răsfoiască volumele pe care le citeam, să fie ironic în privința frazelor subliniate de mine. Spunea: *nu te lăsa trasă pe sfoară, sunt niște prostii.* Și încerca să-mi demonstreze logica șchioapă a manifestelor și broșurilor feministe.

Exact pe acea temă am ajuns să ne certăm într-o seară. Poate că eu am exagerat, pentru că, dintr-o frază în alta, am ajuns să-i spun: *îți dai o groază de aere, dar tot ce ești le-o datorezi tatălui tău și mamei tale, exact ca Mariarosa.* A reacționat total neașteptat, mi-a dat o palmă, în prezența lui Dede.

M-am ținut tare, mai bine decât el: încasasem destule palme de-a lungul vieții, Pietro nu dăduse niciodată și aproape sigur nici nu primise. I-am văzut pe față dezgustul față de ce făcuse, s-a uitat țintă la fiica lui o clipă, apoi a ieșit din casă. Mi-am potolit furia. Nu m-am dus la culcare, l-am așteptat și, pentru că nu se întorcea, m-am îngrijorat, nu știam ce să fac. Stătea prost cu nervii, se odihnea prea puțin? Sau aceea era adevărata lui natură, îngropată sub mii de cărți și o bună educație? Mi-am dat seama încă o dată că știam foarte puține lucruri despre el, că nu eram în stare să-i anticipez mișcările: putea să se fi aruncat în Arno, să zacă beat pe undeva, chiar și să fi plecat la Genova să caute consolare și să se vaite în brațele mamei lui. Of, gata, eram speriată. Am realizat că lăsam la hotarele vieții mele private ce citeam, ce știam. Aveam două fete, nu voiam să ajung prea în pripă la o concluzie.

Pietro s-a întors spre ora cinci dimineața și m-am simțit atât de ușurată să-l revăd teafăr, încât l-am îmbrățișat, l-am sărutat. El a bombănit: *nu mă iubești, nu m-ai iubit niciodată.* Și a adăugat: *oricum nu te merit.*

## 79.

În realitate, Pietro nu reușea să accepte dezordinea răspândită acum în fiecare sferă a existenței. Și-ar fi dorit o viață reglementată de deprinderi fixe: să studieze, să predea, să se joace cu fetele, să facă dragoste, să contribuie în fiecare zi, după posibilitățile lui, să descâlcească, conform democrației, ghemul italian extrem de încurcat. În schimb, îl sleiseră conflictele universitare, colegii nu-i apreciau munca, care, între timp, suscita mai mult interes în afara țării. Se simțea încontinuu disprețuit și amenințat, avea impresia că din vina neastâmpărului meu (dar ce neastâmpăr?, eram o femeie opacă) familia noastră era expusă unor riscuri permanente. Într-o după-amiază, Elsa își vedea de joaca ei, eu o obligam pe Dede să exerseze cititul, el stătea închis în camera lui, casa era inertă. *Pietro,* mă gândeam nervoasă, *năzuiește la o fortăreață în care el lucrează la cartea lui, eu mă îngrijesc de administrarea casei și fetele, senin, cresc.* Apoi s-a auzit soneria, am dat fuga să deschid și, luându-mă prin surprindere, au intrat în casă Pasquale și Nadia.

Cărau niște rucsacuri mari militare. El avea o pălărie peste o claie de păr foarte des și creț care se prelungea într-o barbă la fel de deasă și creață. Ea arăta slăbită și obosită, avea niște ochi imenși, de copil speriat care se preface că nu-i e frică. O puseseră pe Carmen să le facă rost de adresă, care, la rândul ei, o ceruse mamei. Au fost amândoi afectuoși, la fel am fost și eu, ca și cum între noi n-ar fi fost niciodată tensiuni sau divergențe. Au ocupat casa lăsând lucruri de-ale lor peste tot. Pasquale vorbea mult, cu voce ridicată, aproape mereu în dialect. Inițial mi s-au părut amândoi o întrerupere bine venită a cotidianului meu plat. Dar mi-am dat seama repede că lui Pietro nu-i plăceau. L-a deranjat faptul că n-au sunat să-și anunțe venirea, că se comportau amândoi cu o dezinvoltură excesivă. Nadia și-a scos pantofii, s-a lungit pe canapea. Pasquale și-a păstrat pe cap pălăria, a atins obiecte, a răsfoit cărți, a luat din frigider o bere pentru el și una pentru Nadia fără să ceară voie, a dat-o pe gât și a râgâit într-un mod care a făcut-o pe Dede să râdă. Au zis că se hotărâseră să facă un tur, au vorbit chiar de *tur*, fără să detalieze la ce se referea, mai exact. Când plecaseră din Napoli? Au fost vagi. Când se vor întoarce? Au fost la fel de vagi. *Munca?* l-am întrebat pe Pasquale. El a râs: *ajunge, am muncit prea mult, acum mă odihnesc.* Și i-a arătat lui Pietro mâinile, a pretins ca el să i le arate pe ale lui, și-a frecat palma de a lui spunând: *simți diferența?* Apoi a apucat ziarul *Lotta Continua* și și-a trecut mâna dreaptă peste prima pagină, mândru de sunetul scos de hârtia răzuită de pielea aspră și vesel, ca și cum ar fi inventat un joc nou. Apoi a adăugat aproape amenințător: *fără aceste mâini aspre, profesore, n-ar exista nici măcar un scaun, un bloc, o mașină, nimic, nici măcar tu n-ai exista; dacă noi, muncitorii, am înceta să trudim, s-ar opri totul, cerul ar cădea pe pământ și pământul ar împroșca cerul, plantele ar invada din nou orașele, Arno v-ar inunda casele voastre frumoase și numai cine a muncit dintotdeauna ar ști să supraviețuiască, în timp ce pe voi doi, cu toate cărțile voastre, v-ar sfâșia câinii.*

A fost un discurs în stilul lui Pasquale, exaltat și sincer, pe care Pietro l-a ascultat fără replică. La fel ca Nadia, de altfel, care atunci când vorbea prietenul ei, stătea serioasă, întinsă pe canapea, privind țintă tavanul. Ea a intervenit foarte puțin între discuțiile dintre cei doi bărbați, nici mie nu mi-a zis nimic. Dar când m-am dus să fac cafeaua, a venit după mine în bucătărie. A observat că Elsa stătea tot timpul lipită de mine, a zis serioasă:

— Ţine foarte mult la tine.

— E mică.

— Vrei să spui că atunci când va fi mare nu va mai ţine la tine?

— Nu, sper că va ţine şi când va fi mare.

— Mama vorbea de tine foarte des. Erai doar o elevă de-a ei, dar părea că mai degrabă tu erai fiica ei, şi nu eu.

— Serios?

— Te-am urât pentru asta şi pentru că mi-l luaseşi pe Nino.

— Nu din cauza mea te-a părăsit.

— Cui îi pasă, acum nu-mi amintesc nici măcar cum arăta.

— Când eram mică, voiam să fiu ca tine.

— Ca să faci ce? Crezi că să te naşti având deja totul de-a gata e frumos?

— Păi, trebuie să trudeşti mai puţin.

— Te înşeli, adevărul e că totul pare deja făcut şi nu ai niciun motiv să trudeşti. Simţi doar vina că eşti ceea ce eşti fără să fi meritat nimic.

— Mai bine decât să simţi vina că ai dat-o în bară.

— Asta îţi spune prietena ta, Lina?

— Sigur că nu.

Nadia a scuturat agresiv din cap şi a avut o expresie perfidă, de care n-aş fi crezut-o niciodată în stare. A zis:

— O prefer pe ea ţie. Sunteţi două ticăloase pe care nimic nu le poate schimba, două exemplare de drojdie subproletară. Dar tu faci pe simpatica şi Lina nu.

M-a lăsat în bucătărie fără cuvinte. Am auzit că urla la Pasquale: *fac un duş şi ai face bine să te speli şi tu.* S-au închis în baie. I-am auzit râzând, ea scotea nişte mici ţipete care — am văzut — o îngrijorau mult pe Dede. Când au ieşit, erau pe jumătate dezbrăcaţi, cu părul ud, foarte veseli. Au continuat să glumească între ei ca şi cum n-am fi fost de faţă. Pietro a încercat să intervină cu întrebări de genul: *de cât timp sunteţi împreună?*

Nadia a răspuns rece: *nu suntem împreună,* voi doi *poate sunteţi împreună.* El a întrebat cu tonalitatea plicticoasă pe care o afişa în cazurile în care persoanele păreau foarte superficiale: *ce înseamnă asta? Nu poţi înţelege,* a răspuns Nadia. Soţul meu a obiectat: *când cineva nu poate înţelege, încerci să-i explici.* Şi în acel punct a intervenit Pasquale râzând: *nu e nimic de explicat, profesore, tu trebuie să te gândeşti că eşti mort şi nu ştii; e mort totul, e mort felul în care trăiţi, vorbiţi, convingerea voastră că sunteţi foarte inteligenţi, democraţi şi de stânga. Cum faci să-i explici ceva cuiva care e mort?*

Erau momente foarte tensionate. Eu n-am spus nimic, nu puteam să-mi scot din minte jignirile Nadiei, aşa, de parcă nimic nu s-ar fi întâmplat, în casa mea. În sfârşit au plecat, aproape fără să anunţe, aşa cum veniseră. Şi-au luat lucrurile şi au dispărut. Pasquale a zis doar, în prag, pe un ton dintr-odată trist:

— Pa, doamnă Airota.

*Doamnă Airota.* Şi prietenul meu din cartier mă judeca negativ? Voia să spună că pentru el nu mai eram Lenù, Elena, Elena Greco? Pentru el şi pentru câţi alţii? Nici pentru mine? Nu foloseam eu însămi aproape întotdeauna numele soţului meu, acum când al meu îşi pierduse puţina strălucire pe care o dobândise? Am făcut curăţenie în casă, mai ales în baie, pe care o lăsaseră într-o stare jalnică. Pietro a zis: *nu-i mai vreau niciodată pe ăia doi la mine în casă; unul care vorbeşte aşa despre munca intelectuală e un fascist, chiar dacă n-o ştie; în privinţa ei, e un gen pe care-l cunosc bine, n-are nimic în cap.*

## 80.

Vrând parcă să-i dea dreptate lui Pietro, dezordinea a început să devină ceva concret, copleşind persoane care-mi fuseseră odinioară apropiate. Am aflat de la Mariarosa că Franco fusese agresat la Milano de fasciști, era într-o stare foarte gravă, își pierduse un ochi. Am plecat imediat împreună cu Dede și mica Elsa. Am călătorit cu trenul, jucându-mă cu fetele și hrănindu-le, dar gândindu-mă melancolic la o altă ipostază a mea — logodnica săracă și incultă a înstăritului student hiperpolitizat Franco Mari: câte variante de-ale mele existau deja? — care se pierduseră pe undeva și care acum se iveau din nou.

La gară am găsit-o pe cumnata mea, palidă, alarmată. Ne-a dus la ea acasă, o casă de data asta pustie și mult mai dezordonată față de atunci când mă găzduise după adunarea de la universitate. În timp ce Dede se juca și Elsa dormea, mi-a povestit mai multe decât îmi spusese la telefon. Evenimentul avusese loc cu cinci zile în urmă. Franco vorbise la o manifestație a Avangardei Muncitorești, într-un mic teatru, plin ochi de lume. La sfârșit se îndepărtase pe jos cu Silvia, care acum trăia cu un redactor de la ziarul *Giorno* într-o casă frumoasă la câțiva pași de teatru: el urma să doarmă acolo și să plece a doua zi la Piacenza. Erau aproape de intrare, Silvia tocmai scosese cheile din geantă, când se apropiase o furgonetă albă din care coborâseră fasciștii. El fusese masacrat sub loviturile lor, Silvia fusese bătută și violată.

Am băut mult vin, Mariarosa a scos drogul: așa îi spunea acum, în alte cazuri folosea pluralul. De data asta am hotărât să încerc, dar numai pentru că, în ciuda vinului, simțeam că nu există niciun lucru bun de care să mă agăț. Cumnata mea, după fraze tot mai nervoase, a tăcut și a izbucnit în plâns. N-am găsit nici măcar un cuvânt ca s-o liniștesc. Îi *auzeam* lacrimile, mi s-a părut că fac zgomot curgându-i din ochi pe obraji. Brusc n-am mai văzut-o, n-am mai văzut nici camera, s-a făcut totul negru. Am leșinat.

Când mi-am revenit, m-am justificat foarte stânjenită, am zis că din cauza oboselii. Am dormit puțin în noaptea aceea: corpul mă apăsa din exces de disciplină și lexicul cărților și al revistelor se revărsau ca și cum brusc semnele alfabetului nu s-ar mai fi putut combina. Le-am ţinut lângă mine pe cele două fetiţe ca şi cum ele ar fi trebuit să mă consoleze şi să mă protejeze pe mine.

A doua zi le-am lăsat pe Dede şi pe Elsa cumnatei mele şi m-am dus la spital. L-am găsit pe Franco într-un salon în care plutea un miros greu de răsuflări, de urină şi de medicamente. Parcă se scurtase şi se umflase, îl am încă în minte din cauza albului bandajelor, a culorii vineţii a unei părţi a feţei şi a gâtului. Nu m-a primit bine, mi s-a părut că se ruşinează de starea lui. Am vorbit eu, i-am povestit de fetele mele. A murmurat după câteva minute: *pleacă, nu te vreau aici.* Pentru că am insistat să rămân, a şoptit enervat: *nu sunt eu, pleacă.* Se simţea foarte rău, am aflat de la un mic grup de colegi de-ai lui că era posibil să fie operat din nou. Când m-am întors de la spital, Mariarosa şi-a dat seama că eram tulburată. M-a ajutat cu fetele, imediat cum a adormit Dede, m-a trimis şi pe mine la culcare. A doua zi însă a dorit să o însoţesc la Silvia. Am încercat să scap, fusese deja insuportabil să-l văd pe Franco în halul ăla şi să simt nu doar că nu-l puteam ajuta, dar că era şi mai fragil din cauza mea. Am zis că preferam să mi-o amintesc cum o văzusem în timpul adunării de la universitate. *Nu,* a insistat Mariarosa, *ea vrea s-o vedem cum e acum, ţine la asta.* Ne-am dus.

Ne-a deschis o doamnă foarte îngrijită, cu un păr care-i curgea ondulat pe umeri, foarte blond. Era mama Silviei. Acolo era şi Mirko, la fel de blond, un copil de cinci sau şase ani deja, pe care Dede, în felul ei pe jumătate încruntat şi pe jumătate autoritar, l-a obligat imediat să se joace cu Tes, păpuşa veche pe care o lua cu ea pretutindeni. Silvia dormea, dar lăsase vorbă să fie trezită la sosirea noastră. Am aşteptat destul înainte să apară. Se machiase strident, îşi pusese o rochie frumoasă, verde şi lungă. Nu m-au tulburat atât vânătăile, tăieturile, mersul nesigur — Lila mi se păruse într-o stare şi mai jalnică după voiajul ei de nuntă —, cât mai ales privirea inexpresivă, goală, complet disonantă cu şuşoteala frenetică, întreruptă de râsete, cu care a început să-mi povestească *mie*, numai mie care încă nu știam, ce îi făcuseră fasciștii. Vorbea ca și cum ar fi recitat o poezie cumplită pentru copii, adică modul conform căruia, pentru moment, își decantase oroarea tot repetând-o oricui venea s-o viziteze. Mama ei a încercat de mai multe ori s-o întrerupă, dar ea a respins-o de fiecare dată cu un gest enervat, ridicând vocea, silabisind obscenități și descriind un moment apropiat, foarte apropiat, în care se va răzbuna feroce. Când am izbucnit în plâns, a încetat brusc. Dar între timp au sosit alți oameni, mai ales prietene de familie și colege de-ale ei. Silvia atunci a luat-o de la capăt, eu m-am retras în grabă într-un colț strângând-o la piept pe Elsa, sărutând-o ușor. Între timp îmi reveneau în minte ce îi făcuse Stefano Lilei, detaliile pe care mi le imaginasem în timp ce Silvia povestea, și mi s-a părut că vorbele amândurora sunt niște țipete animalice, pline de groază.

La un moment dat m-am dus s-o caut pe Dede. Am găsit-o pe hol împreună cu Mirko și păpușa. Se prefăceau că sunt mama și tatăl cu copilul lor, dar nu se înțelegeau armonios, ci puneau în scenă o ceartă. M-am oprit. Dede îl instruia pe Mirko: *trebuie să-mi dai o palmă, ai înțeles*? Noua viață o repeta pe cea veche în joacă, noi eram o înlănțuire de umbre care ieșeau dintotdeauna pe scenă cu aceeași încărcătură de iubire, de ură, de dorințe și de violență. M-am uitat cu atenție la Dede, mi s-a părut că seamănă cu Pietro. Mirko, în schimb, era leit Nino.

## 81.

Nu după mult timp, războiul subteran, ale cărui momente culminante neașteptate apăreau în ziare și la televizor — imagini cu lovituri de stat militare, represiune a poliției, bande înarmate, schimburi de focuri de armă, răniri, ucideri, bombe și măceluri atât în orașele mari, cât și în cele mici — m-a copleșit din nou. A sunat Carmen, era foarte îngrijorată, nu avea vești de la Pasquale de câteva săptămâni.

— A venit cumva la tine?

— Da, dar sunt cel puţin două luni de atunci.

— Ah. Mă întrebase de numărul tău de telefon și de adresă. Voia să-ţi ceară un sfat, a făcut-o?

— Un sfat în legătură cu ce?

— Nu știu.

— Nu mi-a cerut niciun sfat.

— Și atunci ce a zis?

— Nimic, se simţea bine, era vesel.

Carmen întrebase peste tot, și pe Lila, și pe Enzo, și pe cei din colectivul de pe strada Tribunalelor. În cele din urmă, sunase până și acasă la Nadia, dar mama ei fusese nepoliticoasă și Armando îi spusese numai că ea se mutase fără să lase nicio adresă.

— S-or fi mutat împreună.

— Pasquale cu aia? Fără să lase vreo adresă sau un număr de telefon?

Am discutat îndelung. I-am spus că poate Nadia rupsese legătura cu familia din cauza relaţiei ei cu Pasquale, că poate, cine știe, se duseseră să locuiască în Germania, în Anglia, în Franţa. Dar Carmen n-a fost convinsă. *Pasquale e atașat de familie,* a spus, *n-ar dispărea niciodată în felul ăsta.* În schimb, avea un presentiment îngrozitor: în cartier, aveau loc conflicte deja în fiecare zi, comuniștii trebuiau să-și păzească spatele, fasciștii îi amenințaseră și pe ea, și pe soţul ei. Și pe Pasquale îl acuzaseră că dăduse foc atât sediului MSI, cât și magazinului familiei Solara. Nu știusem nimic despre lucrurile alea, am fost uimită: asta se întâmplase în cartier, asta credeau fasciștii că făcuse Pasquale? Da, era în capul listei, era considerat unul care trebuia eliminat. *Poate că Gino,* a spus Carmen, *l-a omorât.*

— Te-ai dus la poliţie?

— Da.

— Ce ţi-au zis?

— Mai aveau puţin și mă arestau, sunt mai fasciști decât fasciștii.

Am sunat-o pe Galiani. Mi-a zis ironică: *ce s-a întâmplat, nu te mai văd în librării și nici în ziare, te-ai pensionat deja?* I-am răspuns că aveam două fete, că deocamdată trebuia să mă ocup de ele, apoi am întrebat-o de Nadia. A devenit distantă. *Nadia e mare, a plecat să locuiască singură. Unde,* am întrebat. *Treaba ei,* a răspuns și, fără să-și ia rămas-bun, tocmai când o întrebam dacă îmi dădea numărul de telefon al fiului ei, a tăiat convorbirea.

Mi-a luat destul timp să dau de un număr de telefon de-al lui Armando și încă și mai greu mi-a fost să-l găsesc acasă. Când, în sfârșit, mi-a răspuns, a părut fericit să mă audă și chiar prea dornic să-mi facă unele confidenţe. Muncea mult la spital, căsnicia lui se încheiase, soţia sa plecase luând copilul cu ea, el era singur și dat peste cap. S-a blocat când a vorbit despre sora lui. A zis încet: *nu mai am nicio legătură cu ea. Divergenţe politice, divergenţe în legătură cu orice: de când e împreună cu Pasquale, nu te mai înţelegi cu ea.* Am întrebat: *s-au mutat împreună?* A retezat discuţia: *să zicem așa.* Și ca și cum subiectul îi părea prea frivol, l-a încheiat, a trecut la comentarii dure despre situaţia politică, a vorbit despre măcelul din Brescia, despre patronii care sponsorizau partidele și, imediat cum se înrăutăţeau lucrurile, pe fasciști.

Am sunat-o pe Carmen ca s-o liniștesc. I-am zis că Nadia rupsese legătura cu familia ca să fie cu Pasquale și că Pasquale se dusese după ea ca un căţeluș.

— Zici? a întrebat Carmen.

— Fără nicio îndoială, așa e iubirea.

S-a arătat sceptică. Am insistat, i-am povestit mai detaliat despre după-amiaza pe care o petrecuseră în casa mea și am înflorit puţin spunând cât ţineau unul la altul. Ne-am luat rămas-bun. Dar la jumătatea lui iunie Carmen m-a sunat din nou disperată. Gino fusese omorât în plină zi în fața farmaciei, îl împușcaseră în față. M-am gândit pe moment că-mi dă vestea aceea pentru că fiul farmacistului era parte din adolescența noastră și, fascist sau nu, cu siguranță evenimentul o să mă tulbure. Dar motivul nu era să-mi împărtășească oroarea acelei morți violente. Carabinierii se duseseră la ea și îi percheziționaseră de sus până jos apartamentul, chiar și benzinăria. Căutau niște indicii care să-i conducă la Pasquale și ea se simțise mult mai rău decât atunci când veniseră să-l aresteze pe tatăl ei pentru uciderea lui don Achille.

## 82.

Pe Carmen o copleșise neliniștea, plângea din cauza a ceea ce i se părea o nouă persecuție. Eu, în schimb, nu reușeam să-mi scot din minte piațeta goală spre care dădea farmacia și aveam în fața ochilor interiorul prăvăliei, care-mi plăcuse întotdeauna pentru mirosul ei de bomboane și siropuri, pentru mobilierul din lemn închis la culoare pe care erau aliniate vase colorate, dar mai ales pentru părinții lui Gino, foarte amabili, puțin cocoșați în spatele tejghelei de unde apăreau ca de la un balcon. Ei, care cu siguranță erau acolo când zgomotul împușcăturilor îi făcuse să tresară, ei, care de acolo, poate, îl văzuseră, cu ochii ieșiți din orbite, pe fiul lor căzând în prag, sângele lui revărsat. Am vrut să vorbesc cu Lila. Dar ea s-a arătat complet indiferentă, a lichidat episodul acela ca pe unul din multe altele, a spus numai atât: *imaginează-ți dacă n-ar fi avut carabinierii boală pe Pasquale.* Vocea ei m-a convins imediat. Chiar dacă Pasquale l-a omorât cu adevărat pe Gino — lucru care trebuia exclus —, ea ar fi fost oricum de partea lui, deoarece carabinierii mai bine s-ar fi înfuriat pe cel mort pentru toate faptele lui nasoale, decât pe prietenul nostru zidar și comunist. După care, trecând la lucruri mai importante, m-a întrebat dacă-l putea lăsa pe Gennaro la mine până când începea din nou școala. Pe Gennaro? Și cum mă descurcam? Le aveam deja pe Dede și pe Elsa care mă istoveau. Am murmurat:

— De ce?

— Trebuie să muncesc.

— Mă pregătesc să plec cu fetele la mare.

— Ia-l și pe el.

— Mă duc la Viareggio și rămân acolo până la sfârșitul lui august: copilul mă știe puțin, o să te vrea pe tine. Dacă vii și tu, bine, dar singură, nu știu.

— Mi-ai jurat că o să te ocupi de el.

— Da, dar dacă erai bolnavă.

— Și de unde știi că nu sunt bolnavă?

— Ești bolnavă?

— Nu.

— Și atunci nu-l poți lăsa cu mama ta sau cu Stefano?

A tăcut câteva secunde, apoi a renunțat la bunele maniere.

— Îmi faci favoarea asta, da sau nu?

Am cedat imediat.

— Bine, adu-mi-l.

— Ți-l aduce Enzo.

Enzo a venit într-o sâmbătă seară cu un Fiat 500 foarte alb pe care îl cumpărase de curând. A fost suficient să-l văd de la fereastră, să aud dialectul pe care l-a folosit ca să-i spună ceva copilului rămas încă în mașină — era el, identic, aceleași gesturi controlate, aceeași masivitate a corpului — și Napoli, cartierul s-au rematerializat. Am deschis ușa cu Dede agățată de rochia mea și mi-a fost de ajuns o singură privire către Gennaro ca să-mi dau seama că în urmă cu cinci ani Melina văzuse corect: copilul, acum când avea zece ani, nu avea nimic în comun nu doar cu Nino, dar nici măcar cu Lila. Era în schimb copia fidelă a lui Stefano.

Am avut un sentiment ambiguu când am constatat asta, un amestec de deziluzie și mulțumire. M-am gândit că, în fond, dacă tot eram nevoită să țin copilul pentru mult timp, ar fi fost frumos să am prin casă, alături de fiicele mele, și pe fiul lui Nino; și totuși, mi-am dat seama cu plăcere că Nino nu-i lăsase nimic Lilei.

## 83.

Enzo voia să pornească imediat din nou la drum, dar Pietro l-a primit cu multă amabilitate și l-a obligat să rămână peste noapte. Am încercat să-l fac pe Gennaro să se joace cu Dede, chiar dacă erau aproape șase ani diferență între ei, dar în vreme ce ea s-a arătat dispusă, el a refuzat făcând un semn hotărât din cap. M-a impresionat atenția pe care Enzo i-o acorda acelui fiu care nu era al lui, demonstrând că-i cunoaște obiceiurile, gusturile, nevoile. I-a impus cu delicatețe, deși Gennaro protesta din cauză că îi era somn, să facă pipi și să se spele pe dinți înainte să meargă la culcare, apoi, când pe copil l-a răpus oboseala, a început să-l dezbrace și să-i pună pijamaua cu grijă.

În timp ce spălam vasele și făceam ordine, Pietro i-a ținut companie oaspetelui nostru. Erau așezați la masa din bucătărie și nu aveau nimic în comun. Au încercat cu politica, dar când soțul meu s-a referit, aprobator, la progresiva apropiere a comuniștilor de creștin-democrați și Enzo i-a replicat că dacă strategia aceea ar fi fost victorioasă, Berlinguer i-ar fi sprijinit pe cei mai răi dușmani ai clasei muncitoare, au lăsat-o baltă ca să nu se încaiere. Pietro atunci a început, amabil, să-l întrebe despre munca lui și lui Enzo i s-a părut probabil sinceră acea curiozitate, pentru că a fost mai puțin laconic ca de obicei și a început o povestire seacă, poate un pic prea tehnică. IBM tocmai hotărâse să-i trimită pe el și pe Lila într-o companie mai mare, o fabrică din împrejurimile orășelului Nola, care avea trei sute de muncitori și vreo patruzeci de funcționari. Propunerea financiară îi lăsase fără suflare: trei sute cincizeci de mii de lire pe lună pentru el, care era șeful centrului, și o sută de mii ei, care era asistenta lui. Acceptaseră, bineînțeles, dar acum volumul de muncă era într-adevăr imens. *Suntem responsabili*, ne-a explicat folosind din acel moment tot timpul *noi*, *de un Sistem 3 model 10 și avem la dispoziția noastră doi operatori și cinci perforatoare, care sunt și verificatoare. Trebuie să adunăm și să băgăm în Sistem o mare cantitate de informații, necesare pentru a puna mașina să facă lucruri precum — ce știu eu — contabilitatea, plățile, facturarea, depozitul, gestiunea comenzilor, ordine bancare către furnizori, producția și expedierea. Ne folosim în acest scop de cartonașe, mai precis cartele de perforat. Găurile acelea sunt totul. Vă dau exemplul muncii de care e nevoie pentru a programa o operațiune simplă ca emiterea de facturi. Se începe cu documentele de hârtie, cele pe care magazionerul a indicat atât produsele, cât și clientul căruia i-au fost predate. Clientul are un cod, datele lui de identitate au un cod al lor și chiar și produsele îl au. Perforatoarele se așază la mașini, apăsă tasta de eliberare a cartelelor, bat pe taste și reduc numărul-document, codul-client, codul-date de identitate, codul-produs-cantitate la tot atâtea găuri în cartonașe. Ca să vă fac să înțelegeți, o mie de documente ori zece produse fac zece mii de cartonașe perforate cu găurele ca cele pe care le face un ac: e clar, mă urmăriți?*

Așa a trecut seara aceea. Pietro, din când în când, făcea semn că urmărea și încerca chiar să pună câteva întrebări (*găurile contează, dar contează și părțile negăurite?*). Eu mă mulțumeam să zâmbesc cu jumătate de gură în timp ce spălam și făceam curat. Enzo părea bucuros să poată explica unui profesor de la universitate, care îl asculta ca un student disciplinat, și unei vechi prietene de-ale lui, care își luase o diplomă și scrisese o carte și acum făcea ordine în bucătărie, lucruri pe care ei nu le cunoșteau deloc. Dar, în realitate, eu mi-am pierdut repede interesul. Un operator lua zece mii de cartonașe și le băga într-o mașină care se numea aparat de selectat. Mașina le ordona după codul-produs. Apoi se trecea la două cititoare, nu în sensul de persoane, ci în sensul de mașini programate să citească găurile și non-găurile în cartonașe. Și pe urmă? Acolo m-am pierdut. M-am pierdut printre coduri și imensele pachete de cartonașe și găurile care comparau găuri, care selectau găuri, care citeau găuri, care făceau cele patru operaţiuni, care tipăreau nume, adrese, totaluri. M-am pierdut în spatele unui cuvânt pe care nu-l mai auzisem niciodată, *file*, pe care Enzo îl folosea adesea și îl pronunţa ca pe pluralul lui *fila*, dar nu spunea *le file*, ci *il file*, un masculin misterios, *il file pentru asta, il file pentru cealaltă*, încontinuu. M-am pierdut în spatele Lilei, care știa totul despre acele cuvinte, despre acele mașini, despre munca aceea și care acum lucra într-o companie mare din Nola, deși, cu salariul pe care i-l dădeau prietenului ei, ar fi putut să fie mai doamnă decât mine. M-am pierdut în spatele lui Enzo, care putea spune cu mândrie: *fără ea n-aș putea face asta* și ne comunica astfel o iubire plină de devotament. Era evident că îi plăcea să-și amintească lui însuși și celorlalţi calităţile extraordinare ale femeii lui, în timp ce soţul meu nu mă lăuda niciodată, dimpotrivă, mă reducea la mama copiilor lui, chiar dacă aveam studii. Nu voia să gândesc de una singură, mă desconsidera pe mine, ce citeam, ce mă interesa, ce spuneam și părea dispus să mă iubească doar cu condiţia de a-mi demonstra tot timpul nulitatea.

M-am așezat în sfârșit și eu la masă, posomorâtă fiindcă niciunul nu încercase să-mi spună: *te ajutăm să pui masa, să strângi masa, să speli vasele, să mături podeaua. O factură*, spunea Enzo, *este un document simplu, ce mă costă s-o fac de mână? Nimic, dacă trebuie să completez zece pe zi. Dar dacă trebuie să fac o mie? Cititoarele citesc și două sute de cartele pe minut, deci două mii în zece minute și zece mii în cincizeci. Viteza mașinii este un avantaj enorm, mai ales dacă poate face operațiuni complexe, care cer mult timp. Iar munca mea și a Lilei e chiar aceasta: să pregătim Sistemul să facă operațiuni complexe. Etapele de dezvoltare a programelor sunt într-adevăr foarte frumoase. Etapele operative sunt ceva mai puțin. De multe ori cartelele se blochează și se rup în mașinile de selectat. De foarte multe ori un recipient cu cartelele tocmai ordonate îți scapă și cartonașele se împrăștie pe jos. Dar e frumos, e frumos chiar și așa.*

L-am întrerupt doar ca să mă simt prezentă și am zis:

— El poate greși?

— El cine?

— Calculatorul.

— Nu e niciun el, Lenù, el sunt eu. Dacă greșește, dacă face necazuri, înseamnă că eu am greșit, eu am făcut necazuri.

— A, am spus și am murmurat: Sunt obosită.

Pietro m-a aprobat și a părut gata să încheiem seara. Dar apoi i s-a adresat lui Enzo:

— E entuziasmant, desigur, dar dacă e cum spui tu, aceste mașini vor lua locul oamenilor, multe meserii vor dispărea. La Fiat sudurile sunt deja făcute de roboți, se vor pierde multe locuri de muncă.

Enzo mai întâi a fost de acord, apoi a părut să se răzgândească și, în cele din urmă, a recurs la singura persoană care avea autoritate în ochii lui:

— Lina spune că e de bine: muncile înjositoare și cele care imbecilizează trebuie să dispară.

Lina, Lina, Lina. Am întrebat ironică: *dacă Lina e atât de pricepută, de ce ție îți dau trei sute cincizeci de mii de lire și ei o sută de mii, de ce tu ești șeful centrului și ea asistenta?* Enzo a ezitat din nou, a dat să spună ceva, dar apoi a renunțat. A mormăit: *ce vrei de la mine, trebuie abolită proprietatea privată a mijloacelor de producție.* În bucătărie s-a auzit câteva secunde doar zumzetul frigiderului. Pietro s-a ridicat, zicând: *să mergem la culcare.*

## 84.

Enzo voia să plece până în ora şase, dar deja la patru dimineaţa l-am auzit foindu-se prin camera lui şi m-am trezit ca să fac cafeaua. Cu noi doi faţă în faţă, în casa cufundată în tăcere, a dispărut limbajul calculatoarelor sau italiana datorată autorităţii lui Pietro şi am trecut la dialect. L-am întrebat de relaţia cu Lila. A spus că mergea bine, chiar dacă ea nu se oprea niciodată. Când era preocupată de problemele de muncă, când se încăiera cu mama ei, cu tatăl ei, cu fratele ei, când îl ajuta pe Gennaro să-şi facă temele şi, spre seară, ajungea să-i ajute şi pe fiii lui Rino şi pe toţi copiii care se nimereau prin casă. Lila nu avea grijă de ea şi de aceea era foarte istovită, părea mereu aproape să clacheze cum i se mai întâmplase deja, era epuizată. Am înţeles repede că perechea lor armonioasă, umăr lângă umăr la locul de muncă, binecuvântată cu salarii bune, trebuia privită într-un peisaj mai complicat. Am îndrăznit să spun:

— Poate că ar trebui să faceţi un pic de ordine. Lina nu poate exagera cu oboseala.

— Îi tot spun asta.

— Şi apoi e despărţirea, divorţul: nu are sens să rămână căsătorită cu Stefano.

— Puţin îi pasă de asta.

— Dar Stefano?

— Nici nu ştie că acum poţi divorţa.

— Şi Ada?

— Ada se chinuie să supravieţuiască. Roata se învârte, cine era sus ajunge jos. Familia Carracci nu mai are o liră, numai datorii la familia Solara, şi Ada are grijă să înşface tot ce poate înainte să fie prea târziu.

— Dar tu? Nu vrei să te căsătoreşti?

Am înţeles că el s-ar fi căsătorit cu plăcere, dar Lila se împotrivea. Nu doar că nu voia să piardă timp cu divorţul — pe cine dracului interesează că rămân căsătorită cu ăla? Sunt cu tine, dorm cu tine, asta e esențial —, dar numai ideea unei alte nunți o făcea să râdă. Zicea: *eu și cu tine? Eu și cu tine să ne căsătorim? Dar ce tot spui, ne e bine așa și, cum începem să ne călcăm pe nervi, fiecare o ia pe drumul lui.* Pe Lila n-o interesa perspectiva unei alte căsnicii, avea alte lucruri la care să se gândească.

— Adică?

— Lasă.

— Spune-mi.

— Nu ți-a vorbit niciodată?

— Despre ce?

— Despre Michele Solara.

Mi-a povestit, cu fraze scurte, încordate, că în toți anii aceia Michele nu încetase niciodată să-i ceară Linei să lucreze pentru el. Îi propusese să administreze un magazin nou la Vomero. Sau contabilitatea și taxele. Sau să fie secretara unui prieten de-al lui, un politician creștin-democrat important. Ajunsese până și să-i ofere un salariu de două sute de mii de lire pe lună doar ca să inventeze lucruri, idei trăznite, tot ce-i trecea prin minte. El, deși locuia la Posillipo, își păstra în continuare sediul tuturor afacerilor lui în cartier, acasă la mama și la tatăl lui. Astfel, Lila se trezea cu el în fața ochilor în permanență, pe stradă, la piață, în magazine. O oprea, mereu foarte prietenos, glumea cu Gennaro, îi făcea mici cadouri. Apoi devenea foarte serios și chiar și atunci când ea refuza locurile de muncă pe care i le oferea, reacționa cu răbdare, o saluta subliniind cu obișnuita ironie: *nu mă dau învins, o să te aștept o veșnicie, cheamă-mă când vrei și alerg la tine.* Până când a aflat că ea lucra pentru IBM. Asta îl înfuriase, ajunsese să mobilizeze oameni pe care-i cunoștea ca să-l elimine pe Enzo de pe piața consultanților, deci și pe Lila. Nu obținuse niciun rezultat, IBM avea nevoie urgentă de tehnicieni, și tehnicieni competenți ca Enzo și Lila erau puțini. Dar atmosfera se schimbase. Enzo se trezise cu fasciștii lui Gino în fața casei și evitase pericolul numai pentru că ajunsese la timp la ușa de intrare, închizând-o în urma lui. Dar la puțină vreme după, lui Gennaro i se întâmplase un lucru îngrijorător. Mama Lilei se dusese, ca întotdeauna, să-l ia de la școală. Ieșiseră toți elevii și copilul nu apăruse. Învățătoarea: *era aici acum un minut.* Colegii: *stătea aici și apoi a dispărut.* Nunzia, foarte speriată, o sunase pe fiica ei la serviciu și Lila se întorsese imediat, începând să-l caute pe Gennaro. Îl găsise pe o bancă din părculeț. Copilul stătea liniștit, în uniformă, cu funda la gât și ghiozdanul lui, iar la întrebările: *unde te-ai dus, ce ai făcut,* râdea cu o privire goală. Voise să se ducă imediat la Michele și să-l omoare, atât pentru tentativa de bătaie, cât și pentru sechestrarea fiului ei, dar Enzo i-o interzisese. Fasciștii persecutau pe oricine era de stânga și nimic nu dovedea că fusese Michele cel care comandase pânda. În privința lui Gennaro, el însuși recunoscuse că scurta lui absență fusese doar un act de indisciplină. În orice caz, Enzo, după ce Lila se liniștise, hotărâse de unul singur să meargă să stea de vorbă cu Michele. Se prezentase la cafeneaua Solara și Michele îl ascultase fără să clipească. Apoi îi zisese aproximativ așa: *nu știu despre ce pula mea vorbești, Enzù: mie îmi e drag Gennaro, cine se atinge de el e mort, dar dintre toate prostiile pe care le-ai spus un singur lucru e adevărat. Da, Lina e pricepută și e păcat că-și irosește inteligența, sunt ani de zile de când îi cer să lucreze cu mine.* Apoi continuase*: asta te scoate din sărite? Pe cine dracului interesează. Greșești însă, dacă ții la ea, trebuie s-o încurajezi să se folosească de marile ei calități. Vino aici, așază-te, ia o cafea și o prăjitură, povestește-mi la ce folosesc calculatoarele astea ale voastre.* Și nu se terminase acolo. Se întâlniseră de două sau de trei ori, din întâmplare, și Michele se arătase tot mai interesat de Sistemul 3. Într-o zi ajunsese să-i spună, amuzat, că întrebase pe cineva de la IMB care era mai bun, el sau Lila, și tipul ăla îi spusese că Enzo era cu siguranță bun, dar cea mai bună de pe piață era Lila. După care, cu altă ocazie, o oprise pe stradă și îi făcuse o propunere importantă. Intenționa să închirieze Sistemul 3 și să-l folosească în toate activitățile lui comerciale. Și o voia director al centrului informatic, cu patru sute de mii de lire pe lună.

— Nici asta nu ți-a povestit? m-a întrebat prudent Enzo.

— Nu.

— Se vede că nu vrea să te deranjeze, tu ai viața ta. Dar înțelegi că pentru ea, personal, ar fi un salt imens și pentru noi doi împreună ar fi o avere: vom ajunge la șapte sute cincizeci de mii de lire pe lună amândoi, nu știu dacă mă-nțelegi bine.

— Dar Lina ce zice?

— Trebuie să dea un răspuns în septembrie.

— Și ce-o să facă?

— Nu știu. Ai reușit vreodată să înțelegi anticipat ce e în mintea ei?

— Nu. Dar tu ce crezi că ar trebui să facă?

— Eu cred ce crede ea.

— Chiar și dacă nu ești de acord?

— Da.

L-am condus la mașină. Pe scări mi-a venit în minte că poate trebuia să-i spun ceea ce cu siguranță nu știa. Adică faptul că Michele nutrea pentru Lila o iubire ca o pânză de păianjen, o iubire periculoasă care nu avea de-a face cu posedarea fizică și nici cu supușenia și devotamentul. Și am fost cât pe ce s-o fac, îmi era drag, nu voiam să creadă că avea în față doar un camorist corupt care plănuia de mult timp să cumpere inteligența femeii sale. Când era deja la volan, l-am întrebat:

— Și dacă Michele vrea să ți-o ia?

A rămas impasibil:

— Îl omor. Dar oricum n-o vrea, are deja o amantă și știu toți asta.

— Cine e?

— Marisa, a lăsat-o din nou însărcinată.

Pe moment mi s-a părut că n-am înţeles bine.

— Marisa Sarratore?

— Marisa, soţia lui Alfonso.

Mi-am amintit de discuţia cu colegul meu de școală. Încercase să-mi spună cât era de complicată viaţa lui și eu mă retrăsesem, tulburată mai mult de aparenţa destăinuirii lui decât de esenţa acesteia. Atunci starea lui proastă mi se păruse confuză — ca să lămuresc lucrurile ar fi trebuit să vorbesc din nou cu el și poate că nici atunci n-aș fi înţeles — totuși am dat-o la o parte cu o neplăcere dureroasă. Am întrebat:

— Și Alfonso?

— Lui nu îi pasă, se spune că e poponar.

— Cine spune asta?

— Toată lumea.

— *Toată lumea* e ceva foarte vag, Enzo. Ce altceva spune *toată lumea*?

M-a privit cu o tresărire ironică, de-a dreptul complice:

— Multe lucruri, cartierul e o bârfă continuă.

— Adică?

— Au ieșit la suprafaţă povești vechi. Se spune că mama fraţilor Solara a fost cea care l-a omorât pe don Achille.

A plecat și am sperat să-și ia cu el și cuvintele. Dar ce aflasem mi-a rămas în cap, m-a făcut să mă îngrijorez, m-a făcut să mă enervez. Ca să scap, m-am lipit de telefon, am vorbit cu Lila și am amestecat neliniști și reproșuri: *de ce nu mi-ai spus nimic despre ofertele de muncă ale lui Michele, mai ales de ultima; de ce ai dezvăluit secretul lui Alfonso; de ce ai pus în circulaţie povestea aia cu mama fraţilor Solara, era un joc de-al nostru; de ce mi l-ai trimis pe Gennaro, ești îngrijorată pentru el, spune-mi clar, am dreptul; de ce o dată pentru totdeauna nu-mi spui ce-ţi trece cu adevărat prin minte?* A fost o descătușare, dar dintr-o frază în alta, în sinea mea, am sperat că n-o să ne oprim acolo, că se va împlini, chiar și numai la telefon, vechea dorinţă de a da piept cu întreaga noastră relaţie, de a o reanaliza, de a limpezi lucrurile și de a fi pe deplin conștiente de ea. Speram s-o provoc și s-o fac părtașă la alte întrebări, din ce în ce mai personale. Dar Lila s-a enervat, m-a tratat destul de rece, nu era binedispusă. A răspuns că eu plecasem de ani de zile, că aveam acum o viaţă în care fraţii Solara, Stefano, Marisa, Alfonso nu însemnau nimic, nici cât negru sub unghie. *Du-te în excursie,* a retezat vorba, *scrie, fă pe intelectuala, aici am rămas prea grosolani pentru tine, stai departe; și, te rog, fă-l pe Gennaro să stea puţin la soare, că altfel devine rahitic ca tatăl lui.*

Ironia vocii, tonul depreciativ, aproape nepoliticos, au făcut povestirea lui Enzo neimportantă și au anulat orice eventualitate de a o face parte din cărţile pe care le citeam, din cuvintele pe care le învăţasem de la Mariarosa și de la grupul florentin, din problemele pe care încercam să mi le pun și pe care, odată ce i-aș fi oferit ideile de bază, cu siguranţă ar fi știut să le abordeze mai bine decât noi toate. *Păi da,* m-am gândit, *eu îmi văd de ale mele și tu de ale tale: dacă îţi place, n-ai decât să nu crești, continuă să te joci în curte și acum când mai ai puţin și faci treizeci de ani; gata, mă duc la mare.* Și așa am făcut.

## 85.

Pietro ne-a dus cu mașina pe mine și pe cei trei copii într-o casă urâtă din Viareggio, pe care o închiriaserăm, apoi s-a întors la Florenţa ca să încerce măcar să-și termine cartea. *Iată,* mi-am zis, *acum sunt vilegiaturistă, o doamnă înstărită cu trei copii și foarte multe jucării, propria mea umbrelă lângă mare, prosoape moi, multă mâncare, cinci bikini de diverse culori, ţigări mentolate, soarele care îmi închide culoarea pielii și îmi face părul și mai blond.* Îi sunam în fiecare seară pe Pietro și pe Lila. Pietro îmi transmitea cine mă căutase, rămășiţe ale unor vremuri îndepărtate și, mai rar, îmi vorbea de câteva ipoteze de lucru care tocmai îi veniseră în minte. Lilei i-l dădeam la telefon pe Gennaro, care îi povestea apatic întâmplările relevante ale zilei, după părerea lui, și îi ura noapte bună. Eu nu le ziceam mai nimic nici unuia, nici altuia. Lila, mai ales, mi se părea că va rămâne, pentru totdeauna, doar o voce.

Dar mi-am dat seama după puțin timp că nu era chiar așa. O parte din ea era, în carne și oase, prezentă în Gennaro. Copilul, în mod cert, semăna foarte mult cu Stefano și nu semăna deloc cu Lila. Totuși, gesturile, modul de a vorbi, anumite cuvinte, câte un tic verbal, o anume agresivitate erau ale ei când era mică. Astfel, dacă eram uneori neatentă, tresăream când îi auzeam vocea sau eram fermecată când îl observam gesticulând ca să-i explice lui Dede un joc.

Dar, spre deosebire de mama lui, Gennaro era prefăcut. Răutatea Lilei când era mică fusese întotdeauna pe față, nicio pedeapsă nu o făcuse niciodată să și-o ascundă. În schimb, Gennaro juca rolul băiețelului bine educat, chiar timid, dar cum întorceam spatele, o necăjea pe Dede, îi ascundea păpușa, o lovea. Când îl amenințam spunându-i că, drept pedeapsă, n-o s-o sunăm pe mama lui ca să-i spună noapte bună, căpăta o expresie îndurerată. Dar în realitate acea posibilă pedeapsă nu-l îngrijora deloc. Ritualul telefonului de seară îl impusesem eu, el se putea lipsi de el fără probleme. Ce îl afecta mai degrabă era amenințarea că n-o să-i cumpăr înghețată. Atunci începea să plângă, printre hohote spunea că voia să se întoarcă la Napoli și eu cedam imediat. Lucru care nu-l liniștea însă. Se răzbuna pe mine fiind crud, pe ascuns, folosind-o pe Dede.

Am fost sigură că fetiței îi e teamă de el, că îl urăște. În schimb nu. Cu trecerea timpului reacționa din ce în ce mai puțin la violențele lui Gennaro, ba chiar s-a îndrăgostit de el. Îi spunea Rino sau Rinuccio pentru că el zisese că așa îi spuneau prietenii lui și se ținea după el fără să fie atentă când o strigam eu. Dimpotrivă, ea era cea care îl îmboldea să se îndepărteze de umbrelă. Ziua mea nu era altceva decât un strigăt continuu: *Dede unde te duci, Gennaro vino încoace, Elsa ce faci, nu băga nisip în gură, Gennaro termină, Dede dacă nu încetezi vin acolo și o să vezi tu.* O frământare inutilă: Elsa mânca fără șovăială nisip și, tot fără șovăială, în timp ce-i clăteam gura cu apă de mare, Dede și Gennaro dispăreau.

Locul în care se refugiau era un stufăriș apropiat. Odată m-am dus cu Elsa să văd ce învârteau. Mi-am dat seama că își scoseseră costumașele de baie și Dede atingea curioasă pușica țeapănă pe care i-o arăta Gennaro. M-am oprit la câțiva metri, nu știam cum să mă comport. Dede — știam asta, o văzusem — se masturba foarte des întinsă cu burta în jos. Dar eu citisem destul de mult despre sexualitatea infantilă — cumpărasem pentru fiica mea chiar și o cărticică plină cu ilustrații colorate care explica în propoziții foarte scurte ce se întâmpla între bărbat și femeie. Și, chiar dacă nu mă simțeam în largul meu, nu doar că îmi impusesem să n-o întrerup, să n-o dojenesc, ci, fiind sigură că tatăl ei ar fi făcut-o, fusesem atentă să n-o surprindă în acea ipostază.

Dar acum? Trebuia să-i las să se joace între ei? Trebuia să mă retrag, s-o șterg de acolo? Sau să mă apropii fără să dau nici o importanță acelei întâmplări, să vorbesc detașat despre altceva? Și dacă grăsunul ăla violent, ceva mai mare decât Dede, o obliga la cine știe ce, îi făcea rău? Diferența de vârstă nu era un pericol? Au avut loc însă două evenimente care au grăbit situația: Elsa a văzut-o pe sora ei, a chițăit de bucurie, a strigat-o. În același timp am auzit cuvintele în dialect pe care Gennaro i le adresa lui Dede, cuvinte obscene, aceleași cuvinte foarte vulgare pe care le învățasem și eu, când eram mică, în curtea casei. N-am mai putut să mă controlez, tot ce citisem despre plăceri, stări latente, nevroză, perversiuni polimorfe la copii și la femei a dispărut din mintea mea și i-am certat pe amândoi cu severitate, mai ales pe Gennaro, pe care l-am înșfăcat de un braț, târându-l de acolo. El a izbucnit în plâns, Dede mi-a zis rece, fără teamă: *ești foarte rea.*

Le-am cumpărat îngheţată amândurora, dar a început o perioadă în care supravegherii atente, cu scopul de a evita repetarea episodului, s-a adăugat o anume îngrijorare pentru felul în care în vocabularul lui Dede intrau cuvinte obscene din dialectul napolitan. Seara, în timp ce copiii dormeau, mi-am luat obiceiul de a-mi supune memoria unui efort: jucasem și eu jocurile acelea cu copiii de vârsta mea în curte? Și Lila avusese experienţe de genul acela? Nu vorbiserăm niciodată despre asta. Noi pronunţam pe vremea aceea cuvinte dezgustătoare, asta da, dar erau insulte care serveau, printre altele, la a respinge mâinile adulţilor obsceni, înjurături pe care le urlam în timp ce fugeam. În rest? Am ajuns cu greu să-mi pun întrebarea: *eu și ea ne-am atins vreodată? Îmi dorisem vreodată s-o fac, copil, fetiţă, adolescentă, adultă? Dar ea?* Am rămas mult timp agăţată de acele întrebări. Mi-am răspuns încet: *nu știu, nu vreau să știu.* Și apoi am recunoscut că un fel de admiraţie a mea pentru trupul ei, poate că aia da, existase, dar am exclus că se întâmplase vreodată ceva între noi. Prea multă frică, dacă ne-ar fi văzut cineva, ne-ar fi omorât în bătaie.

În orice caz, în zilele în care mi-am pus acele probleme, am evitat să-l duc pe Gennaro la telefonul public. Mă temeam că o să-i spună Lilei că nu se mai simţea bine cu mine, ba chiar că o să-i povestească episodul acela. O spaimă care m-a enervat: de ce îmi făceam griji? Am lăsat ca totul să se liniștească. Chiar și vigilenţa asupra celor doi copii, încet, încet, s-a atenuat, nu-i puteam supraveghea încontinuu. M-am dedicat Elsei, i-am lăsat în pace. Numai dacă, deși aveau buzele vineţii și buricele degetelor zbârcite, nu voiau să iasă din apă, zbieram foarte nervoasă de pe malul mării, cu prosoapele pregătite pentru unul și celălalt.

Zilele de august s-au scurs. Casă, cumpărături, pregătire de genţi hiperpline, plajă, întoarcere acasă, cină, îngheţată, telefon. Pălăvrăgeam cu alte mame, toate mai în vârstă decât mine, și eram bucuroasă dacă îmi lăudau copii, pe ai *mei*, și răbdarea. Îmi vorbeau despre soți, despre muncile pe care le făceau. Eu vorbeam de al meu, spuneam: *e profesor de latină la universitate.* La sfârșit de săptămână venea și Pietro, exact așa cum, cu ani în urmă, la Ischia, veneau Stefano și Rino. Amicele mele îi aruncau priviri pline de respect și păreau să aprecieze, grație profesiei lui, și ciuful de păr. El făcea baie cu fiicele lui și cu Gennaro, îi implica în jocuri în mod prefăcut periculoase care îi distra foarte mult pe toți patru. Apoi se așeza sub umbrelă să studieze, văitându-se din când în când că nu dormise suficient, uita adesea să-și ia calmantele. În bucătărie, când copiii dormeau, mă poseda în picioare ca să evite scârțâitul patului. Căsnicia mi se părea de-acum o instituție care, în mod diferit de ce se credea, despuia contactul sexual de orice umanitate.

## 86.

Pietro a fost cel care, într-o sâmbătă, a descoperit, în mulțimea de titluri dedicate de zile în șir atacului fascist cu bombă asupra trenului Italicus, o știre scurtă în *Corriere della Sera* cu privire la o mică fabrică de la periferia orașului Napoli.

— Nu se numea Soccavo firma unde muncea prietena ta? m-a întrebat.

— Ce s-a întâmplat?

Mi-a dat ziarul. Un comando alcătuit din doi bărbați și o femeie dăduse buzna într-o fabrică de salamuri de la periferia orașului Napoli. Cei trei mai întâi trăseseră în picioarele paznicului, Filippo Cara, care era într-o stare foarte gravă; apoi urcaseră până la biroul proprietarului, Bruno Soccavo, un tânăr antreprenor napolitan, și-l omorâseră cu patru focuri de pistol, trei în piept și unul în cap. Am văzut, în timp ce citeam, chipul lui Bruno desfigurându-se, crăpându-se laolaltă cu dinții lui foarte albi. O, Doamne-Dumnezeule, am rămas fără aer. I-am lăsat pe copii cu Pietro, am alergat s-o sun pe Lila, telefonul a sunat mult timp în gol. Am încercat din nou seara, nimic. Am găsit-o a doua zi, m-a întrebat alarmată: *ce e, Gennaro nu se simte bine?* Am liniştit-o, i-am spus de Bruno. Nu ştia nimic, m-a lăsat să vorbesc, la sfârşit a murmurat plat: *chiar mi-ai dat o veste proastă.* Şi nimic altceva. Am îmboldit-o: *sună pe cineva, să-ţi povestească, întreabă unde pot trimite o telegramă de condoleanţe.* A zis că nu mai avea legături cu nimeni din fabrică. *Şi apoi ce telegramă să mai trimiţi,* a bombănit, *las-o baltă.*

Am lăsat-o baltă. Dar a doua zi am găsit în *Il manifesto* un articol semnat de Giovanni Sarratore, adică Nino, care dădea multe informaţii despre mica industrie din Campania. Sublinia tensiunile politice prezente în acele realităţi înapoiate şi îl menţiona cu afecţiune pe Bruno şi tragicul lui sfârşit. Din acel moment am urmărit evoluţia ştirii zile în şir, dar degeaba, a dispărut repede din ziare. Lila, în plus, n-a mai acceptat să vorbească despre asta. Seara o sunam împreună cu copiii şi reteza brusc discuţia, spunea: *dă-mi-l pe Gennaro.* Avea un ton iritat când am adus vorba de Nino. *Acelaşi prost obicei,* a bombănit ea, *trebuie mereu să se amestece: ce legătură are cu politica, or fi fost alte chestiuni, aici poţi muri dintr-o mie de motive, infidelităţi amoroase, moravuri uşoare, chiar şi o privire mai insistentă.* Astfel au trecut zilele şi am rămas cu o singură imagine a lui Bruno. Nu era cea a patronului pe care îl ameninţasem la telefon folosindu-mă de autoritatea familiei Airota, ci a băiatului care încercase să mă sărute şi pe care-l respinsesem nepoliticos.

## 87.

Am început deja acolo, pe plajă, să am gânduri negre. *Lila,* mi-am zis, *alungă, calculat, emoţiile, sentimentele.* Cu cât eu încercam să mă explic mie însemi, cu atât ea, dimpotrivă, se ascundea. Cu cât eu încercam s-o trag la vedere și s-o implic în dorința mea de a limpezi lucrurile, cu atât ea se refugia în penumbră. Părea luna plină când se pitulează în spatele pădurii și crengile copacilor îi zgârie chipul.

La începutul lui septembrie m-am întors la Florența, dar gândurile negre, în loc să dispară, au devenit mai robuste. Era inutil să încerc să-i fac confidențe lui Pietro. A fost foarte nemulțumit de întoarcerea mea și a copiilor, era în întârziere cu cartea lui și ideea că anul academic începea în scurt timp îl făcea nerăbdător. Într-o seară, când la masă Dede și Gennaro se certau nu știu pe ce, a sărit brusc în picioare și a ieșit din bucătărie trântind cu o asemenea violență ușa, încât geamul translucid s-a făcut bucăți. Am sunat-o pe Lila și i-am zis direct că trebuia să-și ia copilul, era o lună și jumătate de când locuia cu mine.

— Nu-l poți ține până la sfârșitul lunii?

— Nu.

— Aici e nasol.

— Și aici.

Enzo a plecat în plină noapte și a sosit dimineața, când Pietro era la serviciu. Îi pregătisem deja bagajul lui Gennaro. I-am explicat că tensiunile dintre copii deveniseră insuportabile, îmi părea rău, dar trei erau prea mulți, nu mai rezistam. El a zis că înțelegea, mi-a mulțumit pentru tot ce făcusem. A murmurat doar, ca să se justifice: *Știi cum e Lina.* N-am răspuns, atât pentru că Dede vocifera, disperată din cauza plecării lui Gennaro, cât și pentru că, dacă aș fi făcut-o, aș fi putut spune — pornind chiar de la felul în care era Lila — lucruri pe care le-aș fi regretat.

Aveam în minte gânduri pe care nu voiam să le formulez nici pentru mine însămi. Mă temeam că faptele, în mod magic, se vor supune cuvintelor. Dar nu reușeam să elimin frazele, le auzeam în minte și mă speriau, mă fascinau, mă îngrozeau, mă seduceau. Antrenamentul meu de a găsi o ordine stabilind conexiuni între diverse elemente preluase controlul. Pusesem laolaltă moartea violentă a lui Gino și pe cea a lui Bruno Soccavo (Filippo, paznicul fabricii, supraviețuise). Și ajunsesem la ideea că fiecare din acele evenimente conduce la Pasquale, poate și la Nadia. Deja această ipoteză îmi provoca o mare neliniște. Mă gândisem s-o sun pe Carmen, să întreb dacă avea noutăți despre fratele ei; apoi mă răzgândisem, speriată de eventualitatea că telefonul ei este ascultat. Când Enzo venise să-l ia pe Gennaro, îmi spusesem: *acum vorbesc despre asta cu el, să vedem cum reacționează.* Dar și în acel caz tăcusem de teamă să nu spun prea mult, de teamă să nu rostesc numele figurii care stătea în spatele lui Pasquale și al Nadiei: Lila, adică: Lila, aceeași: Lila care nu spune lucrurile, le face; Lila care s-a îmbibat de cultura cartierului și nu ia deloc în considerare polițiștii, legile, statul, dar crede că sunt probleme care se pot rezolva numai cu cuțitul de cizmărie; Lila care cunoaște oroarea inegalității; Lila care, pe vremea colectivului de pe strada Tribunalelor, a găsit în teoria și în practica revoluționară modul de a-și folosi mintea prea activă; Lila care a transformat în obiective politice vechile și noile ei furii; Lila care mobilizează oamenii ca pe niște personaje dintr-o poveste; Lila care a făcut legătura, face legătura, dintre cunoașterea noastră personală a sărăciei și a violenței și lupta armată împotriva fasciștilor, împotriva patronilor, împotriva capitalului. Recunosc aici pentru prima oară în mod limpede: în acele zile de septembrie am avut suspiciunea că nu doar Pasquale — Pasquale îmboldit de experiența lui personală spre nevoia de a pune mâna pe arme —, nu doar Nadia, ci Lila însăși vărsase sângele acela. Multă vreme, în timp ce găteam, în timp ce mă ocupam de fiicele mele, mi-o imaginam, împreună cu ceilalți doi, împușcându-l pe Gino, împușcându-l pe Filippo, împușcându-l pe Bruno Soccavo. Făceam eforturi să mi-i imaginez pe Pasquale și pe Nadia în detaliu — pe el îl consideram băiat bun, puțin cam fanfaron, capabil, da, să ciomăgească dur, dar să omoare nu; ea mi se părea o fetiță cumsecade care putea să rănească verbal. Dar în privința Lilei n-am avut niciodată îndoieli: ea putea născoci planul cel mai eficient, ea putea reduce riscurile la minimum, ea putea ține teama sub control, ea era capabilă să dea intențiilor ucigașe o puritate abstractă, ea știa cum să îndepărteze substanța umană din corpuri și din sânge, ea n-ar fi avut scrupule și remușcări, ea ar fi ucis și s-ar fi simțit îndreptățită s-o facă.

Iat-o, deci, clară, împreună cu umbra lui Pasquale, a Nadiei, a cine știe cui altcuiva. Treceau cu mașina prin piațetă, încetineau în fața farmaciei și trăgeau în Gino, în corpul lui de bătăuș înfășurat în halat alb. Sau ajungeau la fabrica Soccavo pe drumul prăfos, cu deșeuri de tot felul îngrămădite pe margini. Pasquale trecea de poartă, îl împușca în picioare pe Filippo, sângele se revărsa în gheretă, urlete, ochi îngroziți. Lila, căreia strada îi era foarte cunoscută, traversa curtea, intra în fabrică, urca scările, se năpustea în biroul lui Bruno și exact în timp ce el îi spunea vesel: *bună, ce te aduce prin părțile astea,* făcea să-i explodeze trei gloanțe în piept și unul în față.

A, da, antifascism militant, noua rezistență, justiție proletară și alte formulări cărora ea, care instinctiv știa să evite trăncăneala gregară, în mod sigur era în stare să le dea consistență. Mi-am imaginat că acele acțiuni erau obligatorii ca să intre, ce știu eu, în Brigăzile Roșii, în Prima Linie, în Nucleele Armate Proletare. Lila urma să dispară din cartier, așa cum făcuse deja Pasquale. Poate că de aceea încercase să mi-l lase pe Gennaro, aparent pentru o lună, în realitate cu intenția de a mi-l da pentru totdeauna. N-am mai fi văzut-o niciodată. Sau ar fi fost arestată cum se întâmplase cu capii Brigăzilor Roșii, Curcio și Franceschini. Sau ar fi scăpat de orice polițist și închisoare, plină de fantezie și curaj cum era. Și când *lucrul măreț* s-ar fi realizat, ar fi reapărut triumfătoare, admirată pentru acțiunile ei, în calitate de conducător revoluționar, să-mi spună: *tu voiai să scrii romane, eu am creat romanul cu persoane adevărate, cu sânge adevărat, în realitate.*

Noaptea, toate plăsmuirile mi se păreau ceva întâmplat în realitate sau care încă se întâmpla și mă temeam pentru ea. O vedeam hăituită, rănită, și mi se făcea milă de ea, dar o și invidiam. Exagera convingerea din copilărie că ar fi destinată dintotdeauna unor fapte extraordinare și mă întristam că fugisem din Napoli, că mă desprinsesem de ea, mi se-ntorcea nevoia de a-i sta alături. Dar mă și enervam pentru că pornise pe drumul acela fără să mă consulte, ca și cum nu m-ar fi considerat la înălţime. Și totuși, știam multe despre capital, despre exploatare, despre lupta de clasă, despre inevitabilitatea revoluţiei proletare. Aș fi putut fi utilă, aș fi putut participa. Și eram nefericită. Mă văitam în pat, nemulţumită de condiţia mea de mamă de familie, de femeie căsătorită. Orice viitor îmi era devalorizat de repetarea până la moarte a ritualurilor casnice în bucătărie, în patul conjugal.

Ziua mă simţeam mai lucidă, predomina groaza. Îmi închipuiam o Lila capricioasă care stimula sentimente de ură cu talent și era din ce în ce mai implicată în acţiuni violente. Desigur, avusese curajul de a depăși limitele, de a lua iniţiativa cu hotărârea limpede, cu cruzimea generoasă a cuiva însufleţit de motivele juste. Dar cu ce perspectivă? De a porni un război civil? De a transforma cartierul, întregul Napoli, Italia într-un câmp de luptă, un Vietnam în mijlocul Mării Mediteraneene? De a ne arunca pe toţi într-un conflict nemilos, interminabil, prins între grupurile de aliaţi din Orient și cele din Occident? De a favoriza întinderea vâlvătăilor în Europa, pe întreaga planetă? Până la victorie, totdeauna? Care victorie? Orașele distruse, focul, morţii de pe străzi, josnicia conflictelor violente nu doar cu dușmanul de clasă, ci și în interiorul aceluiași front, între grupuri revoluţionare din diverse regiuni și din diverse raţiuni, toţi în numele proletariatului și al dictaturii acestuia. Poate chiar până la războiul nuclear.

Închideam ochii terorizată. Fetele, viitorul. Și mă agățam de formulări precum: subiectul neprevăzut, logica distructivă a patriarhului, valoarea feminină a supraviețuirii, mila. *Trebuie să vorbesc cu Lila,* îmi spuneam. *Trebuie să-mi spună tot ce face, tot ce plănuiește, ca eu să pot decide dacă vreau să fiu complicea ei sau nu.*

Dar n-am sunat-o niciodată și nici ea n-a sunat. Am fost convinsă că legătura vocii, care fusese singurul nostru contact ani de zile, nu ne folosise. Păstraserăm legătura între poveștile noastre, dar prin absență. Deveniserăm una pentru cealaltă entități abstracte, astfel că eu acum mi-o închipuiam fie ca pe o expertă în calculatoare, fie ca pe o războinică urbană hotărâtă și implacabilă, în timp ce ea, cu toată probabilitatea, mă vedea fie ca pe stereotipul intelectualei de succes, fie ca pe o doamnă cultă și înstărită, numai copii, cărți și conversații docte cu soțul meu universitar. Aveam nevoie amândouă de o nouă consistență și totuși, ne îndepărtaserăm și nu mai reușeam să ne-o oferim.

## 88.

Așa a trecut toată luna septembrie, apoi octombrie. Nu vorbeam cu nimeni, nici cu Adele care avea mult de lucru, nici cu Mariarosa care îl luase la ea în casă pe Franco — un Franco invalid, care avea nevoie de asistență, pe care depresia îl schimbase — și mă întâmpina bucuroasă, promitea să-l salute din partea mea, dar pe urmă reteza brusc discuția din cauza prea multelor lucruri pe care le avea pe cap. Fără să mai punem la socoteală muțenia lui Pietro. Lumea din afara cărților îl apăsa tot mai tare, se ducea lipsit complet de chef în haosul reglementat al universității, se dădea adesea bolnav. Nu reușea să găsească un final cărții lui, se închidea rar să studieze și, voind parcă să se ierte pe sine și să fie iertat, avea grijă de Elsa, gătea, mătura, spăla, călca. Trebuia să mă port urât ca să-l fac să se întoarcă la facultate, dar regretam imediat. De când unele persoane pe care le cunoșteam căzuseră victime ale violenței, mă temeam pentru el. Nu renunțase niciodată, chiar dacă se aflase în situații periculoase, să se opună public unor lucruri anume. Eu, deși făcându-mi griji pentru el, sau, dimpotrivă, poate tocmai pentru că-mi făceam griji, nu-i dădeam niciodată dreptate. Speram să reacționeze la criticile mele și să corecteze, să înceteze cu reformismul lui reacționar (foloseam exact această expresie), să devină mai maleabil. Dar asta, în ochii lui, mă trimitea încă o dată alături de studenții care-l atacau, de profesorii care complotau împotriva lui.

Nu era așa, situația era mai încurcată. Pe de o parte voiam, în mod confuz, să-l protejez, pe de alta mi se părea că sunt de partea Lilei, că apăr alegerile pe care, în mod secret, i le atribuiam. Într-atât încât, din când în când mă gândeam s-o sun și să încep chiar de la Pietro, de la conflictele noastre, pentru ca apoi să o fac să-mi spună ce credea și, treptat, s-o atrag la suprafață. Nu făceam asta, bineînțeles, era ridicol să pretinzi sinceritate în privința acelor subiecte la telefon. Dar într-o seară m-a sunat ea, era foarte veselă.

— Trebuie să-ți dau o veste foarte bună.

— Ce se întâmplă?

— Sunt șeful centrului de calcul.

— În ce sens?

— Șefa centrului mecanografic IBM pe care l-a închiriat Michele.

Mi s-a părut incredibil. Am rugat-o să repete, să-mi explice cum trebuie. Acceptase propunerea lui Solara? După atâtea rezistențe era din nou angajata lui, ca pe vremea din Piața Martirilor? A spus da, cu entuziasm, și a devenit tot mai veselă, tot mai vorbăreață: Michele îi încredințase Sistemul 3 pe care îl închiriase și îl instalase într-un depozit de pantofi la Acerra; ea urma să aibă subalterni muncitori și perforatoare; salariul era de patru sute douăzeci și cinci de mii de lire pe lună.

Am fost dezamăgită. Nu doar că a dispărut într-o clipă imaginea de luptătoare de gherilă, dar tot ce mi se părea că știu despre Lila s-a clătinat. Am zis:

— E ultimul lucru pe care l-aș fi așteptat de la tine.

— Ce trebuia să fac?

— Să refuzi.

— De ce?

— Știm ce sunt frații Solara.

— Și? S-a întâmplat deja, și la Michele m-am simțit mai bine decât ca angajata prostului ăluia de Soccavo.

— Fă cum crezi.

I-am auzit răsuflarea. A zis:

— Nu-mi place tonul ăsta, Lenù. Sunt plătită mai bine decât Enzo care e bărbat: ce nu-ți convine?

— Nimic.

— Revoluția, muncitorii, lumea nouă și celelalte căcaturi?

— Încetează. Dacă, pe neașteptate, te-ai hotărât să ai un discurs adevărat, sunt de-acord, dacă nu, s-o lăsăm baltă.

— Pot să remarc ceva? Folosești mereu *adevărat și cu adevărat*, atât când vorbești, cât și când scrii. Sau spui: *pe neașteptate*. Dar când oare oamenii vorbesc *cu adevărat* și când oare lucrurile se întâmplă *pe neașteptate*? Știi mai bine decât mine că totul e o înșelătorie și că după un lucru vine altul și încă unul. Eu nu mai fac nimic *cu adevărat*, Lenù. Și am început să fiu atentă la lucruri, numai cretinii cred că ele se întâmplă *pe neașteptate*.

— Bravo. Ce vrei să mă faci să cred, că ai totul sub control, că tu ești cea care-l folosești pe Michele și nu Michele pe tine? S-o lăsăm baltă, hai, pa.

— Nu, vorbește, zi ce ai de zis.

— N-am nimic de zis.

— Vorbește că altfel vorbesc eu.

— Hai, vorbește, să auzim.

— Mă critici pe mine în timp ce surorii tale nu-i spui nimic?

Am fost consternată.

— Ce legătură are acum cu asta sora mea?

— Nu știi nimic despre Elisa?

— Ce trebuie să știu?

A râs malițios.

— Întreabă-i pe mama ta, pe tatăl tău și pe frații tăi.

## 89.

Nu voia să-mi zică altceva, a întrerupt foarte nervoasă conversația. Am sunat agitată acasă la părinții mei, a răspuns mama.

— Din când în când îți amintești că existăm, a zis.

— Mamă, ce i se întâmplă Elisei?

— Ceea ce li se întâmplă femeilor din ziua de azi.

— Adică?

— Are pe unul.

— S-a logodit?

— Să zicem așa.

— Cu cine e?

Răspunsul mi-a străpuns inima.

— Cu Marcello Solara.

Iată ce voia Lila să aflu. Marcello, frumosul Marcello din adolescența noastră, logodnicul ei încăpățânat și disperat, tânărul pe care ea îl umilise căsătorindu-se cu Stefano Carracci, o alesese pe sora mea, Elisa, cea mai mică din familie, surioara mea bună, femeia pe care încă o simțeam ca pe o fetiță fermecată. Și Elisa se lăsase aleasă. Iar părinții și frații mei nu mișcaseră un deget ca să împiedice lucrul ăsta. Și toată familia mea, inclusiv eu însămi, vom ajunge să ne înrudim cu familia Solara.

— De cât timp? am întrebat.

— Ce ştiu eu, un an.

— Şi voi v-aţi dat consimţământul?

— Tu ne-ai cerut nouă consimţământul? Ai făcut cum credeai. Şi ea a făcut acelaşi lucru.

— Pietro nu e Marcello Solara.

— Ai dreptate: Marcello nu s-ar lăsa niciodată tratat de Elisa cum îl tratezi tu pe Pietro.

Tăcere.

— Mă puteaţi anunţa, puteam discuta.

— De ce? Tu ai plecat. „Mă ocup eu de voi, nu vă faceţi griji". Ce să zic. Te-ai ocupat numai de-ale tale, de noi te-a durut în cot.

Am hotărât să plec imediat la Napoli cu fetele. Voiam să merg cu trenul, dar Pietro s-a oferit să ne ducă cu maşina, preferând să se prefacă îngrijorat decât să lucreze . Deja când am coborât de pe autostradă şi am ajuns în traficul haotic din Napoli, am simţit că oraşul mă înşfacă din nou, îmi impune legile lui nescrise. Nu mai pusesem piciorul acolo din ziua în care plecasem să mă căsătoresc. Vacarmul mi s-a părut insuportabil, m-am enervat din cauza claxonatului continuu, a insultelor adresate lui Pietro când, pentru că nu ştia drumul, ezita, încetinea. Cu puţin înainte de Piaţa Carol III l-am rugat să oprească, m-am aşezat eu la volan şi am condus cu agresivitate până pe strada Firenze, până la acelaşi hotel unde stătuse el cu ani în urmă. Am lăsat bagajele. M-am dedicat îngrijirii meticuloase a fetelor şi a mea însămi. Apoi ne-am dus în cartier, acasă la ai mei. Oare ce credeam că pot face, să-i impun Elisei autoritatea mea de soră mai mare, cu diploma mea, cu o căsnicie reuşită? Să o determin să rupă logodna? Să-i spun: *pe Marcello îl cunosc de când m-a prins de încheietură şi a încercat să mă tragă în Fiatul lui rupându-mi brăţara de argint a mamei, aşa că ai încredere în ce-ţi spun eu, e un bărbat vulgar şi violent?* Da. Eram hotărâtă, sarcina mea era s-o eliberez pe Elisa din capcana aia.

Mama mea l-a primit pe Pietro cu multă afecțiune și, unul după altul — *ăsta pentru Dede a bunicii, ăsta pentru Elsa* — le-a dat celor două fete multe cadouașe care le-au încântat. Tata a răgușit de emoție, mi s-a părut slăbit, încă și mai supus. Am așteptat să apară frații mei, dar am aflat că nu erau acasă.

— Sunt tot timpul la muncă, a zis tata lipsit de entuziasm.

— Ce fac?

— Trudesc, a intervenit mama.

— Unde?

— Le-a aranjat Marcello ceva.

Mi-am amintit de modul în care frații Solara îi *aranjaseră ceva* lui Antonio, în ce îl transformaseră.

— Să facă anume ce? am întrebat.

Mama a răspuns țâfnoasă:

— Aduc bani în casă și asta e suficient. Elisa nu e ca tine, Lenù, Elisa are grijă de noi toți.

M-am prefăcut că nu aud:

— I-ai spus că vin azi? Unde e?

Tata a lăsat privirea în jos, mama a zis aspră:

— Acasă la ea.

M-am înfuriat:

— Nu mai locuiește aici?

— Nu.

— De când?

— De aproape două luni. Ea și Marcello au un apartament frumos în cartierul nou, a zis mama mea rece.

## 90.

Se trecuse peste logodnă, așadar. Îmi doream să merg imediat acasă la Elisa, chiar dacă mama repeta: *ce faci, sora ta îți pregătește o surpriză, stai aici, mergem cu toții împreună mai târziu.* Nu-mi păsa. Am sunat-o pe Elisa, mi-a răspuns veselă și totodată stânjenită. Am zis: *așteaptă-mă, vin la tine.* L-am lăsat pe Pietro și pe fete cu părinții mei, m-am dus pe jos.

Cartierul mi s-a părut și mai degradat: clădiri cu tencuiala coșcovită, pavajul străzilor plin de găuri, mizerie. Din ferparele care tapetau zidurile — nu văzusem niciodată atât de multe — am aflat că murise bătrânul Ugo Solara, bunicul lui Marcello și Michele. După dată, evenimentul nu era recent, avusese loc cu cel puțin două luni în urmă, și frazele bombastice, chipurile de madone plângând, chiar numele mortului erau șterse, iar culorile întinse. Totuși, ferparele rezistau pe străzi ca și cum ceilalți morți, din respect, hotărâseră să dispară de pe lume fără să afle nimeni. Am văzut destule și în jurul intrării mezelăriei lui Stefano. Era deschisă, dar am avut impresia că e o gaură în zid, întunecoasă și pustie, iar Carracci a apărut în fundul ei, în halat alb, dispărând apoi ca o nălucă.

Am urcat spre calea ferată, am trecut prin fața mezelăriei noi, așa cum îi spuneam cândva. Storul lăsat, parțial ieșit de pe șine, era ruginit și zgâriat de inscripții și desene obscene. Toată partea aceea a cartierului părea abandonată, albul strălucitor de odinioară se făcuse gri, tencuiala în unele locuri cedase și sub ea se vedeau cărămizile. Am trecut prin fața blocului în care locuise Lila. Dintre copăceii crescuți cu greu supraviețuiseră câțiva. O fâșie de scotch pentru împachetat acoperea o crăpătură în geamul ușii de la intrare. Elisa locuia mult mai sus, într-o zonă mai bine întreținută, mai pretențioasă. A apărut portarul, un omuleț chel cu mustăți subțiri, și m-a oprit, m-a întrebat ostil pe cine căutam. N-am știut ce să spun, am bolborosit: *Solara.* A căpătat un aer deferent și m-a lăsat să trec.

Abia în lift mi-am dat seama că parcă alunecasem înapoi în timp cu totul. Ceea ce mi s-ar fi părut acceptabil la Milano sau la Florența — femeia dispunând liber de propriul ei corp și de propriile dorințe, o conviețuire în afara căsătoriei —, acolo, în cartier, mi se părea de neconceput: era în joc viitorul surorii mele, nu reușeam să mă calmez. Elisa întemeiase o casă cu o persoană periculoasă ca Marcello? Și mama mea era fericită? Ea, care se înfuriase pentru că mă căsătorisem civil și nu religios; ea, care o considera pe Lila o curvă deoarece conviețuia cu Enzo și pe Ada o mare târfă pentru că devenise amanta lui Stefano; *ea* accepta ca fiica ei cea mică să doarmă cu Marcello Solara — o persoană rea — fără să fie căsătorită? Astfel de gânduri aveam în timp ce urcam spre Elisa și o furie pe care o simțeam justă. Dar mintea — mintea mea disciplinată — se simțea confuză, nu știam la ce argumente să recurg. La cele ale mamei, de acum câțiva ani în urmă, dacă aș fi făcut eu alegerea asta? Aș fi regresat deci la un nivel pe care ea însăși îl abandonase? Sau aș fi zis: *conviețuiește cu cine vrei, dar nu cu Marcello Solara?* Aș fi zis așa? Dar pe fata aceea, astăzi, la Florența, la Milano, aș fi obligat-o să renunțe la bărbatul de care se îndrăgostise, oricare ar fi fost el?

Când Elisa mi-a deschis, am îmbrățișat-o atât de puternic, încât ea a murmurat râzând: *mă doare.* Am simțit-o îngrijorată în timp ce mă invita în salon — un salon pretențios, tot numai canapele și fotolii cu spătare aurite — și a început să vorbească foarte mult, dar despre altceva: *ce bine arătam, ce cercei frumoși aveam, ce lanț frumos, ce elegantă eram, își dorea așa de mult să le cunoască pe Dede și pe Elsa.* I le-am descris pe nepoate cu entuziasm, mi-am scos cerceii, am pus-o să-i probeze în oglindă și i i-am dăruit. Am văzut că se însenina, a râs, a murmurat:

— Mi-a fost teamă că ai venit să mă dojenești, ca să spui că ești împotriva relației mele cu Marcello.

Am fixat-o cu privirea o clipă îndelungată și am zis:

— Elisa, chiar *sunt* împotrivă. Și am făcut această călătorie înadins ca să-ți spun ție, mamei, tatei și fraților noștri.

Și-a schimbat expresia, i s-au umplut ochii de lacrimi.

— Acum mă necăjești: de ce ești împotrivă?

— Cei din familia Solara sunt oameni răi.

— Marcello nu.

S-a apucat să-mi vorbească despre el. A zis că totul începuse când eu eram însărcinată cu Elsa. Mama venise să stea la mine și ea se trezise cu toată povara familiei în spate. Odată, când se dusese la cumpărături în supermarketul familiei Solara, Rino, fratele Lilei, îi spusese că, dacă îi lasă lista, o să-i trimită produsele acasă. Și în timp ce Rino vorbea, băgase de seamă că Marcello îi făcea un semn de salut de departe ca să-i dea de înţeles că el dăduse acea dispoziţie. De atunci începuse să-i dea târcoale, să fie amabil cu ea. Elisa își spusese: *e bătrân, nu-mi place.* Dar el devenise tot mai prezent în viaţa ei, manierat, nu existase niciodată nici măcar un gest sau un cuvânt care să trimită la faptele odioase ale fraţilor Solara. Marcello era o persoană cu adevărat cumsecade, cu el se simţea în siguranţă, forţa și prestanţa lui îl făceau să pară înalt de zece metri. Mai mult. Din momentul în care devenise limpede că era interesat de ea, viaţa Elisei se schimbase. Toţi, în cartier și chiar și în afara lui, începuseră s-o trateze ca pe o regină, toţi începuseră să-i dea importanţă. Era o senzaţie minunată, cu care nu se obișnuise încă. *Mai întâi,* mi-a zis, *nu ești nimeni și apoi imediat știu cine ești și șoarecii din canale: desigur, tu ai scris o carte, ești faimoasă, te-ai obișnuit cu senzaţia asta, dar eu nu, am rămas cu gura căscată.* Se emoţionase când își dăduse seama că nu trebuia să se mai preocupe de nimic. Marcello se gândea la tot, orice dorinţă de-a ei pentru el era un ordin. Astfel, cu cât trecea timpul, cu atât ea se îndrăgostea mai tare. În cele din urmă îi spusese *da.* Iar acum, dacă într-o zi nu-l vedea sau nu-l auzea, stătea trează toată noaptea plângând.

Mi-am dat seama că Elisa era convinsă că dăduse peste ea un noroc incredibil și am înţeles că n-aveam puterea să-i distrug toată fericirea aceea. Cu atât mai mult cu cât ea nu-mi oferea pretexte: Marcello era priceput, Marcello era responsabil, Marcello era foarte frumos, Marcello era perfect. Cu fiecare cuvânt rostit era foarte atentă fie să-l deosebească de familia Solara, fie să vorbească cu precaută simpatie când de mama lui, când de tatăl lui care era foarte bolnav de stomac și aproape că nu mai ieșea din casă, când de bunicul, Dumnezeu să-l ierte, când chiar și de Michele care părea diferit de cum îl vedeau oamenii, era foarte afectuos. *Crede-mă* — mi-a zis —, *nu m-am simțit niciodată atât de bine în toată viața mea și până și mama, care știi cum e, este de partea mea, până și tata, și Gianni și Peppe, care până cu puțin timp în urmă își petreceau zilele fără să facă nimic, acum Marcello îi folosește plătindu-i super bine.*

— Dacă lucrurile stau așa, căsătoriți-vă, am zis.

— O vom face. Dar acum nu e o perioadă bună, Marcello zice că trebuie să pună la punct destule afaceri complicate. Și apoi e doliul pentru bunicul lui, pe care, bietul de el — avea mintea rătăcită, nu-și mai amintea nici măcar cum să meargă, cum să vorbească —, Dumnezeu l-a izbăvit luându-l la El. Dar cum se aranjează lucrurile, ne căsătorim, nu-ți face griji. Și apoi, înainte să ajungem la căsătorie, e mai bine să vezi dacă îți e bine împreună cu celălalt, nu?

A trecut la cuvinte care nu erau ale ei, cuvinte de fată modernă învățate din revistele de benzi desenate pe care le citea. Le-am comparat cu cele pe care le-aș fi spus eu în privința acelorași subiecte și mi-am dat seama că nu erau foarte diferite, cuvintele Elisei erau doar un pic mai neșlefuite. Ce să răspund? Nu știam la începutul acelei întâlniri și nu știam nici acum. Aș fi putut spune: *nu e mult de văzut, Elisa, totul e deja clar: Marcello te va consuma, se va obișnui cu corpul tău, te va părăsi.* Dar erau cuvinte care sunau învechite, nici mama nu îndrăznise să le spună. Așa că m-am resemnat. Eu plecasem, Elisa rămăsese. Ce aș fi devenit dacă aș fi rămas și eu, ce alegeri aș fi făcut? Băieții Solara nu-mi plăceau și mie când eram mică? Și, de altfel, ce câștigasem plecând de acolo? Nici măcar capacitatea de a găsi cuvinte înțelepte pentru a-mi salva sora de la distrugere. Elisa avea un chip frumos, foarte delicat, și un corp plăcut, o voce mângâietoare. Pe Marcello mi-l aminteam înalt, frumos, cu o față pătrată de un colorit sănătos, cu mușchii lucrați, capabil de sentimente de iubire intense, de durată: o demonstrase când se îndrăgostise de Lila, se dovedea că de atunci n-ar mai fi avut alte iubiri. Ce să zic, așadar? La sfârșit, ea s-a dus să ia o cutie și mi-a arătat toate bijuteriile pe care i le dăruise Marcello, obiecte în fața cărora cerceii pe care i-i dădusem eu erau niște fleacuri.

— Fii atentă, i-am spus, nu-ți pierde capul. Și dacă ai nevoie, sună-mă.

Am dat să mă ridic, ea m-a împiedicat râzând.

— Unde te duci, nu ți-a zis mama? Vin toți la cină aici. Am pregătit o groază de chestii.

M-am arătat contrariată:

— Toți cine?

— Toți: e o surpriză.

## 91.

Au sosit mai întâi tatăl meu, mama mea, cele două fete și Pietro. Dede și Elsa au primit alte cadouri de la Elisa, care le-a întâmpinat cu mare bucurie (*Dede, dulceață, pupă-mă tare de tot aici; Elsa, ce dolofană ești, vino la mătușa, știi că avem același nume?*). Mama a dispărut imediat în bucătărie, cu capul în jos, fără să se uite la mine. Pietro a încercat să mă tragă într-o parte ca să-mi spună nu știu ce lucru grav, cu aerul cuiva care vrea să pară calm. N-a reușit, tata l-a tras după el să se așeze pe o canapea în fața televizorului și l-a aprins, cu volumul dat foarte tare.

La scurt timp a apărut Gigliola cu fiii ei, doi băieți energici care s-au aliat imediat cu Dede, în timp ce Elsa, perplexă, se refugia la mine. Gigliola tocmai ieșise de la coafor, țăcănea pe niște tocuri foarte înalte, strălucea de aur la urechi, la gât și la mâini. De-abia o cuprindea rochia verde sclipitoare, foarte decoltată, și avea un machiaj strident care deja i se prelingea. Mi s-a adresat direct, cu sarcasm:

— Iată-ne, am venit înadins să vă omagiem pe voi, profesorii. Toate bune, Lenù? Ăla e geniul de la universitate? Sfinte Sisoie, ce păr frumos are soțul tău!

Pietro a scăpat de tata care îi ținea un braț pe după umeri, a sărit în picioare zâmbind timid. Neștiind să se stăpânească, a fixat instinctiv privirea pe vălurirea sânilor mari ai Gigliolei. Ea și-a dat seama de asta cu satisfacție.

— Nu vă deranjați, nu vă deranjați, i-a spus, altfel mă simt jenată. Aici nu s-a ridicat niciodată nimeni ca să salute o doamnă.

Tata l-a tras în jos pe soțul meu, îngrijorat că o să i-l ia cineva de acolo, și a început din nou să vorbească despre cine știe ce în ciuda volumului tare al televizorului. Am întrebat-o pe Gigliola ce făcea, încercând să-i comunic din priviri, din tonul vocii că nu uitasem mărturisirile ei și că îi eram alături. Chestia asta probabil că nu i-a plăcut, pentru că mi-a zis:

— Ascultă, frumoaso, eu sunt bine, tu ești bine, toți suntem bine. Dar dacă n-ar fi fost soțul meu care să-mi impună să vin aici ca să mor de plictiseală, eu m-aș simți mult mai bine acasă la mine. Asta ca să fie clar.

N-am apucat să-i răspund, cineva a sunat la ușă. Sora mea s-a mișcat ușoară, părea să alunece pe o adiere de vânt, a dat fuga să deschidă. Am auzit că exclama: *ce bucuroasă sunt, veniți, mamă, intrați*. Și a revenit în cameră ținând-o de mână pe viitoarea soacră, Manuela Solara, în haine de sărbătoare, cu o floare artificială în părul cu o nuanță roșiatică, ochi îndurerați în mijlocul cearcănelor adânci, și mai slabă decât ultima dată când o văzusem, aproape piele și os. În spatele ei a apărut Michele, îmbrăcat și ras cu grijă, având o forță neprietenoasă în privire și în gesturile calme. Și o clipă mai târziu a apărut un ditamai bărbatul pe care m-am chinuit să-l recunosc, atât era de enorm: înalt, cu labe mari, picioare lungi și grase și viguroase, burtă și piept și umeri umflați cu un fel de materie grea și foarte compactă, un cap mare cu o frunte lată, păr lung, brunet și pieptănat în sus, barba de un negru strălucitor ca antracitul. Era Marcello, mi-a confirmat Elisa oferindu-i buzele ca unui zeu căruia îi datorezi respect și recunoștință. El s-a aplecat să i le atingă cu ale lui, în timp ce tatăl meu se ridica, îl trăgea sus și pe Pietro care avea un aer încurcat, iar mama venea șchiopătând din bucătărie. Mi-am dat seama că prezența doamnei Solara era considerată un fapt excepțional, ceva de care să fii mândru. Elisa mi-a șoptit emoționată: *astăzi soacra mea împlinește șaizeci de ani. A*, am spus, și între timp m-a surprins că Marcello, abia intrat în casă, se adresa direct soțului meu ca și cum s-ar fi cunoscut deja. I-a zâmbit cu gura până la urechi, i-a strigat: *totul în regulă, profesore. Totul în regulă ce?* Pietro i-a răspuns zâmbind nesigur, apoi s-a uitat la mine clătinând din cap dezolat, voind parcă să-mi spună: *am făcut tot posibilul.* Aș fi dorit să-mi explice, dar deja Marcello i-o prezenta pe Manuela: *vino, mama, acesta este soțul Lenucciei, e profesor, stai jos aici lângă el.* Pietro s-a înclinat, m-am simțit și eu obligată s-o salut pe doamna Solara, care a zis: *ce frumoasă ești Lenù, ești frumoasă ca sora ta,* și apoi m-a întrebat puțin agitată: *cam cald aici, tu nu simți?* N-am răspuns. Dede se smiorcăia chemându-mă, Gigliola — singura care arăta că nu dă nicio importanță prezenței Manuelei — urla în dialect ceva vulgar către fiii ei care îi făcuseră rău fiicei mele. Am băgat de seamă că Michele mă studia în tăcere, fără măcar să-mi spună *bună*. L-am salutat eu, cu voce tare, apoi am încercat să le liniștesc pe Dede și pe Elsa care, văzându-și sora tristă, era pe punctul de a plânge la rândul ei. Marcello mi-a zis: *sunt așa de bucuros să vă am oaspeți în casa mea, pentru mine e o mare onoare, crede-mă.* I s-a adresat Elisei ca și cum să-mi vorbească direct i s-ar fi părut că-i depășește puterile: *spune tu cât de fericit sunt, sora ta mă înspăimântă.* Am murmurat ceva ca să-l liniștesc, dar în momentul acela am auzit din nou soneria.

Michele s-a dus să deschidă și s-a întors imediat, cu un aer amuzat. Era urmat de un bătrân care târa valize, *valizele mele*, valizele pe care le lăsaserăm la hotel. Michele a făcut semn spre mine, bărbatul le-a pus în fața mea ca și cum ar fi executat o prestidigitație pentru amuzamentul meu. *Nu*, am exclamat, *ei, mă faceți să mă enervez.* Dar Elisa m-a îmbrățișat, m-a sărutat, a zis: *avem spațiu, nu puteți sta la hotel, aici sunt multe camere și două băi. Oricum,* a subliniat Marcello, *i-am cerut mai întâi permisiunea soțului tău, n-aș fi îndrăznit niciodată să iau inițiativa: profesore, vă rog, vorbiți cu soția dumneavoastră, apărați-mă.* Am rămas fără aer, furioasă, dar zâmbitoare: *Sfinte Dumnezeule, ce încurcătură, mulțumesc, Marcè, ești amabil, dar chiar nu putem accepta.* Și am încercat să trimit înapoi valizele la hotel. Dar trebuia să mă ocup și de Dede, așa că i-am zis: *arată-mi ce ți-au făcut copiii ăia, nu e nimic, cu un pupic îți trece, du-te să te joci, ia-o și pe Elsa cu tine.* Și l-am strigat pe Pietro, deja încolțit de Manuela Solara: *Pietro, te rog, vino, ce i-ai spui lui Marcello, nu putem dormi aici.* Și mi-am dat seama că dialectul se întoarce din cauza nervilor, că unele cuvinte îmi ieșeau în napolitana cartierului, care — de la curtea blocului, la șosea, la tunel — îmi impunea limba lui, modul de a acționa și reacționa, siluetele lui, cele care la Florența păreau imagini atât de șterse și aici, în schimb, erau cât se poate de reale.

Iarăși s-a auzit soneria și Elisa s-a dus să deschidă. Cine mai trebuia să vină? Au trecut câteva secunde și a dat buzna în cameră Gennaro. A văzut-o pe Dede, Dede l-a văzut pe el nevenindu-i să creadă, a încetat imediat să se văicărească, revederea aceea neașteptată i-a făcut pe amândoi să se privească emoționați. Imediat a apărut Enzo, singurul blond printre atâția bruneți, în culori foarte deschise, și totuși posomorât. Într-un sfârșit, a intrat Lila.

## 92.

Vorbele fără consistenţă, vocile care curgeau în valuri, s-au frânt brusc. Lila purta o rochie bleu care se oprea deasupra genunchilor. Era slabă, foarte agitată, lucru care o făcea să pară mai înaltă decât în mod obişnuit, în ciuda tocurilor joase. Avea riduri pronunţate în colţurile gurii şi ale ochilor, de altfel pielea feţei, foarte albă, era întinsă pe frunte şi peste pometi. Părul prins în coadă de cal dădea la iveală suviţele albe deasupra urechilor aproape fără lobi. Cum m-a văzut, a zâmbit, şi-a mijit ochii. Eu n-am zâmbit şi n-am zis nimic din pricina surprizei, nici măcar *bună*. Deşi aveam amândouă treizeci de ani, ea mi s-a părut mai bătrână, mai boţită faţă de cum îmi închipuiam că sunt eu. Gigliola a urlat*: în sfârşit a sosit şi astălaltă reginuţă, copiilor le e foame, nu-i mai stăpânesc.*

Am luat cina. M-am simţit prinsă într-o maşinărie dezagreabilă, nu puteam înghiţi dumicaţii. Mă gândeam mânioasă la bagaje, pe care le desfăcusem cum ajunsesem la hotel şi care fuseseră făcute la loc, la întâmplare, de unul sau mai mulţi străini, persoane care atinseseră lucrurile mele, ale lui Pietro, ale fetelor, făcând dezordine. Nu puteam accepta evidenţa, adică faptul că voi dormi în casa lui Marcello Solara ca să-i fac plăcerea surorii mele cu care împărţea patul. Le observam, cu o ostilitate care mă întrista, pe Elisa şi pe mama. Prima, copleşită de o fericire agitată, vorbea fără oprire, în rolul stăpânei casei, a doua părea bucuroasă, atât de bucuroasă, încât îi umplea farfuria Lilei manierat. Îl observam pe Enzo care mânca cu capul plecat, deranjat de Gigliola care-şi apăsa sânii imenşi de braţul lui şi îi vorbea cu voce foarte ridicată pe un ton seducător. Mă uitam nervoasă la Pietro care, deşi sâcâit de tata, de Marcello, de doamna Solara, îi acorda atenţie mai ales Lilei, care stătea în faţa lui şi căreia nu-i păsa de nimeni, nici de mine — poate că mai ales de mine —, dar de el da. Și mă scoteau din sărite copiii, cele cinci vieți noi care se organizaseră în două grupuri: Gennaro și Dede, cuminți și supuși, împotriva fiilor Gigliolei, care beau vin din paharul mamei neatente, devenind tot mai insuportabili și îi plăceau acum mult Elsei care li se alăturase, deși ei nici măcar n-o băgau în seamă.

Cine organizase tot teatrul ăla? Cine amestecase laolaltă motive diferite pentru a sărbători? Fără îndoială Elisa, dar pusă de cine? Poate de Marcello. Dar Marcello fusese în mod sigur îndrumat de Michele care stătea lângă mine și care, în largul lui, mânca, bea, dar îl țintuia cu privirea ironic pe soțul meu, care părea fermecat de Lila. Ce voia să demonstreze? Că acela era teritoriul familiei Solara? Că, și dacă fugisem de acolo, aparțineam acelui loc, adică lor? Că-mi puteau impune totul mobilizând sentimente, vocabular, ritualuri, dar și descompunându-le, transformând, de formă, frumosul în urât și urâtul în frumos? Mi s-a adresat pentru prima oară de când sosise. *Ai văzut-o pe mama,* mi-a zis, *te gândești că a împlinit șaizeci de ani, dar n-ai zice, uite ce frumoasă e, îi poartă bine, nu?* A ridicat intenționat vocea, ca să audă toți nu atât întrebarea lui, cât răspunsul pe care acum eram obligată să i-l dau. Trebuia să fac elogiul mamei lui. Uite-o acolo, așezată lângă Pietro, o femeie bătrână un pic rătăcită, amabilă, aparent inofensivă, cu fața prelungă și osoasă, nasul mare, cu floarea aceea dementă în părul rărit. Și totuși, era cămătăreasa care pusese bazele averii familiei; cea care se îngrijea și păstra registrul roșu în care se aflau numele multora din cartier, din oraș și din provincie; femeia delictului fără pedeapsă, femeie necruțătoare și foarte periculoasă, conform fanteziei telefonice căreia mă abandonasem împreună cu Lila, și, de asemenea, paginilor din romanul meu eșuat: mama care-l omorâse pe don Achille ca să-i ia locul în monopolul cametei și care-și educase fiii să înhațe totul călcând peste toți. Și acum eram obligată să-i spun lui Michele*: da, e adevărat, ce frumoasă e* *mama ta, își poartă foarte bine anii, felicitări.* Și vedeam cu coada ochiului că Lila întrerupsese conversația cu Pietro și nu aștepta altceva. Deja se răsucise să mă privească, cu buzele umflate foarte puțin întredeschise, cu ochii mijiți, cu fruntea încruntată. I-am citit pe față sarcasmul, m-am gândit că poate ea îi sugerase lui Michele să mă bage în încurcătura aia: *mama tocmai a împlinit șaizeci de ani, Lenù, mama cumnatului tău, soacra surorii tale, să vedem ce spui, acum, să vedem dacă vei continua să faci pe șmechera.* Am răspuns, adresându-mă Manuelei: *la mulți ani*, nimic altceva. Și imediat a intervenit Marcello, voind parcă să mă ajute, a exclamat emoționat: *mulțumesc, mulțumesc, Lenù!* Apoi i s-a adresat mamei sale cu chipul îndurerat și transpirat și cu gâtul descărnat plin de pete roșii: *Lenuccia v-a făcut urări, mamă.* Și imediat Pietro i-a zis femeii care stătea lângă el*: la mulți ani și din partea mea, doamnă.* Astfel toți — toți în afară de Gigliola și de Lila — i-au adus omagii doamnei Solara, și copiii, în cor: *la cât mai mulți ani, Manuela, la cât mai mulți ani, bunica.* Și ea s-a făcut că trece cu vederea, a bombănit: *sunt bătrână.* Apoi a scos din geantă un evantai azuriu cu imaginea golfului și a Vezuviului fumegând, a început să-și facă vânt mai întâi încet, apoi tot mai energic.

Michele, deși mi se adresase mie, a părut că dă mai multă importanță urărilor soțului meu. I-a vorbit politicos: *sunteți foarte amabil, profesore, nu sunteți de aici și nu știți care sunt meritele mamei noastre.* A căpătat un ton confidențial: *noi suntem oameni de treabă, bunicul meu, Dumnezeu să-l ierte și să-i odihnească sufletul în pace, a început cu barul de aici din colț din nimic, și tatăl meu l-a mărit, a făcut o cofetărie faimoasă în tot orașul grație și priceperii lui Spagnuolo, tatăl soției mele, un meșter extraordinar — nu-i așa, Gigliò? Dar,* a adăugat, *mamei mele, mamei* noastre, *îi datorăm totul. În ultima vreme, niște oameni invidioși, oameni care ne vor răul, au răspândit zvonuri odioase despre ea. Dar noi suntem persoane tolerante, obișnuite de o viață să ne ocupăm cu comerțul și să avem răbdare. Oricum, adevărul triumfă întotdeauna. Și adevărul e că această femeie este foarte inteligentă, are un caracter puternic, n-a existat niciodată vreun moment când numai să te gândești:* n-are chef să facă nimic. *A muncit mereu, mereu, și a făcut-o doar pentru familie, nu s-a bucurat niciodată de nimic doar pentru ea. Ceea ce avem astăzi e ceea ce ea a construit pentru noi, fiii ei, ceea ce facem astăzi este doar continuarea celor începute de ea.*

Manuela și-a făcut vânt cu un gest mai meditativ și i-a spus cu voce tare lui Pietro: *Michele e un băiat de aur, când era mic, de Crăciun, se urca pe masă și recita foarte bine poezia; dar defectul lui e că-i place să vorbească și vorbind trebuie întotdeauna să exagereze.* A intervenit Marcello: *nu, mamă, ce exagerare, tot ce a spus e adevărat.* Și Michele a continuat s-o laude pe Manuela, cât era de frumoasă, cât era de generoasă, nu mai termina. Până când, dintr-odată, mi s-a adresat mie. A zis serios, ba chiar solemn: *există doar o altă femeie care e* aproape *ca mama noastră. O altă femeie? O femeie* aproape *comparabilă cu Manuela Solara?* L-am privit perplexă. Fraza, în ciuda acelui *aproape*, era deplasată și, pentru câteva clipe, la masa gălăgioasă nu s-a mai auzit niciun sunet. Gigliola și-a privit țintă soțul, pupilele ochilor ei nervoși erau dilatate de vin și de amărăciune. Și mama mea a căpătat o expresie care nu era doar de circumstanță, ci de-a dreptul vigilentă: spera, poate, ca femeia aceea să fie Elisa, ca Michele să-i acorde fiicei ei dreptul de a urca pe jilțul cel mai înalt în sânul familiei Solara. Nici Manuela, pentru un moment, nu și-a mai făcut vânt, și-a șters cu arătătorul sudoarea de pe buză și a așteptat ca fiul să transforme acele cuvinte într-o replică ironică.

Dar el, cu aroganța prin care se distinsese mereu, fără să se sinchisească de soția lui și nici de Enzo și nici măcar de mama lui, a fixat-o cu privirea pe Lila. În acest timp chipul îi căpăta o culoare verzuie și gesturile îi deveneau din ce în ce mai agitate și cuvintele aveau menirea unui laț care s-o smulgă atenției pe care ea i-o acorda în continuare lui Pietro. *În seara asta,* a spus, *suntem toți aici, acasă la fratele meu, în primul rând ca să-i primim cum merită pe acești doi profesori distinși și pe fetițele lor frumoase; în al doilea ca s-o sărbătorim pe mama mea, o sfântă; în al treilea rând ca să-i urăm Elisei multă fericire și curând o nuntă frumoasă; în al patrulea rând, dacă-mi permiteți, ca să ciocnim în cinstea unei înțelegeri pe care mi-era frică că n-o s-o obțin niciodată: Lina, vino aici, te rog.*

*Lina. Lila.*

I-am căutat privirea și ea a căutat-o pe-a mea pentru o fracțiune de secundă, o privire care spunea: *acum ai înțeles jocul, ți-ai amintit cum funcționează?* Apoi, spre marea mea uimire, în timp ce Enzo se uita fix la un punct nedefinit al șervetului, s-a ridicat docilă și s-a dus lângă Michele.

El a păstrat distanța. Nu i-a atins mâna, brațul, nimic, ca și cum între ei ar fi fost o lamă care îl putea răni. Și-a lăsat, în schimb, pentru câteva secunde, degetele pe umărul meu și mi s-a adresat iarăși mie: *nu trebuie să te superi, Lenù, tu ești pricepută, tu ai ajuns departe, tu ai apărut în ziare, tu ești mândria noastră, a tuturor celor care te cunoaștem de mică. Dar — și eu sunt sigur că ești de acord și că îți face plăcere dacă acum spun, pentru că ții la ea — Lina are un lucru viu în minte pe care nu-l are nimeni, ceva puternic, care țopăie de ici-colo și nimeni nu reușește să-l oprească, un lucru pe care nici medicii nu-l depistează și pe care, după mine, nu-l cunoaște nici ea, chiar dacă îl are din naștere — nu-l cunoaște și nu vrea să-l recunoască, uitați ce expresie rea are în momentul acesta. Un lucru care, dacă ea nu și-l acceptă, poate provoca multe probleme oricui, dar dacă îl îmbrățișează îi lasă pe toți cu gura căscată. Bine, eu vreau să cumpăr de o grămadă de timp această trăsătură particulară a ei. Să cumpăr, da, nu-i nimic rău în asta, să cumpăr cum faci cu perlele, cu diamantele. Dar până acum, din păcate, n-a fost posibil. Noi am făcut doar un mic pas înainte și pe acesta vreau să-l sărbătorim în seara asta: am angajat-o pe doamna Cerullo să muncească în Centrul mecanografic pe care l-am înființat la Acerra, o chestie foarte modernă care, dacă te interesează, Lenù, dacă îl interesează și pe profesor, vă duc chiar mâine în vizită acolo sau, oricum, înainte să plecați. Ce zici, Lina?*

Lila a avut o expresie scârbită. A clătinat din cap nemulțumită și a zis, uitându-se fix la doamna Solara: *Michele nu înțelege nimic din calculatoare și i se pare că fac cine știe ce, dar sunt niște prostii, e de-ajuns un singur curs prin corespondență, am învățat până și eu, care am cinci clase.* Și n-a mai adăugat altceva. N-a făcut mișto de Michele, cum mă așteptam că o să facă, pentru imaginea aceea destul de îngrozitoare pe care acesta o născocise, lucrul viu care-i umbla ei prin minte. N-a făcut mișto pentru perle, pentru diamante. Mai ales, nu s-a dat în lături din fața complimentelor. Dimpotrivă, ne-a lăsat să ciocnim în cinstea angajării ei ca și cum, într-adevăr, s-ar fi înălțat[7] la cer, i-a îngăduit lui Michele să continue s-o laude, justificând astfel salariul pe care i-l dădea. Și toate astea în timp ce Pietro, cu abilitatea pe care o avea de a se simți în largul lui cu persoanele pe care le considera inferioare, deja zicea, fără să mă consulte, că ținea mult să viziteze centrul din Acerra și o ruga pe Lila, care se așezase din nou la masă, să-i povestească totul. M-am gândit pentru o clipă că, dacă ar fi avut timp, mi l-ar fi luat pe soțul meu așa cum mi-l luase pe Nino. Dar nu m-am simțit geloasă: s-ar fi întâmplat doar din dorința de a săpa încă un șanț între noi. Eram sigură că ei nu-i plăcea Pietro și că Pietro n-ar fi fost niciodată capabil să mă înșele dorindu-și pe alta.

M-a năpădit, în schimb, un alt sentiment, mai confuz. Mă aflam în locul unde mă născusem, eram considerată dintotdeauna fata care reușise cel mai bine în viață. Eram convinsă că e vorba, cel puțin în mediul acela, de un dat indiscutabil. În

---

7 Joc de cuvinte intraductibil, *assunzione* înseamnă deopotrivă angajare și înălțare. (*N.t.*)

schimb, Michele, ca și cum ar fi organizat înadins umilirea mea în cartier și mai ales în sânul familiei din care proveneam, făcuse în așa fel încât Lila să mă umbrească. Își dorise chiar să fiu de acord cu propria-mi umilire, recunoscând public forța inegalabilă a prietenei mele. Și ea acceptase de bunăvoie ca așa ceva să aibă loc. Mai mult, poate că își adusese contribuția la acea situație, o plănuise și o organizase ea însăși. Dacă în urmă cu câțiva ani, când avusesem micul meu succes de scriitoare, chestia asta nu m-ar fi rănit, dimpotrivă, mi-ar fi făcut plăcere, acum, când totul se terminase, mi-am dat seama că suferam. Am schimbat o privire cu mama mea. Era încruntată, avea expresia din acele momente în care făcea eforturi să nu-mi dea o palmă. Își dorea să nu iau obișnuitul meu aer pașnic, își dorea să reacționez, să arăt câte lucruri știam, numai chestii de primă calitate, nu idioțenia aia din Acerra. Îmi spunea asta din priviri, ca o poruncă mută. Dar eu am tăcut. Manuela Solara a întrebat pe neașteptate, săgetându-i pe cei din jur cu o privire nemulțumită: *ce cald e, simțiți și voi?*

## 93.

Elisa, la fel ca mama, n-a suportat probabil să-mi pierd prestigiul. Dar în timp ce mama a tăcut mâlc, ea mi s-a adresat radioasă, voioasă, ca să mă facă să înțeleg că rămâneam extraordinara ei soră mai mare, de care va fi mereu mândră. *Trebuie să-ți dau ceva,* a zis, și a adăugat, cu felul ei vesel cu care sărea de la un subiect la altul: *ai zburat vreodată cu avionul?* Am răspuns că nu. *Cum este posibil? Este.* S-a dovedit că, dintre cei prezenți, numai Pietro zburase, și încă de mai multe ori, dar a vorbit despre asta ca și cum n-ar fi mare lucru. În schimb, pentru Elisa fusese o experiență minunată, la fel și pentru Marcello. Un zbor lung până în Germania din motive de muncă și de plăcere. Elisei la început îi fusese puţin frică, simţise izbituri și zgâlţâieli, un jet de aer îngheţat o lovise drept în cap de parcă voia să i-l găurească. Apoi văzuse pe hublou niște nori foarte albi în jos și un cer foarte albastru în sus. Astfel aflase că dincolo de nori e mereu vreme frumoasă și că de sus pământul era verde și albastru și violet și strălucind de zăpadă când treceai pe deasupra munţilor. M-a întrebat:

— Ghici cu cine ne-am întâlnit la Düsseldorf.

Am murmurat nemulţumită de tot:

— Nu știu, Elisa, spune-mi.

— Cu Antonio.

— Aha.

— M-a rugat mult să-ţi transmit salutări.

— E bine?

— Foarte bine. Mi-a dat un cadou pentru tine.

Deci asta trebuia să-mi dea, un cadou de la Antonio. S-a ridicat, s-a dus în grabă să-l ia. Marcello m-a privit distrat, iar Pietro a întrebat:

— Cine e Antonio?

— Un angajat de-al nostru, a zis Marcello.

— Un logodnic al soţiei dumneavoastră, a zis Michele râzând. Vremurile s-au schimbat, profesore, astăzi femeile au foarte mulţi logodnici și se laudă cu asta mai rău decât bărbaţii. Dumneavoastră câte logodnice aţi avut?

Pietro a zis serios:

— Niciuna, am iubit-o numai pe soţia mea.

— Mincinosule, a exclamat Michele foarte relaxat, pot să vă spun la ureche câte logodnice am avut eu?

S-a ridicat și, urmărit de privirea scârbită a Gigliolei, s-a dus în spatele soţului meu, i-a șoptit ceva.

— Incredibil, a exclamat Pietro prudent ironic.

Au râs împreună.

Între timp s-a întors Elisa, mi-a întins un pachet ambalat.

— Deschide-l.

— Tu știi deja ce e înăuntru? am întrebat perplexă.

— Știm amândoi, a zis Marcello, dar sperăm că tu nu știi.

Am desfăcut pachetul. Mi-am dat seama, în timp ce făceam asta, că toți se uitau la mine. Lila, mai ales, mă privea pieziș, încordată, ca și cum s-ar fi așteptat să țâșnească din el un șarpe. Când și-au dat seama că Antonio, fiul Melinei nebuna, sluga semianalfabetă și violentă a fraților Solara, logodnicul meu din adolescență, nu-mi trimisese cadou nimic frumos, nimic emoționant, nimic care să facă aluzie la trecut, ci doar o carte, au părut dezamăgiți. Apoi au văzut că mie, în schimb, îmi pierea culoarea din obraji, că priveam coperta cu o bucurie pe care nu reușeam să mi-o controlez. Nu era o carte oarecare. Era cartea *mea*. Era traducerea germană a romanului meu, la șase ani după publicarea lui în Italia. Pentru prima oară mi se întâmpla să asist la spectacolul — spectacolul, da — cuvintelor mele care dansau sub ochii mei într-o limbă străină.

— Nu știai nimic? a întrebat Elisa fericită.

— Nu.

— Și te bucuri?

— Mă bucur foarte mult.

Sora mea i-a anunțat pe toți cu mândrie:

— Este romanul pe care l-a scris Lenuccia, dar în cuvinte germane.

Și mama s-a înroșit de satisfacție, a zis:

— Ați văzut ce faimoasă e?

Gigliola mi-a luat cartea, a răsfoit-o, a murmurat uimită: *singurul lucru care se înțelege este* Elena Greco. Lila atunci a întins mâna în mod imperativ, i-a făcut semn să i-o dea. I-am văzut în ochi curiozitatea, dorința de a atinge și de a privi și a citi limba necunoscută care mă luase pe aripi și mă transportase foarte departe. I-am văzut nevoia urgentă de a ține acel obiect, o nevoie urgentă pe care am recunoscut-o, o avea de când era mică, și m-a înduioșat. Dar Gigliola a avut o izbucnire furioasă, a tras cartea înapoi ca să nu i-o ia și a zis:

— Așteaptă, acum e la mine. Ce e, știi și germană?

Și Lila și-a retras mâna, a dat din cap că nu și Gigliola a exclamat:

— Atunci nu fi enervantă, lasă-mă să mă uit: vreau să văd cum trebuie ce a fost în stare să facă Lenuccia.

Apoi, în liniștea generală, a învârtit cartea în mâini cu satisfacție. A răsfoit paginile una după alta, lent, ca și cum ar fi citit cinci rânduri aici, patru dincolo. Până când mi-a zis cu o voce amețită de vin, întinzându-mi-o:

— Bravo, Lenù, felicitări pentru tot, cartea, soțul, fetele. Cineva crede că te cunoaștem numai noi, în schimb, te cunosc chiar și nemții. Ceea ce ai obținut, ai meritat, ai obținut cu efort, fără să faci rău nimănui, fără să freci menta cu soții altora. Mulțumesc, acum chiar trebuie să plec, noapte bună.

S-a ridicat cu greu oftând, devenise și mai lentă din cauza vinului. A urlat la copii: *mișcați-vă* și ei au protestat, cel mai mare a zis ceva vulgar în dialect, ea i-a tras o palmă și l-a târât spre ușa de intrare. Michele a clătinat din cap zâmbind, a bombănit: *numai belele am avut cu dobitoaca asta, nu poate fără să-mi strice mereu ziua.* Apoi a zis calm: *așteaptă, Gigliò, unde fugi, trebuie mai întâi să mâncăm desertul făcut de tatăl tău, pe urmă mergem.* Și copiii, într-o clipită, încurajați de cuvintele tatălui, s-au agitat și s-au întors la masă. Gigliola, în schimb, a continuat cu un mers greoi spre ușă, spunând țâfnoasă: *plec singură, nu mă simt bine.* Dar atunci Michele a zbierat cu o voce puternică, încărcată de violență: *așază-te imediat* și ea s-a blocat ca și cum propoziția aceea i-ar fi paralizat picioarele. Elisa a sărit de pe scaun și a murmurat: *vino, hai cu mine să luăm tortul.* A luat-o de braț, a tras-o spre bucătărie. Eu am liniștit-o pe Dede cu privirea, o speriase țipătul lui Michele. Apoi i-am întins cartea Lilei, i-am zis: *vrei s-o vezi?* Ea a făcut semn că nu, strâmbându-se nepăsătoare.

## 94.

— În ce loc am ajuns? a întrebat Pietro pe jumătate scandalizat, pe jumătate amuzat când, odată culcate fetele, ne-am închis în camera pe care Elisa ne-o repartizase.

Voia să glumească în legătură cu momentele cele mai incredibile ale serii, dar eu l-am atacat, ne-am certat în șoaptă. Eram foarte supărată pe el, pe toți, pe mine însămi. Din sentimentul haotic pe care-l aveam în mine se năștea din nou dorința ca Lila să fie bolnavă și să moară. Nu din ură, țineam tot mai mult la ea, n-aș fi fost niciodată în stare s-o urăsc. Dar nu suportam golul rămas după retragerea ei. *Cum ți-a venit în minte,* i-am zis lui Pietro, *să accepți să ne ia bagajale, să le aducă aici, să ne mute, poruncitor, în această casă?* Și el: *nu știam ce fel de oameni sunt. Nu,* am șuierat eu printre dinți, *e din cauză că niciodată nu m-ai ascultat, ți-am zis întotdeauna cine sunt ei și de unde vin.*

Ne-am certat îndelung, a încercat să mă liniștească, i-am zis tot ce mi-a venit la gură. I-am zis că era prea timid, că se lăsase călcat în picioare, că știa să se împotrivească numai față de oameni bine educați din mediul lui, că nu mai aveam încredere în el, că nu aveam încredere nici în mama lui, cum oare de mai bine de doi ani apăruse cartea mea în Germania și editura nu-mi zisese nimic, în ce alte țări fusese publicată fără ca eu să știu nimic, voiam să merg până în pânzele albe cu povestea aia etc. El, ca să mă îmbuneze, s-a declarat de acord, mai mult, m-a invitat să sun a doua zi dimineață la mama lui și la editură. Apoi a arătat o mare simpatie pentru ceea ce a numit mediul popular în care mă născusem și crescusem. A șoptit că mama mea era o persoană generoasă și foarte inteligentă, a avut cuvinte de simpatie pentru tata, Elisa, Gigliola, Enzo. Dar a schimbat brusc tonul când a trecut la frații Solara: i-a definit drept doi nemernici, doi șmecheri perfizi, doi delincvenți mieroși. Și în cele din urmă a vorbit despre Lila. A zis ușor: *e cea care m-a tulburat mai mult. Mi-am dat seama,* am izbucnit, *ai vorbit cu ea toată seara.* Dar Pietro a clătinat energic din cap, a precizat, surprinzător, că Lila i se păruse persoana cea mai dezagreabilă. A zis că nu era deloc prietena mea, că mă detesta, că era, da, extraordinar de inteligentă, că era, da, foarte captivantă, dar inteligența ei era una prost utilizată — inteligența malignă care seamănă discordie și urăște viața — și farmecul ei era cel mai insuportabil, farmecul care supune și împinge la ruină. Chiar așa.

La început l-am ascultat, prefăcându-mă că nu sunt de acord, dar în realitate eram bucuroasă. Mă înșelasem, așadar, Lila nu reușise să-l impresioneze. Pietro era un om antrenat să perceapă orice subtext și înțelesese cu ușurință laturile ei neplăcute. Dar în curând mi s-a părut că exagerează. A zis: *nu înțeleg cum relația asta a voastră a putut să reziste atât, în mod evident vă ascundeți cu mare grijă tot ceea ce ar putea s-o distrugă.* Și a adăugat: *fie n-am înțeles nimic din ea — și e posibil, n-o cunosc —, fie n-am înțeles nimic din tine, și asta e mai îngrijorător.* La final, a rostit cuvintele cele mai urâte: *eu și Michele ăla sunt făcuți unul pentru altul, dacă nu sunt deja amanți, or să devină.* Atunci m-am răzvrătit. Am șuierat că nu suportam tonul lui îngâmfat de burghez supercult, că ar fi făcut bine să nu mai vorbească niciodată despre prietena mea în felul acela, că nu înțelesese nimic. Și în timp ce vorbeam mi s-a părut că intuiesc un lucru pe care în acel moment nici el nu-l știa: Lila îl impresionase și încă cum. Pietro își dăduse seama într-o măsură copleșitoare că era excepțională, iar acum se speriase de asta și simțea nevoia s-o defăimeze. Nu se temea pentru el, cred, ci pentru mine și pentru relația noastră. Îi era teamă că ea, chiar de la distanță, o să mă smulgă de lângă el, o să ne distrugă. Și ca să mă protejeze exagera, stropea cu noroi, voia în mod confuz să mă dezguste și s-o alung din viața mea. Am murmurat *noapte bună*, m-am întors pe cealaltă parte.

## 95.

A doua zi m-am trezit foarte devreme, am făcut bagajele. Voiam să mă întorc imediat la Florența. Dar n-am reușit. Marcello a zis că îi promisese fratelui său să ne ducă la Acerra. Pentru că Pietro, oricât îi dădeam de înțeles că voiam să plec, s-a arătat disponibil, le-am lăsat pe fete cu Elisa și matahala aia ne-a dus cu mașina până la o clădire joasă și lungă, de culoare galbenă, un depozit imens de pantofi. Eu am tăcut tot drumul, în timp ce Pietro punea întrebări despre afacerile familiei Solara în Germania. Marcello o dădea la întors cu fraze dezlânate de genul: *Italia, Germania, lumea, profesore, eu sunt mai comunist decât comuniștii, mai revoluționar decât revoluționarii. Dacă s-ar putea doborî, rade totul de pe fața pământului și reconstrui fiecare lucru de la capăt, eu aș fi în primul rând. Oricum,* a adăugat, uitându-se la mine în oglinda retrovizoare, așteptând să-l aprob, *pentru mine iubirea e cea mai importantă.*

Odată ajunși la destinație, ne-a dus într-o încăpere cu tavanul jos, luminată de neoane. M-a izbit mirosul puternic de tuș, de praf, de benzi izolatoare supraîncălzite, amestecat cu cel al pieilor și al cremei de pantofi. *Iată,* a zis Marcello, *aici e chestia asta închiriată de Michele.* Am privit în jur, la mașină nu era nimeni. Sistemul 3 era complet anonim, un mobilier fără farmec, lipit de un perete: panouri metalice, butoane, un întrerupător roșu, o consolă din lemn, tastaturi. *Nu înțeleg nimic,* a zis Marcello, *astea sunt treburi pe care le știe Lina, dar ea nu are program fix, se plimbă tot timpul.* Pietro a studiat atent panourile, butoanele, fiecare lucru, dar era evident că modernitatea îl dezamăgea, cu atât mai mult cu cât la fiecare întrebare a lui, Marcello răspundea: *sunt treburile fratelui meu, eu am alte belele pe cap.*

Lila a apărut când eram pe punctul de a pleca. Era împreună cu două tinere care cărau niște recipiente de metal. Părea iritată, le comanda cu multă autoritate. Cum și-a dat seama că suntem acolo, a schimbat tonul, a devenit amabilă, dar în mod forțat, de parcă o parte a creierului ei se zbătea, întinzându-se mânios spre alte lucruri urgente legate de muncă. L-a ignorat pe Marcello, dar i s-a adresat lui Pietro ca și cum ar fi vorbit și cu mine. *Ce vă interesează pe voi chestia asta,* a zis arogantă, *dacă chiar țineți morțiș, facem schimb: voi munciți aici și eu mă ocup de treburile voastre, romanele, picturile, antichitățile.* Am avut din nou impresia că îmbătrânise mai mult decât mine, nu doar la înfățișare, ci și în mișcări, în voce, în alegerea nu prea strălucită a tonului, vag plictisit, cu care ne-a explicat nu doar funcționarea Sistemului și a diverselor mașini, ci și cartelele magnetice, benzile, dischetele și alte noutăți care urmau să sosească, de genul calculatoare de birou pe care oricine le putea ține acasă pentru uz personal. Nu mai era Lila care vorbea la telefon despre noul loc de muncă pe un ton infantil și părea foarte departe de entuziasmul lui Enzo. Se comporta ca o angajată foarte competentă căreia patronul îi jucase un renghi, adică ne adusese pe noi în vizită. N-a folosit deloc un ton prietenos cu mine, n-a glumit niciodată cu Pietro. La sfârșit, le-a obligat pe fete să-i arate soțului meu cum funcționa mașina de perforat, apoi m-a împins pe hol și a zis:

— Deci? Ai felicitat-o pe Elisa? Se doarme bine acasă la Marcello? Ești bucuroasă că bătrâna vrăjitoare a împlinit șaizeci de ani?

Am replicat nervoasă:

— Dacă sora mea vrea așa, ce pot să-i fac, să-i sparg capul?

— Vezi? În povești faci cum vrei și în realitate faci cum poți.

— Nu e adevărat. Cine te obligă să te lași folosită de Michele?

— Eu mă folosesc de el, nu el de mine.

— Îți faci iluzii.

— Așteaptă și ai să vezi.

— Ce vrei să văd, Lila, las-o baltă.

— Îți repet, nu-mi placi când faci așa. Nu mai știi nimic despre noi, așa că e mai bine să taci.

— Vrei să spui că te pot critica doar dacă locuiesc la Napoli?

— Napoli, Florenţa: nu faci nimic nicăieri, Lenù.

— Cine zice asta?

— Faptele.

— Faptele mele le cunosc eu, nu tu.

Eram încordată, iar ea şi-a dat seama. S-a strâmbat conciliant.

— Mă scoţi din sărite şi spun lucruri pe care nu le gândesc. Ai făcut bine că ai plecat din Napoli, ai făcut foarte bine. În schimb, ştii cine s-a întors?

— Cine?

— Nino.

Am simţit că vestea mă arde la inimă.

— I-auzi.

— Mi-a spus Marisa. A obţinut o catedră la universitate.

— Nu se simţea bine la Milano?

Lila a mijit ochii.

— S-a căsătorit cu una de pe strada Tasso care e rudă cu jumătate din Banco di Napoli. Au un fiu de un an.

Nu ştiu dacă m-a afectat vestea, în mod sigur m-am forţat s-o cred.

— Chiar s-a căsătorit?

— Da.

Am privit-o ca să înţeleg ce avea în minte.

— Ai de gând să-l revezi?

— Nu. Dar dacă se întâmplă să-l întâlnesc, vreau să-i spun că Gennaro nu e al lui.

## 96.

Mi-a zis asta şi alte câteva lucruri fără legătură între ele. *Felicitări, ai un soţ frumos şi inteligent, vorbeşte ca un om religios chiar dacă nu crede, cunoaşte toată istoria antică şi pe cea modernă, mai ales știe o grămadă de lucruri despre Napoli, mi-a fost rușine, sunt napolitană, dar nu știu nimic. Gennaro crește, de el se ocupă mai mult mama decât mine, la școală e bun. Cu Enzo merge bine, muncim mult, ne vedem puțin. Stefano, în schimb, s-a ruinat cu propriile lui mâini: carabinierii i-au găsit în depozit marfă furată, nu știu ce exact, a fost arestat; acum a ieșit, dar trebuie să fie atent. Nu mai are nimic, eu îi dau bani lui, nu el mie. Vezi cum se schimbă lucrurile: dacă rămâneam doamna Carracci, eram ruinată, ajungeam la faliment, ca toată familia Carracci; în schimb, sunt Raffaella Cerullo și conduc centrul informatic pentru Michele Solara cu patru sute douăzeci de mii de lire pe lună. Drept urmare mama mă tratează ca pe o regină, tata mi-a iertat totul, fratele meu stoarce bani de la mine, Pinuccia zice că ține așa de mult la mine, copiii lor îmi spun* mătușică. *Dar e o muncă plicticoasă, complet opusă față de cum mi se părea la început: totul e încă foarte lent, se pierde o grămadă de timp. Să sperăm că sosesc în curând mașinile cele noi care vor fi mult mai rapide. Sau poate nu. Viteza înghite totul, ca atunci când sunt fotografiile mișcate. Alfonso a folosit expresia asta, i se părea amuzant, a zis că a ieșit mișcat, fără linii clare de contur. În ultima vreme îmi vorbește încontinuu de prietenie. Vrea să-mi fie prieten bun, ar vrea să mă tragă la indigo, jură că i-ar plăcea să fie o femeie ca mine. Ce femeie,* i-am spus, *tu ești bărbat, Alfò, nu știi nimic despre cum sunt eu și chiar dacă suntem prieteni și mă observi și mă spionezi și mă copiezi, nu vei ști niciodată nimic. Atunci* — s-a distrat el — *cum să fac, eu sufăr pentru că sunt cum sunt. Și mi-a mărturisit că ține la Michele dintotdeauna — la Michele Solara, da — și ar dori să-i placă așa cum, după el, îi plac eu. Tu înțelegi, Lenù, ce li se întâmplă oamenilor: avem prea multe chestii în noi și asta ne umflă, ne distruge. Bine,* i-am spus, *vom fi prieteni, dar să-ți iasă din minte că poți fi femeie la fel ca mine. Tot ce poți fi e femeia pe care v-o imaginați voi, bărbații. Poți să mă copiezi, să-mi faci portretul identic, cum fac artiștii, dar eu o să rămân cu treburile mele, iar tu cu ale tale. Ah, Lenù, ce ni se întâmplă tuturor, suntem precum țevile când îngheață apa, ce lucru urât e mintea nemulțumită. Îți amintești ce am făcut noi două cu fotografia mea în rochie de mireasă? Vreau să continui pe drumul ăla. Vine ziua în care mă reduc toată la scheme, devin o bandă găurită și nu mai sunt de găsit nicăieri.*

Mici râsete, atâta tot. Pălăvrăgelile alea de pe hol mi-au confirmat faptul că relația noastră nu mai avea niciun strop de intimitate. Se redusese la vești concise, detalii vagi, replici răutăcioase, cuvinte în libertate, nicio dezvăluire de fapte și de gânduri numai pentru mine. Viața Lilei era acum a ei și gata, părea că nu vrea s-o pună la comun cu nimeni. Inutil să insist cu întrebări precum: *ce știi de Pasquale, unde a ajuns, ce legătură ai tu cu moartea lui Soccavo, cu împușcarea în picior a lui Filippo, ce te-a determinat să accepți propunerea lui Michele, ce vrei să faci cu dependența asta a lui de tine.* Lila se retrăsese în ceva de nemărturisit, nicio curiozitate de-a mea nu se mai putea transforma în dialog, mi-ar fi spus: *ce-ți trece prin minte, ești nebună, Michele, dependent de mine, Soccavo, dar ce tot spui?* Chiar și astăzi, în timp ce scriu, îmi dau seama că n-am suficiente elemente ca să trec la *Lila s-a dus, Lila a făcut, Lila s-a întâlnit, Lila a planificat.* Și totuși, în timp ce mă întorceam cu mașina la Florența, am avut impresia că acolo, în cartier, între înapoiere și modernitate, ea are mai multă istorie decât mine. Câte lucruri pierdusem plecând, crezând că sunt destinată cine știe cărei vieți glorioase. Lila, care rămăsese, avea un loc de muncă foarte nou, câștiga mult, acționa în deplină libertate și după niște planuri care se dovedeau indescifrabile. Ținea mult la fiul ei, i se dedicase foarte mult în primii ani de viață și încă avea grijă de el; dar părea capabilă să se elibereze de el cum și când voia, el nu-i crea neliniștile pe care mi le creau fetele mele. Rupsese legătura cu familia ei și totuși își asuma povara și responsabilitatea ei de fiecare dată când putea. Se ocupa de Stefano care căzuse în disgrație, dar fără nici o reapropiere. Îi detesta pe frații Solara și totuși li se supunea.

Era ironică la adresa lui Alfonso și totuși îi era prietenă. Zicea că nu voia să-l revadă pe Nino, dar știam că nu era așa, că l-ar fi revăzut bucuroasă. Viața ei era una agitată, a mea era statică. În timp ce Pietro conducea în tăcere și fetele se certau între ele, m-am gândit mult la ea și la Nino, la ce s-ar fi putut întâmpla. *Va fi din nou al Lilei,* am profețit eu, *va face în așa fel încât să-l reîntâlnească, îl va condiționa cum numai ea știe s-o facă, îl va îndepărta de soție și de fiu, îl va folosi în războiul ei împotriva cine știe cui, îl va îndemna să divorțeze și, între timp, se va elibera de Michele după ce-i va fi luat mulți bani și-l va părăsi pe Enzo și în sfârșit se va decide să divorțeze de Stefano și poate că se va căsători cu Nino, poate că nu, dar în mod sigur își vor însuma inteligențele și cine știe ce vor deveni împreună.*

*A deveni.* Era un verb care mă obsedase întotdeauna, dar mi-am dat seama de asta pentru prima oară doar în acea împrejurare. *Eu voiam să devin*, chiar dacă nu știusem niciodată ce. Și *devenisem*, asta era sigur, dar fără un obiect, fără o pasiune reală, fără o ambiție determinată. Îmi dorisem să devin ceva — iată ideea de bază — numai pentru că mă temeam că Lila o să devină cine știe cine și eu o să rămân în urmă. *Devenirea mea era devenire în urma lăsată de ea.* Trebuia să reîncep *să devin*, dar pentru mine, ca adultă, în afara ei.

## 97.

Am sunat-o pe Adele cum am ajuns acasă, ca să aflu despre traducerea în germană pe care o primisem de la Antonio. A fost uluită, nici măcar ea nu știa nimic, a sunat la editură. Mi-a telefonat la scurt timp ca să-mi spună că nu numai în Germania apăruse cartea, ci și în Franța și în Spania. *Atunci* — am spus — *ce trebuie să fac?* Adele a răspuns perplexă: *nimic, să fii bucuroasă. Desigur*, am murmurat, *sunt* foarte *bucuroasă, dar din punct de vedere practic, ce știu eu, trebuie să plec, s-o promovez în străinătate?* Ea mi-a răspuns cu afecțiune: *nu trebuie să faci nimic, Elena, cartea, din păcate, nu s-a vândut nicăieri.*

M-am deprimat. I-am sâcâit pe cei de la editură, le-am cerut să-mi dea informații precise despre traduceri, m-am înfuriat pentru că nimeni nu se preocupase să mă țină la curent, am ajuns să-i spun unei angajate indolente: *am aflat despre ediția germană nu de la voi, ci de la un prieten semianalfabet: sunteți capabili sau nu să vă faceți treaba?* Apoi mi-am cerut scuze, m-am simțit o proastă. Au sosit, unul după altul, exemplarul în franceză, cel în spaniolă, un exemplar în germană fără aspectul boțit al celui trimis de Antonio. Erau niște ediții urâte: pe copertă se găseau două femei în rochii negre, bărbați cu mustață în potcoavă și bască pe cap, rufe întinse la uscat. Le-am răsfoit, i le-am arătat lui Pietro, le-am așezat pe un raft printre alte romane. Hârtie mută, hârtie inutilă.

A început o perioadă lipsită de energie, de mare nemulțumire. O sunam în fiecare zi pe Elisa ca să aflu dacă Marcello era tot de treabă, dacă hotărâseră să se căsătorească. Ea îmi ținea piept cu râsete ghidușe și povești cu viața ei plină de veselie, de călătorii în mașină sau cu avionul, cu prosperitate crescândă pentru frații noștri, cu bunăstare pentru tatăl nostru și mama noastră. Acum, uneori, o invidiam. Eram obosită, irascibilă. Elsa se îmbolnăvea în permanență, Dede pretindea atenție, Pietro pierdea timpul fără să-și ducă la bun sfârșit cartea. Mă înfuriam din nimic. Urlam la fete, mă certam cu soțul meu. Rezultatul a fost că toți trei se temeau de mine. Fetele, dacă doar treceam prin fața camerei lor, întrerupeau joaca, mă priveau alarmate, iar Pietro petrecea tot mai mult timp la biblioteca universității în loc să studieze acasă. Pleca dimineața devreme, se întorcea seara. Când revenea acasă părea să poarte în spinare semnele conflictelor despre care eu, exclusă de-acum din orice activitate publică, citeam doar în ziare: fasciștii care înjunghiau și omorau oameni, comuniştii care nu erau cu nimic mai prejos, poliţia care primise dreptul să tragă și o făcea și aici, la Florenţa. Până când s-a întâmplat previzibilul: Pietro s-a trezit în mijlocul unui episod neplăcut despre care s-a vorbit mult în ziare. L-a picat pe un tânăr cu un nume important și foarte implicat în luptele studenţești, care l-a insultat în faţa tuturor și l-a ameninţat cu pistolul. Pietro, conform povestirii pe care n-am auzit-o de la el, ci de la o cunoştinţă de-a noastră — o versiune nu la prima mână, ea nu era prezentă —, a notat cu calm examenul *picat*, i-a întins carnetul băiatului și i-a zis cam așa: *ori trageţi pe bune, ori faceţi bine și descotorosiţi-vă imediat de arma aceea, fiindcă într-un minut o să ies de aici și o să mă duc să vă reclam.* Băiatul a continuat câteva minute bune să-l ameninţe cu pistolul în faţă, apoi l-a băgat în buzunar, a luat carnetul și a fugit. După câteva minute, Pietro s-a dus la carabinieri și studentul a fost arestat. Dar povestea nu s-a încheiat acolo. Familia tânărului nu i s-a adresat lui, ci tatălui său, ca să-și convingă fiul să-și retragă reclamaţia. Profesorul Guido Airota a încercat să-și convingă fiul, au fost lungi conversaţii la telefon în timpul cărora, cu o oarecare uimire, am simţit că bătrânul își pierdea calmul și ridica vocea. Dar Pietro n-a cedat. Așa că l-am înfruntat foarte agitată, l-am întrebat:

— Îţi dai seama de felul în care te comporţi?

— Ce ar trebui să fac?

— Să potolești tensiunea.

— Nu te înţeleg.

— Nu *vrei* să mă înţelegi. Ești identic cu profesorii noștri din Pisa, cei mai insuportabili.

— Nu cred.

— Ba da. Ai uitat cum am muncit inutil ca să urmăm cursuri fără sens și să trecem examene inutile?

— Cursul meu nu este unul fără sens.

— Ai face bine să-i întrebi pe studenţii tăi.

— Ceri părerea cuiva care are competența să ți-o dea.

— Mie mi-ai fi cerut-o dacă aș fi fost studenta ta?

— Am relații excelente cu cine învață.

— Adică îți plac cei care dau din coadă?

— Ție îți plac cei care fac pe fanfaronii, ca prietena ta din Napoli?

— Da.

— Și atunci de ce ai fost mereu cea mai supusă?

M-am tulburat.

— Pentru că eram săracă și mi se părea un miracol că am ajuns până acolo.

— Ei bine, băiatul acela nu are nimic în comun cu tine.

— Nici tu nu ai nimic în comun cu mine.

— Ce vrei să spui?

N-am răspuns, am șovăit. Dar pe urmă m-am înfuriat din nou, l-am criticat iarăși pentru intransigența lui și i-am zis: *dat fiind că deja îl picaseși, ce sens a avut să-l denunți?* El a bombănit: *a comis o infracțiune.* Eu: *se juca speriindu-te, e un copil.* A răspuns rece: *pistolul acela e o armă, nu o jucărie, și a fost furată, împreună cu alte arme, acum șapte ani, dintr-o cazarmă a carabinierilor din Rovezzano.* Am zis: *băiatul nu a tras.* A izbucnit: *arma era încărcată, dacă ar fi făcut-o? N-a făcut-o,* am urlat la el. A ridicat și el vocea: *ca să-l denunț trebuia să aștept să mă împuște?* Am zbierat: *nu țipa, ai nervii făcuți zob.* Mi-a răspuns: *ocupă-te mai bine de nervii tăi.* Și a fost inutil să-i explic, foarte agitată, că deși cuvintele și tonurile care-mi veneau erau polemice, în realitate situația aceea mi se părea foarte periculoasă și eram îngrijorată. *Mi-e teamă pentru tine,* am zis, *pentru fete, pentru mine.* Dar el nu m-a consolat. S-a închis în camera lui și a încercat să lucreze la carte. Abia după câteva săptămâni mi-a zis că veniseră să-l caute de câteva ori doi polițiști în civil și că îi ceruseră informații despre unii studenți, îi arătaseră niște fotografii. Prima oară el îi primise cu amabilitate și tot cu amabilitate îi lăsase să plece fără să le dea nicio informație. A doua oară întrebase:

— Acești tineri au comis infracțiuni?

— Nu, deocamdată nu.

— Și atunci ce vreți de la mine?

Îi condusese la ușă cu toată politețea arogantă de care era el în stare.

## 98.

Lila n-a sunat niciodată, luni în șir, era probabil foarte ocupată. Nici eu nu am căutat-o, deși simțeam nevoia. Ca să atenuez senzația de gol, am încercat să strâng și mai mult legătura cu Mariarosa, dar obstacolele erau numeroase. Acasă la cumnata mea locuia deja, în mod permanent, Franco, iar lui Pietro nu-i plăcea nici să mă atașez prea mult de sora lui, nici să mă întâlnesc prea des cu fostul meu logodnic. Dacă rămâneam mai mult de o zi la Milano, dispoziția lui se înrăutățea, nenorocirile închipuite se multiplicau, tensiunile creșteau. În plus, Franco însuși, care, în general, nu ieșea niciodată cu excepția tratamentelor medicale de care avea nevoie în continuare, nu se bucura de prezența mea, se arăta deranjat de vocile prea subțiri ale fetelor, uneori dispărea din casă, alarmând-o atât pe Mariarosa, cât și pe mine. Cumnata mea, în plus, era extrem de ocupată și, mai ales, era înconjurată permanent de femei. Apartamentul ei era un fel de centru de întâlnire, primea pe oricine, intelectuali, doamne bine, muncitoare care fugeau de parteneri violenți, fete dezorientate, așa că nu prea avea timp pentru mine. Și oricum era mult prea prietenă cu toate ca să mă pot simți sigură de legătura noastră. Și totuși, în casa ei, timp de câteva zile, mi se reaprindea dorința de a învăța, uneori de a scrie. Sau, mai bine zis, mi se părea că sunt în stare.

Discutam mult despre noi. Dar, deși eram toate femei — Franco, dacă nu fugea de acasă, stătea închis în camera lui —, făceam mari eforturi să înțelegem ce este femeia. Toate gesturile sau gândurile sau discursurile sau visele noastre, odată analizate în profunzime, păreau că nu ne mai aparțin. Și această sondare le exaspera pe cele mai fragile, care nu suportau bine excesul autoreflexiv și considerau că pentru a o apuca pe calea libertății era de ajuns, pur și simplu, să renunți la bărbați. Erau vremuri agitate, se unduiau ca un val. Multe dintre noi se temeau de întoarcerea la calmul monoton și rămâneau pe coamă ținându-se de formulări extreme și privind în jos cu frică și cu mânie. Când s-a aflat că serviciul de ordine al partidului *Lotta Continua* le săltase în dubă pe femeile de la o demonstrație separatistă, spiritele s-au încins până în punctul în care, dacă vreuna dintre cele mai rigide afla că Mariarosa avea în casă un bărbat — lucru cu care ea nu se lăuda, dar nici nu-l ascundea —, discuția devenea feroce, despărțirile dramatice.

Detestam momentele alea. Eu căutam stimuli, nu conflicte, ipoteze de cercetare, nu dogme. Sau, cel puțin, așa îmi spuneam mie însămi, uneori și Mariarosei, care mă asculta în tăcere. Cu o astfel de ocazie am reușit să-i vorbesc despre relația mea cu Franco în vremurile de la Școala Normală, despre ce însemnase pentru mine. *Îi sunt recunoscătoare,* i-am zis, *am învățat mult de la el și îmi pare rău că acum mă tratează pe mine și pe fetele mele cu răceală.* M-am gândit puțin, apoi am continuat: *poate că există ceva care nu merge în această dorință a bărbaților de a ne instrui; eram o fetiță pe atunci și nu-mi dădeam seama că, în acea dorință a lui de a mă transforma, se afla dovada că nu-i plăceam cum eram, voia să fiu o alta, sau mai bine zis: nu-și dorea o femeie și gata, ci o femeie cum își imagina că poate fi el însuși dacă ar fi fost femeie. Pentru Franco,* am zis, *eram o posibilitate de a cuceri partea feminină, de a o lua în posesie: constituiam dovada omnipotenței lui, demonstrația faptului că știa să fie nu doar bărbat în modul adecvat, ci și femeie. Și astăzi, când nu mă mai percepe ca o parte din el, se simte trădat.*

Chiar așa m-am exprimat. Și Mariarosa m-a ascultat cu un interes autentic, nu cu cel puţin prefăcut pe care îl arăta faţă de toate celelalte. *Scrie ceva pe această temă,* m-a îmboldit. S-a emoţionat, a murmurat că pe Franco despre care vorbisem eu nu apucase să-l cunoască. Apoi a adăugat: *poate că a fost mai bine, nu m-aș fi îndrăgostit niciodată de el, îi detest pe bărbaţii prea inteligenţi care îmi spun cum trebuie să fiu; îl prefer pe bărbatul acesta bolnav și gânditor pe care l-am luat la mine în casă și de care am grijă.* Apoi a insistat: *așterne în scris ce mi-ai povestit.*

Am făcut semn că da și, cumva un pic neliniștită, bucuroasă de laudă, dar și stingherită, am zis ceva despre relaţia cu Pietro, despre cum încerca să-mi impună modul lui de a vedea lucrurile. Mariarosa, de data asta, a izbucnit în râs și tonul aproape solemn al conversaţiei noastre s-a schimbat. *Îl compari pe Pietro cu Franco? Glumești,* a zis, *Pietro de-abia se descurcă cu propria lui virilitate. Vrei să știi ceva? Aș fi jurat că n-o să te căsătorești cu el. Aș fi jurat că, dacă ai s-o faci, o să-l părăsești într-un an. Aș fi jurat că o te păzești bine să nu faci copii. Faptul că sunteţi încă împreună mi se pare un miracol. Ești chiar o fată de treabă, biata de tine.*

## 99.

Mă aflam, așadar, în acest punct: sora soţului meu considera căsnicia mea o greșeală și mi-o spunea în faţă. Nu știam dacă să râd sau să plâng, mi s-a părut confirmarea ultimă și imparţială a disconfortului meu conjugal. De altfel, ce se putea face? Îmi spuneam că maturitatea consta în a accepta cursul pe care-l luase existenţa fără să te agiţi prea mult. Însemna o incizie între acţiunea practică cotidiană și însușirile teoretice, te învăţa să te vezi, să te cunoști în așteptarea marilor schimbări. Zi după zi m-am liniștit. Fiica mea Dede mergea, puțin anticipat, în clasa întâi, știind deja să citească și să scrie; fiica mea Elsa era fericită să rămână singură cu mine toată dimineața în casa liniștită; soțul meu, deși era cel mai plictisitor dintre universitari, părea în sfârșit că se aproapie de finalul celei de-a doua cărți care promitea să fie și mai importantă decât prima; și eu eram doamna Airota, Elena Airota, o femeie tristă și docilă și care, totuși, îmboldită de cumnata ei, dar și ca să-și combată depresia, începuse să studieze aproape în secret despre inventarea femeii de către bărbați, amestecând lumea antică și lumea modernă. O făceam fără vreun scop, doar ca să-i spun Mariarosei, soacrei mele, oricărei cunoștințe: *lucrez.*

Așa s-a întâmplat că am parcurs drumul, în aiureala mea, de la prima și a doua creație biblică până la Defoe-Flanders, până la Flaubert-Bovary, până la Tolstoi-Karenina, până la *La dernière mode*, la Rose Sélavy și mai departe, încă și mai departe, într-o frenezie revelatoare. Încet, încet, m-am simțit un pic fericită. Descopeream pretutindeni femei-robot fabricate de bărbați. Nu exista nimic propriu nouă, puținul care se ivea devenea imediat materie pentru manopera lor. Când Pietro era la serviciu și Dede era la școală, iar Elsa se juca la câțiva pași de biroul meu și eu simțeam, în sfârșit, puțină poftă de viață săpând în cuvinte și între cuvinte, ajungeam uneori să-mi imaginez cum ar fi fost viața mea și a Lilei dacă am fi dat amândouă examenul de admitere la gimnaziu și apoi am fi făcut amândouă liceul și apoi toate studiile până la diploma universitară, cot la cot, la unison, o pereche perfectă care însumează energii intelectuale, plăceri ale gândirii și ale imaginației. Am fi scris împreună, am fi semnat împreună, ne-am fi tras putere una de la alta, ne-am fi luptat, umăr lângă umăr, ca tot ceea ce era al nostru să fie în mod inimitabil al nostru. *E o dezamăgire singurătatea feminină a minților,* îmi spuneam, *este o irosire această excludere reciprocă, fără norme, fără tradiție.* În acele cazuri simțeam ca și cum aș fi avut gânduri retezate la jumătate, atrăgătoare și totuși defectuoase, cu nevoia urgentă a unei verificări, a unei evoluții, dar fără convingere, fără încredere în ele. Atunci îmi revenea dorința de a o suna, de a-i spune: *ascultă la ce reflectez, te rog, să vorbim despre asta împreună, spune-mi părerea ta, îți amintești ce mi-ai zis despre Alfonso?* Dar ocazia era pierdută pentru totdeauna, de zeci de ani deja. Trebuia să învăț să fiu mulțumită de mine.

Apoi, într-o zi, chiar când mă gândeam la asta, am auzit învârtindu-se cheia în broască. Era Pietro care se întorcea la prânz după ce trecuse, ca de obicei, s-o ia pe Dede de la școală. Am închis cărțile și caietele în timp ce fetița deja dădea buzna în cameră, primită cu entuziasm de Elsa. Îi era foame, știam că o să strige: *mama, ce e de mâncare?* În schimb, înainte să arunce cât colo ghiozdanul, a exclamat: *e un prieten al tatei care trebuie să ia prânzul cu noi.* Îmi amintesc cu precizie data: 9 martie 1976. M-am ridicat prost dispusă, Dede m-a prins de mână și m-a tras după ea pe hol. În timpul ăsta Elsa, din cauza prezenței anunțate a unui străin, deja se ținea prudent de fusta mea. Pietro a zis vesel: *uite pe cine ți-am adus.*

## 100.

Nino nu mai avea barba deasă pe care o văzusem cu ani în urmă la librărie, dar părul îi era lung și zbârlit. În rest, rămăsese băiatul de altădată, înalt, foarte slab, cu ochi sclipitori, aspectul neîngrijit. M-a îmbrățișat, a îngenunchiat ca să le răsfețe pe fete, s-a ridicat scuzându-se pentru apariția neanunțată. Am murmurat câteva cuvinte: *vino, ia loc, cum de ești la Florența.* Mă simțeam de parcă aș fi avut în creier vin fiert, nu reușeam să dau consistență evenimentului care avea loc: el, chiar el, în casa mea. Și mi se părea că e ceva care nu mai funcționează în organizarea interioară și a exterioară. Ce-mi imaginam și ce se întâmpla, care era umbra și care corpul viu? În timpul ăsta Pietro îmi explica: *ne-am întâlnit la facultate, l-am invitat la prânz.* Și eu zâmbeam, spuneam *da, e totul pregătit, unde mănâncă patru mai poate mânca și al cincilea, țineți-mi companie cât timp pun masa.* Păream liniștită, dar eram foarte agitată, mă durea fața din cauza zâmbetelor forțate. Cum de Nino e aici, și ce înseamă *aici*, ce înseamnă *e*? *Ți-am făcut o surpriză,* a zis Pietro cam neliniștit, ca atunci când se temea că greșise cu ceva. Și Nino, râzând: *i-am zis de o sută de ori să te sune, jur, dar el n-a voit.* Apoi a explicat că socrul meu a fost cel care i-a spus să dea un semn. Se întâlnise cu profesorul Airota la Roma, la congresul partidului socialist și acolo, din vorbă în vorbă, el spusese că avea de lucru la Florența și profesorul îi vorbise despre Pietro, despre noua carte pe care fiul lui o scria, despre un volum de care tocmai îi făcuse rost și pe care trebuia să i-l trimită urgent. Nino se oferise să i-l ducă personal și iată-ne acum la prânz, fetele care își disputau atenția lui, el care era simpatic cu amândouă, dispus să fie îngăduitor cu Pietro, vorbind laconic și foarte serios cu mine.

— Gândește-te, mi-a zis, am venit de atâtea ori în orașul ăsta pentru chestiuni legate de muncă, dar nu știam că locuiești aici, că aveți două domnișoare frumoase. Bine că s-a ivit ocazia asta.

— Tot la Milano predai? am întrebat, știind bine că nu mai locuia la Milano.

— Nu, acum predau la Napoli.

— Ce?

S-a strâmbat nemulțumit.

— Geografie.

— Adică?

— Geografie urbană.

— Cum de te-ai hotărât să te întorci?

— Mama nu se simte bine.

— Îmi pare rău, ce are?

— Ceva la inimă.

— Şi fraţii tăi?

— Sunt bine.

— Tatăl tău?

— Ca de obicei. Dar timpul trece, creşti şi în ultima vreme ne-am reapropiat. Ca toţi, are defectele şi calităţile lui.

I s-a adresat lui Pietro.

— Câtă rezistenţă am opus faţă de taţii noştri şi de familie. Acum, când e rândul nostru, cum o scoatem la capăt?

— Eu bine, a zis soţul meu, cu o înţepătură de ironie.

— Nu mă îndoiesc. Te-ai căsătorit cu o femeie extraordinară şi aceste două prinţese sunt perfecte, foarte educate, foarte elegante. Ce rochiţă frumoasă, Dede, ce bine îţi vine. Şi Elsei cine i-a dăruit broşa cu steluţe?

— Mama, a zis Elsa.

Încet, încet, m-am liniştit. Secundele şi-au recăpătat ritmul ordonat, eu am înţeles ce mi se întâmpla. Nino stătea la masă lângă mine, mânca mâncarea pe care o pregătisem, tăia atent în mici bucăţi şniţelul Elsei, trecea la al lui cu poftă, se referea dezgustat la cotele pe care Lockheed i le plătise lui Tanassi şi lui Gui, îmi lăuda bucătăria, discuta cu Pietro despre alternativa socialistă, curăţa coaja unui măr ca pe un şerpişor care o extazia pe Dede. Între timp se răspândea prin apartament un fluid benign pe care nu-l simţisem de mult timp. Ce frumos era că aceşti doi bărbaţi îşi dădeau reciproc dreptate, că se simpatizau unul pe altul. Am început să strâng masa în tăcere. Nino a sărit în picioare, s-a oferit şi să spele farfuriile, dar cu condiţia să-l ajute fetele. *Stai jos,* mi-a zis, şi eu am luat loc în timp ce el le implica pe Dede şi pe Elsa, entuziasmate. Mă întreba din când în când unde să pună un obiect sau altul şi pălăvrăgea în continuare cu Pietro.

Era chiar el, după mult timp, şi era acolo. Priveam fără să vreau verigheta de pe inelarul lui. Nu s-a referit niciodată la căsnicia lui, m-am gândit, a vorbit de mama lui, de tatăl lui, dar nu de soţie şi de copil. Poate că n-a fost o căsătorie din dragoste, poate că și-a făcut un rost din interes, poate că a fost *constrâns* să se însoare. Apoi ipotezele s-au oprit. Nino, pe neașteptate, a început să le povestească fetelor de fiul lui, Albertino, și a făcut-o ca și cum cel mic ar fi fost personajul dintr-o poveste, cu intonații când caraghioase, când duioase. În sfârșit, s-a șters pe mâini, a scos din portofel o fotografie, i-a arătat-o mai întâi Elsei, apoi lui Dede, apoi lui Pietro care mi-a pasat-o mie. Albertino era foarte frumos. Avea doi ani și stătea în brațele mamei lui cu un aer bosumflat. M-am uitat la micuț câteva secunde, am trecut imediat s-o studiez pe ea. Mi s-a părut splendidă, cu ochi mari, păr lung negru, avea probabil puțin peste douăzeci de ani. Zâmbea, dinții strălucitori n-aveau niciun defect, mi s-a părut că are privire de îndrăgostită. I-am dat fotografia înapoi, am zis: *fac cafea.* Am rămas singură în bucătărie, iar ei s-au dus, toți patru, în sufragerie.

Nino avea o întâlnire de lucru, s-a scuzat mult și a plecat grăbit după cafea și o țigară. *Plec mâine,* a zis, *dar mă întorc în curând, săptămâna viitoare.* Pietro l-a invitat de mai multe ori să dea un semn, el a promis că o va face. Le-a salutat pe fete cu mare căldură, i-a strâns mâna lui Pietro, mie mi-a făcut un semn și a dispărut. Imediat cum s-a închis ușa în urma lui am fost copleșită de tristețea apartamentului. Am așteptat ca Pietro, deși se simțise atât de în largul lui cu Nino, să identifice ceva odios la oaspetele nostru, o făcea aproape întotdeauna. În schimb, a zis bucuros: *în sfârșit o persoană cu care merită să-ți petreci timpul.* Fraza aia, nu știu de ce, mi-a făcut rău. Am aprins televizorul și am stat să mă uit împreună cu fetele tot restul după-amiezii.

## 101.

Am sperat ca Nino să sune imediat, chiar a doua zi. Tresăream la fiecare țârâit al telefonului. În schimb, o săptămână întreagă s-a scurs fără vești de la el. M-am simțit ca și cum aș fi avut o răceală urâtă. Am devenit apatică, am încetat cu lecturile mele și însemnările mele, m-am înfuriat pe mine pentru așteptarea aia absurdă. Apoi, într-o după-amiază, Pietro s-a întors acasă foarte binedispus. A zis că Nino trecuse pe la facultate, că petrecuseră puțin timp împreună, că nu fusese chip să-l convingă să vină la cină. *Ne-a invitat în oraș mâine seară,* a zis, *și pe fete: nu vrea să te obosești cu pregătitul.*

Sângele a început să curgă mai rapid, am simțit o duioșie agitată pentru Pietro. Imediat ce fetele s-au retras în camera lor, l-am îmbrățișat, l-am sărutat, i-am șoptit cuvinte de iubire. Noaptea am dormit puțin sau, mai bine zis, cu impresia că sunt trează. A doua zi, cum s-a întors Dede de la școală, am băgat-o împreună cu Elsa în cadă și le-am frecat bine bine pe amândouă. Apoi m-am ocupat de mine. Am făcut o baie lungă fericită, m-am epilat, m-am spălat pe cap, mi-am uscat părul cu grijă. Am probat toate rochiile pe care le aveam, am devenit tot mai nervoasă pentru că nu mă plăceam, m-a nemulțumit imediat felul în care mi se aranjase părul. Dede și Elsa stăteau pe lângă mine, imitându-mă în joacă. Luau diverse atitudini în fața oglinzii, se arătau nemulțumite de haine și de coafuri, își târșâiau picioarele în pantofii mei. M-am resemnat să fiu ce eram. După ce am dojenit-o exagerat pe Elsa care în ultima clipă își murdărise rochița, m-am așezat la volan și am trecut să-i luăm pe Pietro și pe Nino care trebuiau să se întâlnească la universitate. Am parcurs traseul emoționată, urlând permanent la fete care se jucau fredonând cântecele inventate de ele, ale căror cuvinte de bază erau caca și pipi. Cu cât mă apropiam de locul întâlnirii, cu atât speram ca o obligație de ultim moment să-l împiedice pe Nino să vină. În schimb, i-am zărit pe amândoi imediat, trăncăneau între ei. Nino gesticula învăluitor, vrând parcă să-l invite pe interlocutor să intre într-un spațiu conturat înadins pentru el. Pietro mi s-a părut, ca de obicei, caraghios, roșu la față, râdea numai el, într-un fel supus. Niciunul din cei doi n-a arătat vreun interes deosebit pentru sosirea mea.

Soțul meu s-a așezat pe bancheta din spate cu fetele, Nino s-a așezat lângă mine ca să mă ghideze într-un loc unde se mânca bine și — a zis adresându-se lui Dede și Elsei — făceau minciunele foarte bune. Le-a descris amănunțit, trezind entuziasmul fetelor. Cu mult timp în urmă, m-am gândit observându-l cu coada ochiului, ne-am plimbat ținându-se de mână și de două ori m-a sărutat. Ce degete frumoase. Mie mi-a zis doar *aici fă dreapta, apoi din nou dreapta, apoi la intersecție stânga.* Nicio privire admirativă, niciun compliment.

La local am fost primiți cu bucurie, dar și cu respect. Nino îi cunoștea pe patron și pe ospătari. Am ajuns să stau în capul mesei între fete, cei doi bărbați s-au așezat unul în fața celuilalt și soțul meu a început să vorbească despre viața dificilă din universități. Am tăcut aproape tot timpul, eram atentă la Dede și Elsa, care în general la masă erau foarte disciplinate, dar cu acea ocazie n-au făcut altceva decât să provoace necazuri râzând, ca să-i atragă atenția lui Nino. Mă gândeam stânjenită: *Pietro vorbește prea mult, îl plictisește, nu-l lasă să respire.* Mă gândeam: *trăim de șapte ani în orașul acesta și nu avem niciun loc al nostru unde să-l ducem ca să-l invităm la rândul nostru, un restaurant unde se mănâncă bine ca aici, unde să fim recunoscuți de cum intrăm.* Mi-a plăcut politețea patronului, a venit adesea la masa noastră și chiar i-a spus lui Nino: *în seara asta nu vă servesc asta, nu e potrivit pentru dumneavoastră și invitații dumneavoastră,* și i-a recomandat altceva. Când au venit faimoasele minciunele, fetele au jubilat, chiar și Pietro, și s-au certat pe ele. Abia atunci Nino mi s-a adresat mie:

— Cum de n-a mai apărut nimic scris de tine? a întrebat fără frivolitatea conversației din timpul mesei, cu un interes care mi s-a părut real.

Am simțit că iau foc și am zis făcând semn spre fete:

— Am avut altceva de făcut.

— Cartea aceea era excelentă.

— Mulţumesc.

— Nu e un compliment, ai știut întotdeauna să scrii. Îţi amintești de articolașul despre profesorul de religie?

— Prietenii tăi nu l-au publicat.

— A fost o eroare de comunicare.

— Mi-am pierdut încrederea.

— Îmi pare rău. Acum scrii?

— Printre picături.

— Un roman?

— Nu știu ce va fi.

— Dar tema?

— Bărbaţii care fabrică femei.

— Frumos.

— O să vedem.

— Ţine-te de treabă, vreau să te citesc curând.

Și, uimindu-mă, a demonstrat că știe bine textele femeilor de care mă ocupam, eram sigură că bărbaţii nu le citesc. Mai mult: a menţionat o carte a lui Starobinski pe care o citise recent, a zis că era ceva ce îmi putea fi de folos. Câte lucruri știa, așa fusese încă de mic, era curios în legătură cu orice. Acum îi menţiona pe Rousseau și Bernard Shaw, eu l-am întrerupt, m-a ascultat cu atenţie. Și când fetele, enervându-mă, au început să mă bată la cap ca să mai primească minciunele, i-a făcut un semn patronului ca să mai prepare o porţie. Apoi i-a spus lui Pietro:

— Trebuie să-i lași mai mult timp soţiei tale.

— Are toată ziua la dispoziţie.

— Nu glumesc. Dacă n-o faci, ești vinovat nu doar pe plan uman, ci și pe cel politic.

— Care ar fi crima?

— Irosirea inteligenţei. O comunitate care consideră firesc să sufoce cu grija fiilor și a casei atâtea energii intelectuale ale femeilor este inamica ei înseși și nici măcar nu-și dă seama.

Am așteptat în tăcere ca Pietro să răspundă. Soțul meu a reacționat ironic:

— Elena își poate cultiva inteligența când și cum are chef, esențial e să nu-mi ia mie din timp.

— Dacă nu ți-l ia ție, cui i-l ia?

Pietro s-a încruntat.

— Când sarcina pe care ne-o asumăm are suflul pasiunii, nu există nimic care să ne împiedice s-o ducem la bun sfârșit.

M-am simțit rănită, dar am murmurat zâmbind prefăcut:

— Soțul meu spune că nu am niciun interes real.

Tăcere. Nino a întrebat:

— Și e adevărat?

I-am răspuns dintr-un foc că nu știam, că nu știam nimic. Dar în timp ce vorbeam, cu jenă, cu furie, mi-am dat seama că mi se umpleau ochii de lacrimi. Am lăsat privirea în jos. *Gata cu minciunelele,* le-am zis fetelor cu o voce șovăitoare și Nino mi-a venit în ajutor, a exclamat: *eu mai mănânc doar una, mama la fel, și tata, iar voi încă două, dar pe urmă gata.* Apoi l-a chemat pe patron, i-a zis solemn: *o să mă întorc aici cu aceste două domnișoare peste fix treizeci de zile și dumneavoastră o să ne pregătiți un munte din aceste minciunele formidabile, bine?* Elsa a întrebat:

— Peste cât timp e o lună? Peste cât timp e treizeci de zile?

Iar eu, care între timp reușisem să-mi stăpânesc lacrimile, l-am fixat pe Nino cu privirea și am zis:

— Da, peste cât timp e o lună, peste cât timp e treizeci de zile?

Am glumit — Dede mai mult decât, noi, adulții — pe seama ideii vagi pe care o avea Elsa despre timp. Apoi Pietro a încercat să plătească, dar a descoperit că Nino rezolvase deja. A protestat, s-a așezat la volan, iar eu am stat pe bancheta din spate între cele două fete pe jumătate adormite. L-am condus pe Nino la hotel și tot drumul am ascultat discursurile lor un pic pilite fără să scot un cuvânt. Odată ajunși la destinație, Pietro, euforic, a zis:

— N-are sens să arunci bani: avem o cameră pentru oaspeţi, data viitoare poţi veni să stai la noi, nu te formaliza.

Nino a râs:

— Cu mai puţin de o oră în urmă am stabilit că Elena are nevoie de timp și acum vrei s-o încarci și cu prezenţa mea?

Am intervenit pe un ton vlăguit:

— Mie îmi face plăcere, la fel și lui Dede și Elsei.

Dar imediat cum am rămas singuri, i-am zis soţului meu:

— Înainte să faci anumite invitaţii, ai putea măcar să mă consulţi.

El a pornit, m-a căutat în oglinda retrovizoare și a bombănit:

— Credeam că-ţi face plăcere.

## 102.

O, bineînţeles că-mi făcea plăcere, îmi făcea *mare* plăcere. Dar mă simţeam și de parcă trupul meu ar avea consistenţa cojii de ou și ar fi de-ajuns o apăsare ușoară pe un braţ, pe frunte, pe burtă ca să-l spargi și să extragi toate secretele mele, mai ales pe cele care erau secrete chiar și pentru mine. N-am stat să număr zilele. M-am concentrat pe textele pe care le studiam, dar o făceam de parcă Nino era comanditarul acelei munci și la întoarcerea lui o să pretindă rezultate de calitate. Voiam să-i spun: *ţi-am urmat sfatul, am progresat, uite o ciornă, spune-mi ce crezi.*

A fost cel mai bun vicleșug. Cele treizeci de zile de așteptare au zburat chiar prea repede. Am uitat de Elsa, nu m-am gândit deloc la Lila, n-am sunat-o pe Mariarosa. Și n-am citit ziarele, nu m-am uitat la televizor, le-am neglijat pe fete și casa. Știrile despre arestări și confruntări și asasinate și războaie, pe câmpul de luptă permanent al Italiei și al planetei, au ajuns până la mine doar un ecou, cu greu am băgat de seamă campania electorală încărcată de tensiuni. N-am făcut decât să scriu, cu mare implicare. Mi-am bătut capul în legătură cu o grămadă serioasă de vechi probleme, până când am avut impresia că am găsit, cel puțin în scris, o sistematizare definitivă. Uneori eram tentată să vorbesc cu Pietro. El era mult mai priceput decât mine, m-ar fi împiedicat cu siguranță să scriu lucruri nechibzuite sau necizelate sau stupide. Dar n-am făcut asta, detestam momentele în care mă intimida cu cunoștințele lui enciclopedice. Am lucrat mult, îmi amintesc, în special asupra primei și celei de-a doua relatări a genezei biblice. Le-am așezat una după alta și am considerat-o pe prima un fel de sinteză a actului de creație divin, iar pe cea de-a doua un fel de legendă mai extinsă. Am conceput din asta o istorie destul de agitată, fără să mă simt deloc imprudentă. *Dumnezeu* — am scris aproximativ — *creează omul, pe* Ish, *după chipul lui. Realizează o versiune masculină și una feminină. Cum? Mai întâi din țărână, îi dă formă lui Ish și îi suflă în nări suflare de viață. Apoi o scoate pe* Isha'h, *femeia, din materia masculină deja formată, materie care nu mai era brută, dar vie, pe care o ia din coasta lui Ish închizându-i imediat carnea la loc. Rezultatul e că Ish poate spune: acest lucru nu e ca toate celelalte lucruri create,* altceva *decât mine, ci e carne din carnea* mea, *oase din oasele* mele. *Dumnezeu a generat-o din mine. M-a fecundat cu suflarea de viață și a extras-o din corpul* meu. *Eu sunt* Ish *și ea e* Isha'h. *În cuvânt, înainte de toate, în cuvântul care o numește, ea derivă din mine care sunt după chipul sfântului duh, pe care-l port în Cuvântul lui. Ea este deci un simplu sufix aplicat rădăcinii* mele *verbale, se poate exprima* doar *în interiorul cuvântului* meu.

Și am continuat așa și am trăit zile în șir într-o stare de plăcută surescitare intelectuală. Singura mea preocupare a fost să produc la timp un text care să poată fi citit. Din când în când mă miram de mine însămi: aveam impresia că a năzui la consensul lui Nino îmi face mai ușoară scrierea, îmi dă frâu liber.

Dar luna a trecut și el n-a mai dat niciun semn. La început chestia asta m-a ajutat, am avut mai mult timp și am reușit să-mi duc la bun sfârșit lucrarea. Apoi m-am alarmat, l-am chestionat pe Pietro. Am aflat că se auziseră adesea la birou, dar că de câteva zile nu mai avea vești de la el.

— V-ați auzit adesea? m-am enervat.

— Da.

— Și de ce nu mi-ai zis?

— Ce?

— Că v-ați auzit adesea.

— Erau discuții legate de muncă.

— Ei bine, având în vedere că ați devenit așa de buni prieteni, sună-l și vezi dacă binevoiește să ne spună când vine.

— Ce nevoie e?

— Pentru tine niciuna, dar efortul e al meu: eu sunt cea care trebuie să se ocupe de tot și mi-ar plăcea să fiu anunțată din timp.

Nu l-a sunat. A reacționat spunându-mi: *bine, să așteptăm, Nino le-a promis fetelor că se va întoarce, nu cred că o să le dezamăgească.* Și așa a fost. A sunat cu o săptămână mai târziu, seara. Am răspuns chiar eu, a părut stânjenit. A rostit câteva cuvinte vagi, apoi a întrebat: *Pietro nu e?* M-am simțit stânjenită la rândul meu, i l-am dat la telefon. Au vorbit mult timp, mă simțeam din ce în ce mai prost pentru că soțul meu folosea intonații neobișnuite: voce prea ridicată, fraze exclamative, râsete. Am înțeles abia atunci că relația cu Nino îl liniștea, îl făcea să se simtă mai puțin izolat, uita de necazuri, muncea cu mai multă plăcere. M-am închis în camera mea, unde Dede citea și Elsa se juca, amândouă așteptând să cinăm. Dar și acolo a ajuns până la mine acea voce neobișnuită a lui, părea beat. Apoi a amuțit și i-am auzit pașii prin casă. A apărut în cadrul ușii și le-a zis fetelor vesel:

— Fetelor, mâine-seară mergem să mâncăm minciunele cu unchiul Nino.

Dede și Elsa au scos țipete de entuziasm, iar eu am întrebat:

— Ce face, vine să doarmă aici?

— Nu, mi-a răspuns, e cu soţia şi fiul, stau la hotel.

## 103.

Mi-a luat foarte mult timp să pricep sensul acelor fraze. Am izbucnit:

— Putea să anunţe.

— Au decis în ultimul moment.

— E un mitocan.

— Elena, care e problema?

Nino, aşadar, venise cu soţia lui. M-am trezit copleşită de groaza confruntării. Eu ştiam bine cum eram făcută, cunoşteam materialitatea brută a corpului meu, dar o bună parte din viaţa mea îi dădusem puţină importanţă. Crescusem cu câte o pereche de pantofi pe rând, rochiţe cusute de mama, machiaj doar rareori. Recent începuse să mă preocupe moda, să-mi educ gustul îndrumată de Adele şi acum mă distra să mă fac frumoasă. Dar uneori — mai ales când mă aranjam nu doar să fac impresie bună în general, ci pentru un bărbat anume — să mă pun la punct (aceasta era expresia) mi se păruse că era ceva ridicol. Toată truda aia, tot timpul ăla ca să mă travestesc când aş fi putut face altceva. Culorile care-mi vin, cele care nu-mi vin, modelele care mă fac slabă, cele care mă îngraşă, croiala care mă pune în valoare, cea care mă dezavantajează. O lungă şi costisitoare pregătire. Era reducerea mea la o masă festivă pentru apetitul sexual al bărbatului, la o mâncare bine gătită ca să-i plouă în gură. Şi apoi angoasa că n-o să reuşesc, că nu *par* frumoasă, că n-am putut să ascund cu abilitate vulgaritatea cărnii cu dispoziţiile şi mirosurile şi diformităţile ei. Făcusem asta oricum. Făcusem asta şi pentru Nino, de curând. Îmi dorisem să-i arăt că devenisem alta, că îmi câştigasem un rafinament personal, că nu mai eram fetiţa de la nunta Lilei, studenta de la petrecerea fiilor lui Galiani şi nici autoarea nepregătită a unei singure cărţi, cum probabil îi părusem la Milano. Acum însă gata. O adusese pe soţia lui şi eram nervoasă, mi se părea o răutate din partea lui. Detestam să concurez în frumuseţe cu o altă femeie, sub privirea unui bărbat, şi gândul de a mă afla în acelaşi spaţiu cu fata frumoasă pe care o văzusem în fotografie mă făcea să sufăr, îmi provoca dureri la stomac. Ea m-ar fi cântărit din priviri, m-ar fi studiat în detaliu cu înfumurarea domnişoarei de pe strada Tasso, educată în a-şi îngriji corpul încă din naştere; apoi, la finalul serii, când ar fi rămas singură cu soţul ei, m-ar fi criticat cu o luciditate necruţătoare.

Am şovăit mult şi, în cele din urmă, am hotărât că voi inventa o scuză, să meargă doar soţul meu cu fetele. Dar în ziua următoare n-am putut rezista. M-am îmbrăcat, m-am dezbrăcat, m-am coafat, mi-am stricat coafura, l-am bătut la cap pe Pietro. Mă duceam în camera lui încontinuu, când cu o rochie, când cu alta, când pieptănată într-un fel, când în altul, şi îl întrebam foarte încordată: *ce părere ai?* El îmi arunca o privire distrată şi zicea: *îţi vine bine.* Răspundeam: *şi dacă mi-aş pune rochia albastră?* Era de acord. Dar îmi puneam rochia albastră şi nu-mi plăcea, era prea strâmtă pe şolduri. Mă întorceam la el, îi spuneam: *mă strânge.* Pietro răspundea răbdător: *da, cea verde cu floricele îţi vine mai bine.* Dar eu nu voiam ca rochia verde cu floricele să-mi vină pur şi simplu mai bine, voiam să-mi vină foarte bine, şi să-mi vină foarte bine cerceii şi să-mi stea foarte bine părul şi să-mi vină foarte bine pantofii. Pietro, în fine, nu era în stare să-mi insufle încredere, se uita la mine fără să mă vadă. Şi eu mă simţeam tot mai prost alcătuită, cu sânii prea mari, cu curul prea mare, şolduri largi şi părul ăsta blonziu, nasul ăsta mare. Aveam corpul mamei mele, unul dizgraţios, mai lipsea să-mi revină brusc sciatica şi să-ncep să şchiopătez. Soţia lui Nino, în schimb, era foarte tânără, frumoasă, bogată şi cu siguranţă ştia să se comporte în societate, aşa cum eu n-aş fi putut niciodată învăţa. Astfel, am revenit de o mie de ori la decizia iniţială: *n-o să mă duc, o să-l trimit pe Pietro cu fetele, o să le spună că nu mă simt bine.* Totuși m-am dus. M-am îmbrăcat cu o cămașă albă și o fustă veselă înflorată, singura bijuterie pe care mi-am pus-o a fost vechea brățară a mamei mele. Am băgat în geantă textul pe care-l scrisesem. Mi-am zis: *cui dracului îi pasă de ea, de el, de toți.*

## 104.

Din cauza șovăielilor mele am ajuns târziu la local. Familia Sarratore era deja așezată la masă. Nino ne-a prezentat soției lui, Eleonora, și dispoziția mea s-a îmbunătățit. O, da, avea un chip frumos și un păr splendid, negru exact ca în fotografie. Dar era mai scundă decât mine, care totuși nu eram înaltă. Și n-avea sâni, deși era plinuță. Și purta o rochie roșu aprins, care-i venea foarte prost, și avea prea multe bijuterii. Și de la primele cuvinte pe care le-a rostit a dat la iveală o voce stridentă, cu un accent de napolitană educată de jucători de canastă într-o casă cu ferestre care dau spre golf. Dar mai ales, în cursul serii, a demonstrat că e incultă, deși studia dreptul, înclinată să vorbească rău despre tot și despre toți cu aerul cuiva care se simte împotriva curentului și se mândrește cu asta. Mă rog, bogată, capricioasă, vulgară. Aceleași trăsături plăcute erau permanent distruse de o grimasă de plictiseală căreia îi urma un râset nervos, *hi hi hi,* care-i întrerupea frazele. I-a cășunat pe Florența — *ce are în plus față de Napoli?* —, pe local — *jalnic* —, pe patron — *nesimțit* —, pe orice spunea Pietro — *ce tâmpenii* —, pe fete — *mamă, cât vorbiți, să facem un pic de liniște, vă rog* — și, bineînțeles, pe mine — *ai studiat la Pisa, dar de ce, Facultatea de Litere de la Napoli e mult mai bună, n-am auzit niciodată de romanul ăsta al tău, când a apărut, acum opt ani aveam paisprezece ani.* Doar cu Nino și cu fiul ei a fost mereu tandră. Albertino era foarte frumos, dolofan, cu un aer fericit, iar Eleonora nu făcea decât să-l laude. Același lucru se întâmpla cu soțul ei: nimeni nu era mai bun decât el, aproba fiecare propoziție de-a lui și-l atingea, îl îmbrățișa, îl săruta. Ce avea în comun fetița asta cu Lila, chiar și cu Silvia? Nimic. Atunci de ce se căsătorise Nino cu ea?

L-am studiat toată seara. Era amabil cu ea, se lăsa îmbrățișat și giugiulit, îi zâmbea afectuos când zicea prostii necuviincioase, se juca, din când în când, distrat, cu copilul. Dar nu și-a schimbat atitudinea față de fetele mele, cărora le-a acordat multă atenție, a continuat să discute vesel cu Pietro și mi-a adresat până și mie câteva cuvinte. Soția — mi-am dorit să cred — nu-l influența. Eleonora era una dintre multele piese ale vieții lui agitate, dar nu avea asupra lui nicio influență. Nino continua pe drumul lui fără să-i dea vreo importanță. Așa că m-am simțit tot mai în largul meu, mai ales când el m-a prins de încheietura mâinii câteva secunde, aproape mângâindu-mă, arătându-mi astfel că recunoaște brățara; mai ales când a făcut bășcălie de soțul meu întrebându-l dacă îmi lăsase un pic de timp pentru mine; mai ales când, imediat, m-a întrebat dacă făcusem progrese cu lucrarea mea.

— Am terminat o primă redactare, am spus.

Nino i s-a adresat serios lui Pietro:

— Tu ai citit-o?

— Elena nu-mi dă nimic să citesc.

— Tu nu vrei, am răspuns, dar fără ciudă, ca și cum ar fi fost un joc de-al nostru.

Eleonora, în acel moment, a intervenit, nu voia să fie lăsată pe dinafară:

— Despre ce e vorba? a întrebat.

Dar tocmai când mă pregăteam să-i răspund, mintea ei aiurită i-a luat-o pe dinainte și m-a întrebat veselă:

— Mergi mâine cu mine să vedem magazinele cât lucrează Nino?

Am zâmbit cu o amabilitate prefăcută. M-am declarat disponibilă și ea a început cu o listă foarte detaliată de lucruri pe care voia să le cumpere. Abia când am ieșit din local am reușit să-i șoptesc lui Nino:

— Ai chef să arunci o privire peste textul meu?

El m-a privit sincer uimit:

— Chiar mi l-ai da să-l citesc?

— Dacă nu te plictisește, da.

I-am pasat paginile pe ascuns, cu inima bătând tare, ca și cum nu voiam ca Pietro, Eleonora și fetele să-și dea seama.

## 105.

N-am închis ochii toată noaptea. Dimineața m-am împăcat cu gândul întâlnirii cu Eleonora, trebuia să ne vedem la ora zece la hotel. *Nu face prostia* — mi-am recomandat — *s-o întrebi pe ea dacă soțul ei a început să citească ce-ai scris: Nino e ocupat, îi va lua un pic de timp; nu trebuie să te gândești la asta, o să treacă o săptămână cel puțin.*

În schimb, la ora nouă fix, când eram gata să ies din casă, a țârâit telefonul și era el.

— Scuze, a zis, dar tocmai intru în bibliotecă și nu te mai pot suna până diseară. Sigur nu te deranjez?

— Categoric nu.

— Am citit.

— Deja?

— Da, și e o lucrare excelentă. Ai o mare capacitate de analiză, o rigoare demnă de admirație și o creativitate care te lasă cu gura căscată. Dar ce îți invidiez cel mai mult este abilitatea de povestitoare. Ai scris un text greu de definit, nu știu dacă e un eseu sau o narațiune. Dar e extraordinar.

— E un defect?

— Ce?

— Că nu e catalogabil.

— Nici vorbă, e unul din meritele lui.

— După tine, trebuie să-l public așa cum e?

— Categoric da.

— Mulţumesc.

— Eu îţi mulţumesc, acum trebuie să plec. Ai răbdare cu Eleonora, pare agresivă, dar e doar timidă. Mâine-dimineaţă ne întoarcem la Napoli, dar dau un semn după alegeri și, dacă vrei, stăm la taclale.

— Mi-ar face multă plăcere. Vii să stai la noi?

— Ești sigură că nu deranjez?

— Categoric nu.

— Bine.

N-a închis, i-am auzit răsuflarea.

— Elena.

— Da.

— Lina, când eram mici, ne eclipsa pe amândoi.

Am simţit un mare disconfort.

— În ce sens?

— Ai ajuns să-i atribui ei capacităţi care sunt doar ale tale.

— Și tu?

— Eu am făcut mai rău. Ceea ce văzusem la tine mi s-a părut apoi, în mod stupid, că găsesc la ea.

Am tăcut câteva secunde. De ce simţise nevoia să aducă vorba de Lila, așa, la telefon? Și, mai ales, ce-mi tot spunea? Erau doar complimente? Sau încerca să-mi comunice că, pe vremea când era puști, m-ar fi dorit pe mine, dar că la Ischia sfârșise prin a-i atribui uneia ce era al celeilalte?

— Întoarce-te repede, am spus.

## 106.

M-am plimbat cu Eleonora și cei trei copii atât de bine dispusă, că nici dacă ar fi înfipt un cuţit în mine n-aș fi simţit durere. Soţia lui Nino, de altfel, în faţa amabilităţii mele euforice a renunţat la orice formă de ostilitate, le-a lăudat pe Dede și pe Elsa pentru cât erau de disciplinate și a mărturisit că mă admira mult. Soțul ei îi povestise totul despre mine, despre studiile pe care le făcusem, despre succesul meu de scriitoare. *Dar sunt un pic geloasă,* a recunoscut, *și nu pentru că ești pricepută, ci pentru că tu îl cunoști dintotdeauna și eu nu.* I-ar fi plăcut și ei să-l fi întâlnit când era mică și să știe cum era când avea zece ani, când avea paisprezece ani, vocea pe care o avea înainte să i se schimbe, râsetul de copil. *Bine că îl am pe Albertino,* a zis, *e identic cu tatăl lui.*

L-am observat pe copil, dar nu mi s-a părut că văd în el trăsături de-ale lui Nino, poate că urmau să se manifeste mai târziu. *Eu semăn cu tata,* a exclamat imediat Dede cu mândrie, și Elsa a adăugat: *eu mai mult cu mama.* Mi-am amintit de fiul Silviei, Mirko, care fusese întotdeauna identic cu Nino. Ce plăcere simțisem să-l strâng în brațe, să-l liniștesc când scâncea în casa Mariarosei. Ce căutasem pe atunci, când eram încă departe de experiența maternității, la acel copil? Ce căutasem la Gennaro, când încă nu știam că tatăl lui era Stefano? Ce căutam la Albertino, acum, când eram mama lui Dede și a Elsei și de ce îl studiam cu atâta atenție? Am exclus faptul că Nino își amintește din când în când de Mirko. În privința lui Gennaro nu fusese niciodată curios. Această inseminare nepăsătoare a bărbaților, amețiți de plăcere. Ne fecundează copleșiți de orgasmul lor. Apar în noi și se retrag lăsându-ne, ascunsă în carne, fantasma lor ca pe un obiect rătăcit. Albertino era fiul dorinței, al afecțiunii? Sau și el era în brațele acestei femei-mame fără ca Nino să simtă că are de-a face cu el? Mi-am revenit, i-am zis Eleonorei că fiul ei era copia fidelă a tatălui său și am fost bucuroasă de acea minciună. Apoi i-am povestit amănunțit, cu afecțiune, cu duioșie, despre Nino în vremea școlii primare, în vremea concursurilor școlare organizate de Oliviero și de director, în vremea liceului, despre Galiani și vacanța la Ischia pe care o făcuserăm împreună cu alți prieteni. M-am oprit acolo, chiar dacă ea, ca o fetiță, nu făcea decât să mă întrebe: *și apoi?*

Pălăvrăgind, i-am devenit tot mai simpatică, s-a atașat de mine. Dacă intram într-un magazin și probam ceva ce îmi plăcea, dar la care pe urmă renunțam, descopeream la ieșire că Eleonora îl cumpărase ca să-mi facă un cadou. Voia să cumpere haine și pentru Dede și Elsa. La restaurant a plătit ea. Și a plătit taxiul cu care m-a dus acasă împreună cu fetele, pentru ca apoi să fie condusă la hotel încărcată cu plase. Ne-am luat la revedere, atât eu, cât și fetele. Am fluturat mâinile până când mașina a cotit după colț. *E un alt personaj din orașul meu,* m-am gândit. Foarte diferit de mine. Folosea banii ca și cum n-ar fi avut nicio valoare. Am exclus faptul că erau banii lui Nino. Tatăl ei era avocat, bunicul ei la fel, mama ei era neam de bancheri. M-am întrebat ce diferență exista între bogăția lor de burghezi și cea a familiei Solara. M-am gândit la cum circulă banii pe ascuns înainte să se ducă în salarii mari și conturi grase. Mi-am amintit de băieții din cartier care își câștigau traiul zilnic descărcând marfă de contrabandă, tăind copacii din parcuri, muncind pe șantiere. Mi-am amintit de Antonio, de Pasquale, de Enzo — puneau deoparte niște mărunțiș de când erau mici ca să supraviețuiască. Inginerii, arhitecții, avocații, băncile erau altceva, dar banii lor proveneau, deși printr-o mie de filtre, din aceleași ilegalități, din același măcel, ceva fărâmituri care se transformaseră în bacșiș pentru tatăl meu și contribuiseră la studiile mele. Care era, așadar, pragul dincolo de care banii murdari deveneau curați și invers? Cât erau de curați banii pe care îi cheltuise Eleonora pe arșița acelei zile florentine fără probleme; și cecurile cu care fuseseră cumpărate cadourile pe care le duceam acasă cât erau de diferite de cele cu care Michele plătea munca Lilei? Eu și fetele, toată după-amiaza, ne-am fălit în oglindă cu hainele primite în dar. Era marfă de calitate, expresivă, veselă. Era o rochie roșu-pal, în stil anii '40, care-mi stătea foarte bine, voiam ca Nino să mă vadă îmbrăcată cu ea.

În schimb, toată familia Sarratore s-a întors la Napoli fără să ne mai întâlnim. Dar în ciuda tuturor așteptărilor, timpul n-a intrat în criză, dimpotrivă, a început să curgă ușor. Nino urma să se întoarcă, asta era sigur. Și să vorbim despre textul meu. Ca să evit conflicte inutile, am pus un exemplar pe biroul lui Pietro. Apoi am sunat-o pe Mariarosa cu certitudinea plăcută că lucrasem bine și i-am spus că reușisem să pun ordine în însemnările acelea despre care îi vorbisem. Voia să i-l trimit imediat. După câteva zile m-a sunat încântată, a întrebat dacă putea să-l traducă ea însăși în franceză și să i-l trimită unei prietene de-ale ei din Nanterre care avea o mică editură. Am acceptat cu entuziasm, dar nu s-a terminat acolo. Au trecut puține ore și m-a sunat soacra mea cu o voce prefăcut jignită.

— Cum se face că lucrurile pe care le scrii i le dai acum Mariarosei să le citească și nu mie?

— Mă tem că nu te interesează. Sunt vreo șaptezeci de pagini, nu e un roman, nu știu nici eu ce e.

— Când nu știi ce ai scris, înseamnă că ai lucrat bine. Și, oricum, lasă-mă pe mine să hotărăsc dacă mă interesează sau nu.

I-am trimis și ei un exemplar. Am făcut-o aproape cu indiferență. Am făcut-o chiar în dimineața în care Nino, spre prânz, m-a sunat pe neașteptate din gară, tocmai sosise la Florența.

— Ajung la tine în jumătate de oră, las bagajul și mă duc la bibliotecă.

— Nu mănânci ceva? am întrebat cu naturalețe.

Mi s-a părut normal — punctul de sosire al unui lung parcurs — să vină să doarmă acasă la mine, să-i prepar ceva de mâncare în timp ce făcea un duș în baia mea, să mâncăm împreună, eu, el și fetele, în timp ce Pietro avea examene la universitate.

## 107.

Nino a rămas zece zile întregi. Nimic din ce s-a întâmplat în perioada aceea n-a avut de-a face cu dorința intensă de a seduce pe care o trăisem cu ani în urmă. N-am glumit cu el; nu mi-am piţigăiat vocea; nu l-am sâcâit cu niciun fel de drăgălăşenii; n-am interpretat rolul femeii emancipate conformându-mă modelului cumnatei mele; n-am încercat calea aluziilor malițioase; nu i-am căutat înduioșată privirea; n-am făcut în așa fel încât să stau lângă el la masă și pe canapea, în fața televizorului; n-am apărut prin casă neîngrijită; n-am încercat să rămân singură cu el; nu i-am atins cotul cu cotul meu, brațul cu brațul sau cu sânii, piciorul cu piciorul. Am fost timidă, cuviincioasă, am vorbit puțin și concis, atentă doar să mănânce bine, fetele să nu-l deranjeze, să se simtă în largul lui. Și nu pentru că așa am ales. N-aș fi putut să mă comport altfel. El glumea mult cu Pietro, cu Dede, cu Elsa, dar mie mi se adresa serios, părea că-și măsoară cuvintele ca și cum între noi n-ar fi existat o veche prietenie. Și mie îmi venea să fac la fel. Eram foarte bucuroasă să-l am în casă și totuși nu simțeam nicio nevoie de intonații și gesturi confidențiale, dimpotrivă, îmi plăcea să rămân pe margine și să evit contacte între noi. Mă simțeam ca o picătură de ploaie pe o pânză de păianjen și eram atentă să nu alunec.

Am avut numai un lung schimb de replici, care s-a concentrat în întregime asupra scrierii mele. Mi-a vorbit imediat de ea, la sosirea lui, cu precizie și inteligență. Îl impresionase povestea lui Ish și Isha'h, a întrebat: *pentru tine femeia, în Biblie, nu e diferită de bărbat, e bărbatul însuși? Da,* am spus, *Eva nu poate, nu știe, nu are materie ca să fie Eva în afara lui Adam. Răul* ei *și binele* ei *sunt răul și binele conform lui Adam. Eva e Adam femeie. Și operația divină a reușit atât de bine, că ea însăși, în sine, nu știe ce e, are trăsături maleabile, nu are o limbă a ei, nu are un spirit al ei și o logică a ei, se deformează cu cea mai mare ușurință. O condiție îngrozitoare,* a comentat Nino, iar eu, nervoasă, l-am urmărit atentă cu coada ochiului ca să înțeleg dacă făcea mișto de mine. Nu, nu făcea. Dimpotrivă, m-a lăudat mult, fără niciun pic de ironie, a menționat câteva cărți pe care nu le știam despre subiecte colaterale și a subliniat că el considera lucrarea gata pentru publicare. Am ascultat fără să arăt satisfacție, am zis doar, la sfârșit: *textul i-a plăcut și Mariarosei.* În acel moment a cerut vești despre cumnata mea, a vorbit bine despre ea atât în calitate de cercetătoare, cât și datorită devotamentului pe care i-l arăta lui Franco și apoi a șters-o la bibliotecă.

În rest, a plecat în fiecare dimineață împreună cu Pietro și s-a întors în fiecare seară după el. Foarte rar am ieșit cu toții. O dată, de exemplu, a ținut să ne ducă la cinematograf să vedem un film amuzant ales înadins pentru fete. Nino s-a așezat lângă Pietro, eu între fetele mele. Când mi-am dat seama că râdeam tare, așa cum râdea el, n-am mai râs deloc. L-am certat delicat fiindcă în timpul pauzei voia să cumpere înghețată pentru Dede, Elsa și, bineînțeles, pentru noi, adulții. *Pentru mine nu,* am spus, *mulțumesc.* A glumit un pic, a zis că înghețata era bună și nu știam ce pierd, mi-a oferit s-o gust, am gustat-o. Nimicuri, în fine. Într-o după-amiază am ieșit la plimbare eu, el, Dede și Elsa. Am vorbit foarte puțin, Nino s-a arătat simpatic mai ales cu fetele. Dar traseul mi-a rămas bine întipărit în memorie, aș putea indica fiecare stradă, locurile în care ne-am oprit, fiecare colț. Era cald, orașul era aglomerat. El saluta oameni încontinuu, unii îi spuneau pe nume, am fost prezentată unuia și altuia cu elogii exagerate. M-a impresionat notorietatea lui. Un tip, care era un istoric foarte cunoscut, m-a felicitat pentru fete și a făcut-o ca și cum ar fi fost fiicele noastre. Nu s-a întâmplat nimic altceva, în afară de o neașteptată și inexplicabilă schimbare a relației dintre el și Pietro.

## 108.

Totul a început într-o seară, la cină. Pietro i-a vorbit cu admirație de un profesor din Napoli, la vremea aceea destul de respectat, și Nino a zis: *puteam să pun pariu că-ți plăcea neghiobul ăla.* Soțul meu a părut dezorientat, a zâmbit nesigur, dar Nino a întrecut măsura, ironizându-l pentru felul în care se lăsa ușor înșelat de aparențe. După asta, chiar a doua zi dimineață la micul dejun, a urmat un alt mic incident. Nu-mi amintesc în ce context, Nino a menționat din nou vechea mea confruntare cu profesorul de religie în privința Sfântului Duh. Pietro, care nu cunoștea episodul acela, a dorit să afle, și Nino, adresându-se nu lui, ci fetelor, a început imediat să povestească de parcă ar fi fost vorba de cine știe ce mare faptă de vitejie a mamei lor când era mică.

Soțul meu m-a lăudat, a zis: *ai fost foarte curajoasă.* Dar apoi i-a explicat lui Dede, cu tonul pe care-l căpăta când se spuneau tâmpenii la televizor și el se simțea dator să-i explice fiicei cum stăteau în realitate lucrurile, ce li se întâmplase celor doisprezece apostoli în dimineața de Rusalii: un zgomot ca de vânt, limbi ca de foc, darul de a fi înțeleși de oricine, în orice limbă. Apoi ni s-a adresat mie și lui Nino, vorbindu-ne cu emoție despre *virtus* care pătrunsese în discipoli și l-a citat pe profetul Ioel: *după aceea, voi revărsa Duhul meu peste orice făptură* și a zis că Sfântul Duh era un simbol absolut necesar când venea vorba de felul în care mulțimile se confruntă și se organizează în comunități. Nino l-a lăsat să vorbească, dar cu o expresie tot mai ironică. La sfârșit a exclamat: *aș fi pariat că în spatele tău se ascundea un preot.* Și mie, distrat: *ești soția lui sau martira lui?* Pietro s-a înroșit, s-a tulburat. Îi plăceau subiectele acelea dintotdeauna, am simțit că începea să se întristeze. A bombănit: *scuzați-mă, vă fac să pierdeți timp, să mergem la lucru.*

Momentele de felul acela s-au înmulțit, fără un motiv evident. În timp ce relația dintre mine și Nino a rămas aceeași, atentă la formă, politicoasă și distantă, între el și Pietro ceva s-a rupt. La micul dejun, la fel ca la cină, oaspetele a început să i se adreseze stăpânului casei într-un crescendo de fraze arogante, aproape la limita jignirii, dintre cele care te umilesc, dar într-o formă prietenoasă, cu zâmbetul pe buze, astfel că nu te poţi revolta decât trecând drept o persoană supărăcioasă. Erau nuanţe pe care le cunoşteam, în cartier cei mai isteţi le foloseau adesea ca să-i supună pe cei fraieri şi să-i împingă, rămaşi fără cuvinte, în centrul batjocoririi. Pietro a părut mai ales dezorientat: se simţea bine cu Nino, îl aprecia şi de aceea nu reacţiona, clătina din cap luând un aer distrat. Uneori părea să se întrebe unde greşise şi aştepta să se revină la tonul bun şi afectuos. Dar Nino continua implacabil. Se răsucea spre mine, spre fete, întrecea măsura şi ne cerea nouă acordul. Şi fetele consimţeau amuzate, un pic şi eu. Dar între timp mă gândeam: *de ce face aşa, dacă Pietro se supără, relaţia se distruge.* Pietro însă nu se supăra, pur şi simplu nu înţelegea şi zi după zi îl reapucau nevrozele. Îi revenea chipul obosit, uzura acelor ani reapărea în ochii lui neliniştiţi şi pe fruntea ridată. *Trebuie să fac ceva,* mă gândeam, *şi cât mai repede.* Dar nu făceam nimic, dimpotrivă, mă străduiam să alung nu admiraţia, ci excitarea — poate că da, era excitare — care mă cuprindea văzând, auzind cum un Airota, un foarte înzestrat Airota, pierdea teren, se tulbura, răspundea cu scurte replici moleşite la rapidele, strălucitele, chiar necruţătoarele atacuri ale lui Nino Sarratore, colegul meu de şcoală, prietenul meu, născut, la fel ca mine, în cartier.

## 109.

Cu câteva zile înainte ca el să se întoarcă la Napoli, au fost două episoade foarte neplăcute. Într-o după-amiază m-a sunat Adele, şi ea foarte încântată de lucrarea mea. Mi-a zis să trimit imediat textul la editură, se putea face din el un volumaş care să fie publicat în acelaşi timp cu apariţia în Franţa sau imediat după. Am vorbit la cină despre asta pe un ton detaşat şi Nino mi-a făcut multe complimente, zicându-le fetelor:

— Aveţi o mamă excepţională.

Apoi i s-a adresat lui Pietro:

— Tu l-ai citit?

— N-am avut timp.

— E mai bine să nu citești.

— De ce?

— Nu sunt chestii pentru tine.

— Adică?

— E prea inteligent.

— Ce vrei să spui?

— Că ești mai puțin inteligent decât Elena.

Și a râs. Pietro n-a zis nimic, Nino a forțat nota:

— Te-ai supărat?

Voia să reacționeze ca să-l umilească iarăși. Dar Pietro s-a ridicat de la masă și a spus:

— Scuzați-mă, am de lucru.

Am șoptit:

— Termină de mâncat.

El n-a răspuns. Cinam în sufragerie, camera era mare. Câteva clipe a părut într-adevăr că vrea s-o traverseze și să meargă să se închidă în biroul lui. În schimb, s-a răsucit pe loc, s-a așezat pe canapea și a deschis televizorul dând destul de tare volumul. Atmosfera era insuportabilă. În decurs de câteva zile totul devenise complicat. M-am simțit foarte nefericită.

— Dai un pic mai încet? l-am întrebat.

A răspuns simplu:

— Nu.

Nino a râs ușor, a terminat de mâncat și m-a ajutat să strâng masa. În bucătărie i-am zis:

— Iartă-l, Pietro muncește mult și doarme puțin.

A replicat izbucnind furios:

— Cum reușești să-l suporți?

M-am uitat alarmată la ușă, bine că volumul televizorului rămăsese dat tare.

— Țin la el, am răspuns.

Și pentru că insista să mă ajute să spăl vasele, am adăugat:

— Du-te, te rog, altfel mă încurci.

Celălalt episod a fost și mai urât, dar decisiv. Nu mai știam ce vreau cu adevărat: acum îmi doream ca perioada aceea să se termine repede, voiam să revin la obișnuințe, să mă țin de volumașul meu. Dar între timp îmi plăcea să intru în camera lui Nino dimineața, să fac ordine în dezordinea pe care o lăsa, să-i fac patul, să gătesc gândindu-mă că va cina cu noi seara. Și mă neliniștea că toate astea urmau să se termine. În unele ore ale după-amiezii mă simțeam ieșită din minți. Aveam impresia că e goală casa, în ciuda faptului că fetele erau acolo, eu însămi eram găunoasă, nu aveam niciun interes pentru ce scrisesem, simțeam superficialitatea din rândurile mele, nu mai aveam încredere în entuziasmul Mariarosei, al lui Adele, al editurii franceze, al celei italiene. Mă gândeam*: imediat ce el va pleca, nimic nu va mai avea sens.*

Eram în starea aia — viața îmi scăpa din mână cu o insuportabilă senzație de pierdere — când Pietro s-a întors negru la față de la universitate. Îl așteptam la cină, Nino se întorsese de o jumătate de oră, dar fusese imediat sechestrat de fete. L-am întrebat cu blândețe:

— S-a întâmplat ceva?

A izbucnit:

— Să nu-mi mai aduci niciodată în casă oameni de prin părțile tale.

Am împietrit, m-am gândit că se referă la Nino. La fel și Nino, care apăruse cu Dede și Elsa în urma lui, a crezut, probabil, același lucru, pentru că l-a privit cu un surâs provocator, ca și cum n-ar fi așteptat decât să aibă loc o scenă. Dar Pietro avea altceva în minte. A zis cu tonul lui disprețuitor, tonul pe care știa să-l folosească bine când era sigur că sunt în joc principii de bază și se simțea chemat să le apere:

— Astăzi au apărut din nou poliţiştii şi mi-au spus nişte nume, mi-au arătat nişte fotografii.

Am respirat uşurată. Ştiam că, după ce nu dorise să retragă denunţul împotriva studentului care-l ameninţase cu pistolul, vizitele poliţiei care îl trata ca pe un informator îl apăsau mai mult decât desconsiderarea multor tineri militanţi şi profesori. M-am convins că e posomorât din acel motiv şi l-am întrerupt, ranchiunoasă:

— E vina ta. N-ar fi trebuit să faci aşa, ţi-am spus. Acum n-o să mai scapi de ei.

Nino a intervenit şi l-a întrebat pe Pietro, arogant:

— Pe cine ai denunţat?

Pietro nici măcar nu s-a întors să-l privească. Era supărat pe mine, cu mine voia să se certe. Mi-a zis:

— Am făcut ce trebuia atunci şi aş fi făcut la fel şi azi. Dar am tăcut pentru că te afli tu la mijloc.

În acel punct am înţeles că problema nu erau poliţiştii, ci ce aflase de la ei. Am murmurat:

— Ce legătură am eu?

I s-a schimbat vocea:

— Pasquale şi Nadia nu sunt prietenii tăi?

Am repetat ca şi cum aş fi fost grea de cap:

— Pasquale şi Nadia?

— Poliţiştii mi-au arătat fotografii cu terorişti şi în unele apăreau şi ei.

N-am reacţionat, n-am mai avut cuvinte. Ceea ce îmi imaginasem era, deci, adevărat, Pietro, de fapt, tocmai îmi confirma asta. Mi-au revenit, pentru câteva secunde, imaginile cu Pasquale care descărca pistolul asupra lui Gino, care trăgea în picioarele lui Filippo, în timp ce Nadia — Nadia, nu Lila — urca pe scări, ciocănea la uşa lui Bruno, intra şi-l împuşca în faţă. Îngrozitor. Şi totuşi, pe moment tonul lui Pietro mi s-a părut deplasat, ca şi cum ar fi folosit vestea aceea ca să mă pună în dificultate în ochii lui Nino, ca să provoace o discuţie de care nu aveam chef. Într-adevăr, Nino a intervenit din nou continuând să facă mişto de el:

— Așadar, ești un informator al poliţiei? Asta faci? Îţi denunţi tovarășii? Tatăl tău știe? Și mama ta? Și sora ta?

Am bombănit sleită: *să mergem să mâncăm.* Dar i-am zis imediat lui Nino, minimalizând politicos, și ca să evit să-l zgândăre în continuare pe Pietro amestecându-i și familia în discuţie: *încetează, ce informator visezi.* Apoi m-am referit confuz la faptul că venise să mă viziteze, cu ceva timp în urmă, Pasquale Peluso, cine știe dacă-și amintea de el, un tip din cartier, un băiat bun care, în mod neprevăzut, era împreună cu Nadia. De ea își amintea, bineînţeles, fiica lui Galiani, chiar ea. Și atunci m-am oprit pentru că Nino deja râdea. A exclamat: *Nadia, o, Doamne sfinte, Nadia,* și i s-a adresat din nou lui Pietro, și mai arogant: *numai tu și câţiva poliţiști neascuţiţi la minte puteţi crede că Nadia Galiani e implicată în lupta armată, astea sunt niște absurdităţi. Nadia, persoana cea mai bună și mai generoasă pe care am cunoscut-o vreodată, până unde s-a ajuns în Italia, să mergem să mâncăm, hai, apărarea ordinii constituţionale acum se poate descurca fără tine.* Și a pornit spre masă strigându-le pe Dede și Elsa, eu am început să servesc convinsă că Pietro o să vină după noi.

Dar el n-a apărut. M-am gândit că s-a dus să se spele pe mâini, că întârzie ca să se calmeze și m-am așezat la locul meu. Eram agitată, aș fi dorit o seară frumoasă și liniștită, un final lin pentru acea convieţuire. Dar el nu venea, fetele deja mâncau. Acum și Nino părea perplex.

— Începe, i-am zis, se răcește.

— Doar dacă mănânci și tu.

Am șovăit. Poate că trebuia să mă duc să văd cum se simţea soţul meu, ce făcea, dacă se calmase. Dar n-aveam chef, mă înfuriase purtarea lui. De ce nu păstrase pentru el acţiunea poliţiștilor, de obicei așa făcea cu tot ce-l privea, nu-mi povestea niciodată nimic. De ce-mi vorbise în felul acela în prezența lui Nino: *să nu-mi mai aduci niciodată în casă oameni de prin părțile tale.* Ce urgență era să facă publică acea chestiune, putea aștepta, putea să se descarce după, când am fi fost la noi în dormitor. Era supărat pe mine, asta era problema. Voia să-mi strice seara, nu-i păsa nici cât negru sub unghie de tot ce făceam și-mi doream.

Am început să mănânc. Am mâncat toți patru, primul fel, al doilea și, de asemenea, desertul pe care îl preparasem. Pietro n-a apărut. În acel moment am devenit furioasă. Pietro nu voia să mănânce? Bine, să nu mănânce, în mod evident nu-i era foame. Voia să-și vadă de ale lui? Foarte bine, casa era mare, fără el n-ar fi fost tensiuni. În orice caz, acum era limpede că problema nu erau cele două persoane care apăruseră o singură dată în casa noastră și acum erau suspecte că făceau parte dintr-un grup infracțional armat. Problema era că el nu avea o inteligență suficient de promptă, că nu știa să reziste unei polemici între bărbați, că suferea din cauza asta și se supăra pe mine. Da' ce-mi pasă de tine și de micimea ta. *Strâng masa mai încolo,* am zis tare ca și cum mi-aș fi dat o poruncă mie însămi, tulburării mele. Apoi am aprins televizorul și m-am instalat pe canapea, împreună cu Nino și fetele.

A trecut un moment lung și stresant. Simțeam că Nino nu se simțea în largul lui și, totodată, era distrat. *Mă duc să-l chem pe tata,* a zis Dede care, cu stomacul plin, acum era neliniștită din cauza lui Pietro. *Du-te,* i-am spus. S-a întors aproape pe vârfuri, mi-a șoptit la ureche: *s-a băgat în pat, doarme.* Nino a auzit oricum, a zis:

— Mâine plec.

— Ți-ai terminat treaba?

— Nu.

— Mai rămâi.

— Nu pot.

— Pietro e o persoană cumsecade.

— Îl aperi?

Să-l apăr de ce, de cine anume? Am fost pe punctul de a mă supăra și pe el.

## 110.

Fetele au adormit în fața televizorului, le-am dus în pat. Când m-am întors, Nino nu mai era acolo, se închisese în camera lui. Deprimată, am strâns masa, am spălat vasele. Ce prostie să-i cer să mai rămână, era mai bine să plece. Pe de altă parte, cum să suport deznădejdea fără el. Voiam ca măcar să plece cu promisiunea că, mai devreme sau mai târziu, se va întoarce. Îmi doream să doarmă din nou în casa mea, să luăm micul dejun împreună și să mâncăm la aceeași masă seara, să vorbească câte-n lună și stele cu tonul lui amuzat, să mă asculte când voiam să dau formă unei idei, să fie cu fiecare frază de-a mea mereu respectuos, să nu recurgă niciodată față de mine la ironie, la sarcasm. Totuși, a trebuit să recunosc faptul că dacă situația se deteriorase atât de rapid, făcând imposibilă conviețuirea, nu era decât vina lui. Pietro se atașase de el. Îi făcea plăcere să-l vadă în preajmă, ținea la prietenia care se născuse. De ce simțise Nino nevoia să-i facă rău, să-l umilească, să-i confiște autoritatea? M-am demachiat, m-am spălat, mi-am pus cămașa de noapte. Am încuiat ușa cu lacătul și cu lanțul, am stins aragazul, am lăsat toate storurile, am stins luminile. Am trecut să le verific pe fete. Am sperat ca Pietro să nu se prefacă adormit, să nu mă aștepte ca să ne certăm. M-am uitat la noptiera lui, luase calmantul, picase lat. M-a înduioșat, l-am sărutat pe un obraz. Ce persoană imprevizibilă: foarte inteligent și stupid, sensibil și mărginit, curajos și laș, foarte cult și ignorant, bine crescut și necioplit în același timp. Un Airota ratat, se împiedicase de-a lungul traseului. Nino, atât de sigur de sine, atât de hotărât, ar fi putut să-l pună din nou în mișcare, să-l ajute să devină mai bun? M-am întrebat din nou de ce prietenia aceea care se năștea se transformase în ostilitate dintr-o singură direcţie. Şi de data asta mi s-a părut că înţeleg. Nino voise să mă ajute să-l văd pe soţul meu aşa cum era în realitate. Se convinsese că aveam o imagine romanţată despre el, căreia mă supusesem atât pe plan sentimental, cât şi pe cel intelectual. Îşi dorise să-mi dezvăluie lipsa de consistenţă care exista în spatele foarte tânărului titular de catedră, autorul unei teze de diplomă devenite apoi o carte foarte apreciată, cercetătorul care lucra de mult timp la o nouă publicaţie care trebuia să-i consolideze reputaţia. Era ca şi cum în acele zile nu făcuse altceva decât să-mi strige: *trăieşti cu un bărbat banal, ai făcut două fete cu o nulitate.* Planul lui era să mă elibereze devalorizându-l, să mă redea mie însemi demolându-l pe el. Dar, făcând asta, îşi dăduse seama că mi se autopropusese, vrând-nevrând, ca model masculin alternativ?

Întrebarea aceea m-a enervat. Nino fusese nesăbuit. Crease haos într-o situaţie care pentru mine constituia singurul echilibru posibil. De ce să facă dezordine fără măcar să mă consulte? Cine îi ceruse să-mi deschidă ochii, să mă salveze? Din ce dedusese că aveam nevoie de asta? Credea că poate face ce voia cu viaţa mea de cuplu, cu responsabilitatea mea de mamă? Cu ce scop? Unde voia să ajungă? *El* — mi-am zis — *e cel care trebuie să-şi limpezească gândurile.* Nu-l interesează prietenia noastră? Vacanţa se apropie. Eu o să plec la Viareggio, el a zis că o să meargă la Capri, în casa socrilor lui. Trebuie să aşteptăm sfârşitul vacanţei ca să ne revedem? Şi de ce, mă rog? Deja acum, pe timpul verii, am putea consolida relaţia dintre familiile noastre. Aş putea s-o sun pe Eleonora, să-i invit pe ea, pe soţul ei, pe copil să petreacă câteva zile cu noi la Viareggio. Şi mi-ar plăcea să fiu invitată, la rândul meu, la Capri, unde n-am fost niciodată, cu Dede, Elsa şi Pietro. Dar dacă totuşi asta nu se va întâmpla, de ce să nu ne scriem, să schimbăm idei, titluri de cărţi, să vorbim despre proiectele noastre de lucru?

N-am putut să mă liniştesc. Nino greşise. Dacă ţinea cu adevărat la mine, era necesar să readucă totul la punctul de pornire. Trebuia să-i recâştige simpatia şi prietenia lui Pietro, soţul meu nu cerea altceva. Chiar credea că-mi face bine provocând acele tensiuni? Nu, nu, trebuie să-i vorbesc, să-i spun că era o tâmpenie să-l trateze pe Pietro în felul acela. M-am dat jos din pat cu grijă, am ieșit din cameră. Am traversat coridorul în picioarele goale, am ciocănit la ușa lui Nino. Am așteptat o clipă și apoi am intrat. Încăperea era în întuneric.

— Te-ai hotărât, l-am auzit spunând.

Am tresărit, nu m-am întrebat *hotărâtă să ce?*. Am știut doar că avea dreptate, mă hotărâsem. Mi-am scos rapid cămașa de noapte și m-am băgat lângă el în ciuda căldurii.

## 111.

M-am întors în patul meu spre patru dimineața. Soțul meu a tresărit, a murmurat în somn: *ce se întâmplă?* I-am zis convingător: *dormi*, și el s-a liniștit. Mă simțeam amețită. Eram fericită pentru ce se întâmplase, dar oricât mă străduiam, nu reușeam să conștientizez asta *în interiorul* condiției mele, *în interiorul* rolului meu în casa aceea, la Florența. Mi se părea că totul între mine și Nino se împlinise în cartier, în timp ce părinții lui se mutau și Melina azvârlea obiecte de la fereastră și urla chinuită de suferință; sau la Ischia, când ne duseserăm la plimbare ținându-ne de mână; sau seara la Milano, după întâlnirea din librărie, când el mă apărase împotriva acelui critic violent. Asta, pentru o scurtă vreme, mi-a dat o senzație de iresponsabilitate, poate chiar și de inocență, ca și cum prietena Lilei, soția lui Pietro, mama lui Dede și a Elsei n-ar avea nimic de-a face cu copila-fata-femeia care îl iubea pe Nino și în sfârșit îl avusese. Simțeam urma mâinilor lui și a săruturilor lui pe tot trupul. Frenezia plăcerii nu voia să se domolească, mă gândeam: *ziua e departe, ce fac aici, mă întorc la el, din nou.*

Apoi am ațipit. Am redeschis ochii tresărind, în cameră era lumină. Ce făcusem? Chiar aici, în casa mea, ce tâmpenie.

Acum Pietro se va trezi. Acum se vor trezi și fetele. Trebuia să pregătesc micul dejun. Nino își va lua rămas-bun, se va întoarce la Napoli la soția și fiul lui. Eu voi redeveni eu.

M-am ridicat, am făcut un duș lung, mi-am uscat părul, m-am machiat cu grijă, mi-am pus o rochie de sărbătoare ca și cum ar fi urmat să ies din casă. O, desigur, eu și Nino ne juraserăm în toiul nopții că nu ne vom mai pierde, că vom găsi modalitatea de a continua să ne iubim. Dar cum, și când? De ce credeam c-o să mă caute din nou? Tot ce se putea întâmpla între noi se întâmplase, restul însemna numai complicații. Gata, am pus masa cu atenție pentru micul dejun. Voiam să-i las o imagine frumoasă a acelei șederi, a casei, a obiectelor familiare, a mea.

Pietro a apărut ciufulit, în pijama.

— Unde trebuie să mergi?

— Nicăieri.

M-a privit perplex, nu se întâmpla niciodată să fiu așa de dichisită atât de devreme:

— Arăți foarte bine.

— Nu datorită ție.

S-a dus la fereastră, a privit afară, apoi a bombănit:

— Eram foarte obosit ieri-seară.

— Și foarte necuviincios.

— Am să-i cer scuze.

— Ar trebui să-mi ceri mie scuze în primul rând.

— Scuze.

— Astăzi el pleacă.

A apărut Dede, desculță. M-am dus să-i aduc papucii și am trezit-o pe Elsa care, ca de obicei, cu ochii încă închiși, m-a sărutat de multe ori. Ce miros bun avea, ce moale era. *Da,* mi-am zis, *s-a întâmplat.* Ce bine, putea să nu se întâmple niciodată. Acum însă trebuie să mă disciplinez. S-o sun pe Mariarosa ca să aflu ce era cu Franța, să vorbesc cu Adele, să merg personal la editură ca să înțeleg ce vor de la cărticica mea, dacă cred serios în ea sau vor doar s-o mulţumească pe soacra mea. Apoi am auzit zgomote pe coridor. Era Nino, am fost copleşită de prezenţa lui, era încă acolo, pentru puţin timp. M-am eliberat din îmbrăţişarea fetiţei, am zis: *scuze, Elsa, mama se întoarce imediat* şi am fugit.

Nino ieşea moţăind din camera lui, l-am împins în baie, am închis uşa. Ne-am sărutat, eu am uitat din nou unde sunt, cât e ceasul. Am fost eu însămi uimită de cât de mult îl doresc, mă pricepeam să-mi ascund secretele. Ne-am îmbrăţişat cu o ardoare pe care n-o cunoscusem niciodată, ca şi cum corpurile s-ar izbi unul de celălalt cu intenţia de a se zdrobi. Plăcerea, aşadar, era aceasta: să te frângi, să te contopeşti, să nu mai ştiu ce era al meu şi ce era al lui. Chiar dacă ar fi apărut Pietro sau fetele, nu ne-ar fi recunoscut. I-am şoptit în timp ce-l sărutam:

— Mai rămâi.

— Nu pot.

— Atunci întoarce-te, jură că te întorci.

— Da.

— Şi sună-mă.

— Da.

— Spune-mi că nu mă uiţi, spune-mi că nu mă părăseşti, spune-mi că mă iubeşti.

— Te iubesc.

— Repetă.

— Te iubesc.

— Jură că nu e o minciună.

— Jur.

## 112.

A plecat după o oră, deşi Pietro a insistat pe un ton un pic îmbufnat să rămână, deşi Dede a izbucnit în lacrimi. Soţul meu s-a dus să se spele şi a reapărut imediat pregătit să iasă. Mi-a zis cu ochii în pământ: *poliţiştilor nu le-am spus că Pasquale şi Nadia au fost în casa noastră; şi n-am făcut-o ca să te protejez pe tine, ci pentru că deja cred că se confundă opoziţia cu crima.* N-am înţeles imediat despre ce vorbeşte. Pasquale şi Nadia îmi ieşiseră cu totul din minte, şi-au făcut loc cu greu înapoi. Pietro a aşteptat câteva secunde în tăcere. Poate că voia să mă arăt de acord cu el, îşi dorea să înfrunte ziua plină de căldură şi de examene ştiind că ne împăcaserăm, că măcar pentru o dată gândeam la fel. Dar eu m-am limitat la un semn distrat. Ce mă mai interesa de opiniile lui politice, de Pasquale şi Nadia, de moartea lui Ulrike Meinhof, de apariţia republicii socialiste a Vietnamului, de progresul electoral al partidului comunist? Lumea se retrăsese. Mă simţeam cufundată în mine însămi, în carnea mea, care mi se părea nu doar singurul habitaclu posibil, ci şi unica materie în privinţa căreia merita să-ţi baţi capul. A fost o uşurare când el, martorul ordinii şi dezordinii mele, a închis uşa în urma lui. Nu suportam să rămân sub privirea lui, mă temeam că brusc or să devină vizibile buzele dureroare din cauza săruturilor, oboseala nopţii, corpul hipersensibil, parcă ars de dorinţă.

Odată rămasă singură, a revenit certitudinea că n-o să-l mai văd sau aud pe Nino. Şi încă una: nu mai puteam să trăiesc cu Pietro, mi se părea insuportabil să dormim în continuare în acelaşi pat. Ce să fac? *O să-l părăsesc,* m-am gândit. *O să plec cu fetele.* Dar ce procedură trebuia să urmez, să plec şi atât? Nu ştiam nimic despre separări şi divorţuri, care este practica, de cât timp era nevoie ca să redevenim libere. Şi nu cunoşteam niciun cuplu care trecuse prin asta. Ce se întâmpla cu copiii? Ce acord stabileai pentru întreţinerea lor? Puteam să le duc pe fete în alt oraş, de exemplu la Napoli? Şi apoi de ce la Napoli, de ce nu la Milano? *Dacă-l părăsesc pe Pietro,* mi-am zis, *o să am, mai devreme sau mai târziu, nevoie de un loc de muncă. Vremurile sunt nasoale, economia merge prost şi Milano pentru mine este locul potrivit, acolo e editura.* Dar Dede şi Elsa? Relaţia lor cu tatăl? Trebuia să rămân la Florența, deci? Niciodată, absolut niciodată. Mai bine Milano, Pietro ar fi putut veni să le vadă pe fete când putea și voia. Da. Și totuși, mintea mea mă purta la Napoli. Nu în cartier, nu m-aș fi întors niciodată acolo. Mi-am închipuit că merg să locuiesc în acel Napoli strălucitor, unde nu trăisem niciodată, la câțiva pași de casa lui Nino, pe strada Tasso. Să-l văd de la fereastră când se ducea sau se întorcea de la universitate, să-l întâlnesc pe stradă, să-i vorbesc în fiecare zi. Fără să-l deranjez. Fără să-i creez necazuri cu familia, dimpotrivă, intensificând relația de prietenie cu Eleonora. Mi-ar fi fost de ajuns apropierea aceea. La Napoli, așadar, nu la Milano. Milano, de altfel, despărțindu-mă de Pietro, n-ar mai fi fost atât de ospitalier. Relația cu Mariarosa s-ar fi răcit, și cea cu Adele. Nu s-ar fi tăiat de tot, nu, erau persoane civilizate, dar totuși mama și sora lui Pietro, chiar dacă nu-l stimau prea mult. Fără să-l socotim pe Guido, tatăl. Nu, cu siguranță n-aș mai fi contat în același fel pe familia Airota, poate nici pe editură. Ajutorul mi-ar fi putut veni doar de la Nino. Avea relații bune pretutindeni, în mod sigur ar fi găsit modalitatea de a mă sprijini. Dacă nu cumva apropierea mea de el n-o s-o enerveze pe soția lui, n-o să-l enerveze pe el însuși. Pentru el eram o femeie căsătorită care trăia la Florența cu familia ei. Departe de Napoli, deci, și nicidecum liberă. Să-mi distrug în grabă căsătoria, să alerg după el, să merg să locuiesc la câțiva pași de casa lui, hm. Mi-ar fi spus că sunt nebună, aș fi părut o femeie care și-a pierdut mințile, tipul de femeie dependentă de bărbatul care, printre altele, le oripila pe prietenele Mariarosei. Și, în special, nepotrivită pentru el. Iubise multe femei, trecea dintr-un pat în altul, presăra copii fără să se implice, considera căsnicia o convenție necesară, dar care nu putea ține prizoniere dorințele. Aș fi devenit ridicolă. Mă descurcasem fără multe lucruri, de-a lungul vieții mele, puteam să mă descurc și fără Nino. Aș fi mers pe drumul meu cu fiicele mele.

Dar a sunat telefonul și am alergat să răspund. Era el, pe fundal se auzea un megafon, zgomot, vacarm, vocea răzbătea la mine cu greu. Tocmai ajunsese la Napoli, suna din gară. *Doar să te salut,* a zis, *voiam să știu ce faci. Bine,* am răspuns. *Ce faci? Mă pregătesc să mănânc cu fetele. Pietro e? Nu. Ți-a plăcut să faci dragoste cu mine? Da. Mult? Foarte mult. Nu mai am fise. Du-te, pa, mulțumesc pentru telefon. Ne auzim din nou. Când vrei.* Am fost mulțumită de mine, de autocontrolul meu. *L-am ținut la distanța potrivită,* mi-am zis, *unui telefon de complezență am răspuns de complezență.* Dar după trei ore a sunat din nou, tot de la un telefon public. Era nervos. *De ce ești așa de rece? Nu sunt rece. De dimineață mi-ai cerut să-ți spun că te iubesc și ți-am spus, chiar dacă din principiu nu spun asta nimănui, nici soției mele. Mă bucur. Și tu mă iubești? Da. În seara asta dormi cu el? Cu cine vrei să dorm? Nu-l suport. Tu nu dormi cu soția ta? Nu e același lucru. De ce? Mie nu-mi pasă deloc de Eleonora. Atunci întoarce-te aici. Cum fac? Părăsește-o. Și apoi?* A început să sune în mod obsesiv. Adoram țârâitul ăla, mai ales când ne luam la revedere și părea că trebuia să ne auzim cine știe când, dar el telefona din nou după jumătate de oră, uneori și numai după zece minute și începea din nou să se agite, mă întreba dacă mai făcusem dragoste cu Pietro de când fuseserăm împreună, îi spuneam nu, mă punea să jur, juram, îl întrebam dacă el făcuse dragoste cu soția lui, urla nu, pretindeam și eu să jure, și urmau jurământ după jurământ și multe promisiuni, mai ales promisiunea solemnă că voi sta acasă, ca să dea de mine. Voia să aștept să mă sune, așa încât, dacă ieșeam cumva — trebuia totuși să fac cumpărături —, telefonul țârâia și iar țârâia în gol, țârâia până când mă întorceam și le lăsam pe fete, sacoșele, nici măcar nu închideam ușa apartamenului, alergam să răspund. Îl auzeam la celălalt capăt al firului, disperat: *credeam că nu-mi mai răspunzi.* Apoi adăuga ușurat: *dar aș fi telefonat pe vecie, în lipsa ta aș fi iubit sunetul telefonului, acest sunet în gol, mi se părea singurul lucru care-mi rămăsese.* Și își amintea amănunțit noaptea noastră — *îți amintești asta, îți amintești ailaltă* —, o povestea permanent. Înșira tot ce voia să facă împreună cu mine, nu doar sex: o plimbare, o călătorie, să mergem la film, la restaurant, să-mi vorbească despre munca lui, să asculte cum mergeau lucrurile cu volumașul meu. Atunci eu îmi pierdeam controlul de tot. Murmuram *da da da, tot, tot ce vrei* și îi strigam: *mă pregătesc să plec în vilegiatură, peste o săptămână voi fi la mare cu fetele și Pietro,* de parcă ar fi fost vorba de o deportare. Și el: *Eleonora se duce la Capri peste trei zile, imediat cum pleacă, vin la Florența, chiar și numai pentru o oră.* Între timp Elsa mă privea, întreba: *mama, cu cine tot vorbești, vino să ne jucăm.* Dede într-o zi a spus: *las-o în pace, vorbește cu logodnicul.*

## 113.

Nino a călătorit toată noaptea, a ajuns la Florența în jurul orei nouă dimineața. A sunat, i-a răspuns Pietro, a închis. A sunat din nou, am alergat eu să răspund. Parcase în fața casei mele. *Coboară. Nu pot. Coboară imediat, altfel vin sus.* Mai erau câteva zile până la plecarea mea la Viareggio, Pietro era deja în vacanță. I-am lăsat fetele, am spus că trebuia să fac cumpărături urgente pentru mare. Am alergat la Nino.

A fost cea mai proastă idee să ne revedem. Am descoperit că, în loc să se atenueze, dorința se aprinsese și avansa o mie de pretenții cu o urgență nerușinată. Dacă la distanță, prin telefon, cuvintele ne îngăduiau să fantazăm construind perspective exaltante, dar și impunându-ne o anumită ordine, abținându-ne, speriindu-ne, să fim din nou împreună, închiși în spațiul insuficient al automobilului, nepăsători la căldura îngrozitoare, a adus concretețe delirului nostru, ne-a dat senzația unei situații inevitabile, pe care a făcut-o parte din marele anotimp subversiv în curs de desfășurare, a sincronizat-o coerent cu formele realismului epocii, cele care cereau imposibilul.

— Nu te întoarce acasă.

— Și fetele, Pietro?

— Și noi?

Înainte să plece spre Napoli a zis că nu știa dacă o să reușească să nu mă vadă toată luna august. Ne-am luat la revedere disperați. Eu nu aveam telefon în casa pe care o închiriaserăm la Viareggio, el mi-a dat numărul casei din Capri. M-a pus să promit că o să-i telefonez în fiecare zi.

— Dacă răspunde soția ta?

— Închizi.

— Dacă ești la plajă?

— Am de lucru, n-o să fiu aproape deloc la plajă.

În planul nostru fantezist, să ne telefonăm trebuia să ne ajute și să fixăm o zi, înainte de sărbătoarea Sfintei Marii sau după, ca să ne vedem măcar o dată. El insista să inventez o scuză oarecare și să mă întorc la Florența. Urma să facă la fel cu Eleonora și să vină după mine. Ne-am fi văzut acasă la mine, am fi cinat împreună, am fi dormit împreună. O altă nebunie. L-am sărutat, l-am mângâiat, l-am mușcat și m-am desprins de el într-o stare de fericire nefericită. Am dat fuga să cumpăr la întâmplare prosoape, câteva costume pentru Pietro, gălețică și lopățele pentru Elsa, un costumaș albastru pentru Dede. În perioada aceea îi plăcea albastrul.

## 114.

Am plecat în vilegiatură. Am avut prea puțin grijă de fete, le-am lăsat aproape tot timpul cu tatăl lor. Alergam în permanență în căutarea unui telefon, doar să-i spun lui Nino că-l iubeam. Numai de câteva ori mi-a răspuns Eleonora, am închis. Dar a fost de ajuns vocea ei ca să mă indispună, am considerat nedrept să fie alături de el zi și noapte, ce legătură avea ea cu el, cu noi. Supărarea aceea m-a ajutat să-mi înving frica, planul de a ne revedea la Florența mi s-a părut tot mai ușor de concretizat. I-am spus lui Pietro, și era adevărat, că în timp ce editura italiană, cu toată bunăvoința, nu va reuși înainte de ianuarie, textul meu va fi publicat în Franța la sfârșitul lui octombrie. Trebuia deci să-mi risipesc urgent câteva îndoieli, îmi trebuiau câteva cărți, trebuia să mă întorc acasă.

— Mă duc eu să ți le iau, s-a oferit.

— Stai puțin cu fetele, nu stai niciodată.

— Mie îmi place să conduc mașina, ție nu.

— Mă lași puțin în pace? Pot să am și eu o zi liberă? Servitoarele au, eu de ce nu?

Am plecat foarte devreme cu mașina, cerul era brăzdat de dungi albe, pe fereastră intra un vânt rece care aducea miresmele verii. Inima îmi bătea tare când am intrat în casa goală. M-am dezbrăcat, m-am spălat, m-am privit în oglindă tulburată de petele albe ale burții și sânilor, m-am îmbrăcat, m-am dezbrăcat, m-am îmbrăcat din nou până când m-am simțit frumoasă.

Spre ora trei după-amiaza a sosit Nino, nu știu ce balivernă îi spusese soției. Am făcut dragoste până seara. Pentru prima dată el a avut tihna să se dedice corpului meu cu o devoțiune, cu o idolatrie pentru care nu eram pregătită. Am încercat să nu fiu mai prejos, voiam cu orice preț să-i par pricepută. Dar când l-am văzut nimicit și fericit, pe neașteptate s-a stricat ceva în mintea mea. *Pentru mine aceea era o experiență unică, pentru el o repetiție*. Iubea femeile, le adora trupurile ca pe niște fetișuri. Nu m-am gândit mult la celelalte femei ale lui de care știam, Nadia, Silvia, Mariarosa sau soția lui, Eleonora. M-am gândit în schimb la ce știam bine, la nebuniile pe care le făcuse pentru Lila, la frenezia care-l dusese aproape de autodistrugere. Mi-am amintit de cum crezuse ea în pasiunea aceea și se agățase de el, de cărţile complicate pe care el le citea, de gândurile lui, de ambiţiile lui, ca să le asimileze cu propria ei minte și să-și dea o șansă de schimbare. Mi-am amintit cât era de prăbușită când o părăsise Nino. El știa să iubească și să te împingă să iubești numai în modul acela excesiv, altcumva nu? Iubirea aceea a noastră nebună era copia altor iubiri nebune? Modul lui de a mă vrea fără să-i pese de nimic avea un model clar, așa o dorise și pe Lila? Chiar și faptul că venea după mine în casa mea și a lui Pietro semăna cu momentul în care Lila îl târâse după ea în casa ei și a lui Stefano? Noi nu făceam, ci refăceam?

M-am retras, el a întrebat: *ce ai? Nimic,* nu știam ce să-i spun, nu erau gânduri care se puteau exprima. M-am strâns lângă el, l-am sărutat și între timp am încercat să-mi alung din piept sentimentul iubirii lui pentru Lila. Dar Nino a insistat și în cele din urmă n-am putut să evit, m-am agăţat de o senzaţie relativ recentă — *iată, poate că-i pot spune asta* — și l-am întrebat pe un ton de fals amuzament:

— E ceva greșit la mine când fac sex, ca la Lina?

Și-a schimbat expresia. I-a apărut în ochi, pe faţă o persoană diferită, un străin care m-a speriat. Înainte să răspundă, m-am grăbit să șoptesc:

— Glumeam, dacă nu vrei să răspunzi, las-o baltă.

— N-am înţeles ce ai spus.

— N-am făcut decât să citez cuvintele tale.

— N-am rostit niciodată o astfel de frază.

— Mincinosule, ai făcut-o la Milano, în timp ce mergeam la restaurant.

— Nu e adevărat și, oricum, nu vreau să vorbesc despre Lina.

— De ce?

N-a răspuns. M-am supărat, i-am întors spatele. Când mi-a atins spatele cu degetele am șuierat: *lasă-mă în pace.* Am rămas o vreme nemișcaţi, fără să spunem nimic. Apoi m-a mângâiat din nou, mi-a sărutat ușor umărul, i-am cedat. *Da,* am recunoscut în sinea mea, *are dreptate, nu trebuie să-l mai chestionez niciodată în legătură cu Lila.*

Seara a sunat telefonul, sigur era Pietro cu fetele după el. I-am făcut semn lui Nino să nu răsufle, m-am dat jos din pat și am alergat să răspund. Mi-am pregătit un ton afectuos, liniștitor, dar, fără să-mi dau seama, am păstrat o voce prea scăzută, un murmur nefiresc, nu voiam ca Nino să audă și apoi să facă mișto de mine sau chiar să se enerveze.

— De ce vorbești așa în șoaptă? a întrebat Pietro. E totul bine?

Am ridicat imediat vocea, de data asta a devenit excesiv de ridicată. Am căutat cuvinte delicate, am fost foarte bucuroasă când am vorbit cu Elsa, am sfătuit-o pe Dede să nu-i facă zile amare tatălui ei și să se spele pe dinţi înainte de culcare. Nino a spus când m-am întors în pat:

— Ce soţie minunată, ce mămică grozavă.

I-am răspuns:

— Nici tu nu ești mai prejos.

Am așteptat ca încordarea să se domolească, ca ecoul vocilor soţului meu și ale fetelor să-și reducă din intensitate. Am făcut duș împreună cu multă voioșie, o experienţă nouă, mi-a plăcut să-l spăl și să mă las spălată. Apoi m-am pregătit să ieșim. M-am făcut din nou frumoasă pentru el, însă de data asta sub privirea lui și, brusc, fără stres. A stat să mă privească fermecat în timp ce probam rochiile în căutarea celei potrivite, în timp ce mă machiam și, din când în când — chiar dacă îi ziceam glumind: *să nu îndrăznești, mă gâdili, îmi strici machiajul și trebuie s-o iau de la capăt, fii atent la rochie că o rupi, lasă-mă în pace* —, venea în spatele meu, mă săruta pe gât, își băga mâinile în decolteul meu și pe sub rochie.

L-am pus să iasă singur din casă, i-am spus să mă aștepte în mașină. Deși clădirea era pe jumătate pustie fiindcă toată lumea era în vacanţă, mă temeam să nu ne vadă cineva împreună. Ne-am dus la cină, am mâncat mult, am vorbit mult, am băut foarte mult. La întoarcere ne-am băgat din nou în pat, dar n-am dormit deloc. El mi-a zis:

— În octombrie voi fi la Montpellier cinci zile, la un colocviu.

— Să te distrezi. Mergi cu soția ta?

— Vreau să merg cu tine.

— Imposibil.

— De ce?

— Dede are șase ani, Elsa trei. Trebuie să mă gândesc la ele.

Am început să discutăm despre situația noastră, pentru prima oară am rostit cuvinte precum *căsătoriți, copii.* Am trecut de la disperare la sex, de la sex la disperare. În cele din urmă am șoptit:

— Nu trebuie să ne mai vedem.

— Dacă tu poți, bine. Eu nu pot.

— Aiurea. Mă cunoști de zeci de ani și totuși ai avut o viață plină fără mine. O să mă uiți în scurt timp.

— Promite că vei continua să mă suni în fiecare zi.

— Nu, n-o să te mai sun.

— Dacă n-o faci, o s-o iau razna.

— *Eu* o iau razna dacă voi continua să mă gândesc la tine.

Am explorat amândoi cu un fel de plăcere masochistă fundătura în care ajunseserăm și, exasperați de însumarea obstacolelor noastre, ne-am certat. El a plecat foarte nervos la șase dimineața. Eu am făcut ordine în casă, am plâns, am condus sperând să nu ajung niciodată la Viareggio. La jumătatea drumului mi-am dat seama că nu luasem nicio carte care să poată justifica acea călătorie. M-am gândit: *mai bine așa.*

## 115.

La întoarcere, Elsa m-a întâmpinat foarte bucuroasă, a spus îmbufnată: *tata nu știe să se joace ca lumea.* Dede l-a apărat pe Pietro, a exclamat că sora ei era mică, proastă și strica orice joc. Pietro m-a studiat, indispus.

— Nu ai dormit.

— Am dormit prost.

— Ai găsit cărţile?

— Da.

— Şi unde sunt?

— Unde vrei să fie? Acasă. Am verificat ce trebuia să verific și gata.

— De ce te enervezi?

— Pentru că mă faci să mă enervez.

— Te-am sunat din nou ieri-seară. Elsa voia să-ţi spună noapte bună, dar nu erai.

— Era cald, am făcut o plimbare.

— Singură?

— Păi, cu cine?

— Dede zice că ai un logodnic.

— Dede are o legătură puternică cu tine și nu-și dorește altceva decât să-mi ia locul.

— Sau vede și aude lucruri pe care eu nu le văd și nu le aud.

— Ce vrei să spui?

— Ce am spus.

— Pietro, să încercăm să fim clari: printre multele tale boli, vrei să punem și gelozia?

— Nu sunt gelos.

— Să sperăm. Pentru că dacă așa stau lucrurile, fii atent: gelozia e prea mult, n-o suport.

În zilele următoare, conflictele de genul acela s-au înmulţit. Îl supravegheam, îl mustram și, în timpul ăsta, mă dispreţuiam. Dar simţeam și furie: ce se pretindea de la mine, ce trebuia să fac? Îl iubeam pe Nino, îl iubisem întotdeauna: cum puteam să mi-l smulg din piept, din minte, din stomac acum, când și el mă voia? Îmi creasem încă de mică un angrenaj perfect de autoreprimare. Niciuna din dorinţele mele adevărate nu predominase niciodată, găsisem mereu modalitatea de a-mi anihila orice obsesie. *Acum gata,* îmi spuneam, *să sară totul în aer, cu mine în frunte.*

Dar oscilam. Câteva zile nu l-am sunat pe Nino, exact așa cum chibzuit îl anunțasem la Florența. Dar apoi brusc am început să o fac și de trei sau patru ori pe zi, fără niciun strop de prudență. Puțin îmi păsa chiar și de Dede, care stătea la câțiva pași de cabina telefonică. Discutam cu el în căldura insuportabilă din cușca aceea pusă în soare și, uneori, asudată, exasperată de privirea de spioană a fiicei mele, deschideam ușa din sticlă și urlam: *ce stai acolo înțepenită, ți-am zis să ai grijă de sora ta.* Nu mă gândeam acum decât la colocviul de la Montpellier. Nino mă pisa la cap, făcea din asta tot mai mult un fel de dovadă categorică a autenticității sentimentelor mele. Am trecut de la certuri violente la declarații totale, de la lungi și costisitoare îmbufnări interurbane la nevoia urgentă de a revărsa într-un fluviu de cuvinte incandescente dorința noastră. Într-o după-amiază, stoarsă, cu Dede și Elsa care în afara cabinei lălăiau: *mama, te grăbești, ne plictisim,* i-am spus:

— Într-un singur mod te pot însoți la Montpellier.

— Care?

— Să-i spun totul lui Pietro.

A urmat o lungă tăcere.

— Ești cu adevărat pregătită să faci asta?

— Da, dar cu o condiție: tu să-i spui totul Eleonorei.

Altă lungă tăcere. Nino a murmurat:

— Vrei să le fac rău Eleonorei și copilului?

— Da. Eu n-o să le fac lui Pietro și fetelor mele? Să iei decizii înseamnă să faci rău cuiva.

— Albertino e foarte mic.

— Și Elsa e. Iar pentru Dede o să fie insuportabil.

— Să facem asta după Montpellier.

— Nino, să nu te joci cu mine.

— Nu mă joc.

— Atunci, dacă nu te joci, comportă-te în consecință: tu vorbești cu soția ta și eu vorbesc cu soțul meu. Acum. În seara asta.

— Dă-mi puțin timp, nu e un lucru ușor.

— Pentru mine e?

A tergiversat, a încercat să-mi explice. A zis că Eleonora era o femeie foarte fragilă. A zis că își organizase viața în jurul lui și al copilului. A zis că atunci când era mică încercase să se sinucidă de două ori. Dar nu s-a oprit acolo. Treptat, cu luciditatea lui obișnuită, a ajuns să recunoască faptul că a-și distruge căsnicia nu însemna doar să-i facă rău soției lui și copilului, ci și să dea cu șutul multor avantaje — *doar dacă trăiești în niște condiții înstărite e acceptabilă viața la Napoli* — și unei rețele de relații care-i garanta că poate face ce voia la universitate. Apoi, copleșit de alegerea lui de a nu tăinui nimic, a conchis: *nu uita că socrul tău mă stimează mult. Dacă facem publică relația noastră o să ajungem amândoi la o ruptură iremediabilă cu familia Airota.* Această subliniere din urmă, nu știu de ce, a fost cea care mi-a făcut cel mai rău.

— Bine, am spus, să încheiem aici.

— Așteaptă.

— Am așteptat prea mult, ar fi trebuit să mă decid înainte.

— Ce vrei să faci?

— Să conștientizez faptul că mariajul meu nu mai are sens și să merg pe drumul meu.

— Ești sigură?

— Da.

— Și o să vii la Montpellier?

— Am spus pe drumul meu, nu pe al tău. Între mine și tine totul s-a terminat.

## 116.

Am pus receptorul în furcă, am ieșit din cabină. Elsa m-a întrebat: *te-ai lovit, mama?* Am răspuns: *mă simt foarte bine, bunica e cea care nu se simte bine.* Am contiuat să plâng în hohote sub ochii îngrijorați ai ei și ai lui Dede.

Spre finalul vilegiaturii n-am făcut decât să plâng. Spuneam că eram obosită, că era prea cald, că mă durea capul și îi trimiteam pe Pietro și pe fete la plajă. Stăteam pe pat scăldând perna de lacrimi. Detestam fragilitatea aceea excesivă, nici mică nu fusesem așa. Atât eu, cât și Lila ne antrenaserăm să nu plângem niciodată, iar dacă se întâmpla, o făceam în momente excepționale, pentru puțin timp: rușinea era prea mare, ne înăbușeam hohotele. În schimb, acum mi se săpase în cap o fântână, ca lui Orlando[8]. O fântână a cărei apă curgea prin ochi fără să se consume niciodată. Când urmau să se întoarcă Pietro, Dede, Elsa, cu greu îmi rețineam lacrimile și mă duceam în grabă să-mi clătesc fața la robinet. Nino nu mă voia cu adevărat, Nino se prefăcea mult și iubea puțin. Își dorise să mă fută — da, să mă fută, cum făcuse cu cine știe câte altele —, dar să mă aibă, să mă aibă pentru totdeauna rupând legătura cu soția lui, ei bine, asta nu era în planurile lui. Probabil că era încă îndrăgostit de Lila. Probabil că, de-a lungul vieții, o va iubi numai pe ea, ca mulți alții care o cunoscuseră. Și grație acestui lucru va rămâne pentru totdeauna cu Eleonora. Iubirea pentru Lila era garanția că nicio femeie — oricât ar fi dorit-o el în felul lui copleșitor — nu va pune niciodată în criză acea căsnicie fragilă, eu mai puțin decât toate. Iată cum stăteau lucrurile. Uneori mă ridicam în timpul mesei, la prânz sau la cină, și alergam să plâng în hohote în baie.

Pietro mă trata cu prudență, presimțind că puteam izbucni dintr-un moment într-altul. La început, deja la câteva ore după despărțirea de Nino, mă gândisem să-i povestesc totul, ca și cum n-ar fi fost doar un soț căruia trebuia să-i dau explicații, ci și un confesor. Simțeam nevoia și, mai ales în pat, când se apropia de mine și eu îl respingeam șoptind: *nu, se trezesc fetele,* am fost adesea pe punctul de a revărsa peste el fiecare detaliu. Dar am reușit mereu să mă opresc la timp, nu trebuia să-i spun de Nino. Acum,

---

8 Ludovico Ariosto, *Orlando furioso*, cântul 125. (*N.t.*)

când nu-i mai telefonam persoanei pe care o iubeam, acum când o simţeam, definitiv, pierdută, mi se părea inutil să fiu crudă cu Pietro. Era mai bine să închei subiectul în câteva cuvinte limpezi: *nu mai pot trăi cu tine.* Şi totuşi nici asta n-am reuşit să fac. Exact când, în penumbra dormitorului, mă simţeam pregătită să fac pasul acela, simţeam milă pentru el, mă temeam pentru viitorul fetelor, îl mângâiam pe umăr, pe obraz, murmuram simplu: *dormi.*

Lucrurile s-au schimbat în ultima zi de vacanţă. Era aproape miezul nopţii, Dede şi Elsa dormeau. Trecuseră cel puţin zece zile de când nu-l sunasem pe Nino. Făcusem bagajele, eram stoarsă de dor, de oboseală, de căldură şi stăteam cu Pietro pe balconul casei, fiecare pe şezlongul lui, în tăcere. Era o umiditate istovitoare în care părul şi hainele ne musteau, se simţea un miros de mare şi de răşină. Pietro, brusc, a spus:

— Cum se simte mama ta?

— Mama mea?

— Da.

— Bine.

— Dede mi-a zis că se simte rău.

— Şi-a revenit.

— Am sunat-o azi după-amiază. Mama ta a avut mereu o sănătate de fier.

N-am zis nimic. Cât era de băgăcios omul ăsta. Iată, deja îmi venea din nou să plâng. O, Doamne Dumnezeule, eram sătulă, sătulă. L-am auzit spunând calm:

— Tu crezi că eu sunt orb şi surd. Crezi că nu mi-am dat seama de momentele când flirtai cu imbecilii ăia care se învârteau pe la noi prin casă înainte să se nască Elsa.

— Nu ştiu despre ce vorbeşti.

— Ştii foarte bine.

— Nu, nu ştiu. Despre ce vorbeşti? Despre oamenii care au venit de câteva ori la cină cu ani în urmă? Şi eu flirtam cu ei? Eşti nebun?

Pietro a clătinat din cap zâmbind în sinea lui. A așteptat câteva secunde, apoi m-a întrebat fixând cu privirea grilajul balconului:

— Nu flirtai nici cu ăla care cânta la tobe?

M-am alarmat. Nu dădea înapoi, nu ceda. Am izbucnit.

— Mario?

— Vezi că-ți amintești?

— Sigur că-mi amintesc, de ce n-ar trebui să o fac? Este una dintre puținele persoane interesante pe care le-ai adus în casă în șapte ani de căsnicie.

— Îl găseai interesant?

— Da, și, ce-i cu asta? Ce te-a apucat în seara asta?

— Vreau să știu. Nu pot să știu?

— Ce vrei să știi? Ce știu eu, știi și tu. Au trecut probabil cel puțin patru ani de când l-am văzut ultima oară pe tipul ăla și tu vii acum cu tâmpeniile astea?

El nu s-a mai uitat la grilaj, ci s-a întors să mă privească, serios:

— Atunci să vorbim de fapte mai recente. Ce e între tine și Nino?

## 117.

A fost o lovitură pe cât de violentă, pe atât de neașteptată. *Voia să știe ce era între mine și Nino*. Au fost de ajuns întrebarea aceea, numele acela, pentru ca în capul meu să curgă din nou fântâna. M-am simțit orbită de lacrimi, le-am scos din mine urlând, uitând că eram în aer liber, că lumea dormea vlăguită de soarele și marea din ziua aceea: *de ce ai pus întrebarea asta, trebuia s-o ții pentru tine, acum ai distrus totul și nu mai este nimic de făcut, era suficient să taci, în schimb n-ai putut și acum trebuie să plec, acum e* obligatoriu *să plec.*

Nu știu ce i s-a întâmplat. Probabil s-a convins că făcuse într-adevăr o greșeală care acum, din motive neștiute, risca să ne distrugă pentru totdeauna relaţia. Sau m-a văzut pe neaşteptate ca pe un organism brut care distrugea fragila suprafaţă a cuvintelor şi se manifesta în mod prelogic, o persoană de sex feminin în cel mai agitat mod al ei de a se exprima. Cert e că i-am părut probabil un spectacol insuportabil, a sărit în picioare şi a intrat în casă. Dar eu am alergat după el şi am continuat să-i urlu de toate: iubirea pentru Nino de când eram mică, noua viaţă posibilă pe care mi-o arătase, energiile nefolosite pe care le simţeam în mine şi monotonia în care mă cufundase el ani la rând, vina lui pentru că mă împiedicase să trăiesc pe deplin.

Când mi s-au consumat puterile şi m-am cuibărit într-un colţ, m-am trezit cu el în faţă: avea obrajii supţi, ochii afundaţi în pete vineţii, buzele albe, bronzul îi devenise ca o crustă de noroi. Am înţeles abia atunci că îl tulburasem. Întrebările pe care mi le pusese nu admiteau nici ca ipoteză răspunsuri afirmative de genul: *da, am flirtat cu bateristul şi chiar mai mult; da, eu şi Nino suntem amanţi.* Pietro le formulase doar ca să fie negate, ca să nu mai fie neliniştit din cauza îndoielilor care-l cuprinseseră, ca să se ducă la culcare mai senin. În schimb, îl făcusem prizonierul unui coşmar din care, acum, nu mai ştia să iasă. A întrebat aproape şoptind, căutând să se salveze:

— Aţi făcut dragoste?

Din nou mi-a fost milă de el. Dacă aş fi răspuns da, aş fi început din nou să urlu, aş fi zis: *da, prima oară în timp ce dormeai, a doua oară în maşina lui, a treia în patul nostru din Florenţa.* Şi aş fi rostit frazele acelea cu voluptatea pe care înşiruirea aceea mi-o provoca. În schimb, am făcut semn că nu.

## 118.

Ne-am întors la Florenţa. Am redus comunicarea între noi la fraze absolut necesare şi la un ton prietenos în prezenţa fetelor.

Pietro s-a dus să doarmă în biroul lui ca pe vremea când Dede nu închidea ochii niciodată, eu în patul matrimonial. Mi-am stors creierii în legătură cu ce era de făcut. Modul în care se terminase căsnicia dintre Lila și Stefano nu constituia un model, fusese vorba de o întâmplare din alte vremuri, gestionată fără nicio regulă. Eu contam pe o încheiere civilizată, conform dreptului, adecvată vremurilor și situației noastre. Dar de fapt nu știam ce să fac și în consecință nu făceam nimic. Cu atât mai mult cu cât abia mă întorsesem și deja Mariarosa îmi telefona ca să-mi spună că volumașul francez era într-un punct bun. Voia să-mi trimită corecturile, în timp ce seriosul redactor al editurii mele îmi anunța chestiuni de rezolvat în privința unor diverse fragmente ale textului. Pe moment eram bucuroasă, încercam să devin din nou pasionată de munca mea. Dar nu reușeam, mi se părea că am probleme mult mai grave decât un vers prost interpretat sau decât vreun fragment care șchiopăta.

Apoi, într-o dimineață, a sunat telefonul, a răspuns Pietro. A zis *alo*, a repetat *alo*, a închis. A început să-mi bată inima nebunește, m-am pregătit să alerg la aparat ca să i-o iau înaintea soțului meu. N-a mai sunat. Au trecut orele, am încercat să-mi distrag atenția recitindu-mi textul. A fost cea mai proastă idee, mi s-a părut un cumul de tâmpenii, rezultatul a fost o sfârșeală care m-a făcut să ațipesc cu capul pe birou. Dar iată că a sunat din nou telefonul, a răspuns tot soțul meu. A urlat, speriind-o pe Dede: *alo*, și a trântit receptorul la loc ca și cum ar fi vrut să spargă aparatul.

Era Nino, știam și eu, știa și Pietro. Data colocviului se apropia, cu siguranță voia să insiste din nou să-l însoțesc. Miza că dorințele mi se vor trezi din nou la viață. Voia să-mi demonstreze că singura noastră șansă era o relație clandestină de trăit până la epuizare, între fapte rele și plăceri. Calea era să trădăm, să inventăm minciuni, să plecăm împreună. Aș fi luat pentru prima dată un avion, m-aș fi lipit de el în timp ce aparatul decola, la fel ca în filme. Și de ce nu, după Montpellier ne-am fi dus până la Nanterre, ne-am fi dus la prietena Mariarosei, aș fi vorbit cu ea despre cartea mea, i l-aș fi prezentat pe Nino. A, da, să fiu însoțită de un bărbat pe care-l iubeam și care era înconjurat de o putere a lui, o forță care nu scăpa nimănui. Sentimentul ostil se îmblânzea. Eram tentată.

A doua zi Pietro s-a dus la universitate, am așteptat ca Nino să telefoneze din nou. Nu s-a întâmplat și atunci, cu o irațională furie neașteptată, am sunat eu. Am așteptat multe secunde, eram foarte agitată, în minte nu aveam altceva decât nevoia urgentă de a-i auzi vocea. După, nu știam. Poate că l-aș fi agresat, aș fi început din nou să plâng. Sau aș fi urlat: *bine, vin cu tine, voi fi amanta ta, voi fi până când te vei plictisi.* În acel moment, însă, nu voiam decât să răspundă.

A răspuns Eleonora. Mi-am oprit vocea la timp înainte să i se adreseze fantomei lui Nino, alergând gâfâind pe fir cu cine știe ce cuvinte compromițătoare. Am supus-o unui ton vesel: *bună, sunt Elena Greco, ești bine, cum a fost vacanța, și Albertino?* Ea a tăcut și m-a lăsat să vorbesc, apoi a urlat: *ești Elena Greco, ai, curva, curva ipocrită, lasă-l în pace pe soțul meu și nu îndrăzni să mai suni vreodată, pentru că știu unde locuiești și, jur pe Dumnezeu, vin acolo și-ți sparg fața.* După care a închis telefonul.

## 119.

Am rămas nu știu cât timp lângă telefon. Eram plină de ură, aveam în minte numai fraze de genul: *da, vino, vino imediat, proasto, nu aștept altceva, de unde dracului ești, de pe strada Tasso, de pe strada Filangieri, de pe strada Crispi, din vila Santarella și vrei să te pui cu mine, nu știi cu cine ai de-a face, țoapă.* Un alt eu voia să iasă la suprafață, de unde fusese îngropat sub crusta blândeții, și mi se zbătea în piept amestecând italiana și dialectul copilăriei, eram toată numai un vacarm. Dacă Eleonora îndrăznea să apară la ușa mea, o scuipam în față, îi făceam vânt pe scări, o târam de păr până în stradă, îi spărgeam capul ăla plin de căcat de trotuar. Mă durea pieptul, îmi zvâcneau tâmplele. Începuseră niște lucrări în fața blocului, pe fereastră intrau căldura și praful și un zgomot enervant al nu știu cărui utilaj. Dede se certa cu Elsa în cealaltă cameră: *nu trebuie să faci tot ce fac eu, ești o maimuță, doar maimuțele fac așa.* Încet am înțeles. Nino se hotărâse să-i vorbească soției și ea mă atacase din cauza asta. Am trecut de la mânie la o bucurie de nestăpânit. *Nino mă voia* într-atât încât îi spusese de noi soției lui. Își distrusese căsnicia, renunțase deplin conștient la avantajele care derivau din ea, își dezechilibrase întreaga viață alegând să-i facă să sufere mai degrabă pe Eleonora și pe Albertino decât pe mine. Deci era adevărat, mă iubea. Am oftat de bucurie. Telefonul a sunat din nou, am răspuns imediat.

Acum era Nino, vocea lui. Mi s-a părut calm. A zis că mariajul lui se încheiase, că era liber. M-a întrebat:

— Ai vorbit cu Pietro?

— Am început.

— Nu i-ai zis încă?

— Da și nu.

— Vrei să renunți?

— Nu.

— Atunci grăbește-te, trebuie să plecăm.

Luase deja în calcul faptul că voi merge cu el. Ne-am fi întâlnit la Roma, era totul pregătit, hotel, bilete de avion.

— Nu știu ce să fac cu fetele, am zis încet, fără convingere.

— Trimite-le la mama ta.

— Nici nu încape vorbă.

— Atunci ia-le cu tine.

— Vorbești serios?

— Da.

— M-ai lua cu tine oricum, chiar și cu fetele mele?

— Bineînțeles.
— Tu mă iubești cu adevărat, am murmurat.
— Da.

## 120.

M-am redescoperit pe neașteptate invulnerabilă și invincibilă, ca într-un anotimp trecut al vieții mele, când mi se părea că totul îmi e îngăduit. Mă născusem norocoasă. Chiar și când soarta părea ostilă, de fapt lucrase în favoarea mea. Desigur, aveam și eu niște merite. Eram ordonată, aveam memorie bună, trudeam cu încăpățânare, învățasem să folosesc instrumentele puse la punct de bărbați, știam să dau coerență logică gândurilor, știam să fiu pe placul oamenilor. Dar norocul conta mai mult decât orice și eram mândră să-l simt alături de mine ca pe un prieten de încredere. Să-l am din nou de partea mea mă liniștea. Mă căsătorisem cu un bărbat cumsecade, nu cu o persoană ca Stefano Carracci sau, mai rău, ca Michele Solara. Urma să mă confrunt cu el, să-l fac să sufere, dar până la urmă am fi ajuns noi la o înțelegere. Cu siguranță distrugerea acelei căsnicii, a familiei ar fi fost traumatizantă. Și pentru că din motive diferite nu aveam niciun chef să le comunicăm situația rudelor noastre, dimpotrivă, urma să le-o ascundem cât mai mult posibil, nici nu puteam conta, în viitorul apropiat, pe familia lui Pietro, care, în orice împrejurare, știa mereu ce să facă și cui să se adreseze ca să facă față oricărei situații complicate. Dar mă simțeam liniștită, în sfârșit. Eram doi adulți raționali, ne-am fi înfruntat, am fi discutat, ne-am fi dat explicații. În haosul acelor ore la un singur lucru, acum, mi se părea că nu pot renunța: călătoria la Montpellier.

Am vorbit cu soțul meu chiar în seara aceea, i-am mărturisit că Nino era amantul meu. A făcut orice ca să nu creadă. Când l-am convins că era adevărul, a plâns, m-a implorat, s-a enervat, a ridicat blatul de sticlă al măsuţei și l-a aruncat spre perete sub privirile terorizate ale fetelor, care se treziseră din cauza urletelor și stăteau uluite în pragul sufrageriei. Am fost tulburată, dar n-am dat înapoi. Le-am dus din nou în pat pe Dede și Elsa, le-am liniștit, am așteptat să adoarmă. Apoi m-am dus din nou să-l înfrunt pe soţul meu și fiecare minut s-a transformat într-o rană. În plus, Eleonora a început să ne bombardeze cu telefoane, zi și noapte, jignindu-mă pe mine, jignindu-l pe Pietro că nu știa să fie bărbat, anunţându-ne că rudele ei vor găsi o cale de a ne scoate ochii nouă și fiicelor noastre, ca să nu mai avem nici măcar cum să plângem.

Dar nu m-am descurajat. Eram într-o asemenea stare de exaltare, încât nu simţeam că pot greși. Dimpotrivă, mi s-a părut că până și suferinţele pe care le provocam, umilinţele și agresiunile pe care le suportam, lucrează pentru mine. Experienţa aceea insuportabilă nu mă făcea doar *să devin* omul de care aș fi fost mulţumită, dar în cele din urmă, pe căi nebănuite, servea și celor care acum se chinuiau. Eleonora ar fi înţeles că nu e nimic de făcut cu iubirea, că e absurd să-i zici unei persoane care vrea să plece: *nu, trebuie să rămâi.* Și Pietro, care în mod cert cunoștea deja acel precept în teorie, ar fi avut doar nevoie de timp ca să-l asimileze și să-l transforme în înţelepciune, în practică a toleranţei.

Doar cu fetele am simţit că totul era dificil. Soţul meu a insistat să le spunem motivele pentru care ne certam. Eu eram împotrivă: *sunt mici,* spuneam, *ce pot înţelege.* Dar el, la un moment dat, a urlat la mine: *dacă ai decis să pleci, trebuie să le dai explicaţii fiicelor tale, iar dacă nu ai curaj, rămâi, înseamnă că tu însăţi crezi prea puţin în ce vrei să faci.* Am murmurat: *să vorbim cu un avocat.* A răspuns: *e timp destul pentru avocaţi.* Și, luându-mă prin surprindere, le-a chemat cu voce tare pe Dede și pe Elsa care, imediat ce ne auzeau urlând, se duceau să se închidă în camera lor, în bună înţelegere.

— Mama voastră trebuie să vă spună ceva, a început Pietro, așezaţi-vă și ascultaţi.

Cele două fete s-au așezat cuminți pe canapea și au așteptat. Am început:

— Eu și tatăl vostru ținem unul la altul, dar nu ne mai înțelegem și am decis să ne despărțim.

— Nu e adevărat, m-a întrerupt Pietro cu calm, mama voastră a hotărât să plece. Și nu e adevărat nici că nu mai ținem unul la altul: ea nu mai ține la mine.

Eu m-am agitat:

— Fetelor, nu e așa de simplu. Poți ține în continuare la cineva chiar dacă nu mai locuiești împreună cu el.

El m-a întrerupt din nou.

— Și asta e fals: ori ținem unul la altul, și atunci locuim împreună și suntem o familie; ori nu ținem unul la altul, și atunci ne despărțim și nu mai suntem o familie. Dacă spui minciuni, ele ce pot înțelege? Te rog, explică limpede și spune motivul adevărat al despărțirii.

Am zis:

— Eu nu vă părăsesc, voi sunteți cel mai important lucru pe care-l am, n-aș putea trăi fără voi. Am niște probleme doar cu tatăl vostru.

— Care? m-a presat el. Lămurește care sunt aceste probleme.

Am oftat și am murmurat:

— Țin la altcineva și vreau să trăiesc cu el.

Elsa a urmărit-o cu privirea pe Dede ca să înțeleagă cum trebuia să reacționeze la vestea aceea și, pentru că Dede a rămas impasibilă, a rămas impasibilă la rândul ei. În schimb, soțul meu și-a pierdut calmul, a urlat:

— Numele: zi cum se numește această persoană. Nu vrei? Ți-e rușine? Spun eu: pe această altă persoană o știți, e Nino, vi-l amintiți? Mama voastră vrea să meargă să locuiască împreună cu el.

Apoi a început să plângă disperat, în timp ce Elsa un pic agitată murmura: *mă iei cu tine, mama?* Dar n-a așteptat să răspund. Când sora ei s-a ridicat și a părăsit aproape în fugă încăperea, a urmat-o imediat.

În noaptea aceea Dede a țipat în somn, m-am trezit tresărind, am alergat la ea. Dormea, dar udase patul. A trebuit s-o trezesc, s-o schimb, să schimb așternuturile. Când am pus-o din nou în pat, a murmurat că voia să vină în patul meu. Am fost de acord, am ținut-o lângă mine. Din când în când tresărea în somn, asigurându-se că sunt acolo.

## 121.

Se apropia ziua plecării, dar cu Pietro lucrurile nu se ameliorau. Orice acord, fie și în privința acelei călătorii la Montpellier, părea imposibil. *Dacă pleci,* spunea, *n-o să te mai las să le vezi pe fete.* Sau: *dacă le iei pe fete, mă omor.* Sau: *o să te denunț pentru părăsirea domiciliului conjugal.* Sau: *să facem o călătorie noi patru, să mergem la Viena.* Sau: *fetelor, mama voastră îl preferă pe domnul Nino Sarratore vouă.*

Am început să nu mai suport. Mi-am amintit câtă rezistență opusese Antonio când îl părăsisem. Dar Antonio era un puști, moștenise mintea labilă a Melinei și, mai ales, nu i se oferise educația lui Pietro, nu era antrenat încă din copilărie să identifice reguli în mijlocul haosului. Poate că, mă gândeam, am atribuit o importanță exagerată folosirii cultivate a rațiunii, bunelor lecturi, limbii bine stăpânite, apartenenței politice; poate că, în fața abandonului, suntem toți la fel; poate că nicio minte foarte organizată nu poate rezista în fața descoperirii că nu e iubită. Soțul meu — nu prea era nimic de făcut — era convins că trebuie să mă protejeze, cu orice preț, de mușcătura veninoasă a dorințelor mele și, deci, ca să rămână soțul meu, era gata să recurgă la orice mijloc, chiar la cel mai abject dintre toate. El, care își dorise căsătoria civilă, el care fusese întotdeauna în favoarea divorţului, din cauza unei nestăpânite agitaţii interioare, pretindea ca legătura noastră să dureze veşnic, ca şi cum ne-am fi căsătorit în faţa lui Dumnezeu. Şi pentru că eu insistam să pun capăt relaţiei noastre, mai întâi încerca toate căile persuasiunii, apoi spărgea obiecte, se lua la palme, brusc începea să cânte.

Când exagera în felul acela, mă enerva, îl insultam urlând. Şi el, ca de obicei, se schimba brusc ca un animăluţ îngrozit, se aşeza lângă mine, îmi cerea scuze, zicea că nu era supărat pe mine, mintea lui era cea care nu funcţiona aşa cum trebuie. Adele — mi-a dezvăluit într-o noapte printre lacrimi — îl înşelase mereu pe tatăl lui, era o descoperire pe care o făcuse când era mic. La şase ani o văzuse sărutând o matahală de bărbat, îmbrăcat în albastru, în marea sufragerie din Genova care dădea spre mare. Îşi amintea toate detaliile: bărbatul avea o mustaţă impozantă ca o lamă închisă la culoare; pe pantaloni i se distingea o pată strălucitoare care semăna cu o monedă de o sută de lire; mama lui, în preajma individului ăluia, părea un arc atât de întins, că risca să se rupă. Eu l-am ascultat în linişte, am încercat să-l consolez: *linişteşte-te, sunt amintiri false, ştii că e aşa, nu trebuie să-ţi spun eu.* Dar el a insistat din nou: *Adele avea o rochie de plajă roz, o bretea îi alunecase de pe umărul bronzat; unghiile lungi păreau de sticlă; îşi făcuse o coadă împletită care-i atârna de la ceafă ca un şarpe.* A spus în cele din urmă, trecând de la suferinţă la mânie: *înţelegi ce mi-ai făcut, înţelegi în ce oroare m-ai făcut să mă prăbuşesc?* Şi eu m-am gândit: *şi Dede îşi va aminti, şi Dede va urla ceva similar, când va fi mare.* Dar pe urmă m-am îndepărtat, am fost sigură că Pietro îmi povesteşte de mama lui abia acum, după atâţia ani, înadins ca să mă rănească şi să mă ţină lângă el.

Am continuat stoarsă, zi şi noapte, nu se mai dormea. Dacă soţul meu mă chinuia, nici Nino, în felul lui, nu se lăsa mai prejos. Când mă auzea tensionată şi preocupată, în loc să mă consoleze, se enerva şi spunea: *tu crezi că pentru mine e uşor, dar aici e acelaşi infern ca la tine, mi-e teamă pentru Eleonora, mi-e teamă pentru ce poate face, așa că să nu crezi că eu nu am necazuri la fel de mari, sunt poate chiar mai mari decât ale tale.* Și exclama: *dar eu și cu tine împreună suntem mai puternici decât oricine altcineva, uniunea noastră este o necesitate de care nu poți face abstracție, ți-e clar asta, spune-mi, vreau să aud, ți-e clar?* Mi-era clar. Dar cuvintele lui nu-mi erau de mare ajutor. Mă îmbărbătam, mai degrabă, imaginându-mi momentul în care, în sfârșit, o să-l revăd și o să zburăm în Franța. *Trebuie să rezist până atunci,* îmi spuneam, *pe urmă vom vedea.* Deocamdată râvneam doar la o suspendare a chinului, nu mai suportam. I-am spus lui Pietro, în punctul culminant al unei discuții foarte violente, sub privirile lui Dede și ale Elsei:

— Ajunge. Plec pentru cinci zile, doar cinci zile, apoi o să mă întorc și vom vedea ce-i de făcut. Bine?

El s-a adresat fetelor:

— Mama voastră zice că va lipsi cinci zile, dar voi credeți?

Dede a făcut semn din cap că nu, la fel și Elsa.

— Nu te cred nici ele, a zis atunci Pietro, știm toți că o să ne părăsești și n-o să te mai întorci.

Și între timp, ca la un semnal convenit, atât Dede cât și Elsa s-au năpustit asupra mea, îmbrățișându-mă de picioare, implorându-mă să nu plec, să rămân cu ele. N-am rezistat. Am îngenuncheat, le-am cuprins de talie, am spus: *bine, nu plec, voi sunteți fetele mele, rămân cu voi.* Cuvintele acelea le-au liniștit, încet, încet, s-a liniștit și Pietro. M-am dus în camera mea.

O, Doamne Dumnezeule, ce rău ne simțeam cu toții: ei, eu, lumea din jur: un răgaz era posibil doar spunând minciuni. Mai erau câteva zile până la plecare. Am scris mai întâi o scrisoare lungă pentru Pietro, apoi una scurtă pentru Dede cu rugămintea de a i-o citi și Elsei. Am pregătit o valiză, am pus-o în camera de oaspeți, sub pat. Am cumpărat de toate, am încărcat răcitorul. Am pregătit pentru prânz și cină felurile de mâncare pe care Pietro le adora, el a mâncat cu recunoștință. Fetele, ușurate, au început să se certe din nou pentru orice.

# 122.

Nino, între timp, tocmai acum când se apropia ziua plecării, nu mai suna. Am încercat să-l sun eu, rugându-mă să nu-mi răspundă Eleonora. Mi-a răspuns menajera și pe moment m-am simțit ușurată, am întrebat de profesorul Sarratore. Răspunsul a fost clar și ostil: *v-o dau pe doamna.* Am închis, am așteptat. Speram ca telefonul să devină o ocazie de conflict între soți și Nino să afle astfel că-l caut. După zece minute a sunat telefonul. M-am grăbit, eram sigură că e el. În schimb era Lila.

Nu ne auzisem de mult timp și nu aveam chef să vorbesc cu ea. Vocea ei m-a enervat. În perioada aceea doar numele ei, imediat ce-mi traversa mintea ca un șarpe, mă tulbura, mă lăsa fără energie. Și apoi nu era momentul potrivit pentru trăncăneală: dacă Nino ar fi telefonat, ar fi sunat ocupat și comunicarea cu el era deja foarte dificilă.

— Pot să te sun eu? am întrebat-o.

— Ai treabă?

— Un pic.

Mi-a ignorat întrebarea. Ca de obicei, i se părea că poate intra și ieși din viața mea fără niciun fel de grijă, ca și cum am fi fost încă o singură ființă și n-ar fi fost nevoie să întrebe *ce faci, cum merge, deranjez.* A spus pe un ton obosit că tocmai primise o veste proastă: mama fraților Solara fusese omorâtă. A vorbit lent, ca și cum ar fi fost atentă la fiecare cuvânt și eu am ascultat-o fără s-o întrerup. Cuvintele ei au tras-o după ele, ca într-un cortegiu, pe cămătăreasa în haine de sărbătoare care stătea la masa mirilor în timpul nunții Lilei și a lui Stefano, femeia posedată de diavol care îmi deschisese când îl căutam pe Michele, umbra femeii din copilăria noastră care înfigea cuțitul în don Achille, doamna bătrână care avea o floare artificială în păr și-și făcea aer cu evantaiul albastru în timp ce spunea pierdută: *ce cald e, simțiți și voi?* Dar nu mi-a trezit nicio emoție, nici măcar când Lila s-a referit la zvonurile pe care le auzise și mi le-a înșirat în modul ei direct. O uciseseră pe Manuela tăindu-i beregata cu un cuțit; sau fusese împușcată cu cinci focuri de pistol, patru în piept și unul în gât; sau o masacraseră cu pumnii și picioarele târând-o prin tot apartamentul; sau ucigașii — i-a numit așa — nici măcar nu intraseră în casă, o împușcaseră imediat cum deschisese ușa, iar Manuela căzuse cu fața la pământ pe palier și soțul ei, care se uita la televizor, nici nu-și dăduse seama. *Cert e* — a spus Lila — *că frații Solara au luat-o razna, se iau la-ntrecere cu polițiștii în căutarea vinovaților, au chemat oameni din Napoli și din afară; toate activitățile lor s-au oprit, nici măcar eu nu muncesc azi și aici ți-e frică, nu poți nici măcar să respiri.*

Cum știa să dea importanță și greutate celor care se i întâmplau ei și în jurul ei: cămătăreasa asasinată, fiii tulburați, mercenarii lor gata să verse sângele altora și persoana ei vigilentă în mijlocul învolburării evenimentelor. A ajuns, în fine, la motivul real pentru care sunase:

— Mâine ți-l trimit pe Gennaro. Știu că abuzez, le ai pe fetele tale, problemele tale, dar eu aici, acum, nu pot și nu vreau să-l țin. O să lipsească puțin de la școală, asta e. El te îndrăgește, se simte bine la tine, ești singura persoană în care am încredere.

M-am gândit câteva secunde la fraza aceea: *ești singura persoană în care am încredere.* Mi-a venit să zâmbesc, încă nu știa că nu mai eram de încredere. Așa încât, în fața acelei rugăminți care dădea ca sigură existența mea înțepenită înăuntrul uneia dintre cele mai liniștite prudențe, n-am avut ezitări și i-am spus:

— Mă pregătesc de plecare, îmi părăsesc soțul.

— N-am înțeles.

— Căsnicia mea s-a terminat, Lila. L-am revăzut pe Nino și am descoperit amândoi că ne-am iubit mereu, încă de mici, fără să ne dăm seama. Așa că plec, încep o nouă viață.

A fost o tăcere lungă, apoi m-a întrebat:

— Glumești?

— Nu.

I s-a părut probabil imposibil că produc haos în casa mea, în mintea mea bine organizată și acum deja mă bătea la cap, agățându-se mecanic de soțul meu. *Pietro*, a spus, *este un om extraordinar, bun, foarte inteligent, ești nebună dacă-l părăsești, gândește-te la răul pe care-l faci fiicelor tale.* Vorbea și nu-l pomenea pe Nino, ca și cum numele acela i s-ar fi oprit în pavilionul urechii fără să-i ajungă la creier. A trebuit să-l rostesc eu din nou, să spun: *nu, Lila, nu mai pot trăi cu Pietro pentru că nu mai pot fără Nino, orice s-o întâmpla, plec cu el*; și alte fraze de genul acela. Atunci ea a început să urle:

— Tu renunți la tot ce ești pentru Nino? Tu îți distrugi familia pentru ăla? Știi ce-o să ți se întâmple? O să te folosească, o să-ți sugă sângele, o să te lipsească de dorința de a trăi și o să te părăsească. De ce ai studiat atât? La ce pula mea a folosit să-mi imaginez că te vei bucura de o viață minunată și pentru mine? Am greșit, ești o cretină.

## 123.

Am pus jos receptorul ca și cum ar fi ars. *E geloasă,* mi-am spus, *e invidioasă, mă urăște. Da, ăsta e adevărul.* Și a trecut o lungă procesiune de secunde, nu mi-a revenit niciodată în minte mama fraților Solara, s-a estompat corpul ei însemnat de moarte. În schimb, m-am întrebat neliniștită: *de ce nu sună Nino, e posibil ca tocmai acum, când i-am povestit totul Lilei, el să renunțe și să mă facă să par ridicolă?* Pentru o clipă m-am văzut expusă în fața ei în toată eventuala mea micime ca persoană care se ruinase pentru nimic. Apoi telefonul a sunat din nou. Timp de două sau trei țârâituri lungi am rămas așezată, fixând cu privirea aparatul. Când am ridicat receptorul, aveam pe limbă câteva cuvinte pregătite pentru Lila:

*nu-ți mai face niciodată griji pentru mine, n-ai niciun drept asupra lui Nino, lasă-mă să greșesc cum am chef.* Dar nu era ea. Era Nino și l-am copleșit cu fraze întretăiate, fericită să-l aud. I-am spus cum se aranjaseră lucrurile cu Pietro și cu fetele, i-am spus că era imposibil să ajungi la o înțelegere cu calm și înțelepciune, i-am spus că îmi făcusem valiza și că abia așteptam să-l îmbrățișez. El mi-a povestit despre certurile furibunde cu soția lui, ultimele ore fuseseră insuportabile. A murmurat: *chiar dacă sunt foarte speriat, nu reușesc să-mi concep viața fără tine.*

A doua zi, în timp ce Pietro era la universitate, am întrebat-o pe o vecină dacă mi le ținea câteva ore pe Dede și pe Elsa. Am lăsat pe masa din bucătărie scrisorile pe care le pregătisem și am plecat. M-am gândit: *se-ntâmplă ceva măreț care va schimba întregul mod vechi de a trăi și eu sunt parte din această schimbare.* L-am ajuns pe Nino la Roma, ne-am întâlnit într-un hotel la câțiva pași de gară. În timp ce-l îmbrățișam îmi spuneam: n-o să mă obișnuiesc niciodată cu trupul acesta agitat, e o surpriză continuă, oase lungi, piele cu un miros excitant, o masă, o forță, o mobilitate cu totul străine lui Pietro, obișnuințelor care existau între noi.

În dimineața următoare, pentru prima oară în viața mea, am urcat într-un avion. Nu știam să-mi pun centura, Nino m-a ajutat. Cât a fost de emoționant să-i strâng cu putere mâna în timp ce vuietul motoarelor creștea, creștea, creștea și avionul își începea cursa. Cât de emoționant a fost să ne desprindem de pământ într-un salt și să vedem casele care deveneau mici paralelipipede și străzile care se transformau în fâșiuțe și câmpia care se reducea la o pată verde și marea care se înclina ca o lespede compactă și norii care se precipitau în jos ca o alunecare de pietre moi și angoasa, suferința, chiar fericirea care deveneau parte dintr-o schimbare unică, foarte luminoasă. Mi s-a părut că zborul supune fiecare lucru unui proces de simplificare și am oftat, am încercat să mă abandonez. Din când în când îl întrebam pe Nino: *ești fericit?* Și el făcea semn că da, mă săruta. Uneori aveam impresia că podeaua de sub picioare — singura suprafață pe care puteam conta în acele momente — tremură.

La prețul de vânzare al cărții
se adaugă 2%, reprezentând
contravaloarea timbrului literar.

Tipar: ARTPRINT
E-mail: office@artprint.ro
Tel.: 021 336 36 33